BASTEI
LÜBBE

Von Timeri N. Murari erschien bei BASTEI-LÜBBE:

11870 Der Sahib
12416 Ramayana

TIMERI N. MURARI

Das Haus in Madras

Aus dem Englischen von
Eva Malsch

BASTEI
LÜBBE

BASTEI-LÜBBE-TASCHENBUCH
Band 12903

Titel der englischen Originalausgabe:
STEPS FROM PARADISE

Erste Auflage: April 1999
Lektorat: Gisela Günther
Titelillustration: Matilda Harrison
Umschlaggestaltung: Manfred Peters
Satz: Textverarbeitung Garbe, Köln
Druck und Verarbeitung: Elsnerdruck, Berlin
Printed in Germany
ISBN 3-404-12903-2

Ganz besonders für Maureen,
zum Dank für ihre Hilfe und Ermutigung,
in Liebe.

Die Vergangenheit ist nie vergangen.

William Faulkner

Arjuna: O Krishna, was zwingt einen zu sündigen, sogar gegen den eigenen Willen, als würde man gewaltsam dazu getrieben?
Krishna: Es ist Begierde, es ist Zorn, geboren aus Rajoguna, verzehrend und höchst sündhaft. Und wisse, hier ist jeder ein Feind.

Bhagavadgita

Buch I

1950

Die Fremde

Ich bin Krishna. Nein, nicht jener Krishna, der Wagenlenker, der ruhig und gelassen auf dem Schlachtfeld Kurukshetra stand und dem widerstrebenden Krieger Arjuna die Schriften der Bhagavadgita erläuterte. Ich bin ein anderer Krishna, ein ganz normaler achtjähriger Junge, der sich bemüht, möglichst bald neun zu werden. Seltsam, daß sich keiner von uns an das genaue Datum des Ereignisses erinnert. Wir vermerkten es nicht in den Kalendern unserer Gehirne, weil wir es nicht so wichtig fanden. Aber ich entsinne mich …

Zur schönsten Tageszeit, als die Sonne unterging, kehrte unser *Nayana* mit einer europäischen Lady aus dem Büro zurück. Es wäre eine gewaltige Untertreibung, würde man behaupten, es hätte uns überrascht. Kein Zauberer hätte ein erstaunlicheres Wunder bewirken können. An diesem Morgen hatten wir Nayana zum Abschied nachgewinkt, wie an jedem anderen Tag. Und er hatte uns nicht vor der Fremden gewarnt, die er zu uns bringen würde.

»Wer ist sie?« flüsterten wir einander zu.

»Das weiß ich nicht«, antworteten wir einstimmig. Verschwitzt und schmutzig von unserem Spiel, hatten wir uns auf die niedrige Brunnenmauer gesetzt. Aber nun sprangen wir, einer nach dem anderen, ins Becken.

»Wer ist sie?« wisperte Anjali noch einmal. Niemand gab ihr eine Antwort. Da wandte sie sich zu mir und legte einen Arm um meine Schultern. »Hat Nayana dir erzählt, daß diese Frau hierherkommen würde?«

»Nein«, erwiderte ich. »Zumindest erinnere ich mich nicht daran.«

Hin und wieder erzählte man mir Dinge, die den anderen Kindern verschwiegen wurden. Aber weil ich ein Träumer war, vergaß ich, die Informationen weiterzuleiten. Alle fragten, was ich träumte, und ich gestand: »Nichts.« Meine flüchtigen Gedanken ließen sich nicht in Worte fassen. Doch jeder schien zu verstehen, daß es vor allem mich betreffen würde, was mit uns geschah.

An jenem Abend, der schon so lange zurückliegt, herrschte zwischen uns eine mathematische und emotionale Harmonie. Meine Schwestern Anjali und Kaveri waren die ältesten, Anjali zwei Jahre älter als Kaveri, und Kaveri zwei Jahre älter als mein Bruder Jagan, der zwei Jahre älter war als ich. Uns alle verband eine enge Freundschaft, und ich glaubte, daran würde sich bis zum Ende unseres Lebens nichts ändern. Im Schlaf und im Wachen verbrachten wir jeden Augenblick gemeinsam. Wir gingen zusammen zur Schule und kamen zusammen nach Hause, spielten miteinander, aßen und badeten und schliefen zusammen. Jeder atmete den Atem des anderen ein, dachte die Gedanken des anderen und träumte seine Träume.

Außer uns beobachteten noch drei Kusinen den Besuch der Europäerin, die Töchter einer Großtante, hübsche Mädchen, schlank und geschmeidig wie Bambusstangen. Sushila, Leela und Valli paßten im Alter zu Anjali, Kaveri und Jagan, fast auf den Monat genau. Nur ich hatte keine Kusine, die meine Altersgenossin gewesen wäre. Die Vettern, die im Haushalt lebten, waren ein paar Jahre älter und bevorzugten die Gesellschaft der Erwachsenen. Alle unsere Vettern und Kusinen und ihre Eltern wohnten bei uns, in der ummauerten Welt unseres Anwesens. Wir bildeten gewissermaßen einen lebenden, von Blutsbanden und Hochzeiten nahtlos ineinander verwobenen Wandteppich. Ein Fremder würde nicht erkennen, wo der eine Faden begann oder wo ein anderer endete.

»Was tun sie?« fragte Anjali und hob mich hoch.

»Sie reden und lächeln sich an …«

Die Europäerin war etwa so groß wie Nayana, eine förmliche Distanz trennte die beiden. Im grauen Licht konnte ich kaum etwas sehen. Auf den Eingangsstufen stand Vishnu, *Thathas Bhouy*. Auch er schien Nayana und die Frau verblüfft zu beobachten. Erbost über unser Versteckspiel, rannten die Hunde kläffend über den Rasen zu Nayana, und er schaute zum Brunnen herüber.

»Jetzt kommen sie zu uns«, wisperte ich.

Immer noch in ihr Gespräch vertieft, schlenderten sie zum Brunnen. Die Frau blieb stehen und drehte sich um.

»… und jetzt schaut sie zum Haus hinüber.«

Sie reckte den Kopf hoch, drehte ihn hin und her. Aber sie würde am Brunnen vorbeigehen und nach zwanzig Metern zurückblicken müssen, um die mittlere Kuppel hinter den hohen Türmen zu sehen.

»… und jetzt erzählt er ihr irgendwas über das Haus«, berichtete ich, während Vater auf die marmornen Wasserspeier zeigte.

Ich wollte mich von Anjali losreißen und zu Nayana laufen. Aber solange sich die anderen vor der Fremden versteckten, mußte ich bei ihnen ausharren. Anjali stellte mich auf die Füße. Wie Eichhörnchen waren wir im Brunnenbecken gefangen, und wir konnten nicht unbemerkt ins Haus flüchten. Angespannt lauschten wir den Schritten, den klickenden Absätzen auf dem Marmorweg. Plötzliche Stille. Offenbar waren sie am Brunnenrand stehengeblieben. Anjali legte einen Finger an die Lippen.

»Krishna!« rief Nayana.

Das überraschte uns, denn nach unserem Kinderprotokoll war Anjali stets die erste, die fremden Besuchern vorgestellt wurde.

»Warum ich?« wisperte ich. »Du mußt mitkommen.« Inzwischen war es dunkel geworden, das Lied der Grillen erfüllte den Abend.

»Das kann ich nicht«, entgegnete Anjali. In ihrer Flüsterstimme schwang Ärger mit, weil sie bei der Begegnung mit dieser Fremden übergangen wurde. »Du mußt allein gehen.« Energisch schob sie mich zu den Stufen.

»Warum wird er zuerst gerufen?« fragte Kaveri verwundert.

Dafür mußte es einen Grund geben. Nayana hielt sich stets an ganz bestimmte Regeln. Aber im Augenblick konnte Kaveri das Rätsel nicht lösen. Erst viele Jahre später verstanden wir, warum Nayana zuerst nach mir gerufen hatte.

Aber während Kaveri beobachtete, wie ich zögernd zu den Brunnenstufen ging, beschloß sie mich zu beschützen und entschied, alle Kinder müßten mich begleiten. »Kommt!« forderte sie die anderen auf. Nur Leela und Valli erhoben sich. Ich blieb stehen und wartete.

»Rührt euch bloß nicht von der Stelle!« flüsterte Anjali ärgerlich. »Wenn Nayana uns sehen will, wird er uns rufen. Mischt euch da nicht ein!«

»Warum muß Krishna allein gehen? Siehst du nicht, wie unglücklich er ist?«

»Es ist doch nur Nayana. Kein Ungeheuer.« Anjali wandte sich zu Jagan, der reglos dasaß, fast gleichmütig. »Was sollen wir tun?«

Er war der einzige, der uns nicht ähnelte. Während wir ovale Gesichter besaßen, hatte er die kantigen Züge unseres Thathas mit dem vorspringenden Kinn geerbt. Er war ein gehorsamer Junge und beklagte sich nie. Im Gegensatz zu uns machte er keinen Ärger. Seine Haut war etwas dunkler als unsere. Darauf wiesen Verwandte, Freunde und Fremde immer wieder hin, und da wurde uns erst bewußt, daß er sich von uns unterschied. Er war *Ava*s Liebling. Seit er die letzte Muttermilch getrunken hatte, verwöhnte sie ihn.

Obwohl er die Dringlichkeit des Problems spürte und sah, daß ich die oberste Stufe fast erreicht hatte, antwortete er nicht sofort. Ava glaubte, er würde gründlich über alles nachdenken und deshalb viel Zeit brauchen. Schließlich erklärte er: »Wir sollten Krishna begleiten.«

Anjali zögerte, sichtlich erbost, weil er nicht sie unterstützte, sondern Kaveri.

»Wollt ihr nicht wissen, wer die Dame ist?« fügte er verschmitzt hinzu.

Das gab den Ausschlag, und alle standen auf, um mir zu folgen. Eng aneinandergedrängt gingen sie zur Treppe, wie eine kleine Chital-Herde, die sich vorsichtig einem Wasserloch nähert.

Unser Nayana

Ich hätte auf sie gewartet. Aber Anjali schob mich weiter. Nun war sie neugierig geworden und wollte sehen, was geschehen würde. Ich stieg die restlichen Stufen hinauf. Nur schwach beleuchtet, zeichnete sich die Silhouette des Großen Hauses vor dem bewölkten Abendhimmel ab. Auf der Veranda und in einigen Räumen im Erdgeschoß flackerten Lichter wie sterbende Glühwürmchen. Der Rest lag im Dunkeln. In der Ferne war das kleinere Haus hell erleuchtet. Ringsherum bewegten sich die Schatten vieler Leute.

Obwohl ich zu schüchtern war, um die Europäerin anzuschauen, spürte ich, wie sie mich in der Finsternis beobachtete. Ich sah nur meinen eleganten Nayana. Er trug einen doppelreihigen Anzug aus cremefarbener Seide und hatte ein seidenes Taschentuch in der Brusttasche. Nun trat er vor, und sogar diese wenigen Schritte verrieten athletische Kraft und Stilgefühl.

Wie immer empfand ich in seiner Gegenwart wachsende Zuversicht und fühlte mich getröstet. Seine gestrafften Schultern, genauso geradlinig wie sein Schnurrbart, zeugten von seiner militärischen Ausbildung. Auch von uns verlangte er eine stramme Haltung, und wir bemühten uns, seinen Wunsch zu erfüllen.

»Komm, Krishna!« sagte er, breitete die Arme aus, und ich warf mich an seine Brust.

Ich liebte seinen schwachen salzigen Schweißgeruch, die rauhe Haut am Abend, verglichen mit den glatten Wangen am Morgen, den Duft des Alauns, das er benutzte, um die Blutung kleiner Schnittwunden vom Rasieren zu stillen. Wenn ich alt genug war, wollte ich mir auch so einen geraden Schnurrbart wachsen lassen, an den Enden leicht nach oben gebogen, wie winzige Büffelhörner. Nayana gab mir einen Kuß und ließ mich los. Jetzt sah er die anderen im nächtlichen Dunkel herankommen und runzelte sekundenlang die Stirn. Aber er ignorierte sie und drehte mich herum, so daß ich der Europäerin gegenüberstand. »Das ist Miss Victoria Greene. Miss Greene, das ist Krishna, mein jüngstes Kind.«

Lächelnd kniete Miss Victoria Greene nieder, und ich starrte ihr Haar an, das mich faszinierte. Schulterlang, von zwei Kämmen aus der Stirn gehalten, schimmerte es in einer ungewöhnlichen Farbe, hell wie Sonnenschein. Nur mühsam unterdrückte ich den Impuls, das Haar zu berühren. Vielleicht würde es sich so hart und heiß anfühlen wie Gold. Um ihre roten Lippen, die einen seltsamen Kontrast zu ihrem bleichen Gesicht bildeten, lag ein energischer Zug. Wie ein kleines Tier begann ich zu schnüffeln. Sie roch fremdartig, nicht nach Jasmin, Rosenöl oder Sandelholz, sondern süßer und stärker und ein bißchen nach Schweiß. Während sie mich aufmerksam musterte, wich ich ihrem Blick aus. Ich spürte, daß sie sich meine Zuneigung wünschte. Auch Nayana schien zu hoffen, wir würden uns gut verstehen.

»Oh, wie schön er ist«, sagte sie Nayana.

An solche Schmeicheleien war ich gewöhnt. Fast täglich bewunderten meine Kusinen und Großtanten meine Schönheit, kniffen mich in die Wangen und küßten ihre Fingerspitzen. Am schlimmsten führten sich meine Schwestern auf. Sie behandelten mich wie eine Lieblingspuppe, flochten Bänder in mein Haar und zogen mir Mädchenkleider an. Damit brachten sie mich manchmal in helle Wut.

»Sag ›Hallo‹ zu Tantchen«, befahl Nayana sanft.

»Hallo«, murmelte ich. Da schüttelte sie meine Hand. Ihre Handfläche fühlte sich feucht an, und sie betupfte sie mit einem winzigen Taschentuch. Hastig wischte ich mir die Finger an meinem Hemd ab.

Stumm und unsicher tauchten die anderen aus der Finsternis auf und wandten sich hilfesuchend Nayana zu. Er nannte ihre Namen, und die Frau lächelte alle an. »Wie geht es euch?« Aber sie antworteten nicht.

Statt dessen stieß Anjali ihre Schwester und ihre Kusine Sushila an und wisperte: »Habt ihr ihre Beine gesehen?«

Miss Victoria Greenes Beine waren unterhalb des Knies nackt. Schneeweiß leuchteten sie im abendlichen Dunkel. Die Füße steckten in Sandalen mit hohen Absätzen.

»Schämt sie sich nicht?« flüsterten Kaveri und Sushila. Soviel Bein zeigten nur Schulmädchen in ihren Uniformen. Die beiden hatten Telugu gesprochen.

»Verstehen sie nicht Englisch?« fragte Miss Victoria Greene unseren Vater.

»Doch, natürlich«, erwiderte er und gab den Mädchen das Gefühl, sie hätten ihn mit ihrem Gewisper enttäuscht. »Sagt ›Guten Abend‹ zu Tantchen.«

Aber da Anjali beharrlich schwieg, folgten die anderen ihrem Beispiel. Unsere Kusinen wurden von der Vorstellung ausgeschlossen. Nachdem sie ein oder zwei Minuten lang unbehaglich dagestanden hatten, verschwanden sie im Dunkel und eilten zum Haus. Bei jedem Schritt klirrten ihre Fußreifen.

»Mal sehen, ob ich mir die Namen gemerkt habe.« Miss Victoria Greene spähte in unsere Gesichter. »Kris-hna ist der jüngste, das Baby. Dann haben wir Jag-en, An-jelly – und Cauvery.« Offenbar sprach sie die Namen mit Absicht falsch aus. »Was für schöne Kinder! Die armen Kleinen … Sicher fällt es Ihnen sehr schwer, sie ganz allein großzuziehen.«

Eine sanfte Brise, die Regenfälle ankündigte, wehte eine Haarsträhne über ihr Gesicht, und sie strich sie nach hinten. Dann schaute sie zum Himmel hinauf. Auch wir blickten nach oben, wie

. Nayana sprach mit ihr. Hin und wieder gab sie

blieben sie neben dem Auto stehen, und Balram …ngvoll den hinteren Wagenschlag. Förmlich schüt-…n sich Nayana und Miss Greene die Hände. Dann half er ihr in den Wagen, wobei er ihren Ellbogen kaum berührte. Vom Fenster umrahmt, schaute ihr Gesicht zu ihm auf. Dann rollte der Wagen schnell die lange Zufahrt hinab. Als Nayana die breiten Stufen des Großen Hauses hinaufstieg, traten wir ins Licht.

»Wer ist sie?« fragte Anjali.

Er drehte sich um, musterte uns nachdenklich, und wir sahen unsere Spiegelbilder in seinen Augen – *Chokras* und *Chokris*, schmutzig, verschwitzt, barfuß, die Haare zerzaust. Aber er wirkte so elegant und adrett wie eh und je, eine Gestalt aus einer anderen Welt. Wir krümmten unsere Zehen im Staub.

Schließlich erklärte er: »Ich habe gründlich über euch alle nachgedacht. Und sie ist ein Tantchen, das ihr kennenlernen solltet.« Anmutig zog er mit einem Finger seinen rechten Ärmel hoch, um auf seine Armbanduhr zu schauen. »Kommt in zehn Minuten in mein Zimmer.«

»Was ist ihr *Jati*?« wollte Anjali wissen. Er zögerte kurz, als käme diese normale Frage völlig unerwartet und er wüßte keine Antwort. Wir sind Telugus, und von alters her waren Telugus Schmuckverkäufer. Einst hatten unsere Ahnen die Hände fremder Frauen festgehalten und hübsche Reifen über ihre Handgelenke gestreift. »Victoria Greene ist ein englischer Name«, erwiderte er und stieg leichtfüßig die Treppe hinauf.

Das Gespräch

Warum hat er über uns nachgedacht?« fragte Kaveri.

»Und wieso mußten wir diese Tante kennenlernen?« Anjali seufzte. »Hoffentlich sehen wir sie nie wieder.«

Sie klopfte an die Tür, und Ramdass, Nayanas ehemaliger Offiziersbursche, ließ uns eintreten. Wie immer war der schweigsame hochgewachsene Mann barfuß und untadelig gekleidet, in einer zugeknöpften weißen Jacke und einer weißen Hose mit roter Schärpe. Er sprach fließend Englisch und kümmerte sich um alle Bedürfnisse seines Herrn. Zum Beispiel bereitete er Nayanas britisches Frühstück zu – Speck mit Eiern, Würstchen, Toast und eine Kanne Earl Grey-Tee. Zum Dinner kochte er *Mulligatawnysuppe,* Hammelkoteletts oder Brathuhn mit Kartoffeln und Vanille- oder Brotpudding. Nayana aß allein in seinem Speisezimmer, und seine Mahlzeiten wurden in seiner eigenen Küche zubereitet, weil Sethu, unser brahmanischer Koch, das unreine Fleisch nicht in seiner Domäne duldete.

Außerdem war Ramdass der Kammerdiener unseres Vaters, hielt dessen Garderobe in Ordnung, bügelte die Kleidung und polierte die Schuhe, bis sie spiegelblank glänzten. Er begleitete Nayana auf seinen Reisen durch die Provinz, zusammen mit einem Träger, zwei Schreibern und vier *Peons*. Immerhin war Nayana ein hochrangiger Regierungsbeamter, und man erwartete, daß er mit großem Gefolge verreiste.

Wir schlüpften an Ramdass vorbei in Nayanas Wohnzimmer, wo er in einem wuchtigen Ledersessel saß und seine Akten studierte. Inzwischen hatte er sein Jackett ausgezogen. Gummibänder umgaben seine Oberarme, um die Manschetten der Hemdsärmel in der richtigen Länge festzuhalten, und er trug immer noch seine Clubkrawatte. Auf einem Tischchen an seiner Seite stand ein Tablett mit einer Teekanne, einer gefüllten Tasse und einer Platte voll winziger Sandwiches. Auch das gehörte zu seinem Abendritual.

In Reih und Glied postiert, warteten wir. Er las noch eine Weile, wie ein Schuldirektor, der vorerst keine Zeit für seine Schüler findet.

Früher hatte auch meine *Amah* hier gewohnt. An ihren Dekorationen hatte sich nichts verändert. Die geblümten Vorhänge, die Sitzgruppe, die Antiquitäten, die Gemälde, die Porzellanvasen, die täglich mit frischen Blumen gefüllt wurden. In der Luft hing immer noch der Duft ihres Parfums. Zumindest bildete ich mir das ein. Immer wieder schaute ich zur Schlafzimmertür und hoffte, sie würde plötzlich aus ihrem Versteck auftauchen.

Im Schlafzimmer standen zwei verschlossene *Almirahs*, voll von ihren *Saris* und *Cholis*, *Pad*avas und Pantoffeln und Kosmetika gefüllt. Und mit all ihren Juwelen. Wenn die Mädchen heirateten, würden sie diese kostbaren Erinnerungsstücke erben. Aber wir Jungen würden leer ausgehen.

Endlich legte Nayana die Akten beiseite, schaute uns an und lächelte sichtlich erfreut. Anjali hatte dafür gesorgt, daß wir präsentabel aussahen – die Gesichter und Hände gewaschen, die Haare gekämmt.

»Warum ich euch mit Miss Greene bekannt machen wollte ...«

»Ich mag sie nicht«, fiel Anjali unserem Vater ins Wort.

»Laß mich ausreden, Anjali«, bat er geduldig und ignorierte ihren Schmollmund, »und zieh keine voreiligen Schlüsse. Miss Greene ist eine gebildete Dame, eine Schriftstellerin aus einer sehr guten britischen Familie. Ihre Artikel wurden im *Blackwood's Magazine,* im *Illustrated Weekly* und im *Statesman* veröffentlicht. Natürlich vermißt ihr alle eure *Amah* ebenso schmerzlich wie ich. Deshalb habe ich gründlich nachgedacht. Mir fehlt die Zeit, euch bei den Hausaufgaben zu helfen und auf eure Kleidung zu achten ...«

»Das können wir selber«, entgegnete Anjali. »Und Ava sorgt gut für uns. Nicht wahr?« Sie wandte sich zu uns.

»Ja«, bestätigten wir einstimmig.

»Aber Ava ist sehr beschäftigt«, fuhr Nayana fort. »Im Morgengrauen steht sie auf, geht als letzte zu Bett, und sie muß diesen großen Haushalt führen und täglich Essen für hundert Leute zubereiten. Deshalb kann sie euch nicht bei den Hausaufgaben helfen. Außerdem ist sie ungebildet.«

»Sie kann lesen und schreiben, auch in Englisch«, protestierte Anjali erbost.

»Das meine ich nicht. Gewiß, sie hat sich selber einiges beigebracht. Und das bewundere ich. Aber in ihrer Jugend wurden die Frauen schon mit zwölf verheiratet, so wie sie mit Thatha, und sie konnte nicht allzu viele Erfahrungen sammeln. Auch Thatha ist sehr beschäftigt. Deshalb möchte ich Miss Greene einstellen. Sie soll euch bei den Schularbeiten und anderen Dingen helfen.«

»Bei welchen Dingen?« fragte Anjali.

»Nun, ihr müßt lernen, wie man sich in der Öffentlichkeit benimmt, wie man gutes Englisch spricht und mit Europäern verkehrt. Unser Volk wurde sehr lange unterdrückt, und wir müssen unsere Minderwertigkeitskomplexe überwinden. Dabei kann sie euch helfen.«

»Will sie uns lehren, wie wir noch besser werden als sie selbst?« fragte Anjali listig.

»Niemand muß besser oder schlechter sein.«

»Aber sie ist unsere Dienerin.«

»Sie wird eure Gouvernante sein. Keine Dienerin.«

»Wieviel wirst du ihr bezahlen?« fragte Kaveri. Sie interessierte sich sehr für Geld, und es fiel unserem Thatha oft schwer, ihr die Sovereigns zu entlocken, die sie ihm schuldete.

»Das ist eine Sache zwischen Miss Greene und mir.«

»Wieso brauchen wir sie, um unsere Hausaufgaben zu machen?« fragte Jagan. »Vielleicht solltest du einen Brahmanen als Privatlehrer engagieren. Diese Dame versteht nichts von unserem Lehrplan.«

»Sicher kann sie euch helfen.«

»Aber ich will keine europäische *Memsahib* werden«, verkündete Anjali. »Ich bin Inderin und stolz darauf. Wahrscheinlich willst du mich mit einem Europäer verheiraten.«

»Du wirst dir deinen Mann selbst aussuchen«, betonte Nayana sanft. »Bis dahin haben wir noch viel Zeit. Und du sollst auch keine europäische Memsahib werden. Euer Thatha und ich sehen die Zukunft mit verschiedenen Augen. Wir mögen unsere Unabhängigkeit von den Briten gewonnen haben, aber jetzt gibt es kein Zurück. Wir müssen dem Weg folgen, den sie uns gewiesen haben, und ich glaube, da ihr Kinder die englische Sprache beherrscht und die westlichen Sitten kennt, seid ihr anderen gegenüber im Vorteil. Später sollt ihr in Oxford oder Cambridge studieren. Darauf wird euch Miss Greene vorbereiten.«

Nach dieser – für Nayanas Verhältnisse – sehr langen Rede schwiegen wir eine Weile.

Dann sagte Anjali: »Ich will Medizin studieren. Und zwar hier. Dann heirate ich. Also brauche ich diese – diese Miss Greene nicht.«

»Warum stellst du keine Inderin ein?« wollte Jagan wissen.

»Weil es keine Inderinnen gibt, die als Gouvernante arbeiten könnten«, erwiderte Nayana. »Außerdem wüßte sie nicht, was sie euch beibringen sollte. Und von einer Anglo-Inderin würdet ihr die falschen Dinge lernen.«

»Wann fängt sie an?« fragte ich, voller Angst vor ausgedehnten Schulstunden.

»Bald.« Nayana erhob sich, und wir waren entlassen. Offensichtlich stand sein Entschluß fest. Die Gouvernante würde uns ganz in seinem Sinn erziehen. Vermutlich mußte ich einen Anzug und eine Krawatte tragen, ein *Topi* und vielleicht sogar ein Monokel.

»Und Sushila, Leela und Valli?« fragte ich. Unsere Kusinen waren unsere besten Freundinnen. Wenn sie uns halfen, die neue Gouvernante zu ertragen, würden wir es sicher schaffen.

»Für ihren Unterricht ist Miss Greene nicht zuständig. Die Mutter eurer Kusinen ist noch am Leben und sorgt für sie.«

»Aber wir dürfen auch weiterhin mit ihnen spielen?« fragte Jagan.

»Natürlich.«

Ich musterte Anjalis ärgerliches Gesicht. Die Lippen zusammengepreßt, schien sie nur mühsam einen Wutanfall zu unterdrücken. Kaveri runzelte erwartungsvoll die Stirn. Freute sie sich etwa auf die neue Gouvernante? Und Jagan schaute genauso verwirrt drein, wie ich mich fühlte. Der Gedanke, daß sich unser Leben verändern würde, mißfiel mir, und ich wollte nicht auf die Gesellschaft meinen Kusinen verzichten.

Abrupt stürmte Anjali aus dem Zimmer, und Nayana seufzte tief auf.

»Du liebst uns doch, Nayana?« Diese Frage stellte Kaveri unserem Vater immer wieder, vor allem, wenn irgend etwas Wichtiges geschehen würde, und deshalb war er nicht überrascht.

»Selbstverständlich«, versicherte er. »Ich liebe euch alle.«

»Auch Anjali?« fragte sie skeptisch.

»O ja. Manchmal ist sie schwierig und eigensinnig. Aber ich liebe sie.«

Seine Antwort schien Kaveri zu enttäuschen, denn sie wünschte, er würde uns uneingeschränkt lieben. Trotzdem tröstete uns die Erkenntnis, daß er seine Entscheidung nur aus Liebe zu uns getroffen hatte.

Die Frauen des Haushalts

Was ist eine Gouvernante?« fragte ich meine Ava. Da sich ihr Kinn verkrampfte, erwartete ich, sie würde die Beherrschung verlieren.

Die Frauen und die Kinder hatten sich im Kleinen Haus versammelt, um über Miss Victoria Greene zu diskutieren. Wort für Wort hatten Anjali und Kaveri unser Gespräch mit Nayana wiederholt.

»Ist das so was Ähnliches wie ein Gouverneur oder ein Generalgouverneur oder ein Vizegouverneur?«

Die Titel hatte ich aus meinen Geschichtsbüchern. So nannte man die Männer, die Königreiche regierten, Madras, Bengalen, Punjab und die anderen indischen Provinzen, jede von ihnen fünfundzwanzigmal so groß wie ihr eigenes winziges Großbritannien. Sie trugen komische Kleider und fließende Roben und posierten auf ihren Gemälden und Fotos so steif wie Statuen. In den alten Geschichtsbüchern stand, sie hätten uns mit ihren Reformen und Moralgesetzen vor unserer unzivilisierten Lebensart gerettet.

Unser erster indischer Generalgouverneur war C. Rajagopalachari gewesen, und er trug unsere übliche Kleidung, weiß und schlicht. Auch in anderer Hinsicht war er uns vertraut, unser Nachbar, ein Freund der Familie. Manchmal saß er mit Thatha auf der Veranda, und sie diskutierten über Politik oder anderes, und wenn sie in der Stimmung waren, analysierten sie die *Veden* oder rezitierten Sanskrit-Verse, die sie sich zuwarfen, als wären es Pingpong-Bälle. Aber am 26. Januar 1950 war unser Land eine Republik geworden, und Präsident Rajendra Prasad hatte ihn abgelöst.

»Nur eine Dienerin«, zischte Ava.

»Nein«, widersprach Kaveri, »eine Gouvernante hilft den Kindern bei den Hausaufgaben und gibt ihnen Unterricht.« Wir alle starrten sie an, und sie fügte stolz hinzu: »Das habe ich in einem Wörterbuch gelesen.«

»Jedenfalls brauche ich keine Gouvernante, und das habe ich Nayana auch gesagt«, erklärte Anjali entschieden.

»Eine Dienerin«, behauptete Ava hartnäckig. »Was will sie euch denn beibringen? Bei mir lernt ihr alles, was ihr wissen müßt. Notfalls können wir einen Privatlehrer einstellen.«

Sie zeigte auf mich. »Sag doch mal das englische Alphabet auf!«

»A, b, c, d, e, f, g«, begann ich in monotonem Singsang.

»Seht ihr? Er braucht keine Gouvernante.« Dann fügte Ava auf englisch hinzu: »Unsinn. Verdammter Unsinn.«

Nachdem wir gebadet hatten, glänzte unsere Haut wie polierter Bernstein. Jagans Haar war glatt gekämmt, aber meins begann sich schon wieder zu kräuseln. Wir vier und unsere Ava Uma saßen mit gekreuzten Beinen auf der Schaukel, einem großen Teakholzbrett, das an schweren Ketten von den Deckenbalken herabhing. Hinter uns kauerte ein Diener, stieß die Schaukel behutsam an, und so schwangen wir in den Hof hinaus und wieder zurück.

Links und rechts von Ava hockten Anjali und Kaveri mit dem Rücken zu ihr. Abwechselnd flocht sie die Haare der beiden und schlang einen Stiel Malipublüten hinein. Die anderen Frauen waren damit beschäftigt, die zierlichen weißen Blumen um Bambusstengel herumzuwinden, um sie dann in ihr Haar zu stecken. In der Luft schwebten köstliche Düfte nach Seife, Blüten, Kokosnuß-Haaröl und Sandelholz.

Meine Ava war klein und rundlich und hatte eine Hakennase, in der zwei goldene Stecker glitzerten. Manchmal waren sie mit Rubinen oder Smaragden besetzt, aber sie zog die reine Schlichtheit von Diamanten vor. Wir verglichen sie mit einem freundlichen Vogel, einer Taube oder vielleicht einem Papagei, je nach den verwirrenden Farben ihrer Saris. Wenn wir uns schlecht benahmen, attackierte sie uns mit ihrem scharfen Schnabel. Trotz ihres Alters konnte sie genauso schnell laufen wie wir, wann immer sie uns einfangen mußte. Ihr Lachen klang heiser und musikalisch. Und es machte ihr großen Spaß, Witze zu erzählen.

Nach ihrem abendlichen *Puja* in unserem Tempel hielt sie hof, entweder auf der Veranda des Großen Hauses oder im Innenhof des Kleinen. Während sie die Blumen zu Girlanden flocht, lauschte sie den neuesten Klatschgeschichten, die ihr Nachbarn oder Besucher erzählten.

Rings um die Schaukel saßen unsere Kusinen und Großtanten am Boden, ein Regenbogen aus Seide und Juwelen. Jetzt grollte der Donner unentwegt, wie die Meeresbrandung, und die Frauen mußten einander anschreien, um sich Gehör zu verschaffen. Aber der Wind wehte die Stimmen zum schwarzen Himmel hinauf. Immer wieder zuckten Blitze und beleuchteten die Farbenpracht. Die elektrischen Lichter begannen zu flakkern. Da die Dienerschaft wußte, daß sie bald erlöschen würden, hielten sie Kerosin- und Öllampen bereit.

»Wäre ich ihr doch begegnet!« klagte Ava. »Wie sieht sie aus?«

Anjali rümpfte die Nase, und Kaveris Mundwinkel zogen sich nach unten.

»Ganz gut«, antwortete Anjali. »Aber weil es dunkel war, konnten wir ihr Gesicht nicht richtig sehen.«

»Welche Farbe hat ihr Haar?« fragte Chandu, die etwas abseits vor einer Säule saß. Sie war Avas Schwägerin, mit ihrem Bruder Devarajulu verheiratet, eine hübsche gertenschlanke Frau. Wenn man ihren Körper betrachtete, konnte man kaum glauben, daß sie drei Söhne und die vollbusige, vitale Ava nur eine Tochter geboren hatte.

Auch Chandu funkelte vor Juwelen. Sie trug dicke goldene Arm- und Fußreifen. An ihrer Nase und den Ohren glitzerten Diamanten. Nach Avas Ansicht zeigte die Schwägerin den Reichtum ihres Ehemanns viel zu deutlich. Devarajulu war der *Dubash* für Dickenson & Co, der Tabakfirma. Mit Thathas Hilfe hatte er die angesehene Position eines offiziellen Dolmetschers und Vermittlers zwischen der Firma und den Einheimischen bekommen. Jedes britische Unternehmen brauchte einen Dubash. Auf einen solchen Mann hörten die Herrscher, und er konnte uns mit seiner Macht schaden oder nützen.

»Wahrscheinlich rosa«, meinte Kusine Indira, Avas Kusine zweiten Grades. »Einmal sah ich eine Europäerin mit rosa Haaren und einer roten Schleife.«

»Rosa Haare! Wie albern!« fauchte Ava, und ihr Zorn verblüffte uns alle. Neuerdings schien sie die arme Kusine Indira zu verabscheuen, und wir wußten nicht, was diese feindselige Haltung bewirkt hatte.

»Als wärst du dabeigewesen!« Auch Chandu besaß eine scharfe Zunge. »Aber ich schaute aus dem Fenster und sah ihr rotes Haar. Alle Europäerinnen haben rote Haare. Wie Möhren!« Die ganze Versammlung kicherte.

Von diesen beiden Attacken eingeschüchtert, senkte Kusine Indira errötend den Kopf. Ich mochte sie. Da sie nur wenige Jahre älter als Anjali war, hätte sie gern mit uns gespielt. Doch dazu fehlte ihr die Zeit. Sie stammte aus Eyruli, dem Dorf unserer Ahnen, das hundertfünfzig Meilen entfernt im Norden lag. Wie ihr Sari aus billiger Baumwolle und der fadendünne *Thali* verrieten, war sie eine arme Verwandte. Ihr Mann Kumar arbeitete als Schreiber im Büro eines einheimischen Anwalts. Ich hatte gehört, er sei vor der Hochzeit Witwer gewesen, und man hatte Kusine Indira gezwungen, ihn zu heiraten.

»Also, welche Farbe hat ihr Haar?« fragte Ava.

»In der Dunkelheit sah es weiß aus«, erwiderte Kaveri.

»Nein, eher gelb, wie Gold«, widersprach ich. »Sie ist so groß wie Nayana. Und sie roch fremdartig. Das gefiel mir nicht. Und ihre Hand war feucht.«

»Warum hast du ihre Hand berührt?« fragte Ava und runzelte die Stirn.

Hätte sie es früher gewußt, wäre ich in den Tempel geschleppt und gereinigt worden. Sie schaute zum bedrohlichen Himmel auf. Es war zu spät. Außerdem war Gopalan, unser *Prohit*, nach Hause gegangen, und der Tempel war geschlossen. Morgen früh würde sie das Versäumnis nachholen.

»Weil sie meine Hand schütteln wollte«, erklärte ich.

»Was für ein verdammter Unsinn!« schimpfte Ava auf englisch und mahnte: »Tu das nie wieder!«

»Und sie trug überhaupt keinen Schmuck«, bemerkte Anjali.

»Doch«, verbesserte Kaveri ihre Schwester. Das tat sie oft und gern. »Über der linken Brust trug sie eine Brosche, einen runden schwarzen Stein mit Diamanten.«

»Das ist kein Schmuck«, verteidigte sich Anjali. »Jedenfalls trug sie weder Gold noch Diamanten oder Smaragde, und dieses schwarze Ding sah ziemlich billig aus.«

»Europäerinnen tragen niemals richtigen Schmuck«, verkündete Ava, stopfte ein *Paan* in ihren Mund und neigte sich zu Kaveri, deren scharfen Augen sie vertraute. »Aber was am wichtigsten ist, tragen sie an den Händen. Hatte sie irgendwelche Ringe?«

Beide Mädchen versuchten sich an die Hände der Frau zu erinnern. Schließlich schüttelten sie die Köpfe. »Das wissen wir nicht. Warum?«

»Weil gewisse Ringe verraten, ob sie verheiratet sind, wie unsere Thalis und Zehenringe.«

»An welcher Hand?« fragte Anjali.

Ava zögerte. Da sie nicht unwissend erscheinen wollte, riet sie: »An der rechten.«

»Aber die Mutter meiner Freundin Patricia trägt ihren Ehering an der linken Hand«, wandte Kaveri ein.

»Diese Miss Greene ist eine halbe *Anna*?« fragte Ava.

»Nein, sie ist keine Anglo-Inderin«, entgegnete Anjali, »sondern eine Europäerin.«

Patricia und ihre Mutter waren blond und hatten blaue Augen, aber Anglo-Inderinnen, und Patricias Vater arbeitete bei der Eisenbahn.

»Warum an der linken Hand?« fragte Chandu. »Die ist unrein. An dieser Hand würde keine Frau ein so heiliges Schmuckstück tragen.«

Während die Frauen über die rechte oder die linke Hand stritten, wurden sie kurzfristig vom Thema abgelenkt. Ich überlegte, wie wenig wir über die Menschen wußten, die Indien zwei Jahrhunderte lang regiert hatten.

Schließlich beendete Ava die Diskussion. »Und wie alt ist sie?«

»Sehr alt«, antwortete ich.

»Nicht besonders alt«, widersprach Anjali. »Bei Europäerinnen läßt sich das schwer feststellen.«

»Ihre Beine waren nackt«, sagte Jagan unvermittelt.

Im schockierten Schweigen, das diesen Worten folgte, wünschten Anjali und Kaveri, *sie* hätten diese Bemerkung gemacht. Gierig hatten beide darauf gewartet, die skandalöse Tatsache bekanntzugeben, und nun war Jagan ihnen zuvorgekommen. Er besaß keinen Sinn für Dramatik und wählte immer den falschen Moment, um irgend etwas Wichtiges zu erzählen. Nun grinste er glücklich und war stolz, weil man Notiz von ihm nahm.

»Nackt?« wisperte Großtante Lakshmi, Avas jüngste Schwester. »Von den Hüften bis zu den Zehen? Wie konnte sie so herumlaufen?«

»Nein, nicht von den Hüften bis zu den Zehen …«, erwiderte Anjali hastig.

»Nur unterhalb der Knie«, ergänzte Kaveri, während Anjali Luft holte, um weiterzusprechen.

»Und sie hat sehr häßliche Beine«, betonte Anjali.

»Schneeweiß, mit bemalten Zehen«, berichtete Kaveri triumphierend.

»Und das soll eine Gouvernante sein? Wie kann man meine Enkelkinder einer Frau anvertrauen, die einer so niedrigen Kaste entstammt?«

»Wenigstens wird sie *meine* Kinder nicht unterrichten«, bemerkte Großtante Lakshmi sanft. »Zum Glück hat er sie gar nicht mit ihnen bekannt gemacht.« Sie war größer als ihre Schwester, eine königliche Erscheinung, mit der gleichen Hakennase, aber sie strahlte eine heitere Gelassenheit aus, die Ava fehlte. Natürlich mußte Großtante Lakshmi keinen riesigen Haushalt führen. Das war Avas Domäne und ihre größte Sorge.

Gleichmütig akzeptierten Großtante Lakshmi und ihre Familie, was ihnen Tag für Tag serviert wurde. Srinivasin, Großtante Lakshmis Ehemann, war nicht reich. Jeden Morgen fuhr er mit der Tram zu seiner kleinen Druckerei in Georgetown. Das Geld für die Druckerpresse hatte er sich von Thatha geliehen und seine Schulden inzwischen fast abbezahlt.

Ava fühlte sich hin und her gerissen. Einerseits wollte sie Nayana verteidigen, andererseits mußte sie zugeben, daß es unhöflich gewesen war, die Mädchen auszuschließen. Sie beschloß zu schweigen. Bedrückt biß sie in ihre Lippen und grämte sich wegen der Engländerin.

»Was immer er tut, er hat seine Gründe«, fuhr Großtante Lakshmi fort.

»Warum hat diese Miss Greene von *armen Kindern* gesprochen, um die sich niemand kümmert, Anjali?« fragte Ava.

»Hat sie das wirklich gesagt?«

»Ja«, bestätigten Anjali und Kaveri wie aus einem Mund. Beide schienen zu glauben, sie hätten diese Worte gehört.

»So was ärgert mich maßlos. Nicht einmal nach all den Jahren wissen die Europäer, wie wir leben. In ihrer Welt bewohnen kleine Familien winzige Bungalows. Solche Fotos habe ich in Zeitschriften gesehen. Und wenn sie alt sind, sterben sie allein. Wie kann diese Frau behaupten, niemand würde sich um euch kümmern? Was ist mit mir? Und mit eurem Thatha? Mit all euren Großtanten und Vettern und Kusinen? Sorgen wir nicht alle für euch? Wenn ihr euch freut, teilen wir euer Glück. Und wann immer ihr traurig seid, leiden wir mit euch. Wenn ihr weint, trösten wir euch. So leben wir seit tausend Jahren, und so haben wir überlebt. Weil bei uns keiner allein lebt oder allein stirbt.«

Voller Bewunderung für Avas gerechten Zorn nickten die anderen. Sie ballte ihre kleinen Hände. So wütend hatten wir sie noch nie gesehen, und wir rückten näher zu ihr, um sie zu besänftigen.

»Was hat sie sonst noch gesagt?« fragte sie.

Daran versuchten wir uns vergeblich zu erinnern. Anjali berichtete, wie Miss Greene unsere Namen ausgesprochen hatte, und erntete schallendes Gelächter. Nicht einmal unsere Namen konnten sie nach zweihundert Jahren aussprechen, und die Namen unserer Städte hatten sie ihren steifen, stolzen Zungen angepaßt.

»Warum bringt er sie hierher?« rief Ava in scharfem Ton, und das Gelächter verstummte.

»Weil wir so werden sollen wie die Engländer«, erklärte Anjali, »Memsahibs und *Sahibs*, die in Oxford studieren.«

»Die Briten sind verschwunden, wir haben sie rausgeworfen und unsere Unabhängigkeit gefeiert ...« Abrupt verstummte Ava und senkte den Kopf. »*Ram, Ram*, hätte Rani doch niemals ...« Der Satz blieb unvollendet, die Worte schienen in ihrer Kehle steckenzubleiben. »Nie werde ich verstehen, warum mein einziges Kind, meine schöne Tochter in so jungen Jahren, so weit entfernt vom Heim unserer Ahnen ...« Wir alle schwiegen und respektierten ihren Schmerz. »Ausgerechnet in Lahore, in diesem verfluchten neuen Land! Ihre Asche versank im eisigen Wasser des Ravi, in einem Muslim-Fluß, der durch ein Muslim-

Land strömt. Nun hat der Fluß seine Heiligkeit verloren, er gehört nicht mehr zur Mutter Indien, und ich kann keine Pilgerfahrt unternehmen, um an seinem Ufer ein Puja für mein Kind darzubringen.« Ihre Tränen wirkten so frisch, als wäre die Tragödie erst an diesem Morgen geschehen. »Und ein grausamer Gott hat mir nicht einmal erlaubt, meiner Tochter im Augenblick ihres Todes beizustehen!«

»Wenigstens waren Bharat, Kaveri und Krishna bei ihr«, versuchte Großtante Lakshmi sie zu trösten.

»Was nützt mir das?« fragte Ava erbost. »Ich war nicht da, um sie in die Arme zu nehmen. Und niemand wird mir jemals erzählen, was sich ereignet hat. Immer wieder fragte ich Bharat: ›Was sagte sie? Wie sah sie aus? Mußte sie leiden?‹ Die letzten kostbaren Minuten im Leben meiner Tochter fehlen mir. Was erzählt er denn schon? ›Zwei Tage lang lag sie im Koma und erwachte nicht mehr.‹« Sie schaute Kaveri an, dann mich. »Und diese beiden bleiben stumm.«

Damals war ich fast vier Jahre alt gewesen, ein kleines Kind mit kurzer Vergangenheit. Was immer ich beobachtet oder gehört hatte, verbarg sich in einem dunklen Abgrund. Meine Erinnerungen reichten nur vier Jahre zurück.

Hartnäckig schüttelte Kaveri den Kopf – bei jeder Frage, die Ava ihr stellte. Ob sie irgend etwas wußte, konnten wir unmöglich feststellen. Jedenfalls genoß sie es, im Mittelpunkt der Aufmerksamkeit zu stehen, und indem sie ihr Geheimnis hütete – mochte es existieren oder nicht –, erregte sie immer wieder Avas Interesse.

Als unsere *Amah* Rani den Tod gefunden hatte, waren Anjali und Jagan zu Hause bei den Großeltern gewesen.

Unser Karta

Respektvoll verstummten wir, als Thatha die Schwelle überquerte. Der Wind hatte das silberne Haar über der goldgeränderten Brille in seine Stirn geweht. Ohne hinzuschauen, warf er einen hellroten Kricketball in die Luft und fing ihn auf. Unsere Augen folgten den hypnotischen Gesten seiner langen, geschickten Finger.

Hinter ihm stand Vishnu, ein Silbertablett mit einer runden gelben Gold Flake-Zigarettendose und einer Streichholzschachtel in den Händen.

»Was ist hier los?« fragte Thatha lachend. »Halten die Frauen Kriegsrat? Darf auch ein Mann daran teilnehmen?«

»Also weißt du, was wir besprechen«, bemerkte Ava, nicht sonderlich erfreut über seine Ankunft. Seit einiger Zeit begegnete sie ihm ärgerlich und ungeduldig. Vielleicht zerrte die lange Ehe an ihren Nerven.

Thatha ignorierte ihren scharfen Ton. »Ja, es geht um die Memsahib, die uns besucht hat.«

»Nicht uns«, erwiderte Chandu, »nur die Kinder.«

Als er zur Schaukel ging, machten ihm die Frauen Platz, die am Boden saßen. In seinen feinen Lederpantoffeln bahnte er sich behutsam einen Weg zwischen den Gestalten, von seinem *Jiba* und dem *Dhoti* aus zitronengelber Baumwolle umweht. Er schob mich beiseite, setzte sich und trat kräftig gegen den Boden, um der Schaukel neuen Schwung zu geben. An seiner Kleidung hing Zigarettengeruch. Auch der Duft seines Rosenwassers stieg mir in die Nase. »Wie heißt diese Memsahib?« fragte er Anjali.

»Miss Victoria Greene.«

»Victoria, die Siegerin. Der Name stammt aus dem Lateinischen, abgeleitet von *vincere – siegen.* Während seines Englischstudiums an der Universität von Madras hatte er Latein gelernt, aus reiner Neugier. Er glaubte, die alten Sprachen würden einem helfen, die neuen besser zu verstehen. »Wird sie uns erobern und übertrumpfen?«

»Jedenfalls ist sie sehr groß!« schrie Jagan.

»Und grün? Ihr Name bedeutet eine Farbe.«

»Nein, weiß«, kicherte Kaveri.

»Wirklich nicht grün? Sie müßte etwas dunkler sein als das da.« Lachend beugte er sich vor, um an Anjalis knöchellangem Padava und *Chokia* zu zupfen. Sie waren aus hellgrüner Seide, mit zierlichen goldenen Mangos bestickt. Auch Kaveri trug eine ähnliche Kleidung, aber in Gelb. »Was wissen wir sonst noch? Oder sollte ich sagen, was bilden wir uns ein?«

Mit patriarchalischer Autorität schaute er sich um. Hin und wieder blieb sein Blick besitzergreifend auf vertrauten Gesichtern haften. Jede Frau und jedes Kind hatte einen angestammten Platz am Boden und im Haushalt. Und Thatha war unser *Karta*. Von ihm hing unser Wohl und Wehe ab. Nun schenkte er uns ein gütiges Lächeln. Die Lichter spiegelten sich in seinen Brillengläsern und verwandelten seine Augen in Goldmünzen.

Um den Donner zu übertönen, äußerten wir mit erhobenen Stimmen unsere Meinung. Ernsthaft hörte er zu, wie ein Richter, der Zeugenaussagen lauscht. Dann warteten wir auf sein Urteil. Er wandte sich zu Vishnu, nahm eine Zigarette aus der Dose und ließ sich von seinem Diener Feuer geben. »Du hast auf der Veranda gestanden. Worüber sprachen sie? Das mußt du uns erzählen.«

Vishnu war ein kleiner rundlicher Mann mit vorzeitig ergrautem Haar, das er über der Stirn zu einer Tolle kämmte. Noch nie hatte er die Beherrschung oder die Geduld verloren, und er wirkte immer überaus freundlich. Er kleidete sich so ähnlich wie Thatha. Aber seine Sachen bestanden aus handgewebter Baumwolle. Am linken Handgelenk trug er ein kupfernes Armband. Obwohl er uns diente, war er entfernt mit uns verwandt, der Sohn des Schwagers der Schwester von Thathas Onkel, und er entstammte einem ärmeren Familienzweig. Schon als kleiner Junge war er in unseren Haushalt gekommen.

»Wie soll ich das wissen?« fragte er ärgerlich. »Sie unterhielten sich auf englisch, was ich bereits erwähnt habe, und das verstehe ich nicht.«

»Ah, mea culpa«, erwiderte Thatha. »Hätte ich dich doch in eine bessere Schule geschickt …«

»Was ich weiß, genügt mir. Jetzt brauchen wir die Engländer nicht mehr zu verstehen, nachdem sie uns verlassen haben. Auch ihre Sprache werden wir im Meer versenken.«

»Was für ein guter Nationalist du bist! Ja, wir müssen uns von der schmutzigen Vergangenheit reinigen«, meinte Thatha, belustigt über Vishnus patriotischen Eifer. Der Mann war ihm treu ergeben, diente ihm als Auge und Ohr und berichtete ihm alles, was in seinem Großen Haus geschah.

»Was sollen wir tun?« seufzte Ava. »Immerhin sind wir für Ranis Kinder verantwortlich.«

Nun schwieg Thatha sehr lange. Besorgt musterten wir sein Gesicht und versuchten, seine Gedanken zu lesen. »Ja, das stimmt«, bestätigte er schließlich. »Aber sie sind eher seine Kinder als unsere. Ich werde mein Bestes tun, um ihn von seinem Entschluß abzubringen. Vishnu, sag Bharat, ich würde ihn bald besuchen.«

Geschäftig eilte Vishnu davon, und Thatha schob eine Hand in die Seitentasche seines Jiba. Als er sie wieder hervorzog, war die Faust fest geschlossen. »Was ist da drin?« fragte er mich.

»Eine Rupie«, antwortete ich und versuchte, seine Finger zu lockern.

»Rat noch einmal«, schlug er lachend vor. »Wenn du richtig rätst, gehört es dir.«

»Diamanten.«

»Nein.« Kichernd beobachteten die Kinder, wie ich seine Faust zu öffnen suchte, und die Erwachsenen lächelten.

»Gold.«

Jetzt öffnete er die Faust, und auf seiner Handfläche lag ein goldener Sovereign. Erfreut hielt ich ihn hoch, und die anderen jammerten, weil sie auch einen wollten. Da zog Thatha drei weitere Goldstücke aus seiner Tasche. Anjali, Kaveri und Jagan nahmen die Münzen mit dem Profil der englischen Königin Victoria auf der einen Seite und dem britischen Löwen auf der anderen entgegen. Bald würde Thatha das Geld zurückverlangen. In einer Woche oder in einem Monat. Dann würde er erklären, es sei nur eine Leihgabe gewesen, und die Münzen würden wieder in seiner Tasche verschwinden.

Früher, vor der Unabhängigkeit, war er Mitglied und Gesetzgeber des Nationalkongresses gewesen. Er hätte sogar ein Ministeramt in der Regierung während der britischen Herrschaft übernehmen können. Doch das hatte er abgelehnt mit der Begründung, er würde nichts erreichen, solange die Briten gegen alles Einspruch erheben könnten. Nachdem wir unsere Unabhängigkeit gewonnen hatten, strebte er wie Gandhi die Auflösung des Nationalkongresses an. Statt dessen rissen die Kongreßmitglieder die Macht an sich, und das enttäuschte ihn zutiefst. Deshalb hatte er sich aus der Politik zurückgezogen. Aber er spendete der Partei immer noch beträchtliche Summen.

Thatha blies einen Rauchring in die Luft, und ich schob einen Finger hindurch. Inzwischen hatte sich der Wind gelegt. In der drückenden Schwüle brach uns der Schweiß aus allen Poren. Die schwarzen Wolken verdichteten sich, der Donner grollte gedämpft. Doch die Blitze beleuchteten immer noch unsere Gesichter. Ich stieg von der Schaukel und setzte mich auf den Boden, den Sovereign in der Hand.

Schüchtern nahm Jagan den Kricketball aus Thathas Fingern und las die goldene Inschrift vor. »Jas Lillywhite, Froud & Co, London and Tonbridge.« Dann versuchte er den Ball so zu umfassen wie Thatha, aber seine Hand war zu klein. Trotzdem schien es ihn zu befriedigen und zu trösten, den Ball festzuhalten. Er übergab Ava den Sovereign. Geistesabwesend knotete sie ihn einem Zipfel ihres Saris fest.

Obwohl Thatha schon über sechzig war, hielt er sich täglich mit Yoga und Kricket fit. Einmal hatte Nayana mir zugeflüstert, Thatha sei ein so mächtiger Yogi, daß er sein Herz zum Stillstand bringen und wieder schlagen lassen könne. Natürlich hatte ich Thatha gefragt, ob das stimme. Statt zu antworten, hatte er nur gelächelt. Aber eine Woche später führte mich Vishnu in Thathas Zimmer.

Nur selten durften die Kinder sein Allerheiligstes betreten. Auf leisen Sohlen schlich ich hinein und umklammerte Vishnus Hand. Zuvor hatte er mich ermahnt, keinen Lärm zu machen. Der Raum war der größte im Haus, mit breiten Glastüren, die auf Thathas Privatbalkon führten. Neben einer dieser Türen stand ein langes Messingteleskop auf einem Dreifuß, himmelwärts gerichtet.

Begierig versuchten meine Augen, jede Einzelheit aufzunehmen, denn dieses Zimmer war ein Kinderparadies. Auf einer Werkbank reihten sich Tiegel und Flaschen mit farbigen Pulvern und Flüssigkeiten aneinander. Man hatte mir erklärt, Thatha könne Gold herstellen. Aber dafür fand ich keinen Beweis. Hohe Regale enthielten zahlreiche Bücher, und manche stapelten sich am Boden. Dazwischen lagen Zeitungen, Kricket- und Hockeyschläger. In einer Ecke stand ein großes Radio, und ich entdeckte noch andere Geräte, teilweise auseinandergenommen, aus verschiedenen Metallen, mit Drähten drumrum. Verschiedene Gerüche erfüllten den Raum – Zigarettenrauch, Bücherstaub, die beißenden Aromen seiner Experimente. Nicht einmal Ava kam oft hierher. Sie lebte im Kleinen Haus, er im Großen.

Die Augen geschlossen, mit gekreuzten Beinen, saß er auf seinem Bett, einer Binsenmatte zwischen Bücher- und Zeitungsstapeln. Vishnu legte einen Finger an die Lippen. Auf Zehenspitzen gingen wir zu Thatha.

Behutsam legte Vishnu meine Hand auf Thathas Brust. Ich spürte keinen Herzschlag, und seine Haut fühlte sich trocken und kalt an. Aber dann erwärmte sich seine Brust, und er öffnete die Augen. Er sah mich nicht, denn sein Blick richtete sich nach oben. Lautlos führte Vishnu mich hinaus und schloß die Tür hinter uns.

Am späteren Abend sah ich Thatha wieder, und er fragte, ob ich seine Brust oberhalb des Herzens berührt habe. Das bestätigte ich, und er erklärte mir, er könne sein Herz für fünf Minuten zum Stillstand bringen, aber nicht länger, sonst würde er sterben. Natürlich erzählte ich den anderen, was ich erlebt hatte, und sie wollten ebenfalls spüren, wie Thathas Herz zu schlagen aufhörte. »Mal sehen«, sagte er, und bald dachten sie nicht mehr daran.

Zweimal pro Woche ließ er sich mit einem Öl massieren, das aus den Blättern des Niembaums gewonnen und nach einem speziellen ayurvedischen Verfahren hergestellt wurde. Es verlieh seiner Haut den Glanz alten Goldes.

Nach dem langen, hastigen Fußmarsch zum Großen Haus und wieder zurück kam Vishnu schweißgebadet ins Zimmer, einen fest zusammengerollten schwarzen Schirm in der Hand. »Chinna Iyer sitzt in seinem Büro, und er sagt, du kannst ihn jetzt sehen oder nach dem Dinner auf der Veranda.«

»Gehen wir jetzt zu ihm.« Thatha stand auf und nahm Jagan und mich bei der Hand. Dann neigte er sich zu Ava, damit die anderen seine Worte nicht hörten, und der Donner half ihm. »Vielleicht hat Bharat Geschmack am weißen Fleisch gefunden. Jene Jahre in England haben die Gewohnheiten vieler junger Inder verändert. Angeblich schenken die Engländerinnen in ihrer Heimat ihre sexuelle Gunst den dunkelhäutigen Männern viel freizügiger als hier. Und einige junge Männer aus guten Familien sind mit den Töchtern ihrer Vermieterinnen oder Barmädchen nach Indien zurückgekehrt.«

»Aber er hat Rani geheiratet«, erwiderte Ava, »sobald er wieder hier war.«

»Das stimmt. Andererseits – fünf Jahre sind eine lange Zeit für einen Mann um die Vierzig, und er wird nicht immer enthaltsam leben. Wie du weißt, interessieren sich viele Mütter junger Töchter für ihn.«

»Um seine körperlichen Bedürfnisse kümmere ich mich nicht«, entgegnete sie in scharfem Ton. »Ich will nur die Kinder schützen – und das Andenken unserer Tochter.« Verbittert fügte sie hinzu: »Warum kann er nicht Witwer bleiben? Wozu braucht er eine Frau?«

»Warten wir ab, was er mir sagen wird.«

»Vergiß nicht, zurückzukommen und uns alles zu erzählen!« rief Chandu.

»Natürlich nicht.« Jagan und ich folgten ihm zur Tür.

Spiel mit dem Monsun

Vishnu begleitete uns und beleuchtete mit einer Laterne unseren Weg durch das pechschwarze Dunkel. Zu unseren Füßen flackerte ein kleiner gelber Lichtkreis. Nur wenige Lampen brannten im Großen Haus, es war zwischen den Bäumen und Büschen kaum zu sehen.

Am Himmel kämpften die Pandavas gegen die Kauravas. Bhima schleuderte seinen gezackten Donnerbolzen durch das Wolkenheer, und Arjuna warf seinen dröhnenden Streitkolben zu ihm hinüber. Kreischend jagte Krishnas Wagen von einem Ende des Himmels zum anderen, zwischen klirrenden, funkensprühenden Schwertern und Schilden. Wie Ava mir erzählt hatte, wiederholte sich bei jedem Monsun die große Schlacht aus dem Mahabharata, und ich glaubte, Männer fechten und sterben, Rache üben und ihren Treueeid halten zu sehen.

Während wir über den Rasen schlenderten, hielt Jagan die Hand unseres Großvaters fest, und ich umklammerte Vishnus Finger. Jagan hatte den Ball mitgenommen und schwatzte mit Thatha über Kricket. Hoch oben tobte die Schlacht. Aber die Phantasiebilder, die ich damit verband, wurden vom Gedanken an eine Bemerkung Thathas verdrängt.

»Was hast du mit ›Fleisch‹ gemeint, Thatha?«

»Frauen sind Fleisch«, erwiderte er lachend und wußte, daß ich den Sinn seiner Worte nicht verstand. »Wenn du älter bist, wirst du herausfinden, was ich meine.«

Unter der Verandalampe blieben wir stehen, und Thatha zeigte meinem Bruder, wie man den Kricketball hochwerfen mußte.

Nach zwei Töchtern war Jagan der erste Sohn gewesen, und das Große Haus hatte seine Geburt bejubelt. Ava und Amah unternahmen mit den beiden Mädchen und dem Baby Jagan eine Pilgerfahrt nach Tirupati und baten die Priester, ein besonderes Dankgebet an den Gott Venketeswara zu richten. Drei Tage verbrachten sie in einem spartanischen Quartier nahe dem Tempel und versanken in ihrer Frömmigkeit. Jagan wurde unentwegt geherzt und geküßt, Thatha schenkte ihm eine Goldkette, und seine Schwestern vergötterten ihn.

Zwei Jahre später wurde ich geboren, und die Familie konzentrierte ihre Liebe auf mich. Aber ich hatte meinen älteren Bruder von Anfang an bewundert, war ihm auf Schritt und Tritt gefolgt, und seit wir gemeinsam zur Schule gingen, standen wir uns sehr nahe.

Plötzlich trat ein Diener aus der Finsternis und flüsterte Vishnu etwas zu.

»Das Auto, das sie weggebracht hat, ist noch nicht zurückgekehrt«, verkündete Vishnu.

Überrascht blickte Thatha auf. Dann zuckte er die Achseln. »Vielleicht wohnt sie in Bombay. Wer fährt den Wagen?«

»Balram«, erwiderte Vishnu.

»Wenn er zurückkommt, soll er sich bei mir melden. Falls er jemals wieder auftaucht.«

Wir betraten das Große Haus nicht durch die schwere Teakholztür. Tag und Nacht stand sie weit offen. Jeder Türflügel enthielt acht geschnitzte Tafeln. Darauf war die Legende des Gottes Ganesha dargestellt, der Sohn Shivas und Parvatis, der vier Hände und einen Elefantenkopf hat. In einem Alkoven über dem Eingang befand sich eine marmorne Ganesha-Statue, kindergroß, die auf einer winzigen Ratte ritt. Er war unser *Chowkidar*, der uns beschützen sollte. Jeden Tag beteten wir, er möge niemals schlafen.

»Der Monsun spielt mit unserem Leben – mal sehen, wie wir gewinnen können.« Nachdenklich schaute Thatha zum Himmel hinauf, als versuchte er abzuschätzen, wieviel Wasser die dicken

Wolken bargen. »Wenn es ein guter Monsun ist, werden die Baumwollpreise fallen – und sämtliche anderen Preise, denn dann gibt es alles im Überfluß. Und wenn es ein schlechter Monsun ist, steigen die Preise.«

Thatha rebellierte gegen die Strenge, die das Wesen seines Vaters, eines perfekten Bürokraten, teilweise bestimmt hatte. Den anderen Teil, den Poeten, der das Große Haus erträumt hatte, einen Mann voll geheimer Leidenschaften, bewunderte der Sohn.

Mein Urgroßvater Perumal hatte das Große Haus zu bauen begonnen. 1882 war ihm das Land von Rippon, dem Gouverneur der Provinz Madras, zugeteilt worden. Perumal hatte das Dorf unserer Vorfahren 1870 verlassen, um der Regierung zu dienen. Damals war er neunzehn gewesen. Dank seiner exzellenten Englischkenntnisse und harter Arbeit wurde er der Privatsekretär des Gouverneurs. Als Anerkennung für seine Verdienste beim Verfassen der Verwaltungsgesetze der Stadt hatte ihm Lord Rippon das Grundstück im Dorf Kilpauk geschenkt, fünf Meilen vom Fort entfernt.

In der Eingangshalle des Großen Hauses hing Perumals lebensgroßes Ölporträt, das einen überdurchschnittlich großen, etwas zu dünnen Mann zeigte. Er trug eine lange, geschlossene schwarze Jacke zu seinem Dhoti, den er wie eine Hose geschlungen hatte. Über dem schmalen, strengen Gesicht mit den furchtlosen Augen leuchtete ein schneeweißer Turban. Aber hinter seinem tiefen Ernst verbarg sich der Geist eines Poeten, inspiriert von europäischen und indischen Geschichtsbüchern und Zeichnungen in britischen Zeitschriften, die ihn zum Entwurf seines Hauses anregten. In seinem Büro hatte er großen Wert auf Präzision gelegt. Doch bei der Gestaltung seines Heims ließ er seiner Phantasie freien Lauf. Leider sah er das fertige Gebäude nicht, denn er starb im selben Jahr wie Königin Victoria, und mein Thatha mußte es vollenden.

Beinahe hätte das Große Haus einen Namen erhalten. Aber vor über fünfzig Jahren war einem Bauarbeiter die Marmortafel aus den Händen gefallen, die an der linken Säule vor dem Haupteingang angebracht werden sollte. Sie zerbrach in drei Stücke, und die Astrologen prophezeiten, es würde Unglück bringen, eine neue Tafel herstellen zu lassen. Und so war die rechteckige Vertiefung in der Säule, die für die Namenstafel bestimmt, leer geblieben. Spinnweben, Staub, welke Blumen und Blätter sammelten sich darin.

In unserer Kindheit hatten wir geglaubt, die Erdachse und der Äquator würden sich durch das Zentrum des Hauses erstrecken. Zwei Generationen unserer Familie wurden in den oberen Schlafzimmern geboren, und wir fühlten uns diesen Mauern eng verbunden.

Wir wanderten durch den Garten zum Osteingang. Auf der Seite Hauses, an die der Tennisplatz grenzte, lag Nayanas Privatbüro. Die Lampen brannten, die Tür des Vorzimmers war geöffnet. Als wir ankamen, erhob sich ein Regierungspeon in weißer Uniform mit einer diagonalen roten Schärpe über dem Oberkörper von seinem Stuhl und verneigte sich mit zusammengelegten Händen zum Namaste.

Nayanas Sekretär Anantharaman stand hinter seinem Schreibtisch auf und grüßte ebenfalls mir einem Namaste. Auf der Stirn des stämmigen Mannes prangten die drei senkrechten Streifen von Vishnus drei Schritten. Neun Männer saßen ihm auf aneinandergereihten Stühlen gegenüber. Ständig warteten Bittsteller vor Nayanas Büro.

»Gleich wird der Herr erscheinen«, verkündete Anantharaman. »Er mußte einem Ruf der Natur folgen.«

»Warum sagen Sie nicht, daß er aufs Klo gegangen ist?« fragte Thatha. »Sie drücken sich immer so umständlich aus. Vielleicht sollte Vishnu Ihnen eine Tasse Kaffee bringen.«

»Sir, ich habe bereits mein *Tiffin* eingenommen.«

»Wie immer.« Thatha genoß es, den orthodoxen Brahmanen zu necken, der niemals auch nur ein Glas Wasser von der niedrigen Kaste dieses Haushalts annahm. In seinen Augen zählte der Reichtum nichts. Infolge seiner Herkunft war er uns überlegen. Thatha und Nayana hielten nichts vom Kastensystem, und wir Kinder übernahmen ihre Geisteshaltung. »Vermutlich würden Sie eher sterben, als hier etwas zu trinken oder zu essen.«

»Ja, wenn es so sein soll.«

»Indien wird sich ändern und das Unterste zuoberst kehren.«

»Dann werde ich mich bereits im Ruhestand befinden, Sir, und Indien kann machen, was es will.« Er war erst vierzig, schien aber anzunehmen, er würde die Veränderung während seiner Amtszeit nicht mehr miterleben.

»Warten wir, bis der Herr den Ruf der Natur beantwortet hat«, sagte Thatha, und wir folgten ihm in Nayanas Büro.

Die Kunst des Geldes

In der Mitte des großen Raumes stand ein Empire-Schreibtisch, unter dem Ventilator, der an einem Deckenbalken aus dunklem Teakholz hing. Der weiße Marmorboden verstärkte den strahlend hellen Eindruck. Um die Nachtluft einzulassen, waren die hohen Fenster geöffnet. Dicke Lehmmauern hielten die Hitze fern. An einer Wand hing eine bunte Karte der Provinz Madras, an einer anderen eine zweite, die das ganze britische Indien zeigte. Die einzigen persönlichen Gegenstände meines Vaters waren das gerahmte Wappen des Balliol Colleges und sein Offizierspatent, von König George VI. unterzeichnet – ein »Königspatent«, kein einfaches »Vizekönigspatent«, wie er uns erklärt hatte. Darauf war er sehr stolz, ebenso auf die schöne verschnörkelte Inschrift, die auch seinen Namen enthielt: Eyruli Bharat Naidu.

Während Jagan und ich uns den Kricketball zuwarfen, saß Thatha in Nayanas rundem Sessel mit den krummen Beinen, dessen Sitzfläche sich wie eine Schallplatte drehen ließ. Auf der anderen Seite des Schreibtisches standen fünf Stühle mit geraden Rückenlehnen für Besucher.

Nayana war jetzt stellvertretender Landwirtschaftsminister im sehr jungen Staat. In zwei Jahren würde der Minister, Magister Sivaraman, ein Cambridge-Absolvent, in den Ruhestand treten und seinen Posten meinem Vater überlassen.

Wie üblich sah Thatha die Akten auf der Löschblattunterlage durch, schürzte die Lippen und pfiff tonlos vor sich hin. Manchmal sammelte er Informationen, die ihm bei seinen Geschäften nützten. Seine Finger trommelten auf die Tischplatte, ein Zeichen seiner Erregung. »Wißt ihr, wie man Geld macht?« fragte er, und wir schüttelten die Köpfe. Als er einen Sovereign aus der Tasche zog, traten wir neugierig näher und glaubten, er würde uns ein Kunststück zeigen. »Ganz einfach. Stellt euch vor, das wäre eine Rupie. Ihr kauft etwas damit und verkauft es für zwei Rupien. Dann kauft ihr was für zwei Rupien und verkauft es für vier. Überlegt euch gut, was ihr zuerst kauft. Es muß was sein, das die Leute brauchen – Nahrung oder Kleidung oder Land. Sagen wir mal, ich kaufe Baumwolle, weil ich weiß, daß sie bald knapp sein wird. In drei Monaten verkaufe ich die Ware, die ich mit einer Rupie bezahlt habe, für zehn.«

»Hast du das gerade gelesen?« erkundigte ich mich.

»Mag sein«, erwiderte er lachend. »Warten wir ab, was mit der Baumwolle passieren wird. Leiht mir die Sovereigns, die ich euch gegeben habe.« Widerstrebend nahm ich die Münze aus meiner Tasche und legte sie in seine ausgestreckte Hand.

»Meinen hat Ava«, sagte Jagan.

»Dann müssen wir ihn holen. Ich werde ihn in zehn Sovereigns verwandeln.«

»Und wie ist es mit dem Land?« fragte ich. Außer unserem Anwesen besaß Thatha Grundstücke in Georgetown und Egmore und einige brachliegende Morgen in den entlegenen Dörfern T'Nagar und Kodambakkam.

»Natürlich ist Landbesitz sehr wichtig. Unsere Macht liegt in Erde, Gestein, Gras und Bäumen. Aber es kostet viel Zeit, vom Land zu profitieren. Später werde ich euch noch mehr beibringen. Ihr dürft nicht so dumm sein wie ich.« Aus einer Laune heraus hatte er schon oft Land verschenkt. Oder er verteilte Geldscheine wie politische Pamphlete. Einmal hatte er einem guten Kricketspieler ein Studium in England bezahlt, und der Mann war nie zurückgekehrt.

Großvater schnippte mit den Fingern, und Vishnu eilte herein, um ihm Zigaretten und Streichhölzer zu bringen. Im selben Augenblick betrat Nayana das Büro durch die Innentür. Lächelnd entzündete Thatha eine Zigarette. Dann stand er auf und setzte sich auf einen Besucherstuhl. Nayana sank in seinen Drehsessel, und ich kletterte auf seinen Schoß, weil ich herumwirbeln wollte. Aber diesmal wiegte er mich nur hin und her. Seufzend verzichtete Jagan auf seinen Spielkameraden und warf den Ball allein hoch. In allem, was er tat, lag eine gewisse Zielstrebigkeit.

Inzwischen hatte Nayana den korrekten Anzug mit einer braunen Kordhose, einem tadellos gebügelten Hemd und einer blauen Krawatte vertauscht. Dazu trug er braune Wildlederschuhe, bei Peal es in London eigens für ihn angefertigt. Thatha hatte ihm den fünfjährigen Aufenthalt und das Studium in Großbritannien bezahlt – eine lohnende Investition, wie er fand. Sonst hätte sich sein armer Schwiegersohn mit einem minderwertigen Diplom von der Madras-Universität begnügen müssen, seiner eigenen Alma Mater. Deshalb war Nayana ihm dankbar, was er aber in Thathas Gegenwart nie erwähnte. Abgesehen von der geteilten Begeisterung für Kricket hatten sie nicht viel gemein. Nayana, ein Verwaltungsbeamter, hatte den Briten gedient und arbeitete jetzt für die indische Regierung, unparteiisch und mit britischer Arroganz. Weder familiäre Beziehungen noch Rücksicht auf Kasten, Religionen, Sprachen oder Regionen beeinflußten seine Entscheidungen. Auf diese Weise müsse man ein solches Amt handhaben, sagte Thatha zu mir, wenn er auch meinte, ihm als Schwiegervater würden gewisse Vergünstigungen zustehen.

»Du hast die Damen ziemlich durcheinandergebracht«, begann er.

»So?« Nayana lachte leise. »Zweifellos geht es um Miss Victoria Greene. Sie kam aus Bombay nach Madras, um die Stanfords zu besuchen, die sie in den Club mitbrachten. Dort lernte ich sie kennen. Und weil sie eine Stellung suchte, dachte ich, sie könnte die Kinder unterrichten.«

»Brauchen sie eine Gouvernante?« Achtlos warf Thatha die Zigarette zu Boden und trat sie aus.

»Ich glaube schon.«

»Ist sie eine Britin?«

»Allerdings. Sonst hätte man ihr nicht erlaubt, den Club zu betreten.«

»Ah, natürlich, die Clubregeln. Keine Hunde, Inder oder Eurasier. Es sei denn, sie haben in Oxford studiert.«

»Rani und ich wollten auch dich in den Club einführen«, entgegnete Nayana sanft. »Aber deine Prinzipien standen zwischen dir und deinem geliebten Kricket.«

»Für den Club bin ich viel zu ›einheimisch‹. Jedenfalls wünschte ich, du würdest deine Entscheidung noch einmal überdenken.«

Statt zu antworten, zerzauste Nayana mein Haar und stellte mich auf den Boden. »Geh doch mit Jagan hinaus. Wartet draußen. Ich muß etwas mit eurem Thatha besprechen.«

Zukunftspläne

Gehorsam gingen wir in den Garten, gefolgt von Vishnu. Obwohl ich Thathas erhobene Stimme hörte, verstand ich nicht, was er sagte, und Nayana sprach wie immer sehr leise.

Großvater schien in Wut zu geraten, und ich wollte stehenbleiben, um zu lauschen. Aber Vishnu scheuchte uns davon. Besorgt schaute er zu den Bürofenstern zurück. Dahinter glitt Thathas Schatten hin und her. Wenn er sich ärgerte, konnte er niemals stillsitzen. Und dann waren wir außer Hörweite.

Jetzt parkte der Pontiac vor der Veranda, und Balram stand daneben. Gewohnheitsmäßig polierte er den braunen Lack. Er arbeitete schon seit Jahren für Thatha. Früher hatte er die Kutschen gelenkt, nun steuerte er die Autos. Er hatte die eleganten, von schwarzen, mit weißen Federn geschmückten Pferden gezogenen Karossen bevorzugt. Aber Thatha hatte als erster in Madras ein Auto gekauft, einen Ford. Darin war Balram mit fünfundzwanzig Stundenmeilen dahingerast, fest überzeugt, er würde sich selbst und alle Leute auf der Straße umbringen. Das hohe Tempo mißhagte ihm immer noch, ungeachtet, daß er der Fahrer war. Außerdem bevorzugte er seinen alten, hohen Turban.

»Sicher will Thatha wissen, warum du so lange gebraucht hast«, sagte ich in gebieterischem Ton, ganz der junge Herr des Hauses. Er war ein alter Mann mit rundem Gesicht und üppigem weißem Schnurrbart. Um die Stirn zog sich der Abdruck seiner Chauffeursmütze. Manchmal saß ich im Auto auf seinem Schoß und drehte das Lenkrad herum.

»Die Memsahib wollte nicht sofort nach Hause. Also brachte ich sie zum Connemara Hotel. Dort mußte ich eine Stunde warten, und dann fuhr ich sie heim.«

Jeden Monat ging Nayana mit Jagan und mir ins Hotel, und wir ließen uns die Haare schneiden. Rechts vom Eingang lag ein großer luftiger Salon mit Drehtüren. In den tiefen Ledersesseln saßen Männer in untadeligen weißen Uniformen. Während sie frisiert wurden, lasen sie britische Zeitschriften.

»Was hat sie im Hotel gemacht?«

»Wie soll ich das wissen?«

Natürlich hätte ich das autoritäre Verhör fortgesetzt, aber da trat Thatha aus dem Dunkel, mit müden Schritten, in Gedanken versunken. Als er Jagan und mich entdeckte, legte er den Kopf schief und musterte uns, als hätte er uns nie zuvor gesehen.

»Balram ist wieder da«, verkündete ich.

»Nun?« fragte er, und der Chauffeur wiederholte, was er mir erzählt hatte. Thatha runzelte die Stirn. »Warum ist sie eine ganze Stunde im Hotel geblieben? Hat sie jemanden getroffen? Fahr morgen noch mal hin, Balram, und frag die Gepäckträger. Vielleicht können sie dir irgendwas über Miss Greene sagen.«

Respektvoll salutierte Balram. Dann brachte er den Pontiac in die Garage, die am Westrand des Gartens lag, neben dem kleinen Dorf mit den Wohnungen der Dienstboten.

Thatha setzte sich auf die Verandastufen. Die Augen geschlossen, atmete er durch ein Nasenloch ein und durch das andere aus. Vermutlich kontrollierte er seine Herzschläge. Jagan und ich hockten uns zu ihm, einer links, einer rechts, und schmiegten uns an ihn. Ohne die Lider zu heben, breitete er die Arme aus, die den seidenen Schwingen eines großen Vogels glichen, und umfaßte uns. Sein Körper fühlte sich glühend heiß an. »Wie ich sie vermisse ...«, flüsterte er. »Sie war so exquisit wie ein Juwel, zart und lieblich wie Seide. Ich liebte ihr Lächeln und ihr Lachen, und als sie starb, so weit entfernt von dem Haus, das wir für sie gebaut hatten, weinte ich, aber ich akzeptierte den göttlichen Willen. Dagegen dürfen wir uns nicht auflehnen. Es war Ranis *Karma*, daß sie starb. Aber es ist auch euer Karma so gut wie das meine und das eurer Ava und Nayanas. Das habe ich zu verstehen gelernt, wie so vieles im Lauf der Jahre. Und jetzt begreife ich gar nichts mehr. Ich kann die Beweggründe eines Menschen nicht einmal erahnen.«

»Was meinst du, Thatha?« fragte ich.

»*Amah*s Tod hat euer Leben verändert. Aber solange eure Ava und ich bei euch sind, werden wir euch vor weiteren Veränderungen schützen.«

»Hast du darüber mit Nayana gestritten?«

»Ja. Er glaubt, ihr wärt zu indisch.« Lachend strich er über unsere Gesichter. »Soviel ich sehe, seid ihr beide Inder.«

»Wie könnten wir was anderes sein?« erwiderte ich.

»Er will euch in Engländer verwandeln.«

»Kriegen wir dann eine andere Hautfarbe?« fragte Jagan.

»Nein. Nicht einmal Gott würde ein solches Wunder bewirken. Aber ihr dürft nicht mehr barfuß im indischen Staub spielen und müßt Schuhe tragen. Statt mit den Händen sollt ihr mit Messer und Gabel und Löffel essen. Ihr werdet fließend Englisch sprechen, eure Muttersprache vergessen und eines Tages sogar auf englisch träumen. So sieht euer Nayana eure Zukunft, im Gegensatz zu mir. Und deshalb wird diese britische Gouvernante braune englische Mädchen und Jungs aus euch machen.«

Die Rebellin

Ich will nichts mit dieser Gouvernante zu tun haben«, wiederholte Anjali zum x-ten Mal und schaute uns der Reihe nach an.

Neben mir saßen unsere Kusinen. Im ganzen waren wir acht Kinder. Die Mütter und Ava servierten uns das Essen. Unsere Mahlzeiten nahmen wir stets im Kleinen Haus ein, wo wir auf erhöhten *Palakas* kauerten. Unsere *Thalis* waren silberne Halbmonde mit unseren Initialen und fünf kleinen silbernen *Kinums* für Gemüse, *Patchadis* und *Dal*, Tomatensaft und Joghurt. Die Kusinen und Vettern aßen nicht von Silber, sondern von einfachen Blättern.

»Soll sie uns auch unterrichten?« fragte Sushila, Großtante Lakshmis Tochter, die etwa so alt war wie Anjali. »Damit wir lernen, mit Messern und Gabeln und Löffeln zu essen? Swami!« rief sie dem mageren Diener zu, der gefüllte Schüsseln aus der Küche schleppte. »Bring uns Messer und Gabeln!«

Verwirrt starrte er sie an, und wir brachen in Gelächter aus.

»Das ist nicht komisch«, schimpfte Ava. »Euer Thatha müßte es verbieten.«

»Aber er hat mit Nayana gestritten«, erklärte Jagan.

»Welchen Sinn hat es zu streiten, wenn man nicht gewinnt?« Sie musterte uns vier. Dann gab sie ihren Entschluß bekannt. »Ihr werdet euch weigern, irgendwas von dieser Europäerin zu lernen.« Wie einfach das klang …

Später diskutierten wir im Schlafzimmer der Mädchen, während wir auf den Regen warteten. Wir Jungs bewohnten unser eigenes Zimmer. Aber an diesem Abend saßen wir bei unseren Schwestern, um zu erörtern, wie Miss Greene in unser Leben eingreifen würde. »Wir streiken«, entschied Anjali, unsere Anführerin, unser Ghandi. »Niemals will ich mich so anziehen wie diese Frau.« Verächtlich zog sie ihr Nachthemd bis zu den Knien hoch. »Stellt euch vor, wir müßten unsere Lippen und Zehen bemalen und Handtaschen tragen. Nein, wir lassen uns nicht von dieser Britin unterrichten. Nieder mit den Briten! Nun wollen wir uns schwören, stets zusammenzuhalten – nichts darf uns auseinanderreißen!«

Die Revolte, so bald nach dem siegreichen Freiheitskampf unserer Nation, begeisterte uns. Fröhlich hüpften wir auf den Betten umher und sangen unsere Parolen. Aber wir spürten bereits den trennenden Zwiespalt. Anjali und Jagan, die Ava besonders nahestanden, würden ihren Befehl befolgen, während Kaveri und ich mit dem Dilemma unserer geteilten Loyalität konfrontiert wurden.

Wie konnten wir gegen unseren geliebten Nayana rebellieren, der soviel Geld ausgab und eine englische Gouvernante für uns engagierte? Wir glaubten, er würde es nur gut mit uns meinen, und Anjali drängte uns, ihn zu verraten. Natürlich würden wir ihm großen Kummer bereiten. Aber es war Ava, die uns nährte und kleidete und badete und betreute. Und sie hatte uns angewiesen, der Engländerin den Gehorsam zu verweigern. Ich war traurig und verwirrt und unfähig zu entscheiden, wie ich mich verhalten sollte. Hilfesuchend wandte ich mich an Kaveri und merkte, daß dieses Problem auch ihr zusetzte.

»Wann fängt sie zu arbeiten an?« fragte ich und hoffte, bis dahin würde ich genug Zeit finden, um einen Entschluß zu fassen.

»Was für eine Rolle spielt das schon?« entgegnete sie erbost. Offenbar spürte sie mein Zögern. »Wir streiken, und dabei bleibt es.«

Nun begann es zu regnen. Sobald die ersten Tropfen aufs Dach prasselten, erloschen die Lichter, und der Ventilator erstarrte. Anjali rannte zum Fenster, setzte sich aufs Sims und preßte das Gesicht an den Mittelpfosten. Im Widerschein der Blitze schimmerten die Regenschleier silberblau. Die trommelnden Wassermassen beruhigten meine Schwester.

»Oh, es regnet, es regnet!« schrie Kaveri.

»Nein, die Sonne scheint«, sagte Anjali, und ich wußte, daß sie sich am liebsten die Zunge abgebissen hätte. So würde sie oft reden – ohne nachzudenken, meinte Ava. Aber Kaveris Bemerkung hatte Anjali geärgert. Zwischen den beiden bestanden dauernd irgendwelche Unstimmigkeiten.

Auch wir gingen zum Fenster, was Anjali zu mißfallen schien. Vermutlich wollte sie diesen wunderbaren Augenblick ganz allein genießen. Sie streckte die hohlen Hände aus, die sich mit warmem Wasser füllten, schlürfte es begierig und ließ die restlichen Tropfen über ihr Kinn rinnen. Wir folgten ihrem Beispiel, der Regen schmeckte süß wie Honig. Kaveri strich mit der nassen Hand über ihr Gesicht, denn sie glaubte, der Monsun würde sie verschönern und bewirken, daß sie für immer ein Kind blieb – ihr sehnlichster Wunsch. Zufrieden seufzte sie auf.

Anjali wollte ein eigenes Zimmer bewohnen, ungestört am Fenster sitzen und die ganze Nacht den Regen beobachten, den plätschernden Tropfen lauschen. Aber Ava hatte erklärt, noch sei sie keine Frau. Deshalb müsse sie den Raum mit Kaveri teilen. Und das Zimmer war ja auch groß genug für zwei Mädchen, mit seiner hohen Decke und den vier Erkerfenstern. Die beiden schliefen einander gegenüber in schmalen Rosenholzbetten unter Moskitonetzen, und jede besaß ihren eigenen Schrank, ihren Toiletten- und Schreibtisch. Auf den Nachttischchen standen Fotos, die sie mit Amah und Nayana zeigten.

Plötzlich rannte Anjali zur Tür.

»Wohin gehst du?« fragte Kaveri.

»Auf den Balkon«, erwiderte Anjali, und wir folgten ihr.

Im Flur war es stockdunkel. Nur die Blitze erhellten unseren Weg. An den Wänden hingen Schwerter, Speere und Streitäxte und -kolben, alte Waffen, die Thatha gesammelt hatte. Die Glastür am Ende des Gangs war offen, und es regnete auf den Teppich.

Wie ein Schiffsbug mit dreieckigem Dach und hohen Geländern ragte der Balkon aus der Hausmauer. Der Wind peitschte den Regen in den Flur, und wir tanzten wie die Indianer, die wir in den Wildwestfilmen im Roxy Picture House gesehen hatten. Bald waren wir klatschnaß. Aber wir tanzten, bis wir müde wurden und unsere Füße auf dem glitschigen Boden keinen Halt mehr fanden.

Die Geschichtenerzählerin

Mit gekreuzten Beinen saßen wir da, unsere Knie berührten sich, die Schienbeine bildeten ein kleines Quadrat, und der Regen trommelte auf unsere Rücken, weckte melancholische Erinnerungen.

»Das muß unsere Amah zuletzt gesehen haben.« Diese feierlichen Worte wiederholte Anjali jedes Jahr, wenn der Monsun begann. Jedesmal trübten sie unsere Stimmung, obwohl der Regen, den sie meinte, fünfhundert Meilen weiter nördlich und in einem anderen Monat gefallen war. Hingerissen hörten wir zu. »Sie muß auf ihrem Krankenbett gelegen und den Regen beobachtet haben. In Lahore war es sicher ein kalter Regen, und durch die Jalousien wird sie das Minarett einer Moschee gesehen haben – nicht den *Gopuram* eines Tempels, und Deodarazedern, keine Kokospalmen. Ihr vorletzter Gedanke wird diesem Haus gegolten haben und dem Garten, wo sie zur Welt gekommen und zu einer schönen Frau herangewachsen war. Alle liebten sie. Immer war sie heiter und freundlich, und sie lachte immer und spielte. Ihr Vater brachte ihr Kricket bei …«

»Hat sie geworfen oder geschlagen?« fragte Jagan.

»Beides«, antwortete Anjali und wünschte, wir würden den Mund halten. Solche Zwischenfragen lenkten sie von ihren Erinnerungen ab. In ihrer Phantasie übernahm sie die Rolle unserer *Amah*. »Und sie spielte Tennis und lief und sprang. Sie war schlank und graziös, mit weizenfarbener Haut und schelmischen hellbraunen Augen. An ihren Armen schimmerten goldene Reifen, Diamanten schmückten ihre Ohren und den Hals, denn die Eltern überschütteten sie mit Juwelen. Trotzdem kannte sie keinen Hochmut und bemitleidete alle, die nicht so glücklich waren wie sie. Wenn sie am Freitag mit ihrer Mutter in den Tempel ging, nahm sie immer ihr Taschengeld mit, das sie unter den Armen und Bedürftigen verteilte, und sie kannte alle Legenden. Sie besuchte dieselbe Schule wie wir. Jeden Morgen wurde sie in einem Stutz Bearcat, einem großen amerikanischen Auto, hingefahren und später wieder abgeholt. Sie war nicht die allerbeste Schülerin, nur die Viert- oder Fünftbeste in ihrer Klasse ...«

Das behauptete Anjali, weil sie selber nicht viel von der Schule hielt. »Klug, aber faul«, betonte die belgische Nonne in einem der Zeugnisse.

»Auf die Vorsatzblätter ihrer Bücher schrieb sie ein Gedicht, das wie folgt lautete: ›Stiehl nicht dieses Buch, mein treuer Freund, sonst wirst du am Galgen enden. Und wenn du stirbst, wird Gott dich fragen: Warum mußtest du das Buch stehlen?‹«

Fasziniert hörte ich zu. Das war meine Lieblingsgeschichte, denn sie handelte von einer Person, die ich gekannt haben mußte, obwohl ich mich nicht an ihre Existenz erinnerte. Inzwischen hätte ich jedes Wort auswendig hersagen können, weil Anjali die einzelnen Formulierungen niemals änderte. Doch die Geschichte fand ein trauriges Ende, das mich stets zu Tränen rührte, und ich wünschte, jene wunderbare Frau würde noch leben.

»... und so wuchs sie zu einem schönen jungen Mädchen von zwölf Jahren heran.« Anjali erhob ihre Stimme, um den

Donner zu übertönen. »Natürlich hielten viele Prinzen aus dem ganzen Land um ihre Hand an. Aber ihre Amah wollte für ihre einzige Tochter einen ganz besonderen Mann und akzeptierte keinen von ihnen und warf ihr Netz weiter aus. Sie wollte, daß ihre Tochter in eine Familie aus unserer Gesellschaftsschicht einheiratet, die womöglich noch reicher war als unsere. Sein Königreich sollte vier- oder fünfmal so groß sein wie ihr eigenes. Nur ein solcher Mann wäre ihrer Tochter würdig gewesen. Was sie allerdings nicht wußte, war, daß ein junger Vetter das Königreich regelmäßig besuchte …«

»Nayana!« platzte ich freudestrahlend heraus. Anjali ignorierte mich. Das sagte ich jedesmal an dieser Stelle der Geschichte, und sie wollte nicht daran erinnert werden, daß ihre Geschichte der Wahrheit entsprach und ihr Vater kein Prinz war, sondern ein armer Bürgerlicher.

»… und Rani, so hieß das Mädchen, fühlte sich zu ihrem armen Vetter hingezogen, der sechs Jahre älter war als sie. Diese Neigung verheimlichte sie ihren Eltern, nur ihre beste Freundin Lakshmi wußte davon, ihre Tante, die Schwester ihrer Mutter. Lakshmi bewahrte Ranis Geheimnis in ihrem Herzen. Wenn die beiden allein durch den Garten schlenderten, sprachen sie darüber. Dann seufzte Rani tief auf und redete sich alles von der Seele. ›Er ist so hübsch und charmant. Und er gestand mir, er habe sich schon in mich verliebt, als ich noch ein Baby gewesen sei, und beschlossen, mich eines Tages zu heiraten. Jedes Jahr, wenn er aus Bangalore zu uns kam, spielten wir miteinander, und er beteuerte, wie sehr er mich lieben würde.‹ Seine Worte schlugen Wurzeln in ihrer Seele – für immer.

Ihre Mutter hatte gewartet, bis Rani zwölf war, das war das gleiche Alter, in dem sie selbst mit ihrem Ehemann verheiratet wurde. Damals wurden die Mädchen und die Jungen schon in sehr jungen Jahren verheiratet. Von nah und fern kamen die Eltern der Bewerber zu Besuch und brachten Beweise ihres Wohlstands mit – Beutel voller goldener Sovereigns und Fotos, die ihre Häuser und Autos zeigten, ihre Rinder und Pferde und Elefanten. Und sie brachten auch ihre eigenen Horoskope mit, als Beweis für eine glückliche Zukunft und die Anzahl der Kinder, die Rani bekommen würde. Die Ehefrauen trugen schwere seidene Saris aus Varanasi und Kanchipuram mit breiten Goldkanten, in die mindestens ein halber Sovereign hineingewebt war, und hatten fünfzehn weitere Sovereigns um ihre Arme und den Hals, in ihren Ohren und in ihren Nasen.

Aber Rani lehnte alle vornehmen Anwärter entschieden ab. Sie war ein sehr eigensinniges Mädchen, und nachdem sie beschlossen hatte, ihren Vetter zu heiraten, konnten sie weder die Tränen ihrer Amah noch die Drohungen ihres Vaters umstimmen. Sie stampfte so heftig mit dem Fuß auf, daß die Glöckchen von ihrem silbernen Knöchelreifen abfielen und über den Marmorboden rollten. Was sollten die Eltern da tun? Der Vater mochte seinen armen jungen Neffen, trotz des erbitterten Streits, den er mit dessen Vater, seinem Bruder, ausgefochten hatte. Aber liebte er ihn genug, damit er sein Schwiegersohn werden konnte? Immerhin erwies sich der junge Mann als ausgezeichneter Kricketspieler und guter Sportler.

Der Junge hatte mit achtzehn Jahren die Schule abgeschlossen, und nun wollte er an der Universität von Madras studieren, also in unmittelbarer Nähe. Rani würde ihn täglich sehen, denn ihr Vater konnte ihm die Gastfreundschaft des Großen Hauses nicht verweigern. ›Ich habe eine Idee‹, erklärte er seiner Frau. ›Am besten schicke ich ihn nach Oxford. Dann wird er fünf Jahre fort sein, und in dieser Zeit wird unsere Rani ihn vergessen haben. Bei seiner Rückkehr wäre sie achtzehn, zu alt, um zu heiraten. Also wird sie sich mit einem anderen Bräutigam begnügen, und vielleicht lernt mein Neffe in England eine Frau kennen, die sein Herz erobern wird.‹

Seiner Frau gefiel dieser Plan. Und so teilte er seinem Neffen die gute Neuigkeit mit. Der Junge war natürlich außer sich vor Freude. Dankbar küßte er die Hand seines Onkels und eilte davon, um Rani zu informieren. Er fand sie lesend im Rosengarten.

Sie sah so hübsch und glücklich aus. Sobald sie erfuhr, was geschehen sollte, begann sie bitterlich zu weinen. ›Du wirst zurückkommen und mich heiraten?‹ fragte sie. ›Ja, das will ich‹, versprach er, obwohl seine Gedanken bereits in Oxford weilten. ›Ich werde bis zu dem Tag auf dich waren, an dem ich sterbe‹, gelobte sie.«

»Wie romantisch!« Kaveri seufzte. Der Regen strömte über unsere Gesichter und mischte sich mit Tränen, während wir an unsere tapfere Amah dachten.

»Erzähl doch weiter«, drängte ich Anjali, und als sie den Kopf schüttelte, kniff ich sie erbost in den Arm. Das tat sie uns jedesmal an.

»Ich bin eine Geschichtenerzählerin«, betonte sie. »Und alle Geschichtenerzähler verstummen an den dramatischen Stellen, damit die Zuhörer am nächsten und am übernächsten Abend wiederkommen.« Sie stand auf und hob mich hoch. »Jetzt wollen wir dich ins Bett bringen, sonst wirst du womöglich noch krank.«

»Nein«, widersprach ich, obwohl ich überlegte, daß ich mich vielleicht erkälten sollte, um am nächsten Morgen nicht in die Schule gehen zu müssen.

Nächtliche Spiele

Ich hob meine Arme, damit sie mir den triefnassen Paijama ausziehen konnte, und kickte die nassen Sachen in eine Ecke. Auch die anderen entkleideten sich und ließen die feuchten Sachen liegen. Darum würden sich die Diener am nächsten Morgen kümmern. Jetzt regnete es nicht mehr so stark, aber ein gewaltiger Sturzbach floß die Zufahrt hinab. Der Monsun hatte seine ersten Kräfte erschöpft, und nun holte er Atem, um erneut herabzuströmen.

Der Marmorboden des Badezimmers glänzte im schwachen Licht des Nachthimmels unheimlich. Thatha hatte eine Porzellanwanne aus England einbauen lassen, aber die massiven Messinghähne waren nicht mit Wasserrohren verbunden. Statt dessen standen große, mit Wasser gefüllte Messingeimer neben der Wanne. Außer einer westlichen Toilette gab es auch eine indische, auf einer Plattform mit Stufen. Diese Toiletten hatte Thatha erst kürzlich installieren lassen. Zuvor waren die Eimer jeden Morgen und Nachmittag von einem unberührbaren Diener entleert worden. Um das Kastensystem zu bekämpfen und dem Mann die Demütigung zu ersparen, hatte sich mein Großvater für Toiletten mit Spülkästen entschieden. Jeden Tag füllten sechs Leute mit Handpumpen Wasser in den Tank, damit wir spülen konnten.

Anjali und Kaveri hüllten uns Jungs in große Badetücher und frottierten uns. Dann trockneten sie sich selbst ab und warfen die Tücher zu den nassen Kleidern. Immer noch nackt, schlichen wir durch den dunklen Flur, eng aneinandergedrückt wie verängstigte Rehe. Zuerst huschten wir in unser Zimmer, und die Mädchen zogen uns frische Paijamas an. Nachdem sie uns zu Bett gebracht hatten, ließen sie uns allein.

Mit großen Augen starrte ich in die Finsternis, lauschte dem Regen und erinnerte mich an die Geschichte. Die würde Anjali am nächsten Abend weitererzählen. Aber obwohl ich sie auswendig kannte, war ich rastlos vor Ungeduld und konnte nicht einschlafen, während Jagan tief und fest schlief, den Daumen im Mund. Also stand ich auf und eilte zum Zimmer der Mädchen, in der Hoffnung, Anjali wäre noch wach und würde die Geschichte zu Ende erzählen, nur für mich.

Am anderen Ende des Flurs schwebte schwaches gelbes Licht die Stufen herauf. Ein *Dacoit*? Dieb? Ein Geist? Oder – noch schlimmer – Ava, die nach uns sehen wollte? Atemlos preßte ich mich an die Wand.

Die geschwungene Treppe führte zu einer großen, runden Halle mit einer hohen Marmorkuppel, einer kleineren Nachbildung der Kuppel im hochgelegenen Mandu über der Narmada-Ebene. In den Marmorwänden schimmerten bunte Fenster, die den Mond und die Sonne veränderten. Ein riesiger französischer

Lüster hing in der Mitte herab, an einer Elefantenkette, die einer Messingschlange glich. Nun spiegelten die Glasprismen das gelbe Licht wider. Von der runden Halle zweigten vier Korridore in alle Himmelsrichtungen ab. Wir schliefen im Osten, Nayana und Thatha im Norden, die übrigen Verwandten und die Hausgäste wohnten an den restlichen Fluren. Viele Zimmer standen leer.

Wenn Ava es war, die heraufkam, würde ich behaupten, ich sei auf dem Weg zu Nayanas Zimmer. Und wenn es ein Dacoit war, würde ich mit ihm ringen und ihn die Treppe hinunterwerfen, wie ich es in den Filmen gesehen hatte. Aber wenn es ein Geist war, würde ich mich in meinem Schlafzimmer verstecken. Ich schlich weiter zum Ende des Korridors, während das Lampenlicht über die dunklen Ölporträts unserer Ururgroßeltern und Urursonstwas glitt, die wir niemals kennenlernen würden. Sie waren nach der Vorstellung des Künstlers gemalt worden und starrten gemeinsam aus ihren vergoldeten Rahmen, die Männer in ihren makellosen Dhotis und schwarzen Jacken und Turbanen und die Frauen in all ihrer glitzernden Pracht.

Zuerst sah ich die Öllampe, deren konischer Glaszylinder von einer Frauenhand gehalten wurde. Das flackernde Licht fiel auf Kusine Indiras Gesicht, und ich wich verwundert zurück. Meine arme Verwandte war klatschnaß, der Sari aus billiger Baumwolle klebte an ihrem Körper, und über ihr Gesicht rannen Regentropfen. Sie betrat das Große Haus nur selten, und bestimmt nicht die oberen Stockwerke. Sollte ich vorspringen und »Buh!« rufen, um sie erschrecken und dann lachen zu sehen? Aber ihre angespannte Miene hielt mich davon ab. Sie huschte über die Stufen und warf einen schnellen Blick zurück. Bevor sie mich sehen konnte, duckte ich mich und wartete. Über meinem Kopf grollten Donnerschläge, irgendwo klapperte ein Fensterladen.

Nach ein paar Sekunden spähte ich wieder in den Flur. Aber da war niemand. Ich schlich mich zum Geländer, sah in die Halle hinunter, aber Kusine Indira war verschwunden wie ein Geist. Vielleicht hatte ich mir nur eingebildet, sie zu sehen.

Sollte ich in Nayanas Bett schlafen, geborgen in seinen Armen? Manchmal, wenn er in der richtigen Stimmung war, erzählte er mir die Geschichte von Gelert, einem tapferen Hund, der einen Wolf tötete, um das Leben eines Kindes zu retten. Aber sein Herr glaubte, Gelert hätte das Kind umgebracht, und erstach ihn mit seinem Schwert. Diese Geschichte liebte ich, obwohl sie mir immer wieder Tränen entlockte. Auch Nayana war ein guter Erzähler.

Aber ich fühlte mich plötzlich sehr müde und taumelte in mein Zimmer zurück. Träumerisch dachte ich an die Geschichte, die Anjali am nächsten Abend weitererzählen würde. Und das war gut so, denn das Warten verlängerte die Vorfreude.

Der magische Garten

Als ich im Dunkeln erwachte, hörte ich die Frösche fröhlich im Garten quaken. Zu Tausenden versammelten sie sich, um dem Himmel für das herrliche Wasser zu danken. Während der trockenen Jahreszeit verkrochen sie sich in den Ritzen der ausgedorrten Erde. Ich wünschte, ich könnte da draußen bei ihnen hocken, in einer Pfütze, den Mund weit geöffnet. Vor dem Fenster fielen Tropfen von einem Blatt aufs andere und näßten die Erde.

Ich malte mir aus, wie der klare, saubere Regen in den Boden drang. Zunächst bekämpfte ihn das harte, verbitterte Erdreich. Aber allmählich ließ es sich verführen. Begierig sogen die winzigen Wurzeln der Gräser und Bäume und Blumen das warme Naß ein, das immer tiefer hinabglitt, bis zu den unterirdischen Seen, von wo es wieder emporquoll, in unsere Brunnen und Quellen.

Jetzt färbte sich der Himmel grau. Meine Amah, deren Foto auf dem Nachttisch stand, schaute mich an, und ich starrte zurück. Warum hatte sie mich vor so langer Zeit verlassen und schmählich verraten? Dazu hatte sie kein Recht. Inständig hoffte ich, sie würde irgendwie zu mir kommen, mit ihrem Duft, ihrer Berührung, dem Klang ihrer Stimme meine Erinnerung an sie wecken. Sie hatte sich verändert. Mit Anjali allein war sie jung und schlank. Mit mir in den Armen, die drei anderen neben sich, sah sie plump aus, das hübsche Gesicht war von runden Wangen und einem Doppelkinn entstellt. Und sie hatte ihr Lächeln verloren. Offenbar war ich eine zu schwere Bürde. Ich dachte an das Märchen, das Anjali uns erzählt hatte, und konnte mir nicht vorstellen, jenes Mädchen und diese Frau wären ein und dieselbe Person gewesen. Aber ich glaubte, die Prinzessin würde sich in dieser unansehnlichen Frau verbergen und nicht die Kraft finden, ans Licht zu treten.

Ganz vorsichtig, um Jagan nicht zu wecken, bahnte ich mir einen Weg durch das Chaos unseres Zimmers, zwischen Kricketschlägern, Papierdrachen, Fußbällen und Schaukelpferden. Dabei kam mir eine Idee. Wenn ich erklärte, ich hätte Bauchschmerzen, würde Nayana mir dann erlauben, daheim zu bleiben, statt in die Schule zu gehen?

Ich haßte es, das Haus zu verlassen. Im Augenblick fühlte ich mich nicht schlecht. Aber manchmal mußte ich gar keine Krankheit vortäuschen. Plötzlich konnte mich ein heftiges Fieber packen. Dann schien mein ganzer Körper zu brennen, und ich zitterte wie eine Ratte in den Fängen eines Hundes. Oder schreckliche Kopfschmerzen trieben mir Tränen in die Augen. Tag und Nacht eilten Ärzte an mein Krankenbett. Keiner vermochte eine Diagnose zu stellen und zu erklären, warum ich in Trance versank, in einer eisblauen Welt, wo ich nichts sah und nichts hörte. Wie man mir erzählte, dauerte dieser Zustand drei bis vier Minuten und erschreckte alle Verwandten zutiefst, weil sie fürchteten, eines Tages würde ich nicht mehr erwachen. Die Ärzte verabreichten mir Pillen und bittere Medizinen, die jedoch keine Wirkung zeigten.

Schließlich erklärten sie, ich sei einfach nur anfällig und solle den ganzen Tag im Bett bleiben. Das störte mich nicht, denn ich konnte meine Bücher lesen – »Tales of Hinduism« von Margaret Noble und »Stories of Vikramaditya«. Wenn Ava Zeit fand, erzählte sie mir das Ramajana oder Bhismas und Arjunas aufregende Abenteuer aus dem Mahabharata.

Ich beschloß Bauchschmerzen vorzutäuschen und wußte, Nayana würde mir die Schule ersparen. So glücklich waren meine kerngesunden Geschwister nicht.

Über dem Nordbalkon, einem Viereck unter freiem Himmel, ballten sich dunkle Regenwolken. Bunte, kreischende Papageien flogen zwischen den Wipfeln der Bäume umher. Vielleicht erzählten sie sich, wie viele grüne Mangos wir gegessen und warum wir gestritten hatten. Worüber sollten Vögel sonst tratschen? Auch die Krähen und Hirtenstare in unserem Garten, die Koels und Eichhörnchen, die Schakale und Mungos und Kobras schwatzten über uns. Natürlich beobachteten uns die Pfauen genauso aufmerksam.

Die milde Luft duftete köstlich nach Jasmin, Rosen und dem Holzrauch der Flammen, die unser Badewasser erwärmten und das Frühstück kochten. Und ich roch das süße Aroma der regennassen Erde. Seit ich als kleiner Junge Papierschiffchen den Wasserstrom der Zufahrt hinabgeschickt hatte, liebte ich den Monsun.

Vom Balkon führten Holzstufen zum Dach hinauf, das mit einer niedrigen Zinnenmauer begrenzt war, die den Konturen des Gebäudes folgte. Millionen Regentropfen glitzerten im Garten wie Diamanten, und das Grün der Blätter wirkte viel intensiver, und auf allen Wegen schimmerten Pfützen.

Auf der Ostseite des Dachs absolvierte Nayana seine tägliche Gymnastik und schwang indische Keulen. Er trug Shorts und ein Unterhemd, und er glänzte wie ein Schwimmer, der soeben aus einem Becken gestiegen war. Nur am Morgen, hier oben auf dem Dach, pflegte er einen Teil seines Körpers zu entblößen. Wenn wir im Meer oder im Fluß schwimmen wollten, zog er einen altmodischen Badeanzug an, der ihn vom Hals bis zu den Schenkeln bedeckte, keine knappen Shorts wie Jagan und ich. Darüber lachten wir, aber er erklärte, so würden sich die Gentlemen an öffentlichen europäischen Stränden zeigen.

»Komm her, Krishna«, rief er fröhlich, »und turn mit mir!«

Ich hatte das Bauchweh vergessen. Und nachdem er mich entdeckt hatte, war es zu spät, um gequält zu stöhnen. Während er fünfzig Liegestütze machte, plagte ich mich mit den Keulen herum, die immer wieder schmerzhaft gegen meine Beine schlugen. Dann wurden auch von mir Liegestütze erwartet. Bedauerlicherweise gelangen sie mir nicht so gut wie meinem Vater. Er war ein ausgezeichneter Sportler, und Jagan eiferte ihm erfolgreich nach, im Gegensatz zu mir. Deshalb hielt Nayana mich für faul, womit er recht hatte.

»Schlafen die anderen noch?«

»Ja.«

»Sie müßten längst hier oben sein und turnen.«

»Natürlich, ich hole sie.« Aber ich rührte mich nicht von der Stelle. »Muß ich in die Schule gehen?«

Zu meiner Verblüffung unterbrach er seine Liegestütze und musterte mich. »Nein, heute nachmittag wirst du mich begleiten.«

»Wohin?«

»Das wirst du schon sehen«, erwiderte er lachend. »Eine Überraschung ...«

»Ich will keine Gouvernante«, verkündete ich kühn und abrupt, in Anjalis Tonfall, obwohl ich es nicht so ernst meinte wie sie.

»Hör nicht auf Anjali. Sie ist immer noch ein Kind – ein ziemlich schwieriges Kind. Versuchen wir es, Krishna. Wenn ihr unglücklich seid, werde ich Miss Greene entlassen. In Ordnung?«

»Ja«, stimmte ich zu und wußte, wie gründlich dieses Zugeständnis meiner älteren Schwester mißfallen würde.

Nachdem er fünfzig Liegestütze gemacht hatte, ich schaffte zehn, trocknete er sich ab und hängte das Handtuch um seinen Hals. Wir schlenderten an der Mauer entlang und betrachteten den Garten, die nassen Rasenflächen, die kleinen, durch schmale Kanäle verbundenen künstlichen Teiche. Im Morgengrauen und am frühen Nachmittag spannten die *Malis* einen Ochsen vor einen Seilzug und füllten Wasser in einen schweren Messingbehälter. Der Ochse lief einen steilen Hang hinauf und hinunter, und das Wasser wurde in das Kanalsystem entleert. Wir hätten gern mit dem Ochsen gearbeitet, aber wir durften uns nicht in die Nähe des großen, tiefen Brunnens begeben.

Zu beiden Enden des gepflegten Gartens rebellierte die Natur gegen die Kultur und bildete einen wild wuchernden Dschungel. Dort bauten die Ameisen phantastische mannshohe Hügel mit faustgroßen Löchern in den Seiten. Schlangen bewohnten ebenfalls diese Hügel, aber soviel wir wußten, bevorzugten sie die Höhlen in der Erde. Abseits von den Schakalen und ihren Jungen glitten Mungos wie flüchtige braune Lichtstreifen durchs Unterholz. Manchmal erforschten wir diese Wildnis, in der Hoffnung, legendäre Kreaturen wie Dinosaurier oder Tiger mit Säbelzähnen zu entdeckten, die im Dickicht überwinterten.

Nachts träumten wir von unserem Garten und bevölkerten ihn mit allen erdenklichen Geschöpfen, realen und erfundenen. Die Träume erstreckten sich zwischen uns wie Landkarten, und wir konnten von einem zum anderen wandern. Auf diese Weise spionierten wir einander nach und entlarvten kleine Geheimnisse. Anjali träumte von hübschen jungen Männern. Auch ich begegnete diesen romantischen Gestalten, die unter Kokospalmen schmachteten. Kaveri übersäte den Garten mit vergrabenen Schätzen und buddelte begierig kostbare Juwelen aus. Und Jagan schwelgte immer im selben Traum. Der Garten verwandelte sich in ein Stadion, und er schritt wie ein Gigant über das Spielfeld. Aber er betrieb verschiedene Sportarten. Währenddessen suchte ich in unserem riesigen Garten unentwegt nach irgend etwas, das ich niemals definieren konnte – einen flüchtigen Schatten, das Rascheln eines seidenen Saris, knapp außerhalb meines Blickfelds. Nach diesen anstrengenden Exkursionen erwachte ich jedesmal keuchend und schweißgebadet. Und die anderen litten stumm mit mir, wenn ich in ihre Träume eindrang.

»Hat Thatha in meinem Büro die Akten gelesen?« fragte Nayana, als wir an der Zinnenmauer stehenblieben.

»Ja, ich glaube, er hat mal reingeschaut.«

»Ich wünschte, er würde das unterlassen«, bemerkte Nayana in scharfem Ton. »Immerhin handelt es sich um Regierungsunterlagen.«

»Wirst du ihm erzählen, daß ich ihn verraten habe?«

»Natürlich nicht.«

Der schulfreie Tag

Ich winkte Anjali, Kaveri und Jagan nach. Mürrisch starrten sie aus den Fenstern des Autos, das sie von mir wegbrachte, über die Bahngleise hinweg zur Schule, wo sie bis drei Uhr nachmittags in stickigen, kalkigen Räumen eingesperrt sein würden. In abgestandener, übelriechender Luft, schwül von der Hitze des Monsuns, würden sie schläfrig über den Büchern hängen. Anjali hatte das Entschuldigungsschreiben bei sich, das Nayana hastig hingekritzelt hatte: *Krishna ist krank.*

Bei der Heimkehr gab es gewisse Schwierigkeiten, weil Thatha manchmal vergaß, den Fahrern zu sagen, sie sollten uns abholen, oder er schickte alle Autos woandershin. Dann mußten wir warten und warten. Das Schulgelände leerte sich, die Schatten wurden immer länger. Hin und wieder tröstete uns eine Nonne. Schließlich gab Anjali die letzte Hoffnung auf, traf eine Entscheidung, und wir gingen zu Fuß nach Hause. Wir trugen Schuluniformen – Anjali und Kaveri blaue Röcke und weiße Blusen mit zierlichen Krawatten, Jagan und ich blaue Shorts, weiße Hemden und Krawatten. Und wir setzten alle unsere Strohhüte auf, damit man uns bei diesem peinlichen Fußmarsch nicht erkannte.

Ungeduldig standen wir vor der Bahnschranke, bis der lange Güterzug vorbeiratterte. Zu beiden Seiten des Übergangs versammelten sich Ochsenwagen, zweirädrige Karren und Rikschas. Da es in der Stadt nur wenige Autos gab, kannten wir alle Besitzer. Falls einer auftauchte, baten wir ihn, uns heimzubringen. Andere Fußgänger schlüpften unter der Schranke hindurch und rannten über die Schienen. Aber das erlaubte uns Anjali nicht. Und so warteten wir zappelig und sehnten uns nach den abendlichen Spielen in unserem Paradies.

Bevor Nayana in sein Auto stieg, beugte er sich zu mir herab und flüsterte: »Vergiß nicht, um drei hole ich dich ab. Ich habe Ramdass gesagt, er soll dich fertigmachen.« Aber er verriet noch immer nicht, wohin wir fahren würden.

Ich saß auf einer der beiden Kanonen aus dem siebzehnten Jahrhundert, deren Mündungen zum Meer zeigten. Von Besitzerstolz erfüllt, betrachtete ich meine Welt und rechnete nicht mit irgendwelchen Ereignissen, ehe ich mit Nayana aufbrechen würde. Die Diener fegten welkes Laub zusammen. Vorerst schien die Sonne viel zu schwach, um die Pfützen zu trocknen.

Mit meinen Kusinen konnte ich mir die Zeit nicht vertreiben. Sushila, Leela und Valli besuchten eine andere Schule, die viel näher lag als der Konvent und nicht so hohes Ansehen genoß. Wenn sie den Garten in östlicher Richtung durchquerten, mußten sie nur über die Mauer klettern, dann erreichten sie ihre Schule nach wenigen Minuten. Meine Vettern gingen auf die Doveton High School, die beiden ältesten aufs Loyola College, jenseits der Bahngleise. Die Zulassung der jüngeren zum College, ebenso wie Jagans und meine, war bereits gesichert, nachdem Thatha den Jesuiten vor fünfzehn Jahren ein paar Morgen Land geschenkt hatte.

Viele Reiche der Stadt waren wie er Landbesitzer. Wir alle kannten einander. Wir nahmen gegenseitig an de Feierlichkeiten zu den Geburten, Namensgebungen, Hochzeiten und Todesfällen teil. Die Kaufleute waren seit den Tagen des Empire ebenfalls reich geworden, aber wir vermischten uns selten mit ihnen.

Sie standen unter unserer Würde. Außer den Ärzten und Dentisten gab es keine anderen Berufe, die Erwachsene ausübten, die ich kannte.

Ich rutschte von der Kanone herunter und beschloß Kusine Indira aufzusuchen. Hatte ich mir letzte Nacht nur eingebildet, sie wäre in den Oberstock des Großen Hauses gekommen? Jetzt würde sie in der Küche die Vorbereitung der Mahlzeiten beaufsichtigen – eine Pflicht, die ihr erst kürzlich zugeteilt worden war und die sie nach Avas Meinung nur mangelhaft erfüllte.

Neben der Küche, die durch einen offenen Hof vom Haus getrennt war, gab es vier Vorratskammern. Riesige Tongefäße enthielten Reis und Weizen und Dal und andere Lebensmittel. Im Schatten der Veranda zerstieß eine Dienerin Reis in einem steinernen Mörser mit einem Mahagonibalken, eine andere siebte rhythmisch den Reis in der Rattan-Morah.

Ich spähte in die Küche, einen großen Raum mit rußgeschwärzter Decke und ebensolchen Wänden und heiß wie ein Dutzend Öfen. In der bequemen Höhe eines kauernden Mannes befanden sich sechs Lehmöfen. Jeder hatte eine runde Öffnung. Die Öfen wurden unten breiter, um das Feuerholz aufzunehmen. Riesige Dekshis standen auf ihnen und warteten darauf, gefüllt zu werden. Ein paar der Küchenjungen kauerten ordentlich in einer Reihe auf der Erde, hackten Gemüse, schabten Kokosnüsse aus und rupften Hühner, zwei andere zermahlten mit großen Granitrollen auf einem rauhen Stein Gewürze zu einer Paste. Sethu, ein dünner Mann mit langem Gesicht, den heiligen Faden diagonal über der nackten, knochigen Brust, beaufsichtigte die Vorbereitungen. Nach Thathas Ansicht zählte er zu den besten Dienern, die er jemals beschäftigt hatte. Mit nasaler Stimme kommandierte Sethu die Küchenjungen herum und unterbrach sein Geschrei nur kurz, um mich mit einem Namaste zu begrüßen. Kusine Indira sah in einem Lagerraum einer Dienerin zu, die Reis zum Trocknen auf eine Rattanmatte streute. Sie lehnte gegen die Wand und fächelte sich mit einem Palmwedel Kühlung zu.

Ihr schweißgetränkter Sari erinnerte mich an die vergangene Nacht, wo die regennasse Kleidung an ihrem Körper geklebt hatte.

Als sie mich sah, lachte sie. »Krishna! Schwänzt du schon wieder die Schule? Du wirst noch genauso enden wie ich, ungebildet und zu nichts nütze. Komm her!« Sie streckte die Arme aus, und ich entdeckte einen brandneuen Goldreifen an ihrem linken Handgelenk. Er hatte die Dicke eines kleinen Fingers und glänzte. Die anderen Reifen an ihren Armen waren aus buntem Glas.

Ich rührte mich nicht. Irgendwie wirkte sie verändert – fröhlicher, sogar glücklich. Ihre Augen strahlten im Halbdunkel des Lagerraums.

Schmollend legte sie den Kopf schief. »Was ist los, Krishna? Warum schaust du mich so an? Komm her und umarme mich. Wenn ich hier fertig bin, spiele ich mit dir.«

»Ich will nicht«, sagte ich.

»Warum nicht?« Ihre Augen weiteten sich spöttisch, dann schlug sie die Lider nieder. »Was habe ich denn getan?«

»Warst du letzte Nacht im Großen Haus?«

»Wer behauptet das?« fragte sie leise.

»Nun, ich dachte, ich hätte dich gesehen. Es war sehr spät, und ich war müde.«

»Letzte Nacht?« Sie lachte. »Im strömenden Regen? Natürlich nicht. Das mußt du dir eingebildet haben. Gib mir endlich einen Kuß!«

Wortlos schüttelte ich den Kopf. Als ich mich abwandte, stieß ich mit Ava zusammen. Sie legte einen Arm um meine Schultern, starrte Kusine Indira an, dann die Dienerin, die den Reis auf der Matte verteilte. Sie schien zu frösteln wie an einem kalten Tag. »Wer hat dir befohlen, den Reis trocknen zu lassen?« schrie sie. »In dieser feuchten Luft wirst du ihn verderben. Wie unvernünftig du bist …«

Kusine Indira schwieg und senkte den Blick. Hastig versteckte sie ihre linke Hand hinter dem Rücken, damit Ava den neuen goldenen Reifen nicht sah. Ihre Mundwinkel zuckten. Offenbar hatte sie keine Angst vor der alten Frau, und sie fühlte sich auch nicht gedemütigt. Irgendeine Macht verlieh ihr größere Kräfte als Ava, und das gefiel mir nicht. Auch Ava schien diese seltsame Macht zu spüren. In ihrer Wut war sie hilflos, und ich mußte sie retten.

»Ava, erzähl mir eine Geschichte von Hanuman«, bat ich und zupfte an ihrem Sari.

Erstaunt erwiderte sie meinen Blick, der bittere Zug um ihren Mund verschwand, und sie brachte sogar ein Lächeln zustande. Dann nahm sie meine Hand, und wir verließen den Lagerraum. Der Himmel verdunkelte sich. Bald würde es wieder regnen, und ich würde die Tropfen auf meiner Haut spüren, während Anjali, Kaveri und Jagan durch vergitterte Fenster ins Freie starrten. Aber ich empfand keine allzu großen Schuldgefühle.

»Warum hat Nayana dir erlaubt, daheim zu bleiben?«

»Weil mir schlecht war.« Würde Ava mir den Tag mit ihrem Tadel verderben?

»Aber du mußt etwas lernen. Sonst wirst du so dumm bleiben – wie Kusine Indira.« Das bittere Lächeln kehrte zurück.

»Morgen gehe ich wieder zur Schule«, versprach ich, und Ava eilte davon, ohne mir von Hanuman zu erzählen, dem kühnen Affengott.

Thatha hielt hof auf der Vorderveranda. Wie üblich leisteten ihm vierzig bis fünfzig Männer Gesellschaft. Er saß auf einem Stuhl mit hoher Lehne, Zigaretten und Tee neben, Vishnu hinter sich. Während ich etwas abseits stand, beobachtete ich, wie angeregt er sich unterhielt, vital und in bester Stimmung. Die schlechte Laune vom Vorabend war verflogen. Nach einer Weile entdeckte er mich und winkte mich zu sich. Widerstrebend drängte ich mich durch die Menge, und er legte eine Hand auf meine Schulter.

»Das ist mein jüngster Enkel«, sagte er dem Herrn, der neben ihm saß.

Den stämmigen Mann mit dem kantigen Gesicht und dem glänzenden kahlen Schädel, der von einem schütteren grauen Haarkranz umrahmt wurde, mußte er mir nicht vorstellen. Es war Kamaraj, der mächtige Kongreßabgeordnete aus unserer Provinz. Er war ein Freund von Nehru, Mahatma, Patel und Rajaji. Wie Thatha trug er weiße Baumwolle, aber seine war von grober Qualität. Er zerzauste mein Haar und lächelte mich an. »Wieso bist du nicht in der Schule?« fragte er.

Mühsam unterdrückte ich einen Seufzer. Warum konnte man der Neugier der Erwachsenen nicht entrinnen? Wie Moskitos attackierten sie die Kinder und stachen sie mit bissigen kleinen Bemerkungen.

»Weil ich mich nicht wohl fühle, Onkel.«

»Er fühlt sich niemals wohl«, erklärte Thatha. »Zumindest behauptet er das.«

»Nur die gute Ausbildung der Jugend wird Indien verändern«, betonte Kamaraj. Da er die englische Sprache nur mangelhaft beherrschte, sprach er Tamil. »Du darfst dich glücklich schätzen, weil du aus einer guten Familie stammst. Diesen Vorteil solltest du nicht vergeuden. Millionen Kinder haben nicht die Chance, irgendwas zu lernen. Und ohne Bildung werden sie Indien nicht verändern. Das hat dein Großvater erkannt. Deshalb spendet er einen Großteil seines Geldes den Schulen und Universitäten. Du mußt seine Erwartungen erfüllen.«

»Ja, Onkel«, antwortete ich und wich zurück.

»Bleib hier«, sagte Thatha. »Du sollst mich begleiten.« Ohne meinen Protest zu beachten, wandte er sich zu Kamaraj, und beide standen auf. Die Männer teilten sich, als würden zwei Schiffe hindurchsegeln, und viele Leute verneigten sich vor Kamaraj. Immerhin repräsentierte er die neue Macht im Staat, denn die Zügel lagen nicht mehr in den Händen der Briten.

Er hielt inne und betrachtete die eifrigen Gesichter, die sich ihm zuneigten – wie Ähren, vom Wind eingeatmet statt weggeblasen.

»Bald werden euch die Leute erzählen, Kamaraj habe euch um Geld gebeten und würde das Nötige tun. Aber glaubt ihnen nicht. Niemand hat das Recht, für mich zu sprechen. Und ich werde nichts für Geld tun, mag es richtig sein oder falsch.« Dann grüßte er Thatha mit einem Namaste und stieg in sein Auto.

»Die Macht ist sehr verführerisch», meinte Thatha, als wir in unserem Wagen saßen. Eine Zeitlang hatte er geschwiegen. »Er ist ein guter Mann. Aber die Macht wird ihn verderben, so wie alle, die sie erringen. Auch Nehru wurde bereits verdorben – nicht vom Geld, sondern von der Arroganz seiner Macht. Daß sich der Kongreß zu einer politischen Partei entwickeln würde, war nicht der Wunsch des Mahatma gewesen. In der Nacht haben sich die Freiheitskämpfer in Politiker verwandelt. Der Mahatma wollte *ein* einiges Indien, und Nehru verriet uns um der Macht willen und gab den Muslims ihr Land. Wie leicht unser Volk zu verführen ist – Geld und Macht und Rachsucht können uns kaufen. Indien mit seiner Grenze ist ein Werk der Briten. Und ich frage mich, wie lange diese Nation bestehen wird. Im Verrat sind wir wahre Meister. Bedenke, wie leicht wir von den Europäern überlistet und ausmanövriert wurden! Ein paar Schlachten hier und da, ansonsten ließen wir uns von ihren Versprechungen verführen.«

Seufzend schaute er aus dem Autofenster. Madras – ebenfalls ein Werk der Briten. Wir fuhren ostwärts zum Meer, und die Luft roch immer stärker nach Salz. Auch in der Stadt lebten wir nach dem trägen Rhythmus des Meeres, atmeten im langsamen Takt der Wellen, die den weißen Sand überspülten. Das Meer hatte es niemals eilig, es kam und ging, kam und ging. Selbst wenn wir nicht lauschten, hörten wir alle seine Bewegungen. Es verlangsamte unsere Schritte, lullte uns in den Schlaf und weckte uns. Nachts, wenn der Himmel klar und die Temperatur kühler waren, fuhren wir hinaus, saßen am Strand und beobachteten die hypnotische Brandung.

»Wohin fahren wir, Thatha?«

»Wir besuchen Srichand. Gestern habe ich dir erzählt, wie man Geld macht.« Er legte einen Arm um meine Schultern. »Und heute will ich es dir zeigen. Ganz egal, woher du stammst oder welchen Beruf du ergreifst: Ohne Geld bist du gar nichts.«

Unter einem Baldachin aus Regenbäumen, der uns Schatten spendete, folgten wir der Poonamalle High Road. Sie führte nach Fort St. George, wo Nayanas Büro lag. Auf der anderen Seite der Straße erstreckte sich kein Dschungel mehr. Ausgedehnte Landsitze reihten sich aneinander, und wir kannten alle Familien, die hier wohnten. Nur ein einziges Anwesen war so groß wie unseres. Es gehörte einem entfernten Verwandten, dem Raja von Velacheri, einem rundlichen kleinen Mann, der sich langsam und lethargisch durchs Leben wälzte, wie ein Ball, der allmählich seine Schwungkraft verlor.

Auf dieser breiten Straße herrschte wenig Verkehr. Hin und wieder begegneten wir einem Auto, einem Bus, einem Ochsenkarren. An jeder Kreuzung stand ein Polizist, um den Verkehr zu dirigieren. Alle trugen Khakishorts mit messerscharfen Bügelfalten und blaurot gestreifte kegelförmige Mützen.

Wir durchquerten Egmore, wo die Briten gelebt hatten. In den größten Bungalows wohnten der Steuereinnehmer, der Polizeipräsident und der Oberrichter, die drei wichtigsten Verwaltungsbeamten. Der Gouverneur hatte in Guindy residiert.

Am Stadtrand begann die Tramlinie. Ratternd und klirrend und kreischend rollten die Bahnen zum First Line Beach und dann weiter zum Hafen. Wegen der Stromausfälle blieben die offenen kleinen Waggons häufig stehen, und die Insassen warteten geduldig, bis sie weiterfuhren. Ich hätte mich gern zu ihnen gesellt, aber da die Tram als Transportmittel armer Leute galt, wurde ich immer in einem Auto an den Waggons vorbeikutschiert und beobachtete neidisch, wie die Fahrgäste hinaufsprangen oder an den Haltestangen hingen. Nachts parkten die Trams in einem großen Schuppen beim Verkehrsbüro, schräg gegenüber der Schottischen Kirche.

»Die Briten waren sehr großzügig«, bemerkte Thatha. »Immerhin haben sie uns diese schöne Stadt gebaut. Wenn du dich umschaust, Krishna, wirst du Teile unseres Hauses erkennen. Aber ich habe mich auch an Zeichnungen in illustrierten Büchern orientiert.«

Er hatte recht, einige Gebäude an der Poonamalle Road spiegelten sich in unserem Haus wider. Über dem Rippon Building, einem weißen Palast mit grünen Fensterläden, erhob sich ein Uhrenturm. Die imposante, majestätische Victoria Hall, wo man früher Theaterstücke aufgeführt hatte, war mit einem hohen, pyramidenförmigen Dach versehen. Im Moore Market, einem niedrigen indisch-sarezenischen Gebäude, lag ein Innenhof. Über dem Hauptbahnhof ragte ebenfalls ein Uhrenturm auf, und das weiße Hospital wirkte so streng wie die gestärkte Tracht einer Krankenschwester. Alle Häuser befanden sich in tadellosem Zustand.

Am liebsten besuchte ich den Moore Market mit seinen Buchhandlungen und Spielzeugläden, den Aquarien und Vogelkäfigen. Aus einem dieser Geschäfte stammten mein Tretauto und mein Dreirad.

»Gehen wir in den Moore Market?«

»Diesmal nicht«, erwiderte Thatha lächelnd. »Wir müssen wichtige Geschäfte erledigen. Dieses Geld brauche ich auch, um dich nach Oxford zu schicken. Dort wirst du Kricket spielen«, fügte er wehmütig hinzu.

Seltsamerweise war er nie auf Reisen gegangen. Dazu hatte er keine Lust, behauptete er. Aber ich glaube, er hätte sehr gern in Oxford Kricket gespielt.

Das Auto fuhr um den High Court herum, einen opulenten roten Palast, der den Sandsteingebäuden im Norden glich. Angesichts der riesigen Kuppel und der Minarette konnte man sich kaum vorstellen, daß drei Engländer dieses Bauwerk entworfen und errichtet hatten – J. N. Brassington, Henry Irwin und J. H. Stephen. Auf einem der Minarette erhob sich der Leuchtturm, und nachts sahen wir seinen Strahl über den Himmel wandern.

An den Gerichtshof, auf der anderen Seite der Esplanade, grenzte Georgetown. Hier waren die Straßen gitterförmig angelegt – die breiten verliefen von Norden nach Süden, die schmalen von Osten nach Westen. Wir fuhren im Schneckentempo durch eine Straße, die früher zwei Ochsenkarren genug Platz geboten hatte, aber jetzt viel zu schmal war für ein Auto und Karren und Rikschas und die zahlreichen Fußgänger. In diesem Straßennetz konzentrierte sich das Geschäftsleben der Stadt.

Thathas Büro lag in der Thambu Chetty Street. In diesem Gebäude war Ava geboren und aufgewachsen. All die alten Kaufmannsfamilien lebten und arbeiteten immer noch in diesem Stadtteil. In den Erdgeschossen befanden sich die Büros, in den oberen Stockwerken die Wohnräume. Silverstone & Co okkupierte zwei Räume. Im vorderen, mit hohen Schreibtischen, Stühlen und Aktenschränken eingerichtet, hatten die Briten Brunton and Simpson gearbeitet, der eine für Immobilien, der andere für Konsumgüter zuständig. Dann waren sie von Manikutty und Ratnam ersetzt worden, zwei beflissenen jungen Männern, die sofort aufstanden und sich vor Thatha verneigten, als wir durch den vorderen Raum zu seinem Büro gingen.

Transaktionen

Hier gab es nicht viel, was mich interessierte, es gab nur Akten und schalen Zigarettengeruch. Ich zog es vor, draußen umherzuwandern, die Läden zu inspizieren und die Körbe der Straßenhändler zu durchstöbern.

Aber ehe ich das Büro verlassen konnte, rief Thatha: »Warte!« Er öffnete seinen Safe, in dem gefaltete Dokumente lagen, und warf sie achtlos auf den Schreibtisch. »Bring das ins Auto«, sagte er, hob den dicken Stapel hoch und wog ihn in einer Hand, als würde ihm das Gewicht der Papiere ihren Wert verraten.

Nur ein Bündel war, mit einem Band verschnürt, im Safe liegengeblieben. »Das hast du vergessen, Thatha.« Ich holte es, und er nahm es mir aus der Hand, um es wieder im Safe zu deponieren, den er mit Nachdruck verschloß.

»Diese Papiere dürfen wir niemals anrühren.«

In Srichands Büro an der Francis Joseph Street stand kein Schreibtisch. Wir trugen die Dokumente hinein, und Thatha warf sie auf ein Sofa. Dann nahmen wir Platz und wandten uns zu Srichand, der an einer Wand lehnte. Er hatte ein freundliches Gesicht mit vorstehenden Zähnen, die vom Betelkauen rot gefärbt waren, und einem aufwärts gebogenen Schnurrbart. Wenn sein *pince-nez* von der Nase fiel, baumelte es an einem schwarzen Band. Er trug seinen hellgelben Turban und sein Dhoti nach Marwari-Art. Der hellgelbe Turban saß auf seinem Kopf wie ein Haufen aufgerolltes Seil, während sein Dhoti zwischen den Beinen hochgezogen und hinten zusammengerafft war, so daß er wie eine weite Hose aussah. Neben ihm war ein großer Safe in die Mauer eingelassen.

Mit diesem Geldverleiher, der aus Marwar in Rajasthan stammte, machte mein Großvater regelmäßig Geschäfte. Wie Thatha mir erzählt hatte, war Srichand der reichste Mann von Madras. Daran zweifelte ich. Er wirkte eher demütig. Bei unserer Ankunft hatte er sich tief verneigt. Er lebte in einem bescheidenen, beengten Quartier über seinen Geschäftsräumen. Sein Lächeln überquerte niemals die Fettpolster unter den kalten Augen, die mich an Kieselsteine erinnerten.

Thatha fächerte die Dokumente wie ein Kartenspiel auseinander, und Srichand suchte eins heraus, das er aufmerksam studierte. Thatha nahm ein anderes Papier auf, warf einen Blick darauf und drücke es mir in die Hand. »Bring das in den Wagen zurück. Dort kannst du auf mich warten. Es wird eine Weile dauern, bis ich hier alles erledigt habe. Lauf nicht zu weit weg.«

Ich warf das Dokument auf den Rücksitz, setzte mich daneben und starrte aus dem Fenster. Wie ein träger Strom zogen Marwaris, Gujaratis, Tamilen, Sikhs und Afghanen am Wagen vorbei, hochgewachsene Männer mit Turbanen, in Paijamas und Westen. Nackte Jungs in meinem Alter kamen zu mir und begafften mich. Für sie entstammte ich einer anderen Spezies, war ein seltsames Wesen in einer riesigen Limousine. Sie preßten sich ans Auto und hinterließen Flecken, die Balram mit seinem Lappen wegwischte, nachdem er die Kinder verjagt hatte. Aber sie kehrten zurück, seltsam neidlos, und hüpften umher, um ihre Spiegelbilder im glänzenden Lack zu betrachten.

Während sie sich mein Leben nicht vorstellen konnten, lag ihres wie ein offenes Buch vor mir. Ich sah, wo sie spielten und schliefen und aßen. Später würden sie wie ihre Väter Karren ziehen und schwere Lasten schleppen. Vor diesem Leben schreckte ich zurück, preßte mich tiefer in die Polster und wollte die Jungen nicht mehr sehen, weil ich fürchtete, mich selbst in ihrer Mitte zu erkennen, durch irgendeinen Zauber in ihresgleichen verwandelt, würde ich meine Nase an die Fensterscheibe pressen. Nur das dicke Glas und das Metall schützten mich.

Dann stieg Thatha mit einem Beutel voll gebündelter Hundertrupienscheine in den Wagen. Noch nie hatte ich soviel Geld auf einmal gesehen. Instinktiv schaute ich mich um, aber die Jungs waren verschwunden.

»Nun besuchen wir Ramaswami Chetty«, verkündete Thatha, sichtlich zufrieden mit sich. »Ich habe dich mitgenommen, damit du meine Transaktionen verstehen lernst. Wahrscheinlich wirst du dich später um die Geschäfte unserer Familie kümmern. Jagan hat nur seinen Sport im Kopf, und er geht zu sorglos mit seinen Sovereigns um. Um so besser paßt *du* auf dein Geld auf, nicht wahr?«

»Ja, Thatha. Aber du nimmst es mir immer wieder weg.«

»Weil ich es investiere. Das werden wir jetzt auch mit diesen Rupien machen. Die Baumwollpreise steigen. Wenn ich mich beeile, kann ich den Markt aufkaufen. In drei oder vier Monaten wird Baumwolle Mangelware sein. Dann klettern die Preise noch höher, und ich verkaufe alles. Verstehst du?«

»Ich glaube schon. Und warum wird die Baumwolle knapp?«

Verschwörerisch neigte er sich zu mir und flüsterte: »Bevor ein Geschäftsmann spekuliert, braucht er Informationen. Wissen ist die stärkte Waffe, die man besitzen kann, und man muß es für sich behalten. Nun kenne ich ein solches Geheimnis: Die Baumwollernte wurde von einem Pilz befallen, hier und in Ägypten. Die ganze Ernte wurde vernichtet.« Gleichmütig warf er das Papier, das ich mitgenommen hatte, hinter die Rückenlehne.

Heilige Peepul-Bäume und hohe Mauern umgaben die Armenische Kirche in der Armenian Street. Mit ihrem schrägen Ziegeldach und dem massiven Turm sah sie aus wie alle anderen christlichen Gotteshäuser.

»Diese Kirche wurde von einem steinreichen Armenier namens Aga Shawmier Sultan gebaut und siebzehnhundertzweiundsiebzig geweiht«, erklärte Thatha. »Um sechzehnhundertsechzig kamen die Armenier aus Zentralasien hierher und ließen sich nieder. Wegen ihres Reichtums avancierten sie zu ehrbaren Engländern«, fügte er lachend hinzu. »Wir sind Madrassis, nach dem Mann benannt, der die Bananenplantage an die Briten verkaufte. Obwohl Kalkutta die Hauptstadt war, hat Madras viel zu bieten. Die ersten Gerichtshöfe ...« Er zählte die Pluspunkte an den Fingern ab. »Die erste Firma, die erste Universität. Sogar die erste Meuterei, vor jener im Jahr achtzehnhundertsiebenundfünfzig, von Madras-Soldaten in Vellore angezettelt. Und der erste Generalgouverneur des unabhängigen Indien stammte aus dieser Stadt. Da siehst du, in was für einer wunderbaren Stadt du lebst.«

Wir parkten vor der St. Maryes Church. Wie ein kleiner Wachtposten folgte ich Thatha, als er seinen Beutel zum angrenzenden brandneuen Catholic Centre trug. Am Eingang verkündete ein Schild: »Ramaswami Chetty, Baumwollmakler.«

Mr. Chetty glich einem meiner Ahnen. Er war ein reservierter Mann mit einem traditionellen spitzen Turban, wie ihn mein Großvater nur zu besonderen Gelegenheiten trug. Der seine war aus starrem weißen Stoff und ähnelte auf der Unterseite einem Papierschiffchen. Darunter glänzten melancholische Augen. Er war schon sehr lange mit Thatha befreundet. Während die beiden Tee tranken, wurde mir ein *Nimbupani* serviert.

Seufzend betrachtete Mr. Chetty den Geldbeutel, der zwischen ihnen auf dem Schreibtisch lag. »Du warst schon immer ein Narr, Ranjit, ein tollkühner Spieler.«

»Habe ich nicht oft genug gewonnen? Und nun werde ich ein Vermögen machen.«

»Nach dem Monsun wird die Baumwolle geerntet, und die Preise fallen. Es herrscht kein Mangel. Also wirst du eine Menge Geld verlieren. Ich flehe dich an, investiere dein Geld in Indigo oder Kardamom oder Immobilien.«

»Tu bitte, was ich dir sage, Ramaswami, und kauf die Baumwolle – jetzt. In drei oder vier Monaten teile ich dir mit, wann du sie verkaufen mußt. Keine Bange, alles wird planmäßig laufen.«

Nachdenklich kräuselte Mr. Chetty die Lippen. »Dein Schwiegersohn Bharat arbeitet für die Regierung, nicht wahr?«

»Ja, aber damit hat er nichts zu tun. Wie du weißt, ist er britischer als die Briten und sehr moralisch.«

»Gewiß, ich kenne Bharat.« Das schien Mr. Chettys Entscheidung zu beeinflussen, denn er nickte, ergriff den Beutel und legte ihn neben seinen Stuhl. Dann schrieb er etwas auf einen Zettel, den er meinem Großvater reichte.

Thatha warf nur einen kurzen Blick aus das Papier, faltete es zusammen und steckte es ein, als wäre es eine Straßenbahnfahrkarte. An seiner Stelle hätte ich den kostbaren Zettel in meiner Zigarrenkiste verwahrt.

Die Begegnung mit Mrs. de la Rue

Miss Victoria Greene bewohnte die obere Hälfte eines Hauses an der Monteith Lane in Egmore. Während ich neben Nayana im Fond des Fords saß, spähte ich durch die Regenschleier und musterte die gelbe, vom Monsun dunkel gestreifte Mauer. Der

Diener Ramdass hatte mein Haar gewaschen und gekämmt und mich in ein gestärktes weißes Hemd, Shorts, Socken und Schuhe gesteckt.

Nachdem ich in eine Pfütze gesprungen war, klebte Schlamm an den Schuhen, und Nayana wischte sie mit dem Autoschwamm ab, ehe wir ausstiegen.

Paul, sein Fahrer, spannte den Schirm auf. Als er das Eisengatter öffnete, drückten wir uns eng an ihn. Dann durchquerten wir einen ungepflegten kleinen Garten und eilten unter das schützende Verandadach. Ohne Zögern steuerte Nayana eine Seitentür an.

»Warum sind die anderen nicht mitgekommen?« wisperte ich im dunklen Treppenhaus.

»Weil sie in der Schule sind. Und du hast heute frei. Sicher wirst du Miss Greene mögen. Laß dir von Ava keine Flausen in den Kopf setzen. Du mußt dir deine eigene Meinung bilden.«

Offensichtlich hatte er entschieden, ich müßte mich mit der Engländerin anfreunden. Aber da ich der Jüngste war, würde das nicht viel nützen. Wie sollte ich meine älteren Geschwister beeinflussen?

Vor einer geschlossenen Tür blieben wir stehen. Nayana rückte seine Krawatte zurecht, nahm den Hut ab und strich über sein Haar, das immer ordentlich gekämmt aussah, ganz egal, was gerade passierte. »Sag ›Guten Tag, Miss Greene‹. Und dann schüttelst du ihre Hand.«

Während ich meinen Gruß probte, klopfte er an die Tür. Ich fühlte mich unbehaglich und wünschte, meine Geschwister würden mir den Rücken stärken. Beklommen überlegte ich, wie ich ihren Vorwürfen begegnen sollte.

Die Tür wurde nicht von Miss Greene geöffnet, sondern von einer hochgewachsenen älteren Europäerin mit gebeugten Schultern. »Mr. Naidu, wie nett, Sie wiederzusehen!«

»Mrs. de la Rue, das Vergnügen ist ganz auf meiner Seite«, erwiderte Nayana und ergriff die Hand, die sie ihm reichte. »Ich hatte nicht erwartet, Sie hier anzutreffen.«

»Eigentlich wollte ich ins Kino gehen, in einen Clark Gable-Film um halb vier im Globe. Aber dann begann es zu regnen, und ich besann mich anders.«

Nayana wandte sich zu mir. »Das ist Krishna, mein jüngster Sohn. Krishna, das ist Mrs. de la Rue.«

»Guten Tag, Miss Greene«, sagte ich, wie ich es einstudiert hatte.

»Nein, ich bin nicht Victoria.« Lachend tätschelte sie ihre grauen Löckchen. »Aber es schmeichelt mir, daß du mich mit ihr verwechselst.« Eine schmale, weiche, trockene Hand umschloß meine Finger. »Freut mich, dich kennenzulernen, junger Mann.« Dann wandte sie sich wieder zu Nayana. »Kommen Sie herein.«

Wir betraten einen großen, langgestreckten Raum. An der schimmeligen Balkendecke flackerte eine nackte Glühbirne und spiegelte sich in feuchten Wänden. Eine Glastür führte auf einen Balkon, drei weitere Türen verbargen sich hinter Vorhängen. Das Zimmer wirkte unbewohnt, eher wie ein Warteraum. Auf einem Tischchen stapelten sich englische Magazine, auf einem anderen standen Tassen und ein Milchkännchen. Mrs. de la Rue führte uns zu einem Sofa.

»So sehr ich den Regen auch liebe, er tut meiner Arthritis nicht gut.« Rougeflecken belebten ihre faltigen weißen Wangen. Über ihre Unterarme zogen sich bläuliche Adern. »Als ich in deinem Alter war, Krishna, und in den Bergen aufwuchs, hätte ich nie gedacht, daß ich den Monsun eines Tages fürchten würde.« Sie seufzte. »Damals war Kalkutta die Hauptstadt von Indien. Aber das weißt du natürlich. Nicht Delhi. Dieses New Delhi ist sehr neu. Nun, ich ziehe Kalkutta vor. Dort herrscht viel mehr Leben.« Sie nahm eine Zigarette aus einem flachen Päckchen, zündete sie an und blies den Rauch genauso genüßlich in die Luft wie Thatha.

Geistesabwesend saß Nayana neben mir, lauschte nur mit halbem Ohr und schaute immer wieder zu den verhangenen Türen. Weil sich Mrs. de la Rue auf mich konzentrierte, entging ihr seine mangelnde Aufmerksamkeit.

»Achtzehnhundertdreiundvierzig kam mein Großvater aus England nach Indien, um in Kalkutta für Arbuthnot and Company zu arbeiten. Das war eine Bank. Damals war er erst vierundzwanzig. Als er achtzehnhundertfünfundsechzig starb, hatte er es zum stellvertretenden Leiter der Arbuthnot-Zweigstelle an der Hastings Road gebracht. Auch mein Vater war bei der Bank angestellt. Später nahm er einen Posten bei der Brooke Bond Tea Company an. Weil er das Abenteuer liebte, zog er in die Berge und verwaltete eine Teeplantage, auf der ich geboren wurde. Warst du schon einmal in Assam?« Ich schüttelte den Kopf. »Dort bewohnten wir einen großen Bungalow auf einem hohen Berggipfel. Da es weit und breit keine Schule gab, besuchte ich ein Internat, eine Klosterschule in Darjeeling. Ich war erst sechs und todunglücklich.«

In ihrer Stimme schwang eine seltsame Melancholie mit, das Gefühl einer schmerzlichen Einsamkeit, so als würde ihr niemand jemals zuhören. Ich entsann mich, was Ava über die Briten gesagt hatte: sie würden allein leben und sterben. Diese Lebensart hatte ich nicht verstanden. Jetzt sah ich sie in diesem unpersönlichen Zimmer, in dieser vereinsamten Frau.

»Ich gehe in den Good Shepherd Convent«, erklärte ich.

»Im Internat gab es keine eingeborenen Schülerinnen.«

Eingeboren? Dieses Wort hatte ich noch nie gehört. Ich schaute Nayana an und sah, wie sich seine Lippen zu einem dünnen Lächeln verzogen.

»Jetzt können die Eingeborenen natürlich alle Schulen besuchen, nachdem Indien seine Unabhängigkeit erlangt hat«, fuhr Mrs. de la Rue fort. »Aber damals war das Internat nur für Europäerinnen bestimmt. Ich fand das bedauerlich. Später freundete ich mich mit eingeborenen Frauen an. In der Schule interessierte ich mich ganz besonders für Geschichte. Was ist dein Lieblingsfach, Krishna?«

»Auch Geschichte. Und ich lese sehr gern Geschichten.«

Sorgsam drückte sie ihre Zigarette im Aschenbecher aus, und ich sah die Spuren ihrer rotbemalten Lippen auf dem weißen Papier. »Genau wie ich in jener Zeit ... Die Abenteuer von Wellington und Captain Cook und Livingstone gefielen mit besonders gut. Was für tapfere Männer! Das wünschte ich mir auch – reisen und neue Länder erobern ... Aber das durften wir Mädchen natürlich nicht. Wir mußten uns wie junge Damen benehmen. Mit sechzehn besuchte ich meinen Debütantinnenball im Maiden Hotel in Kalkutta. Gehen die Inderinnen auch auf solche Bälle?«

»Das weiß ich nicht. Was ist ein Debütantinnenball?«

»Ein paar Mütter mit Töchtern von sechzehn oder siebzehn Jahren tun sich zusammen und veranstalten einen Tanzabend, um die Mädchen in die Gesellschaft einzuführen. Dabei werden die Debütantinnen einer bedeutenden Lady vorgestellt, die den Vorsitz übernommen hat. In England ist das meistens die Königin. Darauf mußten wir hier natürlich verzichten.«

»Aber wir hatten einen Vizekönig«, wandte ich ein.

»Nur privilegierte Mädchen wurden der Vizekönigin vorgestellt.« Ihre Stimme nahm einen distanzierten Klang an. Diesen Tonfall kannte ich. So sprachen manche alte Menschen, die es vorzogen, in ihren Erinnerungen zu leben. »Nur die Mädchen, deren Väter hohe Posten in der Regierung oder beim Militär bekleideten ... Aber mein Vater war nur Verwalter einer Teeplantage, und so ...«

Plötzlich verstummte sie, denn sie hörte, wie der Riegel einer Tür zurückgeschoben wurde. Der Vorhang glitt beiseite, und Miss Greene trat ein.

Eine vage Erinnerung

Nayana erhob sich hastig und zog auch mich auf die Beine. Entzückt lächelte er Miss Greene an, und ich merkte, daß er diesen Augenblick herbeigesehnt hatte. Mit federnden Schritten kam sie auf uns zu – ein heiteres junges Mädchen, ein helles

Licht, das düstere alte Erinnerungen und die Ungeduld des Wartens verscheuchte.

»Verzeihen Sie, Bharat, ich hätte mich nicht verspäten dürfen. Aber ich wußte einfach nicht, was ich anziehen sollte.« Anmutig drehte sie eine Pirouette, und der flatternde blaue Rock mit dem gelben Blumenmuster entblößte ihre Knie – rund und weiß, wie Zwiebeln aus Ooty.

»Sie sehen sehr hübsch aus, und Sie müssen sich nicht entschuldigen«, erwiderte Nayana und ergriff ihre ausgestreckten Hände.

Als er sie losließ, kniete sie vor mir nieder. Im klaren Licht der Glühbirne wirkte sie überaus freundlich – und fest entschlossen, sich von ihrer besten Seite zu zeigen. Soviel Energie strahlte keine Frau in unserer Familie aus, nicht einmal Ava. Ihr Haar schimmerte so gelb wie an jenem finsteren Abend. Aber damals hatte es lang herabgehangen. Jetzt war es kurz geschnitten und umgab ihren Kopf wie ein lockiger Helm. »Freut mich, dich wiederzusehen, Krishna«, sagte sie und schüttelte meine Hand.

»Guten Tag, Miss Greene.« Eine Parfumwolke hüllte sie ein wie zarter Nebel.

»Oh, so gute Manieren!« Sie sank aufs Sofa, und wir setzten uns zu ihr. »Ist er nicht ein hübscher Junge, Mutter?«

»Wie, bitte?« Mrs. de la Rue legte eine Hand hinter ihr Ohr.

Vorhin hatte sie meine leise Stimme sehr gut gehört. Und nun schien sie die Frage ihrer Tochter, die viel lauter sprach, nicht zu verstehen.

Daß die alte Lady Miss Greenes Mutter war, überraschte Nayana offensichtlich nicht. Sie hatten die gleichen grauen Augen, und nun erkannte ich in Mrs. de la Rues faltigem Gesicht die Züge der jüngeren Frau.

»Ist er nicht ein hübscher Junge?« wiederholte Miss Greene langsam und geduldig.

»O ja. Gerade erzählte ich ihm …«

»Das habe ich gehört, und ich glaube, er findet deine Familiengeschichten ziemlich langweilig.« Lächelnd wandte sie sich zu mir. »Nicht wahr, Krishna?« Ohne eine Antwort abzuwarten, sprach sie weiter. »Mutter wollte ins Kino gehen, aber das bißchen Regen hat sie davon abgehalten. Sicher gehst du auch gern ins Kino, Krishna. Wie heißt dein Lieblingsfilm?«

»Anarkali.«

»Den kenne ich nicht. Ein indischer Film?«

»Ja, Hindi.«

»Und dein englischer Lieblingsfilm?«

»Sindbad der Seefahrer.«

»Oh, ich liebe Douglas Fairbanks! Er ist so schneidig und attraktiv. Eines Tages muß Mutter mit dir ins Kino gehen. Mutter, sag Valli, sie soll Tee und Kuchen servieren.«

»Es regnet immer noch in Strömen«, bemerkte Mrs. de la Rue und stand auf. »Wenn ich ausgegangen wäre, hätte ich mich zweifellos erkältet.« Sie eilte zur hinteren Tür und öffnete sie. Sekundenlang spähte ich in eine düstere Küche.

»Tut mir leid«, sagte Miss Greene sehr sanft zu Nayana. Sie hob die Hand, als wollte sie seinen Ärmel mit den Fingerspitzen berühren, doch die Geste wurde nicht vollendet. Offenbar hätten wir drei allein Tee trinken sollen.

»Schon gut.«

»Erzähl mir von dir, Krishna«, bat sie und neigte sich zu mir mit dem gierigen Blick eines Erwachsenen, der mit aller Macht begeistert werden möchte. Sie hatte dünne gerade Brauen, während sich über den Augen ihrer Mutter die zarten Schatten kleiner Vogelflügel wölbten.

An Nayana geschmiegt, schwieg ich. Was an meinem kurzen Leben mit den erloschenen Erinnerungen sollte diese Engländerin interessieren?

»Erzähl Victoria von dir.« Er schob mich von sich und zwang mich, sie anzuschauen, ohne den Trost seiner körperlichen Nähe. Wie vertraulich er ihren Namen aussprach – als wären sie alte Freunde …

»Was denn?« wisperte ich.

»Zum Beispiel, was du heute gemacht hast«, sagte sie.

»Wohin bist du heute morgen mit Thatha gefahren?« fragte Nayana.

»Zu seinem Büro und zwei anderen Büros.«

»Bei wem wart ihr?«

»Erst bei einem Marwari mit gelbem Turban, dann bei Mr. Chetty. Danach fuhren wie heim, ich aß zu Mittag, und Ramdass zog mich an ...« Ich mußte nicht weiterreden, denn in diesem Augenblick kam Mrs. de la Rue mit einer Teekanne aus der Küche zurück, gefolgt von einer Dienerin in einem schäbigen Sari, die ein Tablett mit Kuchen, Biscuits und winzigen Sandwiches hereintrug und auf den Tisch stellte.

»Danke, Valli, du kannst gehen«, sagte Miss Greene in gebrochenem Tamil, was mich verblüffte. Ich hatte gedacht, sie würde nur die englische Sprache beherrschen. Als sie meine Überraschung bemerkte, erklärte sie: »Ich verstehe auch Hindi, weil ich einen Teil meiner Kindheit im Norden verbrachte. Kannst du Hindi sprechen?«

»Nein, aber Nayana«, fügte ich stolz hinzu. Mühelos vermochte mein Vater vom Englischen ins Telugu, Hindi oder Tamil überzuwechseln. Während seines Militärdienstes hatte er sogar Persisch gelernt. Und so vereinte er ganz Indien in seinem Geist. Für mich und meine anderen Verwandten war Telugu eine Identität, die sich an uns klammerte, obwohl die Familie seit Generationen in Madras lebte.

»Mutter, wir brauchen noch etwas Milch.« Miss Greene hielt den kleinen blauen Krug hoch, und Mrs. de la Rue ergriff ihn. Nach kurzem Zögern ging sie gehorsam in die Küche.

Hastig unterhielten sich Nayana und Miss Greene in Hindi. Was sie sagten, bewog sie zu lächeln und trieb ihnen das Blut in die Wangen. Der Klang dieser Sprache weckte eine trübe Erinnerung an die Tage, die wir in Lahore verbracht hatten. Dort war meine Mutter gestorben. Ein Flüstern, »ha ... ath«. Doch ich wußte nicht, was es bedeutete, und es verschwand wieder im Abgrund des Vergessens. War es Amahs Stimme gewesen oder eine andere?

Geschichten

Was gibt es?« fragte Nayana, als ich an seinem Ärmel zupfte und sein Gespräch mit Miss Greene unterbrach.

»Ich dachte, ich hätte ein Hindi-Wort erkannt. Hat *Amah* Hindi gesprochen?«

»Ein wenig«, antwortete er kurz angebunden.

»Dein Vater hat mir erzählt, was für eine wunderbare Frau sie war«, sagte Miss Greene.

In diesem Moment kehrte Mrs. de la Rue zurück. Wortlos stellte sie das gefüllte Milchkännchen auf den Tisch. Miss Greene reichte mir einen Teller mit einem Biscuit, einem Sandwich und einer dicken Kuchenscheibe. Während sie geziert an einem Biscuit knabberte, biß ihre Mutter herzhaft in ein Stück Kuchen. Die Sandwiches waren mit einer rosa Paste bestrichen, die unangenehm nach Fisch roch, und der Kuchen schmeckte mir viel besser.

»Erzähl Mutter doch von eurem Haus und eurem Garten!« bat Miss Greene und lächelte mich aufmunternd an.

»Ich wohne in einem großen Haus mit meinem Bruder und meinen Schwestern, Nayana und Großmutter und Großvater und vielen Vettern und Kusinen.«

»Oh, Mutter, das Haus ist riesig und der Garten eine Quadratmeile groß. Nicht wahr, Bharat?« Nayana nickte. »Dazu gehören ein Kricket- und ein Tennisplatz, ein Tempel und fünf Rasenflächen. Das Haus …«

»Wann hast du das gesehen?« fiel Mrs. de la Rue ihrer Tochter ins Wort.

»Gestern abend. Das habe ich dir doch gesagt.«

»Nein, das hast du nicht.«

»Mutter hat ein schwaches Gedächtnis.« Aber die Unterbrechung schien Miss Greenes Begeisterung nicht zu dämpfen. »Das Haus sieht aus wie ein Palast, mit einer gigantischen Kuppel, grauen Mauern, grünen Fensterrahmen und Türen und roten Dachvorsprüngen. Über allen Fenstern und Türen sind Darstellungen von Göttern und Lotusblüten und astrologische Symbole angebracht, um die Bewohnern vor bösen Geistern zu schützen. Das Regenwasser fließt durch Tiger-, Büffel- und Chital-Mäulern aus schwarzem Marmor ab ...«

Dann beschrieb sie die Veranda, den überdachten Gang, der zum Kleinen Haus und zum Dienstbotendorf führte. Das alles konnte sie bei ihrem kurzen Besuch unmöglich gesehen haben. Offensichtlich hatte Nayana ihr davon erzählt.

»Nach den heutigen Preisen müßte das Grundstück etwa zweihundertzweiunddreißig Lakhs wert sein«, schloß sie triumphierend.

Diese Summe erschien mir so unvorstellbar wie die Entfernung zur Sonne.

»Und eines Tages«, sagte sie flüsternd, »wird das alles Bharat gehören. Nicht wahr?«

»Ja«, bestätigte mein Nayana, schaute mich an und fügte rasch hinzu: »Und den Kindern.«

Aber sie schien nicht gehört zu haben, was er etwas leiser gesagt hatte. Sie war zu sehr gefangen in ihrer Ehrfurcht.

»Etwa hundert Leute wohnen auf dem Anwesen.« Sie wandte sich an Nayana. »Ich kann es einfach nicht verstehen, wie Sie mit so vielen Menschen zusammenleben können, ohne wahnsinnig zu werden. Ich würde es hassen, mit all meinen Vettern und Tanten und Onkeln zusammenzuwohnen.« Sie erschauerte anmutig. »Ich würde verrückt werden, wenn jeder genau wissen würde, was ich mache. Man kann nicht einmal auf die Toilette gehen, ohne gehört zu werden.«

»So schlimm ist es nicht«, sagte Nayana, »aber manchmal ist es schon erstickend.«

»Nun, Krishna, was hältst du davon, daß ich dich und deine Geschwister zu jungen Ladies und Gentlemen erziehen werde?«

Als ich ihr die Antwort schuldig blieb, stieß Nayana mich an. »Sag es Tantchen Victoria, Krishna.«

»Nayana meint, es wird uns helfen.«

»Natürlich wird es das. Und ich werde euch viele Geschichten vorlesen. Dein Vater hat mir erzählst, wie gern du Geschichten magst. Einige habe ich selber geschrieben, vom Leben in den Bergen und von der Jagd im Dschungel, um Tiger und Panther zu töten.«

»Nayana mag so etwas nicht«, sagte ich bestimmt.« Er hat gesagt, es sei sehr schlimm, Tiere zu töten. Und er erlaubt mir nicht einmal, einen Papagei in einem Käfig zu halten.«

Sie warf ihm einen kurzen Blick zu. »Sicher hat dein Vater nichts gegen meine Geschichten einzuwenden. Welche magst du denn am liebsten?«

»Die von Tenali Rama.«

»Wer ist das?« Verwirrt runzelte sie die Stirn.

»Er war der Hofnarr Krishnadevarayas, des Königs von Vijayanagar.« Dafür schien sich Miss Greene zu interessieren, und ich erzählte die erstbeste Geschichte, die mir einfiel. »Er war ein kluger brahmanischer Junge aus Tenali. Eines Tages empfahl ihm ein Sunnyasi, den Tempel der Göttin Kali zu besuchen und ein besonderes Lied dreimillionenmal zu singen. Dann würde sie mit all ihren tausend Gesichtern vor ihm erscheinen und ihm einen Wunsch erfüllen. Aber er dürfe keine Angst zeigen. Also ging Tenali in den Tempel außerhalb seines Dorfes, sang das Lied dreimillionenmal, und die Göttin erschien mit ihren tausend Gesichtern und zwei Händen. Statt sich zu fürchten, brach Tenali in Gelächter aus, und das machte Kali sehr, sehr böse. ›Du kleiner Halunke!‹ schimpfte sie. ›Warum lachst du mich aus?‹ Und Tenali entgegnete: ›O Mutter, wenn wir Menschen uns erkälten, fällt es uns schwer, unsere Nasen zu putzen, obwohl wir zwei Hände und nur eine Nase besitzen. Aber wie kommst du mit deinen beiden Händen und tausend

Triefnasen zurecht?‹ Das brachte Kali noch mehr in Wut. Sie sagte: ›Weil du über mich gelacht hast, sollst du künftig vom Lachen leben. Du sollst ein Vikatakavi werden, ein Spaßmacher.‹ Da lachte Tenali noch mehr. ›Ein Vikatakavi – das liest sich vorwärts und rückwärts gleich.‹ Daß er sogar ihrer Strafe eine komische Seite abgewann, belustigte Kali, und so gewährte sie ihm eine Gnade, als sie sagte: ›Aber du wirst der Spaßmacher eines großen Königs sein.‹ Und dann verschwand sie.«

Wie immer mußte ich darüber lachen, wenn ich die Geschichte von Tenali erzählte. »Tausend tropfende Nasen und nur zwei Hände!« Ich drehte meine Arme wie Windmühlenflügel und wische im Geist tausend Nasen. Miss Greene lächelte, allerdings nur aus Höflichkeit.

»Wer erzählt dir diese Geschichten?«

»Meine Großmutter. Die flüstert sie in mein rechtes Ohr, bevor ich einschlafe.«

Jeden Abend erzählte Ava mir Geschichten über Könige und Prinzen und schöne Prinzessinnen, über Götter, die in menschlicher Gestalt erschienen, und *Sunnyasis*, die ihre Feinde vernichteten, indem sie ihre Augen öffneten oder sich in grausige Fabelwesen verwandelten. Manchmal erzählte sie vom großen Affengott Hanuman, den ich liebte, von Jayatu, dem tapferen Geier, der bis zu seinem Tod den Dämonen Ravana bekämpfte und mich zu Tränen rührte.

»Ich mag auch die Geschichten über Birbal, er war der Spaßmacher des Mogulherrschers Akbar. Soll ich eine von diesen erzählen …«

»Du kannst diese Geschichten ein andermal erzählen«, fiel Nayana mir sanft ins Wort.

»Kennst du keine Geschichten über Mowgli oder Kim?« fragte Miss Greene, und ich schüttelte den Kopf beim Klang dieser harten Namen. Abwartend schaute ich sie an, aber sie erklärte mir nicht, was diese fremden Namen bedeuteten.

Eine Meinungsverschiedenheit

Sie schenkte wieder Tee ein, sorgsam und konzentriert, als würde sie die Gesetze eines heiligen Rituals befolgen. Die erste Tasse reichte sie Nayana, die zweite mir, die dritte ihrer Mutter. Dann gab sie eine Zitronenscheibe in ihren eigenen schwarzen Tee, ergriff den Henkel und spreizte den kleinen Finger ab.

»So trinken wir unseren Tee auf dem Kontinent«, erklärte sie mir, nachdem sie meine Überraschung bemerkt hatte. »Natürlich war Mr. de la Rue, mein Stiefvater, ein Franzose. Aber er verbrachte den Großteil seines Lebens hier in Indien.«

»Sein *ganzes* Leben«, betonte ihre Mutter und griff nach den Zigaretten.

»Mutter!« rief Miss Greene scharf.

»Die Hälfte gehört mir.« Ungerührt zündete sich Mrs. de la Rue eine Zigarette an. Dann gab sie die Packung an Miss Greene, die den Inhalt zu inspizieren schien, bevor auch sie eine Zigarette zwischen ihre Lippen steckte.

»Nayana mag es nicht, wenn geraucht wird«, teilte ich den beiden mit.

»Ich bin sicher, er hat nichts gegen ein oder zwei Zigaretten einzuwenden.« Sie lächelte ihn strahlend an. »Oder, Bharat?«

»Nein, natürlich nicht.«

»Großvater raucht sehr viel«, erklärte ich.

»Nun, dann haben der alte Mann und ich wenigstens *ein* gemeinsames Interesse, wenn wir uns treffen.«

»Das alles gefällt mir nicht«, warf Mrs. de la Rue mit einer Spur von Eigensinn in der Stimme ein.

»Darüber haben wir schon hundertmal gesprochen, Mutter«, entgegnete Miss Greene. »Bharat braucht eine Gouvernante für die Kinder, und ich möchte die Stellung annehmen.«

»Aber du hast einen sehr guten Job im Connemara Hotel. Dort verkehrt ein ausgezeichnetes Publikum, wie im Grandhotel in Kalkutta. Nur die besten Leute …«

»Mutter …«

Aber Mrs. de la Rue ignorierte den Protest und fuhr hastig fort, als könnte sie sonst den Faden ihrer Erinnerungen verlieren. »An jedem ersten Sonntag im Monat tranken dein Vater und ich dort Tee. So gute Sandwiches, Erdbeeren mit Sahne und Kuchen … Als du etwas älter warst, nahmen wir dich mit. Und nach dem Tee mieteten wir eine Kutsche …«

»Mutter!« Miss Greene schrie beinahe.

Diesmal zuckte Mrs. de la Rue verstört zusammen. »Was? Ich erzähle Krishna doch nur …«

»Darüber reden wir später.«

»Ich denke immer noch …«

»Was du denkst, spielt keine Rolle«, erwiderte Miss Greene geduldig. »Außerdem habe ich keine Wahl. Demnächst dürften sich die Zustände im Connemara ändern. Wenn es von Indern geleitet wird, kann ich als Engländerin nicht mehr dort arbeiten. Und die Europäer werden dort nicht mehr wohnen. Die meisten sind schon abgereist. Man wird nicht einmal Anglo-Inder einstellen. Deshalb bin ich Bharat dankbar für die Stellung, die er mir angeboten hat.«

»Wirst du mich in all den Nächten allein lassen, so wie gestern? Das ertrage ich nicht.«

»Mutter«, sagte sie noch schärfer, bestrebt, das Gespräch zu beenden. »Ich gehe weg, um bei Bharat zu arbeiten, und komme wieder zurück. Und ich bin nicht die ganze letzte Nacht weggeblieben. Ich kam nur etwas später nach Hause. Warum mußt du dauernd so maßlos übertreiben?« Sie wandte sich an Nayana, der ihren Blick etwas unsicher erwiderte und nicht zu wissen schien, wie er sich in dieser peinlichen Situation verhalten sollte. »Gestern abend besuchte ich meine Freundin Coral im Connemara, und ich ließ Ihren Chauffeur vor dem Eingang warten, es war lediglich eine Bequemlichkeit, besonders bei dem Wetter. Ich hoffe, es hat Ihnen nichts ausgemacht?«

»Keineswegs«, beteuerte Nayana, obwohl er erst jetzt erfuhr, was Balram meinem Großvater und mir am Vorabend erzählt hatte.

»Ist Tommy immer noch dort?« fragte Mrs. de la Rue in unschuldigem Ton. Trotzdem stieg das Blut in Miss Greenes Wangen.

»Ja«, erwiderte sie scharf. »Nächste Woche reist er ab.«

»Wenn Ihre Mutter Ihre neue Stellung unschicklich findet ...«, begann Nayana.

»Tommy ist der Hotelmanager«, informierte mich Mrs. de la Rue.

Aber Miss Greene beachtete sie nicht. »Nein, das geht schon in Ordnung, Bharat. Bald wird sie nach England fahren, und ich folge ihr in einiger Zeit.«

»Unter den veränderten Umständen wäre es für Sie beide zweifellos angenehmer, in Ihre Heimat zurückzukehren«, meinte er.

»Aber ich will hierbleiben«, verkündete Mrs. de la Rue energisch. »In England kenne ich niemanden, und die feuchte Kälte wird meinen arthritischen Knochen schaden.«

»Unsinn, Mutter. Henry erwartet dich. Und in England ist es nicht immer feucht und kalt. Zweifellos wird Henry gut für dich sorgen. Er ist mein Stiefbruder«, erklärte sie, an Nayana gewandt, »er ist Ingenieur bei General Electric und verdient offensichtlich sehr gut.«

»Wie auch immer, diese teure Reise können wir uns nicht leisten«, protestierte ihre Mutter. »Mindestens sechzig Pfund!«

»Darüber diskutieren wir ein andermal«, sagte Miss Greene leise.

Nayana trank seine Tasse leer und stellte sie vorsichtig auf das Tablett. Dann konsultierte er seine Uhr und erhob sich. Eifrig sprang ich auf. »Ich muß den Steuereinnehmer besuchen«, erklärte er. »Darf Krishna inzwischen hierbleiben?«

»Selbstverständlich!« Miss Greene lächelte mich liebenswürdig an. »Soll ich dir Papier und Buntstifte bringen?«

»Aber ich möchte mit dir gehen, Nayana«, wisperte ich.

»In zehn Minuten bin ich wieder da«, flüsterte er und drückte mich aufs Sofa. »Du müßtest im Auto sitzen und warten. Hier hast du es viel gemütlicher. Und du kannst Miss Greene besser kennenlernen.«

Fern von zu Hause

Miss Greene setzte mich an den Eßtisch und legte einen Stapel Papier vor mich hin. Dann holte sie Buntstifte, lauter Stummel und von irgendeinem anderen Kind angeknabbert. Sie fand auch drei zerfledderte Comic-Hefte. Auf einem stand »Beano«, auf den beiden anderen »Dandy«. Ich wollte ihr sagen, ich könnte richtige Bücher lesen. Aber ich nahm die Hefte schweigend entgegen.

»So!« rief sie fröhlich. »Und jetzt will ich sehen, was für ein guter Zeichner du bist.«

Ich drehte ein Blatt herum. Auf der anderen Seite war es mit Maschine beschrieben.

»Das ist nur der Entwurf einer Geschichte, die ich einmal verfaßt habe«, erklärte sie und drehte das Blatt wieder auf die leere Seite. »Das wird dich nicht interessieren.«

Sie setzte sich mit ihrer Mutter in die Nähe des Balkons. Während ich zu zeichnen begann, hörte ich den beiden zu. Ich besaß ein scharfes Gehör. Obwohl sie flüsterten, verstand ich jedes Wort. Manchmal schauten sie zu mir herüber.

»Was essen wir heute abend?« fragte Mrs. de la Rue ihre Tochter.

Miss Greene schleuderte ihre Schuhe in eine Ecke, ging barfuß zu einem häßlichen dunklen Sideboard und goß aus einer Flasche Alkohol ein, den sie mit Sodawasser auffüllte. Dann zündete sie sich noch eine Zigarette an und sank in die Sofapolsterung. »Was du ißt, ist mir egal. Ich gehe aus.«

»Ich hoffe, du kommst nicht so spät nach Hause wie letzte Nacht.«

»Es war nicht spät, Mutter.«

»Doch. Wahrscheinlich hast du dich mit diesem Manager getroffen. Wie ist sein Name doch gleich? Tommy Sanderson. Ehrlich gesagt, ich begreife nicht, was du an ihm findest. Er sieht wie ein Skelett aus. Und dieser gräßliche winselnde Essex-Akzent! Hättest du dich bloß nicht mit ihm eingelassen! Er ist verheiratet, selbst wenn er seine Frau nach Hause geschickt hat.«

»Ja, ich weiß«, zischte Miss Greene. »Aber er ist amüsant und einer der letzten jungen Europäer in dieser Stadt. Die anderen sind uralt. Nächste Woche reist er ohnehin ab. Du hättest ihn nicht vor Bharat erwähnen dürfen. Was wird er jetzt denken?«

»Keine Ahnung. Ich werde Valli sagen, sie soll Koteletts braten.« Mrs. de la Rue wandte sich zur Küche und rief auf englisch: »Valli, brat Koteletts!«

Die Dienerin trat in die Tür und schien ihren englischen Wortschatz zu erforschen. »Eins? Zwei?«

»Eins«, erwiderte Miss Greene.

»Aber das ist dein Lieblingsessen.«

»Aber ich will kein Kotelett. Du kannst meins auch haben.«

»In letzter Zeit bist du wirklich schwierig, Victoria.«

»Laß mich in Ruhe, Mutter!« stieß Miss Greene hervor. »Iß zu Abend und geh ins Bett!«

»Du brauchst mich nicht anzuschreien«, entgegnete Mrs. de la Rue und straffte die Schultern, als müßte sie eine schwere Bürde tragen. »Wo hast du bloß dieses schreckliche Temperament her? Von mir oder deinem Vater sicher nicht.« Erbost starrte Miss Greene ihre Mutter an. »Du wirst mir noch die Haare vom Kopf essen. Leider verdiene ich nur dreihundertsiebzig im Monat. Hundertfünfzig zahlen wir für dieses elende Loch, siebzig gehen fürs Essen drauf. Dazu kommen noch die anderen Ausgaben. Am Monatsende bleibt kein Anna übrig.«

»Also gut, ich werde nichts mehr essen«, seufzte Mrs. de la Rue gekränkt.

»Hör einfach nur auf, dich vollzustopfen.« Miss Greene ergriff ein Buch und öffnete es an der Stelle, wo ein Lesezeichen steckte. »Wenn ich soviel essen würde wie du, wäre ich kugelrund.« Nach einer kleinen Pause fügte sie bedeutsam hinzu: »Heute morgen habe ich Henry geschrieben.«

»Was denn?« Mrs. de la Rue ging zum Sideboard und musterte die Packung Players. »Darf ich?« Als ihre Tochter nickte, zündete sie sich eine Zigarette an und zog gierig den Rauch ein.

»Das weißt du doch.«

»Hier bin ich zu Hause. Ich kenne England nicht. Dort habe ich niemanden.«

»Henry ist da. Immerhin ist er dein Sohn. Sobald er in sein neues Haus zieht, wirst du bei ihm wohnen. Gott allein weiß, wann das sein wird.«

»Aber ich meine Freunde, Leute, Orte.« Mrs. de la Rue setzte sich zu Miss Greene und flehte: »Bitte! Ich bin zu alt, um ein neues Leben zu beginnen. Laß mich hierbleiben. Ich verspreche dir, ich werde weniger essen. Außerdem muß sich jemand um dich kümmern, Darling.«

»Mutter, ich komme sehr gut allein zurecht. Henry will dich zu sich nehmen, und ich kann es mir nicht mehr leisten, deinen Lebensunterhalt zu bestreiten.«

»Und wer bezahlt die sechzig Pfund für den Dampfer?« fragte Mrs. de la Rue mit einem triumphierenden Lächeln.

Miss Greene öffnete ihre Handtasche, und ihre Mutter beobachtete mißtrauisch, wie sie eine Karte hervorzog. Sogar aus der Ferne vermochte ich die Aufschrift zu lesen – »P & O Steamship Co«.

»Was ist das?« fragte Mrs. de la Rue unnötigerweise.

»Bist du blind? Eine Fahrkarte von Bombay nach Tilbury. Du wirst dir eine Kabine mit einer anderen Frau teilen.«

»Woher hast du das Geld dafür?« wisperte sie

»Ich hab' es mir geliehen. Aber das geht dich nichts an.« Sorgsam verstaute Miss Greene die Karte wieder in ihrer Tasche. »Die behalte ich, bis Henry mir mitteilt, daß du kommen sollst. Sonst würdest du sie vielleicht mit Absicht verlieren.«

Langsam erhob sich Mrs. de la Rue, aschfahl im Gesicht. Dann wandte sie sich zu Valli, die auf weitere Befehle wartete. »Ich bin nicht hungrig. Jetzt möchte ich schlafen. Die Missy wird auch nichts essen. Also dürfen Sie nach Hause gehen, Valli.« Die Dienerin kehrte in die Küche zurück, und die alte Frau drehte sich zu ihrer Tochter um. »Aber das ist mein Zuhause.«

Miss Greene ignorierte sie und schaute zu mir herüber, um festzustellen, ob ich lauschte. Doch ich hatte den Kopf gesenkt. Mrs. de la Rue zog sich in einen Nebenraum zurück. Nach einer Weile stand ihre Tochter auf, schlenderte an mir vorbei, strich über mein Haar und verschwand in einem anderen Zimmer. Ihre Mutter tat mir leid.

Nachdem ich eine Zeitlang gewartet hatte, ging ich zur Tür von Mrs. de la Rue. Sie stand offen, und ich ging hinein. Sie lag vollständig bekleidet auf ihrem Bett. Es war eine kleine, dunkle, beengte Kammer. Ringsum standen Koffer und Kisten, die ihr ganzes Leben zu enthalten schienen. Sie weinte lautlos. Nicht einmal bei meinem Anblick versiegten ihre Tränen.

»Ich will nicht weg von hier. Mein ganzes Leben habe ich hier verbracht, und ich fürchte mich davor, in ein fremdes Land zu ziehen, das ich nur von Fotos und Erzählungen her kenne.« Der Monsun peitschte schwere Tropfen auf den Fliesenboden und das Blechdach des Balkons.

»Seit ich denken kann, lausche ich diesem Regen, und er bestimmt den Rhythmus meiner Jahre. Im Grunde meines Herzens bin ich eine Inderin, wenn ich auch eine viel hellere Haut habe als du. Werde ich in London den Regen hören? Ist der englische Regen ein so warmer Lebensspender wie der indische? Oder kalt und grausam?« Plötzlich lächelte sie und richtete sich auf. »Ich habe eine Idee, aber du wirst Victoria nichts davon erzählen?«

»Nein, natürlich nicht.«

»Ich werde Henry nur besuchen und nicht bei ihm bleiben. So wie die Engländer, die früher in Indien arbeiteten und Heimaturlaub bekamen. Ein paar Monate will ich bei meinem Sohn verbringen. Und dann fahre ich nach Hause, ob es Victoria paßt oder nicht.«

Sie sank ins Kissen zurück, starrte träumerisch vor sich hin, und ich spürte, daß sie meine Anwesenheit vergessen hatte.

Das Telegramm

Als ich wieder am Tisch saß, hoffte ich verzweifelt, Nayana würde zurückkommen und mich aus der Obhut dieser fremden Frauen befreien, die ständig miteinander stritten. Ich lauschte auf das Auto, hörte aber nur den trommelnden Regen. Verstohlen drehte ich die Papierbogen herum. Auf einer Rückseite stand in Handschrift: »Tomaten 2 Annas, Fleisch 4 Annas, Salz 5 Paise.« Und darunter stand eingekreist »232 Lakhs«. Soviel, hatte Miss Greene ihrer Mutter erklärt, wären unser Haus und unser Garten wert.

Dann hörte ich Miss Greene husten und schlug hastig ein Comic-Heft auf. Aber sie kam nicht aus ihrem Zimmer. Lustlos überflog ich die Possen von Lord Snooty und Desperate Dan. Lash LaRue, der Lone Ranger, Gabby Hayes und Superman gefielen mir besser.

Ein Auto hielt vor dem Haus. Ich ließ das Comic-Heft fallen und rannte zur Tür. Doch da erschien Miss Greene und versperrte mir den Weg. »Bitte warte hier auf deinen Vater. Hast du viel gemalt?«

»Ja«, sagte ich und zeigte ihr meine Kritzeleien, die sie nicht sonderlich interessierten.

Nayana brachte Licht und Heiterkeit mit, und ihre düstere Stimmung verflog. Glücklich lächelte sie ihn an. »Krishna war sehr brav.«

»So wie immer. Danke, daß Sie ihn betreut haben.« Er schaute sich um. »Wo ist Ihre Mutter?«

»Sie ruht sich aus.«

»Jetzt muß ich ins Büro fahren. Es war wundervoll, Sie wiederzusehen, Miss Greene. Sicher wird Ihnen der neue Job zusagen. Dafür wollen wir sorgen. Nicht wahr, Krishna?«

»Ja«, murmelte ich unsicher.

»Nächsten Montag um drei schicke ich Ihnen ein Auto, Miss Greene.« Er ergriff ihre Hand, drückte sie ganz fest und ließ sie los, damit ich sie ebenfalls schütteln konnte.

»Darauf freue ich mich schon sehr, Mr. Naidu.«

Erleichtert folgte ich ihm aus dem Haus. »Magst du sie?« fragte er, während wir in die Mount Road bogen. Weil ich nicht wußte, wie man diese Frau mögen sollte, zuckte ich nur die Achseln. »Wenn du mit den anderen redest, solltest du nicht sagen, daß sie nicht reich ist«, fuhr er fort. »Nicht jeder kann so leben wie wir. Und es gibt auch unter den Armen viele gute Menschen.«

»Also ist Tantchen Victoria gut?«

»O ja«, erwiderte er im Brustton der Überzeugung. »Ich kenne sie besser als du und deine Ava.«

»Wird ihre Mutter wegfahren?«

»Das muß sie mit Victoria klären. Aber ich glaube, sie wird bald abreisen.«

»Ich finde sie sehr nett. Warum kann sie nicht unsere Gouvernante werden?«

»Weil sie zu alt ist.« Abrupt wich er meinem Blick aus, und ich wußte, daß die Diskussion beendet war.

Ich schaute aus dem Fenster und betrachtete die Statue der Königin Victoria gegenüber dem Chepauk-Palast. In absehbarer Zeit würde man die gebieterische Figur entfernen.

Die metallisch grauen Farben des Himmels und des Meeres verschmolzen miteinander. Rastlos überspülten die Wellen den Sand. Dieser Kampf zwischen dem Meer und dem Strand tobte unentwegt, manchmal träge, manchmal wütend, so wie jetzt. Stets war das Land der sanftere Gegner und überließ den Wogen einzelne Teile seines Territoriums, um sie zu beruhigen. Doch sie gaben sich niemals zufrieden. Im weißen Sand kauerten Fischer und reparierten ihre Katamarane – dunkle, halbnackte Gestalten.

Schließlich erreichten wir das Fort St. George. Im Gegensatz zu den wunderschönen Forts der Mogule und Rajasthanis diente dieses nicht dem Luxus und Vergnügen, sondern war zu kriegerischen Zwecken erbaut worden. Das Auto hielt an den Stufen des Verwaltungsgebäudes, eines imposanten Baus mit zwanzig Säulen aus schwarzem Granit, die den Eingang flankierten und das Dach stützten. Nayana hatte ein großes, luftiges Büro, und jeden Mittag wehte die Meeresbrise herein und raschelte mit den Papieren, als wollte sie einen Blick auf Regierungsgeheimnisse werfen und dann durch die Stadt fegen, um die Informationen in neugierige Ohren zu blasen. Zwei Peonen in untadeligen weißen Uniformen, mit Schärpen, Messingspangen und Turbanen öffneten den Wagenschlag, und mein Vater stieg aus.

»Wir sehen uns später zu Hause, Krishna«, sagte er durch das Fenster und ging die Stufen hinauf, gefolgt von den Peonen. Dies war sein Reich, und er nahm die Ehrenbezeugungen der Angestellten und Beamten, die ihm begegneten, mit einem leichten Neigen des Kopfes entgegen.

Auf dem Rücksitz ausgestreckt, beobachtete ich die Wolken und hoffte, inzwischen wären Anjali, Kaveri und Jagan aus der Schule zurückgekehrt. Als sich das Auto unserer Zufahrt näherte, drosselte der Chauffeur das Tempo, um zu warten, bis der *Gurkha* das Tor öffnete. Er sprach mit einem Mann in Khakiuniform, der eine Ledermappe bei sich trug und dem Fahrer bedeutete, anzuhalten, und dann zu mir durch das Fenster hereinsah. »Ein Telegramm für Mr. Bharat Naidu«, sagte er und zeigte mir einen braunen Umschlag. »Würdest du es mitnehmen? Der Weg zum Haus ist weit.«

»Ja«, sagte ich. Eine solche Verantwortung hatte man mir noch nie übertragen.

Erleichtert reichte er mir ein Formular, das ich unterschreiben mußte. Ich erhielt das Telegramm. Der Umschlag, auf dem oben »Post & Telegraph Department« stand, war an Nayana adressiert. Ich faltete ihn zusammen und steckte ihn in meine Hosentasche.

Avas Geschichten

Bei jedem Wort meines Berichts schien sich das Gesicht meiner Großmutter noch dunkler zu färben. Wir saßen ganz allein auf der Schaukel, niemand außer Ava hörte mir zu. Als ich verstummte, bedrückte mich ihr Schweigen, denn ich glaubte, sie würde mir irgend etwas verübeln.

Ich wollte von der Schaukel klettern, aber Ava hielt meine Hand fest, und ich setzte mich wieder. Beklommen wünschte ich, die anderen wären hier und würden mich vor der Melancholie schützen, die ich im Profil der alten Frau las. Sie verspäteten sich. Wahrscheinlich hatte Thatha vergessen, einen Wagen zur Schule zu schicken.

Mit leiser Stimme begann sie zu sprechen. »Ich träume jede Nacht von deiner Amah. Nacht für Nacht kommt sie zu mir. Als Kind oder als junges Mädchen oder als erwachsene Frau. In diesen Träumen zieht ihr ganzes Leben an mir vorbei. Und wenn ich am Morgen erwache, frage ich mich: Warum wurde sie mir geraubt? Ich gehe in den Tempel und frage den Allmächtigen: Warum hast du mir meine Tochter genommen? Und am Tag frage ich: Wieso ist sie nicht an meiner Seite? Warum hat Gott nicht *mich* geholt? Wie gern wäre ich an ihrer Stelle gestorben! Welchen Sinn hat das Leben ohne Rani? Sie hat euch alle in meiner Obhut zurückgelassen. In all den Jahren habe ich euch die Liebe geschenkt, die sie euch nicht mehr geben kann. Und jetzt, als hätte Gott mich noch nicht genug gequält, erlaubt er dieser Frau, in dieses Haus zu kommen und euch mit ihren Sitten und Gebräuchen zu verderben. Wie soll ich euren Nayana von seinem Entschluß abbringen, ehe es zu spät ist? Oder ist es schon zu spät?« Tränen verschleierten ihren Blick und rollten über beide Wangen.

»Bitte, weine nicht, Ava. Wir bleiben immer bei dir.« Auch ich schluchzte, denn ich hatte sie nie zuvor weinen sehen.

»Erinnerst du dich gar kein bißchen an deine Amah?« fragte sie, nicht zum ersten- und nicht zum letztenmal.

»Nein …« Ich zögerte. »Aber heute nachmittag sprachen Nayana und Miss Greene Hindi, und da hörte ich etwas – eine Stimme in meinem Kopf. ›Ha … ath‹, sagte sie. Was bedeutet dieses Wort?«

Sie trocknete ihre Tränen mit einem Zipfel ihres Sari. »Das weiß ich nicht. Warum sprachen sie Hindi?«

»Ich weiß es nicht. Die Stimme in meinem Kopf war nur ein Flüstern.« Dieses Wort würde ich in einem Winkel meines Gedächtnisses verwahren. Niemals durfte es in jenem Abgrund versinken.

Ohne meine Hand loszulassen, erhob sie sich von der Schaukel. »Komm, wir gehen in den Tempel.«

Dort fand sie immer wieder Trost. Wir traten in den kühlen Abend hinaus. Wie so oft genoß ich das fragile gelbe Licht der Dämmerung, das nur die Wipfel der Bäume streifte und nicht auf den Boden fiel. Sonst wäre es zerbrochen.

Auf dem Weg zum Tempel trafen wir Srinivasin, Großtante Lakshmis Mann, der seinen allabendlichen Spaziergang unternahm.

»Keine Schule, was?« begrüßte er mich, und ich ignorierte ihn. Aber er zauste mein Haar. Das Zucken seines rechten Augenlids blinzelte mich an. Dann wandte er sich an Ava. »Man hat mir erzählt, Bharat würde eine britische Lehrerin für seine Kinder einstellen. Das darfst du ihm nicht gestatten …«

»Warum sagst du das *mir*?« fauchte sie ihn an. »Ranjit ist ihr Thatha, er ist der Karta. Also muß *er* diesem Unsinn ein Ende bereiten. Auf mich würde Bharat niemals hören.«

Geduldig wartete er das Ende ihres Wutausbruchs ab und fuhr fort, als hätte sie nichts entgegnet: »… denn sie würde unsere Lebensart nicht verstehen und den Kindern lauter falsche Dinge beibringen.«

»Darüber habe ich bereits mit Ranjit gesprochen«, erklärte sie ärgerlich. »Mehr kann ich nicht tun. Wenigstens wird sie nicht hier wohnen, Gott sei Dank. Tagsüber unterrichtet sie die Kinder, dann schläft sie in ihrem armseligen Loch in Egmore, wo sie mit ihrer Mutter lebt. Das hat Krishna mir erzählt.«

Er schaute mich an. »Tatsächlich?«

»Ja. Ihre Mutter reist bald ab. Und Miss Greene wird ihr folgen, das hat sie Nayana gesagt.«

Zufrieden nickte er und wanderte weiter. Seine ständige und einzige Sorge war die Mitgift, die Sushila, Leela und Valli brauchten. Ohne dieses Geld konnten meine Kusinen nicht heiraten. Die Hände hinter dem Rücken verschränkt, den Kopf gesenkt, schien Srinivasin die Zukunft seiner Töchter wie die Eisenketten eines Gefangenen hinter sich herzuziehen.

Der Tempel lag im Osten des Großes Hauses, etwa so weit entfernt wie das Kleine Haus an der Westseite. Zwischen anmutigem Bambus verborgen, wurde er von einem hohen Peepul-Baum überschattet. Die Gottheit unserer Familie war Partharasathi, Gott Krishnas Wagenlenker. Jeden Freitag morgen huldigten ihm alle Bewohner des Anwesens, an anderen Tagen brachten ihm die Frauen des Haushalts Opfergaben und beteten zu ihm.

Gopalan, der Prohit der Familie, hielt bei allen wichtigen Anlässen wie Namensgebungen und Hochzeiten die Pujas ab. Bei den Geburten meiner Geschwister hatte er ihnen Horoskope gestellt, aber mir nicht, sondern behauptet, dafür sei die Zeit noch nicht reif. Damit versetzte er Amah und Ava in Panik. Sie hatten geglaubt, seine Weigerung würde meinen frühen Tod bedeuten.

Nun kauerte er im Hof am Boden, der Gottheit den Rücken zugewandt. Aus seinem kahlrasierten Schädel quoll ein Haarbüschel wie eine kleine graue Fontäne. Er trug seine Brille. Aufmerksam las er in der *Madras Mail*, der Abendzeitung, und bemühte sich, die Seiten nicht zu zerknittern, da Thatha sie immer als erster lesen wollte. Erst danach stand sie den anderen Mitgliedern des Haushalts zur Verfügung, angefangen mit Nayana. Gopalan faltete die Zeitung vorsichtig zusammen und legte sie beiseite, in der Hoffnung, mein Großvater würde ihm nicht auf die Schliche kommen. Aber Thatha interessierte sich ohnehin nur für die Kricketberichte und Leserbriefe.

»Heute abend muß ein Puja für Krishna abgehalten werden«, erklärte Ava. »Er war im Haus von Ausländern.«

»Bei der britischen Lady?« Seine Hasennase zuckte erwartungsvoll. In unserem Haushalt geschahen nur wenige Dinge, die er nicht herausfand. »Ich habe das Familienhoroskop gelesen.« Eifrig zog er ein Schulheft unter seinem Hinterteil hervor und schlug eine Seite auf, die er mit astrologischen Berechnungen gefüllt hatte. »Bitte, glauben Sie mir, diesem Haus kann nichts Schlimmes widerfahren, nur Gutes. Die Frau wird keinerlei Einfluß ausüben und bald in ihre Heimat zurückkehren.«

»Das hat Krishna auch gesagt.« Ava seufzte erleichtert auf. »Trotzdem soll er gereinigt werden.«

Gehorsam stand Gopalan auf, entzündete die Lampen, und das flackernde gelbe Licht erhellte Parthasathys schwarzes Antlitz. Auf einer Messingplatte lagen eine Kokosnuß, ein Betelblatt, Blumen und eine Banane. Während der Prohit zu singen begann, lächelte Ava zufrieden. Dreimal wurde mein Name ausgesprochen.

Ich bezweifelte nicht, daß der Gott zuhörte und mich beschützen würde, denn er sah gut und freundlich aus. Aber wahrscheinlich geheimniste ich in dieses machtvolle Granitgesicht hinein, was ich mir wünschte. Gopalan besprenkelte meinen Kopf mit heiligem Ganges-Wasser, und die kühlen Tropfen reinigten mich.

Dann saßen wir auf einer der acht Stufen, die das quadratische Becken umgaben, und meine Füße hingen im Wasser. Es war grau wie der Himmel und rastlos wie die wallenden Wolken, die sich zusammenballten und auseinanderdrifteten – abwechselnd hell und dunkel.

»Hör mir zu, Krishna.« In Avas Stimme schwang eine seltsame Intensität mit. »Was ich dir jetzt erzähle, mußt du in deiner Erinnerung bewahren, und du darfst es niemals vergessen. Vor langer Zeit …«

Krishnas Geschichte

Ein altes Ehepaar hatte sein Land unter seinen vier Söhnen aufgeteilt. Zu ihrer Überraschung bekamen die beiden noch einen Sohn. Da sie in einem Dorf am Ufer des Flusses Krishna lebten, gaben sie dem Jungen diesen Namen. Er war dein Ururgroßvater mütterlicherseits. Um Jahrhunderte jünger, aber nicht weniger grausam, brannte die Sonne auf das Wasser des Flusses und das Dorf deiner Ahnen herab. Blaue Wellen, klar und kraftvoll wie der Wind, durchströmen das Land. An drei Seiten ist das rechteckig angelegte Dorf von grünen Reisfeldern umgeben, die vierte grenzte ans Ufer. Die Hauptstraße verläuft von Ost nach West, eine kürzere von Nord nach Süd. An der Kreuzung wächst der Bodhi-Baum, unter dem sich die Verwalter dieser konservativen Gemeinschaft treffen.

Das Dorf versorgt sich selbst. Am äußersten Westrand wohnen ein paar Leute, die keiner Kaste angehören. Ein dunkler Tempel am Uferrand überragt die schrägen roten Ziegeldächer des Dorfes. Am Wasser stehen schlanke Kokospalmen, landeinwärts erstrekken sich schattige, kühle Mangowälder. Hinter dem Dorf und den Reisfeldern liegt der Dschungel, undurchdringlich bis auf einen schmalen, gewundenen Karrenweg, der zu einem anderen Dorf und zu noch einem führt und schließlich, hundertfünfzig Meilen weiter östlich, zum britischen Fort an der Coromandel-Küste.

Niedrige weiße Mauern umgeben das Haus unserer Ahnen mit den ockerfarbenen Dachziegeln, und durch die Vordertür gelangt man in einen kühlen leeren Raum mit einem Steinboden. Alle Häuser des Dorfes gleichen einander. An der Rückfront scheint die Sonne in einen offenen Hof mit einem Steinbrunnen in der Mitte und Bananenbäumen an der hinteren Mauer, die an die Reisfelder der Familie grenzt.

Von seinen alten Eltern verwöhnt, wuchs Krishna zu einem hübschen, kräftigen Jungen heran. Als die beiden starben, bat er seine Brüder um seinen Anteil am Grundbesitz, den sie ihm verweigerten. Nicht einmal Obdach und Nahrung gewährten sie ihm. Und so ging er in den Tempel und betete um Erleuchtung. Da erschien ihm Gott Partharasathi in einem Traum und erklärte, Krishna müsse das Dorf verlassen, und er würde ihm den Weg zu seinem Glück weisen.

Damals befand sich das ganze Land im Aufruhr. Das Vijayanagar-Reich war zusammengebrochen, kleine Fürsten und muslimische Nawabs, Satrapen der Mogule, regierten Teile von Karnataka. Die Briten kämpften gegen die Franzosen. In unseren Augen sahen sie alle gleich aus, und sie selbst konnten einander nur durch ihre Sprachen unterscheiden. Oft hörte man im Dorf die Trommler, die diese Truppen anführten, und manchmal kamen Fremde in die Dörfer, um junge Männer zu rekrutieren.

Eines Tages erschienen mehrere Reiter, und Gott Partharasathi flüsterte Krishna zu, es sei an der Zeit. Ohne zurückzublicken oder Abschied von seinen Brüdern zu nehmen, folgte dein Ururgroßvater den Soldaten und kämpfte in den Kriegen von Karnataka. Glücklicherweise folgte er Gott Partharasathis Rat und schloß sich den Briten an. Sie gaben ihm ein Pferd, eine Uniform, ein Schwert und einen langen Speer. Unter Lord Wellesleys Kommando wurde er zu einem *Havildar* ernannt. Drei Jahre lang kämpfte er an der Seite der Briten und seines eigenen Volks gegen sein eigenes Volk für irgendeinen indischen Fürsten.

Wie konnte er ahnen, zu welchen Veränderungen in unserem Indien seine Tapferkeit beitragen würden? Aber wer waren unsere eigentlichen Verräter? Die Briten? Nein. Unsere Fürsten? Ja. Mühelos ließen sie sich kaufen und glaubten in ihrer Dummheit, sie würden die Briten benutzen, um sich ihrer Feinde zu entledigen. In Wirklichkeit wurden sie von den Briten benutzt, die ihnen ein Gebiet nach dem anderen stahlen. Krishna beobachtete die Briten, und die brachten ihm viele Dinge bei, während er von Kalikut nach Madurai und Hyderabad und Mysore ritt. In der letzten großen Schlacht bei Srirangapatnam besiegte Krishna unser Indien für seinen Kommandanten Wellesley. Dort erlebte er den Verrat, die Niederlage und den Tod unseres Helden Tipu Sultan mit, stand auf den Zinnen des Forts und sah die britische Flagge wehen. Nun waren die Kriege beendet, und Karnataka gehörte den Engländern.

Gott Partharasathi sagte ihm, es sei an der Zeit, das Schlachtfeld zu verlassen. Des Blutvergießens müde, trat er aus dem britischen Heer aus. Statt in unser Dorf zurückzukehren, ritt er zum Fort St. George.

Während seines Kriegsdienstes hatte er genug Geld gespart, um ein kleines Haus in Black Town zu kaufen, nördlich von der Festung. Inzwischen wußte er, wie korrupt die Briten waren. Er bestach rangniedrige Beamte, die ihm Vorräte für das Heer abkauften. Sobald er mit diesen Geschäften genug verdient hatte, ließ er eine Frau aus seinem Heimatdorf kommen, und man schickte ihm ein hübsches Mädchen namens Sita. Krishna gründete eine Familie und erwarb Ländereien im weiten Umkreis von Black Town, das allmählich wuchs. Bei jedem guten Geschäft spendete er einen Teil seines Profits dem Partharasathi-Tempel in Triplicane.«

Nie zuvor hatte ich diese bewegende Geschichte gehört. Der Gedanke an die Kämpfe meines Ahnherrn Krishna erhitzte mein Blut, und ich erinnerte mich an ein Gemälde, das jene letzte Schlacht von Srirangapatnam zeigte. War er darauf zu sehen?

»Er starb als reicher Mann«, fuhr Ava fort. »Bis zuletzt bedauerte er, daß er nie in sein Heimatdorf zurückgekehrt war. Und seinen Kinder erschien das Dorf wie ein geisterhafter Traum in ihrem Leben.« Nun versank sie in melancholischem Schweigen. Vermutlich wünschte sie, er wäre niemals von zu Hause fortgegangen und sie würde jetzt am Ufer des Krishna sitzen und der geflüsterten Poesie des Flusses lauschen. Dann wäre meiner Amah ein anderes Karma beschieden worden.

»Aber er kehrte nie zurück«, fügte sie schließlich hinzu, »und wir kehrten nie zurück, und die Briten entfernten uns immer weiter vom Dorf unserer Ahnen und unseren Traditionen. Trotzdem bleiben wir unverändert.«

Als ich in meine Hosentasche griff, berührte ich das Telegramm und zeigte es meiner Großmutter. Neugierig hielt sie den Umschlag ins Licht, aber sie öffnete ihn nicht, und so mußten wir unsere Ungeduld bis zu Nayanas Heimkehr bezähmen. Sobald er aus dem Auto stieg, gab ich ihm, von Ava beobachtet, das Telegramm, und er schnitt es mit seinem kleinen Taschenmesser auf.

Savitri Ava

Besorgt runzelte er die Stirn. »Von meiner Schwester Gita, meine Mutter ist sehr krank«, erklärte er und schaute auf seine Uhr. »Jetzt ist es zu spät, um einen Platz im Bangalore Mail Train zu buchen. Wir müssen morgen mit dem Auto hinfahren.«

Mit schweren Schritten ging er ins Haus. Ich rannte ihm nach, ergriff seine Hand, und wir stiegen die Treppe hinauf.

»Müssen wir alle Savitri Ava morgen besuchen?«

»Ja.« Er seufzte, und ich spürte seine Enttäuschung. »Sicher wird Ava ihr übliches Puja für euch Kinder arrangieren. Sie ist sehr abergläubisch, und ihr solltet nicht alles für bare Münze nehmen, was sie euch erzählt. Unser Volk muß sich ändern. Jetzt sind wir eine moderne Nation. Deshalb dürfen wir nicht an unserem alten Glauben festhalten. Wir sind Inder, keine Brahmanen oder Muslims oder Christen oder Malayalis oder Gujaratis. Über diese kleinlichen Unterschiede müssen wir uns hinwegsetzen und unser Vertrauen auf Götter vergessen, die Wunder vollbringen und in Menschengestalt herumlaufen. Du wirst zu einem fortschrittlich gesinnten jungen Mann heranwachsen.«

»Ja, Nayana«, versprach ich. Am Treppenabsatz verließ ich ihn. Seine Miene war so ernst, daß ich seinen Anblick nicht länger ertrug.

Seit meine Geschwister und ich zur Welt gekommen waren, hatte Savitri Ava noch nie einen Fuß in dieses Haus gesetzt. Aber vor langer Zeit, als Nayana in meinem Alter gewesen war, hatte sie hier mit meinem anderen Thatha Ravi, meinem Vater und dessen Schwester Gita gewohnt.

Meine Thathas waren Brüder. Dann hatten sie gestritten, kurz nachdem unser Thatha aus dem Gefängnis entlassen worden war. 1923 hatten ihn die Briten wegen Aufwiegelung auf den Andaman Islands für fünf Jahre eingesperrt. Diese böse Erfahrung schien ihn verbittert und gegen seinen Bruder eingenommen zu haben. Warum die beiden gestritten hatten, erzählte mir niemand. Einige Leute behaupteten, Ravi habe seinen älteren Bruder Ranjit betrogen oder verraten. Und andere meinten, Uma Ava und Savitri Ava seien schuld an dem Zwist. Wie auch immer, Ravi Thatha war mit seiner Familie aus dem Großen Haus in einen kleinen Bungalow in Chindaripet gezogen und dann nach Bangalore, um als Privatsekretär für den Maharaja zu arbeiten.

Angeblich hatte er sich stets nach dem Großen Haus zurückgesehnt. Einige Jahre später war er an der Cholera gestorben und hatte Savitri Ava zwei Kinder hinterlassen. Savitri Ava war eingeladen worden, wieder im Großen Haus zu wohnen, aber sie weigerte sich hartnäckig, bevorzugte ihr Exil und verharrte in zornigem Schweigen.

Nayana und Gita Atha kamen regelmäßig ins Große Haus zu Besuch. Auch sie wußten, wie wichtig es war, die Fassade einer intakten Familie aufrechtzuerhalten. Meistens verbrachten sie ihre Schulferien bei Thatha und Ava, die sie nach Strich und Faden verwöhnten, als wollten sie die beiden für das Exil entschädigen.

Im Gegenzug besuchten wir während unserer Schulferien Savitri Ava, allerdings immer nur für eine Woche, weil Nayana in sein Büro zurückkehren mußte. Sogar dieser kurze Aufenthalt erschien uns wie eine höchst unangenehme Pflicht. Vor jeder dieser Reisen war ein Ritual vollzogen worden, dessen Grund wir nie verstanden hatten, bis Anjali uns an diesem Abend informierte. Man hatte uns den Eindruck vermitteln wollen, diese Zeremonie, das *Homam*, würde uns unterwegs vor Unfällen schützen.

Deshalb hatte mich Nayana vor Avas Aberglauben gewarnt. Er nannte sich einen Atheisten, was immer das auch sein mochte. Zu Avas Bestürzung besuchte er niemals den Familientempel. Dafür machte sie sein Studium in England verantwortlich, wo man ihn nach ihrer Meinung gegen unsere Religion aufgehetzt hatte. Aber sie war ihm dankbar, weil er uns nicht daran hinderte, im Tempel zu beten.

Als wir am nächsten Morgen erwachten, war es noch dunkel. Hastig badeten wir und eilten zum Tempel.

Ava und Gopalan erwarteten uns bereits und arrangierten diverse Ingredienzen – Sandelholz für das Feuer, Ghee, Reis, Milch, Blumen, Limonen, Mangoblätter, Kokosnüsse und Kampfer. Im Morgenlicht wirkte meine Großmutter winzig klein und gebrechlich. Ich wollte sie trösten und versichern, jetzt würde auch ich Kusine Indira hassen, und ich umarmte sie. Doch das schien sie gar nicht zu bemerken, sondern schimpfte mit uns, weil wir so spät kamen. Sie postierte uns in einer Reihe neben dem kleinen Ziegelherd, in dem die Holzscheite lagen.

Wichtigtuerisch wie eh und je, saß uns Gopalan auf der anderen Seite des heiligen Feuers gegenüber. Wenn seine dicken Brüste während diverser Aktivitäten wackelten, lachten die Mädchen.

Das Homam wurde im Tempelhof durchgeführt. Feierlich standen wir da, starrten ins Sandelholzfeuer und lauschten dem hypnotischen Sanskrit-Gesang des Priesters, ohne auch nur ein Wort zu verstehen. Als Ghee und Reis und Milch ins Feuer gegossen wurden, knisterten die Flammen, und der Rauch begann beißend zu riechen. Endlich war das ewig lange Ritual überstanden und das Feuer herabgebrannt. Ava tauchte ihre Finger in die Asche, mit der sie unsere Stirnen und Handflächen und Fußsohlen bestrich, sogar die Lider, die Lippen, die Ohren und Nasenflügel.

»Wißt ihr, warum Ava dieses Homam veranstaltet?« fragte Anjali, während unsere Großmutter hinausging, um die Kokosnuß aufzubrechen.

»Damit wir auf der Reise beschützt werden«, erwiderte Jagan.

»Nein, das will sie uns nur weismachen.« Mit einem überlegenen Lächeln fuhr Anjali fort: »Das Homam soll uns vor Savitri Avas bösem Blick schützen. Sonst würde sie uns womöglich mit einem Fluch belegen.«

»Warum sollte sie?« fragte Kaveri ungläubig, den Tränen nahe. »Immerhin sind wir ihre Enkelkinder.«

Mitleidig schaute Anjali ihre jüngere Schwester an. »Gegen uns hat sie nichts. Aber sie will unsere Ava verletzen. Savitri Ava haßt sie immer noch. Wißt ihr das nicht?«

»Aber Nayana liebt uns sehr. Niemals würde er zulassen, daß uns ein Leid geschieht. Das hat er uns versichert.«

»Also gibst du zu, daß Savitri Avas böser Blick uns schaden könnte?«

»So habe ich es nicht gemeint«, protestierte Kaveri erbost.

»Doch. Nur weil Nayana uns beschützt, tut sie es nicht.«

»Und warum ist uns noch nie was passiert, obwohl wir sie zweimal im Jahr besuchen?«

»Weil uns das Homam vor allen Gefahren bewahrt, du Dummkopf!« entgegnete Anjali triumphierend.

»Also gut«, mischte ich mich ein, um Kaveri beizustehen, der keine passende Antwort einfiel. »Nächstes Mal nehme ich nicht am Homam teil. Mal sehen, was mir dann zustoßen wird.«

»Wahrscheinlich verwandelt sie dich in einen Frosch.«

»Das würde mich nicht stören.«

»Oh, doch! Wenn ich auf dich trete! Quietsch, quatsch!« Kraftvoll stampfte sie mit dem Fuß auf und lachte, als ich erschrocken zusammenzuckte.

»Ich mag dich nicht!« schrie ich und rammte meine Faust auf ihre Hüfte.

»Schlag sie nicht!« mahnte Jagan und stieß mich weg.

»Das würde sie niemals tun.« Ärgerlich schob sich Kaveri zwischen Anjali, Jagan und mich und legte einen Arm um meine Schultern. »Sieh doch, was du angerichtet hast!« fauchte sie ihre Schwester an.

Und dann gingen wir alle aufeinander los. Wie schon so oft gewann ich den Eindruck, daß Kaveri sich nur auf meine Seite stellte, um meine Gunst zu erringen. Immerhin war ich der Liebling des Haushalts und konnte mit allen tun, was ich wollte – von Thatha bis zum niedrigsten Diener.

»Was hat Savitri Ava gegen dich?« fragte ich Ava beim Frühstück.

»Frag sie doch!« zischte sie. »Oder frag deinen Nayana. Das sollte *er* dir erzählen. Nicht ich.«

»Aber du magst sie auch nicht.«

»Erst seit ...« Abrupt verstummte sie.

»Seit sie von hier weggezogen sind?«

»Ja«, stimmte sie etwas zu schnell zu. »Vorher standen wir uns sehr nahe. Geh jetzt und spiel draußen.«

»Könnt ihr nicht wieder Freundinnen werden?«

»Das liegt bei ihr. Niemand hindert sie daran, uns zu besuchen.«

»Worüber hat Thatha mit seinem Bruder gestritten?«

»Keine Ahnung«, antwortete sie so ausweichend wie eh und je.

»Anjali sagt, das Homam soll uns vor Savitri Avas bösem Blick schützen.«

»Wenn ich diese Anjali erwische, ziehe ich ihr das Fell über die Ohren. Für so ein kleines Mädchen hat sie ein viel zu großes Mundwerk.« Wütend starrte Ava mich an. Dann wurde ihre Miene wieder etwas freundlicher. »Glaub nicht alles, was Anjali dir einreden will.« Während sie davonging, hörte ich sie murmeln, nach unserer Rückkehr aus Bangalore würde sie Anjali eine Lektion erteilen. Ich grinste. Dann würde meine Schwester nicht wagen, mich zu zertreten, falls Savitri Ava mich in einen Frosch verwandelte.

Die Reise

Als wir in den Wagen stiegen, strafte Anjali mich immer noch mit Verachtung. Nayana saß bekümmert auf dem Beifahrersitz. Am Vorabend hatte Tante Gita angerufen und ihm mitgeteilt, Savitri Avas Zustand sei sehr bedenklich. Auch von uns wurde feierlicher Ernst erwartet. Aber wir hatten unsere eigenen Probleme.

Ich kauerte im Fond am Fenster. Auf der anderen Seite drückten sich Anjali, Kaveri und Jagan aneinander. Da der Ford breit genug war, konnten wir Abstand wahren. Sie tuschelten und starrten mich immer wieder an. Als wäre es meine Schuld, daß ich mit Miss Greene Tee getrunken hatte!

Am vergangenen Abend waren sie dahintergekommen, noch bevor ich eine Gelegenheit gefunden hatte, ihnen alles zu erzählen. Bedauerlicherweise wimmelte es im Großen Haus von Informanten – Vishnu, Sethu, Kusine Indira, der Chauffeur Paul, sämtliche Dienstboten … Vermutlich hatten sogar die kläffenden Hunde das Geheimnis verkündet. Meine Geschwister und Kusinen warteten, bis ich nicht mehr unter Avas Schutz stand. Dann schleppten sie mich zum Brunnen, wo sie mich einem Verhör unterzogen.

»Warum hast du uns nicht erzählt, wohin du fahren würdest?« fragte Anjali.

»Weil ich es selber nicht wußte. Und als es soweit war, konnte ich mich wohl kaum weigern, Nayana in dieses Haus zu begleiten.«

»Doch! Dagegen hätte ich mich mit Händen und Füßen gesträubt. Und wenn wir es gewußt hätten, wären wir alle zu dieser verdammten Ausländerin und ihrer Mutter gegangen.«

Offenbar glaubten sie, ich hätte mich krank gestellt, um die Schule zu schwänzen und mit Nayana die künftige Gouvernante zu besuchen. Mein energischer Protest hatte niemanden vom Gegenteil überzeugt. Wegen der Sorgenlast, die auf Vaters Schultern ruhte, durfte ich ihn nicht bitten, er möge meine Erklärung bestätigen, das Ziel unserer Fahrt sei mir unbekannt gewesen. Gedankenverloren saß er da und schien die angespannte Atmosphäre im Fond nicht zu bemerken. Wenn er uns streiten hörte, achtete er nicht darauf, weil er von anderen Dingen beansprucht war. Manchmal ermüdeten wir ihn, weil wir ihn bei allen Kontroversen zum Schiedsrichter ernannten.

Um mich abzulenken, schaute ich aus dem Fenster und malte mir aus, vor über hundertfünfzig Jahren wäre mein Ururgroßvater Krishna mit den britischen Soldaten auf derselben Straße nach Westen geritten. In einer scharlachroten Uniform saß er auf einem Schimmel, die Spitze seines Speeres an einen blankpolierten Stiefel gelehnt. Und der Stadt entgegen fuhr mein Urgroßvater Perumal auf einem Ochsenkarren, seine Akten und Federkiele an die Brust gedrückt, eifrig bestrebt, seine neuerworbenen Sprachkenntnisse zu beweisen. Ohne einander zu sehen, zogen sie vorbei – zwei Geister, die weder in die Vergangenheit noch in die Zukunft schauen konnten und nur ihre Gegenwart sahen. Mich sahen sie natürlich auch nicht, denn ich gehörte der Zukunft an. Wie sollten sie sich auch vorstellen, ich würde in einem Vehikel sitzen, das schneller fuhr als Arjunas Wagen auf den Schlachtfeldern?

Kaveris Hand tastete nach meiner und umfaßte sie unter den Spielsachen und Büchern, die sich zwischen uns häuften. Da fühlte ich mich getröstet und nicht mehr so einsam. In absehbarer Zeit würden auch die anderen ihren Groll vergessen.

»War sie nett?« wisperte Kaveri.

»Freundlich«, flüsterte ich, und sie runzelte die Stirn, nicht ganz sicher, ob sie das hören wollte.

»Was wird sie uns wohl beibringen?«

»Wie sich ein britisches Balg benimmt«, zischte Anjali leise, damit Nayana sie nicht hören konnte. Sie straffte die Schultern und faltete die Hände im Schoß, um eine wohlerzogene junge Engländerin zu imitieren. Solche Mädchen waren ihr im Club aufgefallen, wo sie getrennt von uns gespielt hatten – blond und blauäugig, mit milchweißer Haut, voller Selbstvertrauen. Wir waren nur geduldet worden. Anjali behielt ihre Haltung bei, und bald saßen wir alle in der gleichen steifen Pose da, begannen zu kichern, und die Kluft zwischen uns schloß sich wieder.

Wir passierten winzige Reisfelder, die wie Smaragde in der braunen Erde leuchteten. Nur selten begegneten uns andere

Autos. Die Fahrer hupten, und wir winkten ihnen zu, als wären wir einsame Schiffsreisende auf hoher See.

Obwohl Nayana sein Reiseziel möglichst schnell erreichen wollte, erfüllte er die Pflichten eines hohen Regierungsbeamten. Sein Sekretär hatte einer kleinen Behörde, die auf unserem Weg lag, telegraphisch mitgeteilt, er würde eine Inspektion vornehmen, und die Leute erwarteten ihn ehrerbietig im Schatten ihrer Bungalows. Als er aus dem Wagen stieg, standen zwölf Männer stramm. Fünf trugen Khakiuniformen und weiße Hemden und hatten Akten unter die Arme geklemmt, die anderen waren mit Dhotis bekleidet und hielten Girlanden oder Päckchen in den Händen.

Sogar hier draußen auf dem Land suchte man Vergünstigungen zu erlangen. Nayana hatte uns nachdrücklich erklärt, als Regierungsbeamter dürfe er keine Geschenke annehmen. Sonst wäre er bestechlich und müßte den Spendern einen Gefallen erweisen.

Bevor Nayana ausstieg, rückte er seine Krawatte gerade und zog ein Tweedjackett an. Dann begrüßte er freundlich die uniformierten Beamten, nannte sie alle beim Namen, und sie fühlten sich geschmeichelt, weil er sich sogar an die Namen ihrer Frauen und Kinder erinnerte. Auch die anderen Männer begrüßte er, kehrte ihnen aber sofort den Rücken. Betrübt ließen sie ihre Rosengirlanden und Geschenke sinken.

Wir überließen Nayana seinen Geschäften. Die Bungalows standen auf einem schattigen Gelände, hatte rote Ziegeldächer und glichen einander. Sie hatten große, kühle Räume mit Einzelbetten, Schaukelstühlen und Badezimmer mit Porzellanbekken und großen Wasserkrügen. Alle Möbelstücke waren numeriert, antiquierte *Punkahs* verstreuten Staub, und auf den Tischen standen Öllampen aus Messing mit zwiebelförmigen Schirmen. Ein beflissener Koch servierte uns einen Imbiß. Während wir aßen, saß Nayana auf einer Veranda, las die Akten, die ihm vorgelegt wurden, und unterschrieb einige Papiere.

Weil die Zeit drängte, kürzte er die Inspektion ab. Bald saßen wir wieder im Wagen. Wir verließen die Küstenebene und fuhren die zerklüfteten Ghats hinauf. Die Luft wurde kühler und trockener. Es war immer diese spürbare Klimazone, die die Provinzen Madras und Mysore voneinander trennte. Gegen Abend erreichten wir Bangalore. Nun war es so kalt, daß wir die Autofenster hochkurbelten und uns aneinanderdrückten, um uns zu wärmen.

Wegen des angenehmen Klimas war Bangalore eine britische Stadt mit einem Militär-Kantonnement. Viele pensionierte Engländer hatten sich hier niedergelassen, und die Anglo-Inder bildeten einen Großteil der Bevölkerung.

Das Kantonnement war ein aus dem restlichen Indien herausgetrennter Ort, der überall sein konnte. Er glich einer christlichen Insel inmitten des götzendienerischen Indien, es gab keine Tempel, nur Kirchen und Friedhöfe. Die Straßen waren nach fremden Personen und Orten benannt, wie die Richmond Road, die Wellington Street, die South Parade und die Brigade Road. Auch die Namen der Bungalows weckten Erinnerungen an die ferne Heimat – Regent Villas und Kew House und Hyde Park, Devon und Dorset, Cornwall und Yorkshire. Alles in diesem Kantonnement war sauber und nett und geregelt wie in einer Kaserne. Selbst die Farben des Himmels und der Bäume und Blumen schienen gedämpfter zu sein, vornehmer.

Westlich vom Kantonnement fing Indien wieder an, in der Stadt, wo sich die Straßen verengten und Tempel wie reich-geschmückte exotische Bäume emporragten. Auch die indischen Gerüche kehrten zurück – nach Gewürzen, Staub und Jasmin, und die Farben explodierten geradezu vor dem Monsunhimmel.

Unsere Fahrt endete vor Savitri Avas Tor, und damit endete auch unsere Freude an der Reise. Das Haus an der Diwani Road stand in einem Garten mit Mango- und Granatapfelbäumen, und das ganze Anwesen hätte in eine Ecke unseres Parks gepaßt.

Da das Tor zu schmal für unseren Ford war, mußten wir auf der Straße parken. Das Haus wirkte unheimlich still und leer.

Das Geheimnis

»Wartet hier …«

Sogar Nayana zögerte. Die Angst vor einer beklemmenden Entdeckung hielt ihn über eine Minute lang im Auto fest, ehe er sich zusammenriß und mit gemessenen Schritten der Zufahrt folgte. Vor dem Eingang erstreckte sich eine schmale, von Säulen flankierte Veranda. Wir konnten durch das Haus in den kleinen Innenhof schauen und beobachten, wie Nayana die lange Halle und Savitri Avas Salon betrat.

Während wir im Fond sitzenblieben, stieg Paul aus, um eine Zigarette zu rauchen.

»Vielleicht ist sie tot«, bemerkte Anjali ohne Bedauern, womit sie Uma Avas Gefühle in Worte faßte.

»Oder sie ist wieder gesund«, erwiderte Kaveri, um die Hoffnungen unseres Vaters auszudrücken. »Du weißt doch, wie sehr Nayana sie liebt, also sag so was nicht!«

»Da hast du recht«, stimmte Anjali zerknirscht zu. »Man darf niemandem den Tod wünschen.« Die Hände zusammengelegt, schaute sie nach oben. »Ram, Ram, so hab' ich es nicht gemeint. Laß Nayanas Mutter nicht sterben.«

Zugegeben, Savitri Ava jagte uns Angst ein. Ihr silberweißes Haar umrahmte ein dunkles, in gewisser Weise hübsches Gesicht. Sie trug den weißen Sari und den langärmeligen weißen Choli ihrer langen Witwenschaft und kein einziges Schmuckstück. Durch diese schlichte Kleidung wurden ihre strengen Züge noch betont. Da ihr der Maharaja von Mysore nur eine kleine Pension zubilligte, führte sie ein bescheidenes Leben. Aber sie besaß Reisfelder im Dorf ihrer Ahnen, zwanzig Morgen groß, die ihr ein zusätzliches Einkommen sicherten. Außerdem erhielt sie jedes Jahr zwei Säcke Reis. Auch das Haus, in dem sie wohnte, gehörte ihr.

Wann immer wir sie besuchten, begannen wir unter ihrer schweigsamen Musterung zu schwitzen. Wie Nayana hatte sie schläfrige Augen. Wenn sie eine Person oder einen Gegenstand betrachtete, schien ihr Blick daran festzukleben, als wäre es zu anstrengend, in eine andere Richtung zu schauen. Anjali senkte stets die Lider, weil sie fürchtete, sonst würden diese starren Augen in ihre Seele eindringen. Und sie nahm an, Savitri Ava wüßte irgendwie Bescheid über das Homam und würde sich amüsieren, weil wir glaubten, es könnte uns schützen.

Savitri Ava erkundigte sich nach unseren Studien, aber niemals nach Uma Ava und Thatha oder den anderen, die im Großen Haus lebten. Für sie existierten diese Menschen nicht. Manchmal sagte sie zu Nayana: »Wie dünn und unterernährt sie aussehen, die armen Dinger!« Das war die einzige Spitze gegen Uma Ava, die sie sich gestattete. Nayana widersprach ihr nie, und wir bissen uns auf die Zunge. Eine ihrer Angewohnheiten war, daß sie selten mit uns sprach. Aber oft, wenn wir im Garten spielten, fühlten wir, daß sie uns aus dem Schatten der kleinen Veranda heraus beobachtete.

Jeden Morgen und jeden Abend mußten wir uns von sechs bis acht ganz still verhalten, weil sie dann meditierte. Dieses Ritual fand in einem kleinen Hinterzimmer statt, an dessen Wänden zahlreiche Bilder von Heiligen und *Sadhus* hingen, aber keine einzige Gottheit. Offenbar vertraute Savitri Ava eher der menschlichen als der göttlichen Macht. Im Mittelpunkt hing eine Photographie von Ravi Thatha. Er hatte einige Ähnlichkeit mir Ranjit Thatha. Sie hatten die gleiche breite Stirn, die hohen Wangenknochen, ein scharfes Kinn. Beide trugen eine Brille mir schmalen. goldgefaßten Gläsern. Allerdings war Ravi Thathas Mund weicher, und er trug einen weißen hohen Turban und wirkte jugendlich.

Während der Stunden der Meditation waren Savitri Avas und Nayanas Blicke fest auf ihn gerichtet, als hörten sie seine Geisterstimme und paßten auf, was sie flüsterte.

Nur Nayana fühlte sich in ihrem Haus wohl. Er legte seine westliche Kleidung ab und trug Dhoti und Jiba. Stundenlang redete er mit seiner Mutter, manchmal bis spät in die Nacht hinein. Worüber sie sprachen, fanden wir nicht heraus, denn beide besaßen sanfte, leise Stimmen.

Allmählich gewannen wir den Eindruck, Nayana hätte uns vergessen. Im Haus rührte sich nichts. Es wurde immer dunkler und kälter. Rastlos rutschten wir auf dem Rücksitz des Autos umher, hungrig und müde von der langen Reise. Schließlich stiegen wir aus und veranlaßten den Fahrer, den Kofferraum zu öffnen, damit Anjali unsere Pullover herausnehmen konnte. Als wir sie angezogen hatten, war uns etwas wärmer. Wir schlenderten auf der Straße umher. Nicht einmal eine Öllampe schimmerte hinter den Fenstern.

»Schau nach, was da los ist, Paul«, befahl Anjali.

»Nein, ich will nicht«, antwortete er abergläubisch und erschauerte, obwohl er dem christlichen Glauben angehörte. Für einen Diener, der ständig mit seiner Kündigung rechnen mußte – die drohte Nayana ihm fast täglich an, weil der dünne, dratige Mann seine Frau verprügelte –, war er erstaunlich ungehorsam.

Andererseits wirkte das schweigende Haus nicht besonders einladend. Paul setzte sich wieder ans Steuer des Fords und schloß die Tür. Vermutlich fürchtete er, sein Seelenheil zu riskieren, wenn er Anjalis Auftrag ausführte, und das machte uns noch nervöser. Wir fühlten uns von aller Welt verlassen und sehr einsam. Während die Nacht hereinbrach, zeigten sich immer weniger Leute auf der Straße. Paul war im Auto eingeschlafen, aber das war egal.

Das Versprechen

Es wurde uns klar, daß wir vier uns um uns selber kümmern mußten, nicht Nayana, der mit seiner Arbeit beschäftigt war, oder Uma Ava oder sonst wer. Wir vier waren allein, und wenn wir nicht füreinander sorgen und uns lieben und beschützen würden, kein anderer würde es tun. Das merkten wir hier viel stärker, an diesem fremden Ort, wo uns niemand und nichts bekannt war. Die Nacht schloß uns zusammen, und um Trost und Geborgenheit zu suchen, schmiegten wir uns aneinander.

»Wie verlassene Hühner«, flüsterte Anjali.

»Wo ist denn Gita Atha?« fragte ich.

»Sie muß auch im Haus sein«, erwiderte Kaveri.

»Nein, sonst würde sie sich um uns kümmern«, meinte Anjali.

»Nicht einmal die alte Siva ist da«, seufzte Kaveri.

»Ich denke, wir sollten hineingehen«, sagte Anjali zu Kaveri. »Die Jungs können im Auto sitzen.«

»Aber wir müssen Nayana gehorchen, und er hat uns befohlen, hier draußen zu warten.«

»Hundert Jahre lang?« spottete Anjali. »Wir müssen nicht ins Haus gehen. Wenn wir an die Seite gehen, können wir durchs Fenster gucken, ob Savitri Ava drin ist. Wahrscheinlich reden sie und Nayana miteinander. Dann wissen wir wenigstens, daß alles in Ordnung ist. Ich sterbe vor Hunger!«

»Ich auch«, klagte Jagan. »Sagt Nayana, er soll sich beeilen.« Fügsam kletterte er in den Ford zurück und ließ den Wagenschlag für mich offen. »Komm, Krishna.«

»Ich gehe mit euch,« sagte ich zu Anjali und Kaveri.

»Nein«, widersprach Anjali entschieden. »Du wartest mit Jagan im Auto. Wir können nicht alle da reinmarschieren. Du weißt, wie Savitri Ava es haßt, wenn wir Lärm machen. Besonders während sie meditiert.«

Sie tuschelte mit Kaveri. Dann schob sie langsam und vorsichtig den Riegel des Tors zurück, so daß sie keinen Krach machte. Auf Zehenspitzen schlichen die beiden in den Garten und verschwanden im Dunkel zwischen den Mangobäumen. Der Wind hatte zugenommen, und Monsunwolken ballten sich am Himmel zusammen. Wellen von Dunkelheit und silbernem Licht huschten durch den Garten. Unförmige schwarze Monster tauchten auf und verschwanden. Mit der nächsten Dunkelheit rückten sie näher heran.

Ich rannte ins Auto, und Jagan schaltete die Innenbeleuchtung ein, zog Spielkarten hervor und verteilte sie, ohne mich zu fragen. Wie konnte er in diesem Augenblick an Siebzehnundvier denken?

»Und wenn ihnen was passiert?« Ich warf die Karten auf seine Knie. »Machst du dir keine Sorgen?«

Er sammelte die Karten ein und verteilte sie wieder, stur und zielstrebig, wie es seinem Wesen entsprach. »Was soll ihnen schon passieren. Sie sind in Avas Garten, und Nayana ist da.«

»Aber sie könnten von *Rakshashas* verschleppt werden.« Beim Gedanken an diese Dämonen mit den blutigen Mäulern, langen Zungen, Stoßzähnen und vorquellenden scharlachroten Augen fing ich zu zittern an. Und vielleicht hatte Kali mit ihren tausend Köpfen Savitri Ava schon verschlungen und verspeiste gerade Nayana.

»Red keinen Unsinn.«

Natürlich, Jagan sah die Welt nie mit meinen Augen, weil er keine Phantasie besaß. Für ihn war ein Baum ein Baum, kein Indra, der die Erde besuchte, kein Ravana, der im Dunkel lauerte, keine Stadt voller Blätter und Blüten und Früchte. Erbost schleuderte ich die Karten auf den Sitz.

Die Innenbeleuchtung des Fords hüllte uns in einen verletzlichen Lichtkreis, und ich schaltete sie aus. Aber mein Bruder knipste sie wieder an und mischte die Karten, während ich mich wütend in meine Ecke drückte. Im Garten blieb es still und dunkel. Ich malte mir aus, Anjali und Kaveri wären durch ein Erdloch in eine Unterwelt voller Dämonen und Schlangen gefallen.

Mein Herz blieb stehen. Plötzlich sah ich sie in einem Lichtstrahl. Wie erstarrt standen sie da, zum Haus gewandt. Dann verschmolzen sie wieder mit der Finsternis, und ich dachte schon, ich hätte mir nur eingebildet, die beiden zu erblicken.

Doch da glitt das Licht wieder über sie hinweg. Ich sprang aus dem Auto und lief zum Tor.

»Anjali! Kaveri!« wisperte ich. Als sie sich nicht rührten, fürchtete ich, sie wären in Statuen verwandelt worden, und der Todesgott Jama oder Kali würde sie nicht mehr loslassen. Verzweifelt preßte ich mein Gesicht an die Eisenstäbe. Sie hatten die Arme umeinandergelegt, wie müde Gestalten, die sich stützen mußten.

»Sag nichts!« flüsterte eine meiner Schwestern, und ich seufzte erleichtert. Offenbar waren sie dem Todesgott entronnen.

»Nein.«

»Versprich es.«

»Hand aufs Herz ...«

»Bei unserem Leben!«

Ihre Stimmen klangen so ähnlich, und ich wußte nicht, welche gerade sprach. Sie schnüffelten und wischten mit den Pulloverärmeln über ihre Gesichter. Ehe sie sich umdrehten, ließen sie einander los, ganz vorsichtig, als fürchteten sie zu stürzen.

Steifbeinig kamen sie auf mich zu, wie Puppen, deren Füße von unsichtbaren Händen bewegt wurden, und ich sah Tränenspuren auf ihren Wangen. Anjali öffnete das Tor. Diesmal kümmerte sie sich nicht um den Lärm, den sie machte.

»Wo ist Nayana?« fragte ich.

»Drinnen.«

»Ich will ihn sehen.«

Ehe ich an den beiden vorbeilaufen konnte, packten sie meine Arme so fest, daß es schmerzte.

»Nein, warte, bis er herauskommt«, erwiderte Anjali sanft.

»Was wollt ihr nicht sagen?« fragte ich. »Ich habe gehört, wie ihr miteinander geflüstert habt.«

»Nichts«, entgegnete Kaveri.

»Savitri Ava ist tot«, sagte Anjali leise.

Aber ich wußte, daß sie das nicht gemeint hatten. Und ich würde das Geheimnis niemals erfahren, denn sie hatten bei ihrem Leben geschworen, nichts auszuplaudern. Das verpflichtete sie zu unwandelbarem Schweigen, genauso wie ein Gelübde vor Gott Partharasathi.

Da keine meiner Schwestern zu trauern schien, blieb auch mein Herz kalt. Savitri Ava war eine Fremde in einer fernen Stadt gewesen, die wir hin und wieder besucht hatten. Und sie war uns niemals liebevoll begegnet. Die beiden Mädchen brachten mich zum Auto. »Mach das blöde Licht aus, Jagan«, befahl Anjali, während sie einstieg.

Ehe uns das nächtliche Dunkel umgab, las ich keinen Kummer in ihren Augen, sondern die Nachwirkung eines Schocks.

Der Tod

Wenig später kehrte Nayana zum Wagen zurück. Anjali und Kaveri starrten ihn an, als müßten sie sich bemühen, ihn wiederzuerkennen, aber wir sahen einen Fremden. Seine Augen waren gerötet, Tränenspuren überzogen sein Gesicht, und seine Kleider waren in Unordnung. Siva folge ihm und wischte schluchzend über sein Gesicht. Sonst immer fröhlich gestimmt, hatte er für Savitri Ava gekocht, geputzt und gewaschen und dafür nur sein Essen und einmal im Jahr neue Kleidung erhalten. Vor langer Zeit war er zu ihr gekommen, in der festen Überzeugung, diese niedrige Stellung sei sein Karma.

»Eure Ava ist gestorben«, erklärte Nayana und schaute uns abwartend an.

Da wir schon Bescheid wußten, zeigten wir keine Gefühlsregung und schwiegen unbehaglich, bis Kaveri in Tränen ausbrach. Sie weinte um sich selbst, nicht um Savitri Ava. Als sie ausstieg, um sich in Vaters Arme zu werfen, wollte Anjali sie zurückhalten. Doch das gelang ihr nicht. Ich folgte Kaveri und schmiegte mich ebenfalls an Nayana, während meine anderen Geschwister einfach nur die Köpfe senkten.

»Sollen wir ihr die letzte Ehre erweisen?« fragte Anjali.

»Nein, es ist mir lieber, wenn ihr sie nicht seht. Ich muß hierbleiben. Aber ihr werdet im Bangalore Club übernachten. Paul bringt euch morgen nach Hause.« Nachdem Nayana eine Nachricht auf die Rückseite einer Visitenkarte geschrieben hatte, zog er etwas Geld aus der Tasche und übergab beides Anjali.

»Wo ist Gita Atha?« erkundigte sie sich.

»Das weiß ich nicht!« fauchte Nayana, und sein Gesicht verzerrte sich. Doch er hatte sich sofort wieder unter Kontrolle.

»Sie ist ausgegangen. Sie weiß, daß Mutter tot ist. Siva wird mir helfen. Morgen früh findet die Verbrennung statt. In ein oder zwei Tagen komme ich nach Hause.«

»Wie ist sie gestorben?« fragte ich unschuldig. Ich glaubte, die Menschen würden einfach einschlafen, so wie meine Amah, und friedlich in die andere Welt hinübergehen.

Schluchzend drückte er mich an sich. »Unter starken Schmerzen«, würgte er hervor. »Und jetzt geht. Kümmere dich um deine Geschwister, Anjali.« Dann wandte er sich ab, ging mit schweren Schritten zum Haus zurück, und Siva blieb ihm auf den Fersen wie ein verwirrtes Kind.

Brigadier Johnstone, der ehrenamtliche Clubmanager, glich einem pflaumenfarbenen Rakshasha. Mit harten blauen Augen überflog er Nayanas Nachricht und blinzelte uns an. Wir hatten ihn bei der Lektüre des *Daily Telegraph* gestört. Tapfer hielten wir seinem drohenden Blick stand. Jetzt gehörte er nicht mehr zu den Herrschern dieses Landes. Das hatte Anjali uns eingeschärft. Aber offensichtlich wußte er es noch nicht.

»So etwas verstößt gegen die Regeln«, verkündete er in scharfem Ton, wobei er sich an Jagan wandte, nicht an Anjali. »Unter normalen Umständen würde ich einen solchen Unsinn nicht dulden. Aber da ich euren Vater kenne und seine Mutter soeben gestorben ist, stelle ich euch für diese Nacht ein Zimmer zur Verfügung. Hätte euer Vater nicht in Oxford Kricket gespielt und dem Madras-Regiment ausgezeichnete Dienste erwiesen, wäre es unmöglich. Geht sofort ins Zimmer und bleibt dort.

Lauft nicht herum. Morgen früh müßt ihr abreisen. Habt ihr verstanden?«

»Ja«, antwortete Jagan.

»Ja, Sir!« schnauzte der Brigadier. Er war groß und dick und hatte einen weißen Schnurrbart, der um den Mund herum gelb verfärbt war. Um die Knollennase zog sich ein Geflecht aus hauchdünnen bläulichen Adern. Das graue Haar klebte ihm glatt am Schädel.

»Ja, Sir!« stieß Jagan zwischen zusammengebissenen Zähnen hervor und erweckte den Eindruck, die Worte wären ekelerregende, verfaulte Auberginen.

»Diener! Zeig ihnen das Zimmer! Und sorg dafür, daß sie den Raum vor Tagesanbruch nicht verlassen!«

Der alte Mann verneigte sich so ehrerbietig, als hätte er den Befehl eines Maharajas entgegengenommen, und ging langsam davon. Der Brigadier vertiefte sich wieder in seine Zeitung. Ehe wir dem Diener folgten, streckten wir dem Brigadier die Zunge heraus.

»Alter Ziegenbock!« murmelte Anjali.

Der Clubsalon war mit Jagdtrophäen und einem großen Fisch in einem Glaskasten geschmückt. An den Wänden hingen alte Waffen und Fotos britischer Offiziere. Zwischen niedrigen Tischen standen ein Dutzend wuchtiger Ledersessel.

Der Diener führte uns zu einem Zimmer an der Rückfront des Gebäudes. Über zwei schmalen Betten hingen Moskitonetze. Eine Kommode und winzige Nachttischchen vervollständigten die Einrichtung. Auf der Veranda standen ein paar Rattanmöbel. Paul brachte unseren Koffer herein und verließ uns dann, um im Auto zu schlafen. Unsicher blieb der alte Mann stehen.

»Wir möchten etwas essen«, verkündete Kaveri gebieterisch. »Aber euer Vater ist nicht hier. Also kann er die Rechnung nicht unterschreiben. Und der Brigadier Sahib hat nichts von einer Mahlzeit gesagt.«

»Dann bringen Sie uns wenigsten heißes Wasser für unser Bad«, befahl Anjali.

»Der Brigadier Sahib nichts erwähnt …«

»Verschwinden Sie!« schrie Anjali, und er entfernte sich wortlos, sichtlich gekränkt über das unhöfliche Benehmen einem älteren Menschen gegenüber. »Ich bin am Verhungern, und da wir kein warmes Wasser haben, werden wir uns eben mit kaltem waschen. Danach wollen wir sehen, was wir tun können.«

Wir wuschen uns mit eiskaltem Wasser. Dann setzten wir uns auf ein Bett und zählten das Geld, das Nayana uns gegeben hatte. Fünfunddreißig Rupien. Davon mußten wir auch das Benzin für die Rückfahrt nach Madras bezahlen. Niedergeschlagen starrten wir die wenigen Geldscheine an.

Als es an die Verandatür klopfte, stand ich auf und öffnete. Gita Atha und Mohan spähten herein. Offensichtlich hielt sich die Trauer unserer Tante um Savitri Ava in Grenzen, denn sie lachte, trug einen leuchtendblauen Sari und war mit funkelnden Juwelen behängt. »Euer Nayana hat uns erzählt, wo ihr seid. Mach die Tür auf. Wir haben euch was zu essen gebracht, aus dem Krishnaswami es.«

Das Krishnaswami es war ein berühmtes Restaurant. Allein schon die köstlichen Düfte ließen mir das Wasser im Mund zusammenlaufen. Die Mädchen umarmten Gita Atha, dann legten sie die Päckchen aus Bananenblättern auf den Tisch und falteten sie auseinander. Während wir Parathas und ein himmlisches Hühnercurry verspeisten, saßen Gita Atha und Mohan auf dem anderen Bett und amüsierten sich über unseren Heißhunger.

»Euer Nayana ist böse mit mir, und ich weiß nicht, warum«, erklärte Gita Atha. Im Gegensatz zu Savitri Ava und Nayana besaß sie eine harte, metallische Stimme. »Als wäre ich schuld am Tod unserer Mutter! Mohan und ich mußten die Verbrennung arrangieren, das ganze Zeug fürs Puja kaufen und die Sterbeurkunde von Doktor besorgen. Den ganzen Nachmittag und Abend sind wir herumgerannt. Aber Siva hat neben der Leiche Wache gehalten.«

Sie war sieben Jahre jünger als unser Vater. Ohne die vorstehenden Zähne, die ihre sinnliche Unterlippe überragten, hätte sie recht hübsch ausgesehen. Sie war unverheiratet. Sie hatte Naturwissenschaften studiert, und seit dem Abschluß unterrichtete sie Chemie am Maharani College.

»Wann ist sie gestorben?« fragte Anjali.

»Heute nachmittag, fünf nach halb vier«, erwiderte Mohan. Er trug einen hellroten Pullover, ein bernsteingelbes Jackett und eine dunkelbraune Hose. Mit einer pinkfarbenen Krawatte versuchte er, die Eleganz unseres Vaters zu imitieren.

»Nayana sagte, sie sei unter starken Schmerzen gestorben«, bemerkte Kaveri.

»Was weiß euer Nayana schon?« zischte Gita Atha. »Er war nicht hier, oder? Aber wir waren da. Sie starb ganz friedlich, mit einem sanften Lächeln. Und die ganze Zeit hielt ich ihre Hand. Fragt doch Mohan!«

»Sie schloß die Augen, lächelte und verschied«, bestätigte er loyal. »Es war fünf nach halb vier. Ich habe auf die Uhr gesehen, als sie ihren letzten Atemzug tat.« Er schwieg ehrfurchtsvoll und preßte seine Fingerspitzen gegen die Augen. Sein schmales Gesicht nahm einen feierlichem, schmerzlichen Ausdruck an.

Der dunkelhäutige, stämmige Mohan roch nach Pferden und Stallmist, weil er als Assistent eines australischen Trainers auf einer Rennbahn arbeitete. Dort hatte Gita Atha ihn kennengelernt. Sie wettete gern und hatte schon große Summen gewonnen. Offenbar wußte Mohan vor jedem Rennen, welches Pferd siegen würde.

»Schmeckt es euch?« fragte Gita Atha und unterbrach unser gieriges Schweigen. »In diesem Club wird nur geschmackloses britisches Zeug serviert. Deshalb gingen wir ins Restaurant, um was Gutes für euch zu besorgen. Wieviel Geld hat euch Bharat gegeben?« Anjali zeigte ihr die fünfunddreißig Rupien. Ohne Zögern öffnete unsere Tante ihre Handtasche und legte noch fünfundzwanzig dazu. »Da er ein Regierungsbeamter ist und nirgendwo bezahlen muß, weiß er nicht, wieviel das Leben kostet. Immerhin müßt ihr Benzin und Proviant kaufen.«

Sie schwatzte unentwegt, nannte die Leute, die sie zur Verbrennung erwartete und die sie bewirten mußte, erzählte, wie die letzten Pferderennen gelaufen waren, ob Nayana die Asche in den Cauvery streuen würde oder nicht und wie sie das Anwesen ihrer verstorbenen Mutter verwalten sollte, wo sie doch berufstätig war. Übergangslos schweifte sie von einem Thema zum anderen und ließ ihren Zuhörern keine Zeit, über irgendwas nachzudenken. Ihr mißtönende Stimme gellte in unseren Ohren.

Währenddessen schwieg Mohan und nickte mechanisch. Savitri Avas Tod schien ihn zu bedrücken, obwohl sie kein einziges Wort mit ihm gewechselt hatte. Für sie war er gar nicht vorhanden gewesen.

»Sie ist schrecklich aufgeregt«, flüsterte er, als Gita Atha im Bad verschwand. »Ihr könnt euch nicht vorstellen, wie sie geweint hat … Sie riß ihre Kleider in Fetzen, in Fetzen sage ich euch, so tief war ihr Schmerz. Ich konnte ich sie nur mühsam beruhigen.«

Dann kam Gita Atha zurück, ergriff ihre Handtasche und steckte die gesäuberten Bananenblätter hinein. Argwöhnisch schaute sie sich in unserem Zimmer um.

»Wie ungemütlich!« sagte sie. »Wenn ihr euren Thatha und eure Ava seht, erzählt ihnen, meine Mutter sei friedlich gestorben.«

»Warum sollten wir etwas anderes behaupten?« fragte Anjali.

»Nun, euer Nayana war nicht da. Trotzdem sagt er etwas anderes. Und ihr wißt ja, wie die Leute tratschen. Besonders die Kusine Lalitha, die dauernd die schlimmsten Lügen über mich erzählt! Weiß Gott, was sie wieder erfinden wird! Wahrscheinlich wird sie morgen auftauchen und ihre Nase in die Zeremonie stecken.« Sie tätschelte uns der Reihe nach. Dann musterte sie uns aufmerksam. »Ihr seid viel zu dünn.« Obwohl sie Savitri Avas Stimme nicht hatte, sprach sie im gleichen anklagenden Ton.

Wieder zu Hause

Ich habe tagelang bitterlich geweint, als unsere Amah gestorben war«, sagte Anjali, als Gita Atha und Mohan gegangen waren, und seufzte. Wir lagen in den beiden Betten, die Mädchen in dem einen, wir im anderen. »Aber die Augen unserer Tante waren nicht einmal rot.«

»Auch ich habe tagelang geweint«, flüsterte Kaveri voller Stolz.

Wieder einmal erforschte ich erfolglos meine Erinnerung. »Und was habe ich getan?«

»Du hast nicht geweint«, antwortete Kaveri.

»Nein, du bist einfach nur verstummt«, ergänzte Anjali. »Zwei Monate lang bekamen wir kein einziges Wort aus dir heraus.«

Im gleichen Schweigen schlief ich ein und erwachte mitten in der Nacht, weil die Mädchen laut heulten. Erschrocken richtete ich mich auf und schaute zum anderen Bett hinüber. Wie Schlangen wanden sie sich unter dem Laken. »Was ist los?«

Nun schluchzten sie etwas leiser. »Nichts«, wisperte Anjali. »Schlaf weiter.«

»Was habt ihr gesehen? Ich erzähl' es niemandem. Das verspreche ich euch.«

»Schlaf weiter«, befahl Kaveri, und ich legte mich wieder hin.

Sie tuschelten eine Zeitlang. Dann hörte ich Anjali sagen: »Er wird es Nayana verraten, wie er es immer tut.«

»Nein!« protestierte ich empört. Das Geheimnis fraß sich in meine Seele wie ein Wurm in eine Mango, und es verletzte mich, daß meine Schwestern mich ausschlossen. »Aber wenn ihr es mir nicht sagt, sag ich es ihm.«

»Genau deshalb wirst du es nicht erfahren.« Anjali drehte den Spieß um. »Schlaf jetzt. Morgen müssen wir zeitig aufbrechen.«

Als wir Bangalore verließen, dachte ich nicht mehr daran, daß die Mädchen mir etwas verheimlichten. Sie selbst schienen auch nicht mehr daran zu denken. Sie benahmen sich wieder ganz normal und stritten über alles und jedes – wo wir anhalten, wo und was wir essen sollten, und so weiter. Da Anjali das Geld verwaltete, trug sie stets den Sieg davon.

In der Abenddämmerung kamen wir froh und erleichtert zu Hause an. Noch bevor das Auto vor der Veranda stehenblieb, sprang Anjali hinaus und umarmte Uma Ava. Die Großmutter saß mit Großtante Lakshmi und unseren drei Kusinen auf den Stufen und hatte uns erwartet. Auch wir anderen begrüßten sie liebevoll. Dann wurden wir auf die Verandaschaukel verfrachtet. Vishnu servierte uns eine große Platte mit frischen, knusprigen *Vadais,* und während wir aßen, nahm Ava uns ins Verhör. Zu meiner Verwunderung spürte ich, daß sie die Antworten bereits kannte und nur eine Bestätigung brauchte.

»Warum habt ihr euch die Leiche nicht angeschaut?«

»Das wollte Nayana nicht«, erwiderte Anjali. »Er schickte uns in den Club.«

»Und er war böse, weil du dich nach Gita erkundigt hast?«

»Wieso weißt du das?« fragte Kaveri, da wir diesen Punkt noch nicht erwähnt hatten.

»Ich weiß es eben«, entgegnete Ava geheimnisvoll. »Was geschah, als sie zu euch kam?«

Kaveri erstattete Bericht, und unsere Großmutter nickte voller Genugtuung. »Also ist Savitri friedlich gestorben, und Nayana glaubt, sie hätte starke Schmerzen erlitten?«

»Um fünf nach halb vier«, sagte Jagan und lachte.

»Sogar das ist falsch«, betonte Ava. »Sie starb früher, um eins herum, und es war niemand bei ihr außer Siva. Niemand hielt ihre Hand, niemand weinte und klagte. Eure Tante und dieser miese Mohan«, Ava blähte verächtlich die Nasenflügel, als sie seinen Namen nannte, »waren sicher bei einem Pferderennen.«

Was sollten wir davon halten? Welcher Erwachsene log? Hatten Gita Atha und Mohan irgend etwas zu verbergen? Wir

Kinder schwindelten, um einer Strafe zu entgehen, aber die Erwachsenen wollten Verwirrung stiften. Ava schaute uns triumphierend an. Offenbar lagen ihr weitere Enthüllungen auf der Zunge. Doch sie besann sich anders und schwieg – vielleicht, weil Großtante Lakshmi den Kopf schüttelte. »Jetzt muß ich euch Jungs baden.« Ava stand auf und ging ins Haus, gefolgt von Jagan und mir.

»Wieso wußtest du, wann wir nach Hause kommen würden?« fragte ich, als wir frisch gewaschene Paijamas trugen.

»Kusine Lalitha rief mich an.« Bedrückt schüttelte sie den Kopf. »Arme Savitri … Einen solchen Tod hat sie nicht verdient.«

»Welchen Tod?« Sogar den sonst so gleichmütigen Jagan faszinierte die echte Trauer, die in ihrer Stimme mitschwang.

»Einsam, unter Schmerzen …« Ich ahnte, daß sie uns etwas verheimlichte. Hastig fuhr sie fort: »Deshalb sollten alle Mitglieder einer Familie zusammen wohnen. Dann sind Leben und Tod erträglicher. Gita hätte ihrer Mutter beistehen müssen, statt mit diesem Mohan herumzulaufen. Wenigstens *das* hatte ich mit Savitri gemein – sie mochte ihn auch nicht. Wieso gibt sich eine gebildete Frau mit so einem miesen Kerl ab? Und die beiden sind gar nicht verheiratet! Ich habe eurem Nayana unmißverständlich gesagt, was ich von den beiden halte. Aber wegen seiner westlichen Erziehung findet er, sie müßten sich nicht schämen. Zumindest sollte er euch Kindern die Gesellschaft dieses Mannes ersparen.«

»So übel ist er gar nicht«, meinte ich. »Er geht mit uns reiten und im Cubon Park oder *Lal Bagh* picknicken oder ins Kino. Und Nayana unterhält sich gern mit ihm.«

»Pah! Und nun sitzt er glücklich in Savitris Haus und auf den Reisfeldern, die ans Dorf unserer Ahnen grenzen. Das Grundstück in Bangalore muß mindestens fünf Lakhs wert sein.«

»Aber Nayana bekommt doch die Hälfte, nicht wahr?« fragte Jagan, während wir den schlammigen Garten durchquerten und zum Kleinen Haus wanderten. Dort würden wir zu Abend essen. Ein Diener ging voraus und beleuchtete unseren Weg mit einer Laterne.

»Die Hälfte wovon?« Ava seufzte. »Die Hälfte von gar nichts. In diesem Haus wohnt eure Tante. Mohan wird bald zu ihr ziehen. Deshalb verkauft sie es nicht. Und warum sollten Gita und Nayana die Reisfelder verkaufen? Grund und Boden verkauft man nur, wenn es unbedingt nötig ist. Also wird euer Vater vorerst nichts kriegen. Es sei denn, er bringt seine Schwester vor Gericht. Aber er so was tut er sicher nicht. Also wird dieser miese Mohan seine Frau und seine Kinder verlassen und bei Gita wohnen.«

»Seine Frau und seine Kinder?« wiederholte ich erstaunt. Was für seltsame Geheimnisse ans Licht kamen ... Seit vier Jahren war er Gitas Freund, und nun hörte ich zum erstenmal von seiner Familie. »Das hat mir niemand erzählt.«

»Warum sollten wir?« erwiderte Ava belustigt. »Für solche Dinge bist du noch zu klein. Natürlich hat er eine Frau und Kinder. Das fand Kusine Lalitha heraus, als sie ihn mit seiner Familie im Cubon Park sah. Zwei Mädchen und ein Junge, oder waren es zwei Jungen und ein Mädchen?«

Vor der Tür des Kleinen Hauses wartete ein Diener, um unsere Füße zu waschen, bevor wir eintraten. Alle Verwandten waren versammelt und wollten ganz genau wissen, was wir auf unserer Reise erlebt hatten. Einen Teil der Ereignisse hatten Anjali und Kaveri bereits geschildert.

Nun fügten Jagan und ich unsere Gedanken und Eindrücke hinzu. Warum hatte Nayana uns nicht erlaubt, Savitri Avas Leiche zu sehen? Warum hatten Gita und Mohan gelogen, was den Zeitpunkt des Todes betraf? Oh, unsere Zuhörer genossen jedes pikante Detail in vollen Zügen. Wahrscheinlich hatten Gita und ihr Freund an der Rennbahn Champagner getrunken und hundert Rupien gewonnen – nein, zweihundert, fünfhundert. Oder Gita hatte Mohan in seinem Haus besucht. Nein, unmöglich, er war doch verheiratet. Das würde jeder wissen, zischte Großtante Chandu boshaft. Und er hatte vier Kinder. Oder fünf oder sechs oder sieben? Aber sie war sicher, daß er verheiratet war und Kinder hatte, wenn sie auch nicht genau wußte, wieviel.

Klatsch und Tratsch

Nayana kehrte erst nach einer Woche zurück, aber wir erfuhren die Einzelheiten von Kusine Lalitha. In der Nacht nach der Bestattung war sie in einen Zug der Madras Mail gestiegen und am Morgen im Großen Haus eingetroffen, gerade rechtzeitig zum Frühstück. Sie plante ihre Ankunftstermine stets so geschickt, daß sie mit unseren Mahlzeiten zusammenfielen.

»Sobald ich die traurige Nachricht erhielt, eilte ich in Savitris Haus«, berichtete sie verschwörerisch flüsternd zwischen einzelnen Bissen. »Bharat war furchtbar aufgeregt und weinte, aber genauso ärgerlich, weil Gita weggegangen war. Bei ihrer Heimkehr erklärte sie uns, sie habe die Verbrennung arrangiert. Aber sie war angezogen wie wir, wenn wir ins Kino gehen.«

»Und wie ist Savitri gestorben, hast du …?« drängte Ava. Für diese Informationen mußte sie teuer bezahlen, denn Kusine Lalitha würde nicht ohne zwei oder drei neue Saris abreisen.

»Dazu komme ich gleich. Gita und Bharat begannen zu streiten. Sie habe ihre Mutter vernachlässigt, warf er ihr vor, und nicht einmal bei der Leiche Wache gehalten. Nie zuvor hatte ich ihn so wütend gesehen. Natürlich schrie Gita zurück und betonte, sie habe die Mutter versorgt und ein hartes Leben geführt, während er in Oxford auf dem Kricketplatz herumgelaufen sei. Mohan versuchte zu vermitteln, aber beide befahlen ihm, den Mund zu halten, gingen in ein anderes Zimmer und schlossen die Tür. Deshalb hörte ich nicht, worüber sie redeten. Nicht einmal an der Tür konnte ich lauschen, weil Mohan mich wegzerrte und sagte, ich müsse die Trauergäste empfangen. Fünfundzwanzig Leute kamen, darunter auch mein Suresh – natürlich erst nach Dienstschluß.«

Ihr Mann Suresh arbeitete in Mysore bei einer Behörde und besserte sein Gehalt mit diversen Nebengeschäften auf. Damit schien er nicht schlecht zu verdienen, denn Kusine Lalitha trug neue goldene Armreifen und Ohrringe und einen schönen seidenen Sari.

»Und hast du die Leiche gesehen?« fragte Großtante Chandu.

»Selbstverständlich«, erwiderte sie indigniert. »Ich erwies Savitri die letzte Ehre und legte eine Girlande auf ihre Brust.«

»Wie sah sie aus?«

»Warte. Bharat und Gita kamen zurück und schienen sich etwas besser zu vertragen. Vermutlich hatten sie sich irgendwie geeinigt. Wie Savitri aussah?« Kusine Lalithas Schlangenaugen glitzerten triumphierend. »So als hätte sie gräßliche Schmerzen erduldet. Doktor Prakash Reddy, ein Freund Gitas, hatte Savitri behandelt. Und er unterschrieb auch den Totenschein. Angeblich war sie an Magenbeschwerden gestorben. Doktor Reddy gab eine natürliche Ursache an. Aber ich frage mich, was diese natürliche Ursache heraufbeschworen hat.«

»Nach allem, was ich hörte, starb auch Rani unter schlimmen Schmerzen«, sagte Ava bitter.

Aus irgendwelchen Gründen sah sie einen Zusammenhang zwischen den beiden Todesfällen. Sie schaute Kaveri an, die den Kopf schüttelte, halsstarrig wie eh und je, selbstgefällig in ihrem geheimen Wissen. Vollgestopft mit ihren Geheimnissen, würde sie eines Tages platzen und die Luft mit Bildern und Wörtern füllen.

»Ihr Kinder geht jetzt zur Schule«, sagte Ava, die plötzlich unsere Anwesenheit bemerkte. »Los, los!« Und dann scheuchte sie uns zum wartenden Auto.

Deshalb entging mir der weitere Klatsch über Gita Atha, aber ich wußte, daß er sich, wie alle Klatschgeschichten, im ganzen Haushalt verbreiten würde. Wenn wir Kinder einen Raum betraten, verstummten die Erwachsenen abrupt. Sogar Thatha beteiligte sich an der Verschwörung, aber eher amüsiert als verstört. Es war nur eine Frage der Zeit, bis auch wir erfahren würden, worüber sie tuschelten. Irgendwann drang alles an die Oberfläche, wie Wasser aus einem tiefen Brunnen. Nichts konnte geheim bleiben, wenn man mit so vielen Verwandten und Dienstboten zusammenlebte.

Aber als Nayana nach Hause kam, herrschte dumpfes Schweigen. Was immer die anderen dachten, behielten sie für sich. Er sah müde aus. In seiner Trauer hatte er seine äußere Erscheinung vernachlässigt. Das Haar mußte geschnitten, der Schnurrbart gestutzt werden. Und angesichts der zerknitterten Kleidung fühlte sich Ramdass in der Überzeugung bestärkt, daß sein Herr ohne ihn völlig hilflos war.

Allzuviel erzähle Nayana nicht. Man hatte seine Mutter verbrannt, und die Asche trübte seine Augen immer noch.

Später war er nach Srirangapatnam gefahren, wo sich drei Nebenflüsse des Cauvery trafen und Tipu Sultan besiegt worden war, und hatte die Asche in den Fluß gestreut.

Die Gouvernante

Ungefähr einen Monat nach Savitri Avas Tod kamen wir an einem Nachmittag aus der Schule zurück und stellten fest, daß der Garten und die Häuser verlassen wirkten, als hätten sich die meisten Bewohner irgendwo versteckt. Vishnu stand vor den Stufen, um wie üblich auf Thathas Heimkehr zu warten, und schaute vielsagend zur Veranda. Dort saßen Nayana und Miss Greene, tranken Tee und unterhielten sich freundschaftlich. Stocksteif hielt Ramdass hinter dem Stuhl seines Herrn Wache.

Miss Greene trug ein blaues Kleid mit weißem Kragen, das einer Uniform glich. Nayana hatte seine korrekte Bürokleidung mit einem braunen Jackett, einer passenden Hose, einem hellen Hemd und der gelbroten Marylebone Kricketclub-Krawatte vertauscht. Offenbar ließ das Bedürfnis, seine Trauer um Savitri Ava zu zeigen, allmählich nach.

Auf der anderen Seite des Teetisches erwarteten uns vier Stühle. Aber wir blieben unsicher stehen und wußten nicht, wie wir uns verhalten sollten. Neben Miss Greene lag ein Bücherstapel am Boden.

»Lauft nach oben, wascht euch und dann trinkt Tee mit uns«, sagte Nayana zu uns.

Gehorsam stiegen wir die Treppe hinauf.

»Ich gehe nicht hinunter«, verkündete Anjali und setzte sich auf ihr Bett. »Mit dieser britischen Gouvernante trinke ich keinen Tee.«

»Ohne dich können wir nicht hinuntergehen«, entgegnete Kaveri.

»Dann bleibt hier.«

»Aber das ist unmöglich«, protestierte ich. »Nayana wird böse sein.«

»Mach doch, was du willst.«

Unbehaglich standen wir vor ihr und bemühten uns, sie umzustimmen. Aber sie rührte sich nicht vom Fleck. Also mußten wir ohne sie nach unten gehen und Nayana erklären, warum sie uns nicht begleitete. Ihre Rebellion beunruhigte mich, und ich war mir nicht sicher, ob sie Vater herauszufordern suchte oder sich nur gegen Miss Greene wehrte.

»Wo ist Anjali?« fragte Nayana, als wir uns an den Teetisch setzten.

»In ihrem Zimmer«, erwiderte Kaveri zögernd. »Sie möchte nicht herunterkommen.«

Irritiert wandte sich Nayana zu Miss Greene. »Seit dem Tod ihrer Mutter ist sie sehr schwierig.«

»Oh, das verstehe ich. Bald wird sie sich eines Besseren besinnen. Lassen wir sie vorerst in Ruhe.« Sie lächelte uns freundlich an, so wie alle Erwachsenen, die unsere Sympathien gewinnen wollten. »Wie geht es dir, Krishna?«

»Danke, gut, Miss Greene.«

»Und dir, Kaveri?«

»Danke, gut, Miss Greene.«

»Und dir, Jagan?«

»Danke, gut, Miss Greene.«

Weder Nayana noch Miss Greene sagten etwas zu unseren knappen Antworten. Ungeduldig rutschte Jagan auf seinem Stuhl herum. Er wollte mit seinem Kricketschläger trainieren, obwohl der Platz schlammig war.

»Du bist wirklich eines der hübschesten Mädchen, die ich je gesehen habe«, sagte Miss Greene zu Kaveri, und meine Schwester kicherte errötend. So ein Kompliment hatte man ihr noch nie gemacht. Fast ehrfürchtig schaute sie Miss Greene an. Wie leicht Kaveri zu erobern war, und Miss Greene mußte es bemerkt haben, denn sie lächelte Kaveri besonders heftig an.

»Nun laßt uns Tee trinken«, sagte sie. Und als wären wir Miss Greenes Gäste, reichte sie uns kleine Teller. Ramdass servierte Platten mit Kuchen, Sandwiches und Hammelpasteten.

»Liest du gern, Krishna?« Miss Greene hob ein Buch vom Boden auf, dessen bunter Einband ein blondes Mädchen und einen Jungen zeigte. »Grimms Märchen. Kennst du sie?«

»Nein, Miss Greene.«

»Sicher werden sie dir gefallen. Sie ähneln den indischen Geschichten sehr, natürlich mit der Ausnahme, daß sie in einem europäischen Land spielen.« Sie gab mir das Buch, aber ich sah es nicht an. Ich hatte den bewundernden Blick gesehen, den Nayana Miss Greene zugeworfen hatte, als er ihr geschicktes Vorgehen bemerkte. Dann nahm sie ein Paar Krickethandschuhe aus ihrer Tasche. »Für den künftigen Kricket-Champion.« Jagan nahm sie schweigend entgegen, zog sie an und krümmte wohlgefällig die Finger.

»Dürfen wir jetzt spielen gehen?« fragte er Nayana.

»Oder fangen wir mit dem Unterricht an?« fragte Kaveri unsere neue Gouvernante. Anscheinend hatte sie Nayanas Entscheidung akzeptiert.

»Bitte, nenn sie Tantchen Victoria«, sagte Nayana, und Miss Greene nickte zustimmend. »Miss Greene ist so förmlich.«

»Nun, der Unterricht wird nicht so ablaufen wie in der Schule«, erklärte sie. »Ich helfe euch bei den Hausaufgaben, bringe euch bei, wie man sich in Gesellschaft benimmt, und sorge dafür, daß ihr euch richtig anzieht und Schuhe tragt.« Vielsagend betrachtete sie unsere nackten Füße. Nayana runzelte die Stirn. Er ging niemals barfuß, seine Fußsohlen waren weich wie die eines Babys.

Wir gingen sehr gern barfuß. Mit unseren geübten Zehen konnten wir Zweige, Kieselsteine und Murmeln aufheben oder was auch immer. Wenn wir Schuhe anhatten, mußten wir uns bücken. Natürlich trugen die britischen Kinder immer Schuhe. Das wußte ich. Noch nie hatte ich eins mit bloßen Füßen gesehen, selbst die Babys im Club trugen kleine wollene Schuhe, blau oder rosa.

»Wer kauft eure Kleider?« fragte Miss Greene Nayana.

»Ava«, erwiderte ich.

»Ein Schneider kommt ins Haus und macht sie«, ergänzte Kaveri.

»Aber offensichtlich sucht sie die Farben und Stoffe aus«, meinte Miss Greene. »In ordentlichen Sachen würdet ihr viel hübscher aussehen. Diese langen Röcke und Blusen von dir und deiner Schwester wirken so gewöhnlich ...«

»Warum zeigt ihr Tantchen nicht eure Hausaufgaben?« schlug Nayana vor. »Dann kann sie euch helfen.«

»Aber wir haben keine«, sagte Jagan bestürzt. Er trug noch immer die Krickethandschuhe, sichtlich auf dem Sprung, aufs Spielfeld zu laufen.

Ich mußte nur ein paar Zeilen abschreiben, doch die anderen hatten immer mehr zu tun als ich. Aber Anjali ignorierte ihre Hausarbeiten, und Kaveri verbrachte jeden Abend ein paar Minuten damit, bevor sie schlafen ging. Weder Ava noch Nayana kümmerten sich darum.

Die Kluft

Zeigt Tantchen eure Hausarbeiten!« befahl Nayana , und wir standen auf und stiegen die Stufen hinauf. Wir drehten uns um und sahen, daß Nayana uns folgte.

»Ich will mit Anjali sprechen.« Obwohl seine Miene ruhig und gelassen wirkte, zitterte seine Stimme. »Wie kann sie es wagen, mich vor Miss Greene zu blamieren? Sie hätte wenigstens herunterkommen und sich entschuldigen müssen.«

Als wir den Treppenabsatz erreichten, ließen wir ihm den Vortritt und stapften nervös hinter ihm her. Er war in keiner guten Stimmung, mehr aus der Fassung gebracht durch Miss Greenes Anwesenheit als durch Anjalis Verhalten. Nachdem er in Anjalis Zimmer gegangen war, schlug er uns die Tür vor der Nase zu, schob den Riegel vor und ließ uns im Flur stehen. Wir preßten uns gegen die Tür, um zu lauschen, hörten aber nur einzelne Wortfetzen.

Nayana: »Du wirst … entschuldigen … unhöflich.«

»… Ich will nicht.«

»… bestehe darauf.«

»… will nicht lernen, so zu werden wie sie. Wer ist sie … Ich will wie meine Amah sein, keine … niedrige Kaste … Britin.«

»Sie ist nicht … hat Klasse.«

»… auch … wohnt in einem elenden Loch, Krishna hat erzählt …«

»… aus sehr guter Familie … europäische Aristokraten …«

»… keine Inderin, und ich lasse mich nicht … billige Person …«

»Was erlaubst du dir?« Wir hörten eine schallende Ohrfeige, und Anjali schrie auf. Bestürzt stemmten wir uns gegen die Tür. Aber der Riegel gab nicht nach.

»Geh sofort hinunter!« befahl Nayana.

»Nein.« Anjali schluchzte. »Ich will nicht, du kannst mich nicht zwingen. Und sie ist wirklich billig. Sie arbeitet im Connemara Hotel, und sie ist sehr eng mit diesem britischen Manager befreundet.«

Ein langes Schweigen. »Wieso weißt du das?«

»Ich weiß es eben«, erwiderte Anjali triumphierend.

Ich wußte, woher sie es hatte. Balram hatte sich im Hotel erkundigt und es Thatha berichtet, und Anjalis sperrangelweit geöffnete Ohren waren ganz in der Nähe gewesen.

Wieder entstand ein längeres Schweigen. Dann erklärte Nayana: »Alle Briten sind miteinander befreundet. Und Miss Greenes Job ist keineswegs unschicklich.«

Er seufzte tief auf. »Warum müssen wir streiten, Anjali? Lern sie doch erst einmal näher kennen … Das kann dir nicht schaden. Und du mußt nichts lernen, was du nicht willst.« In eindringlichem Ton fuhr er fort: »Miss Greene wird dich auf dein Studium in England vorbereiten. Dann bleiben dir die Probleme erspart, die ich bewältigen mußte.«

»Ich will nicht nach England. Ich werde … Ich werde heiraten, wenn ich die Schule verlasse.«

»Vergiß diese alten Traditionen, Anjali. Du kannst nicht wie Amah oder Ava sein. Du mußt einen Abschluß haben. Miss Greene ist jemand, der dir helfen kann, und …«

»Nein! Ich werde heiraten. Außerdem hat Miss Greene selbst keinen Abschluß.«

»Anjali …«

»Faß mich nicht an! Sonst schreie ich, so wie Amah geschrien hat.«

»Was meinst du?«

»Das weißt du sehr gut.«

»Offenbar hat euch Ava lauter Unsinn erzählt.«

»Ich war dabei, weil ich die Älteste bin. Und ich erinnere mich ganz genau.«

»Du kannst dich nicht an Dinge erinnern, die vor deiner Geburt geschehen sind. Nun … Die Entscheidung liegt bei dir …«

Er öffnete die Tür. Verwirrt und grimmig starrte er uns an. »Bringt eure Bücher hinunter!« stieß er hervor.

Wir rannten zu Anjali, die zusammengekauert auf ihrem Bett saß, die tränennasse Wange immer noch von Nayanas Ohrfeige gerötet. Wie sollten wir sie trösten? Wir umarmten sie, versuchten die Kluft zu überbrücken, die plötzlich zwischen uns entstanden war. Aufmunternd stieß Kaveri mich an, weil sie glaubte, mir würde es am ehesten gelingen, unsere ältere Schwester zu besänftigen.

»Bitte, Anjali, geh mit uns nach unten«, flüsterte ich. »Wir wollen nicht mit ihr allein sein. Wenn du mitkommst, sind wir wenigstens zusammen.«

Entschieden schüttelte sie den Kopf. Ihre Zöpfe klatschten in unsere Gesichter. »Nein! Warum soll ich lernen, mich wie diese billige Frau zu benehmen, wo ich doch meine Ava habe, die mir alles beibringt, was ich wissen muß? Geht allein hinunter. Ihr müßt Nayana gehorchen.«

»Warum müssen wir das tun und du nicht?« fragte Kaveri. »Außerdem, sie scheint eine nette Frau zu sein. Sie ist sehr freundlich und höflich.«

»Nur zu euch, weil ihr drei Nayanas Lieblinge seid. Ich nicht. Ich stand Ava immer viel näher. Schon damals, als Amah noch lebte. Kurz nach meiner Geburt gaben mich die Eltern in Avas Obhut, reisten durch Europa, und ich lernte sie erst kennen, als ich zwei Jahre alt war.« Verblüfft starrten wir sie an. »Wußtet ihr das nicht?« Wir schüttelten die Köpfe, und sie seufzte. »Natürlich, damals wart ihr noch nicht auf der Welt. Und außerdem werde ich ausziehen.«

»Wohin willst du gehen?« fragte ich erschrocken und fürchtete, sie würde in einen weit entfernten Ort gehen. In den Wald oder wie Rama und Sita in ein anderes Königreich, sogar nach Lanka.

»Von jetzt an werde ich bei Ava im Kleinen Haus wohnen«, verkündete sie, stand auf und begann, ihre Bücher und anderen Sachen zusammenzusuchen. »Endlich hast du das Zimmer für dich allein, Kaveri. Das wolltest du doch immer.«

Unglücklich beobachteten wir, wie sie ihre Kleider zusammenfaltete und Bücher auf dem Bett stapelte.

»Wir gehen besser hinunter.« Kaveris Stimme klang nicht sonderlich bedrückt. Zweifellos freute sie sich, weil sie das Zimmer allein bewohnen würde.

Um so deutlicher war mir der schmerzliche Verlust bewußt, den wir erlitten. Anjali distanzierte sich von uns, sie wurde erwachsen. Natürlich würden wir weiterhin gemeinsam die Schule besuchen. Doch jene intimen Augenblicke am Abend, wenn sich die Erwachsenen in ihre Welt zurückgezogen hatten und wir miteinander flüsterten, würde sie nicht mehr mit uns teilen.

»Wann wirst du die Geschichte von Prinzessin Rani zu Ende erzählen?« fragte ich, während Kaveri und Jagan bereits ihre Bücher hinuntertrugen.

»Morgen oder übermorgen«, erwiderte Anjali. »Diese Geschichte nimmt ein trauriges Ende.«

»Das weiß ich. Aber den mittleren Teil änderst du immer wieder.«

»Weil sich ihr Leben in meiner Erinnerung ständig verändert. Geh jetzt hinunter.«

»Tut mir leid, was Nayana dir angetan hat.«

»Nun, das war zu erwarten. Natürlich verstehst du es nicht.«

»Was?«

»Schon gut. Geh jetzt.«

Doch ich konnte sie nicht verlassen. Sie wickelte ihre Habseligkeiten in ein Laken und verknotete die Zipfel.

»Geh endlich!« befahl sie. »Dich wird er niemals schlagen.«

»Tut mir leid …«

»Was nützt mir das?« Sie sank aufs Bett, sah sich um und schien zu erkennen, welch folgenschweren Schritt sie unternehmen würde.

»Hast du Nayana von Miss Greenes Job im Connemara erzählt?« fragte ich, um sie abzulenken.

Da erhellte sich ihre Miene. »Balram hat es Thatha gesagt und dann Kanama. Von der hab' ich es erfahren.«

Kanama, eine alte Dienerin, lebte seit ihrer Kindheit bei uns, und sie besaß ein loses Mundwerk. Wenn sie zweimal am Tag

Staub und Spinnweben aus allen Winkeln entfernte, schwatzte sie unentwegt mit den anderen Frauen.

Verschwörerisch beugte sich Anjali zu mir und wisperte: »Als Miss Greene damals ins Connemara ging, besuchte sie diesen Manager, Tommy Soundso. Sie ist seine Privatsekretärin. An jenem Abend hörten sie in seinem Zimmer Musik und tranken Wein und tanzten und trieben noch andere Dinge ...«

»Welche Dinge?«

»Was Männer und Frauen eben machen. Du bist noch zu jung, um das zu verstehen.«

»Und du bist natürlich viel schlauer.«

»Ja. Ich bin ein kluges Mädchen, und du bist ein gräßlicher kleiner Junge, und wenn du in einen Frosch verwandelt wirst, zertrete ich dich.« Liebevoll und schmerzhaft kniff sie in meine Wange, so wie die Erwachsenen.

»Ich werde Ava fragen.«

»Nein, frag besser Miss Greene«, riet sie mir und kicherte boshaft. »Sie soll dir erzählen, was sie getan hat. Aber wahrscheinlich bist du zu feige ...«

»O nein!« verteidigte ich mich entrüstet und rannte die Treppe hinab.

Ein Wagnis und die Konsequenzen

Ich ging niemals einer Herausforderung aus dem Weg, und das wußte Anjali.

Sie erwarteten mich in geduldigem Schweigen. Jagan und Kaveri hielten ihre Bücher fest, Nayana hatte seine Finger ineinandergeschlungen, Miss Greene die Arme vor der Brust verschränkt. Ohne meine Ankunft zu beachten, ließ Kaveri ihren Blick zwischen der Engländerin und unserem Vater hin und her wandern. Offenbar war etwas zwischen den beiden geschehen, das nur sie bemerkt hatte, und ich beschloß, sie später danach zu fragen.

Jagan starrte düster vor sich hin. Während die Dämmerung herabsank, schwanden seine Chancen, auf dem Kricketplatz zu trainieren, zusehends dahin.

»Wir haben auf dich gewartet, Krishna«, begann Nayana. »Bevor Miss Greene nach Hause fährt, will sie euch einiges erklären. Anjali steht bedauerlicherweise unter dem Einfluß eurer Ava und will nicht von Miss Greenes Unterricht profitieren. Außerdem hat sie sich Geschichten über Miss Greene ausgedacht …«

»Nein«, unterbrach ich ihn, »sie sagte nur, Miss Greene hätte einen Briten in seinem Zimmer im Connemara besucht und …«

»Sei still!« fauchte Nayana. »Das ist Anjalis Erfindung.«

»Ich glaube, ich sollte darauf antworten.« Miss Greenes Stimme klang sanft, aber ich spürte ihren Zorn. »Ja, Krishna, ich habe Mr. Sanderson besucht, um mich zu verabschieden. Er ist ein sehr netter Mann.« Jetzt wandte sie sich nicht mehr an mich, sondern an Nayana. »Das ganze letzte Jahr habe ich für ihn gearbeitet, seit ich nach Madras kam, und er behandelte mich immer höflich und rücksichtsvoll. Er wird bald zu seiner Frau Betty und den Kindern nach England fahren, sie sind letzten Monat mit der *SS Strathmore* abgereist. Ich wollte ihm an diesem Abend Glück wünschen und meine Kündigung übergeben. Viele meiner guten Freunde sind heimgefahren.«

»Natürlich, das verstehe ich«, antwortete Nayana. »Tommy Sanderson ist ein feiner Mann.«

Ihre harmlose Erklärung enttäuschte mich. »Und andere … Dinge«, murmelte ich, unsicher, was das bedeutete. Anjali hatte nicht vermutet, daß ich es wagen würde, das zu sagen.

»Was für andere Dinge?« fragte sie Nayana scharf.

»Keine Ahnung. Wovon redest du, Krishna?«

»Nun … andere Dinge.«

»Ich weiß wirklich nicht, was du meinst, Krishna«, sagte Miss Greene. »Aber wieso hat Anjali von meinem Besuch bei Mr. Sanderson erfahren?«

»Sag es Tantchen, Krishna«, befahl Nayana.

Erwartungsvoll schauten sie mich an, auch Kaveri und Jagan, die neugierig waren, wie ich mich aus dieser unangenehmen Situation herauswinden würde. »Balram hat es erzählt«, antwortete ich zögernd.

»Ach, so ist das!« Erleichtert atmete Miss Greene auf. »Diese Diener sind gräßliche Klatschmäuler. In Kalkutta hatten wir etwa vierzig Hausangestellte und konnten nichts tun, ohne daß sie einen Elefanten aus einer Mücke machten.« Sie stand auf. »Jetzt muß ich gehen. Es ist ziemlich spät geworden. Morgen erzähle ich euch die Geschichte meiner Familie, bevor Anjali weitere Gerüchte verbreitet. Wirklich, Bharat, so etwas sollten Sie im Keim ersticken. Dieses Mädchen hat eine viel zu rege Phantasie.«

»Aber sie lügt nie!« rief Jagan erbost.

»Sicher nicht«, stimmte Miss Greene freundlich zu. »Ich meinte nur, ihre Phantasie sei zu lebhaft.«

Ohne ihren Einwand zu beachten, fuhr er fort: »Sie sagt immer die Wahrheit. Deshalb hat sie manchmal Schwierigkeiten mit Ava.«

»Das glaube ich gern.«

»Das ist das Problem mit der Wahrheit«, fuhr er fort. »Wenn man sie ausspricht, kriegt man Ärger, und aus diesem Grund lügen die Erwachsenen. Lügen Sie nicht?«

»Niemals«, beteuerte sie. »Wir Briten waren schon immer ein wahrheitsliebendes Volk. Und wir regieren – regierten – dieses Land von der Bezirksverwaltung bis zum Vizekönig nach bestem Wissen und Gewissen. Für uns gab es nicht die Korruption und Bestechung wie bei den Einheimischen. Das habt *ihr* noch zu lernen.«

»Nayana und Thatha sehen das etwas anders«, bemerkte Jagan. Voller Genugtuung beobachteten Kaveri und ich die wachsende Verwirrung der Engländerin.

»Das reicht, Jagan«, sagte Nayana hastig und verdarb uns den Spaß. »Geht jetzt spielen.«

»Moment mal«, bat Miss Greene, »ich möchte noch auf einen anderen Punkt hinweisen. Ihr alle lebt in großen Gemeinschafen, Kasten oder Familien. Das finde ich keineswegs schlecht, aber in solchen großen Gruppen verliert man die Individualität, sie machen euch nicht zu Persönlichkeiten. Ich möchte euch dabei helfen, daß ihr euch zu Individuen entwickelt, mit eigener und klarer Identität, die nichts mit eurer Kaste oder Familie zu tun haben. Ein einziger von uns war stärker als Millionen von euch. Auch euer Vater besitzt eine ausgeprägte Persönlichkeit. Und ihr wollt doch werden wie er.«

Was sie damit meinte, verstanden wir nicht ganz, aber Nayana schien ihr zuzustimmen. Wir standen auf. Artig schüttelten wir Miss Greenes Hand. Jagan trug immer noch die Kricket-handschuhe.

»Ich werde morgen um halb drei wiederkommen und euch bei den Hausaufgaben helfen«, sagte Miss Greene und dämpfte damit unsere Stimmung.

»Aber Anjali und ich müssen für ein Konzert üben«, protestierte Kaveri.

»Sicher wird Tantchen euch nicht von euren Veena-Stunden abhalten«, sagte Nayana. »Ihr werdet das schon regeln.«

»Und wo soll der Unterricht stattfinden?« Fragend sah sie Nayana an.

»Im Erdgeschoß«, antwortete er.

»Und, Jagan, ich verspreche dir, er wird halb fünf zu Ende sein, so daß du die letzten zwei Stunden spielen kannst. Ich bin für geregelten Unterricht«, sagte Miss Greene. »Wir werden uns jetzt alle besser kennenlernen.«

»Da Miss Greene ein regelmäßiger Gast sein wird, wird es weniger förmlich sein, wenn ihr sie Tantchen nennt«, sagte Nayana. ›Tantchen‹ und ›Onkel‹ war unsere übliche Anrede für alle Erwachsenen, und dieser Wunsch beunruhigte uns daher nicht.

»Tantchen Victoria«, fügte Miss Greene streng hinzu. »Aber Tantchen ist in Ordnung.«

Nayana und Miss Greene gingen die Treppe hinab, und zu unserer Verblüffung stieg er mit ihr ins Auto.

Wir saßen auf den Stufen und schauten den Rücklichtern nach. »Was hast du gesehen, Kaveri?« fragte ich. »Untersteh dich, ›nichts‹ zu sagen, denn dein neues Geheimnis quillt dir geradezu aus den Augen!«

»Nayana und Miss Greene haben sich an den Händen gehalten«, sagte sie düster.

Schweigend versuchten Jagan und ich, die Bedeutung dieser Information zu verstehen. Noch nie hatte ich Nayana die Hände anderer Leute halten sehen, uns natürlich ausgenommen. Und das tat er nicht einmal freiwillig. Die Initiative ging immer von aus, und meistens ließ er uns bald wieder los.

Außerdem fragten wir uns, wohin er mit Miss Greene fuhr. Brachte er sie nur nach Hause zu ihrer Mutter und fuhr dann ins Büro? Ein Gefühl der Angst beschlich mich, und ich befürchtete, er könnte uns weggenommen werden und wir würden alleingelassen.

Während sich Großtante Lakshmi zu uns setzte, griff Ava nach Vishnus Arm und zog ihn aus unserer Hörweite. Die beiden begannen zu tuscheln. Bevor sie uns befragte, wollte sie ihn hören, damit sie besser beurteilen konnte, was geschehen war.

Schließlich nahm sie bei uns Platz und seufzte traurig. Jagan steckte einen Zipfel ihres Saris in den Mund und saugte daran. In letzter Zeit tat er das nur mehr, wenn er Trost brauchte. Sie legte einen Arm um seine Schultern.

»Hat er ihre Hand gehalten?« fragte Ava.

Kaveri nickte und runzelte besorgt die Stirn.

»Es war ein großer Fehler, ihn ins Ausland zu schicken«, meinte Großtante Lakshmi.

»Ja, das hat ihn zu sehr verändert«, sagte Ava. »Nun sehen wir, was dabei herausgekommen ist. Diese billige Frau darf die Kinder unterrichten und ihnen schlechte Gewohnheiten aufzwingen. Und wir können nichts dagegen tun.«

»Anjali …«, begann Kaveri.

»Ich weiß, sie sträubt sich gegen die Erziehung, die euch zugemutet wird. Diesem Beispiel solltet ihr drei folgen. Aber dafür seid ihr wohl noch zu klein. Jetzt liegt alles weitere bei Thatha. Er muß der Engländerin das Haus verbieten. Vielleicht kann er euren Vater zur Vernunft bringen.« Sie seufzte wieder. »Wenn ihm ihre weiße Haut so gut gefällt, soll er sie in einem *Chinnawuidu* einquartieren. Das würden wir akzeptieren. Aber wir dulden sie nicht in unserem Heim.«

»Meinst du unser Chinnawuidu?«

»Nein, nicht unser Kleines Haus. Er muß sie irgendwo anders aushalten – so wie alle Männer ihre billigen Frauen. Gewöhnlich bringt keiner sie nach Hause und läßt sie mit seinen Kindern verkehren.«

Die Ohnmacht

Ich stand auf den Zinnen, hoch über den Bäumen. Den Rücken zur Kuppel gekehrt, breitete ich die Arme aus wie ein Kunstspringer und starrte zum Meer hinüber, das im Morgendunst verschwamm. Zwischen mir und der Küste erstreckte sich ein See aus welligen Wipfeln. Nayana und Thatha schlenderten, in ein ernsthaftes Gespräch vertieft, durch den Garten und gestikulierten lebhaft. Thatha mehr als Nayana.

Von den Zinnen aus betrachtete ich mein zukünftiges Zuhause. Nach Thathas Wunsch sollte jedes seiner Enkelkinder auf einer der Rasenflächen sein eigenes Heim bauen. Anjali auf der Ostwiese, dann käme Kaveri, dann Jagan und schließlich ich im Westen. Sie würden nach Thathas Vorstellungen alle die gleiche Form und Größe haben, während das Große Haus wie ein Patriarch die anderen überragen würde. Das würde uns Unabhängigkeit geben, aber wir würden innerhalb der vier Mauern bleiben, im Schatten unseres Familiensitzes. Meines würde neben dieser Feuchtwiese stehen, ein Spiegelbild des Großen Hauses, aber natürlich nicht in der Größe. Wer würde auf dieser fünften Wiese bauen, die jetzt ein schlammiger Teich war? Hoffentlich eine meiner Kusinen, dann könnten wir den ganzen Tag spielen. Vielleicht Valli, die hübscheste. Aber vielleicht würde sie in Jagans Haus ziehen. Wann immer die beiden miteinander spielten, wurden sie von der Großtante und Ava wohlwollend betrachtet. Vermutlich würden sie heiraten, wenn sie erwachsen waren. Wie Vishnu mir erzählt hatte, rechnete die Familie damit. Es wäre eine günstige Verbindung, denn Valli würde keine Mitgift brauchen, und Srinivasins gebeugte Schultern könnten eine seiner Bürden abschütteln. Von solchen Plänen wußten weder Jagan noch Valli.

Ich sah, daß sich Nayana abrupt von Thatha abwandte und zum Haus eilte. Großvater blieb auf Anjalis Rasen stehen und gestikulierte immer noch. Dann ließ er seine Arme sinken. Die Hände auf dem Rücken verschränkt, setzte er seinen Spaziergang fort.

Nayana spürte meinen Blick, schaute zu mir herauf und winkte. »Komm da runter, Krishna! Du könntest herunterfallen und dich verletztten.«

»Ich werde nicht fallen. Ich kann die ganze Welt von hier sehen.« Fröhlich begann ich zwischen den Zinnen zu tanzen und zu singen. *»Ich bin der König dieses Schlosses, du bist nur der schmutzige* Rascal …«

»Bitte, Krishna, komm herunter!« sagte er eindringlich.

Thatha eilte meinem Vater zu Hilfe. »Komm sofort runter, Krishna!« befahl mit scharfer Stimme.

»Erschreck ihn nicht«, mahnte Nayana. Andere Leute liefen herbei, Malis, Diener, Kusinen, Großtanten und Großonkel, Anjali und Jagan.

Erfreut über die Aufmerksamkeit, die ich erregte, begann ich wieder zu singen. *»Ich bin der König dieses Schlosses …«*

Ava erschien, erschrak, als sie mich hoch über sich sah. Sie war zornig, aber nicht auf mich, sondern auf Nayana. »Siehst du, was du angerichtet hast?«

»Ich habe nichts getan, Tante Uma«, sagte Nayana geduldig. »Ich habe nur mit Onkel Ranjit gesprochen ...«

»Du schenkst ihm keine Aufmerksamkeit«, sagte sie. Der Wind wehte ihre Worte zu mir empor wie Papierdrachen. »Und wenn man aufgeregt ist, benimmt man sich albern. Ram, Ram, ich bete, daß er nicht ohnmächtig wird.«

Während ich am Rand der Zinnen tanzte, folgten mir alle Blicke. War ich aufgeregt? Das wußte ich nicht. Ich fühlte mich eher verwirrt. Jetzt schlief meine ältere Schwester im Kleinen Haus, und Ranis Geschichte würde wohl für immer unvollendet bleiben, denn Anjali erzählte sie nur abends. Natürlich konnten wir sie nicht ins Große Haus zurücklocken. Sie war ausgezogen, um gegen Miss Greene zu protestieren. Aber damit verletzte sie nicht die Engländerin, sondern uns, insbesondere mich.

Miss Greene zerstörte mich, warum mußte sie diese Unruhe ins Haus bringen? Tränen verschleierten meinen Blick, die Gestalten im Garten verschwammen vor meinen Augen. Dann spürte ich, wie ich nach hinten fiel. Als ich zu mir kam, starrte ich in einen unheilvollen grauen Himmel hinauf.

Kaveri kniete weinend neben mir. »Tu das nie wieder! Ich mußte Amah versprechen, auf dich aufzupassen. Als ich sie das letzte Mal lebend sah, ließ sie es mich versprechen, und ich versprach es. Du mußt mir jetzt versprechen, niemals etwas zu tun, was dir schaden kann, versprich es ... Hand aufs Herz und bei deinem Leben. Sonst werde auch ich sterben, wenn ich mein Versprechen breche ...«

»Ich verspreche es«, ich legte die Hand aufs Herz, »bei meinem Leben.«

Mein Mund war staubtrocken. »Aber ich dachte, Amah wäre vor ihrem Tod tagelang bewußtlos gewesen?«

»Nein, das war sie nicht«, sagte Kaveri. »Ich schlich mich zu ihr ins Krankenhaus und sah sie. Sie war so dünn und schwach. Und ihre Hand fühlte sich an wie Papier. Ich umklammerte die zerbrechlichen Finger, und sie öffnete die Augen und sprach mit mir.« Sie schaute ängstlich zur Treppe. »Das darfst du niemandem erzählen, nicht einmal Ava.«

»Was hat Amah noch gesagt?« fragte ich, gierig nach jeder Kleinigkeit, die wie ein magischer Schlüssel die Blockaden in meinem Kopf öffnen könnte.

»Ich erzähl' es dir später.«

Keuchend stürmten die anderen aufs Dach. Nayana hob mich hoch. »Bist du in Ordnung?« Ich nickte, und er stellte mich erleichtert auf die Beine. Dann trat er zurück, damit Ava und Anjali und alle die anderen mich liebkosen konnten.

»Ich habe ihn gerettet ... Ich habe ihn gerettet!« sang Kaveri jubelnd. Natürlich erwähnte sie das Versprechen nicht, das sie unserer sterbenden Amah gegeben hatte.

Die Unterrichtsstunden

Tantchen Victoria winkte mich zu sich, und als ich nahe genug war, nahm sie mich in die Arme. Stocksteif und unsicher stand ich da. Ihre Haut roch nach Pear's-Seife und Parfum. Irgendwie war es tröstlich, ihre warme Nähe zu spüren. »Warum hast du so etwas – Gefährliches getan, Krishna?« fragte Tantchen Victoria. Sie trug einfache Kleider bei ihren Besuchen. Dieses war dunkelblau mit einem weißen Kragen, wie eine Marineuniform.

»Solche Dummheiten macht er immer wieder«, bemerkte Jagan.

»Tut er nicht«, widersprach Kaveri.

»Es ist unhöflich, anderen Leuten ins Wort zu fallen«, ermahnte Tantchen Victoria die beiden. Dann schob sie mich ein wenig von sich und schaute mir in die Augen. »Nun? Kannst du es mir sagen, weshalb?«

»Weil – weil ...« *Weil ich verwirrt und unglücklich war*, wollte ich herausplatzen. Statt dessen antwortete ich: »Es war nicht gefährlich. Das hab' ich schon oft getan.« Was ich geträumt hatte, erwähnte ich natürlich nicht.

In meinem Traum war Nayana mit ihr in ein fernes Chinnawuidi gezogen und hatte uns in einem leeren Haus allein gelassen. Wie Schlangen wanden sie sich umeinander, und unser Vater blickte kein einziges Mal zurück. Ich hatte gerufen und gerufen, aber ich konnte meine eigene Stimme nicht hören. Er war immer kleiner geworden und schließlich verschwunden.

»Aber wenn du vom Dach gestürzt wärst, hättest du dich schwer verletzt und deinem Nayana das Herz gebrochen«, sagte sie sanft. »Du bedeutest ihm sehr viel. Das weißt du, und er sorgt sich um dich. Wenn du willst, daß er dich liebt, mußt du dich besser benehmen und nicht solche gefährlichen Dinge tun. Ober tun, als würdest du in Ohnmacht fallen.«

»Er war ohnmächtig, er hat es nicht gespielt«, protestierte Kaveri. »Die Ärzte sagen, da ist irgend etwas mit seinem Kopf.«

»Zweifellos indische Ärzte ... Er müßte von einem britischen Arzt untersucht werden. Vielleicht ist er geistesgestört.«

Die Worte beunruhigten uns, und wir schwiegen. Geistesgestört? Manchmal rannten meine Gedanken unkontrolliert davon, und ich vermutete, daß es das war, was sie meinte.

»Dein Vater macht sich eine Menge Sorgen«, fuhr sie fort. »Das willst du doch nicht?«

»Nein«, sagte ich. Offenbar wußte sie besser als wir, was Nayana empfand. Kaveri hörte sichtlich verwundert zu. Aber sie hielt den Mund.

»Gut, das wäre geklärt«, sagte Tantchen Victoria, und ich kehrte zu meinem Platz zurück, wenn ich auch nicht verstand, was geklärt war.

»Hast du die Bücher gelesen, die ich dir gegeben habe, Krishna?«

»Damit fange ich gerade an, Tantchen Victoria«, log ich, ohne zu erwähnen, unserer Großmutter würden die Geschichten von einem Waisenjungen namens Oliver und einem gewissen Tom Sawyer mißfallen.

»Sicher werden sie dir gefallen, und du wirst erfahren, wie die Kinder in anderen Ländern leben.«

An vier Tagen pro Woche kam sie um Punkt halb vier zu uns. Wir drei erwarteten sie in einer ungemütlichen, mit dunklen Rosenholzmöbeln eingerichteten Bibliothek, die nur selten benutzt wurde. Es roch nach Staub und während des Monsuns feucht und muffig. Schon seit langer Zeit standen die Bücher, Thathas und Urgroßvaters Sammlung, unberührt in den Regalen, nachdem Thatha sie gelesen hatte und sie nicht länger brauchte.

Nun musterte Tantchen Victoria die braunen Lederbände mit der goldenen Schrift und las die Namen der Autoren laut vor. Austen, Thackeray, Goldsmith, Plato, Gibbons, Russell, Marx, Huxley, Descartes, Dumas. In ihrer Stimme schwang Hochachtung mit, und ich merkte, daß ihr manche Autoren genauso fremd waren wie uns. Immer wieder rieb sie die Fingerspitzen aneinander, um den Staub wegzuwischen.

Wir saßen an einem großen runden Marmortisch. Zuerst erledigten wir unsere Hausaufgaben – Schreiben, Rechnen, Geographie, Geschichte. Dazu benutzten wir einfache dünne Federhalter, in die wir Stahlfedern steckten und ins Tintenfaß tauchten. Das erste Wort war immer ein dicker Klecks auf dem Papier.

Später korrigierte sie unsere Hausarbeiten mit ihrem Füllfederhalter. Ein einziges Mal, am ersten Tag, spähte Anjali durchs Fenster, verlor aber bald das Interesse. Während wir in der Bibliothek gefangensaßen, spielte sie mit den Kusinen, und wir hörten die aufreizenden Stimmen der Mädchen, lauter und schriller denn je.

Nach den Hausaufgaben übte Tantchen Victoria mit uns die richtige Aussprache englischer Wörter, um uns den indischen Akzent abzugewöhnen.

»Aber Vater spricht noch britischer als Sie«, meinte Kaveri.

»Weil er in Oxford studiert hat«, antwortete Tantchen Victoria. »Sie sprechen ein besonderes Englisch.«

»War Ihr Vater auch in Oxford?« fragte ich.

»Nein«, antwortete sie etwas zu abrupt. Sie mochte diese Art Fragen von uns nicht, sagte, daß wir nicht wie Vater sprechen würden. Das käme durch den Einfluß unserer Umgebung. Wir sprächen zuviel in unserer Muttersprache, und wenn wir im Ausland studieren wollten, sollten wir nur Englisch reden.

Tantchen Victoria brachte uns auch britische Manieren bei. Nach ihrer Meinung benahmen wir uns sehr schlecht. Dauernd mußten wir »ja danke« und »nein danke« und »ja bitte« und »Bitte entschuldige mich« sagen. Sie sagte uns, dies seien sehr wichtige Worte, die die Inder nie, nie in ihrer Gegenwart sagten. Wir hätten überhaupt kein Benehmen.

Im Lauf der Wochen und Monate spürten wir die Einschränkungen, die uns dieser Unterricht auferlegte. Bei allem, was wir sagten oder taten, zögerten wir. Sollten wir auf diese Weise mit unseren Verwandten und Freunden reden, die das alles nicht lernten? Wenn ich mich in der Schule mit einem Jungen prügelte – sollte ich vor jedem Fausthieb um Entschuldigung bitten? Dies alles verwirrte uns, und wir vereinbarten, die Höflichkeitsfloskeln nur in Nayanas und Tantchen Victorias Gegenwart zu benutzen. Wenn wir unsere Manieren vergaßen, verpetzte er uns bei ihr, und sie behandelte uns noch strenger.

Wenn Ramdass uns nach den Lektionen Tee servierte, lernten wir, die Henkel der Tassen so zu umfassen wie Tantchen Victoria und den kleinen Finger abzuspreizen. Niemals durften wir in ihrer Gegenwart aus den Untertassen trinken oder aus unseren silbernen Bechern.

Ramdass war der einzige Diener, der sich um diese Zeit blicken ließ. Tiefe Stille erfüllte das Haus. Sobald die Gouvernante gegangen war, herrschte wieder reges Leben, und auch die anderen Dienstboten tauchten auf. Dieser Rhythmus lief so regelmäßig ab wie Ebbe und Flut.

Davon merkte Tantchen Victoria nichts, oder wenn es ihr auffiel, schien es ihr nichts auszumachen. Widerstrebend bewunderte ich ihren Mut in dieser feindseligen Umgebung. Ich malte mir aus, wir würden sie wie Dacoits überfallen und umbringen und ihre Überreste im Garten verscharren. Aber wir waren nicht diese Art von Familie. Sie ignorierte diesen passiven

Widerstand gegen ihre Anwesenheit einfach. Ich erinnerte mich, was sie über Individualität und eine starke Persönlichkeit gesagt hatte, und verstand, was diese Dinge für sie bedeuteten.

Abgesehen von ihren Besuchen ging unser Leben seinen normalen Gang. Unsere schulische Routine wurde wie eh und je von religiösen Familienfesten unterbrochen.

Am wichtigsten war natürlich das alljährliche Puja zum Gedenken unserer Amah. An diesem Tag weckte man uns schon vor dem Morgengrauen. Die Dienstboten hatten Messingeimer mit heißem Wasser gefüllt, und Ava beaufsichtigte unsere Ölbäder. Auf dem ganzen Körper und sogar im Haar mußten wir das warme Öl verteilen. Danach wurde es mit *Cheekai*-Puder abgerieben, der höllisch brannte, wenn er in unsere Augen geriet. Diese Prozedur dauerte mindestens eine halbe Stunde. Schließlich übergossen wir uns mit heißem Wasser, um die letzten Öl- und Puderreste zu entfernen.

Diese rituellen Bäder machten uns immer hungrig, aber wir durften erst essen, wenn wir vor dem Porträt unserer Amah gebetet hatten. Nur an diesem Tag besuchte Nayana den Tempel, es war sein einziges Zugeständnis an die Religion. Aber er wußte, daß es weniger eine religiöse Zeremonie war, als der Erinnerung diente.

Während sich der Himmel erhellte, versammelten sich der ganze Haushalt und die Dienerschaft im Tempel, um vor dem Foto unserer Amah zu beten. Die Morgensonne vergoldete das Gesicht der schönen Prinzessin. Aus ihren Augen strahlten Fröhlichkeit, Hoffnung und Liebe. Als das Foto entstanden war, hatte sie noch geglaubt, sie würde ein langes, erfülltes Leben mit ihren vier Kindern und ihrem hübschen Ehemann führen. Ein Teil ihres Saris bedeckte den Hinterkopf, das schwarze Haar, in der Mitte gescheitelt, schimmerte im Sonnenlicht. Sie hatte ein großes *Tilak* auf der Stirn. Die zierlichen gefalteten Hände an eine Wange gelegt, lächelte sie uns an.

Nach dem Puja aßen wir in feierlichem Schweigen.

Tantchen Victorias Geschichte

Im Jahr achtzehnhundertfünfundzwanzig wurde Lord Mowbrays Familie ein Junge geboren«, begann Tantchen Victoria zu erzählen, fast mit der gleichen atemlosen Stimme wie Anjali. »Er wurde Robert genannt und war der neunte Nachfahre des ersten Lords, dem der König den Adelstitel verliehen und das Land – wie einem *Jagir* – übereignet hatte. Seine Frau, die schön Lady Eleanor, war die Tochter eines Earls, das ist auch ein Titel.

Wie ihr sehen könnt, waren meine Vorfahren Aristokraten. Sie waren keine Handwerker, wie eure Familie, sie waren *Rajas*. Sie wohnten in einem großen Schloß aus Granit mit Türmen und Zinnen. Um das Schloß herum zog sichin ein Graben, über den eine Zugbrücke führte, die nachts hochgezogen wurde. Es war größer als jeder Maharaja-Palast. Vom Turm aus konnte man ringsum grünes, fruchtbares Land sehen. Ihr könnt euch das Grün dieses Landes nicht vorstellen, ihr habt ein solches Grün nicht in Indien. Es ist kein Land der Monsune, sondern des kalten, ständigen Regens, und im Winter bedeckt der Schnee den ganzen Boden.«

»Waren Sie dort?« fragte Kaveri.

»Nein. Aber ich weiß genau, wie es aussah. Und jetzt unterbrich mich nicht mehr. Robert, das Baby, war der zweite Sohn des Lords, ein hübscher blonder Junge mit blauen Augen und milchweißer Haut. Er war der Liebling seiner Mutter. In ihrer Obhut wuchs er zu einem kräftigen jungen Mann heran. Sein älterer Bruder Charles, ein mürrischer Bursche, verfolgte ihn mit wilder Eifersucht. Ständig stritten die beiden und prügelten sich.

In Roberts siebzehntem Lebensjahr starb sein Vater. Charles erbte den Titel und befahl Robert, das Schloß zu verlassen. Nun stand der Junge völlig mittellos da, denn in England tritt immer nur der Erstgeborene das Erbe des Vaters an.

Glücklicherweise leitete Eleanors Bruder die East India Company und verschaffte seinem Neffen eine Stellung als Schreiber.

Nachdem er eine kurze Ausbildung in London absolviert hatte, wurde er nach Bombay geschickt. In jenen Tagen beschäftigte die Company nur Söhne aus aristokratischen Familien, nicht Hinz und Kunz, und der junge Mann war berechtigt, Waffen zu tragen. Das war achtzehnhundertzweiundvierzig, und er verdiente fünf Pfund im Jahr. Das mag wenig erscheinen, aber damals war das eine Menge Geld.

Robert hatte Erfolg in Indien. Er arbeitete hart. Fünf Jahre später hatte er es zum Assistenten des Handelsvertreters von Bombay gebracht und zog in einen schönen Bungalow am Meer. Er war ein ausgezeichneter Reiter und guter Schütze, und wenn er Urlaub hatte, ging er mit seinen Freunden auf *Shikar*. Einmal erlegte er fünf Tiger kurz nacheinander. Das war ein Rekord zu dieser Zeit.

Eines Tages, während er in Poona war, sah er eine schöne junge Engländerin und verliebte sich in sie. Sie hatte eine Haut weiß wie Milch und graue Augen wie ich, und blondes Haar. Mary Blunt war das meistumworbene Mädchen in ganz Indien – ich meine bei den Engländern. Sie war immer die Schönste auf dem Ball und hatte ein bezauberndes Benehmen. Sie schrieb Gedichte und konnte sehr gut schießen. Sie war die Tochter von Colonel Derek Blunt, dem Kommandeur der Maratha Light Infantry. Er war Engländer und ein tapferer Soldat. In dem Augenblick, als sie Robert sah, erwiderte sie seine Gefühle.

Im Mai achtzehnhundertdreiundfünfzig heiratete Robert Mary Blunt. Es war die größte Hochzeit in Poona in diesem Jahr, denn Robert und Mary waren sehr beliebt. Sogar Sir John Thorpe, der Handelsvertreter der East India Company in Bombay, zählte zu den Gästen, und der Generalgouverneur schickte einen Repräsentanten aus Kalkutta nach Poona. Kurz nachdem sie geheiratet hatten, trat Robert in die britische Handelsgesellschaft Hamilton & Alton ein und wurde als Firmenvertreter und Berater des Maharajas nach Travancore versetzt. Dort bewohnte er mit Mary einen riesigen Bungalow mit über hundert Dienern und Pferden und Kutschen.

Achtzehnnhundertsiebenundfünfzig brach die Meuterei im Norden aus. Robert schloß sich Colonel Blunts Regiment an, das nach Delhi marschierte. Im Kampf gegen die einheimischen Sepoys – die Soldaten, die sich gegen ihre britischen Dienstherren auflehnten – gewannen die Engländer jedes Scharmützel. Zwei Jahre später wurde der Aufstand niedergeschlagen, und Robert kehrte nach Travancore zurück. Doch die Company hatte ihren Einfluß in Indien verloren, und er konnte nur noch als Berater des Maharajas fungieren.

Robert und Mary hatten fünf Kinder, aber nur zwei blieben am Leben. Daniel, der ältere Sohn – mein Großvater –, studierte in England Medizin. Danach praktizierte er in Kalkutta und wurde regelmäßig vom Vizekönig konsultiert.«

Wie Anjali erzählte sie nie die ganze Geschichte, sondern immer nur einzelne Abschnitte. Manchmal veränderte sie dieses oder jenes, was uns verwirrte. Aber sie behauptete, daran sei unser schwaches Gedächtnis schuld, und sie würde immer nur wahre Begebenheiten schildern.

Anjali interessierte sich nicht dafür und wollte gar nicht hören, was wir über Tantchen Victorias Familie erfahren hatten. Wenn wir davon sprachen, hielt sie sich die Ohren zu und schloß die Augen. Dann schrien wir sie an, doch sie bohrte die Finger noch tiefer in die Ohren und kniff die Augen noch fester zusammen. Offenbar fürchtete sie, unsere neuen Erkenntnisse würden sie beeinflussen. Aber das verstanden wir damals noch nicht.

Da sie weiterhin im Kleinen Haus wohnte, sahen wir sie nur tagsüber und auf dem Weg zur Schule und zurück. Wenn Thatha vergaß, uns ein Auto zu schicken, geleitete sie uns immer noch nach Hause. Danach spielte sie mit uns und den Kusinen. Und sobald die Dunkelheit hereinbrach, verschwand sie in ihrer anderen Welt. Allmählich lebten wir uns auseinander.

Die Schauspielerin

Während ich an den Schultagen kaum aus den Federn zu kriegen war, stand ich an Samstagen, Sonntagen und Ferientagen immer als erster auf. Eines Morgens stieg ich aufs Dach und erwartete, Nayana anzutreffen. Aber er ließ sich nicht blicken, was mir seltsam erschien, weil er seine tägliche Gymnastik niemals vernachlässigte. In seinem Zimmer fand ich ihn auch nicht, sein Bett war unberührt. Als ich ihn im Garten suchte, sah ich nur Srinivasin umherwandern.

Obwohl es immer noch kalt war, verhieß der strahlend blaue Himmel einen heißen Tag. Einige Gärtner rechten welke Blätter zusammen und bewässerten die Rasenflächen, und die Dienerinnen fegten die *Kolams* vor dem Haus. Nun würden Ava und die anderen Frauen bereits die Küchenarbeit beaufsichtigen.

Zwei Lastwagen, hellgelbe Fords mit abgerundeten Motorhauben, fuhren durch das breite Tor herein und bogen in die Richtung des Dienstbotendorfs. An den Seitenwänden stand in blauen Lettern »Gemini Studios«.

Manchmal drehten heimische Filmteams in unserem Garten ihre opulenten Werke. Wir bekamen Sessel und durften hinter dem Regisseur sitzen und zuschauen. Das erlaubte man uns, damit wir nicht vor die Kamera rannten und über die Hauptdarstellerin stolperten, wenn sie zu unhörbarer Musik tanzte. Tiger und Löwen, von Drogen halb betäubt, pirschten sich an Helden und Heldinnen heran. Herausfordernd trompeteten riesige Elefanten und zertrampelten die Bambushaine. Die Filmleute brachten sogar ihre eigenen Kobras mit, was wir albern fanden, weil es in unserem Garten von Schlangen wimmelte. Hin und wieder entflohen die gezähmten Reptilien und gesellten sich im Unterholz zu ihren wilden Verwandten.

Erwartungsvoll rannte ich den Staubwolken der Laster nach. Unten an der Straße, bei der Lichtung, parkten vier weitere Vehikel. Mehrere Männer hielten große Blenden aus gerahmter weißer Pappe hoch, um den Sonnenschein zu reflektieren, und der Kameramann schrie sie an, bis ihm die Beleuchtung zusagte. Im Mittelpunkt der Aufmerksamkeit stand ein blaugeschminkter Krishna mit nackter Brust und in einem zu einer Hose gewickelten Dhoti. Er hielt eine Flöte an den Lippen und trug eine Krone mit einer Pfauenfeder.

»Action!« brüllte ein Mann. »Kamera!«

Durch einen Wald von Männern kam eine Frau in einem grünen Choli und einem grüngoldenen Sari. Sie begann zu singen und zu tanzen, und ich bemerkte, daß die Männer ihr zuschauten. Es dauerte eine Weile, bis ich meine Kusine Indira erkannte – nicht mehr in billiger, fadenscheiniger Baumwolle, sondern in kostbarer Seide. Ihr Körper bewegte sich mit der faszinierenden Geschmeidigkeit einer gleitenden Schlange, als sie Krishna umkreiste und versuchte, ihn zu verführen.

»Cut!« rief der Regisseur A. K. Manoharan, ein Freund unseres Großvaters, und Kusine Indira hielt inne. Trotz der kühlen Morgenluft rann ihr der Schweiß übers Gesicht. A. K., ein bebrillter, rundlicher älterer Mann, sprach mit ihr. Wie immer trug er einen zerknitterten weißen Dhoti und einen schäbigen Jiba. Wir alle glaubten, daß er nur diese Kleider besitzen und auch darin schlafen würde. Nun unterhielt er sich mit Kusine Indiras großem, spindeldürrem Ehemann Kumar, dessen kahlen Schädel ein weißer Haarkranz umgab. Offenbar nahm er eine wichtige Position im Filmteam ein.

Als Kusine Indira mich entdeckte, winkte sie mir, und ich ging zu ihr.

»Wieso bist du Schauspielerin geworden?« fragte ich.

»Das ist kein Geheimnis«, erwiderte sie lachend. »A. K. sah mich und fragte, ob ich in dieser Szene mitspielen würde, weil seine Darstellerin krank ist. Natürlich sprach ich zuerst mit Großvater, und er gab mir die Erlaubnis.«

»Was hast du da?« fragte ich und zeigte auf ihre Brüste, die sich spitz wie Pyramiden unter dem Choli abzeichneten.

Sie schaute zu Kumar hinüber, um festzustellen, ob er sie beobachtete. Dann öffnete sie drei Knöpfe, und ich sah, daß Drahtkegel auf ihren Brüsten steckten. »Im Film muß alles größer und auffälliger wirken«, erklärte sie und schloß ihren Choli.

»Macht dir die Schauspielerei Spaß?«

»O ja. Jetzt bin ich nicht mehr die arme Kusine und genieße die Aufmerksamkeit des ganzes Teams. Außerdem werde ich bezahlt. A. K. sagt, die Kamera mag mich, und das ist in dieser Branche sehr wichtig. Bald gehe ich weg von hier.«

»Warum? Wohin willst du gehen?«

»A. K. hat mir die Hauptrolle in seinem nächsten Film angeboten, der in Madurai gedreht wird. Da verdiene ich eine Menge Geld. Ich möchte mir ein eigenes Haus bauen.«

»Was ist mit Großvater?«

Sie sah mich an, als versuche sie, meine Gedanken zu lesen. »Was meinst du?«

»Wirst du uns nicht vermissen, und ihn?«

»Doch. Aber Kumar meint, ich soll diese Chance nutzen. Er möchte mein Manager werden.«

»Kannst du nicht Schauspielerin werden und trotzdem bei uns bleiben?«

»Nein, deine Großmutter würde mich nur noch mehr hassen. Warum sollte ich das ertragen?«

»Du wirst mir sehr fehlen«, sagte ich.

Zärtlich nahm sie mein Gesicht in ihre weichen Hände. »Kümmere dich um deinen Großvater, Krishna. Er hat viele Probleme. Und du mußt ihm helfen. Dein Thatha ist so ein guter, freundlicher Mensch. Bald werdet ihr alle eure arme Kusine Indira vergessen.« Als sie mich küßte, roch ich Parfum und Schweiß und schmeckte den süßen Nelkenduft ihres Atems. Ich wollte sie festhalten, doch sie eilte davon.

Eine Zigarette im Mundwinkel, ging ein Maskenbildner zu ihr, um sie für die nächste Einstellung zu schminken. Ich beobachtete, wie er ihr Gesicht trockenrieb und mit einem Pinsel Puder auftrug. Wie alte Freunde lachten und scherzten die beiden, und ich fühlte mich ausgeschlossen. Kusine Indira hatte das Haus bereits verlassen.

Nun trat A. K. wieder hinter die Kamera.

»Hoffentlich wird uns dieser Film viel Geld einbringen, Krishna. Dein Großvater hat zwei Lakhs investiert.«

»Ich wußte nicht, daß Großvater Filme macht. Er sagte immer, das sei der sicherste Weg, Geld zu verlieren.«

»Es ist ein Risiko«, erwiderte er lachend. »Aber man kann ein Vermögen damit machen. Bei diesem Geschäft muß man jede Chance nutzen und das Geld von wem auch immer nehmen.« Er sah zu Kusine Indira hinüber. »Sie ist eine gute Schauspielerin. Ich werde sie berühmt machen.«

Die Zusammenkunft

Um Kusine Indiras Auftrag zu erfüllen, beobachtete ich Thatha etwas genauer. Zuvor hatte ich die Falten an seinem Hals, die eingefallenen Wangen und seine weißen Haare nicht bemerkt. Er sah schmaler aus, als ob das Gewicht der Luft schwer auf ihm lastete. Sein Seidenhemd war oft mit Schweiß getränkt, und das Atmen schien ihm schwerzufallen. Er war nicht länger voller Temperament, und seine Schritte hatten ihre Elastizität verloren. Nur der Kricketball blieb ein vertrauter Bestandteil seiner Erscheinung.

Seine Stimmungen beeinflußten unser Leben. Wenn er die Stirn runzelte, zog der ganze Haushalt die Stirn in Falten, von Ava bis hinunter zu Kanama. Was ihn bedrückte, wußten wir nicht, weil er sich niemandem anvertraute – Ava schon gar nicht. Wie wir von Vishnu erfuhren, gingen die Geschäfte nicht mehr so gut. Doch solche Schwierigkeiten habe es schon öfter gegeben, fügte der Diener hinzu, und Peri Iyer, wie er Thatha nannte, würde solche Dinge stets überstehen.

An den Abenden saß Thatha auf der Veranda, hörte sich an, was wir ihm erzählten, sagte kaum ein Wort und rauchte seine Zigaretten. Er interessierte sich für Tantchen Victoria – die Art wie sie sprach, was für Kleider sie trug, ihr Gehabe, ihre Familie. Bis jetzt hatte er sie noch nicht kennengelernt, weil er stets unterwegs war, wenn sie ins Haus kam. Immer wieder versprach er uns, mit ihr zu reden. Aber vielleicht wich er ihr absichtlich aus, in der Hoffnung, sie würde eines Tages verschwinden.

»Alle diese Europäer behaupten, sie würden aus aristokratischen Familien stammen«, bemerkte er trocken. »Sie wollen uns glauben machen, sie seien alle Lords und Ladies, aber keiner von ihnen ist es. Während des Krieges gingen viele unserer Landsleute nach Europa. Da sahen sie, wie arm die meisten Menschen dort sind. Auch Briten fegen Straßen, säubern Latrinen und sind Malis und Diener und Chowdikars, genauso wie hier. Wer weiß, wer sie wirklich ist? Es überrascht mich, daß euer Vater soviel von ihr hält. Eigentlich müßte er es besser wissen, wo er England doch so gut kennt und beinahe einer von ihnen ist.« Damit wollte Thatha wahrscheinlich andeuten, Tantchen Victoria sei nicht ehrlich gewesen. Er wußte sicher irgendwelche Dinge über sie, mehr sogar als Nayana. Ich war nicht überrascht, niemand konnte für längere Zeit ein Geheimnis haben. Die kleinste Kleinigkeit, wie wenn eine Feder ins Wasser fiel, löste Wellen aus.

Auf der anderen Seite kannte Thatha viele Leute, und einer von ihnen würde irgendwo oder irgendwann etwas über Tantchen Victoria gehört haben. In Bombay oder Delhi oder Simla, wo die Briten waren, wurden sie gesehen und beobachtet. Indien war kein privates Land, niemand ließ einen für längere Zeit allein. Es war die überraschende Kleinheit dieses Landes, innerhalb von Stunden auf Dorfgröße reduziert. Thatha hörte die Dinge in der gleichen Geschwindigkeit wie Ava, und wir waren nur überrascht, daß Ava Tantchen Victorias Geschichte nicht anzweifelte.

Aber Ava hörte nicht alles, und da sie beschlossen hatte, die Engländer während ihrer Herrschaft hier zu ignorieren, hatte sie keine Quellen, die ihr Geschichten über sie erzählten, während Thatha ständigen Kontakt zu ihnen hatte – durch das Geschäft, die Grundstücke, sogar auf dem Kricketplatz. Wir warteten darauf, daß er fortfuhr, denn oft konnte Thatha stundenlang erzählen, aber er fiel in Schweigen, was uns ärgerte und quälte.

Als er hörte, was Nayana getan hatte, verhärtete sich sein Gesicht. Das Gewicht der Jahre schien von ihm zu fallen, und er wirkte wie ein junger Mann. Nur kurz, nur für diesen einen Abend, wie das letzte Aufflackern einer Kerze, schien er wieder so zu sein wie immer.

Nayana verbrachte jeden Monat mindestens eine Woche auf Dienstreise. Daran hatten wir uns gewöhnt. Aber jetzt sahen wir ihn auch abends immer seltener, weil er eine Menge Zeit mit Tantchen Victoria im Kricketclub verbrachte.

Vor meiner Geburt war er das einzige indische Mitglied gewesen, weil er sich in so außerordentlicher Weise wie ein Engländer benahm, und er hatte zwei Spielzeiten – als Gentleman – für Somerset County gespielt. Inzwischen hatte man acht weitere Inder aufgenommen, ebenfalls Oxford- und Cambridge-Absolventen.

Der Madras Kricket-Club lag in der Nähe des Meeres, neben dem alten Palast des Nawab von Arcot, in dem nun eine Regierungsbehörde untergebracht war. Jeden Samstag und Sonntag versammelten sich die Mitglieder auf dem sorgsam gepflegten grünen Rasen und spielten Kricket. Inzwischen saßen ihre Frauen in einem Salon links von der Bar und blätterten im *Tatler*, im *Spectator* oder *Punch*. Ihre hellhäutigen blonden Kinder spielten im Blumengarten. Aber wir mußten stillsitzen und die Spiele verfolgen. Gnädig tolerierte man unsere Anwesenheit. Von unseren Schulkameraden wurden wir natürlich beneidet. Ihre Väter mochten reicher oder sogar mächtiger sein als unser Nayana. Trotzdem würde man ihnen niemals den Zutritt zu dieser Inselwelt gewähren.

Einmal in der Woche durften Kaveri, Jagan und ich unseren Nayana in den Club begleiten. Anjali wollte niemals mitkommen, weil sie fürchtete, Tantchen Victoria zu treffen.

Wir spielten gerade mit unseren Vettern Kricket auf unserem eigenen Platz, als Nayana von einer seiner Reisen zurückkehrte.

Er winkte uns nur aus der Ferne zu und eilte die Verandastufen hinauf ins Haus. Am liebsten wäre ich ihm gefolgt, aber da ich gerade am Tor stand, um den Ball abzuwehren, konnte ich das Spiel nicht unterbrechen.

Wir waren zu zwölft auf dem Platz, und Jagan spielte mit äußerster Konzentration, als wäre es ein Ausscheidungsspiel, während es für uns andere nur ein Spaß war. Ich konnte es kaum erwarten, abgelöst zu werden, damit ich gehen und Nayana begrüßen konnte.

Wir alle merkten, daß etwas nicht stimmte, als Vishnu eine halbe Stunde später kam, um uns ins Haus zu holen. Unsere Vettern wollten uns begleiten, aber Vishnu hielt sie zurück, »Nur die vier«, sagte er. »Ihr könnt weiterspielen.«

Wir eilten mit ihm aufs Haus zu, und als wir uns umschauten, schienen sie an ihrem Platz festgefroren zu sein. Niemand von ihnen hatte sich bewegt. Vishnu sah uns mit traurigen Augen an.

»Euer Thatha ist sehr böse auf euren Nayana. Gerade haben sie sich schrecklich angeschrien. Weiß Gott, was noch alles passieren wird!«

»Warum streiten sie?« fragten Anjali und Kaveri wie aus einem Mund.

»Das werdet ihr von eurem Nayana erfahren.« Wir wußten, wie gern Vishnu das Geheimnis ausgeplaudert hätte. Aber er hielt pflichtbewußt den Mund. Was auch immer es war, wir fühlten, daß er geschockt war.

Instinktiv, um uns Mut zu machen, hielten wir uns an den Händen. Das hatten wir früher oft getan, aber nun schien es, daß wir für das, was uns bevorstand, unsere gesamt Kraft benötigen würden. Wir hatten noch nie gesehen, daß Nayana und Thatha Streit hatten.

»Und eure Ava weint«, fügte Vishnu hinzu. Offenbar wollte er uns auf die Szene vorbereiten, die uns erwartete.

Wir hatten Ava niemals weinen sehen, und es erschreckte uns. War jemand gestorben? Denn nur der Tod konnte in unseren Augen so erschreckend sein.

Vishnu führte uns nicht die Treppe zu Nayanas oder Thathas Zimmer hinauf, sondern durch die Haupthalle zum Salon am Ende des Korridors, der nur selten benutzt wurde.

Die Szene im Salon

Die hohen, geschnitzten Teakholztüren standen weit offen. Auf der Schwelle drängten sich mehrere Dienstboten und lauschten schamlos. Wir wußten, noch am selben Abend würden sie allen ihren Verwandten, Freunden und Nachbarn überall Wort für Wort weitererzählt haben, was sich hier zugetragen hatte. Sie machten uns ein wenig Platz, und Vishnu versuchte sie zu verscheuchen. Weil sie großen Respekt vor ihm hatten, wichen sie ein paar Schritte zurück, aber nur, bis wir an ihnen vorbeigegangen waren.

Wir gingen niemals in den Salon, außer zu ganz besonderen Anlässen. Diese waren inzwischen sehr selten geworden. Dieser Raum reflektierte die europäischen Elemente unserer Familie, und nur Europäer wurden hierher eingeladen. Die letzten waren Thathas britische Angestellte und ihre Ehefrauen gewesen, für die Thatha vor über fünf Jahren eine Abschiedsparty gegeben hatte. Der Salon wirkte streng und förmlich. Sogar die Luft roch ungemütlich, als wäre sie zu lange in der Düsternis eingeschlossen gewesen.

Niemand außer Nayana schien sich in diesen vier Wänden wohl zu fühlen. Die langen Beine ausgestreckt, saß er auf einem Stuhl mit hoher Lehne. Er trug immer noch seine Reisekleidung – eine hellbraune Kordhose, ein kariertes Hemd mit seidener Krawatte und derbe Wildlederschuhe. Nayana wirkte ruhig.

Thatha wanderte schweigend umher und warf ihm finstere Blicke zu, ehe er so weit wie möglich von seinem Schwiegersohn entfernt Platz nahm.

Zunächst konnten wir Ava nicht sehen. Sie kauerte auf dem Perserteppich, halb versteckt vom Tisch, und weinte. Glücklicherweise hatte Vishnu uns davor gewarnt, sonst wären wir noch viel heftiger erschrocken. Aber ich begann trotzdem zu schluchzen. Ihre Tränen ließen sich nicht mit jenen vergleichen, die wir Kinder vergossen, wenn wir hinfielen und uns verletzten. Nein – solche Tränen zeugten von einem Schmerz, den man nicht mit Küssen und Liebkosungen lindern konnte.

Sie schien in diesem großen Raum zu ertrinken. Neben dem Eingang und an den Glastüren, die zur Veranda führten, hingen schwere Vorhänge aus grünem Samt, die von goldenen Schnüren zusammengehalten wurden. Im Lauf der Jahre hatte der Staub das leuchtende Grün getrübt. Hätten wir gegen den Samt geschlagen, wären kleine Wolken herausgequollen.

Anjali ließ meine Hand los und lief zu Ava, kniete nieder und klammerte sich an sie.

Verwirrt blieben wir drei stehen. Nayana streckte uns die Arme entgegen, und ich rannte als erster zu ihm und warf mich an seine Brust, dicht gefolgt von Kaveri.

Aber Jagan brauchte einen oder zwei Augenblicke länger, um zu entscheiden, von wem er getröstet werden wollte. Langsam ging er zu Thatha, der einen Arm schwerfällig um seine Taille legte.

Ava verbarg ihr Gesicht in den Handflächen. Aus ihrem straffen Haarknoten hatten sich einzelne Strähnen gelöst, wie Nebelstreifen hingen sie auf ihre Schultern, und ich registrierte erstaunt, daß sich viele weiße Fäden durch ihre schwarzen Haare zogen. Zum erstenmal bemerkte ich, daß sie alt war.

Die Ehefrau

Ich denke, es ist deine Pflicht, die Kinder zu informieren«, bemerkte Thatha mit müder Stimme.

Nayana befreite sich langsam von uns und ließ uns feierlich neben seinem Stuhl Stellung beziehen. »Ich habe Tantchen Victoria geheiratet.« Er sagte es einfach und nur zu uns. Erst schaute er mich an, dann Kaveri und Jagan und schließlich Anjali.

»Was heißt das?« unterbrach Kaveri das lange Schweigen.

»Das heißt, du eine neue Mutter hast!« fauchte Ava. »Sie gehört nicht zu unserer Kaste und nicht zu unserer Gemeinschaft, sie bekennt sich zu einem anderen Glauben. Und sie spricht nicht unsere Sprache. Sie stammt nicht einmal aus unserem Land. Irgendwie hat ihn diese weiße Hexe in ihren Bann gezogen. In unserer Kaste gibt es viele hundert gute Frauen, die er heiraten könnte. Aber er hat sich für die Engländerin entschieden. Ich verstehe nicht, wieso …«

»Das habe ich dir doch erklärt«, entgegnete Nayana geduldig. »Ich liebe sie.«

»Als wäre das ein ausreichender Grund!« schrie Ava. »Und hast du nicht gesagt, du würdest meine Rani lieben?«

»Rani ist nicht mehr bei uns, und ich brauche jemanden, der für meine Kinder sorgt.«

»Warum keine Inderin? Sind wir dir nicht gut genug? Niemals hätten wir dir dieses Studium im Ausland bezahlen dürfen! Und warum meine arme Rani dich so sehr liebte, begreife ich nicht. Leider hat sie nicht auf uns gehört. Jedesmal, wenn ich das Thema anschnitt, schüttelte sie halsstarrig den Kopf und versicherte mir, sie würde auf dich warten. Welch ein grausamer Gott hat mir das angetan!« klagte sie und begann wieder zu weinen.

»Rani liebte mich«, erwiderte Nayana entschieden. »Und ich liebte sie. Während ich in England studierte, schrieben wir uns jede Woche Briefe. Sie berichtete mir von all euren tückischen Plänen, sie mit einem anderen zu verheiraten. Natürlich weiß ich, warum ihr mich nicht euren als Schwiegersohn wolltet – wegen dem, was zwischen Onkel und meinem Vater vorgefallen war. »

»Das war vor vielen Jahren«, warf Thatha ein, »das war längst vorbei und hat unsere Entscheidung nicht beeinflußt.« Er betrachtete Nayana nachdenklich. »Hat dein Vater das auch gedacht?«

»Natürlich nicht«, antwortete Nayana. »Ich glaube, als er starb, hatte er diesen Vorfall total vergessen.«

»Was für Briefe? In all den Jahren sah ich keinen einzigen Brief von dir«, fauchte Ava. »Und bei der Post, die wir abschickten, lag nie ein Brief von Rani an dich.«

»Weil sie mir während der Schulstunden schrieb. Jemand gab ihre Briefe auf und nahm meine entgegen.«

»Wer war das?« wollte Ava wissen.

»Ich möchte diese Person nicht in Schwierigkeiten bringen«, sagte Nayana. »Es ist alles vorbei. Wir heirateten, hatten vier Kinder, und Rani lebt tragischerweise nicht mehr.«

»Aber ich muß herausfinden«, wer die Briefe weitergegeben hat.«

»Jetzt ist das nicht mehr wichtig«, meinte Thatha.

»Für mich schon«, beharrte Ava. »Es muß jemand in diesem Haus gewesen sein – jemand, der Rani nahestand und mich verriet.«

Aufmerksam schaute sie sich im Raum um. Doch sie sah nur ihren Mann, Nayana, uns vier Kinder und Vishnu, der in der Tür stand, Thathas Zigarettendose und Streichhölzer bereithielt und den neugierigen Dienstboten die Sicht versperrte. Um Avas fragenden Blick zu beantworten, schüttelte er den Kopf. Wenn er jene Person nicht kannte, würde niemand wissen, wer es gewesen war.

»Was ich nicht verstehe«, sagte Thatha, das Schweigen unterbrechend, »warum ausgerechnet diese Frau? Als du aus England zurückkamst, sagtest du, dort wärst du arrogant behandelt worden. Auch hier in Indien haben uns die Engländer unterdrückt. Und jetzt hast du eine Britin geheiratet, einen dieser Menschen, die dir verhaßt waren.«

»Victoria ist nicht so wie die anderen.«

»Warum nicht? Sie ist in Indien aufgewachsen. Zeit ihres Lebens hat sie auf uns herabgeschaut. Und nun, nachdem wir unsere Unabhängigkeit erlangt haben, glaubst du, sie würde uns mit anderen Augen betrachten? Sie ist nicht in der Lage, sich zu ändern.«

»Sie hat sich geändert«, sagte Nayana ruhig. »Sie hat mich geheiratet.«

»Und wieso keinen Engländer?« In Thathas Stimme schwang ein seltsamer Unterton mit, der uns ebenso wenig entging wie Nayana.

»Spielst du auf ihre Freundschaft mit Tommy Sanderson an?«

»Ich kenne den Namen dieses Mannes nicht.«

»Er war nur ein Freund. Und sie hat für ihn gearbeitet. Vor kurzem ist er abgereist.«

»Und warum fährt *sie* nicht nach Hause?« fragte Ava.

»Weil Indien ihre Heimat ist«, betonte Nayana. »Ich glaube, ihr beurteilt Victoria falsch, nur weil sie eine Britin ist. Aber nun haben sich die Zeiten geändert, und wir müssen diese engstirnige Geisteshaltung aufgeben und aus dem Gefängnis unserer Kaste ausbrechen.«

»Die Briten haben uns gespalten.«

Der Ehemann

Nein, wir haben uns durchaus selbst gespalten, zur Bequemlichkeit der Briten.«

Nun entfernte sich die Diskussion vom Thema, das uns alle hierhergeführt hatte. Nayana und Thatha stritten über Indiens Vergangenheit, kehrten zu den Afghanen und Moguln zurück, debattierten über die Franzosen und Portugiesen und landeten schließlich bei den Engländern. Wer immer hierhergekommen sei, habe uns verändert, argumentierte Nayana, ob es uns gefallen würde oder nicht.

Während wir nur mit halbem Ohr zuhören, beobachtete ich, wie Ava das Gespräch mit wachsender Ungeduld verfolgte. Anjalis Miene war verkniffen. Wenn sie schon ein »Tantchen« Victoria ablehnte – wie sollte sie mit einer »Mutter« Victoria leben?

Kaveri kaute an den Enden ihrer Zöpfe und schien sich zu fragen, was Nayanas Heirat für sie persönlich bedeuten mochte. Vielleicht sah sie darin eine Möglichkeit, Anjalis Herrschaft zu entrinnen. Jagan starrte unsicher vor sich hin, und ich wußte nicht, wie ich mich in der neuen Situation zurechtfinden würde.

»… seit über fünfzig Jahren bewohnt unsere Familie dieses Haus«, sagte Nayana. »Jeder lebt das Leben des anderen, Fremde werden ferngehalten. Wer nicht zu unserer Gemeinschaft gehört, darf nicht in diese Welt eindringen, die wir wie ein Museum bewahren und hüten. Aber nun ist es an der Zeit, frische Luft einzulassen und unsere Adern mit frischem Blut zu füllen.«

»Was heißt das?« zischte Ava. »Erwartet sie ein Kind von dir?«

»Natürlich nicht. Ich habe in Metaphern gesprochen.«

»Tu das nicht! Nur zu gern warst du bereit, Rani zu heiraten und einer von uns zu werden. Und nun wirfst du alles weg, was sie uns bedeutet hat. Sie ist meine frische Luft gewesen, mein Atem. Und du hast sie mir schon weggenommen, als sie noch in der Wiege lag. Du hast einen Zauber auf sie geworfen. Wie deine Mutter …«

»Sprich nicht schlecht von meiner Mutter!« unterbrach er sie mit scharfer Stimme. »Ich weiß, ihr beide habt euch nicht verstanden. Aber jetzt ist sie tot, und niemand darf schlecht über sie reden. Wenn du glaubst, sie hätte sich mit Schwarzer Magie befaßt, irrst du dich. Mit solchen Dingen hatte sie nichts zu tun. Sie war eine fromme Frau.«

»Zweimal hast du Rani nach Europa geschleppt, obwohl sie es nicht wollte«, fuhr Ava fort, ohne seine Worte zu beachten. »Das erstemal nach Anjalis Geburt und dann, als Jagan noch ein winziges Baby war. Trotzdem mußte sie dich begleiten, du hast darauf bestanden. Ein ganzes Jahr seid ihr weggeblieben, deshalb sieht Jagan in mir seine Amah. Rani verlor ihn für immer, so wie sie Anjali verlor. Wie gern wäre sie daheim geblieben … Sie weinte und flehte dich an. Aber du warst unnachgiebig. Nach Jagans Geburt war sie zu schwach für die Reise. Sie brauchte Ruhe und ärztliche Versorgung. Wäre sie damals besser betreut worden, würde sie vielleicht noch leben.«

»Uma!« mahnte Thatha.

»Was ich denke, muß ich sagen. In all den Jahren lag es mir bleischwer auf der Seele. Hätte sie damals genug Zeit gefunden, um sich zu erholen, wäre sie nicht gestorben.«

»Von Kindheit an hatte sie ein schwaches Herz«, verteidigte sich Nayana. »Die Ärzte hätten sie nicht retten können.«

Bis jetzt hatten wir Kinder nichts von Amahs gefährlicher Krankheit gewußt. Auf den Fotos sah sie stark und gesund aus, außer auf jenem letzten, das sie zusammen mit mir zeigte.

Ich wollte Jagan trösten, der mit gerunzelter Stirn Nayana anstarrte. Jetzt verstand er, warum er sich so einsam gefühlt und so verzweifelt an unsere Großmutter geklammert hatte. Nach der Geburt hatte Amah ihn verlassen, dann war sie als Fremde zurückgekehrt. Später hatte sie uns alle erneut im Stich gelassen – und war nie wiedergekommen. Jagan setzte sich zu Ava, schob einen Zipfel ihres Saris in den Mund und kaute langsam daran. Was er soeben erfahren hatte, würde ihn noch lange beschäftigen, ehe er darüber sprach. Anjali und Kaveri schienen über diese Anklage nicht bestürzt zu sein, sie hatten es gewußt.

»Sie war völlig erschöpft«, behauptete Ava starrsinnig..

»Ich glaube, du übertreibst.« Mühsam zwang sich Nayana zur Ruhe. »Rani ging es gut, und sie wollte mich nach Europa begleiten. Als ich ihr aus dem Ausland schrieb und meine Besuche in Paris und Rom und Venedig schilderte, antwortete sie, darum würde sie mich beneiden, und sie nahm mir das Versprechen ab, ihr diese Städte eines Tages zu zeigen. Natürlich wollte ich mein Wort halten. Die Regierung schickte mich zu einer Konferenz nach Europa, und ich nahm Rani mit. Das war die einzige Gelegenheit, die wir hatten.«

»Warum nicht? Ihr hättet später verreisen können, wenn sie wieder zu Kräften gekommen wäre. Das hätten wir euch bezahlt. Wir sind nicht arm.«

»Aber das wollte ich nicht. Ich verdiente genug Geld und trug die Verantwortung für Rani – *ich*, nicht ihre Familie.«

Stocksteif saß Thatha da. Der Salon mißfiel ihm, und er hätte die Diskussion lieber auf der Veranda geführt. Nachdem er eine Zeitlang geschwiegen hatte, wandte er sich zu Anjali. »Möchtest du, daß diese Frau deine Mutter ist?«

»Natürlich nicht. Meine Amah war Rani, und niemand kann ihren Platz einnehmen. Niemals werde ich eine andere Frau meine Mutter nennen.«

»Ich erwarte nicht, daß du Victoria ›Mutter‹ nennst«, erklärte Nayana. » Aber ich erwarten, daß du höflich zu ihr bist.«

»Wo werdet ihr wohnen?« erkundigte sich Thatha.

»Hier natürlich«, antwortete Nayana überrascht. »Ich möchte nicht, daß sich für die Kinder etwas ändert. Sie bleiben auch weiterhin Teil unserer großen Familie. Mrs. De la Rue wird demnächst in England leben, dann wird Victoria hierher ziehen. Sie möchte auf keinen Fall hier irgend etwas ändern. Da sie unsere Sitten und Gebräuche kennt, wird sie sich mühelos in unsere Gemeinschaft einfügen.«

»Was ist mit ihrem Ehemann?« fragte Thatha abrupt. »Hat er nichts dazu sagen?«

»Victoria ist geschieden«, erwiderte Nayana hastig.

»Moment mal!« rief Ava. »Über welchen Ehemann sprichst du? Ich verstehe nicht. Wie kannst du das wissen? Was bedeutet ›geschieden‹?«

»Mrs. Victoria Greenes Mann«, Thatha beantwortete lediglich die eine Frage.

»Sie ist geschieden«, wiederholte Nayana.

»Wußtest du das schon vorher?« fauchte Ava.

»Nicht gleich«, sagte Nayana. »Aber mit der Zeit erzählte sie mir ihre ganze Lebensgeschichte. Sie hatte es nicht leicht.«

»Wer ist der Mann?«

»Ein Pflanzer«, erwiderte Thatha. »Er arbeitet für Brooke Bond oben im Waterfall Estate, in den Bergen südlich von Coimbatore. Sein Name Patrick Wells.«

»Und wer ist dieser Greene?« Bei jeder neuen Enthüllung wuchs Avas Staunen.

»Das ist ihr Mädchenname«, erläuterte Nayana geduldig. »Ihr Vater war Mr. Alan Greene.«

Ava wandte sich an mich. »Aber du hast mir erzählt, ihre Mutter würde anders heißen, Krishna.«

»Ja«, bestätigte ich, »Mrs. de la Rue.«

»Und wer ist dieser Mr. Deal …?«

»Ihr Stiefvater«, entgegnete Nayana. »Ihr Vater starb, und ihre Mutter heiratete wieder. Jedenfalls stammt Victoria aus einer angesehenen Familie, das kann ich euch versichern.«

»Angesehen bei wem?« fragte Ava zornig. »Wir kennen sie nicht, sie sind nicht verwandt mit uns, sie werden von keinem unserer Freunde respektiert. Sie sind Fremde.«

»Aber von allen, die sie kennen, werden sie respektiert«, sagte Nayana.

»Ihr Großvater war ein Lord Irgendwas oder so ähnlich«, verkündete ich, um Nayana zu verteidigen. Ich war wütend, daß Thatha und Ava wütend auf ihn waren wegen dieser neuen Mutter. Sie würde nichts mit uns zu tun haben, wie Nayana gesagt hatte, und wir würden weiterhin unser Leben leben wie bisher.

»So was behaupten sie alle«, bemerkte Thatha trocken. Wenn sie herkommen, werden sie alle Lords und Ladies. Nicht wahr, Bharat?«

»Victoria brüstet sich keineswegs mit ihrer aristokratischen Herkunft. Ihr Großvater war ein Lord, aber in jener Zeit kamen viele Söhne aus guten Familien nach Indien.«

»Um uns auszubeuten, zu bestehlen und zu betrügen. Dann kehrten sie in ihre Heimat zurück, die Taschen voller Geld, bauten sich luxuriöse Schlösser und genossen die Hochachtung ihrer Landsleute …«

»Von diesen alten Geschichten will ich nichts mehr hören«, fiel Ava ihm ins Wort. »Die Gegenwart bereitet mir Sorgen – die Veränderung, die unserer Familie bevorsteht.«

»Hier wird sich nichts ändern«, beteuerte Nayana, »und die Kinder werden auch weiterhin so leben wie bisher.«

»Aber sie haben sich bereits verändert. Täglich lernen Kaveri und Jagan und Krishna neue Dinge.«

»Mir ist noch keine Veränderung aufgefallen.« Nayana erhob sich. »Wenn ihr mich entschuldigen würdet, ich möchte ein Bad nehmen.«

»Wann hast du geheiratet?« rief Ava ihm nach, als er zur Tür ging.

»Letzte Woche, in Bangalore.«

»Wer war der Prohit? Und warum fand die Zeremonie nicht hier statt, in unserer Anwesenheit?«

»Weil wir eine schlichte Trauung auf dem Standesamt vorgezogen haben.«

Unser Dinner verlief in düsterer Atmosphäre. Ava und die anderen sprachen kaum. Plötzlich fühlten wir uns wie Fremde, als seien wir bereits von unseren Verwandten getrennt. Voller Unbehagen beobachteten wir, wie die Großtanten unserer Ava boshafte Blicke zuwarfen. Vor allem Großtante Chandu schien sich zu freuen, weil unsere Großmutter gedemütigt worden war. Nur ihre Schwester Großtante Lakshmi flüsterte ihr Trostworte zu.

Hastig verschlang Anjali ihr Essen und stand auf, hinterließ eine Lücke zwischen Leela und Kaveri und unterstrich das Gefühl der Isolation, das uns befallen hatte. Nichts würde sie von ihrem Entschluß abbringen. Jetzt gehörte sie nicht mehr zu uns, sondern zu Ava und den anderen Familienmitgliedern.

»Was sollen wir machen?« fragte Jagan, als wir drei in Kaveris Zimmer saßen. Sie war die einzige, die Anjalis Übersiedlung ins Kleine Haus begrüßt hatte.

»Wie nennen wir sie?« Nachdenklich runzelte Kaveri die Stirn. »Wenn wir ›Amah‹ zu ihr sagen, wird sie uns nicht verstehen. Sollen wir sie ›Mutter‹ nennen?«

»Können wir nicht gar nichts tun?« seufzte Jagan.

»Was bedeutet es, wenn man geschieden ist?« wollte ich wissen.

Kaveri ging zum Schreibtisch und blätterte in ihrem Wörterbuch. »Da steht es. Eine Scheidung ist die legale Auflösung einer Ehe.« Dann begann sie wieder an den Enden ihrer Zöpfe zu kauen und starrte träumerisch vor sich hin. »Sag ›Amah‹«, forderte sie mich auf.

»Ava«, murmelte ich.

»Nein, sag ›Mutter‹.«

»Ava«, wiederholte ich. Eine Frau, die ich Mutter nennen könnte, hatte ich nie gekannt, und das Wort war mir fremd.

»Du wirst es bald lernen«, meinte Kaveri. »Wir alle müssen es lernen. Jetzt gehören wir nicht mehr zu den anderen. Und wir unterscheiden uns von allen Leuten in Indien. Wir haben einen Vater, der in Oxford studiert hat, und eine britische Stiefmutter. Darum wird Anjali uns beneiden. Wartet es nur ab. Und ich muß nicht mit dir um die Liebe dieser neuen Mutter kämpfen. So wie damals, bevor Amah starb …«

»Was meinst du?« fragte Jagan.

»Nun, Anjali hatte Amah am längsten, nicht wahr? Dann kam ich zur Welt, und wir wetteiferten, um Amahs Aufmerksamkeit zu erregen. Als du geboren wurdest, ihr erster Sohn, war sie so aufgeregt, daß sie mich vergaß. Schließlich kam Krishna …«

Sie sank auf ihr Bett und lächelte zufrieden. Während Jagan und ich neben ihr lagen, ließen wir uns von ihrem Glücksgefühl einlullen. Offensichtlich erwartete sie, die neue Mutter würde ihr die ersehnte Zuneigung schenken. Wäre Amah am Leben geblieben – hätte sie es wiedergutgemacht, daß sie Kaveri unabsichtlich vernachlässigt hatte?

Noch eine Neuigkeit

Im Lauf der nächsten Tage spiegelte meine Stimmung die Atmosphäre des Haushalts wider. Ich spürte die Unrast der Erwachsenen und ahnte, daß sie Nayana die Schuld daran gaben.

Offenbar fürchteten sie den frischen Wind, der den Staub und die Spinnweben der Jahrhunderte wegblasen würde. Eines Abends, nach dem Dinner, versammelten sich die Männer wie üblich auf der Veranda und rauchten. Jagan und ich saßen mit unseren älteren Vettern etwas abseits, und Nayana hatte sich bereits zurückgezogen, um seine Akten durchzusehen. An diesen Zusammenkünften nahm er nur selten teil, und seit seiner Hochzeit verbrachte er die meisten Abende in Tantchen Victorias Haus.

Es war Devarajulu, der das lange, nachdenkliche Schweigen brach, indem er sich räusperte. »Ich werde bald ausziehen«, verkündete er.

Alle außer Thatha starrten ihn schockiert an.

»Da wir nun unabhängig sind«, fuhr Devarajulu mit seiner heiseren Stimme fort, »brauchen die Briten keinen Dubash mehr. Die meisten sind abgereist. Glücklicherweise wurde mir ein leitender Posten bei Dickenson and Co. angeboten.«

Er war ein kleiner, sehr dicker Mann mit schütterem Haar, das er quer über seinen Schädel kämmte. Wegen seiner Stellung als Dubash hatte er stets europäische Kleidung bevorzugt. Aber im Gegensatz zu unserem eleganten Nayana trug er schlechtsitzende Jacketts und Hosen. Seine Zigarette steckte in einer langen Spitze.

Enthusiastisch packte Kumar, der neben ihm saß, seine schlaffe Hand und schüttelte sie. Auch er freute sich über vielversprechende berufliche Aussichten, und es schien ihn zu erleichtern, daß er nicht der einzige war, der das Große Haus verlassen würde.

Nach einem kurzen Kampf riß Devarajulu sich los und fügte hinzu: »Wie es einem Direktor geziemt, möchte ich mit meiner Familie in einem eigenen Haus wohnen. Deshalb habe ich das Exeter-Anwesen gekauft.« Voller Stolz reckte er seine Knollennase in die Luft. Auch unsere Vettern schwelgten im Erfolg ihres Vaters und würdigten Jagan und mich kaum eines Blickes.

Die Zuhörer seufzten. Dieses Haus kannten wir alle. Es lag eine halbe Meile hinter unserem. Früher hatte es Captain Exeter gehört, der ganz plötzlich in seine englische Heimat zurückgekehrt war. Das moderne Gebäude, von einem winzigen Garten umgeben, glich mit seinen runden Fenstern und einem hohen Schornstein dem Oberdeck eines der Passagierdampfer, deren Fotos ich in Zeitschriften gesehen hatte.

»Wann ziehst du aus?« fragte Thatha. Er schien kein bißchen überrascht.

»Schon sehr bald«, antwortete Devarajulu, »in diesem Monat.«

Ich würde meine Vettern Chandran, Nari und Hari nicht vermissen. Aber ich wußte, daß Devarajulus Familie meiner Großmutter fehlen würde. Obwohl sie sich nie besonders gut mit Großtante Chandu verstanden hatte, legte sie großen Wert auf die Einigkeit des Clans, die nach außen hin stets bekundet wurde. Man sollte uns als großen, runden, perfekt geformten Stein betrachten, ohne Makel, ohne Risse, ohne herausgebrochene Stücke.

»Ich verstehe«, bemerkte Thatha nach einem längeren Schweigen. »Natürlich braucht Chandran einen Platz für sein künftiges Heim.« Nari und Hari erwähnte er nicht, weil er annahm, sie würden Anjali und Kaveri heiraten und ihre Häuser auf dem eigenen Grund errichten. Wann immer die Familie über solche Pläne tuschelte, runzelten meine Schwestern die Stirn. »Ist das der wahre Grund, warum du uns den Rücken kehrst?«

Devarajulu wand sich unbehaglich, als wären plötzlich Stacheln aus seinem Stuhl gewachsen. »Allerdings!« stieß er schließlich hervor. »Allerdings ist da auch noch Bharats Ehe mit dieser Engländerin. Ich glaube nicht, daß es gut ist, eine geschiedene Ausländerin im Haushalt zu haben. Selbstverständlich bist du unser Karta, und du hast ihm erlaubt, hier mit ihr zu wohnen. Aber Großtante Chandu und ich fürchten, seine Frau könnte einen schlechten Einfluß auf unsere Söhne ausüben.«

»Das verstehe ich.« Thatha erhob sich und verließ die Versammlung, gebeugt von der Last, die seit einigen Monaten auf seinen Schultern lag.

In sein Gesicht hatten sich neue Falten gegraben. Irgend etwas bedrückte ihn – nicht nur Nayanas Heirat. Sein sorgenvoller Blick war mir schon viel früher aufgefallen. Manchmal sah ich ihn auf einem Balkon stehen und zum Abendhimmel hinaufstarren, als würden sich seine Probleme da oben zusammenballen.

Die Teeparty

Natürlich ist alles meine Schuld«, sagte Thatha. »Ich bin der Karta. Aber ich war nicht stark genug, um mich durchzusetzen.« Wir saßen im Salon und warteten auf Nayana, Tantchen Victoria und Mrs. de la Rue, denn unser Großvater hatte die beiden Damen zum Tee eingeladen.

Nun würde er Tantchen Victoria kennenlernen. Bisher hatte er eine Begegnung vermieden, in der Hoffnung, er könnte die Gefahr abwehren, wenn er die Augen lange genug verschließen würde. Aber jetzt hatte sich seine Befürchtung bewahrheitet: Die Engländerin gehörte zur Familie.

»Wenn ich ihm verbiete, mit ihr in diesem Haus zu leben, wird er euch wegbringen. Das würde ich nicht ertragen. Ihr seid alles, was mir von meiner Rani geblieben ist. Und der Gedanke, ihr müßtet in einem fremden Haus wohnen, würde mir das Herz brechen. Und eurer Ava.«

Die Vorhänge schirmten uns gegen das grelle Licht der Nachmittagssonne ab, verliehen dem ungemütlichen Raum eine noch tristere Aura, und Thatha schien mit der Düsternis zu verschmelzen. In seinen Augen war aller Glanz erloschen. Die Lippen bildeten einen schmalen, kompromißlosen Strich. Zwischen gelblich verfärbten Fingern steckte eine Zigarette. Seit einiger Zeit rauchte er stärker denn je, und er war ständig in Rauch gehüllt.

Für diesen Nachmittag hatte er sich sorgfältig gekleidet und sah aus wie ein *Zamindar*. Das cremefarbene Seidenjiba war ebenso frisch gebügelt wie sein cremefarbener Dhoti. Von der Taille hing eine rotgoldene Schärpe bis zu den Fußknöcheln hinab. Und er trug seinen seidenen Turban, ein seltener Vorgang in diesen modernen Zeiten. Normalerweise trug er ihn nur bei besonderen Gelegenheiten wie Hochzeiten oder politischen Versammlungen. Durch den Turban wirkte er größer, und er verlieh ihm so etwas Gebieterisches wie eine Königskrone. Er war in der traditionellen Weise gebunden, flach an den Seiten und vorn wie ein Berg in die Höhe strebend.

Auch wir Kinder waren formell gekleidet. Darauf hatte Ava großen Wert gelegt. Die Mädchen trugen seidene Padavas und Chokias in Rot und Blau, goldene Armreifen und silberne Fußringe mit Glöckchen. In die Zöpfe waren Blumen geflochten, deren Duft den ganzen Raum füllten.

Anjali nahm an der Teeparty teil, weil Thatha erklärt hatte, wir müßten eine geschlossene Front bilden. Sie saß wie eine Märtyrerin da, aber ich wußte, daß sie neugierig auf Mrs. de la Rue war, seit ich von jenem Besuch erzählt hatte. Jagan und ich steckten in gestärkten weißen Gewändern, die sich wie Panzer anfühlten.

Selbstverständlich weigerte sich Ava, Tantchen Victoria und Mrs. de la Rue zu begegnen. Sie hatte sogar gedroht, sie würde angesichts der Schande, die unserer Familie bereitet wurde, Gift schlucken. Aber das hatte Thatha ihr ausgeredet.

»Euer Nayana ist ein sehr eigensinniger Mann«, fuhr er fort. »Ich verstehe, was ein Mann für eine Frau empfinden kann. So etwas passiert uns allen. Doch wir müssen unsere Gefühle kontrollieren. Sonst beherrschen sie uns …«

Abrupt verstummte er, als die Tür aufschwang. Vishnu trat zur Seite, um Mrs. de la Rue eintreten zu lassen. Sie zögerte, scheinbar verwirrt. Vielleicht wußte sie nicht, was sie hier sollte. Tantchen Victoria trat an ihre Seite und schob sie behutsam vorwärts. Nayana trat als letzter ein. Er hatte sich mit großer Sorgfalt für diesen Tee angekleidet und trug einen braunkarierten dreiteiligen Anzug, ein hellblaues Hemd und eine breit, farbenfrohe Krawatte. Über seinem Magen hing eine goldene Uhrkette. Er übernahm die Führung und ging durch den Raum zu Thatha, der sich erhob, als die beiden Damen vor ihm standen.

»Victoria, Mrs. de la Rue, ich freue mich, Ihnen meinen Onkel Ranjit Naidu vorstellen zu können«, sagte Nayana förmlich. Dann wandte er sich zu Thatha. »Onkel, das ist Victorias Mutter, Mrs. de la Rue. Victoria kennst du bereits.«

Statt den Damen die Hand zu geben, begrüßte er sie mit einem Namaste. Unbeholfen erwiderten sie die Geste, selbst nach zwei Jahrhunderten waren sie noch immer nicht an diese schlichte Begrüßung gewöhnt.

Auch wir waren aufgestanden, und Nayana stellte uns Mrs. de la Rue vor.

»Krishna kenne ich bereits. Wie geht es dir?« Sie umfaßte meine Hand, und ich spürte, daß ihre Finger bebten.

Offensichtlich war diese Teeparty eine Qual für die arme Frau, und sie wußte nicht, wie sie sich verhalten sollte. Nayana führte sie zu einem steiflehnigen Sessel, dann setzte er sich mit Tantchen Victoria auf ein Sofa.

Im ganzen Raum waren sechs Sitzgruppen verteilt, die kleine Kreise bildeten. Die unbequemen Sessel und Sofas hatten geschwungene Lehnen und waren mit staubigem grünem Stoff überzogen, der den Vorhängen glich. Wenn ein paar Leute in einer dieser Inseln saßen, entstand der Eindruck, sie würden alle anderen von ihrer erlesenen Gesellschaft ausschließen.

An den Wänden hingen goldgerahmte europäische Gemälde, die Generäle, feine Damen, Reiter, Gouverneure, Infanteristen, Kavalleristen darstellten. Außerdem gab es zwei englische Landschaftsbilder. Es wurde erzählt, daß unser Urgroßvater die ganzen Möbel, einschließlich der Bilder, im vorigen Jahrhundert bei einer Versteigerung im Haus eines bankrotten britischen Kaufmanns erstanden hatte. Da das Große Haus bei seinem Tod noch nicht vollendet gewesen war, hatte Thatha wahrscheinlich den letzten Wunsch seines Vaters erfüllt und einen Platz für die

Sachen gefunden. Sie waren genauso arrangiert wie damals im Salon des Briten.

Verstohlen stießen die Mädchen einander an und musterten Tantchen Victorias Hände. An der linken trug sie einen schlichten goldenen Ring. Endlich wußten wir, wie man verheiratete und ledige Europäerinnen auseinanderhielt.

»Kommen wir zur Sache«, begann Thatha abrupt und nahm wieder Platz. »Im Gegensatz zu meinem Neffen bin ich nicht an europäische Förmlichkeiten gewöhnt, und ich habe keine Lust, übers Wetter zu reden, das sich niemals ändert. Ich bin nicht glücklich über die Heirat, denn sie verstößt gegen die Sitten unseres Volks. Sie sind eine Engländerin, und ich bin sicher, daß Ihre eigene Umgebung ebenfalls nicht glücklich darüber ist, daß Sie in eine Hindu-Familie eingeheiratet haben.«

»Was meine Umgebung denkt, interessiert mich nicht«, erwiderte Tantchen Victoria höflich. »Ich bin glücklich. Ich liebe Bharat, und wir haben entschieden, daß es das beste für uns war, zu heiraten.«

»Ich verstehe nicht, weshalb Sie nicht mit den anderen gegangen sind. Wie ich höre, wird Ihre Mutter bald abreisen. Sicher wollen Sie sie die lange, anstrengende Reise nicht allein machen lassen? Wenn es ein finanzielles Problem ist, kann ich Ihnen helfen.«

Tantchen Victoria lächelte ohne Wärme. »Das klingt nach Bestechung.«

»Ich biete Ihnen meine Hilfe an«, entgegnete Thatha ärgerlich. »Wenn alle Engländer und auch Ihre Mutter abgereist sind, werden Sie allein sein. Manchmal macht uns die Leidenschaft blind für die Zukunft. Indien gehört jetzt uns, und ich fürchte, diese Liaison könnte Bharats Karriere schaden. Wir wollen mehr zu Indern werden, und er heiratet eine Engländerin. Da wird eine Beförderung nicht so schnell kommen.«

»Ich bezweifle, daß das Einfluß haben wird. Die Regierung ist über solche kleinbürgerliche Diskriminierung erhaben«, erklärte Nayana.

»Wenn du das glaubst, kann ich es nicht ändern«, sagte Thatha. »Aber diese Ehe wird auch das Leben deiner Kinder beeinflussen.«

»Bharat und ich haben vereinbart, daß die Kinder hierbleiben sollen, weil wir sie nicht entwurzeln wollen«, betonte Tantchen Victoria.

Nun wandte sich Thatha zu der alten Lady. »Mrs. de la Rue …« In ihre eigenen Gedanken versunken, blinzelte sie ihn verwirrt an. »Sicher sind Sie nicht glücklich über diese Verbindung.«

»Victoria wußte schon immer, was sie will«, antwortete sie widerstrebend und schwieg wieder.

Ihr Schweigen zog das der anderen Erwachsenen nach sich. Lediglich Nayana flüsterte mit Tantchen Victoria, als ob niemand sonst im Raum wäre.

Mrs. De la Rue umklammerte den Henkel einer glänzenden neuen Handtasche und starrte geradeaus. Sie trug ein rosa Kleid mit einem hellgrünen Blumenmuster. Es hatte einen weißen Spitzenkragen. Sie wirkte gegen die lauten Farben der Kleider meiner Schwestern verblichen. Tantchen Victoria trug ein blaugestreiftes Kleid mit Perlen am Hals. Auch in ihrem Schoß lag eine neue Tasche.

Unbehaglich saßen wir da. Was auf formellen Teeparties mit Ausländern geschah, wußten wir nicht. Bei unseren Parties kamen und gingen die Leute, schwatzten und aßen und tranken, und wir Kinder spielten. Meine Schwestern beobachteten Nayana und Tantchen Victoria. Da Mrs. de la Rue nichts mehr sagte, verloren sie das Interesse an ihr. Ohne Jagan anzuschauen, spürte ich seine innere Unruhe und seine Sehnsucht nach dem Kricketplatz. »Dürfen wir spielen gehen?« fragte ich unseren Vater.

»Warte, bis du deinen Tee getrunken hast, Krishna«, erwiderte Tantchen Victoria an Nayanas Stelle, was uns alle verblüffte. Untergrub sie bereits seine Autorität? »Könntest du dich darum kümmern, mein Lieber?« bat sie ihn.

Er wollte aufstehen, aber da schnippte Thatha mit den Fingern, und Vishnu trat ein, gefolgt von einigen Dienern, die Silberplatten mit Kuchen, Sandwiches und Hammelpasteten auf den Tisch stellten – eine britische Mahlzeit. Vishnu verteilte Silberteller, und die Diener gingen hintereinander von einem zum anderen. Sie begannen bei Thatha, der ablehnte, dann zu Nayana und dann zu uns Jungs. Die Frauen und Mädchen wurden zuletzt bedient.

Beim Tee erörterten Thatha und Nayana ein Kricketmatch zwischen England und Australien, das neulich stattgefunden hatte. Als das Thema erschöpft war, erkundigte sich Tantchen Victoria nach dem Haus und dem Garten. Höflich, aber kurz angebunden beantwortete unser Großvater ihre Fragen. Er wußte, daß er an diesem Nachmittag nur seine Zeit vergeudete und nichts erreichte.

»Könnten Sie mir bitte sagen, wo das Bad ist?« murmelte die alte Lady.

»Krishna, bitte zeig es Mrs. de la Rue«, sagte Tantchen Victoria.

Mrs. de la Rue stand auf und folgte mir durch einen langen Korridor und dann in Richtung Speisezimmer. Ich öffnete die Tür des Badezimmers und wartete draußen auf sie. Als sie herauskam, betupfte sie ihre Augen. Als ich sie zurückführen wollte, hielt sie meinen Arm fest.

»Tut mir leid, ich muß einfach weinen«, flüsterte sie verzweifelt. »Ich kann nicht anders. Bald reise ich ab. Mein ganzes Leben habe ich in einen Kabinenkoffer und zwei andere Koffer gepackt. Du mußt dir vorstellen, ich habe alles in schwarze Metallkisten gesteckt. Außerdem habe ich ein Stück meiner Heimat gestohlen, ich habe es sorgfältig in meinen Kabinenkoffer gelegt. Indien ist die Erde, die ich aus dem Blumenbeet aus dem Garen ausgegraben habe, vier harte Klumpen. Für mich war die indische Erde immer hart, nie fett oder weich. Und ich stellte mir die englische Erde geschmeidig und porös vor, nachgiebig. Aber diese Erde hier ist meine Heimat, ich will sie immer bei mir haben. Am liebsten würde ich auch die indische Luft mitnehmen, die Gerüche, das Wasser, ein Stück vom Himmel, die Deodarazedern und Mangobäume, die Tamarinden und den Niembaum, die Musik, die bimmelnden Glöckchen an den Ochsenkarren, den heiseren Tigerschrei, die Warnrufe der Languren. Das alles werde ich auch mitnehmen, aber in einer sehr viel kleineren Kiste, meinem Gedächtnis. Ich hoffe, ich kann all diese Dinge in ihrer Klarheit und Reinheit in meiner Erinnerung bewahren. Aber ich fürchte, der Nebel und der Regen und die Kälte Englands werden alles wegwaschen.«

»Sicher nicht, Tantchen«, versuchte ich sie zu trösten, tief bewegt von ihren Gefühlen. »Die Erinnerung wird Sie stets begleiten. Und eines Tages werden Sie zurückkommen.«

»Ich *werde* zurückkommen«, antwortete sie, von neuer Entschlossenheit erfüllt.

Inzwischen war die Teeparty beendet. Nayana schaute auf seine Uhr – ein Zeichen zum Aufbruch, und wir folgten ihm, als er seine Gäste zum wartenden Auto geleitete. Nur Thatha blieb zurück und rauchte eine Zigarette nach der anderen. Er hatte die höflichen Abschiedsworte der beiden Damen kaum wahrgenommen.

»Nun müssen wir uns Lebewohl sagen, Krishna.« Mrs. de la Rue schüttelte mir die Hand. »Morgen fahre ich mit der Bahn nach Bombay und dann mit dem Dampfer nach Tilbury. Ich werde dich und Indien nie wiedersehen.« Verschwörerisch zwinkerte sie mir zu.

Das hübsche fremde Mädchen

Sie scheint eine nette Frau zu sein«, meinte Anjali. Wir saßen in unserem festlichen Staat auf den Verandastufen und schauten dem Auto nach. »Sie ist schüchtern und fürchtet sich vor ihrer Reise.« Sie kicherte. »Da fährt eure britische Ava dahin.«

»Aber wir haben schon eine Ava«, erwiderte ich.

»Jetzt habt ihr zwei.«

»Du auch!« sagte Kaveri bissig. »Ob es dir paßt oder nicht.«

»Habe ich nicht! Und ich werde sie niemals Ava nennen.«

Nun kam unsere richtige Ava aus dem Kleinen Haus. Sie hatte aufgepaßt und den Wagen wegfahren sehen. Langsam kam sie auf uns zu. Jagan und ich warteten nicht auf sie, denn die Mädchen würden ihr ohnehin alles erzählen, was sie wissen wollte. Statt dessen liefen wir in den Garten und trainierten für das Schulsportfest. Um den Hürdenlauf zu üben, benutzten wir taillenhohe Büsche, die in regelmäßigen Abständen eine lange Reihe bildeten. Jagan sprang mühelos über sie hinweg, aber meine Füße brachen stets die oberen Zweige ab, was Venketesan, den Gärtner, gewaltig ärgerte.

Als ein *Jutka* die Zufahrt heraufrollte, unterbrachen wir unser Spiel. Ein ausgemergeltes, schweißüberströmtes Pony zog den Wagen, der neben uns anhielt. Wir vermuteten, es sei ein Verwandter aus unserem Dorf. Sie kamen immer unangemeldet und unerwartet und nahmen dann am Hauptbahnhof ein Jutka, das sie und ihr Gepäck zu uns brachte.

Erstaunt beobachteten wir, wie ein Mädchen in meinem Alter ausstieg, eine schlanke Europäerin in einer zerknitterten grünen Schuluniform. Die weißen Socken waren bis zu den Knöcheln hinabgerutscht, die Schuhe abgewetzt und schmutzig. »Wißt ihr, wo ich meine Mum und meine Großmutter finde? Man hat mir gesagt, die beiden wären hier.«

»Wer ist deine Mutter?« fragte Jagan. Dann schauten wir beide zu den Verandastufen hinüber, wo Ava und unsere Schwestern aufstanden, um die kleine Fremde genauer zu betrachten. Sie war sehr hübsch, mit blonden Zöpfen und blauen Augen, die so aussahen, als hätte man sie vom Morgenhimmel gestohlen.

»Mrs. Wells«, verkündete sie voller Stolz. »Ich bin Amber Wells. Und ich besuche das Internat in Yercaud.«

Wir sagten ihr, sie solle uns folgen. Auch der Jutka-Fahrer schloß sich an und verlangte sein Geld. Vishnu wurde beauftragt, ihn zu bezahlen, und Ava musterte das Mädchen.

»Wer bist du?«

»Ich habe es den Jungs schon gesagt«, erwiderte Amber geduldig. »Ich bin Amber Wells. Meine Mum ist Victoria Wells, mein Dad Patrick Wells, und mein vier Jahre älterer Bruder heißt Richard Wells. Er wurde nach König Richard von England benannt, einem sehr berühmten König …«

»Moment mal!« fiel Ava ihr ins Wort. Amber sprach ohne Punkt und Komma, und es bereitete uns einige Mühe, ihren Redeschwall zu verstehen. »Also hast du einen Bruder namens Richard?« Grimmig runzelte unsere Großmutter die Stirn.

»Ja, wir sind zu zweit. Ein drittes Kind kam nicht dazu, weil Mum nicht mehr bei Dad bleiben wollte. Deshalb lief sie mit mir davon. Ich bin hungrig. Könnte ich was zu essen bekommen? Ich habe kein Geld und seit dem Frühstück in Yercaud nichts mehr gegessen. Da gehe ich zur Schule, und die Fahrt hat den ganzen Tag gedauert.«

Ava schickte einen Diener in die Küche. Inzwischen hatten sich mehrere Verwandte und Dienstboten eingefunden, um Amber zu bestaunen. Sie setzte sich auf die Stufen, zog Schuhe und Socken aus, und ich sah die schwieligen Sohlen ihrer rosigen Füße. Offenbar war sie daran gewöhnt, barfuß herumzulaufen.

»Wir gehen in den Good Shepherd Convent«, sagte ich.

»Da wollte ich auch hin, um in Mums Nähe zu bleiben. Aber sie meinte, die Schule in Yercaud sei viel besser. Ein Mädcheninternat. Da waren früher nur Europäerinnen. Aber jetzt sind viel Inderinnen dazugekommen. Meine beste Freundin heißt Usha Mudaliar, und ihr Vater ist ein Großgrundbesitzer in Bangalore …«

»Wann wurde die Ehe deiner Eltern geschieden?« Ava nutzte eine kurze Pause, als Amber Atem schöpfte.

»Vor ungefähr sechseinhalb Jahren. Daddy ist ein sehr gutaussehender Mann mit blondem Haar wie ich. Sonst sehe ich eher wie Mum aus. Aber Richard gerät ganz nach unserem Dad, und eines Tages wird er so groß sein wie Vater und Großvater, der einen Landsitz in Assam besaß. Als er starb, war ich erst drei Jahre alt, und ich erinnere mich kaum an ihn …«

»Hat dein Vater wieder geheiratet?«

»Nein, soviel ich weiß. Ich zog mit Mum nach Bombay, und sie mietete zusammen mit einer anderen Engländerin eine Wohnung in Malabar Hill. Dort hatte ich ein ganzes Zimmer für mich allein. Abends gaben sie Parties und lachten und tanzten die ganze Nacht, was mir nichts ausmachte, denn ich schlafe immer wie ein Stein, auch wenn es noch so laut zugeht …«

Sie verstummte, als das Essen kam, und sie bediente sich mit Sandwiches und Süßigkeiten. Außerdem servierte ihr Ava *Mithi-Lassi.*

»Kennst du einen Mr. Bharat Naidu?« fragte Ava.

»Mum schrieb mir, er sei ein netter Freund, den sie in Madras getroffen habe, und ich würde ihn mögen, aber ich habe ihn noch nicht getroffen. Vielleicht wird Mum mich ihm vorstellen …«

»Also weißt du nicht, daß deine Mutter Mr. Naidu geheiratet hat und daß er jetzt dein Vater ist?«

»Wie kann er mein Vater sein, wenn ich schon einen Dad habe?« Amber sprach mit vollem Mund und kicherte. »Manchmal verbrachte ich die Ferien auf Dads Teeplantage, aber da schickte mich Mum nicht gern hin, und dort gibt es auch nichts für mich zu tun …«

»Und das sind Mr. Naidus Kinder«, erklärte Ava und zeigte auf uns.

Amber schenkte uns ein sonniges Lächeln. Wir waren nicht sicher, ob sie sich der Tragweite dessen, was Ava ihr erzählt hatte, bewußt war. Wenn doch, schien es sie nicht so sehr zu stören wie uns.

Vishnu hatte Thatha geholt, der nun auf dem Treppenabsatz stand und das Mädchen mit der gleichen Neugier anstarrte wie uns.

»Das hättest du wissen müssen, Ranjit«, fauchte Ava. »Du hast Bharat und sie gesehen. Du hättest fragen müssen.«

»Wie konnte ich so etwas ahnen?« Mühsam bezwang er seinen Ärger. »Weder Bharat noch sie haben ein Kind erwähnt.«

»Weiß es Bharat?« erkundigte sich Großtante Chandu boshaft und genoß Avas Unbehagen. Ich wünschte, sie wäre mit ihrer Familie schon in das neue Haus gezogen und würde diese Szene nicht miterleben. »Vermutlich nicht. Das wird eine schöne Überraschung für ihn. Er ist ein …«

Wütend wandte sich Ava zu mir. »Hat Nayana dir davon erzählt, Krishna?«

Ich wollte so gern lügen, um Nayana zu verteidigen, aber die anderen waren Zeugen.

»Nein«, sagte ich.

»Ich wußte ja, daß da irgendwas faul ist! Eine Frau in ihrem Alter ohne Kinder.«

Mit ihrer Mahlzeit beschäftigt, hatte Amber nicht zugehört. »Morgen fährt Granny nach England, deshalb habe ich das Internat verlassen, ich möchte mich von ihr verabschieden. Aber ich mußte die Nonnen belügen, weil Mum keinen Entschuldigungsbrief geschrieben hat. Diese nette Mrs. Mackie nahm mich in ihrem Auto mit. Am liebsten würde ich auch nach England fahren. Aber Mum sagt, dort würde sie nicht genug verdienen, um mich zu ernähren. Und bei Onkel Henry könnten wir nicht leben, weil er nicht besonders reich ist. Außerdem bleibt Mum lieber in Indien, sie sagte, hier könnten wir irgendwie überleben, und wenn sie hier jemanden findet, der für sie sorgt, haben wir es besser als dort. Aber ich werde Gran vermissen, denn sie liebt mich, und ich liebe sie …«

»Nun, offensichtlich hat sie jemanden gefunden«, bemerkte Thatha trocken und kehrte ihr abrupt den Rücken.

Ein Auto wurde aus der Garage geholt, und wir drei begleiteten Amber zum Haus an der Monteith Lane. Nur Anjali kam nicht mit. Auf der Fahrt bombardierte sie uns mit Fragen.

Als wir das Haus erreichten, schob mich Kaveri aus dem Auto, um Amber den kurzen Weg und die Treppe hinauf zu begleiten. Ich klopfte an und wartete. Sie stand ein bißchen hinter mir, als wollte sie sich verstecken.

Tantchen Victoria öffnete die Tür. Erstaunt beobachtete ich, wie sich ihr Gesicht in zwei Teile zu spalten schien. Eine Hälfte lächelte mir freundlich zu, die andere starrte Amber erbost an.

»Hallo, Mum!« rief das Mädchen fröhlich. »Ich möchte mich von Gran verabschieden.«

Aber Tantchen Victoria ignorierte ihre Tochter. »Valli sagte uns, daß sie gekommen ist und schickte sie zu eurem Haus. Ich hoffe, hat sie euch keine Unannehmlichkeiten bereitet.«

»O nein, Tantchen, wir haben uns sehr gefreut, sie kennenzulernen.«

»Danke, Krishna.« Sie packte Ambers Hand, zerrte sie ins Haus und schlug mir die Tür vor der Nase zu.

Am Fuß der Treppe kam mir Balram entgegen, Ambers Schuhe und Socken in der Hand. Ich griff danach, stieg die Stufen wieder hinauf und hörte Amber schreien. Ihre Mutter verprügelte sie, und ich hörte, wie eine Hand auf nacktes Fleisch traf.

»Hör auf, Victoria!« rief Mrs. de la Rue. »Willst du das Kind umbringen?«

»Wie kann sie es wagen, die Schule ohne Erlaubnis zu verlassen? Wie kann sie es wagen, in dieses Haus zu gehen? Ich wette, die kleine Bestie hat ihnen alles haarklein erzählt. Sie hält doch nie den Mund. Nun muß sie ihre Lektion lernen!«

Ambers schmerzliches Geschrei gellte mir in den Ohren. Entsetzt warf ich die Schuhe und Socken vor die Tür, dann rannte ich zum Auto zurück.

»Was ist los?« fragte Kaveri.

»Tantchen Victoria verprügelt Amber, und Amber schreit.«

»Warum?« flüsterte Kaveri. Noch nie in unserem Leben waren wir geschlagen worden.

»Weil sie ohne Erlaubnis hierherkam.«

»Wir müssen mit Nayana reden«, sagte Kaveri.

Die Raison d'etre

Ava und Thatha und alle anderen diskutierten über Tantchen Victorias Kind, bis sie des Themas müde waren. Begierig fieberten sie Nayanas Heimkehr entgegen, um ihn zu befragen. Aber als er zur Dinnerzeit nicht erschien, wurden wir von Ava gebadet, verköstigt und ins Bett gesteckt, wo wir nicht lange blieben. Wir fanden keinen Schlaf. Sobald Anjali aus dem Kleinen Haus zu uns geschlichen war, setzten wir uns auf die oberste Stufe der geschwungenen Marmortreppe und spähten ins Dunkel hinab.

Tiefe Stille erfüllte das Haus, alle Erwachsenen hatten sich zurückgezogen, nur wir Kinder hielten Wache. Ehe wir mit Nayana über Amber gesprochen hatten, würde Anjali uns nicht gestatten, in unsere Zimmer zurückzukehren.

Kurz nach elf eilte er beschwingt die Treppe herauf, als hätte er Flügel an den Füßen. Lächelnd schaute er uns an. »Warum seid ihr nicht im Bett?«

»Weil wir mit dir reden wollen«, erwiderte Anjali. »Über Amber.«

»Sicher. Ich habe sie vorhin gesehen. Morgen wird sie von einem meiner Büroangestellten ins Internat zurückgebracht.«

Er zog seine Jacke aus und bedeutete uns, Platz zu machen. Dann setzte er sich zwischen Kaveri und mich und legte die Arme um unsere Schultern.

»Du hast uns nicht gesagt, daß sie Amber hat«, sagte Anjali.

»Das war mein Fehler«, entschuldigte sich Nayana. »Das wollte ich tun.«

»Wann?« fragte Kaveri. »Sie ist bereits die Mutter einer Tochter.« Darüber kränkte sie sich. Seit Tagen träumte sie von ihrer neuen Amah, die sie nun mit einer Schwester teilen mußte. Sogar im nächtlichen Schatten konnte man ihre Enttäuschung sehen, aber Nayana schaute sie nicht an.«

»Tantchen Victoria und ich wollten warten, bis sie hier einzieht, und euch dann von ihren beiden Kindern erzählen – weil wir es besser fanden, euch ganz langsam an das alles zu gewöhnen.«

»Bist du sicher, daß sie nicht noch mehr hat?« Anjali fühlte sich von Nayana verraten und dachte gar nicht daran, ihren verächtlichen Zorn zu verhehlen.

»Ich, ich bin sicher«, entgegnete er mit ruhiger Stimme. »Der Junge heißt Richard. Beide Kinder verbringen ihre Ferien meistens bei ihrem Vater. Amber kann einige Zeit bei uns verbingen.«

»Ich kann nicht verstehen, warum du sie überhaupt geheiratet hast. In unserer Gemeinschaft gibt es so viele nette Frauen ...«

»Darüber habe ich schon mit euren Großeltern gesprochen«, fiel er ihr ins Wort. »Ihr Kinder braucht eine Mutter, und ich brauche eine Frau. Und ich habe mich für Tantchen Victoria entschieden.«

»Liebst du sie?« flüsterte Kaveri.

»Ja, ich liebe sie«, beteuerte er, und die beiden Mädchen seufzten. Liebe – das akzeptierten sie aus irgendwelchen Gründen, die Jagan und ich nicht verstanden.

»Seht euch um«, fuhr er fort. »Ich habe eine Wahl getroffen, die in keiner Weise eure Rechte berühren wird. Der ganze Besitz wird eines Tages uns gehören, und ich wollte keine Frau haben, die das gefährden könnte.«

»Wie könnte sie das?« fragte Anjali.

»Da gibt es Mittel und Wege. Denkt doch an das Ramajana und den Mahabharata. Im Ramajana wird Dasaratha von Kaikeyi gezwungen, ihren Sohn statt Rama zum König zu ernennen. Sie beraubt Rama seines rechtmäßigen Erbes. Und im Mahabharata kämpfen die Pandavas und die Kaurawas um das Königreich.«

»Was hat Tantchen Victoria mit unserer Mythologie zu tun?« fragte Anjali.

»Nichts. Sie kann das Erbe nicht beanspruchen. Aber wenn ich eine Frau aus unserer Gemeinde geheiratet hätte, könnten

Probleme auftauchen. Womöglich würde sie einen Anteil verlangen. Da Tantchen Victoria Engländerin ist, steht ihr nichts zu.«

Nun verstand ich seine Beweggründe, und in meiner jugendliche Seele glaubte ich, er hätte richtig gehandelt. Wir kannten unsere Legenden. Darin wimmelte es von Brüdern, die ihre Brüder hintergingen, von Königen, die ihre Söhne in die Verbannung schickten. Es waren schreckliche Geschichten. Und es betrübte mich immer wieder, daß diese mythischen Familien nicht in Frieden und Freundschaft zusammenlebten.

Anjali verließ uns, um ins Kleine Haus zurückzukehren. Wie ihre skeptische Miene verriet, hatte Nayanas Erklärung ihre Bedenken nicht restlos zerstreut. Aber damit mußte sie sich begnügen und hatte es zu akzeptieren.

»Als ich Amber nach Hause brachte, wurde sie von Tantchen Victoria verprügelt und ...«

»Ja, das habe ich gehört«, unterbrach er mich und stand auf. »Amber bekam nur einen kleinen Klaps, weil sie ungehorsam war. Ohne die Erlaubnis ihrer Mutter hätte sie das Internat nicht verlassen dürfen. Aber sie erzählte den Nonnen irgendwelche Lügen, und sie genehmigten ihr die Fahrt nach Madras. Als ich sie heute abend sah, ging es ihr sehr gut.«

Die Inderin

Tantchen Victoria zog am Tag, nachdem sie aus Bombay zurückgekehrt war, mit zwei großen schwarzen Truhen ins Große Haus. Auf den Deckeln stand ihr Name. Weil das Gepäck so groß und schwer war, wurde es auf einem Ochsenkarren transportiert. Da keiner unserer Diener auch nur einen Finger rühren wollte, mußten die beiden Fahrer die Kisten in Nayanas Zimmer schleppen.

Eine Woche später stahl ich mich hinein, um herauszufinden, was sie mitgebracht hatte, und blinzelte erstaunt. Der Raum sah völlig verändert aus. Alle Andenken an meine Amah, ihre Bücher, Kleider und Dekorationen, waren verschwunden. Jetzt stand ein Foto von Tantchen Victoria auf Nayanas Nachttisch. Als es gemacht worden war, mußte sie einige Jahre jünger gewesen sein.

Seit ihrer Ankunft spiegelten die Gesichter aller Familienmitglieder und Dienstboten wachsendes Unbehagen wider. Auf leisen Sohlen schlichen sie umher, als würde ein Kranker in einem der Schlafzimmer liegen. Sie sprachen mit gedämpften Stimmen. Immer wieder schauten sie sich um und schienen zu fürchten, ihre Geheimnisse könnten enthüllt werden.

Die Verwandten aus dem Dorf unserer Ahnen statteten uns einen unerwarteten Besuch ab. Offenbar wollten sie die Ausländerin in unserer Mitte begutachten. Sie wanderten in den Korridoren umher oder warteten auf der Veranda, um Tantchen Victoria kommen und gehen zu sehen. Sogar meine Urgroßtante Vayuama, Thatas Tante mütterlicherseits, hatte die anstrengende Reise auf sich genommen. Wie alt sie war, wußte niemand genau. Als Witwe trug sie weiße Kleidung und ließ ihren Kopf regelmäßig kahl scheren. Ihre dünnen Lippen wurden vom zahnlosen Gaumen eingesogen. Wie man mir versicherte, war sie früher eine Schönheit gewesen, doch das konnte ich nicht glauben.

Sie kannte uns Kinder, aber nur vage, und kniff mit faltigen Klauenhänden in unsere Wangen. Sie ging am Stock, wobei sie von den jüngeren Kusinen gestützt wurde.

Sie übernachteten alle im Kleinen Haus, wo sie mit meinen anderen weiblichen Verwandten ihre Besprechungen abhielten, und tagsüber saßen sie auf der Veranda und beobachteten Tantchen Victoria, wann immer sie sich blicken ließ.

Schließlich kehrten sie nach Hause zurück, um bösartige Klatschgeschichten über uns zu verbreiten. Sie beneideten unseren Zweig der Familie, weil er das Dorf seiner Ahnen verlassen hatte und in dieser Stadt reich geworden war. Nun fanden sie in der Katastrophe, die unser Haus belastete, einen gewissen Trost.

Für uns Kinder verlief das Leben genauso wie vor Nayanas Heirat. Nach der Schule unterrichtete uns Tantchen Victoria in englischer Literatur, Benehmen und Konversation. Dann korrigierte sie unsere Hausarbeiten, während wir ungeduldig warteten und Anjali fröhlich mit unseren Kusinen spielte.

Eines Nachmittags, als Jagan und ich auf den Beginn des Unterrichts warteten, erschien Kaveri in der Tür unseres Arbeitszimmers und lächelte triumphierend.

»Macht die Augen zu«, befahl sie.

»Warum?« fragte ich. »Und wo ist Tantchen Victoria?«

»Je eher ihr die Augen schließt, desto schneller wird sie kommen. Das verspreche ich euch. Und um so früher wird sie uns gehen lassen.«

Widerstrebend schlossen wir die Augen und hörten Kaveri mit jemandem tuscheln.

»Jetzt dürft ihr gucken.«

Wir hoben die Lider und sahen Tantchen Victoria in einem Sari auf der Schwelle stehen.

»Nun, wie gefalle ich euch?« fragte sie.

Weil wir nicht wußten, was wir von dieser Erscheinung halten sollten, schwiegen wir.

»Kaveri zeigte mir, wie man den Sari anlegt. Ist sie nicht ein kluges Mädchen?« Sie küßte den Scheitel unserer Schwester, die hingerissen ihre Hand umklammerte. »Ich habe noch nie einen Sari getragen, außer einmal auf einem Kostümball, als ich eine Devadasi darstellte.

Der Sari hatte nicht dieselben leuchtenden Farben wie der Avas oder meiner Schwerstern, sondern er war hellblau mit silbernen Borten. Ich wußte nicht, was ein Kostümball war, aber für uns trug sie ein Kleidungsstück, das sie nicht gewöhnt war zu tragen. An ihren Handgelenken schimmerten goldene Reifen. Mit Kaveris Hilfe machte sie ein paar kleine Schritte. »Nun muß ich lernen, wie man in dem verdammten Ding geht.«

»Werden Sie jetzt immer einen Sari tragen?« fragte Jagan unsicher.

»Ja. Da ich nun in einem Hindu-Haushalt lebe, ist das zweifellos angebracht, nicht wahr?«

Wir nickten stumm.

» Ich finde, du siehst wundervoll aus, Mutter«, sagte Kaveri. Nannte sie Tantchen Victoria tatsächlich »Mutter«? Angesicht unserer Überraschung lächelte sie selbstzufrieden.

»Danke, mein Liebes«, erwiderte Tantchen Victoria. »Und ihr beide solltet mich ebenfalls ›Mutter‹ nennen. Ich weiß, Anjali wird das niemals tun, aber sie gehört nicht zu uns, oder? Jedenfalls würdet ihr euren Vater sehr glücklich machen.«

Karma

Ava litt am schmerzlichsten unter Tantchen Victorias ständiger Anwesenheit und verließ das Kleine Haus nur noch selten. Während sie früher das Regiment geführt hatte und in selbstbewußter Haltung umhergegangen war, schlich sie jetzt fast verstohlen durch den überdachten Gang zwischen den beiden Häusern zur Küche, die sie nach wie vor als ihre Domäne betrachtete. Dort tauchte Tantchen Victoria niemals auf, weil Ramdass alle ihre Mahlzeiten in Nayanas Küche zubereitete. Natürlich aßen die beiden nur europäische Speisen. Das wußte Ava, weil sich ihre Spione überall herumtrieben.

Abends, wenn sie uns gebadet hatte, eilte sie an der Rückfront des Großen Hauses entlang zum Tempel. Gopalan lauschte ihrer Klage, sie würde sich in ihrem eigenen Heim wie ein unbefugter Eindringling fühlen, und versuchte sie zu trösten. So wie Thatha wünschte er, sie würde Frieden mit Tantchen Victoria schließen oder ihre Anwesenheit zumindest akzeptieren. Doch unsere Großmutter sträubte sich beharrlich dagegen.

Dabei blieb es fast ein Jahr lang, dann wurde sie tragischerweise von einem Todesfall umgestimmt.

Thatha behandelte Tantchen Victoria sehr höflich, sagte aber nur »guten Morgen« oder »guten Abend«, wenn er sie in den Korridoren oder auf den Treppen traf. Kein einziges Mal führte er ein Gespräch mit ihr. Er erklärte mir, er wisse nicht, worüber er mit ihr reden solle. Sie würde nichts von seinen Geschäften verstehen, nichts von unserer Religion, nichts vom Kricket oder einem anderen Sport und auch nichts von den Dingen, die ihm Spaß machten. Und außerdem hätte sie keine Ahnung von Politik.

Obwohl er nicht mehr am politischen Leben teilnahm, interessierte er sich immer noch für alles, was damit zusammenhing. Im Winter 1952, fünf Jahre nach der Stunde, in der unsere Unabhängigkeit begann, geriet das ganze Land in helle Aufregung, weil Indien in eine Demokratie umgewandelt werden sollte. Thatha verfolgte gespannt die ersten allgemeinen Wahlen, die über vier Monate dauerten. Vielleicht bedauerte er, daß er sich nicht in der ersten Wahlkampagne für die Kongreßpartei engagiert hatte. Sein alter Freund Kamaraj hatte sich bemüht, ihn zur Mitarbeit zu überreden, aber Thatha meinte nach wie vor, der Kongreß hätte keine politische Partei werden dürfen. Außerdem erklärte er Kamaraj, er habe für Indiens Freiheit gekämpft, und jetzt sei es die Aufgabe jüngerer Männer, das Land in die Demokratie zu führen. Stundenlang diskutierte er mit seinen Freunden, die ihn jeden Abend besuchten, über alle Kandidaten und deren Meriten.

Wie erwartet, siegte die Kongreßpartei (die Opposition war nicht der Rede wert), und Kamaraj wurde der erste gewählte Regierungschef des Staates Madras. Wir alle feierten dieses Ereignis und glaubten, wenn Nehru in Delhi und Kamaraj in Madras herrschen würden, wäre Indiens glorreiche Zukunft gesichert. Nur Stiefmutter nahm nicht an der Dinnerparty teil, die Thatha anläßlich des Wahlsiegs gab. Sie behauptete, es sei nur eine Frage der Zeit, und Indien würde sehr schnell wieder in tausend sich bekämpfende Stücke zerfallen.

Nach der Wahl ließen Thathas Kräfte zusehends nach, und er versank immer tiefer in Depressionen. Nicht zuletzt schien ihn die Trennung von Kusine Indira zu bedrücken. Seit sie mit Kumar ausgezogen war, um ihre Filmkarriere zu beginnen, hatte sie uns kein einziges Mal besucht. Um sich über ihre Erfolge zu informieren, las Thatha sämtliche Boulevardblätter, die er ansonsten verachtete. Inzwischen hatte sie drei Filme gedreht, und wir prahlten in der Schule mit unserer berühmten Verwandten.

Da Ava sich hauptsächlich damit befaßte, Tantchen Victoria auszuweichen, schenkte sie Thatha viel zu wenig Aufmerksamkeit. Wenn er seine Abende zu Hause verbrachte, servierte sie ihm zwar das Essen, aber sie sprachen kaum miteinander. Über seine Geschäfte diskutierte er ohnehin nicht mit Frauen, denn er meinte, dies sei einzig und allein Männersache.

Und so war es Vishnu, der sich am meisten um ihn sorgte.

»In letzter Zeit ist Peri Iyer nicht mehr er selbst«, vertraute er mir eines Abends an. »Er liest keine Bücher, interessiert sich nicht mehr für seine Experimente, sitzt einfach nur in seinem Zimmer und starrt vor sich hin. Immer wieder sage ich ihm, er müsse seinen Geschäften nachgehen, aber er hört nicht auf mich.«

»Gehen die Geschäfte jetzt besser?«

»Ich glaube nicht. Irgendwo hat er viel Geld verloren. Nun versucht er, sich was zu leihen und in neue Projekte zu investieren. Leider gibt ihm niemand Kredit.«

»Wir besitzen doch so viel«, erwiderte ich und zeigte auf den riesigen Garten, den Besitz jenseits der Straße, die ganze Stadt um uns herum.

»Jetzt gehört das Anwesen dem Marwari. Erinnerst du dich nicht? Du hast ihn vor einiger Zeit mit deinem Thatha besucht. Damals wurden die Häuser und der Garten mit einer Hypothek belastet, und Peri Iyer investierte diese Summe in den Baumwollmarkt. Dabei hat er sich verspekuliert.«

»Was wird er nun tun?«

»Irgendwas wird ihm schon einfallen. Aber ich fürchte, diese neue Frau, die nun hier lebt, bringt uns allen Unglück. Wir hätten unter uns bleiben sollen. Das Karma der Ausländer kennen wir nicht, und dieses Karma hat immer einen schlechten Einfluß auf uns aus.«

Das meinte er nicht prophetisch. Er erklärte mir nur seine abergläubischen Ängste. Weder Nayana noch Tantchen Victoria nahmen solche Dinge ernst. Sie war eine Christin, wie unsere Nonnen in der Schule, und diese Religion kennt keinen Fatalismus. Als ich Vishnus böse Ahnung erwähnte, entgegnete sie, ich sollte nicht mehr an diese Religion glauben, die uns daran hindere, unser Schicksal selbst zu bestimmen.

Tod in der Dämmerung

Der Nachmittag und der Abend waren normal verlaufen. Nach dem Unterricht spielten wir auf dem westlichen Rasen Fußball mit unseren Kusinen, Nachbarskindern und Schulfreunden. Es wurde schon dunkel, als wir Ava klagen hörten. Der schmerzliche Klang ihrer Stimme erschreckte uns, und wir rannten zum Haus, so schnell wir konnten. Sie saß weinend auf den Verandastufen und wurde von meinen Großtanten und anderen weiblichen Verwandten getröstet. Alle schluchzten. Auch Vishnu, der etwas abseits stand, vergoß bittere Tränen. Obwohl wir nicht wußten, was geschehen war, begannen auch wir zu weinen, und wir befürchteten das Schlimmste.

Schließlich erklärte Großtante Chandu: »Euer Thatha ist von euch gegangen.« Sie war die einzige, die sich einigermaßen unter Kontrolle hatte, obwohl auch in ihren Augen Tränen glänzten.

Vor der Treppe lag Avas Silberteller, von Kokosnüssen, Betelblättern, Blumen, Bananen und Kampfer umgeben. Sie war auf dem Weg zum Tempel gewesen, als sie die traurige Nachricht erhalten hatte.

Innerhalb von Minuten versammelten sich alle Haushaltsmitglieder und Dienstboten mit ihren Familien vor der Veranda, um gemeinsam zu trauern. Srinivasin und Onkel Devaraljulu kamen, und andere Verwandte, die in der Nähe wohnten, trafen mit ihren Autos ein. Inmitten der Menschenmenge lag Ava am Boden, zitternd und verkrümmt, wie ein zerbrochenes Schmuckstück. Verzweifelt hielt ich nach Nayana Ausschau. Aber er war der einzige, der in unserem Kreis fehlte, abgesehen von Tantchen Victoria. Keiner wußte, wo die beiden steckten. Während die Dunkelheit hereinbrach, zündete niemand die Lampen an, und niemand nahm die Nacht wahr, weil in allen Herzen schwarze Finsternis herrschte.

Irgendwann raste ein Auto die Zufahrt herauf, und ich erkannte Nayana. Das Scheinwerferlicht streifte uns, als der Wagen neben dem Eingang hielt. Nayana stieg aus, er trug eine Flanellhose und einem gelbrot gestreiften Blazer. Offensichtlich hatte er im Club trainiert. Tantchen Victoria stieg auf der anderen Seite aus dem Auto.

»Ich habe von irgend jemandem gehört, Onkel ist gestorben!« rief er atemlos. Ich rannte zu ihm, und er nahm mich in die Arme. Tantchen Victoria streichelte meinen Kopf.

Wie er die schreckliche Neuigkeit erfahren hatte, mußte er nicht erklären. Jeder wußte Bescheid. Immer mehr Leute fuhren vor, und andere kamen zu Fuß, um dem Toten die letzte Ehre zu erweisen und der Familie ihr Beileid auszusprechen. Auf einer Seite des Rasens, der sich vor der Veranda erstreckte, standen die Männer, auf der anderen die Frauen. Reiche und Arme hatten sich eingefunden, Hindus und Muslims und Christen, denn Thatha war mit Menschen aus allen Gesellschaftsschichten und Angehörigen aller Religionen befreundet gewesen. In Windeseile hatte sich die tragische Nachricht verbreitet: Mr. Ranjit Naidu, der Großgrundbesitzer und Philantrop, ist in seinem Haus gestorben.

»Wie ist es geschehen?« fragte Nayana, ohne sich an eine bestimmte Person zu wenden.

»Ich ging nach oben, um ihm seinen Tee zu bringen«, berichtete Vishnu. »Und da war er tot. Er ist während seiner allabendlichen Yoga-Übungen im Lotussitz gestorben, gerade als er von Gott träumte.«

Nayana bahnte sich einen Weg durch die Menge, und Tantchen Victoria blieb unschlüssig stehen. Offenbar wußte sie nicht, wie sie sich in dieser beklemmenden Situation verhalten sollte. Das Klagen der Frauen war furchtbar, und nach einer Weile sah ich sie in den Garten gehen. Mein Vater schaltete die Verandabeleuchtung ein, einen kegelförmigen Messinglüster mit Glasscheiben in verschiedenen Farben, die blaues und rotes und gelbes Licht verbreiteten.

Langsam, mit schweren Schritten, stieg er die Treppe hinauf, ging in Thathas Zimmer, und ich folgte ihm lautlos. Mein Großvater sah ruhig und friedlich aus – beinahe so, als würde er noch leben. In seinem Gesicht hatten sich alle Sorgenfalten geglättet. Bis auf einen Lendenschurz war er nackt. Wie es die Lotusposition erforderte, schlang sich der Zeigefinger seiner rechten Hand um den Daumen, und die drei anderen Finger wiesen nach oben.

Lange stand Nayana da und betrachtete ihn. Er zeigte nicht die gleiche Trauer wie die anderen. Vielleicht behinderte der Streit über Tantchen Victoria den Strom seiner Tränen. Er neigte sich hinab und tastete nach Thathas Puls. Im Krieg hatte er den Tod oft genug gesehen, er empfand kein Grauen. Aber ich sah zum erstenmal in meinem Leben eine Leiche und schreckte zurück, weil ich fürchtete, Thatha könnte plötzlich aufspringen und uns ins Jenseits mitnehmen.

»Er ist tot«, sagte Nayana tonlos. »Du kannst ihn auch berühren.«

Vorsichtig strich ich über eine nackte Schulter. Die Haut fühlte sich eiskalt an.

»Warte hier, ich will dir etwas zeigen.« Nayana ließ mich mit Thatha allein, und ich floh ans andere Ende des Raums.

Leise öffnete sich die Tür, und ich nahm an, Nayana wäre zurückgekehrt. Aber Kusine Indira trat ein – hochaufgerichtet, in einem schönen seidenen Sari, mit funkelndem Schmuck. Den Blick auf Thatha gerichtet, entdeckte sie mich nicht in meiner dunklen Ecke. Sie eilte zu ihm, kniete nieder und betete. Dann stand sie auf. Blutrote Fingerspitzen berührten sein Gesicht. Auf ihren Wangen glänzten Tränen.

»Warum bist du nicht zu mir gekommen?« wisperte sie. »Das hättest du nicht tun müssen. Ich habe dich doch geliebt.«

Dann, wie ein Geist, war sie verschwunden, und ich glaubte wieder, sie wäre nur ein Trugbild meiner Phantasie gewesen, so wie in der Nacht des Monsuns. Was mochte ihr Flüstern zu bedeuten haben? Das Rätsel haftete noch lange in meinem Gedächtnis.

Als Nayana zurückkehrte, erwähnte ich Kusine Indira nicht. Sie war heimlich gekommen und gegangen.

In seiner Hand schimmerten die kleine Orakelkugel und der Stab. Beide waren aus Elfenbein und durch eine schwarze Schnur miteinander verbunden. Die Kugel war etwas kleiner als ein Pingpongball. An die Götter und den Tempel glaubte Nayana nicht, aber an die Magie. Bevor er eine Entscheidung traf, befragte er stets die kleine weiße Kugel. Bedingungslos verließ er sich auf ihre mysteriösen Kräfte. Es gab nur drei Möglichkeiten: Sie bewegte sich im oder gegen den Uhrzeigersinn, oder sie stand still. Die Interpretation der Antwort blieb meinem Vater vorbehalten.

»Siehst du?« Er hielt den Stab zwischen Daumen und Zeigefinger fest und ließ den Ball herabhängen. Mit der linken Hand zeigte er auf Thatha. Die Kugel rührte sich nicht. Dann zeigte Nayana auf mich, und der Ball begann sich im Uhrzeigersinn zu drehen, immer schneller und schneller. »Damit steht es eindeutig fest, daß er tot ist«, erklärte er zufrieden. »Und daß du lebst.«

Dr. Jagmohan, unser Hausarzt, betrat das Zimmer, gefolgt von Vishnu und drei Dienern. Nachdem er sein Stethoskop hervorgeholt und Thathas Brust abgehorcht hatte, zog er den gleichen Schluß wie der Orakelball. »Zweifellos ein Herzanfall. Erstaunlich … Er befand sich guter körperlicher Verfassung, und ich hätte ihm noch einige Jahre gegeben.«

»Aber seine Zeit war gekommen«, flüsterte Vishnu traurig, und wir ließen ihn mit den Dienern allein, damit sie die Leiche waschen und bekleiden konnten.

Nun war Nayana das Familienoberhaupt geworden. In dieser Nacht tat er kein Auge zu, sondern schickte Telegramme mit der Nachricht von Thathas Tod ins Dorf unserer Vorfahren und an Verwandte und Freunde in anderen Städten. Niemand würde vor der Verbrennung am frühen nächsten Morgen eintreffen.

Das Vermächtnis

Nach Thathas Tod erkannten wir, wie wichtig er für uns gewesen war. Blindlings hatten wir ihn umkreist, wie Satelliten, und geglaubt, er würde für immer bei uns bleiben. Nun blieben wir in Trauer zurück, aber ebenso mit dem Rätsel, das er uns hinterlassen hatte.

Thatha war am 11. April mit zweiundsechzig Jahren gestorben, einen Tag vor dem Todestag meiner Amah. In ihren Gram versunken, bemerkte Ava diesen seltsamen Zufall erst einige Stunden später. Gopalan wurde aufgefordert, die Bedeutung des Phänomens zu deuten, aber er hatte keine Erklärung dafür. Er wandte sich an die Astrologen, die behaupteten, es sei einfach nur eine Laune des Schicksals gewesen. Mit diesen Worten suchten sie Ava zu beruhigen, aber sie schürten ihren Groll gegen Gott, der ihr das einzige Kind und jetzt auch noch den Ehemann genommen hatte. Zwei Tage lang veranstaltete sie Zeremonien, um noch schmerzlicher an ihr Unglück erinnert zu werden. Die Last dessen, was auf sie zukam, färbte ihr eisengraues Haar weiß, das ihr dunkles Gesicht umrahmte wie Mondlicht einen fahlen Schatten.

In ihrer Trauer verzieh sie Thatha alles. Offenbar vermochte der Tod Erinnerungen zu trüben. In meinem Fall hatte Amahs

Tod sämtliche Erinnerungen ausgelöscht. Welche Streiche konnte er unserem Gedächtnis sonst noch spielen?

Kusine Indira erschien nicht, um Ava ihr Beileid zu bekunden. Statt dessen schickte sie Kumar. Er tat kühl und überheblich uns gegenüber und legte viel Gewicht auf die Tatsache, wie erfolgreich er Kusine Indiras Filmkarriere managte.

Zwei Wochen lang blieb Ava im Kleinen Haus und empfing Besucher von nah und fern, die ihr kondolierten. Der Ex-Generalgouverneur von Indien kam ebenso wie Kamaraj, der Raja von Chettinad und der Nawab von Arcot, der Staatsgouverneur, der Maharaja von Bhavanagar und viele, viele andere. Wir wurden durch die Besuche dieser bedeutenden Männer getröstet. Sie waren Beweis für das Ansehen, das Thatha in unserer Stadt genossen hatte. Sein Leben war nicht unbemerkt vergangen. Auch Stiefmutter kondolierte Ava, und sie sprachen kurz miteinander. »Es tut mir sehr leid, daß Ihr Mann gestorben ist«, beteuerte Stiefmutter. »Er war mit Sicherheit ein großartiger Mensch, obwohl ich ihn kaum kannte.«

»Danke«, sagte Ava. »Ja, er war ein großer Mann. Und jetzt, nach seinem Tod, müssen wir versuchen, freundlich zueinander zu sein, um der Kinder willen.«

»Die Kinder sind mir sehr wichtig«, erwiderte Stiefmutter, »vor allem Kaveri, Jagan und Krishna. Ich werde mich besonders um sie kümmern.«

Anjali hatte dieses Gespräch mitangehört und war gekränkt. Ihr war bewußt geworden, daß sie sich von uns getrennt hatte und daß sie ihr eigenes Leben führen mußte. Nayana war ihr gestohlen worden, seine neue Frau stellte ihre Ansprüche über die Anjalis. Inzwischen war sie fast siebzehn und fühlte sich so einsam wie ein Waisenkind.

»Das ist deine eigene Schuld«, meinte Kaveri. »Du hast von Anfang an betont, du willst nichts von Mutter wissen.«

»Von welcher Mutter?« Anjali hörte zum erstenmal, daß Kaveri die Engländerin so nannte, und war schockiert. »Wie kannst du sie ›Mutter‹ nennen?«

»Weil sie mit Nayana verheiratet ist, und beide bestehen darauf.«

»Stimmt das?« Anjali wandte sich zu Jagan und mir.

»Ja«, bestätigten wir.

Dieser Wortwechsel vertiefte die Kluft zwischen Anjali und Kaveri. Besitzergreifend folgte Kaveri Stiefmutter auf Schritt und Tritt und vertraute ihr alle Geheimnisse an. Und Stiefmutter schenkte ihr besondere Aufmerksamkeit.

Unseren Vater sahen wir nur selten. Nach Thathas Tod mußte er zahlreiche Pflichten erfüllen. Als nächster Verwandter hatte er bei der Verbrennung den Scheiterhaufen entzündet und dann verschiedene Zeremonien im Tempel arrangiert, auch die Speisung der Armen, das waren über neunhundert. Dazu kamen seine Amtsgeschäfte, und er verbrachte am Abend keine Zeit mehr mit uns.

Wenn er nicht in Gesellschaft von Stiefmutter war, hatte er bis über die Ohren damit zu tun, Thathas Angelegenheiten zu regeln. Er mußte mit vielen Besuchern verhandeln, die er alle in seinem Büro traf. N. V. Menon, unser *Vakil*, besuchte ihn mehrmals.

»Natürlich bedauere ich, was geschehen ist«, sagte er zu uns, ohne sich genauer zu äußern. Aber wir entnahmen seinen nervösen Gesten, daß uns schlimme Neuigkeiten erwarteten.

Fünf Monate nach Thathas Tod zogen Devarajulu und seine Familie aus. Sie gaben in ihrem neuen Heim eine Einweihungsparty, die im Morgengrauen begann und bis zur Abenddämmerung dauerte. Da Ava um ihren Mann trauerte, nahm sie nicht daran teil, und Stiefmutter wurde nicht eingeladen. Wegen dieses Affronts ging auch Nayana nicht hin.

Wir gingen mit unseren Kusinen und anderen Verwandten. Das Haus selbst gefiel keinem von uns Kindern. Es war ein kalter Ort, es roch zu sehr nach Farbe, und die Räume waren groß und unpersönlich. Aber Großtante Chandu führte uns voller Stolz über ihr eigenes Haus herum. Triumphierend zeigte sie den Gästen den Marmorflur und die Marmorbäder, als hätte sie den schimmernden Stein erfunden. Sie hatte gerade den winzigen Lüster in der Eingangshalle hochgezogen. Hätte sie unseren aufgehängt, wäre das Haus unter seinem enormen Gewicht eingestürzt.

»Tut mir leid, daß wir nicht mehr bei euch wohnen. Wenn ihr uns braucht, sind wir immer für euch da«, fügte sie großmütig hinzu.

Devarajulu hatte inzwischen zu Trichnopoly-Zigarren gewechselt, die er prahlerisch paffte. Er rauchte diese Zigarren, weil Winston Churchill sie rauchte. Irgendwie, rein äußerlich, waren sie sich ähnlich, beide waren wohlbeleibte Männer.

»Ihr wißt, wenn ihr ein Heim braucht, mein Haus steht euch immer offen«, sagte er.

»Warum sollten wir dein Haus brauchen, Großonkel?« fragte Anjali. »Wir haben selber eins.«

»Für wie lange noch, wenn ich fragen darf?«

»Thathas Haus steht seit siebzig Jahren und wird noch hundert Jahre stehen«, sagte Anjali.

Mitfühlend seufzte er und blies eine dicke Rauchwolke in die Luft. »Wenn es doch so wäre, mein Kind! Leider hat sich euer Thatha verspekuliert, es ist sehr wenig übriggeblieben. Im Laufe der Jahre mußte er seine Vermögenswerte nach und nach verkaufen, um seine Schulden zu bezahlen. Uma muß vermutlich Haus und Garten verkaufen, um die anderen Schulden zu begleichen, die noch nicht alle geklärt sind.«

»Das wird niemals geschehen!« fauchte Anjali. »Niemals. Das werden wir verhindern.«

»Dieses Haus wird viel länger stehen als eures.« Liebevoll betrachtete er das kantige, weißrosa Bauwerk, das dem Oberdeck eines Schiffs glich. In seinem neuen Glanz sah es unerschütterlich aus, während unser Heim alt und müde wirkte, vom Regen gepeinigt und farblos wie die Erde selbst.

»Wir werden sehen, Großonkel«, sagte Anjali.

»Ja. Aber vielleicht verspürt ihr bald den Wunsch, hierherzuziehen, wenn diese Frau in eurem Haus bleibt.«

»Nayana und Mutter werden stets für uns sorgen«, zischte Kaveri.

Während der kurzen Heimfahrt versanken wir in düsterem Schweigen. Wir fühlten die Last einer fremden Macht auf unseren Schultern und wußten nicht, was wir von Devarajulus Prophezeiungen halten sollten. Offensichtlich bereitete ihm unser Unglück ein boshaftes Vergnügen, so als hätten wir es verdient. Mit der gleichen Schadenfreude hatten die Verwandten aus dem Dorf unserer Ahnen Tantchen Victorias Anwesenheit in unserer Familie beobachtet.

Anspielungen und Gemunkel

Euer Thatha war ein Narr«, verkündete Stiefmutter eines Tages, ehe der Unterricht begann. »Um auf dem Baumwollmarkt zu spekulieren, verpfändete er seinen gesamten Besitz, und nun ist nichts mehr übrig. Seine Gläubiger haben alles an sich gerafft.«

»Aber dieses Haus ...«, flüsterten wir.

»... bleibt im Familienbesitz, weil er es eurer Großmutter überschrieben hat. Das erzählte er niemandem, nicht einmal ihr.

Euer Vater, als der Ehemann eurer Mutter, hätte dieses Haus und den Garten erben sollen. Euer Thatha hat ihn absichtlich gekränkt und machte es noch schlimmer, als er euch vier Kinder als Erben Eurer Großmutter einsetzte. Das finde ich sehr unfair. Aber es wundert mich nicht. Eurer Thatha hatte immer etwas gegen ihn, und das war der einzige Weg, es ihm heimzuzahlen. Alles andere ist weg. Was für ein dummer Mann.«

»Nein, er war ein guter Mann«, protestierte ich.

»Um solche Dinge zu verstehen, bist du noch zu jung, Krishna.« Dramatisch fügte sie hinzu. »Wußtest du, daß er mit Kusine Indira schlief?«

Nun entstand ein langes Schweigen, das Jagan schließlich brach. »Was heißt das?«

»Wenn sich ein Mann und eine Frau mögen, schlafen sie miteinander.« Stiefmutter lächelte schwach und fügte, mehr für sich selbst, hinzu: »Aber um das zu tun, muß man sich nicht immer mögen.«

»Aber Thatha war doch mit Ava verheiratet«, wandte Kaveri erstaunt ein.

Ich sagte nichts. Ich war nicht überrascht, obwohl ich nicht verstand, was ›miteinander schlafen‹ bedeutete. Aber als ich Kusine Indira gesehen hatte, als sie Thatha die letzte Ehre erwies und die Wange meines toten Großvaters berührt hatte, wußte ich, daß zwischen ihnen eine besondere Verbindung bestanden hatte. Und in jener Regennacht, die schon so lange zurücklag, war sie ins Große Haus geschlichen, zu Thathas Zimmer, um »mit ihm zu schlafen«. Deshalb hatte sie mich gebeten, mich um ihn zu kümmern. Sie hatte ihn geliebt.

Auch unsere Kusinen, unsere engsten Freunde, verließen das Haus. Das erfuhr ich, noch bevor es mitgeteilt wurde. Eines Abends saß ich im trüben Licht der Verandalampe, las den Sportteil der *Madras Mail* und hörte mit halbem Ohr, wie Großtante Lakshmi und Stiefmutter miteinander sprachen. Stiefmutter hatte sich selbst mit ihnen bekannt gemacht und sprach mit allen meinen weiblichen Verwandten. Ich weiß nicht, worüber sie sich unterhielten, aber sie zogen sich zurück und waren sehr verwirrt hinterher.

»Sie sind Großtante Lakshmi?« fragte Stiefmutter.

»Ja.«

»Die jüngste Schwester von Uma?«

»Ja.«

»Und Sie sind verheiratet mit …«

»Srinavasin.«

»Ich muß mich für meine Fragen entschuldigen, aber ich muß mir so viele Gesichter und Namen merken. Es sind so viele von Ihnen, die bei Uma leben. Arme Uma.«

»So haben wir immer gelebt.«

»Aber das war in den Tagen, als Ranjit noch lebte. Nun muß sie für Sie alle sorgen, und Ranjit hat ihr nichts als Schulden hinterlassen. Das Anwesen auf der andren Straßenseite ist verkauft, und wenn alle Schulden bezahlt sind, wird sie gerade noch für sich selber sorgen können. Die arme Uma trauert und kann sich nicht um all das kümmern. Natürlich meine ich nicht Sie, meine Liebe. Sie und Uma stehen sich sehr nahe, ich weiß. Aber all die andern. Es sind einfach zu viele, die hier leben und essen.«

Großtante Lakshmi begegnete Stiefmutter höflich, aber reserviert. Da sie die beste Freundin meiner Amah gewesen war, fiel es ihr schwer, die fremde Frau an Nayanas Seite zu akzeptieren.

»Hat Bharat das gesagt?«

»Ja, und ich stimme mir ihm überein. Es ist nicht klug, daß ihr Inder in so großen Haushalten zusammenlebt. Es wäre am besten, jede Familie würde für sich allein leben. Natürlich kann Bharat die Probleme nicht erwähnen, weil Sie alle solchen Schwierigkeiten lieber ausweichen, statt sich damit auseinanderzusetzen, wie wir Europäer es tun. Ich finde, es ist am besten, die Dinge beim Namen zu nennen.«

Großtante Lakshmi stand auf. »Ich werde mit Uma und Bharat darüber reden.« Steifbeinig und würdevoll stieg sie die Verandastufen hinab.

»Oh, das sollten Sie ihr vorerst nicht zumuten!« rief Stiefmutter ihr nach. »Sie wird sich ohnehin schrecklich aufregen, wenn sie erfährt, daß Sie Rani und Bharat während seines Studiums in England geholfen haben, einander zu schreiben. Davon werde ich ihr natürlich nichts erzählen …« Aber Großtante Lakshmi schien ihr nicht zuzuhören.

Vermutlich hatte Stiefmutter mit den anderen Frauen ähnliche Gespräche geführt, und die Konsequenzen ließen nicht lange auf sich warten. Nach dem Ende der Trauerzeit gingen Srinivasin und Großtante Lakshmi zu Ava. Abgesehen von der Farbe ihrer Haare und den tiefen Falten um die Augen und den Mund hatte sich Ava nicht verändert. Sie trug weiterhin ihren Schmuck und ihre bunten Saris. In allen anderen Dinge folgte sie der Tradition, aber sie verweigerte die Trauerkleidung, die sie selbst als Frau und Person herabsetzen würde.

»Indien ist frei«, sagte sie zu uns. »Weshalb also soll ich mich in Weiß hüllen, scheren und in einer dunklen Ecke leben?«

Diese Freiheit erlaubte es dem zurückhaltenden Srinivasin, sich zu ihr zu setzen und mit ihr über eine wichtige Sache zu sprechen. Ava flocht gerade eine Blumengirlande für den Tempel. Großtante Lakshmi setzte sich mit gesenktem Kopf an ihre andere Seite, um zuzuhören.

»Was gibt es?« fragte Ava, als sie ihre bedrückten Gesichter sah.

»Wir glauben, es ist Zeit für uns, auszuziehen«, sagte Srinivasin leise und sanft.

»Ausziehen wohin?« fragte sie. Bestürzt über die neue Veränderung, die ihrem Leben drohte. »Warum?«

Schüchtern senkte Srinivasin den Kopf, und Großtante Lakshmi antwortete: »Wir finden, wir sollten jetzt, wo die Mädchen allmählich erwachsen werden, in unseren eigenen vier Wänden wohnen. Außerdem bist du nicht mehr imstande, diesen großen Haushalt aufrechtzuerhalten. Wie du weißt, hat Ranjit hohe Schulden hinterlassen. Deshalb wollen wir dir nicht länger zur Last fallen.«

»Aber ihr habt kein Geld, um ein Haus zu kaufen.«

»Wir ziehen in das Eckhaus am Ende der Straße. Dafür müssen wir nicht viel Miete zahlen.«

»Warum wollt ihr Miete bezahlen, wenn ihr hier umsonst leben könnt? Bleibt hier, ich bitte euch zu bleiben.« Tränen rollten über Avas Wangen, und Großtante Lakshmi wischte das Gesicht ihrer Schwester mit einem Zipfel ihres Saris ab. »Ich kann mir die vielen Dienstboten nicht mehr leisten, aber wir werden nach wie vor unser Haus und den Garten haben.«

»Wir bleiben in der Nähe und besuchen dich jeden Tag«, versprach Srinivasin, »aber wir werden dieses Haus bald verlassen.«

»Ist es wegen dieser Frau?« Ava spuckte die Worte förmlich aus.

»Nein, nein«, erwiderten Srinivasin und Großtante Lakshmi wie aus einem Mund.

Sie wollten Ava nicht noch mehr aufregen oder Streit heraufbeschwören. Doch das sichtliche Unbehagen der anderen Verwandten, die bei uns saßen, verriet, daß Stiefmutter der Grund war. Auch sie hatten bereits ihre Flucht aus dem Großen Haus in die Stadt geplant. Ava war die einzige, die davon nichts gewußt hatte.

»Ich will diese Frau sehen«, sagte Ava und erhob sich. Die kleinen weißen Blumen fielen unbeachtet auf den Boden, wie die Scherben eines zerbrochenen Tellers.

»Nein, das mußt du nicht, bitte!« flehte Srinivasin. Er machte sich Vorwürfe, er war der Grund für Avas Zorn.

Aber Avas Entschluß stand fest. Sie sah sich um und sah nur Anjali, Jagan und mich. Kaveri war nicht da. Nur zu gut wußte ich, wo sie steckte. »Krishna, komm mit mir.« Sie packte meine Hand, und wir rannten aus dem Kleinen Haus.

»Was soll ich tun?«

»Du mußt der Frau deines Vaters sagen, daß ich sie auf der Veranda erwarte. Ich kann nicht in ihr Zimmer gehen. Und wenn dein Nayana da ist, will ich auch mit ihm sprechen.«

»Warum ich?«

»Weil du sein Liebling bist. Und was immer du tust, es wird dich nicht in Schwierigkeiten bringen.«

Atemlos erreichten wir die Veranda des Großen Hauses. Vishnu saß auf den Stufen. Traurig und wie ein treuer Hund wartete er auf seinen Herrn, der nie mehr zurückkehren würde. Er hatte seinen Bruder, Vater und Herren verloren, und seine Augen füllten sich immer wieder mit Tränen, wenn er daran dachte.

Ich drehte mich um und sah, daß unsere Verwandten das Kleine Haus verließen, um die Konfrontation aus sicherer Entfernung zu beobachten.

»Geh », sagte Ava und setzte sich in einen der Sessel.

Sofort sprang Vishnu auf und stellte sich hinter sie, wie er es früher bei Thatha getan hatte.

Der Streit

Langsam stieg ich die Marmortreppe hinauf, als wäre sie ein steiler, eisiger Berg. Der Gipfel rückte näher, und ich wußte noch immer nicht, was ich Stiefmutter sagen, wie ich den unvermeidlichen Kampf ertragen sollte.

Niemand stritt in unserem Haus, wir haßten solche Ausbrüche. Differenzen wurden diskret und ruhig bereinigt. Wir konnten nicht miteinander leben und jeden Tag streiten. Ich hörte Gemurmel hinter Nayanas Tür. Es war nur Stiefmutters Stimme, sie schien Selbstgespräche zu führen, da niemand antwortete. Ich hatte so etwas bei irren, aber harmlosen Leuten erlebt. Da ich Stiefmutter nicht gut genug kannte, fragte ich mich, ob sie den Verstand verloren hatte.

Ich zählte bis fünf, wartete darauf, daß die Stimme aufhörte, aber als sie es nicht tat, nahm ich meinen ganzen Mut zusammen und öffnete die Tür.

Stiefmutter saß in Nayanas Lehnstuhl, ein Buch im Schoß. Neben ihr, auf einem Schemel, kauerte Kaveri. Nayana war nirgends zu sehen.

»Du sollst zuerst anklopfen, bevor du ein Zimmer betrittst, Krishna«, sagte Stiefmutter. »Geh bitte wieder hinaus, klopf an und warte, bis ich antworte.«

»Aber …«

»Bitte geh.«

»Ja, mach schon!« drängte Kaveri. »Mutter erzählt mir gerade eine Geschichte.«

»Was für eine Geschichte?«

»Krishna, geh zuerst hinaus«, sagte Stiefmutter mit harter Stimme. Sie erinnerte mich an die der Nonnen in der Schule.

Ich ging wieder hinaus und wäre am liebsten nach unten gelaufen, um zu behaupten, sie wäre nicht da. Aber Ava hätte diese Lüge durchschaut, und ich hätte Ärger mit ihr bekommen. Sie verabscheute Lügen.

Die Stimme erklang wieder. Ich klopfte einmal, die Stimme erklang weiter. Ich klopfte wieder, und diesmal hörte ich das »Herein!«.

»... und der hübsche Herzog nahm die wunderschöne Violette in seine Arme, küßte sie leidenschaftlich und streichelte ihr langes blondes Haar. Liebevoll schaute er in ihre blauen Augen ...« Stiefmutter las weiter, als wäre ich nicht da.

»Warum kann die Frau kein schwarzes Haar und braune Augen haben?« fragte Kaveri.

»Weil das in Geschichten so ist.«

»Sie könnte braune Augen und schwarzes Haar haben, so wie ich«, insistierte Kaveri.

»So wichtig ist das nicht. Gebrauch deine Phantasie und mal dir aus, du wärst blond und blauäugig.«

»Ich könnte mir mich nicht mit gelbem Haar und rosa Haut vorstellen«, sagte ich. »Wenn Ava oder Anjali mir Geschichten erzählen, sehen alle Leute aus wie ich. Rama, Lakshman, Arjuna ...«

»Ich habe nicht nach deiner Meinung gefragt«, unterbrach mich Stiefmutter. »Was führt dich zu mir?«

»Ist Nayana da?«

»Nein, das siehst du doch.«

»Großmutter möchte mit Ihnen sprechen. Bitte.«

»Was um alles in der Welt will die alte – liebe Frau von mir?« Offenbar hatte sie ein anderes Wort benutzen wollen und sich gerade noch rechtzeitig zusammengerissen.

Aber sie erhob sich und strich ihren Rock glatt. Neben ihr standen ein voller Aschenbecher und eine halbleere Dose mit Gold Flake-Zigaretten. Jetzt kaufte sie keine Zehnerpackungen mehr, so wie damals, als sie noch mit ihrer Mutter zusammengelebt hatte.

Den Kopf gesenkt, starrte Ava vor sich hin. Unsere Verwandten hatten sich in sicherem Abstand auf dem Rasen versammelt.

»Krishna sagt, Sie wollen mich sprechen, Mrs. Naidu?« Stiefmutter nahm Ava gegenüber Platz.

»Ja. Sie haben sich in unsere Familienangelegenheiten eingemischt.«

»Ich? In welcher Weise? Ich habe mit Ihrer Familie nichts zu tun. Es ist Bharat, der sich bemüht, das Chaos zu ordnen, das Ihr Ehemann hinterlassen hat.«

»Sie haben meiner Schwester gesagt, daß sie hier ausziehen soll. Sie haben kein Recht, in dieser Weise mit ihr zu sprechen. Bestreiten Sie das?

»O nein, das tue ich nicht. Ich habe ihr nicht geraten, auszuziehen, aber ich meinte, die anderen sollten es tun. Mrs. Naidu, Sie sind nicht mehr in der Lage, einen so großen Haushalt zu führen. Ich habe nur zu Ihrem eigenen Besten gehandelt.«

»Ich wünsche nicht, daß Sie irgend etwas zu meinem Besten sagen oder tun!« Ava begann zu schreien. »Das kann ich selbst. Sie sind eine Ausländerin, Sie haben keine Ahnung davon, wie wir leben.«

»Oh, das sehe ich jeden Tag.« Nun geriet auch Stiefmutter in Wut. »Wie Parasiten klebt ihr alle aufeinander. Was natürlich zu inzestuösen Beziehungen führt.«

»Was meinen Sie damit?« Weder Ava noch ich oder irgendein anderer Verwandter hatten dieses Wort je zuvor gehört.

»Das wissen Sie sehr gut«, sagte Stiefmutter. »Inzest bedeutet Sex innerhalb der Familie.«

»Was für eine schmutzige Phantasie Sie haben!« rief Ava schockiert.

»Nun, ich will kein Blatt vor den Mund nehmen. Ich denke, Ihr Ehemann hat mit dieser jungen Verwandten geschlafen, die zum Film gegangen ist.« Mit voller Absicht sprach sie laut und langsam, so daß wir alle jedes Wort hörten.

Wie vom Donner gerührt, saß Ava da, Thathas Betrug hilflos ausgeliefert. Jetzt verstand ich, warum sie Kusine Indira so böse gewesen war. Ihr fehlte die Kraft, die Anklage zu bestreiten. Das Geheimnis, das für immer verborgen bleiben sollte, war ans Licht gekommen, und die Enthüllung erfüllte uns alle mit Bitterkeit.

»Wie widerlich Sie sind …«, flüsterte Ava und stand auf. Sie wirkte kleiner als vorher, vor allem als Stiefmutter ebenfalls aufstand und meine zarte Ava überragt. »Wir alle wußten über Ihre Beziehung zu diesem Engländer im Connemara Hotel Bescheid. Und Gott allein weiß, was Sie alles getan haben, seit Sie Ihren Mann verlassen haben.«

»Was ich tat, bevor ich Bharat kennenlernte, geht Sie nichts an, verdammt noch mal!« kreischte sie. »Wenigstens bin ich ehrlich, während sich Ihre Familie im Schatten versteckt.«

»Ich wünsche nicht, daß Sie noch länger in meinem Haus leben«, sagte Ava. Sie konnte nicht so laut schreien wie Stiefmutter, deren Temperament nun mit ihr durchzugehen schien. »Sie vergiften uns alle.

»Bharat und ich werden ausziehen, wenn es an der Zeit ist. Und natürlich nehmen wir die Kinder mit.«

»Das können Sie nicht machen«, sagte Ava. »Sie müssen hierbleiben. Das ist ihr Zuhause.«

»Ihr Zuhause ist dort, wo ihr Vater sie hinschickt. Aber das besprechen Sie besser mit Bharat.«

»Bharat wird niemals dieses Haus verlassen. Er gehört zu unserer Familie.«

»Vermutlich kennen Sie ihn nicht so gut wie ich.« Mit einem eisigen Lächeln fügte Stiefmutter hinzu: »Zumindest hoffe ich das.« Ohne ein weiteres Wort gingen sie auseinander.

Gebeugt stieg Ava die Verandastufen hinab. Lautlos verschwand sie auf nackten Sohlen im Dunkeln und floh zu ihrem Kleinen Haus. Um so lauter klickten die Schuhe von Stiefmutter auf der Marmortreppe, als sie ins Haus zurückging, als würde es ihr gehören.

Einer nach dem anderen verschwanden die Verwandten in ihren Wohnungen, Srinivasin und Großtante Lakshmi flüsterten miteinander. Wir sahen, wie sie die Kusinen vor sich hertrieben.

Nur wir vier Kinder standen immer noch auf der Veranda, zusammen mit Vishnu, der über uns wachte, und sagten nichts.

»Was sollen wir jetzt tun?« fragte ich.

»Was kannst du schon tun?« entgegnete Anjali.

»Wir müssen das tun, was Nayana sagt«, meinte Kaveri.

»Warum?« fauchte Jagan. »Ich will dieses Haus nicht verlassen. Wo kann ich denn sonst Kricket oder Tennis spielen?«

»Kommst du mit uns?« fragte ich Anjali.

»Nein, Tantchen will mich nicht. Ich bleibe bei Ava«, erwiderte sie und eilte in den Garten.

»Ich muß hinaufgehen«, sagte Kaveri. »Mutter will die Geschichte zu Ende erzählen.«

Jagan und ich saßen allein da. Inzwischen war der Mond aufgegangen, und sein Schein tauchte den ganzen Garten in silbernes Licht. Ich konnte das hintere Tor sehen und den Gurkha, wie er auf seinem Stuhl herumrutschte.

»Wohin werden wir gehen?« Jagan seufzte.

»Nayana wird nicht gehen, hier ist Amah geboren. Er wird dieses Haus niemals verlassen. Du wirst sehen.«

»Ich gehe zu Ava. Kommst du mit?«

Er ging allein. Ich konnte mir nicht vorstellen, woanders zu leben, und vertraute Nayana. Ich wartet auf seine Rückkehr, aber es war nichts von ihm zu sehen.

Plötzlich bemerkte ich eine Bewegung im Brunnen, einen dunklen Schatten beim Mittelpfeiler. Der Brunnen glänzte immer heller, wie matter Stahl. Neugierig rannte ich hin.

Der Brunnen stand wie ein gigantisches weißes Kleeblatt auf der mittleren Wiese. Er war ein kostspieliges Stück Extravaganz, die Kopie aus einem staubigen Mogulgarten, hoch im Norden zwischen den Bergen. Niemand von uns hatte ihn je in Betrieb gesehen. Als Amah ein Jahr alt war, war Thatha bewußt geworden, daß leicht ein Kind darin ertrinken konnte, und hatte die Pumpe abmontieren lassen. Mit Ausnahme des Monsunregens enthielt der Brunnen niemals Wasser und machte ihn so zu einem idealen Spielplatz für uns.

Anjali saß auf dem mittleren Sockel und starrte zum Nachthimmel hinauf. Ich kletterte auf den Sockel zu ihr, aber sie gab nicht zu erkennen, daß sie meine Anwesenheit bemerkte. Sie weinte lautlos, und ihre Tränen glänzten wie Silber im Mondlicht.

Wir schlangen unsere Arme umeinander, und sie vertraute mir ihr Geheimnis an.

»Ich habe beschlossen«, sagte sie und wischte ihre Tränen weg, »ich werde sobald wie möglich heiraten.«

»Wen?«

»Irgendwen«, antwortete sie resigniert, und dann fügte sie hinzu: »Natürlich muß er aus einer guten Familie kommen.« Ich spürte, wie sie erschauerte. »Aber ich mag es nicht, was die Männer tun …«

»Was tun sie denn?« fragte ich neugierig und in der Hoffnung, sie würde mir in ihrer traurigen Stimmung alle diese Geheimnisse erklären.. »Kann ich es auch machen?«

»Dafür bist du noch zu klein und zu jung, um das zu wissen. Aber ich weiß alles, weil ich es gesehen habe.«

»Wo?«

»Das geht dich nichts an. Aber ich habe es gesehen, als ich es nicht hätte sehen sollen. Ich nehme an, daß ich es mit mir machen lassen muß, wenn ich verheiratet bin.«

»Aber willst du denn nicht mehr Ärztin werden?«

»Ach, das war nur ein Traum. Ich mag die Schule nicht mehr.«

»Wir haben uns doch versprochen, uns niemals zu trennen und immer Freunde zu bleiben.«

»Natürlich werden wir Freunde bleiben. Aber ich kann den Gedanken nicht ertragen, diese Frau als Mutter zu haben.« Sie begann wieder zu weinen. »Gott weiß, wie sie sich bei meiner Hochzeit verhalten wird. Und Gott weiß, daß Nayana so oder so seine Einwilligung geben wird. Ich muß weg von ihr. Ich kann nicht mein ganzes Leben bei Ava verbringen, so sehr ich sie auch liebe.«

Ich versuchte sie zu trösten, aber sie wollte sich nicht trösten lassen, nur flüchten. Sie würde auch in diese Ehe flüchten, und wir würden sie nicht mehr finden. Das Große Haus würde nicht länger ihr Heim sein, sobald sie das Haus ihres Ehemanns betreten hatte. Sie würde für den Rest ihres Lebens unter Fremden sein.

Buch II

Der Umzug

Euer Großvater war ein bösartiger Mann«, sagte Stiefmutter mit bitterem Klang in der Stimme zu uns. »Es ist seine Schuld, daß ihr nicht mehr im Großen Haus wohnen könnt.«

Natürlich hörten wir das nicht zum erstenmal. Seit ihrem schrecklichen Streit mit Ava erklärte sie uns ständig, wer die Schuld an unserem Unglück trug – Thatha, dessen Asche unser Vater bei Benares, begleitet von Srinivasin, Devarajulu und anderen männlichen Verwandten, in den Ganges gestreut hatte.

»Er war der Karta eurer Familie und hätte jedes Recht gehabt den Besitz eurem Vater als seinem Erben zu überschreiben, aber er tat es nicht. Er hat nicht einmal eine Vereinbarung unterschrieben, in der er euren Vater als Sohn anerkennt. Er hatte es zwar versprochen, es aber nie getan. Wenn er eurem Vater das Anwesen überschrieben hätte, anstelle eurer Großmutter, könntet ihr weiter im Großen Haus leben. Es ist schon das zweite Mal, daß euer armer Vater gezwungen wurde, sein eigenes Heim zu verlassen. Als er ein kleiner Junge war, warf Großvater Ranjit seinen eigenen Bruder, eure Großmutter Rani und dessen Familie hinaus. Jetzt könnt ihr nachfühlen, wie das ist. Euer Vater war ungefähr im gleichen Alter wie du, Krishna, und mußte in einem winzigen Haus in Chindaripet leben, in der Nähe des Fischmarkts. Zum Glück müssen wir nicht dorthin ziehen, sonst würden wir morgens, mittags und abends nach Fisch stinken.«

Nayana hatte uns zuerst belogen. Ein paar Tage nach dem Streit hatte er uns in das Auto gelockt, indem er uns einen

Abend am Strand versprochen hatte. Wir liebten es, im Sand zu spielen und in dem stillen Meer herumzuplantschen.

Aber statt ans Meer fuhren wir zu unseren neuen Heim. Ich wußte, es war eine kleine und unbedeutende Lüge, aber wir fühlten uns miserabel, weil wir uns nicht hatten von Ava verabschieden können.

Wir übersiedelten nicht einmal in ein ganzes Haus, sondern nur in einen Teil. Wir wohnten im Erdgeschoß, über uns wohnten fremde Leute. Unser Anteil bestand aus einem großen Wohn- und Eßzimmer und je einem Raum und einer Veranda zu beiden Seiten. Das Haus lag in Egmore, nur zwei Straßen von dem Haus entfernt, in dem Stiefmutter mit ihrer Mutter früher gelebt hatte. Auch die dunklen, ungemütlichen Möbel waren von Spencer & Co. gemietet.

»Ich hasse dieses Haus, und ich will heim«, flüsterte ich Nayana am ersten Abend zu.

»Das kannst du nicht«, erwiderte er geduldig. »Du weißt, daß sich deine Ava und Mutter nicht vertragen. Wenn sie Freunde geworden wären, würden wir noch dort sein, aber so ist das Leben. Du wirst dich daran gewöhnen.«

»Warum können sie nicht Freunde sein. Ava ist nie lange mit jemandem böse. Dann könnten wir wieder im Großen Haus leben.«

»Du weißt, weshalb. Ava hat deiner Mutter befohlen, das Haus zu verlassen ...«

»Weil Mutter sich überall eingemischt und ihr von Thatha und Kusine Indira erzählt hat. Das war ein Geheimnis.«

»Das wußten alle«, sagte er schroff. »Außerdem hat sich deine Mutter nur eingemischt, weil sie glaubte, Ava könne sich einen so großen Haushalt nicht leisten und suchte nach einem Weg, die Kosten zu senken. Das war alles, was deine Mutter beabsichtigte.«

»Darüber hättest *du* mit Ava reden müssen, nicht Stiefmutter.«

»Ich hatte keine Gelegenheit dazu.«

»Stiefmutter erzählte uns, du hättest das Haus verlassen, als du in meinem Alter warst, weil Thatha Ranjit böse auf seinen Bruder war. Warum war er so böse auf ihn?«

»Ach, daran kann ich mich nicht mehr erinnern. Als deine Amah meine Frau wurde, waren diese alten Geschichten längst vergessen. Zugegeben, sie wollten nicht, daß ich Rani heirate, aber sie liebte mich sehr. Ich kam nach Indien zurück, weil sie mit Selbstmord gedroht hatte, denn ihre Eltern wollten sie zwingen, einen anderen Mann zu heiraten.«

»Das wußte ich nicht.«

»O ja, deshalb habe ich sie geheiratet. Ich tat es, um sie zu retten. Ava kann sehr stur sein, es war ihr egal, was eure Amah fühlte.«

»Wenn sie noch am Leben wäre, hätten wir nicht ausziehen müssen, oder?«

»Nein.«

»Und wir hätten auch nicht ausziehen müssen, wenn Thatha dich zu seinem Erben gemacht hätte?«

Jetzt verlor Nayana die Beherrschung. Er war wütend auf Thatha, daß er ihn als Schwiegersohn nicht adoptiert und zum Erben des Besitzes gemacht hatte. »Er hat es versprochen, aber er hat mich fallenlassen. Das war nicht fair von ihm.« Er lächelte leicht. »Aber so ist das Leben.«

»Hätten wir nicht ein ganzes Haus für uns finden können?«

»Das kann ich mir nicht leisten. Ein Regierungsbeamter verdient nicht allzuviel. Sobald ich befördert werde, werden wir in ein ganzes Haus mit einem großen Garten umziehen, das verspreche ich. Bis dahin mußt du dich anpassen.«

Bedrückt saßen wir auf den Stufen der Veranda, starrten in den winzigen Garten. Es gab es keine Malis, die Ordnung machten, keine Vettern zum Spielen und nicht das ständige Kommen und Gehen der Verwandten und Freunde. Wir hatten das Gefühl, in einer anderen Welt gelandet zu sein, niemand aus unserem alten Leben wußte, wo wir waren.

Fremde Menschen kamen. Meistens waren es Briten und ihre Frauen aus dem Club, die Nayana und Stiefmutter kannten. Sie kamen spät am Abend und tranken und redeten und aßen. Wir beobachteten sie, durch das Fenster, obwohl wir hätten im Bett sein sollen. Thatha hatte nie Alkohol im Haus erlaubt, so daß wir nicht wußten, was er mit den Leuten machte. Ihre Stimmen wurden lauter und fröhlicher, wenn es später wurde. Trinken machte die Menschen jovial und freundlich, aber es ließ sie mit der Zeit auch umfallen. Die Frauen tranken auch, was wir vorher nie gesehen hatten, und ihre Gesichter wurden langsam rot. Morgens roch alles nach Bier und Whiskey und Schweiß, und die Aschenbecher quollen über. Nayana trank niemals, aber er genoß die Gesellschaft seiner neuen Freunde mehr als die unserer Verwandten im Großen Haus

Den meisten Spaß hatte Stiefmutter an diesen Parties. Aber wenn sie mit den Engländern, die sie kannte, lachte und redete, ließ Nayana sie nicht aus den Augen.

Er sprach kurz mit ihnen, lachte und ging weg, um zu sehen, was Stiefmutter tat. Es war, als hätte sie einen Magneten im Körper, der seine Blicke von überallher anzog. Er lebte in dem engen Tunnel ihrer Existenz und konnte nicht sehen, was außerhalb dieser Begrenzung geschah. Sobald sie seine Augen auf sich ruhen fühlte, tat sie, als würde sie es nicht merken, sondern beschäftigte sich noch intensiver mit dem, was sie gerade tat, als wollte sie sich vor seinem Blick schützen.

Nachdem er nun sie hatte, fand er immer seltener Zeit für uns. Er hatte seine Arbeit, die Dienstreisen und Kricketmatches. Stiefmutter kümmerte sich um unsere täglichen Bedürfnisse.

Wir konnten auch Anjali nicht mehr in der Schule sehen. Sie hatte ihren Hochschulabschluß gemacht, und wir drei besuchten jetzt Staceay's High School, die näher zu unserer Wohnung lag. Das war eine getrennte Schule für Jungen und Mädchen, aber sie befand sich auf dem gleichen ausgedehnten Grundstück und war zweimal so groß wie der Convent. Es war Stiefmutters Idee gewesen. Hier wurden wir nicht von Nonnen, sondern von anglo-indischen Lehrerinnen unterrichtet, und die Direktorin war eine alte, strenge britische Lady, Mrs. Enid Drayton. Obgleich Stiefmutter sie nicht kannte, gab es so etwas wie ein Wiedererkennen, als sie feststellten, daß sie gemeinsame Bekannte hatten. Es waren alles Engländer.

Nun wurde Kaveri unsere Anführerin, aber ich vermißte Anjali. Auch vermißte ich unser Essen. Im Convent hatte uns einer der Diener immer Lunch heiß direkt vom Feuer gebracht. Aber nun machte Stiefmutter unsere Sandwiches, die Kaveri anvertraut wurden. Sie wurden in eine große Blechbüchse gepackt, und zur Lunchzeit, wenn die anderen Kinder Reis und *Sambar* und Lamm-*Korma* aßen, packten wir unsere kalten Sandwiches aus und teilten sie gleichmäßig unter uns. Sie waren geschmack- und geruchlos gegenüber den Gerichten um uns herum. Keiner unserer Freunde wollte unsere Sandwiches mit seinem Essen tauschen. Einmal biß Maden, mein bester Freund, der neben mir in der Klasse saß, in eins meiner Sandwiches und wunderte sich. »Wie kann man so was essen? Kriegst du das, weil du eine weiße Mutter hast?«

Durch die Sandwiches fühlten wir uns anders als die anderen Kinder, das schloß uns von ihrer Kost aus. Ich schämte mich für unser Essen, aber Kaveri sagte mir, ich solle mich nicht beklagen. Jagan tat es. Er bat Stiefmutter um *Koimbu* und Reis, aber sie sagte, sie könne unser Essen nicht kochen, und tat, als könne das niemand.

Ramdass hatte Nayana nicht in das neue Heim begleitet. Statt dessen war er in sein Heimatdorf zurückgekehrt, und Nayana hatte widerstrebend seine Einwilligung gegeben. Nun arbeitete nur noch Valli für uns, die Dienerin aus Stiefmutters früherer Wohnung. Sie trug jetzt ein Choli und tat nur, was Stiefmutter sagte, und hörte nicht auf das, was wir sagten. Sie kehrte und wusch und kochte und war immer mürrisch.

Das einzige vertraute Gesicht, das uns begleitet hatte, gehörte Anatharaman. Er stellte seine Schreibmaschine und sein Pult auf die Veranda und arbeitete dort an den Vormittagen. Dann begleitete er Nayana ins Büro. Abends kam er für eine Stunde zurück, und wenn er nicht zu beschäftigt war, ließ er mich an seiner Schreibmaschine herumspielen.

Er blieb umsichtig und reizbar, aber ich stellte fest, daß die Kastenzeichen auf seiner Stirn deutlicher und größer wurden. Sie sahen immer wie frisch aus, den ganzen Tag lang. Er ließ mich mit einem Finger vorsichtig über seine Stirn streichen, und es fühlte sich an, als seien die Streifen nicht auf, sondern in der Haut. Die Streifen betonten, wer er war und wer er bleiben würde bis zu seinem Tod. Er hatte nicht den Wunsch, sich zu ändern und ein anderer zu werden.

»Selbst wenn ich es wollte, ich könnte es nicht ändern«, erklärte er mir. »Das Leben weist uns unsere Rollen zu. Ich bin ein Brahmane, du bist ein Vysya. Also gehörst du einer niedrigeren Kaste an, trotz deines Reichtums. Du kannst nicht ich werden, ich nicht du. Ebensowenig kannst du ein Engländer werden, selbst wenn du es versuchst. Ihre Kaste ist ebenfalls unerreichbar.« Zögernd fügte er hinzu: »Ich werde nicht mehr lange für deinen Vater arbeiten.«

»Treten Sie in den Ruhestand?«

»Nein. Aber Nehru wird die Forderungen der Telugu-Bewegung erfüllen, und dann muß dein Vater in diesen Staat ziehen, weil er ein Telugu ist.«

»Das wird nicht geschehen«, protestierte ich. »Nehru will Indien nicht durch einzelne Sprachgruppen geteilt sehen.«

Die Telugu-Bewegung strebte einen eigenen Staat an, der im Norden an Madras grenzen würde. Nach dem Tod von Potti Sriramalu, dem Anführer der Bewegung, der durch einen Hungerstreik gestorben war, und dem darauf folgenden Aufruhr mußte Nehru die Abspaltung der Tulugus akzeptieren und setzte eine Sprachgrenzen-Kommission ein.

»Der Regierungschef selbst möchte, daß die Telugus von den Tamilen getrennt werden. Ich werde es auch lieber sehen, daß das geschieht, so daß wir Tamilen die guten Jobs bekommen und nicht die Telugus. Sie, du, könnt euren eigenen Staat für euch selber haben. Ich meine das nicht böse, versteh das bitte«, fügte er hinzu.

»Nayana mißbilligt diese Bewegung auch, weil er sich ein einiges Indien wünscht, das nicht durch Sprachen getrennt ist. Er wird nicht in einen neuen Staat gehen wollen, selbst nicht in einen für Telugus.«

»Er wird es tun müssen.« Er machte eine Pause und sah sich um, aber es war niemand in Hörweite. »In dieser Regierung hat er Schwierigkeiten, befördert zu werden. Das liegt nicht an seiner Arbeit, er ist ein sehr guter Mann und exzellent, sondern an seinem Privatleben. Das darfst du niemandem erzählen, versprich es.«

»Ich verspreche es, wenn Sie mir sagen, was genau das bedeutet.«

Ich wollte ihn nicht erpressen, aber es war der einzige Weg, ihn zum Sprechen zu bringen. Er wußte, was in Nayanas Büro passierte, kannte die Gerüchte, die durch die geschlossenen Türen und Fenster der Verwaltung drangen wie eine Brise vom Meer. Es ging nicht an, daß ich mehr wußte als Nayana. Aber ich wollte ihn vor all den schlimmen Dingen beschützen, was auch immer es war. Anantharanam mochte Nayana, aber bei seiner niedrigen Position konnte er ihm die Dinge nicht selbst sagen.

»Er ist ein distanzierter Mann …«

»Aber alle Regierungsbeamten mögen so etwas. Sie erwarten, daß alle auf diese Weise miteinander umgehen, wer immer sie auch sind.«

»Aber es sind nicht mehr die Tage der Briten, das sind die Tage der Inder. Er kann nicht distanziert bleiben, er muß indischer werden. Er muß sich mehr unter unsere eigenen Leute mischen und darf nicht immer nur mit Engländern zusammen gesehen werden. Solche Dinge werden bemerkt.«

»Von wem? Wen interessiert das schon? Kamaraj wird schon für ihn sorgen.«

Er zögerte. »Der Regierungschef und dein Vater verstehen sich nicht allzu gut. Dein Vater ist es gewöhnt, den Briten zu dienen, und findet es schwierig, mit dem Regierungschef und den anderen Ministern zu arbeiten.«

Ich wußte, daß die Leute uns zur Kenntnis nahmen. Wenn sie uns in Begleitung von Stiefmutter sahen, waren wir anders. Ob wir im Auto oder bei Spencer's waren oder am Strand entlanggingen, wir fühlten uns von ihren Blicken durchbohrt. Wir Kinder waren gekennzeichnet.

»Du mußt verstehen, dein Vater ist ein Gentleman, und es wird ihm schwerfallen, sich zu ändern, weil er es nur zu gut von den Briten gelernt hat, wie sich ein Gentleman benimmt. Wir hatten niemals diese Gelegenheit, und so können wir dieses Verhalten nicht verstehen. Und wenn wir etwas nicht verstehen, dann ist es uns suspekt. Vor allem jetzt, wo die Engländer eben erst das Land verlassen haben und die Erinnerung immer noch schmerzt.« Mit einem sanften Lächeln entschuldigte er sich für seine Offenheit.

Die Verschwörung

Nach der Übersiedlung begann sich Kaveri zu verändern. Eines Nachmittags fuhr sie mit Stiefmutter im Auto weg. Als sie zurückkamen, trug meine Schwester voller Stolz mehrere Papiertüten ins Haus, und beide verschwanden in Tantchen Victorias Schlafzimmer und schlossen die Tür.

Es dauerte eine Weile, bis Kaveri wieder auftauchte. Sie trug nicht mehr ihren Padava, sondern ein europäisches Kleid. Es war von derselben Art, wie es Stiefmutter trug, aus grüngeblümtem Baumwollstoff mit weißen Rüschen am Hals und an den Ärmeln. Es reichte ihr gerade bis zu den Knien. Außerdem trug sie ihr Haar nicht mehr in Zöpfen, das konnte sie nicht mehr, denn es war kurz geschnitten und so eben bis zu den Schultern.

»Nun, was meint ihr?« fragte sie stolz und drehte eine Pirouette.

»Ich mag es nicht«, sagte Jagan. Im Padava hast du mir besser gefallen.«

Sie schaute so enttäuscht drein, daß ich hastig versicherte: »Ich finde dich sehr hübsch. Hast du viele neue Kleider bekommen?«

»Unmengen!« rief sie und lachte glücklich. »Warum machst du mir nicht auch so ein hübsches Kompliment wie Krishna, Jagan?«

Nachdenklich zog er die Nase kraus. »Weil du in diesem Kleid wie eine Anglo-Inderin aussiehst.«

»Ich finde, sie sieht so hübsch aus wie ich«, bemerkte Stiefmutter, als sie sich zu uns gesellte. »Indische Kleider lassen sie plump aussehen, während sie dieses schlank macht. Bald gehen wir wieder einkaufen.«

»O ja, dann bekomme ich noch mehr Kleider!« jubelte Kaveri.

»Nein, nicht für dich«, antwortete Stiefmutter. »Wir müssen auch für Amber einkaufen. Vergiß nicht, sie ist deine Stiefschwester, und sie braucht ebenfalls etwas zum Anziehen. Sie ist so ein hübsches Mädchen. Sie wird die Ferien bei uns verbringen. Du freust dich doch auf deine Stiefschwester?«

»Tue ich nicht!« fauchte Kaveri.

»Du wirst dich anständig benehmen«, sagte Stiefmutter streng. »Sonst muß ich mit deinem Vater darüber sprechen. Er wird nicht dulden, daß du Amber unhöflich behandelst. Hast du mich verstanden?«

»Ja«, flüsterte Kaveri und sank auf ihr Bett.

Stiefmutter ließ uns allein. Jetzt teilten wir drei ein winziges Zimmer, in dem wir uns kaum rühren konnten. Jagans und Kaveris Betten standen nebeneinander, meines stand quer davor. Wir verstanden nicht, warum Nayana uns das antat.

»So hätte sie nicht mit dir reden dürfen«, meinte ich.

»Ava würde niemals so mit dir gesprochen haben«, meinte Jagan. Er vermißte sie am meisten. Ich habe ihn stundenlang bei ihr sitzen sehen, einen Zipfel ihres Saris in der Hand. Ava war ein Ort der Ruhe für ihn. Nun war er rastlos und wußte nicht, was er tun sollte. Wir spielten, so gut wir konnten, im Garten, aber er wollte Thathas Kricketplatz und all die anderen Kinder. »Und Ava würde es nicht gefallen, dich so angezogen und mit dem abgeschnittenen Haar zu sehen.«

»Wie willst du jetzt Blumen in dein Haar stecken?« fragte ich.

»Das muß ich nicht mehr tun«, erwiderte Kaveri, »und ich bin froh drüber, weil die Blumen immer aus meinen Zöpfen herausgefallen sind. Mutter sagt, außerdem sehe ich mit dem neuen Haarschnitt sehr so-phis-ti-cat-ed aus.«

»Was ist ›sophisticated‹?« fragte ich. Und als sie zögerte, stürzte ich mich auf sie. »Du weißt es selbst nicht.«

»Vermutlich bedeutet es britischer«, sagte Jagan.

»Nein, tut es nicht.« Sie rannte zu einer Kiste und suchte darin nach einem Lexikon. Wir bewahrten unsere Bücher in hölzernen Kisten auf, nur die Schulbücher waren draußen. Sie tauchte mit dem Buch in der Hans auf, und es dauerte eine Weile, bis sie das Wort gefunden hatte. »Weltgewandt, kultiviert, geistreich, intellektuell«, sagte sie stolz. »So bin ich jetzt geworden.«

»Was? Nur mit einem Haarschnitt und einem Kleid? fragte Jagan.«

»Natürlich, das ist besser, als auszusehen wie ihr beide. Ihr seht aus wie kleine Chokras. Ihr müßt euch auch ändern.«

»Aber wozu?« fragte ich.

»Mutter sagt, wir sind zu indisch.«

»Aber wir sind nun mal Inder«, entgegnete Jagan.

»Ich weiß, daß wir das sind«, sagte Kaveri beruhigend. Trotzdem müssen wir uns nicht wie die traditionsbewußten Inder benehmen, die in den Tempel gehen und Zöpfe tragen und nur ihre Muttersprache verstehen. Mutter will, daß wir öfter englisch sprechen. Sonst werden die Leute über unseren Akzent lachen, wenn wir im Ausland studieren.«

»Anantharaman sagt, man kann sich nicht ändern«, wandte ich ein.

»Willst du ihm glauben oder Nayana und Mutter?« fragte Kaveri.

Sechs Monate nach dem Umzug erlaubten uns Nayana und Stiefmutter endlich einen Besuch im Großen Haus. Wir durften nur zum Lunch bei Ava bleiben, und wenn wir danach nicht sofort zurückkommen würden, betonte Stiefmutter, dürften wir für eine lange Zeit nicht wieder hingehen. Wir trugen neue Kleider, und unsere Schuhe waren so poliert, daß sie glänzten.

»Ich wünsche nicht, daß sie denkt, wir würden nicht ordentlich für euch sorgen«, sagte sie, als sie uns einer sorgfältigen Musterung unterzogen hatte. »Ich wünsche, daß ihr vorsichtig sein mit dem, was ihr sagt und tut! Und unterschreibt keine Papiere, was auch immer eure Großmutter zu euch sagt.«

»Warum sollte sie uns etwas unterschreiben lassen?« fragte Kaveri.

»Hörst du denn niemals zu?« Stiefmutter seufzte. »Wie oft habe ich schon gesagt, Großmutter und Anjali könnten versuchen, euren Anteil des Erbes in ihren Besitz zu bringen!«

»Das würden sie nicht tun«, protestierte Jagan. »Nicht Ava.«

»Nun, dein Vater ist anderer Meinung.« Erbost preßte Stiefmutter die Lippen zusammen. Dann fügte sie hinzu: »Eure Großmutter ist keine reiche Frau mehr. Nachdem Thatha so hoch verschuldet war, ist ihr außer den Häusern und dem Garten nichts geblieben. Wahrscheinlich muß sie einen Teil des Grundstücks verkaufen, vielleicht ein Acre oder mehr. Und Anjali tut alles, was eure Großmutter sagt, und ich weiß, sie werden euch bedrängen, damit ihr drei ihnen euer Erbe überschreibt.«

»Warum gehen wir dann hin?« fragte Kaveri. »Wir können auch zu Hause essen.«

»Das findet euer Vater auch. Aber ich glaube, ihr solltet mit Anjali und eurer Großmutter in Verbindung bleiben – allein schon, um herauszufinden, was für eine Art von Menschen sie sind.«

»Was für eine Art von Menschen sie sind?« fragte ich.

»Habe ich das nicht soeben erklärt? Du hörst niemals zu, Krishna. Das ist dein Problem. Du kannst dich nicht konzentrieren.«

»Weil es mir nicht gefällt, wie du über Ava und Anjali redest. Also muß ich nicht zuhören, oder?«

Sie gab mir eine Ohrfeige, nicht fest, aber fest genug, daß mir das Gesicht brannte. Ich kniff die Augen zusammen, um die Tränen zurückzuhalten. Trotzdem rollten sie über meine Wangen, und ich spürte, wie Kaveri und Jagan mich bestürzt anstarrten.

»Das sage ich Nayana!« schrie ich und schämte mich wegen meiner Tränen und dem Zittern in den Beinen.

»Ich bin sicher, daß du das tun wirst. Du bist ein verwöhnter Junge, und bis jetzt hat dein Vater dir immer alles durchgehen lassen – deine gespielten Krankheiten, deine eingebildeten Kopfschmerzen und deine vorgetäuschte Vergeßlichkeit! Aber das wird sich von jetzt an ändern. Hör auf zu heulen!«

»Aber er ist *wirklich* oft krank, und er vergißt *wirklich* alles!« protestierte Kaveri.

»Halt dich da raus!« warnte Stiefmutter, und Kaveri verstummte sofort.

Fremd vor unserem Tor

Stiefmutter befahl dem Chauffeur, vor dem Tor anzuhalten. Sie konnte zwar fahren, behauptete aber, eine Dame dürfe ihr Auto nicht selbst steuern. Deshalb hatte Nayana einen neuen Fahrer einstellen müssen, den Muslim Muneer Basha, einen kugelrunden Mann mit weißem Schnurrbart, der spannende Geschichten aus seiner Kriegszeit erzählte. Er sprach fließend Hindi. In dieser Sprache verständigte er sich mit Stiefmutter, und so wußten wie nie, welche Befehle sie ihm gab.

»Ich fahre da nicht hinein, und so müßt ihr den Rest des Weges zu Fuß gehen. Um Punkt zwei kommt Muneer wieder hierher. Laßt ihn bitte nicht warten.«

Sie ließ uns vor dem Tor stehen. Die Straße war leer und verlassen, nicht eine Seele war in der Mittagshitze zu sehen, und zum erstenmal fühlten wir uns wie Fremde vor unserem Tor. Kaveri zog ein zierliches Taschentuch hervor und wischte die Tränenspuren von meinen Wangen. »Sag Ava nichts«, meinte sie.

»Warum nicht? Ich habe Ava immer alles erzählt.«

»Das würde sie nur aufregen. Später reden wir mit Nayana, und er wird Mutter zurechtweisen.«

»Vielleicht zieht sie aus«, meinte Jagan hoffnungsvoll.

»Nein, sie sind verheiratet«, erwiderte Kaveri, »und sie können einander nicht verlassen.«

Das schmiedeeiserne Tor hatte seine Vergoldung verloren, und die schwarze Farbe war abgeblättert und stumpf. Wir starrten die Einfahrt hinunter, die mit welkem Laub bedeckt war, und wir konnten durch die Bäume das Haus nicht sehen. Das Wachhäuschen war leer, kein Gurkha öffnete uns das Tor und salutierte, wie er es früher getan hatte. Wir drückten dagegen, und ein Flügel schwang langsam auf. Jagan bestand darauf, es nach uns wieder zu schließen, so daß Ava drinnen sicher war.

Unter unseren Füßen raschelte das braune Laub. Die Rasenfläche an der einen Seite war überwuchert, das Gras hüfthoch. Die schmalen Kanäle neben der Straße waren trocken, voller Laub und Schmutz.

Die Pfauen und Krähen und Papageien waren dort in den Bäumen, aber ich konnte sie irgendwie nicht mehr so deutlich hören. Die Bäume übertunnelten den Weg, und ihre krallenförmigen Zweige reichten bis zu uns herunter. Der Weg war lang, und wir preßten uns eng aneinander, denn der Garten war nicht länger freundlich und vertraut, sondern zu einem fremden, unheimlichen Ort geworden. Wir hatten unsere Vergangenheit betreten, die uns gespenstisch still erschien.

In Thathas geliebtem Rosengarten ragten nur noch verdorrte Stengel aus der Erde. Ich hatte den Duft der Rosen geliebt und dachte neidisch an Mrs. Draytons Garten. Sie verdiente ein solches Glück nicht.

Zwischen den verwelkten Stauden hockte Venketesan, der alte Obergärtner, und streichelte das harte Erdreich. Bei unserem Anblick stand er auf und begrüßte uns mit einem Namaste. »Ihr seid zurück. Gott sei Dank.«

Er starrte auf Kaveri, unsicher, ob sie jemand war, den er kannte. Er wirkte dünner, abgespannt, und er trug nur seinen Turban, und ein schmales Dhoti war zwischen seine Beine geschlungen. Die Haare auf seiner knochigen Brust waren so weiß wie die Stoppeln in seinem Gesicht. Er hatte krumme Beine, über die wir uns lustig gemacht hatten, als wir kleiner waren.«

Aber diese Beine trugen ihn täglich über eine große Entfernung. Er lebte in Poonamalle, acht Meilen entfernt, und jeden Tag ging er zu unserem Garten und begann um vier Uhr mit dem Rückweg, um sein Dorf bei Einbruch der Dämmerung zu erreichen. Wir hatten ihn ein paarmal auf unserem Weg nach Bangalore überholt und ihm angeboten, mitzufahren, aber er hatte es jedesmal abgelehnt und war weitergegangen.

»Nein, wir kommen nur zum Lunch«, erklärte Jagan. Wir blieben am Rand des Gartens stehen und betrachteten den ausgetrockneten Boden.

»Wir haben kein Wasser«, murmelte Venketesan.

»Aber der Brunnen ist doch noch da?«

»Ja, aber da ist niemand, der das Wasser hochpumpt. Nach dem Tod eures Thathas wurden die Malis entlassen, und ich bin zu alt, um die ganze Arbeit allein zu schaffen.« Betrübt starrte Venketesan die Stengel an. »Peri Iyer liebte seine Rosen. Wir wollten eine neue Sorte züchten, für die Jahresschau.« Schwerfällig setzte er sich wieder und strich zärtlich über die bröckelige Erde, als sei sie ein geliebtes Haar.

Wir gingen weiter. Als wir in die Nähe des Hauses kamen, war die Zufahrt etwas sauberer. Hier sah man Zeichen von morgendlichem Fegen, das Laub häufte sich in den Rattankörben.

Langsam tauchte das Haus zwischen den Zweigen der Bäume auf.

Es warf keinen Schatten, sondern die Sonne brannte unbarmherzig auf das Gebäude. Auch das Haus war älter geworden und hatte sich verändert, das Wetter hatte Narben hinterlassen und seinen Tribut gefordert. An manchen Stellen hatten sich Ziegel gelockert, die Fensterläden hätten längst gestrichen werden müssen, die grauen Wände waren mit schwarzen Regenstreifen überzogen. Überall sahen wir die Spuren von Avas finanziellen Schwierigkeiten. Doch das Haus wirkte trotzdem einladend.

Zu unserer Verblüffung entdeckten wir fremde Leute vor dem Kleinen Haus. Ein Mann und eine Frau standen neben einem Morris Minor. Sie warfen uns einen kurzen Blick zu und fuhren in ihrer Unterhaltung fort, ehe der Mann in das Auto stieg und an uns vorbeifuhr.

»Denkt daran, paßt auf, was ihr sagt«, mahnte Kaveri.

»Warum?«

Sie stöhnte gequält. »Hat Mutter dich nicht geohrfeigt, weil du ständig alles vergißt, Krishna?«

»Aber Ava und Anjali würden solche Dinge niemals tun. Stiefmutter hat das nur erfunden.«

»Würdest du Nayana glauben?«

»Ja.«

»Nun, es ist genauso, als hätte *er* es uns erzählt.«

Sie hatte recht. Zwischen Nayana und Stiefmutter herrschte ein unerschütterliches Einvernehmen. Er hatte ihr von Kusine Indira und Thatha erzählt. Also mußte Nayana ihr auch das über Ava gesagt haben.«

»Ich will nur verhindern, daß du wieder Ärger mit Mutter kriegst«, fügte Kaveri hinzu. »Wenn sie sich auch bemüht, uns freundlich zu behandeln, verliert sie leicht die Beherrschung, weil sie nicht an unsere Lebensart gewöhnt ist.«

Anjalis Neuigkeiten

Aber du wirst Ärger mit Ava bekommen«, bemerkte Jagan, während wir unseren Weg fortsetzten.«

»Wieso?«

»Weil du so komisch angezogen bist. Du hättest deinen Padava nehmen sollen.«

»Jetzt bin ich erwachsen, und ich kann mich so kleiden, wie es mir gefällt. Außerdem findet Mutter, in diesen Sachen würde ich viel hübscher und schlanker aussehen.«

Kaveri trug ihr schönstes neues Kleid, ihr kurzes Haar war mit einer roten Schleife geschmückt, und Stiefmutter hatte ihr sogar die Lippen bemalt.

Vor den Verandastufen wurden wir von Vishnu erwartet. Wir liefen zu ihm, und er umarmte uns. »Oh, ich habe euch so vermißt«, flüsterte er. Dann trat er zurück, um uns zu mustern. Mißbilligend starrte er Kaveri an. »Warum siehst du so aus? Du siehst überhaupt nicht aus wie Kaveri, sondern wie ein fremdes Mädchen.«

»Das ist so, wie ich sein will.« Herausfordernd warf sie ihren Kopf in den Nacken. »Halt mir keinen Vortrag! Von Ava werde ich noch genug zu hören kriegen.«

»Kommt her und laßt euch anschauen!« rief Ava, die mit Anjali auf der Verandaschaukel saß. Jagan lief zu ihr und kniete nieder, warf sich in ihre Arme und preßte den Kopf an ihren Bauch, als wollte er sich nie wieder von der Stelle rühren. Zärtlich streichelte sie sein Haar. Dann ging ich zu ihr, und sie küßte mich. Die Augen voller Tränen, betrachtete sie Kaveri. Vishnus Mißbilligung war mild gewesen gegen Avas Reaktion. Sie rümpfte die Nase. »Warum bist du so angezogen und nicht so, wie es ein Mädchen sein sollte?«

»Weil ich so aussehen möchte«, erklärte Kaveri geduldig. »Nicht wie Anjali.«

Unsere ältere Schwester trug einen schönen Sari aus rosa Baumwolle und Blumen im Haar. Liebevoll umarmten wir uns, und sie machte mir Platz auf der Schaukel.

»Du siehst ordinär aus«, sagte sie, nachdem sie Kaveri eingehend betrachtet hatte.

»Nein, tue ich nicht!« kreischte Kaveri. »Du siehst aus wie eine Devadasi …«

»Hör auf!« befahl Ava. »In meinem Haus dürft ihr nicht streiten. Ihr müßte euch gegenseitig respektvoll behandeln.«

»Aber sie hat angefangen«, maulte Kaveri.

»Wie kann ich den Mund halten, wenn sie so angezogen ist?« verteidigte sich Anjali.

»Hört auf, alle beide!« Nun nahm die Großmutter auch Kaveri in die Arme. »Du bist noch so jung und leicht zu beeinflussen. Deshalb mache ich dir keine Vorwürfe.« Kaveri kletterte ebenfalls auf die Schaukel. Inzwischen hatte sich Jagan hinter Ava plaziert. »Nur eins muß ich tun.«

Sie packte einen Zipfel ihres Saris und wischte energisch die rote Farbe von den Lippen ihrer Enkelin, die sich heftig, aber vergeblich wehrte. »Nun, wir haben wichtige Neuigkeiten. Anjali wird heiraten.«

»Wen?« fragten wir drei im Chor und sahen zu Anjali. Mit jedem Blick schien sie älter, erfahrener zu werden.

»Wir haben einen passenden Bräutigam gefunden, er ist der Zamindar von Pullapadi.«

»Er ist sehr elegant!« Anjali konnte ihre Aufregung nicht verbergen. »Er fährt einen Nash, und er spielt Tennis und Polo.«

»Und er hat den akademischen Titel eines Bakkalaureus«, ergänzte Ava.

»Ich denke immer daran, daß Nayana gesagt hat, ich müßte einen gebildeten Mann heiraten, so daß ihm dies gefallen wird. Allerdings war der Zamindar nicht meine erste Wahl.«

»Deine erste Wahl kam nicht in Frage«, fauchte Ava. »Er hatte keinen Beruf, und seine Familie ist arm.«

»Aber ich mochte Shyam«, protestierte Anjali. »Er ist nett und sanftmütig und schreibt wunderbare Gedichte. In diesen Mann hätte ich mich verlieben können … Leider wollte Ava nichts davon wissen und sagte, der Zamindar wäre eine bessere Partie für mich.«

»Gedichte kann man weder essen noch anziehen. Eigentlich wollte ich dich noch nicht verheiraten. Aber da du darauf bestanden hast, mußte ich wenigstens einen geeigneten Mann für dich suchen.«

»Warum wolltest du nicht warten?« fragte ich.

»Weil ich nicht wollte«, antworte Anjali stur. Sie hatte es sich in den Kopf gesetzt, und nichts konnte sie davon abbringen, selbst wenn es der falsche Mann, die falsche Zeit war.

»Und wie hast du den Zamindar gefunden?« fragte Jagan.

»Durch Srinivasins Schwager.«

»Viele Männer sind gekommen, um mich zu sehen«, berichtete Anjali. »Aber die gefielen mir nicht. Der eine hatte sich zu stark gepudert, und sein Gesicht war sehr dunkel, der andere benutzte zuviel Kokosnußöl, das über seine Wangen rann, einer war so dick, daß er kaum gehen konnte, und ein anderer wirkte zu weibisch. Dann kamen Bala und seine Mutter im Nash, und er sah so smart und gut aus.«

»Wann werdet ihr heiraten?« erkundigte ich mich.

»Im Mai.«

»Weiß es Nayana schon?« fragte Kaveri.

»Noch nicht«, erwiderte Ava. »Ich habe ihm einen langen Brief geschrieben. Den sollst du ihm persönlich übergeben. Nicht dieser …« Abrupt verstummte sie, aber wir wußten, was sie meinte.

»Und ich möchte *sie* auch nicht hier haben«, sagte Anjali.

Wir hatten wegen der Hochzeit viel zu besprechen, und wir fühlten uns wieder enger mit der Familie verbunden. Der *Pandal* für die Zeremonie sollte auf dem westlichen Rasen aufgebaut werden, und schließlich würden mindestens fünftausend Gäste bewirtet werden müssen. Anjali bestand darauf, daß M. S. Subalakshmi zum Empfang singen müsse, und sie wollte auch, daß Ram Gopal tanzt. Es sollte ein großes Fest werden, so wie Thatha es gewollt hätte.

»Wer sind die Leute im Kleinen Haus?« fragte ich während einer Gesprächspause.

»Ich mußte es vermieten, weil ich das Geld brauche«, erklärte Ava. »Mr. Basu arbeitet bei der National and Grindlay's Bank. Und es sind sehr nette Leute.« Dann seufzte sie tief, und die Realität holte uns langsam wieder ein. »Für mich ist das alles sehr schwierig. Nur Venketesan, Vishnu, Balram, Sethu und Andalamma sind hiergeblieben. Alle anderen sind gegangen.«

»Sogar Gopalan?«

»Ja. Ich konnte ihn nicht mehr bezahlen, und ohne einen *Pujari* kann ich nicht im Tempel beten. Also wurden die Pforten geschlossen. Das bedrückt mich sehr.«

»Warum hast du das Kleine Haus nicht Onkel Srinivasin vermietet?«

»Wie kann ich von meiner Schwester und meinem Schwager Miete verlangen, nachdem sie ihr ganzes bisheriges Leben hier verbracht haben? Ich kann nur von fremden Leuten Geld nehmen. So habe ich auch einen Teil des unbebauten Landes an den Förster verpachtet.«

Armut

Ava trug nur noch einen einzigen Goldreif, einen einfachen goldenen Nasen- und passende Ohrstecker. Unter ihren Augen lagen dunkle Schatten.

»Ich muß ja auch die Grundsteuer zahlen«, fuhr sie fort. »Seit drei Monaten bin ich im Rückstand. Vielleicht muß ich dem Milchbauern die alten Scheunen für seine Kühe vermieten.«

»Kannst du denn keinen Reis verkaufen?« fragte Kaveri besorgt.

»Wer soll die Felder bestellen? Sie sind alle weggelaufen, als ob das Haus die Pest hätte. Ach, warum belaste ich eure jungen Köpfe mit meinen Problemen?« Langsam und liebevoll musterte sie uns. »Krishna, du bist größer geworden, so um die sechs Inches.«

»Fünf«, verkündete ich stolz. »Ich hoffe, ich werde größer als Nayana.«

»Auch Jagan ist gewachsen. Und du bist so dünn.« Sie wandte sich zu meinem Bruder und streichelte sein Gesicht. »Ißt du nicht genug?«

»Ich bin niemals hungrig.«

»Aber bekommst du auch gutes Essen und nicht nur das britische Zeug, das sie essen?«

»Britisches«, sagte er, »aber das ist in Ordnung.«

»Ich habe Sethu gesagt, er soll all eure Lieblingsspeisen kochen. Da ist sein Haifisch-*Puttu* für dich, Krishna. Für Kaveri gibt es Ghee-Reis mit Hammelfleisch und für Jagan sein Spezial-Thali, Hühner-Korma und …« Sie zählte auf, welche Gerichte uns erwarteten.

Essen war für sie immer ein Gesprächsstoff, aber es war auch ein Weg, mehr über die Menschen zu wissen. Um zu erfahren, was er dachte, mußte man, wie Ava meinte, nur sehen, was er aß. Es war eine Sache, über etwas zu sprechen, aber eine andere, etwas zu erforschen und herauszufinden. Wer kochte das Essen? Ein Brahmane, die Frau, eine niedrige Kaste? Wenn es ein Brahmane war, war die Familie in Ordnung. Was gab es für Speisen? Tandoor, Rasam, Chapati? Sie sagten ihr, wo die Person herkam. Jeder Bissen verriet den Stand einer Person und seine Herkunft.

Sie erkundigte sich nach unserem täglichen Speiseplan. Während wir Bericht erstatteten, runzelte sie unwillig die Stirn. Dann fragte sie vorsichtig, wie Stiefmutter und Nayana einander behandeln würden.

Zu unserer Verblüffung antwortete Jagan: »Sie beschwert sich oft.«

»Worüber?«

»Es geht um Geld. Sie sagt, es sei nicht genug und wir würden viel mehr brauchen. Sie führt sorgfältig über alles Buch. Jeden Morgen fragt sie, wieviel wir mittags und abends essen werden. Und beim Dinner fragt sie, was wir zum Frühstück essen wollen. Sie behauptet, auf diese Weise würde nichts verschwendet.«

»Was für ein Unsinn!« rief Anjali lachend. »Wer kann denn wissen, wie hungrig er in zwölf Stunden sein wird?«

»Kein Wunder, daß Jagan so dünn ist!« klagte Ava. »Und ihr anderen auch …«

»So schlimm ist es nicht«, versicherte Kaveri. »Wir kriegen zehn Koteletts, wenn wir Lust drauf haben. Aber die müssen wir alle aufessen.«

»Aber warum?« fragte Ava. »Als Regierungsbeamter verdient euer Nayana recht gut. Außerdem werden ihm kostenlos Personal und Autos zur Verfügung gestellt.«

»Aber er hat auch für Amber zu bezahlen. Das Internat ist sehr teuer.«

»Was ist mit ihrem Vater? Warum kann er nicht bezahlen?«

Da wir Ambers Vater nicht kannten, wußten wir keine Antwort. Jeden Samstag schrieb Stiefmutter ihrer Tochter, und am 25. jedes Monats schickte sie der Schuldirektion einen von Nayanas Schecks. Wir wußten nicht, in welcher Höhe.

»O Gott!« stöhnte Anjali. »Wie soll ich denn heiraten? Nayana muß alles bezahlen. Und wenn kein Geld da ist …«

Ava schwieg eine Weile und betrachtete die Bäume, die in der Mittagshitze zu dösen schienen. Dann fragte sie: »Hat Nayana euch aufgefordert, Papiere zu unterschreiben?«

»Was für Papiere?« fragte Anjali, und ich fing ihren flüchtigen Blick auf. Ahnte sie, wovor Stiefmutter uns gewarnt hatte?«

»Irgendwelche Papiere«, entgegnete Ava.

»So was würde er niemals von uns verlangen«, beteuerte Kaveri.

»Wenn er es tut, kommt zu mir, und wir gehen zu Mr. Menon, unserem Anwalt.« Langsam kletterte Ava von der Schaukel. »Nun werden wir essen. Ihr dürft euch natürlich nehmen, soviel wollt.«

Aber vor der Mahlzeit wollte ich mein altes Zimmer sehen und meinen Hockeyschläger holten, denn die Saison hatte begonnen. Ich rannte die Treppe hinauf zu meinem Zimmer, vorbei an den Ahnenporträts, die mich vorwurfsvoll anstarrten, als wäre es meine Schuld, daß ich nicht mehr hier wohnte.

Ich öffnete die knarrende Tür. Die Fenster waren geschlossen, und die Luft war heiß und stickig. Nichts hatte sich verändert. Auf dem ordentlich gemachten Bett lag mein zusammengefalteter Paijama, daneben lag mein alter Teddybär. Meine verstaubten Bücher stapelten sich auf dem Nachttisch. Am liebsten hätte ich sie mitgenommen und alle meine Spielsachen. Aber dafür war im neuen Haus kein Platz. Nur meinen Teddy drückte ich an mich.

Als ich ein leises Schnüffeln hörte, drehte ich mich um. Jagan stand auf der Schwelle und ließ seinen Blick durch den vertrauten Raum wandern, sein Gesicht zeigte keine Regung. Langsam ging er zu der Ecke, in der sein Kricketschläger lehnte, ein Geschenk von Thatha. Er hob ihn hoch, fixierte einen imaginären Ball und schwenkte ihn durch die Luft. Dann stellte er ihn an seinen Platz zurück.

Ein neuer Abschied

Du solltest den Schläger mitnehmen.«

»Das möchte ich nicht.« Mit sanfter Gewalt entwand er mir den Teddy und setzte ihn aufs Bett. »Den kannst du auch nicht mitnehmen. Hier ist er in Sicherheit. Außerdem bist du schon zu alt dafür.«

»Was nimmst du mit?«

»Nichts. Ich wollte nur sehen, wie wir früher gelebt haben.« Er streckte sich auf seinem Bett aus. »Wären wir doch hiergeblieben …«

»Eines Tages werden wir zurückkehren.«

»Ich möchte es nicht. Es ist zu spät. Thatha ist nicht mehr da, die anderen sind auch gegangen. Es wird nicht mehr dasselbe sein.«

»Aber wir werden unseren Kricket- und Tennisplatz haben …«

»Dann sind wir zu alt für solche Spiele.«

Düster starrte er vor sich hin, und ich wünschte, ich könnte ihn aufheitern.

»Du solltest besser zum Essen runtergehen. Ich komme gleich nach.«

Ich nahm meinen Schläger und schloß die Tür. Dann lief ich durch die Halle zu Thathas Zimmer. Es war verschlossen, so wie Nyanas und alle anderen Zimmer. Das einzige unverschlossene war Anjalis, und ich späte hinein. Jetzt standen wieder zwei Betten darin. In Kaveris ehemaligem Schrank lagen Avas Saris. Ich lauschte der Stille, die mir tröstlich erschien, und stellte mir vor, wie die beiden hier schliefen, im sicheren Kokon der Nacht. Für mich war das Haus nur mehr eine schöne Erinnerung. Mit Thathas Tod und Nayanas Heirat hatte die Vergangenheit ein Ende gefunden.

Bedrückt stieg ich die Treppe hinab. Erst jetzt kam Jagan aus unserem Zimmer und folgte mir.

Neben der Tür des Eßzimmers stand ein glänzendes neues Fahrrad, ein grünes Raleigh mit geschwungener Lenkstange und funkelnden Chromrädern. Dieser wunderbare Anblick nahm uns den Atem.

»Nächste Woche hat Jagan Geburtstag«, erklärte Ava. »Also mußte ich ein Geschenk für ihn besorgen.« Jubelnd nahm er sie in die Arme, und sie drückte ihn ganz fest an sich. Dann strich er entzückt über den schmalen, gepolsterten Sitz seines Fahrrads.

»Darf ich auch mal damit fahren?« fragte ich und umfaßte die Lenkstange.

»Nein, das Rad gehört mir«, protestierte er und stieß mich weg. »Sag Nayana, er soll dir eins kaufen.«

Ich hoffte, Ava würde sich für mich einsetzen. Aber sie lächelte Jagan liebevoll an. »Wenn du sechzehn bist, schenke ich dir ein Motorrad.«

»Und wir?« klagte Kaveri, die sich ebenso gekränkt fühlte wie ich.

»Oh, Nayana wird euch sicher auch eines geben«, tröstete uns Ava.

Nach der üppigen Mahlzeit wanderten wir langsam und restlos gesättigt zum Gartentor. Sethu hatte sich selbst übertroffen. Jetzt arbeitete er ganz allein in der Küche, und er schien sich etwas verloren zu fühlen, weil niemand mehr da war, den er herumkommandieren konnte. Aber er hatte uns in die Wangen gekniffen, seine Fingerspitzen geküßt und voller Genugtuung unseren gesunden Appetit beobachtet. Das Fahrrad blieb im Haus zurück. Später würde Vishnu es zu uns nach Hause bringen.

Ava, Anjali und Vishnu, der ein hölzernes Kästchen trug, begleiteten uns nur ein Stück des Wegs. Wir waren nicht sicher, ob Stiefmutter im Auto sitzen würde, und Ava wollte ihr nicht begegnen.

»Vergiß nicht, Nayana den Brief zu geben, Kaveri«, mahnte sie, »und niemand anderem! Er soll mich, so schnell er kann, besuchen, weil wir mit den Hochzeitsvorbereitungen beginnen müssen.« Dann bedeutete sie Vishnu, Jagan das Kästchen zu geben. »Dies sind eure silbernen Thalis und Kinums. Ich weiß nicht, wie ihr ohne sie richtig essen könnt.«

Bevor wir zum Tor weitergingen, umarmten uns Ava, Anjali und Vishnu.

Diesmal fühlten wir uns noch elender als am Tag unseres Auszug, denn da hatten wir noch nicht gewußt, was uns erwarten würde. Aber jetzt schmerzte jeder Schritt, der uns von unserem geliebten Großen Haus entfernte. Traurig drehten wir uns um, aber sie waren schon umgekehrt und in ihr Heim zurückgegangen.

Wie man Geld auftreibt

Wieso weißt du, daß Mutter sich beschwert, Jagan?« fragte Kaveri erbost.

»Ich schlafe schlecht. Manchmal setze ich mich auf die Veranda, und dann höre ich sie übers Geld jammern.«

»Und was sagt Nayana?«

»Daß alles gut wird, und sie soll sich keine Sorgen machen.«

»Das hättest du Ava erzählen sollen. Wir wollen doch nicht, daß sie einen schlechten Eindruck von Mutter bekommt.«

»Warum kannst du nicht schlafen, Jagan?« fragte ich beunruhigt.

Seufzend zuckte er die Achseln. »Ich kann es eben nicht.« Vor dem Gartentor wartete das Auto. Als wir zu Hause ankamen, übergab Jagan Stiefmutter das Kästchen. Sie öffnete es und nahm die silbernen Thalis, Kinums und Becher heraus. Da Ava sie vor kurzem poliert hatte, blitzten sie vor Sauberkeit. Wir zeigten auf die eingravierten Namen, die verhindern sollten, daß die Dienstboten unsere Sachen verwechselten.

»Damit könnt ihr nicht jeden Tag essen.« Vorsichtig legte Stiefmutter unser Tafelsilber ins Kästchen zurück. »Das verwahren wir für besondere Gelegenheiten«, fügte sie hinzu und nahm das Kästchen in ihr Schlafzimmer mit.

Ungeduldig wartete Kaveri auf Nayana, um ihm den Brief zu geben, den sie vor Stiefmutter versteckte. Als er von seinem Kricketspiel zurückkehrte, mußte er Jagan erst mal die Partie schildern.

Dann kam ich an die Reihe. »Heute morgen hat Mutter mich geschlagen«, verkündete ich und erwartete, Nayana würde mich in den Arm nehmen und trösten, so wie früher.

Statt dessen lächelte er. »Sie hat mir erzählt, es sei nur ein kleiner Klaps auf die Wange gewesen. Manchmal übertreibst du, Krishna. Wie ich sehe, bist du unverletzt. Außerdem war die kleine Ohrfeige berechtigt, weil du frech warst. In Zukunft mußt du Mutter respektieren.«

Früher hätte ich schreiend und schluchzend protestiert. Aber weil ich erkannte, wie sinnlos das gewesen wäre, schwieg ich verbittert. Jeden Abend besaß Stiefmutter sein Ohr, sein Herz, seine Seele.

Nachdem Kaveri ihm den Brief gegeben hatte, nahm er ihn ins Schlafzimmer mit und schloß die Tür.

»Wißt ihr, daß Anjali bald heiraten will?« fragte er beim Dinner.

»Ja«, bestätigten wir.

»Ich finde, sie ist zu jung.«

»Aber es ist ihr größter Wunsch«, erwiderte ich. »Sie hat es mir gesagt, bevor vor das Große Haus verlassen haben. Sie will nicht in Oxford studieren.«

»Weil sie unter dem Einfluß eurer Großmutter steht«, sagte Stiefmutter triumphierend. »Wenn sie bei uns lebte, würde euer Vater sie aufs College schicken, vielleicht nach Oxford. Andererseits, sie ist nicht so klug wie ihr drei.«

Natürlich sonnten wir uns in ihrem Lob, und sie beobachtete zufrieden unsere Reaktion. Wie raffiniert sie uns das Gefühl gab, wir wären Anjali überlegen ... Wenn sie getrennt mit uns sprach, versicherte sie jedem, er sei intelligenter als die anderen. Das fanden wir erst später heraus. Aber damals glaubte jeder, er würde seine Geschwister übertrumpfen.

»Diese Hindu-Hochzeiten sind sehr teure Angelegenheiten«, betonte Stiefmutter schroff und schaute Nayana an. »Wir sollten versuchen, es billiger zu machen.«

»Das kann ich nicht. Sie ist meine Tochter und Ranjits Enkelin. Irgendwie müssen wir es schaffen.«

»Wie? Mit welchem Geld? Du bist nur ein Regierungsbeamter.«

»Mir wird schon was einfallen«, entgegnete er und zwinkerte uns zu, als würde er ein Geheimnis mit uns teilen.

»Um Geld aufzutreiben, gibt es nur eine einzige Möglichkeit«, meinte Stiefmutter. »Du müßtest einiges von dem Grundbesitz der Kinder mit einer Hypothek belasten.« Lächelnd schaute sie uns an. »Ihr liebt doch euren Vater?«

»Ja«, antworteten wir.

»Und ihr könnt ihm helfen, die Hochzeit zu finanzieren, wenn ihr ihm die Vollmacht dazu gebt. Natürlich wird er, so schnell er kann, das Geld zurückzahlen. Wißt ihr, wen Anjali heiraten wird?« Ihre gefüllte Gabel blieb in der Luft hängen, dicht vor ihren Lippen.

»Ja, den Zamindar von Pullapadi«, antwortete Kaveri.

»Zam-in-dar«, sie sagte es so, daß es albern klang. »Euer Vater kennt ihn. Hat sie euch auch erzählt, daß er fast doppelt so alt ist wie sie? Er ist zweiunddreißig, und Anjali ist erst siebzehn.« Sie wandte sich an Nayana. »Nun, wenn sie unbedingt heiraten will, laß sie, und du wärst sie los. In meinem Haus möchte ich sie nicht haben.«

Der Impuls

In dieser Nacht träumte ich, Thatha würde über ein Feld voller Rosen wandern. Es erstreckte sich, so weit das Auge reichte, und die duftenden Blüten leuchteten in allen nur erdenklichen Farben, Safrangelb, Indigoblau, Zinnoberrot... Als würde mein Großvater ein Orchester dirigieren, wiegten sich die Rosen hin und her. In meinem Traum glaubte ich, sie würden singen. Doch ich hörte nur den Wind seufzen, der ihre zarten Köpfe streichelte.

Und dann ergoß sich plötzlich ein blendendes Licht über das Feld. Als es erloschen war, sah ich Thatha nicht mehr. Nur schwarze Stengel wuchsen auf dem verwüsteten Feld, zischten und wanden sich wie sterbende Schlangen, spuckten rotes Gift in die Luft.

Schreiend erwachte ich. Kaveri legte sich zu mir und nahm mich in die Arme. »Was ist los, Krishna?«

Ich erzählte ihr meinen Traum.

»Beruhige dich. Wenn du weiterträumst, werden die Rosen wieder blühen. Und du kannst immer neue pflanzen.«

An diesem Schultag wußte ich genau, was ich tun mußte. Ich erklärte meiner Mathematiklehrerin, einer Anglo-Inderin namens Mrs. Pereira, ich müsse zur Toilette. Da sie sich oft über meine mangelnde Aufmerksamkeit ärgerte, ließ sie mich nur zu gern gehen.

Ich rannte über den Sportplatz zu Mrs. Draytons Garten. Im Sonnenschein glichen die Rosen saftigen Äpfeln, die nur darauf warteten, gepflückt zu werden. Ohne darauf zu achten, ob mich jemand beobachtete, sprang ich über den Zaun und riß die fünf schönsten Büsche mitsamt den Wurzeln aus der Erde.

Dann eilte ich zum Rikscha-Stand an der Straße und verhandelte mit einem den Männer. Für vier Annas brachte er mich zum Großen Haus. Als er das Anwesen sah, wollte er den Preis verdoppeln. Aber ich hatte nicht mehr Geld bei mir, und so begnügte er sich widerstrebend mit der vereinbarten Summe.

Raj, einer der Pfauen, stolzierte durch den verlassenen Park, um mich zu begrüßen. Mit seinem schönen bunten Schweif fegte er die welken Blätter beiseite. Nur ein einziges Mal durfte ich seinen seidigen Rücken streicheln, ehe er sich ins Unterholz zurückzog. Ich legte die Rosenbüsche auf den Boden und begann, mit einem abgebrochenen Zweig die harte Erde aufzugraben. Als die Löcher tief genug waren, pflanzte ich die Büsche ein. Schief und krumm neigten sie sich zueinander. Aber nun sah Thathas Rosengarten wieder viel schöner aus. Venketesan würde an ein Wunder glauben, wenn er es sah. Sicher würde er die Rosen gießen. Und dann würden sie sich bald bis in alle Ecken des Gartens ausbreiten.

Während ich ihn suchte, blieb ich außerhalb der Sichtweite des Hauses. Ohne Gurkhas und Dienstboten konnte sich jeder Fremde unbemerkt in diesem Garten bewegen. Aber die Hunde fanden mich, sprangen an mir hoch und leckten mein Gesicht ab.

Zu meinem Bedauern war Venketesan nirgends zu finden. Die Hunde begleiteten mich zum Ostrand des Gartens, wo das Unkraut die niedrige Steinmauer des Brunnens überwucherte. Ich schaute in das schwarze Wasser hinab, das kühl und einladend aussah. Aber ich konnte es nicht heraufpumpen, um die Rosen zu bewässern.

Am späten Nachmittag traf ich zu Hause ein. Nayana, Kaveri, Jagan und Stiefmutter erwarteten mich im Wohnzimmer.

»Schaut euch diesen gräßlichen Jungen an!« schimpfte Stiefmutter erbost und packte meinen Arm. Erfolglos versuchte ich mich loszureißen. »Habe ich es dir nicht gesagt, Bharat? Er ist viel zu verwöhnt, und man muß ihm endlich den Marsch blasen.« Wäre ich ihr leibliches Kind gewesen, hätte sie mich sicher verprügelt.

»Überlaß das mir, Victoria«, sagte Nayana. Nur widerwillig ließ sie meinen Arm los.

»Arme Enid! Sie ist außer sich vor Zorn. Und das kann ich ihr nicht verübeln. Das Kind muß sofort zu ihr gehen und sich entschuldigen. Was für ein abscheuliches Benehmen!«

»Warum hast du das getan, Krishna?« fragte Nayana sanft, in kummervollem Ton.

»Weil Thatha die Rosen braucht. Ich sah ihn in meinem Traum, und da ging er über ein Rosenfeld. Plötzlich schlug ein Blitz ein und vernichtete alle Blüten.«

»Lügner! Du bist ein zerstörerischer kleiner Junge und sehr verwöhnt«, fauchte Stiefmutter. Sie liebte es, sich über mein Verwöhntsein auszulassen, als wäre das ein Vergehen, das nur durch strikte Disziplin geahndet werden könnte. »Gott weiß, was Enid mit dir machen wird. Hoffentlich zieht sie dir die Hosen stramm. Komm jetzt!«

Kaveri preßte eine Hand auf ihren Mund. Offensichtlich gab sie sich die Schuld an meiner Tat. Ich schüttelte den Kopf. Auch ohne ihre Traumdeutung hätte ich die Rosen gestohlen. Jagan runzelte verwirrt die Stirn, so etwas hätte er niemals gewagt. Und er verstand auch nicht, was in mir vorgegangen war. Wir teilten unsere Träume nicht mehr. Wenn er einschlafen konnte, versank er in einer fremden Tiefe, und sobald er erwachte, tauchte er wie ein Schwimmer aus dunklem Wasser auf und rang nach Atem.

In der Schule herrschte tiefe Stille. Was für ein trostloser Ort ohne die Kinder, dachte ich. Wir gingen durch Mrs. Draytons verwüsteten Rosengarten zum Cottage. Trotz der Gewissensqualen, die von mir erwartet wurden, bereute ich, daß ich nicht alle Büsche herausgerissen hatte.

Die Schulleiterin führte uns in einen kleinen, mit Möbeln und Bildern vollgestopften Salon. An einer Wand stand ein Klavier. Der Raum roch nach Eau de Cologne und Einsamkeit.

»Diese Rosen wollte ich bei der alljährlichen Gartenschau zeigen«, sagte sie mit ihrer näselnden Stimme. Ihre Lider waren gerötet, und sie hielt ein Taschentuch vor die Nase, als würde ich schlecht riechen. »Und ich hatte endlich gute Chancen. Früher bekam Mr. Naidu immer den ersten Preis.«

»Er war der Großvater des Jungen«, erklärte Stiefmutter.

Als Mrs. Drayton glaubte, eine Verschwörung zu durchschauen, erhellte sich ihre Miene. Jahr für Jahr fand die Gartenschau an der Cathedral Road statt, und jedes Jahr wurde um die schönsten Blumen und Büsche gewetteifert. Die Gartenschau war von den Briten ins Leben gerufen worden, und bald hatten auch indische Gärtner begeistert daran teilgenommen. Einmal war Thatha mit uns hingegangen, aber unser mangelndes Interesse hatte ihn enttäuscht.

»So leid es mir tut, er muß für sein schändliches Verhalten bestraft werden«, verkündete Mrs. Drayton und straffte die Schultern. »Komm mit mir ins Arbeitszimmer, Krishna.« Sie erhob sich zu ihrer vollen Größe und wartete.

Nayana legte schützend einen Arm um meine Schultern, aber Stiefmutter stieß mich nach vorn. Im schwachen Licht des Salons nahmen ihre grauen Augen einen grünlichen Glanz an. Mrs. Drayton ergriff meine Hand und zog mich hinter sich her.

»Nun, Bharat …?« drängte Stiefmutter.

»Du mußt die Strafe hinnehmen, Krishna«, sagte Nayana. »In meiner Schule wurden wir regelmäßig geschlagen. Es tut nur ein paar Minuten lang weh.«

Ihr Bambusstock stand in einer Ecke. Im Convent gab es solche Geräte nicht, und die Nonnen hatten uns nur lange Vorträge gehalten, wenn wir unartig gewesen waren. Der kleine Raum mit den hohen Bücherregalen roch nach Kreide, wie ein Klassenzimmer. Auf dem Schreibtisch stand eine Öllampe, daneben stapelten sich Schulhefte und Papier. Ich sah ein gerahmtes Foto, das Mrs. Drayton an der Seite eines jungen Mannes zeigte. Sie sah viel jünger und glücklicher aus. Er war in eine altmodische Uniform gekleidet und trug Leggings, nicht die Hosen, die Nayana auf seinen Militärfotos anhatte.

»Bück dich und berühr deine Zehen, Krishna«, befahl sie und ergriff den Stock. »Tut mir leid, daß ich das tun muß …«

»Sie müssen es nicht tun.«

»Sei nicht frech. Also, berühr deine Zehen.«

Ich gehorchte. Ich würde weder schreien noch schluchzen und Thatha nicht im Stich lassen.

Nach drei harten, schmerzhaften Schlägen richtete ich mich stöhnend auf.

»Hoffentlich hast du deine Lektion gelernt«, sagte sie, musterte mich triumphierend, und ich durfte in den Salon zurückkehren.

Nayana schaute mich besorgt an, und Stiefmutter runzelte mißtrauisch die Stirn. Offenbar glaubte sie, ich wäre der Strafe entronnen, weil ich nicht weinte.

»So, das wäre erledigt«, sagte Mrs. Drayton, die mir gefolgt war, einen Aktenordner in der Hand. »Aber es gibt noch andere Probleme. Ihr Sohn übt einen schlechten Einfluß auf die Klasse aus. Anscheinend kann er sich nicht konzentrieren, und er benutzt unanständige Wörter.«

»Was für Wörter?« fragte Nayana überrascht.

»Die kann ich nicht aussprechen«, entgegnete Mrs. Drayton und kräuselte die Lippen.

Stiefmutter wandte sich zu mir. »Nun, was sind das für Wörter, Krishna?«

»Ich sage ficken und Loch und …«

»Das genügt!« stöhnte Mrs. Drayton.

»... Fotze und Schwanz und ...«

»Wo hast du das gelernt?« fragte Stiefmutter, nicht sonderlich schockiert.

»Von den älteren Jungs.«

»Vermutlich weiß er gar nicht, was diese Wörter bedeuten«, protestierte Nayana.

»Aber er benutzt sie immer wieder«, klagte Mrs. Drayton. »Und er weiß, daß sie unanständig sind. Jedenfalls ist er ungehorsam und unkontrollierbar. Deshalb muß er die Schule verlassen.« Sie nahm ein Papier aus ihrem Aktenordner, das sie unterzeichnete und Nayana überreichte. »Natürlich dürfen Ihre anderen zwei Kinder bei uns bleiben. Diese Entscheidung liegt bei Ihnen.«

Noch ein Streit

Gita Atha zeigte sich nicht überrascht, als wir mit Nayana und Stiefmutter ihr Haus betraten. Mit einem schwachen Händedruck begrüßten sich die beiden Frauen, die einander zum erstenmal begegneten. Da Mohan nicht wußte, ob er der Besucherin ebenfalls die Hand schütteln oder sie nur mit einem Namaste grüßen sollte, tat er weder das eine noch das andere. Gita Atha war bereits über unseren Auszug aus dem Großen Haus informiert. Das hatte ihr zwar niemand geschrieben, aber Lalitha pflegte solche Neuigkeiten in Windeseile zu verbreiten.

»Natürlich wäre ich zur Bestattung eures Thathas gekommen«, versicherte unsere Tante. Ihre Stimme klang metallischer denn je. »Leider traf das Telegramm zu spät ein. Außerdem mußte ich eine Vorlesung am College halten.«

»Und zu allem Überfluß fühlte ich mich nicht gut und konnte nicht fahren«, fügte Mohan unnötigerweise hinzu.

Diese Ausreden überzeugten uns nicht. Immerhin war Gita Atha die Nichte unseres Großvaters. Doch sie hatte sich der Pflicht, an der Trauerfeier teilzunehmen, absichtlich entzogen. Zumindest hätte sie Ava anrufen und ihr Beileid bekunden können.

Wir hatten in Bangalore Station gemacht, weil wir auf dem Weg nach Ooty waren, um Amber bei ihrem Vater abzuholen. Sie würde die Weihnachtsferien mit uns verbringen.

Der gutmütige Siva servierte uns einen Imbiß. Obwohl Gita Atha ihn nicht besser behandelte als zuvor Savriti, war er im Haus geblieben.

»Wie ich höre, haben Sie mit Uma gestritten«, sagte Gita Atha an Stiefmutter gewandt. »Sie ist eine sehr schwierige Frau … Auch das gehörte zu den Gründen, die mich daran hinderten, meinem Onkel die letzte Ehre zu erweisen.«

»Ja, sie ist sehr schwierig«, stimmte Stiefmutter zu, sichtlich erfreut, weil sie eine gleichgesinnte Seele in unserer Familie fand. »Nachdem ich eine harmlose Bemerkung gemacht hatte, regte sie sich dermaßen auf, daß es unmöglich war, länger im Großen Haus zu bleiben.«

Eine Zeitlang hörten wir schweigend mit an, wie sie sich das Maul über Ava zerrissen. Schließlich stieß Jagan hervor: »So dürft ihr nicht über Ava reden.«

»Wir haben uns nur über sie unterhalten«, sagte Stiefmutter.

»Aber wir haben doch nichts Schlimmes gesagt«, protestierte Gita Atha und wechselte hastig das Thema. »Und wie geht es dir in der Schule?« fragte sie mich, um in die Fußstapfen ihrer verstorbenen Mutter zu treten.

»Er ist rausgeflogen«, verkündete Kaveri.

»Jetzt suchen wir eine andere Schule«, ergänzte Nayana. »Es ist schwer, aber wenn ich meinen Einfluß geltend mache, kann ich ihn vielleicht in St. George es unterbringen. Das ist eine gute Schule«

»Thatha hat der Direktion einige Morgen Land geschenkt », warf Jagan ein. »Sonst würden sie Krishna nicht aufnehmen.«

»Wenn sie ihn abweist, muß er eine indische Schule besuchen und alles auf tamil lernen.« Das fand Stiefmutter so amüsant, daß sie schallend lachte. Dann schlug sie abrupt vor: »Warum geht ihr nicht hinaus und spielt ein bißchen? Wir Erwachsenen haben einiges zu besprechen.«

Beklommen runzelte Gita Atha die Stirn. Sie wollte vermutlich nicht mit Nayana und Stiefmutter allein sein, und sie wandte sich an Mohan, um sich zu vergewissern, daß er bei ihr bleiben würde. Beruhigend nickte er ihr zu. Aber wir waren froh, daß wir das Zimmer verlassen konnten.

Es war trocken und kühl in der Sonne. Der Garten hatte sich nicht verändert, und wir kletterten auf einen der Granatapfelbäume und warteten, bis wir die Reise fortsetzen würden.

Nur undeutlich hörten wir die Stimmen – Stiefmutter sprach in beharrlichem, Gita Atha in metallischem und Nayana in sanftem Ton. Mohan schwieg.

Nach einer Weile kam Siva heraus, um mit uns zu schwatzen.

»Worüber reden sie?« wollte Kaveri wissen.

»Über Grundstücke. Euer Vater und eure Tante besitzen dieses Haus und ein paar Reisfelder. Jetzt will eurer Vater seinen Anteil verkaufen, weil er Geld braucht, und Gita Atha ist dagegen.«

»Was wird geschehen?« fragte ich.

»Wahrscheinlich gehen sie vor Gericht.«

»Und was sagt Onkel Mohan?« erkundigte sich Kaveri.

»Der tut alles, was eure Tante will.«

»Sind die beiden jetzt verheiratet? Ava sagt, sie würden einfach nur so zusammenleben.«

»Mir haben sie erklärt, sie seien verheiratet.« Siva grinste breit. »Und warum sollte ich dran zweifeln?« Nach einer kurzen Pause bemerkte er: »Eurer Vater und diese Ausländerin sagen ja auch, sie seien verheiratet.«

»Nayana würde niemals lügen!« schrie ich.

»Hab' ich das behauptet? Wenn sie sagen, sie haben geheiratet, dann stimmt es. So einfach ist das.« Nachdenklich fügte er hinzu: »Bruder und Schwester sind einander sehr ähnlich.«

»O nein«, widersprach Jagan lachend. »Unser Nayana ist ein Gentleman, er spielt Kricket, und er hat in Oxford studiert. Und Gita Atha ist eine ganz gewöhnliche Frau.«

»Ihr kennt sie so, wie sie jetzt sind. Aber ich kenne sie seit ihrer Kindheit. Glaubt mir, sie ähneln sich. Nachdem sie aus dem Großen Haus ausgezogen waren, verarmten sie. Und nach dem Tod eures Thathas Rani wurden die Schwierigkeiten noch größer. Die schweren Zeiten haben die beiden geprägt, und deshalb gleichen sie einander.«

»Und warum braucht Nayana Geld?« fragte ich, um zum ursprünglichen Thema zurückzukehren. »Er ist doch ein sehr wichtiger Regierungsbeamter.«

»Weil Anjali heiraten will. Wenn er kein Geld auftreibt, muß sie noch ein paar Jahre warten.«

Nayana und Stiefmutter kamen allein aus dem Haus. Siva senkte den Kopf und eilte zurück. Vater setzte seinen Topi auf und sah sich in dem kleinen Garten um. Er sah uns auf den Ästen sitzen und lachte. »Da sind Gita und ich früher auch hinaufgeklettert. Dieser Baum war gestutzt worden und noch nicht so hoch wie jetzt. Aber die dicken Zweige konnten unser Gewicht tragen.«

»Was sollen wir nun tun?« Bekümmert legte Stiefmutter einen Arm um Nayanas Taille.

»Irgendwas wird uns schon einfallen.« Lächelnd schaute er zu uns herauf. »Nicht wahr?«

»Klar«, bestätigte ich und glaubte ganz fest an seine Fähigkeit, für uns alle sorgen zu können.

»O Gott!« rief Stiefmutter irritiert. »Das sagst du dauernd, und ich verstehe noch immer nicht, was du meinst.«

Die Vereinbarung

Von Bangalore fuhren wir in nordwestlicher Richtung nach Mysore. Die schmale Straße wand sich wie eine Schlange vorbei an Reis- und Zuckerrohrfeldern, kleinen Dörfern und dichtem Dschungel. Auf fernen Granitgipfeln ragten Tempel empor.

Wir überquerten den Fluß, nach dem unsere Eltern Kaveri genannt hatten. Wären wir zu viert gewesen, hätten wir den Namen gesungen. Diesmal blieben wir stumm.

Wir vermißten Anjali, drangen immer weiter in eine fremde Zukunft vor, während sie in unserer vertrauten Vergangenheit lebte. Wir wußten noch immer nicht, ob sie ihren Zamindar heiraten würde oder nicht, und belauschten Nayana und Stiefmutter. Sie sprachen über unsere Köpfe hinweg und senkten die Stimmen, wenn sie merkten, daß wir zuhörten, und so verstanden wir nur einzelne Wortfetzen.

Stiefmutter: »... extravagant wie alle indischen Hochzeiten ... können wir uns nicht leisten ... sollte ohnehin warten.«

Nayana, ruhig: »... ist bei uns üblich. Ein kleines Fest ist unmöglich. Irgendwie schaff ich es schon.«

Stiefmutter, zunehmend ärgerlicher: »... sagst du immer ... unsere eigenen Kosten ... Schule ... Kleidung ... Bücher ... Studium in England ...«

Wenig später hielten wir für eine Stunde in Srirangapatnam, weil Nayana uns die historische Stätte zeigen wollte. Tipu Sultans Festung stand auf einer Insel zwischen zwei Armen des Flusses Cauvery – eine riesige Ruine, seit Lord Wellesley sie zerstört hatte. Wir wanderten umher und spürten die unendliche Trauer der Niederlage, die in der Luft hing.

Über unseren Köpfen flogen Papierdrachen, zwischen zerbrochenen Steinen wisperte der Wind. Dorfkinder hüteten Ziegen inmitten herabgestürzter Granitbrocken. Für sie hatte sich nichts verändert. Sie taten, was ihre Ahnen getan hatten. Wahrscheinlich wußten sie gar nichts von Tipus Tod. 1799 war er im Kampf gegen die Briten gefallen. Ein Obelisk in der Ruine markierte die genaue Stelle. Hierher gehörten wir genauso, wie der Cauvery mit dem Dorf unserer Vorfahren verbunden war. Mit gemischten Gefühlen stellte ich mir die Schlachtszene vor – klirrende Schwerter, krachende Musketen und Kanonen, den sterbenden Tipu. Vielleicht war es sogar mein Ahnherr Krishna gewesen, der das tödliche Geschoß abgefeuert oder seinen Speer in Tipu Sultans Brust gebohrt hatte.

Stiefmutter schwieg. Vermutlich wollte sie unsere melancholische Stimmung nicht stören. Was mochte sie beim Anblick des Landes empfinden, das ihr Volk erobert hatte? Sie betrachtete die Ruinen. Dann flüsterte sie Nayana etwas zu und kehrte zum Auto zurück. Es kam uns so vor, als wären wir zum erstenmal seit Jahren mit unserem Vater allein.

In der Nähe befand sich ein Dorf mit einem großen Tempel. Ein freundlicher, bebrillter alter Priester winkte uns zu sich und ersuchte uns zu beten. Hätte Ava uns begleitet, wären wir der Aufforderung gefolgt. Aber Nayana hinderte uns daran. Seit der Trennung von Ava hatten wir keinen Tempel mehr betreten. Die Gesänge verstummten, die Gerüche von Weihrauch und Kampfer wehten davon. Statt dessen wanderten wir zur Badeanstalt mit den Granitkabinen und beobachteten die Jungen, die in den glitzernden Wellen schwammen, und die Frauen, die, züchtig in ihre Saris gehüllt, untertauchten. Wir saßen auf der Brüstung, genossen die friedliche Szenerie, und Nayana ließ Kieselsteine übers Wasser tanzen.

»Wird Anjali heiraten können?« fragte Kaveri. Sie schmiegte sich dicht an ihn und hielt seinen Arm fest.

»Wenn sie es will …«, erwiderte unser Vater.

»Aber was ist mit dem Geld?«

»Es ist schwierig, welches aufzutreiben. Wollt ihr mir helfen?«

»Wie können wir denn helfen«, Kaveri kicherte, »wo wir doch nicht einmal einen Anna besitzen …«

»Drei Viertel des Grundstücks gehören euch dreien. Darauf könnte ich eine Hypothek aufnehmen und das Geld später zurückzahlen.« Er sah zuerst sie, dann Jagan und dann mich an. »Wenn ihr es nicht wollt, würde ich es verstehen.«

»Natürlich werden wir es tun«, platzte ich heraus. »Anjali soll die größte und schönste Hochzeit haben.«

»Ja«, stimmte Kaveri zu, »und wenn ich heirate, will ich eine noch größere, schönere Hochzeit feiern, mit zehntausend Gästen.«

»Dafür werde ich sorgen.« Nayana lachte. »Aber erzählt Ava und Anjali nichts von unserer Vereinbarung. Sie dürfen nichts von meinen finanziellen Problemen erfahren, weil der Schein gewahrt werden muß.« Er legte den Arm um uns drei und drückte uns an sich. »Das Grundstück sollte mir gehören, wie ihr wißt, und ich kann nicht verstehen, daß Thatha es euch vieren hinterlassen hat.«

Nach der langen Entfremdung fühlten wir uns Nayana endlich wieder nahe und waren stolz, weil wir ihm helfen konnten. Für ihn würden wir alles tun. Unter unseren baumelnden Füßen gurgelte der Fluß und strömte zum fernen Meer. Er hatte uns belauscht. Lachend nahm er unser Geheimnis mit auf die Reise.

Die Fahrt nach Ooty

Wir fuhren durch Mysore. Dann führte die steile Straße in Haarnadelkurven nach Ooty hinauf, und die Ebene versank immer tiefer im schimmernden Dunst. Zwischen den Bäumen des dichten Dschungels turnten Affen herum, ganze Affenfamilien hockten am Straßenrand und beschimpften uns, weil wir ihre Ruhe störten.

Nach jeder Biegung wurde es kälter, und Stiefmutter breitete eine Decke über unsere Knie. Um uns die Zeit zu vertreiben, erzählte sie Geschichten aus den Dschungelbüchern von Rudyard Kipling, und im Dschungel ringsum erwachten der Junge Mowgli, der Bär Balu, die Python Kaa und der Tiger Sher Khan zum Leben.

Da wir uns wieder im Staat Madras befanden, machte Nayana einige offizielle Besuche. Er inspizierte Forstgebiete, die verwüstet und illegal abgeholzt waren. Wie üblich traf er sich mit den Forstbeamten und unterzeichnete überall Papiere. Beim Anblick Stiefmutters zeigten sich die Beamten erstaunt, begrüßten sie unterwürfig, sagten aber kein Wort in ihrer Gegenwart. Sie benahmen sich linkisch und unsicher, offenbar war die Erinnerung an die britischen Memsahibs noch zu frisch.

Um ihr Haar vor dem Staub zu schützen, trug sie ein Kopftuch. Wenn wir Station machten, nahm sie es ab und fuhr mit allen Fingern durch ihr blondes Haar, das von den Dorfbewohnern begafft wurde wie ein Weltwunder. Sie genoß die Aufmerksamkeit der Leute und stolzierte umher wie ein Reiher in einer Krähenschar.

Auch hier draußen ließ Nayana sie nicht aus den Augen. Für ihn war sie ein kostbarer Besitz, der die Bedeutung seiner Person noch unterstrich. Unser dunkles Haar spiegelte den Glanz ihrer Blondheit wider, ihren Sieg über unsere Vergangenheit.

Der Ootacamund-Jagdclub lag hinter einer hohen Mauer. Ringsum herrschte tiefe Stille. Sogar die Vögel schienen die vornehme Atmosphäre zu respektieren. Auf der halbrunden Veranda saßen zwei ältere Engländer und wärmten sich im kühlen Sonnenschein. Schweigend starrten sie uns an. Wir Kinder fühlten uns unwillkommen. Aber Nayana ging ungerührt an ihnen vorbei, als würde ihm der exklusive Club gehören. »Guten Tag«, grüßte er, und sie murmelten eine unverständliche Antwort.

Stiefmutter nickte ihnen zu. »Hallo, Edward, Sebastian …«

»Hallo, Victoria«, erwiderten sie und schauten weg.

Mir wurde klar, daß sie sich kannten und daß sie als eine der Ihren den Club schon besucht hatte. Jetzt lebte sie außerhalb ihres Kreises, in dieser neuen Nation, vor der sie sich versteckten. Während wir im Auto blieben, lehnte sie sich an einen der Verandapfosten und starrte vor sich hin. Durch die offene Tür konnten wir dunkle, blankpolierte Mahagonimöbel sehen. Kinder durften das Haus nicht betreten.

»Wie geht es Ihnen?« fragte Stiefmutter.

»So lala.« Die Engländer wichen ihrem Blick immer noch aus.

»Haben Sie Patrick gesehen?«

»In letzter Zeit nicht.« Einer der Männer zeigte mit dem Kinn auf uns. »Ihre?«

»Stiefkinder«, sagte sie in gleicher Kürze. »Ich bin wieder verheiratet. Bharat hat in Oxford studiert und eine Saison für Somerset gespielt.«

Mit diesen Worten hatte sie Nayana hinreichend charakterisiert. Daß er gut und sanftmütig war, mußte nicht erwähnt werden. Dadurch war Nayana ihnen gleichgestellt worden, aber es machte die beiden Männer nicht freundlicher. Ihre Gesichter sahen von der Sonne verbrannt aus, aber daß sie Engländer waren, wurde durch ihre Distanziertheit, Gleichgültigkeit und schließlich ihre Indifferenz deutlich. Der Garten zog ihr Interesse auf sich, und Stiefmutter lehnte sich wieder an den Pfeiler, bis Nayana zurückkehrte

Nayana und Stiefmutter quartierten sich in einem Gästezimmer ein, und wir wurden in ein anderes mit fadenscheinigem Teppich und staubigen Vorhängen verfrachtet. Vor dem Kamin stand ein kleines Sofa. Die beiden Betten fühlten sich kühl und feucht an, die Decken wie schweres Leder. Ein alter Diener, noch unfreundlicher als die Briten, entzündete ein Feuer, und Jagan setzte sich möglichst nah davor. Wie gebannt starrte er in die Flammen.

»In Lahore gab es auch so einen Kamin«, sagte Kaveri. »Wir saßen davor, als Mutter im Krankenhaus lag. Erinnerst du dich, Krishna?«

»Nein.«

»Du bist eingeschlafen, und ich mußte dich ins Bett bringen.«

»Warum waren Anjali und Jagan nicht bei uns?«

»Das weiß ich nicht. Vielleicht sollten sie später nachkommen. Nayana war in Lahore bei der Army.«

Stiefmutter stand in der Tür und unterbrach uns. »Wer will mit zur Plantage fahren und Amber abholen?« Kaveri und Jagan schüttelten die Köpfe. Ich wußte, Kaveri war eifersüchtig, daß

Amber Weihnachten mit uns verbringen würde. Sie war immer stiller geworden, während wir die Ghats hinauffuhren. Sicher hatte sie insgeheim gehofft, wir würden umkehren.

»Mir ist zu kalt«, erwiderte Jagan.

»Also fährst du, Krishna«, sagte Stiefmutter. »Ich bin sicher, Amber wird schon warten. Wir sind schon spät, so daß es nicht nötig ist, auszusteigen und so. Hast du verstanden?«

»Muß ich allein fahren?«

»Ja. Du bist ein großer Junge. Vater ist beschäftigt, und ich will Patrick auf keinen Fall begegnen.«

Patrick

Auf der Fahrt zur Teeplantage, die eine halbe Stunde dauerte, saß ich vorn neben Muneer. Zu beiden Seiten der Straße waren die Hänge dicht bewaldet, wirkten dunkel und abweisend, und wir sahen nur wenige Leute. Der Chauffeur steuerte den Wagen durch einen Torbogen, an dem ein Schild mit der Aufschrift »Waterside« hing, und folgte einer gewundenen Zufahrt. Schließlich erreichten wir offenes Gelände.

Amber wartete auf der Veranda und lümmelte in einem Sessel. Als sie uns sah, sprang sie auf, rannte zum Auto und steckte den Kopf durchs Fenster. »Ich warte schon seit Stunden und dachte, ich müßte noch eine Nacht bei Dad bleiben. So schlimm wär' es nicht, weil Richard auch da ist. Warum kommst du allein? Wo ist Mum?«

»Sie hat mich hergeschickt.«

Seit ich Amber zuletzt gesehen hatte, war sie gewachsen. Sie trug ihr Haar als Pferdeschwanz, und ihr Kleid war eine Nummer zu klein und betonte ihre Figur. Wahrscheinlich erkannte sie mich nicht.

»Komm, hilf mir das Gepäck rauszutragen, und dann will ich dich mit Dad und Richard bekannt machen. Aber ich erinnere mich nicht, ob du Jagan oder Krishna bist. Tut mir leid, damals haben wir uns nur kurz gesehen, und in deinem riesigen Haus waren so viele Leute.«

»Krishna«, erklärte ich. »Und mir wurde gesagt, ich soll nicht aussteigen.«

»Bist du immer so ein folgsamer Junge? Aber Mum hat mir geschrieben, du seist von der Schule geflogen, und deshalb bin ich sicher, daß du nicht so folgsam bist, doch wenn du dich fürchtest, bleib im Auto. Kutty wird mir helfen.«

»Nein, ich fürchte mich nicht«, erwiderte ich und stieg aus.

An einer Seite war das weitläufige, weißgetünchte Haus mit Bougainvilleen bewachsen. Mehrere grüngestrichene Türen reihten sich aneinander. Am Geländer der Veranda war ein Pferd festgebunden, das den Schweif hin und her warf. Geduldig wartete es auf seinen Reiter. Weiter unten am Hang standen mehrere niedrige Schuppen, die an einer Seite offen waren. Rauch quoll aus einem der Schornsteine. Aus einer anderen Scheune drangen Maschinengeräusche.

Amber war ein paar Inches größer als ich und nahm meine Hand. Als sie mich drei Stufen hinaufzog, kam ein grauhaariger Mann mit Schnurrbart aus dem Haus. Zwischen seinen Zähnen steckte eine Zigarettenspitze, und er erinnerte mich mit seinem breiten blauen Halstuch vage an einen amerikanischen Filmstar.

»Das ist Krishna, Mr. Naidus jüngstes von seinen vier Kindern, und er wohnt in diesem großen Haus, von dem ich dir erzählt habe.«

»Hallo, Krishna.« Freundschaftlich schüttelte er meine Hand. Wie einige andere Briten, die Alkohol in rauhen Mengen tranken, hatte er rote Flecken auf der Nase und den Wangen. Er trug Jodhpurs, abgewetzte Reitstiefel und ein Hemd mit offenem Kragen. Er schaute an mir vorbei zum Auto. »Ist Victoria mitgekommen?«

»Nein, Onkel«, sagte ich.

»Vermutlich wollte sie keine Szene », meinte er lächelnd. »Nicht, daß sie sich davor fürchten würde. Sie hat das wilde

Temperament ihres Vaters und ihres Großvaters geerbt. Aber ich rede zuviel und zerstöre die Memsahib-Illusion.«

»Allerdings, Dad«, bestätigte Amber. »Hör nicht auf ihn, Krishna. Mum kann sehr freundlich und liebevoll sein.«

»Ich hoffe, sie bringt dir ein kultiviertes Englisch bei, mein Junge«, meinte er, lachte herzhaft und klatschte in die Hände. »Kutty!« Dann sagte er zu mir: »Setz dich, Krishna.« Er sank in einen der Gartensessel. Amber hockte sich seufzend aufs Geländer. »Bring dem jungen Master eine Zitronenlimonade«, befahl er einem Mann, der am anderen Ende der Veranda auftauchte, vom Kinn bis zu den Zehen in eine Decke gewickelt, und langsam auf uns zukam. Für mich das Übliche. Amber?«

»Danke, nichts. Dad, wir müßten fahren und ...«

»Soll ich deinem Stiefbruder meine Gastfreundschaft verweigern?« Er zog den Stummel aus seiner Zigarettenspitze und warf ihn weg. »Mit einem Inder hatte ich nicht gerechnet. Das soll keine Beleidigung sein«, versicherte er, zu mir gewandt. »Aber Victoria legte stets Wert auf einen gewissen Standard, was immer sie sich auch darunter vorstellte. Für sie kamen nur Europäer in Frage.«

»Mein Vater hat in Oxford studiert und für Somerset gespielt«, wiederholte ich Stiefmutters Charakterisierung von Nayana.

»Ah, dann ist er uns ungebildeten Briten haushoch überlegen ...«

»Dad!« mahnte Amber.

»Schon gut, Amber. Unterbrich mich bitte nicht. Ich denke gern an die Vergangenheit, das vertreibt einem hier oben die Zeit. Vor dem Krieg lernte ich Victoria bei einem Sportfest in Delhi kennen. Sie hatte eben erst ihre Schule in Darjeeling verlassen – das hübscheste, wildeste Ding, das mir je begegnet war. Wie erfrischend sie lachte, wie anmutig sie tanzte ... Als sie meinen Heiratsantrag annahm, war ich verdammt glücklich. Zumindest glaubte ich das damals. Ich war damals nicht der alte Kerl, den du heute siehst. Ich hatte nichts davon.«

Er steckte eine neue Zigarette in die Spitze und zündete sie an. Statt ihn anzuschauen, ließ Amber ihren Blick über die Hänge der Teeplantage wandern. Zwischen den Sträuchern arbeiteten Frauen in bunten Saris.

»Aber sie war nicht für das Leben an der Seite eines Pflanzers geschaffen, obwohl auch ihr Vater und ihr Großvater Pflanzer gewesen waren. Später machten beide bankrott.«

»Ihr Urgroßvater war ein Lord«, bemerkte ich, und Amber lächelte mich dankbar an. Sie schlug ihre langen Beine übereinander, die sie mir offensichtlich vorführen wollte, und ich sah rotlakkierte Zehennägel aus den hochhackigen Riemchensandalen ragen.

»Natürlich«, stimmte Mr. Wells belustigt zu, »wir alle stammen von irgendwelchen nichtsnutzigen Aristokraten ab, die aus Großbritannien rausgeworfen wurden. Und deine Vorfahren waren Götter, nicht wahr, Krishna?«

»Ja, Onkel.«

»Und welcher ist Krishna?«

»Der Sohn von Devaki und Vasudeva. Ihr Bruder Kansa, der König von Mathura, begleitete die beiden nach der Hochzeit heim und hörte eine körperlose Stimme verkünden, Vasudevas achtes Kind würde ihn ins Unglück stürzen. Deshalb sperrte er das Paar ein, und sobald ein Kind geboren wurde, ließ er es töten. Aber als das achte Kind zur Welt kam, schliefen die Wächter, und die Stimme forderte Vasudeva auf, das Baby über den Fluß Yamuna zu tragen, dem Kuhhirten Nanda anzuvertrauen und dessen neugeborene Tochter mitzunehmen. So geschah es. Kansa wollte das Kind töten, doch es glitt aus seinen Händen und entpuppte sich als Yogmaya. Da befahl er seinen Asuras, alle Neugeborenen umzubringen. Krishna wuchs auf dem Land auf und entging vielen Mordanschlägen. Aber er hatte auch seinen Spaß mit den Milchmädchen, vor allem mit Radha.«

»Oh, die sind immer noch amüsant«, meinte Mr. Wells lachend, aber ich achtete nicht darauf.

»Dann ging Krishna mit seinem Halbbruder Balaram nach Mathura, weil an Kansas Hof ein Ringkampf stattfand. Er tötete Kansa und brachte dessen Vater Ugrasena wieder an die Macht. Danach wurde Krishna in die Kämpfe zwischen seinen Vettern, den Pandavas und den Kauravas, hineingezogen. Er übersiedelte mit seinem Clan nach Dwarka und heiratete zwei schöne Prinzessinnen, Rukmini und Satyabhama. Aber er erfüllte seine Erdenpflicht erst während des Kriegs im Mahabharata und offenbarte Arjuna die heilige Bhagavadgita.«

Unvermittelt brach Mr. Wells das Schweigen, das meiner Erzählung folgte. »Trinkst du Tee?«

»Nein, Onkel. Großvater trank Kaffee. Aber Vater bevorzugt Tee. Ich trinke nur Milch oder Saft.«

»Dann will ich dir zeigen, was du verpaßt.«

»Dad, dafür wir haben keine Zeit«, protestierte Amber.

»In Indien haben wir für alles Zeit.«

Mißmutig beobachtete sie, wie er mich die Stufen hinabführte, und schnitt eine Grimasse. Aber ich wußte nicht, wie ich Mr. Wells' Einladung ablehnen sollte.

Tea for Two

Kannst du reiten?«

»Nein, Onkel. Das würde ich gern tun, und Vater hat mir ein Pferd versprochen. Aber ich bekam es nie.«

Er band seinen Braunen mit der weißen Stirn los, der mich arrogant musterte und meine Nervosität spürte. Während Mr. Wells einen Steigbügel festhielt, kletterte ich auf den Rücken des Tieres. Dann schob er meinen Fuß in den anderen Steigbügel und führte das Pferd den Hang hinab zu den Schuppen. Amber schaute uns nach.

»Wie heißt er?« fragte ich.

»Das ist eine Stute.« Vielsagend zwinkerte er mir zu. »Ich habe sie Victoria genannt. Man muß wissen, wie man sie reiten muß. Weiß dein Vater, wie man reitet?«

Sein starrer Blick verriet mir, daß seine Worte eine besondere Bedeutung hatten, die ich nicht verstand. »Ja, Onkel. Er hat Polo in der Army gespielt. Und er reitet auch auf seinen Inspektionsreisen.«

»Gewiß, das hätte ich mir denken können«, erwiderte er, straffte die Schultern, und ich wußte, er ärgerte sich über unangenehme Erinnerungen.

Wir überquerten eine Holzbrücke, unter der ein Bach dahinrauschte. Im klaren Wasser glänzten die Steine wie neue Münzen. Lethargisch schwebte der Rauch auf uns herab und roch beißend. Das Dröhnen der Maschinen wurde lauter.

»Krishna hatte eine Menge Spaß«, sagte er plötzlich zornig. »Victoria würde ihn mögen, wenn sie ihn besser kennen würde. Es ist sehr einsam hier draußen, es gibt nur den Pflanzerclub an den Wochenenden, wenn wir uns trafen, um uns ein bißchen zu amüsieren. Leider amüsierte sie sich ein bißchen zu sehr mit ein paar Burschen. Falls du weißt, was ich meine. Deshalb stritten wir dauernd. Nicht einmal die Geburt unserer Kinder konnte Victorias – eh – Begeisterung für diesen Zeitvertreib dämpfen.«

Weil er sich so vage ausdrückte, verstand ich nicht, worauf er anspielte. Ich stellte mir vor, Stiefmutter hätte gelacht und getanzt, wie auf unseren Dinnerparties zu Hause. Sicher, sie amüsierte sich gern. Das fand ich nicht schlimm. Aber sie hatte ihn irgendwie gekränkt, und darauf wollte er mich hinweisen.

»Im Gegensatz zu Lady Victoria entstamme ich einer einfachen Familie«, erzählte er den Bergen, aber laut genug, daß ich es hörte. »Auch mein Vater und mein Großvater waren Pflanzer. Achtzehnhundertzweiundsechzig, fünf Jahre nach der Meuterei, kam mein Großvater hierher. Damals gab es noch keine Straße, und er fuhr in einem Ochsenkarren durch den Dschungel herauf. Seit fast hundert Jahren pflanzen die Wells an diesen Hängen ihren Tee. Dann kamen noch andere Engländer, wie Ivor Bull, Fairless Barber, C. H. Benson. Wir rodeten das Land, starben an Malaria, wohnten in Hütten und pflanzten den Tee. Er kam aus China, wie du weißt. Wir brachten ihnen Opium aus Kalkutta und bekamen ihren Tee. Das war ziemlich mies, aber Geschäft ist Geschäft.«

Auf der Lichtung, wo die Schuppen standen, hob er mich vom Pferd. Ein paar Arbeiter grüßten mit Namaste, als wir in eins der Nebengebäude gingen. Hier herrschte eine angenehme Wärme, doch der Lärm war ohrenbetäubend. Am anderen Ende des Raums stellten einige Frauen ihre Körbe mit frischgepflückten Teeblättern ab. Andere Frauen breiteten die Blätter auf großen Jutegestellen aus, damit sie in der Wärme des Kohlenfeuers trockneten. Wahllos ergriff Mr. Wells ein paar Blätter, roch daran und prüfte ihre Beschaffenheit. Die bereits getrockneten wurden in einer Maschine herumgewirbelt und dann in kühlen, feuchten Räumen gelagert. Als letzten Schritt brachte man den fermentierten Tee in ein anderes Gebäude, wo eine Maschine heiße Luft auf die Blätter blies.

An diesen Raum grenzte ein Labor mit brodelnden Wasserkesseln. Wir gingen hinein. »Hier verbringen die Teetester ihre Tage«, erklärte Mr. Wells, »probieren ihn, spucken ihn aus und gucken wichtig.«

Er zerrieb mehrere Blätter zwischen den Fingern und atmete ihr Aroma ein. Dann gab er mir eins, an dem ich riechen sollte. Aber ich erkannte nur einen vagen Teegeruch. Er griff nach einem Glas und mischte den Tee mit heißem Wasser, prüfte die Färbung, die wie eine neue Kupfermünze aussah, nahm einen Schluck, rollte ihn im Mund herum und spie ihn in einen Spucknapf. Danach forderte er mich auf, seinem Beispiel zu folgen. Der Tee schmeckte bitter, und ich spuckte ihn rasch aus. »Jetzt kannst du auch ein Pflanzer werden«, meinte er und führte mich hinaus, »weil du genauso viel über diese Branche weißt wie ich.«

»Fahren Sie auch heim nach England, Onkel?« fragte ich, während wir den Hang zum Haus hinaufstiegen. Das Pferd folgte uns und zog die Zügel hinter sich her.

Erstaunt schaute er mich an, als wäre ihm diese Möglichkeit noch nie in den Sinn gekommen. Dann betrachtete er die Berge und den klaren blauen Himmel und pfiff eine Melodie – »Tea for Two«, ein Lied, das Nayana manchmal sang. Zur Zeit seines Studiums in Oxford war es sehr populär gewesen.

»Das hier ist mein Zuhause. Wenn es irgendwie geht, möchte ich bleiben. In England oder Irland oder wo immer meine Vorfahren herkommen, habe ich niemanden. Aber ich bin der letzte Wells, der sein Leben hier verbringt. Nächstes Jahr wird Richard nach England gehen. Kennst du ihn schon?«

»Nein, Onkel.«

Amber lehnte an einem Verandapfosten. In dieser Pose erinnerte sie mich an ihre Mutter, die früher am Tag an einem anderen Pfosten gelehnt hatte.

»Worüber habt ihr geredet?«

»Wenn es mir Spaß macht, kann ich später Pflanzer werden«, verkündete ich.

»Richard!« rief Mr. Wells über die Stufen ins Haus.

Ich hörte eine gedämpfte Antwort und wartete. In diesem Augenblick schlurfte Kutty aus der Küche, ein Tablett in den Händen. Mein Saft war hellgrün und kühl, Mr. Wells Drink in einem kleineren Glas schimmerte bernsteinfarben, so ähnlich wie der Tee, den wir gerade gekostet hatten. Mißbilligend überreichte Kutty seinem Herrn das Getränk. Auch Amber starrte es voller Abscheu an. Mr. Wells leerte das Glas in einem Zug und stellte es aufs Tablett zurück.

Die Hände in den Hosentaschen, schlenderte Richard aus dem Haus.

»Das ist Krishna.«

Vermutlich war er in Anjalis Alter. Sein blondes Haar war auf der linken Seite gescheitelt und wie angeklebt. Seine Haut schimmerte rosig, wie ein blankgeputzter Apfel. Über der Oberlippe wuchs ein dünner blonder Bart. Er war so groß wie Mr. Wells, aber dünner.

»Kannst du das?« frage er. Die Hände immer noch in den Taschen, drehte er die Füße ein- und auswärts, um sich voranzubewegen. »Und das?« Jetzt legte er seine Hände auf die Knie und wechselte sie blitzschnell von einem Knie auf das andere.

»Nein.« Lachend versuchte ich, ihn nachzuahmen. Das war gar nicht so einfach. Aber bald schaffte ich es. Schweigend schauten Amber und Mr. Wells zu.

»Ich denke, wir sollten jetzt wirklich losfahren. Sonst wird es dunkel, und der Fahrer findet den Weg nicht. Bitte, Kutty, bring mein Gepäck in den Kofferraum.« Amber küßte ihren Vater leicht auf die Wange, umarmte Richard und drückte ihn fest an sich. »In den nächsten Ferien sehen wir uns wieder. Tu nichts, was ich nicht auch tun würde.«

Mr. Wells packte meinen Arm. »Findest du, daß die beiden sich ähnlich sehen, Krishna? Wie Bruder und Schwester?«

»Ja«, antwortete ich, ohne zu verstehen, was er meinte.

»Warum? Nur weil sie beide blond sind? Guck dir die Nasen an. Richard hat meine geerbt, mit einer Delle in der Mitte. Und ihre ist ganz gerade. Außerdem sind ihre Augen blau. Niemand in meiner Familie hat blaue Augen.«

Nun erkannte ich subtile Unterschiede zwischen Ambers ovalem und Richards kantigem Gesicht. Verwirrt wandte ich mich Mr. Wells zu. Seine Augen hatten sich verengt, die Wangen noch stärker gerötet. Irgendwie erweckte er den Eindruck, als hätte er eine Entdeckung gemacht, die ihn mit Genugtuung erfüllte.

»Hat mich gefreut, dich kennenzulernen, Krishna.« Er ließ meinen Arm los und schüttelte mir die Hand.

»Hat mich gefreut, dich kennenzulernen, Krishna«, äffte Richard seinen Vater perfekt nach. Belustigt drückte er meine Hand, dann sank er in einen Sessel neben seinen Vater. Er fragte nicht nach seiner Mutter.

Der Kuß

Hat Dad noch irgendwas über Mum gesagt?« wollte Amber wissen, als wir im Fond des Autos saßen.

»Nein«, entgegnete ich, »er sprach nur über seinen Tee.«

»Du lügst!« beschuldigte sie mich und rückte näher zu mir. »Dauernd redet er über sie, erfindet schlimme Geschichten und bringt mich in Verlegenheit. Das darfst du niemandem erzählen. Klar, die beiden haben oft gestritten. Aber Dad führt sich viel schlimmer auf, vor allem, wenn er einen über den Durst getrunken hat. Manchmal schlug er Mum mit seiner Reitpeitsche auf den Hintern. Dann weinte sie, und ich mußte eine Salbe auf die roten Striemen streichen, obwohl ich noch ein kleines Mädchen war. Eines Tages packte sie unsere Sachen, als er gerade die Plantage inspizierte, und wir fuhren im Jutka zum Bahnhof in Ooty, von dort ging es weiter nach Bombay, und da blieben wir, bis sie nach Madras zog, weil sie in der Nähe meiner Schule wohnen wollte.«

»Aber warum haben sie gestritten?«

»Nun ja, Mum liebt es, glücklich zu sein, und wenn sie in den Club ging, lachte und tanzte sie mit all den Pflanzern, und sie kamen von überall nach Ooty, von Connoor und Kotagiri zu den phantastischen Kostümfesten und Tanzparties, und Mum tanzte und flirtete mit ihnen allen, und die Männer verbreiteten häßlich Geschichten über sie, nur um Dad eifersüchtig zu machen, und da fing der Streit an. Hast du schon mal ein Mädchen geküßt?«

Bei ihrem Wortschwall brauchte ich eine Weile, um zu merken, daß sie aufgehört hatte, von ihrer Mutter zu sprechen, weil mich die Streitigkeiten beschäftigten. »Aber dein Vater scheint sehr nett zu sein.«

»Natürlich. Kein Mensch ist nur gut oder nur böse. Nun, hast du schon mal ein Mädchen geküßt? Würdest du mich gern küssen?«

»Vor langer Zeit hat mich Kusine Indira geküßt. Sie ist ein berühmter Filmstar.«

»Krishna, du darfst niemals einem Mädchen von den anderen Mädchen erzählen, die dich geküßt haben. So was tut ein Gentleman nicht. Außerdem zählt deine Kusine nicht. Ich küsse Richard sehr oft. Und das zählt auch nicht.«

Prüfend schaute mich Amber an, und plötzlich neigte sie sich zu mir, um ihre Lippen auf meine zu pressen. Sie fühlten sich so weich an wie Indiras Mund, rochen aber nicht nach Nelken, sondern nach Parry's-Bonbons.

»Mach den Mund ein bißchen auf, Dummkopf.«

Als ich gehorchte, glitt ihre Zunge zwischen meine Zähne, spielte mit meiner, und ich glaubte, sahnige Eiscreme zu essen. Doch der Kuß schmeckte nicht kalt, sondern heiß.

»Wie gefällt dir das?« Sie rückte ein wenig von mir ab und musterte mich. »In meiner Schule haben manche Mädchen Freunde. Ich nicht, weil Richard keine Jungs nach Hause bringt. Also mußt du mein Freund werden. Wir küssen uns und üben es, so wie im Film.«

»Üben wir noch ein bißchen«, schlug ich vor und beugte mich zu ihr hinüber.

»Nein«, sagte sie. »Wenn Mum mich dabei erwischt, wird sie mich verprügeln.«

»So wie damals, nachdem du in unserem Haus gewesen bist.«

»Oh, sie verhaut mich jedesmal, wenn ich unartig war. Aber sie meint es nicht böse. Danach nimmt sie mich immer in die Arme und sagt, es tut ihr leid. Deshalb macht es mir nichts aus.«

»Bin ich der erste indische Junge, den du geküßt hast?«

»So was fragt man eine Dame nicht«, antwortete sie seufzend. »Außerdem gibt es, von Richard abgesehen, keine englischen Jungs in meinem Bekanntenkreis. Was für englische Jungs sollte ich denn küssen?«

Gekränkt über den spöttischen Klang ihrer Stimme wandte ich mich ab.

Als wir den Club erreichten, saßen wir weit auseinander, jeder an ein Fenster des Pontiac gelehnt. Zuerst sprang Amber aus dem Auto, rannte zu ihrer Mutter, die auf der Veranda wartete, und warf sich in ihre Arme. Ich folgte ihr etwas langsamer.

»Danke, Krishna«, sagte Stiefmutter. »Hast du Mr. Wells getroffen?«

»Oh, ich habe sie nur miteinander bekannt gemacht, und sie haben sich begrüßt«, behauptete Amber hastig. »Dann kam Richard, sagte guten Tag, und wir fuhren sofort hierher. Stimmt's, Krishna?«

»Ja.«

»Und wie geht es Richard?«

»Gut. Ich soll dich ganz, ganz herzlich von ihm grüßen, und er sagt, das nächste Weihnachtsfest will er mit dir verbringen. Nicht wahr, Krishna?«

»Ja«, sagte ich und lief in unser Zimmer.

Kaveri und Jagan saßen vor dem Kamin und starrten ins Feuer, als wollten sie davon verzehrt werden. Auf ihren Gesichtern tanzte der Widerschein der flackernden Flammen, die miteinander Verstecken spielten. Ich griff nach Kaveris Hand. Trotz der Hitze fühlte sich ihre Haut eiskalt an, und sie erwiderte den Druck meiner Finger nicht.

»Nun, wie ist sie?«

»Wir haben nicht viel geredet«, entgegnete ich. Dann fügte ich hinzu, um meine Loyalität zu beweisen: »Sie ist nicht besonders nett.«

Wie ich herausgefunden hatte, log man nicht nur, um etwas zu verbergen, sondern auch, um einen geliebten Menschen zu schützen. Ich spürte immer noch den süßen Geschmack von Ambers Lippen, und er verschwand erst, nachdem ich mir widerstrebend die Zähne geputzt hatte.

Kaveri und ich

Ich hasse sie«, flüsterte Kaveri mir zu, als wir im Bett lagen. Amber schlief auf einem Klappbett zu unseren Füßen, und wir drei teilten uns die beiden zusammengeschobenen Betten. Als Jüngster lag ich in der Mitte. Unsere Wohnung war so klein, daß Amber kein eigenes Zimmer bewohnen konnte. Im Club hatte sie bei ihrer Mutter und Nayana übernachtet. Nachdem sie es gewöhnt war, zusammen mit Fremden zu schlafen, und nach ihren Erfahrungen im Internat, fiel sie in Schlaf, sobald ihr Kopf das Kissen berührte, ganz egal, was wir taten. »Haßt du sie auch, Krishna?«

»Ja«, antwortete ich.

Aber ich mußte unentwegt an Amber denken und spürte einen seltsamen Schmerz in meinem Körper, eine Unrast, die ich nicht verstand. Ich wollte sie wieder küssen, weil ich hoffte, das würde mich von dieser Qual befreien, und ich überlegte, ob ich sie darum bitten oder unseren Doktor fragen sollte. Leider ignorierte sie mich, seit wir damals aus dem Auto gestiegen waren, und suchte immer nur die Gesellschaft ihrer Mum.

»Warum starrst du sie dauernd an?«

»Weil es mir so sonderbar vorkommt, daß sie hier ist«, wisperte ich.

»Wie Nayana.«

»Was, wie Nayana?«

»Du starrst Amber genauso an wie er Mutter.«

Natürlich hätte ich meine Besessenheit lieber geheimgehalten. Nun verstand ich, warum Nayana seinen Blick nicht von Stiefmutter losreißen konnte.

»Liebst du mich?«

»Ich werde dich immer lieben«, beteuerte ich und umarmte Kaveri, doch das konnte sie nicht trösten.

»Seit sie hier ist, beachtet Mutter mich kaum. Wenn sie ausgeht, nimmt sie immer nur Amber mit. Obwohl ich mir solche Mühe gebe ...«

Das stimmte. Jeden Morgen stand Kaveri zeitig auf, zog ein hübsches Kleid an, brachte Stiefmutter Kaffee ans Bett und Nayana eine Tasse Tee. Dann sorgte sie dafür, daß Jagan und ich badeten und uns ordentlich anzogen, damit Stiefmutter länger liegenbleiben konnte. Am Frühstückstisch schwieg Kaveri pflichtbewußt und lauschte den Gesprächen von Stiefmutter und Nayana. Sie las ihre Bücher, nähte ihre Sachen und malte ihre Bilder. Aber es gelang ihr nicht, Amber auszustechen.

»Warum behandelt sie mich so?«

»Wahrscheinlich, weil Amber ihre richtige Tochter ist. Bald wird sie verschwinden, und dann hast du Mutter wieder für dich allein.«

»Jedenfalls hasse ich Amber, und ich werde …«

»Was?«

»Nichts. Wie ist Richard?« Ich beschrieb ihn, so gut ich mich entsinnen konnte, und Kaveri fragte: »Ist er hübsch?«

»Nein«, sagte ich, denn ich fand mich selbst hübsch und konnte die Attraktivität eines anderen Jungen nicht beurteilen.

»Nicht so hübsch wie Nayana?«

»Auf keinen Fall. Niemand mag ihn.«

»Ich würde ihn gern kennenlernen. Laß uns schlafen. Schläft Jagan schon?«

Jagan war bereits in seinem dunklen Abgrund versunken und würde erst auftauchen, wenn wir ihn weckten. Er war höflich zu Amber, aber nicht besonders an ihr interessiert. Entweder befaßte er sich mit seinen Schularbeiten, oder er saß auf den Verandastufen, starrte in den winzigen Garten und spielte mit Thathas Kricketball.

Die Weihnachtsparty

Zwei Tage vor Weihnachten kamen Amber und Stiefmutter mit großen Kartons von Spencer's zurück. In ihnen befanden sich kleine silberne Kugeln, winzige rote Weihnachtsmänner und Kerzen, Lametta, Papierlaternen, Girlanden aus buntem Kreppapier und kleine Engel. Wir wußten nicht, was wir mit dem Kram anfangen sollten, und sie zeigten uns, wie wir die Decke und die Türen damit schmücken sollten. Es bereitete ihnen großes Vergnügen und erinnerte sie an vergangene Tage, die wir nicht mit ihnen geteilt hatten.

Sie hatten auch einen kleinen Acajoubaum mitgebracht, von dem sie sagten, er sei ein Weihnachtsbaum. Er wurde in die Mitte des Wohnzimmers gestellt und ebenfalls geschmückt. In rotes Papier eingewickelte Päckchen wurden rund um den Baum verteilt, und Stiefmutter sagte, das seien unsere Geschenke und wir dürften sie erst am Weihnachtsmorgen auswickeln.

Im Großen Haus hatte nichts von alledem stattgefunden. Zu Weihnachten hatte Nayana dienstfrei, sonst war das Fest unbemerkt an uns vorübergegangen. Wir hatten im Rhythmus von Avas religiösen Regeln gelebt.

Am Heiligen Abend zogen wir neue Kleider an, und Stiefmutter nahm uns in die St. Andrew's Kirk mit. Nayana begleitete uns nicht. Seine Distanz zur Religion schloß auch das Christentum ein. Weder Jagan noch ich wollten gehen, aber das erlaubte Nayana nicht. Er meinte, ein christlicher Gottesdienst würde unseren Horizont erweitern. Immer wieder betonte er, unser Leben dürfe nicht im engen Bereich unserer Vergangenheit verhaftet bleiben.

Er teilte Nehrus strikte Überzeugung, unser Land müßte säkularisiert werden. In jeder Wochenschau beobachteten wir, wie der Regierungschef Indien verwandelte, Grundsteine für Stahlwerke legte, Fabriken und neue Universitäten eröffnete, Kinder liebkoste und uns alle aufforderte, ein neues Indien zu schaffen.

Auf Nayanas Drängen hin ging ich mit in die Kirche. Kaveri war eifrig bemüht, Stiefmutter zu gefallen, und wollte lieber allein mit ihr und Amber gehen.

Amber sang im Chor und verließ uns am Eingang, um sich einen Weg durch die Menge zu bahnen. Außer Stiefmutter waren etwa zwanzig oder dreißig Europäer da. Alle anderen waren indische Christen, und sie machten ihr Platz, als sie uns zur ersten Reihe führte.

Über unseren Köpfen wölbte sich eine hohe Kuppel, die mit einem großen Mond und Sternen bemalt war und von sechzehn

Granitpfeilern gestützt. Nicht nur die Kuppel, auch der Boden mit den großen schwarzen und weißen Marmorfliesen erinnerte mich an das Große Haus. Durch die mit christlichen Szenen bemalten bunten Fenster kam gedämpftes Licht.

Ich fragte mich, ob Urgroßvater und Thatha diese Kirche genau studiert und einzelne Teile davon kopiert hatten. Die Kirche war 1818 erbaut worden, ungefähr achtzig Jahre vor unserem eigenen Haus.

Wie in einer Schule füllten die Leute mehrere Reihen und warteten respektvoll, als würde demnächst der Direktor erscheinen. In unseren Tempeln ging es nicht so ordentlich zu. Die Leute kamen und gingen, kauerten am Boden und schwatzten oder brachten den Göttern Opfergaben, die Kinder spielten, und die Priester sangen. Aber hier sah ich keine einzige Opfergabe, und die Gläubigen unterhielten sich nur flüsternd.

»Müßte da nicht ein Bild oder so was hängen?« fragte Jagan. Er schaute sich erstaunt um. In der Kapelle des Convents beteten die Nonnen vor einem Gemälde, das die Jungfrau Maria darstellte. Hier glänzte nur ein goldenes Kreuz auf einem Altar hinter einem Torbogen.

»Ich bin Protestantin«, erklärte Stiefmutter. »Im Gegensatz zu den Katholiken, die ihre Altäre mit Bildern und Statuen schmücken wie die Hindus, begnügen wir uns mit dem Symbol des Kreuzes.«

»Ist ein Protestant besser als ein Katholik?« fragte Kaveri.

»O ja, viel besser. Wir Engländer sind alle Protestanten, weil einer unserer Könige gegen die Regeln des Papstes rebelliert hat.«

Nachdenklich kaute Kaveri an ihrer Unterlippe. »Mir gefällt es sehr gut.«

»Das dachte ich mir.«

»Mir nicht. Ich finde den Tempel besser. Da kann man wenigstens herumlaufen und Lärm machen und …«

»Krishna!« unterbrach mich Stiefmutter scharf. »Dein Vater hat dich hierhergeschickt. Also sitz still und lerne etwas für dein Leben.«

Ich schwieg, weil die Orgel zu spielen begann, dann erschien der Chor, alle in weißen Kleidern. Außer Amber waren es noch fünf andere Mädchen, alle Anglo-Inder, die sechs Jungen waren Inder. Ambers goldenes Haar reflektierte das gedämpfte Licht, und ihre Haut erschien mir noch heller als ihr Kleid. Kaum zu glauben, daß ich diese rosigen Lippen geküßt hatte ... Sie sah so rein und unschuldig aus.

Kaveri stieß mich in die Rippen und reichte mir ein Buch. »Versuch diese Lieder mitzusingen.«

Statt dessen hörte ich mir »Stille Nacht« und andere Weihnachtslieder an. Das waren hübsche Lieder, und jeder sang sie fröhlich mit. Dann hielt der Priester eine Rede. Ich sprach keine einzige Zeile aus der Bibel mit, und als die Zeremonie vorüber war, schüttelten sich alle die Hände und wünschten einander »frohe Weihnachten«.

Zu Hause erwartete uns Nayana in einem neuen Dinnerjakkett. Ich hatte es in seinem Schrank hängen sehen, aber er hatte es nie getragen. Der Stoff schimmerte wie Seide, und in der Mitte seines blütenweißen Hemd prangten goldene Knöpfe. Dazu trug er eine schwarze Fliege. Er sah für mich wie ein König aus.

»Oh, du siehst gut aus, Bharat!« sagte Stiefmutter, und sie küßten sich flüchtig. »Ich werde mich auch umziehen. Ihr Kinder macht euch fertig fürs Bett.«

Nayanas Schuhe glänzten so, daß ich mein verschwommenes Spiegelbild darin sah, als ich mich bückte. Hingerissen streichelte Kaveri seinen Ärmel.

»Ich finde, du bist sehr schön«, flüsterte sie.

»Danke«, sagte er und verneigte sich. »Und was meinst du, Amber?«

»Oh, ich finde dich sehr attraktiv, Vater. Wie ein Bild in einem Buch.«

»Besten Dank.« Nayana strahlte vor Vergnügen und zerzauste ihr goldblondes Haar. Lächelnd stellte sie sich auf die Zehenspitzen und küßte seine Wange. Für ein solches Manöver war Kaveri zu klein.

Wir hatten bereits bemerkt, daß er sich sehr um Amber bemühte, am Eßtisch oder wenn sie allein dasaß und las. Er wollte, daß sie ihn mochte, möglicherweise auch liebte, was Stiefmutter wohlwollend beobachtete. Er erzählte Amber von seiner Studienzeit in England, den Kricketmatches in Somerset, seinen ersten Amtshandlungen als stellvertretender Steuereinnehmer in der Provinz Hosur im Staat Madras. In diesen Geschichten, die teilweise neu für uns waren, wurde unsere Amah kein einziges Mal erwähnt.

»Dürfen wir mitkommen?« fragte ich.

»Ich fürchte, nicht. Die Deputy High Commission von Großbritannien hat nur Erwachsene zu dieser Party eingeladen.«

»Ich möchte auch so einen Anzug haben«, meinte Jagan.

»Gut, dann gehen wir zum Schneider und lassen einen für dich machen. Er wird genauso aussehen wie dieser.«

Jagan freute sich. »Und ich werde ihn nur zu ganz besonderen Gelegenheiten tragen.«

»Ihr zieht euch jetzt besser aus, sonst wird Mutter böse.«

Wir rannten in unser Schlafzimmer. Seit Amber bei uns wohnte, empfanden wir eine gewisse Scheu. Früher hatten wir uns voreinander aus- und angezogen, ohne verlegen zu werden. Kaveri verschwand zuerst im Bad, gefolgt von Jagan und mir, dann kleidete sich Amber hinter der verschlossenen Tür aus. Schließlich hatten wir alle unsere Paijamas an.

»O Mutter, du siehst wunderschön aus. Wie Aschenbrödel auf dem Ball!« jubelte Amber, als wir ins Wohnzimmer zurückkehrten.

Ich hatte erwartet, Stiefmutter in einem leuchtenden Seidensari mit Goldborten aus Conjeevaram oder Benares zu sehen. Statt dessen trug sie ein schwarzes Kleid mit einem engen Rock, unter dem sich ihre Unterwäsche und die Strumpfhalter abzeichneten. Er reichte nur bis zu den Knien und das Oberteil war so tief ausgeschnitten, daß man ihren Brustansatz sah. Um ihren Hals trug sie eine Perlenkette.

»Danke, Amber«, erwiderte Stiefmutter und küßte den Scheitel ihrer Tochter.

»Oh, ich denke, es ist wirklich und wahrhaftig sehr schön!« Um Amber zu übertrumpfen, betonte Kaveri die Wörter »wirklich und wahrhaftig sehr«.

Stiefmutter lächelte geschmeichelt, und dann waren sie weg und hatten uns alleingelassen. Kaveri sah verärgert aus, weil sie nicht geküßt worden war.

»Wer sagt denn ›wirklich und wahrhaftig sehr‹?« Amber sagte es in dem nachsichtigen Tonfall einer Lehrerin. »Das ist kein gutes Englisch.«

Die Keilerei

Kaveris Reaktion war nicht vorherzusehen. Früher hatte sie stundenlang mit Anjali gestritten, aber sie waren nie handgreiflich geworden. Nun schlug sie – zu ihrer eigenen Verblüffung – der Stiefschwester ins Gesicht. Der ganze Frust der letzten Tage brach sich Bahn.

Auf Ambers linker Wange erschienen rote Fingerspuren. In der nächsten Sekunde schlug Amber zurück, ihre Faust traf Kaveris Kinn. Ehe Jagan und ich eingreifen konnten, wälzten sich die beiden Mädchen tränenüberströmt auf dem Sofa.

»Ich werde dich umbringen!«

»Ich werde dich töten, du Hexe …«

»Du nimmst Amber«, sagte Jagan, »ich halte Kaveri fest.«

Wir umschlangen die Taillen der beiden und rissen sie mühsam auseinander. Keuchend und schwitzend landeten wir in gegenüberliegenden Ecken am Boden, die Mädchen auf dem Schoß. Jagan grinste, sichtlich zufrieden mit sich selbst, während die schluchzende Kaveri immer noch wütend war. Herausfordernd starrte Amber zu ihr hinüber. »Das erzähle ich Mum!« drohte sie.

»Das ist es, was du bist, eine alte Petze!« kreischte Kaveri.

Amber sprang von meinem Schoß, rannte ins Zimmer von Stiefmutter und Nayana und warf die Tür hinter sich zu.

»Der hab' ich es aber gegeben!« sagte Kaveri. »Von nun an geht es wir gegen sie. Ich bin sicher, daß sie es Mutter sagt. So hat es Anjali auch immer gemacht und mich in Schwierigkeiten gebracht. Aber jetzt werde ich sie in Schwierigkeiten bringen.«

»Ich werde mit Amber sprechen«, sagte ich. »Stiefmutter könnte eine Riesenszene machen, wenn Amber behauptet, wir wären alle drei über sie hergefallen.«

»Gut, dann gehen Jagan und ich ins Bett und tun so, als wäre nichts geschehen.«

Amber lag weinend auf dem Bett gegen die Kissen gelehnt, den Daumen im Mund, schmal und zart. Sie weinte, und als ich eintrat, wandte sie sich ab. Ich setzte mich zu ihr und berührte ihre Schulter, aber sie zuckte zurück, als hätte ich sie geschlagen. »Tut mir leid. Aber so hättest du nicht mit Kaveri reden dürfen.«

»Wie denn sonst? Sie benutzte die falschen Worte, ich wollte ihr nur richtiges Englisch beibringen.«

»Wenn es bloß nicht so arrogant geklungen hätte ...«

»Ich weiß, daß ihr mich alle haßt. Es ist nicht meine Schuld, daß meine Mutter euren Vater geheiratet hat. Sie hat es mir auch erst hinterher erzählt. Nicht, daß ich es hätte verhindern können. Gran versuchte sie davon abzuhalten, aber Mum war fest entschlossen. Am liebsten hätte Gran uns nach England mitgenommen, doch das konnten wir uns nicht leisten. Sobald ich die Schule hinter mir habe, fahre ich zu ihr und sorge für sie.«

Sie wandte sich zu mir um. Ihre Tränen waren getrocknet, und Kaveris Fingerspuren waren aus ihrem Gesicht verschwunden.

»Ich tat es nur, um auf mich aufmerksam zu machen. Sonst nimmt Mum überhaupt keine Notiz von mir. Ich möchte wirklich nicht, daß sie mich heimschickt. Ich hasse das Internat! Dort bin ich ganz allein. Seit die drei anderen Europäerinnen wissen, daß Mum einen Hindu geheiratet hat, reden sie nicht mehr mit mir. Und die indischen Mädchen bleiben unter sich. Hast du einen besten Freund?«

»Nur Jagan, Kaveri und Anjali.«

»Die meine ich nicht.«

»In der Schule war ich mit Madan befreundet. Nachdem ich rausgeflogen bin, muß ich mir in der neuen Schule einen neuen Freund suchen.«

»Ich wünschte, ich könnte auch auf deine Schule gehen. Und ich wünschte, wir wären wieder in Bombay. Dort war ich am glücklichsten.«

»Warum?«

»Da hatte ich Mum ganz für mich allein. Nun ja, meistens. Wir hatten eine Wohnung am Malabar Hill, und vom Fenster aus konnten wir das Meer und den Strand sehen. Wir teilten die Wohnung mit Tante Mary ...«

»Wer ist sie? Die Schwester deiner Mutter?«

»Nein, sie war Mums Freundin. Sie heißt Mary Whitstable, und ich glaube, sie sind in Darjeeling zusammen zur Schule gegangen. Später verschaffte Tante Mary meiner Mutter einen Job im Empress Hotel, und es machte ihr für eine Weile viel Spaß. Alle die britischen und amerikanischen Offiziere wohnten dort, und feierten dauernd Parties, die Mum liebte. Ich hatte meine eigene Nanny, sie hieß Ruby und war eine Anglo-Inderin. Manchmal gaben Mum und Tante Mary Parties in unserer Wohnung, und die Offiziere brachten was zu essen und zu trinken und Schallplatten mit. Ich tat, als sei ich fest eingeschlafen, aber nach einer Weile kroch ich aus dem Bett und spähte durch die Tür und sah sie tanzen und lachen. Am meisten mochte ich die Amerikaner. Mum hatte einen sehr guten Freund, Pete Pianetti, den alle ›PiPi‹ nannten, und ich mußte sehr darüber lachen, wer heißt schon PiPi. Er kam irgendwo aus der Gegend von New York. Tante Marys bester Freund, Jack Stanford, kam aus New Orleans. Sie heiratete ihn und ging mit ihm nach Amerika. Deshalb beschloß Mum, nach Madras zu ziehen. Sie ist eine sehr tapfere Frau. Wenn sie sich was vorgenommen hat, dann tut sie es. ›Zum Teufel mit den Konsequenzen‹, sagt sie.«

»Was ist aus PiPi geworden?«

»Er war verheiratet, und Mum sagte, wenn er sich scheiden ließe, würde sie ihn heiraten. Aber nachdem er nach Amerika zurückgekehrt war, hörte sie nichts mehr von ihm. Ich würde gern in Amerika leben. Auf den Bildern sieht dieses Land so nett aus.«

»Wirst du deiner Mutter erzählen, was heute passiert ist?«

»Das kommt darauf an.«

»Worauf?«

»Das muß ich mir überlegen. Ich bin sicher, ihr werdet euch auf Kaveris Seite gegen mich stellen, weil sie eure Schwester ist. Und Mum wird wahrscheinlich sagen, ich soll keine Geschichten erfinden. Also, wenn du bei mir schläfst, werde ich Mum nicht sagen, was passiert ist.«

Ich war zu ihr gekommen, um sie zu besänftigen, und sah nichts Schlimmes darin, mich neben sie zu legen. Sie beugte sich zu mir und küßte mich auf den Mund, so wie damals im Auto. Ich küßte zurück, und wir umschlangen uns, bis sie sich befreite.

Seufzend schaute sie mich mit ernsten blauen Augen an. Sie schloß die Augen, und ich wartete, daß sie sie wieder öffnen würde. Sie atmete leise und gleichmäßig und roch nach Bonbons. Sie war eingeschlafen, aber ich hatte das Gefühl, sie würde mich durch ihre rosa Lider beobachten. Wie zarte Schatten lagen die Wimpern auf ihren Wangen und bebten, als würden sie ihr Geheimnisse zuflüstern. Bei jedem ihrer Atemzüge sog ich ihren Duft ein und wünschte, sie würde in mich eindringen wie ein Geist. Ich hätte gern ihre rosa Wangen berührt und den letzten Rest des Kummers weggewischt, aber dann wäre sie erwacht.

Auf leisen Sohlen kehrte ich in unser Zimmer zurück.

Der geheime Traum

In dieser Nacht träumte ich von Amber. Ich erwachte im Dunkeln, und ein eigenartiges Gefühl erfüllte meinen Körper. Es war, als würde ein kleines Tier, Eichhörnchen oder ein Mungo, in meinem Lenden herumkrabbeln und einen Fluchtweg suchen. Aber es gab kein Entrinnen. Verwirrt warf ich mich im Bett umher und versank wieder in unruhigem Schlaf.

Als ich das nächste Mal erwachte, war der Weihnachtstag angebrochen. Kaveri und Jagan setzten sich auf und griffen nach den Päckchen in hübschem bunten Papier, die mysteriöserweise am Fußende unserer Betten lagen.

»Was ist das?« fragte ich und schüttelte mein Päckchen.

»Das sind Weihnachtsgeschenke!« Lachend kam Amber hereingerannt, die Wangen vor Aufregung gerötet. »Frohe Weihnachten!« Sie küßte uns alle, sogar Kaveri, die verblüfft zusammenzuckte. Auf meiner Wange verweilten ihre Lippen am längsten, zumindest bildete ich mir das ein. »Wollt ihr die Sachen nicht auspacken? Seht doch, was der Weihnachtsmann mir gebracht hat!«

Sie hob ihr Handgelenk, zeigte uns eine zierliche Armbanduhr, hielt sie an mein Ohr, und ich hörte meinen Neid ticken. So ein wundervolles Geschenk hatte ich niemals bekommen.

»Von wem hast du das?« fragte Kaveri, scheinbar desinteressiert, aber ich wußte, was in ihr vorging.

»Natürlich vom Weihnachtsmann«, antwortete sie. »Warum fangt ihr nicht an, eure Geschenke auszupacken? Macht schon …«

»Wer ist der Weihnachtsmann?« fragte ich.

»Krishna, weißt du überhaupt etwas?« rief Amber schokkiert. »Der Weihnachtsmann bringt an jedem Weihnachtsmorgen den Kindern Geschenke, aber nur, wenn sie brav sind. Er hat einen buschigen weißen Bart und trägt einen roten Anzug und schwarze Stiefel. Er fährt in einem großen Schlitten, der von Rentieren gezogen wird, über den Himmel. Und in der ersten

Reihe ist Rudolph, das rotnasige Rentier, und zeigt ihm den Weg. Ist der Weihnachtsmann denn nie ins Große Haus gekommen?«

»Nein«, erwiderte Kaveri kurz. »Aber wir wissen alles über Weihnachten und den Weihnachtsmann. Aber im Großen Haus bekamen wir von meiner Amah oder Ava unsere Geschenke, ganz egal, ob wir brav waren oder nicht.«

»Der Weihnachtsmann kommt jeden Weihnachtsmorgen, ob es dir gefällt oder nicht«, sagte Amber stur. »Pack endlich dein Geschenk aus, Krishna!«

Gehorsam wickelte ich eine Schachtel mit Bleistiften aus dem hübschen Papier. Jagan hatte einen Kompaß erhalten, Kaveri bunte Haarbänder und gläserne Armreifen. Natürlich hätten wir alle eine Armbanduhr vorgezogen. Doch das sagten wir vor Amber nicht.

»Ich gehe jetzt Mum helfen, den Weihnachtslunch vorzubereiten«, verkündete sie und stürmte aus dem Zimmer.

»Warum hat der Weihnachtsmann ihr eine Uhr geschenkt und uns diese langweiligen Schulsachen?« klagte Jagan. »Ich hatte mir einen neuen Kricketschläger gewünscht.«

»Darum, weil sie eine Christin ist und was Besonderes«, erklärte Kaveri verbittert. »Oh, ich kann es kaum erwarten, bis sie wieder ins Internat zurückgeht!«

Ich mußte feststellen, daß der Weihnachtslunch eine ganz spezielle Angelegenheit war. Zum Beispiel mußten wir Papierhüte aufsetzen, Luftschlangen werfen und Knallbonbons ziehen, in denen Blechspielzeug war. Kaveri und Amber zogen ihre Cracker über den Tisch hinweg und lachten, wenn es krachte.

»Ich freue mich, daß ihr beide euch so gut versteht«, bemerkte Stiefmutter lächelnd.

»Ich wünschte mir, daß ihr Amber richtige Geschwister seid, besonders jetzt zu Weihnachten«, sagte Nayana.

»Oh, wir verstehen uns«, bestätigten Amber und Kaveri wie aus einem Mund und grinsten sich honigsüß an.

Als besonderes Essen gab es gebratenen Truthahn mit Bratkartoffeln und Blumenkohl, das Stiefmutter auf einer großen Platte hereinbrachte und vor Nayana stellte. Geschickt schnitt er den großen Vogel in Scheiben.

Ich zog ein Gesicht, nachdem ich einen Mundvoll gekaut hatte. »Das schmeckt nach nichts«, sagte ich. »Warum können wir kein Biryani haben und Huhn und …?«

»Krishna, es ist Weihnachten«, erklärte Stiefmutter ruhig. »Und zu Weihnachten essen wir Truthahn. Wenn ihr nicht aufeßt, bekommt ihr keinen Weihnachtspudding.«

»Und der wird mit Brandy-Creme übergossen«, flüsterte Amber. Sie saß zwischen Jagan und mir. »Du wirst ihn mögen, so wie ich. Und du wirst dich auch an den Truthahn gewöhnen.«

Der Pudding war ein schwarzer, glibbrig aussehender Kegel. Stiefmutter schnitt für uns Stücke ab und goß eine dicke, cremige Soße darüber.

»Seid vorsichtig«, mahnte sie. »Ich habe Zwei- und Vier-Anna-Münzen darin versteckt.«

»Und wer immer sie findet, darf sie behalten«, ergänzte Amber.

»Aber sind sie nicht dreckig?« fragte Jagan.

»Ich habe die Münzen gewaschen und gekocht«, sagte Stiefmutter ungeduldig. »Ich will nur nicht, daß ihr euch einen Zahn abbrecht, das ist alles.«

Zu unserem Entzücken fand jeder eine Münze als Taschengeld.

Nach Neujahr kehrte Amber ins Internat zurück. Immer öfter sprachen Nayana und Stiefmutter über das »Ausland«, als wäre es eine sich rapide nähernde Regenwolke, die nur sie sahen. Für uns lag das in weiter Ferne, da wir erst einmal die Schule beenden mußten, und das würde noch einige Jahre dauern. Doch Nayana und Stiefmutter sorgten sich, weil die Grenzkommission, die von Nehru ins Leben gerufen worden war, um die Hintergründe des Telugu-Aufstands zu erforschen, ihren Bericht vorgelegt hatte. Die Kommission empfahl, Madras in zwei Staaten zu teilen, einen für die Tamilen, den nördlichen Teil für die Telugus. Nun mußte Nehru das Unvermeidliche akzeptieren.

»Seht ihr?« rief Stiefmutter triumphierend, nachdem sie die Zeitung gelesen hatte. »Indien ist ein Traum, der so schnell vergehen wird wie ein Tropfen Benzin auf einer heißen Straße. Indien war kein richtiger Staat, bis die Briten kamen und es zu einem machten. Vorher bestand es nur aus winzigen Stückchen und Stücken. Die Briten haben Indien zu *einem* Land gemacht, und jetzt wollen sie, daß Indien wieder in Stückchen und Stücke zerfällt. Jeder weiß, daß das im nächsten Jahr oder so passieren wird. Sobald die Telugus ihren eigenen Staat haben, wird der Rest des Landes auseinanderfallen.«

»Stimmt das, was Stiefmutter sagt?« fragte ich Nayana.

»Wir waren früher kein geeintes Land«, gab er zu. »Nun müssen wir warten und sehen, wie die nächsten Wahlen ausfallen. Durch unsere Geschichte läßt es sich nicht vorhersagen, aber wir haben Nehru, und er kann uns hoffentlich noch eine Zeitlang zusammenhalten. Die Sache ist nur: Wer soll diese Aufgabe nach ihm übernehmen? Wir haben niemanden, der uns führen kann.«

Ich hatte gewünscht, er würde nicht mit Stiefmutter übereinstimmen, sondern mir versichern, daß Indien Bestand hätte. Aber ich habe keinen Optimismus in seiner Stimme gehört. Andererseits glaubten er und Stiefmutter nur das, was in den ausländischen Zeitungen und Zeitschriften vorausgesagt wurde. Sie alle prophezeiten, Indien würde auseinanderfallen wie ein zerschlagener Teller, dessen Teile überall herumflogen, so wie wir alle zu unseren alten winzigen Welten zurückkehren würden.

»Und was werden wir tun, wenn Indien geteilt wird?«

»Darüber habe ich nachgedacht und mit Mutter verschiedene Möglichkeiten besprochen. Wenn ich in den vorzeitigen Ruhestand trete, können wir in ein anderes Land gehen.«

»In was für ein Land?«

»Kanada. Das ist ein vielversprechendes Land. Dort würde eure Mutter gern leben, weil sie glaubt, ihr Kinder hättet dort eine bessere Zukunft.«

Er öffnete seine Aktentasche aus schwarzem Leder und nahm Broschüren heraus, die Fotos von Wäldern, Städten, Flüssen und lächelnden Menschen enthielten. Auf einigen Bildern sah ich Eis und Schnee, aber ich wußte nicht, was sie bedeuten. Das war also Nayanas »Ausland«. Ich wußte nicht, wie lange er schon davon träumte. In seinen Träumen hatte er dort gelebt, ohne uns. Er war geritten und durch den Schnee gewandert, hatte Berge bestiegen und war in klaren Flüssen geschwommen. Er war allein dort gewesen, aber als er mir nun die Broschüren zeigte, wünschte er, ich würde seinen Traum teilen und auch dort leben.

»Was wirst du da tun?«

»Ich habe mit dem High Commissioner gesprochen, als ich in Delhi war, und er sagte, es würde mit meinem Können und meiner Ausbildung leicht für mich sein, in Kanada einen Job zu bekommen. Würdest du gern nach Kanada gehen, Krishna?«

»Wenn du dahin gehen möchtest. Werden Jagan und Kaveri auch mitkommen, und Ava und Anjali?«

»Natürlich, wir werden alle gehen, aber was Ava und Anjali betrifft, bin ich mir nicht sicher.«

»Und … Mutter?« Ich hoffte, sie würde hierbleiben.«

»Oh, sie wird selbstverständlich mitkommen. Sie ist sehr angetan von dieser Idee. Es ist ein viel besseres Land als England. Und es ist leichter als hier. Wir können uns eine Ranch kaufen oder etwas Ähnliches«, sagte er vage. »Allein schon der Gedanke schien ihn glücklich zu machen.

»Kann ich dann ein Cowboy werden und mein eigenes Pferd reiten, wie du es mir versprochen hast?«

»Ja, sicher.«

»Ein weißes Pferd, wie der Einsame Ranger?«

Seit ich denken konnte, wünschte ich mir ein weißes Pony. Ich hatte eins in einem Film gesehen und sah mich selbst, wie ich auf einem herrlichen Tier durch den Garten galoppierte.

Nayana hatte es mir oft versprochen, aber es Jahr für Jahr hinausgeschoben. Und jetzt war unser Garten zu klein für ein Pferd.

»Gibt es Ärger im Büro?«

»Warum fragst du?« Er warf mir einen scharfen Blick zu.

»Ich habe nur gedacht, weil du gesagt hast, dort wäre es leichter.« Wie Anantharaman konnte ich über diese schwierige Angelegenheit nicht reden. Er träumte davon, aus der Sache herauszukommen, und ich konnte ihm nicht helfen, aber wunderte mich nicht. Ich wünschte, daß Nayana ein Gentleman blieb und sich nicht änderte, nur weil die anderen es wollten.

»Manche Leute erwarten, ich würde ihnen diesen oder jenen Gefallen erweisen. Und das kann ich nicht. Sie wollen, daß ich gewisse Papiere unterzeichne und ihnen Verträge zuschanze. Dafür bieten sie mir alles mögliche an.«

»Wie diese Männer, wenn du unterwegs bist?« Sie erwarteten ihn immer mit ihren Girlanden und Süßigkeiten für uns, aber sie gingen leer aus.

»Ja. Und wenn ich es nicht tue, verbreiten sie Gerüchte über mich. Wenn der Staat für die Telugus gegründet wird, werde ich sicher dorthin versetzt. Es ist wie eine weiße Weste, um es so zu sagen.«

»Was ist mit Kanada?«

»Ich würde gern dorthin gehen. Aber zuerst müssen wir sehen, ob Anjali immer noch heiraten will. Wenn ja, dann müßt ihr Kinder die Vollmacht unterschreiben, damit ich das Geld aufnehmen kann. Du erinnerst dich, daß wir darüber gesprochen haben?«

»Ja, ich weiß.«

Im neuen Jahr ging ich in die neue Schule. Ich haßte es, von Kaveri und Jagan getrennt zu sein. Wir wurden in immer kleinere Stücke geteilt.

»Daran bist du selber schuld«, sagten Nayana und Stiefmutter. »Du bist es, der rausgeflogen ist. Warum sollten die beiden dir zuliebe ihre Freunde verlieren?«

»Aber wir waren immer zusammen.«

»Mir würde es nichts ausmachen, die Schule zu wechseln«, erklärte Kaveri.

»Schlag dir das aus dem Kopf. Krishna muß eben selbständig werden.« Mit diesen Worten unterband Stiefmutter alle weiteren Proteste.

Mit ihren Granitmauern und vergitterten Fenstern glich St. George's einer Festung. Sie war mehr als eine Meile von unserem Haus entfernt, und Nayana kaufte mir ein altes Fahrrad für die tägliche Hin- und Rückfahrt. Von Stiefmutter bekam ich einen Ranzen, in dem ich meine Sandwiches und Bücher transportierte. Ich verfütterte die Sandwiches an streunende Hunde und kaufte meinen Lunch bei den Straßenhändlern.

»Wie gefällt es dir?« fragte Kaveri, als ich am ersten Abend heimkam.

»Ich vermisse euch alle«, flüsterte ich. »Am liebsten hätte ich geweint. Aber ich habe mich mit einem Jungen namens Muthu angefreundet, der neben mir sitzt. Er ist sehr nett und zeigte mir alles. Der Direktor ist ein Brite, Mr. R. L. Stephens, und vor ihm war Mr. P. K. Page da, auch ein Brite. Wie Muthu mir erzählte, war dieser Page sehr streng und schlug die Jungen mit seinem Rohrstock, wenn sie unartig waren. Aber Mr. Stephens ist viel freundlicher. Er sitzt in einem Rollstuhl und hat Schultern wie ein Bulle.«

»Sind überhaupt noch britische Lehrer da?« erkundigte sich Jagan.

»Nur ein alter, ein gewisser Mr. Reynolds. Die meisten anderen Lehrer sind Anglo-Inder, aber ich habe gehört, daß sie alle bald nach England, nach Hause wollen. Zwei reisen nächsten Monat ab, mein Englisch- und mein Physiklehrer. Dann wird Chandrasekar, ein Inder, den Physikunterricht übernehmen.«

»Mach dir nichts draus«, versuchte Kaveri mich zu trösten. »Schließlich können wir abends zusammen sein.«

Die Macht der Leidenschaft

Nein, ich möchte nicht nach Kanada gehen«, sagte Anjali kurz angebunden, als Nayana ihr seine Pläne mitteilte.

Wir warteten auf den Mann, den zu heiraten sie beschlossen hatte. Der Zamindar von Pullapadi verspätete sich. Er war eine gute Partie, er stammte aus unserer Gesellschaftsschicht, und durch die Heirat würden sich dann zwei Grundbesitzerfamilien vereinen. Anjali sah sehr hübsch aus. Ihre Augen waren von Khol umrandet, und das *Botu* auf ihrer Stirn war perfekt rund. Sie trug einen hellgelben Sari mit eingewebten goldenen Mangoblättern und einer golddurchwirkten grünen Borte. Ihr Choli paßte hervorragend dazu. In ihrem Haar steckten duftende Blumen. Sie trug Avas goldene Reifen, eine diamantene Halskette und passende Ohrringe.

Gegen sie wirkte Ava in ihrem dunkelblauen Sari glanzlos, und ihre Wangen waren eingefallen. Vishnu sagte uns, daß sie zu wenig aß. Ihre Tage waren leer, und sie wußte nicht, wie sie sie ausfüllen sollte. Wenigstens lebte sie in ihrer Heimat und nicht im kalten England, wo sich Mrs. de la Rue nach der Sonne und den Farben Indiens sehnte.

Wir saßen förmlich im Empfangsraum, als wären wir Fremde im Haus. Und nicht einmal Inder, sondern *Angrezis,* die nicht mit den indischen Sitten vertraut waren. Wir konnten es deutlich spüren. Ava und Anjali saßen auf einem Sofa und wir Besucher – Nayana, Stiefmutter, Kaveri, Jagan und ich – auf der anderen Seite, getrennt durch zwei niedrige Tische. Ava und Anjali sahen schmal und einsam aus und saßen nahe beieinander, als würden sie sich gegenseitig beschützen und sich nie trennen. Aber das würde sich durch Anjalis Heirat ändern.

Dies war der dritte Besuch seit unserem Auszug, und jedesmal verblaßte ein Teil meiner Erinnerungen, und die Vergangenheit erschien mir so unwirklich wie ein Traum, den man im Schlaf real findet.

Seufzend musterte Nayana seine eigensinnige älteste Tochter. »Ich wünschte …«

»Aber ich will nicht nach Kanada gehen. Ich möchte heiraten und mein eigenes Leben führen.«

»Wir versuchen nur, ein letztes Mal an deine Vernunft zu appellieren«, mischte sich Stiefmutter autoritär ein. »Du könntest auch hier aufs College gehen, aufs Queen Mary's, studieren und deinem Vater Freude bereiten.«

»Warum sollte ich das wollen?« entgegnete Anjali. »Er hat sich selbst Freude bereitet und dich geheiratet, ohne an uns zu denken.«

»Ich weiß nicht, was zwischen dir und deinem Vater vorgefallen ist, ich mache mir lediglich Gedanken über deine Zukunft.«

»Frag ihn doch«, sagte Anjali.

»Ich weiß nicht, was du meinst, Anjali«, sagte Nayana.

»Die Art und Weise, wie du Amah behandelt hast.«

»Ich weiß nicht, wovon du redest. Wir waren sehr glücklich.«

»Ich weiß, was sie mir erzählt hat. Die Sachen, die du von ihr verlangt hast. Und das hat sie umgebracht.«

»Anjali, du hast eine sehr lebhafte Phantasie!« Nayana war sehr ärgerlich. »Sie hatte ein schwaches Herz. Das hatte nichts mit dem zu tun, was du über diese … diese Sachen sagst, die ich verlangt hätte.«

»Sie hat es mir gesagt.«

»Damals warst du noch ein Kind.«

»Daß ich ein Kind war, hat nichts damit zu tun, daß ich nicht verstanden hätte, warum meine Amah traurig und gekränkt war.«

»Deine Mutter liebte, soviel ich gehört habe, ein sehr abwechslungsreiches Leben«, bemerkte Stiefmutter. »Das tun die meisten Frauen, wie du weißt. Von Natur aus war sie sehr leidenschaftlich, und wir alle müssen die Konsequenzen unserer Leidenschaft tragen.«

»Wieso weißt du das?« Erbost wandte sich Anjali zu Nayana. »Mit welchem Recht hast du ihr so intime Dinge über meine Amah verraten?«

»Wenn du verheiratet bist, wirst du begreifen, wie ein Mann und eine Frau miteinander umgehen«, erwiderte er ärgerlich. »Und bis dahin solltest du deine Kritik für dich behalten.«

Ehe sie antworten konnte, trat Vishnu ein und meldete: »Der Zamindar und seine Mutter sind eingetroffen.«

Anjalis Zorn verflog wie weggewischt, und sie sah so hübsch und ruhig aus wie vorher.

Auch ich fühlte mich verletzt, daß Nayana mit Stiefmutter über meine Mutter gesprochen hatte. Ich war nicht so wütend wie Anjali, sondern mehr enttäuscht über Nayana. Gewisse Dinge mußte man für sich behalten.

Seltsamerweise hatte Ava während des heftigen Wortwechsels geschwiegen. Ich hätte erwartet, sie würde Anjali verteidigen. Statt dessen war sie in ihre eigenen Gedanken versunken. Vielleicht interessierte sie sich nicht mehr für derartige Probleme.

»Jagan, Krishna, wir Männer sollten den zukünftigen Bräutigam an der Treppe empfangen.«

Bereitwillig folgten wir Nayana aus dem Haus, neugierig auf den Mann, der mit Anjali in einem Luxusauto davonfahren würde. Der rote, verchromte MG funkelte im Sonnenlicht. Über jedem Kotflügel war eine silberne Lampe montiert. Der Zamindar öffnete seiner Mutter die Wagentür. Als sie etwas mühsam ausgestiegen war, eilte er die Verandastufen herauf und lächelte Nayana an.

»Es ist mir eine Freude, Sie kennenzulernen, Sir. Ich sah Sie Kricket spielen.«

»Danke«, sagte Nayana.

Begeistert schüttelten sie sich die Hände. Dann kam die Mutter des Zamindar und grüßte traditionell mit einem Namaste. Sie hatte ein schönes Gesicht mit sanften brauen Augen. Ihre Haut sah aus wie poliertes Elfenbein, und das Ende ihres Saris bedeckte ihren Kopf. Beides, Sari und Choli, waren schneeweiß, ein Zeichen ihres Witwenstandes, und sie trug keinerlei Schmuck. Auf den zweiten Blick schien sie nicht alt zu sein.

»Wie schnell fährt er?« Bewundernd streichelte Jagan das Auto.

»Hundertzwanzig«, erwiderte der Zamindar lachend. »Später werde ich mit dir und – Krishna, nicht wahr? – ein bißchen herumfahren.«

Er war groß und schlank, ganz in Weiß gekleidet und trug weiße Schuhe Er hatte ein langes Gesicht mit sinnlichen Lippen und einer Adlernase. Aber am meisten imponierte mir sein glänzendes, zu einer kunstvollen Tolle gekämmtes schwarzes Haar.

»Ich bin Bala«, stellte er sich vor und schüttelte unsere Hände, behandelte uns mit der gleichen Zuvorkommenheit wie Nayana.

Ich konnte verstehen, warum er Anjali gefiel. Er war attraktiv, aber es war mehr das Selbstvertrauen, mit dem er seinen Platz in der Welt beanspruchte. An dem Zeigefinger der rechten Hand trug er einen kostbaren Siegelring, und er hatte, wie Thatha, eine Schachtel mit Gold Flake-Zigaretten und ein Ronson-Feuerzeug.

Seine Mutter setzte sich neben Ava und ignorierte Stiefmutter, die zur Feier des Tages einen geblümten Voile-Sari angezogen hatte, aber wie immer in indischer Kleidung aussah, als hätte sie sich für einen Kostümball angezogen.

Lächelnd wandte sich Bala zu Anjali.

»Wie geht es dir?«

»Danke, sehr gut«, entgegnete sie mit ihrer leisesten und sanftesten Stimme. Sie spielte ganz die scheue Braut.

»Und du bist Kaveri, so schön wie der Fluß.« Er wandte sich ihr zu und umfaßte ihre Hand. Hingerissen von seinem Charme und seinen galanten Manieren, konnte sie nur eine Antwort stammeln.

»Bevor ich der Heirat zustimme, möchte ich ein kleines Experiment machen«, sagte Nayana. »Haben Sie etwas dagegen, Bala?«

»Nein, Sir«, antwortete der Zamindar und sah sich etwas unsicher um, weil er nicht wußte, was Nayana meinte.

Wir wußten es. Nayana zog den Stab mit der Orakelkugel aus der Tasche. Fasziniert sahen Bala und seine Mutter zu, als er das seltsame Instrument aus dem silbernen Tuch wickelte, das ihm, wie ich zu verstehen begann, bei seinen Entscheidungen half.

»Nun legen Sie bitte Ihre Hand neben die Anjalis.«

Beide legte ihre Händen dicht nebeneinander auf den Tisch, aber so, daß sie sich nicht berührten. Anjalis Hand war zart und klein, er hatte lange, spitz zulaufende Finger, die sehr weiblich wirkten.

Nayana ging zu ihnen und hielt in der rechten Hand den Stab, an dem die Elfenbeinkugel ganz still hing. Mit dem linken Zeigefinger wies er erst auf Anjalis, dann auf Balas Hand.

»Passen sie zueinander?« fragte er die Elfenbeinkugel.

Die Kugel ließ sich Zeit, während wir den Atem anhielten. Dann begann sie sich langsam im Uhrzeigersinn zu drehen, und meine Schwester seufzte erleichtert. »Ja, ihr paßt zueinander«, verkündete Nayana. »Herzlichen Glückwunsch.«

»Danke, Sir.« Leicht verwirrt stand Bala auf, um ihm die Hand zu schütteln, war aber zu taktvoll, um sich zu erkundigen, was genau sich soeben ereignet hatte.

Nun erwachte Ava zum Leben, verdrängte ihre düsteren Gedanken und besprach angeregt mit Balas Mutter die Hochzeitsvorbereitungen. Sie unterhielten sich in Telugu, und schlossen damit Stiefmutter von der Diskussion aus. Auch wir verstanden kein Wort, knabberten an den Snacks, die Vishnu serviert hatte, und hörten zu, was Bala Anjali über sein Polo-Match erzählte. Wir kannten das Spiel nicht, und er erklärte uns geduldig die Regeln. Er besaß acht Polo-Ponies und versprach uns, daß wir sie reiten dürften. Sie standen im Stall des Madras-Rennclubs und nicht auf seinem Besitz, der einige Meilen von Chittor entfernt war.

»Während ihr über die Hochzeitsfeier redet, werde ich mit Jagan und Krishna eine Runde durch den Garten fahren. Einverstanden?«

Wir zwängten uns auf den Beifahrersitz. Als Bala den Motor startete, spürten wir entzückt die dröhnenden PS. Wir rasten die Zufahrt hinab und kamen an das Außentor. Er deutete einen Stop an und lachte über unsere Nervosität.

»Was ist?« sagte er. »Jetzt laßt uns richtig fahren.«

»Also, ich finde ihn recht nett«, sagte Stiefmutter auf der Heimfahrt, »und sehr attraktiv. Vielleicht ein bißchen zu weltmännisch für Anjali.«

»Warum hat er so lange mit seiner Heirat gewartet?« wollte Kaveri wissen. »Er ist so hübsch, da waren sicher viele Mädchen an ihm interessiert.«

»Ich habe auch spät geheiratet«, sagte Nayana. »Er mußte sich um seine Mutter kümmern. Sie hängen sehr aneinander. Sein Vater starb bei einem Autounfall.«

»Ist er das einzige Kind?«

»Hoffst du, daß er einen ebenso hübschen Bruder hat, Kaveri?« fragte Stiefmutter in neckischem Ton.

»Warum nicht?«

»Heute sah Anjali sehr schön aus«, fuhr Stiefmutter fort. »Sehr hübsch. Das macht die Liebe. Um so auszusehen, mußt du noch eine Weile warten.«

Kaveri starrte aus dem Autofenster. Stiefmutter hatte in diesem herablassenden Ton gesprochen, und Kaveri war verletzt. Während Gita Atha jeden von uns den anderen gegenüber schlechtmachte, hatte Stiefmutter ihr Vergnügen daran, bewußt den anderen zu loben, vor allem dann, wenn die Personen miteinander konkurrierten, so wie Anjali und Kaveri, ich und Jagan, Kaveri und Amber, wir alle und Amber. Wir verlangten danach, direkt von ihr gelobt zu werden, doch das tat sie niemals.

»Sie wird Schwierigkeiten machen«, sagte Stiefmutter zu Nayana. »Ihr Benehmen ist sehr rücksichtslos, geradezu rüde.«

»Sie war immer so«, sagte Nayana. »Ich weiß nicht, weshalb. Wir haben uns so gut verstanden, als sie ein Kind war.«

»Das ist mit Sicherheit der Einfluß ihrer Großmutter«, meine Stiefmutter. »Aber ich bin sicher, ihr drei werdet euch eurem Vater gegenüber nicht anders verhalten, wenn ihr älter seid, oder?«

Laut antworteten wir im Chor: »Nein.«

»Man muß aufpassen, sie wird euch euer ganzes Eigentum wegnehmen. Vermutlich hat eure Großmutter bereits den Treuhandfonds so geändert, daß sie die alleinige Erbin ist.« Sie sagte es mit ihrer dunklen, ahnungsvollen Stimme, mit der sie uns Märchen erzählte und einen Schrecken einjagte.

Wir ließen Stiefmutter vor unserem Haus aussteigen und fuhren weiter. Nayana hatte uns gesagt, wir müßten unseren Vakil aufsuchen, und wir dachten, es sei Mr. Menon, der immer für Thatha gearbeitet hatte. Statt dessen fuhren wir nach Nungambakkam, und das war ein langer Weg. Wir hielten vor einem großen, von Bäumen umgebenen Haus. »N. V. Pattabirao, Anwalt«, stand auf dem Türschild.

»Ich dachte, Mr. Menon ...?« sagte Kaveri.

»Er hat keine Zeit », erwiderte Nayana. »Aber Mr. Pattabirao ist sehr tüchtig. Ich kenne ihn schon viele Jahre. Er hat alle Papiere aufgesetzt, so daß ihr nur noch unterschreiben müßt.«

»Was sind das für welche?« fragte Jagan, aber er war nicht wirklich interessiert.

»Sie bevollmächtigen mich, euer Vermögen zu verwalten.«

»Aber wir haben keine Unterschrift.«

»Du mußt nur deinen Namen schreiben, Krishna«, sagte Nayana. Er öffnete die Haustür, und wir marschierten hinein.

Der Anwalt

Mr. Pattabirao musterte uns von oben herab und sprach ein noch perfekteres Englisch als Nayana.

Viel lieber hätten wir Mr. Menon besucht, der uns mit komischen Anekdoten aus dem Gerichtssaal zu amüsieren pflegte. Aber Mr. Pattabirao scherzte nicht. Statt dessen neigte er sein majestätisches, schneeweißes Haupt zu unserem Vater, der ihm am Schreibtisch gegenübersaß.

»Sicher können Sie noch genauso gut mit dem Kricketschläger umgehen wie eh und je, Bharat.« Er lehnte sich in seinem Sessel zurück, ein Bild vollendeter Eleganz in einem modischen Anzug mit Seidenhemd und tadellos geknoteter Krawatte.

»Mir war dieses verdammte Spiel immer zu langweilig.«

Eine Zeitlang diskutierten sie über diverse Kricketmatches und das Wetter, das dem Anwalt zu schaffen machte. Dann schob er abrupt ein paar Papiere zu Nayana hinüber. Vater überflog die Schriftstücke und legte sie vor uns hin. Als wir sie unterschrieben, durften wir seinen Parker-Füllfederhalter benutzen, der keine Tintenkleckse machte wie unsere einfachen Federn. Wir schrieben unsere Namen vorsichtig neben ein Bleistiftkreuz am Ende jeder Seite. Wir waren richtig stolz auf unsere Leistung. Sorgfältig drückte Mr. Pattabirao ein Löschpapier auf unsere Namenszüge und übergab Nayana die Papiere. Wir verließen sein Büro, ohne daß Mr. Pattabirao ein einziges Wort mit uns gewechselt hätte.

»Wie kannst du mit unseren Unterschriften Geld bekommen, Nayana?« fragte Kaveri.

»Krishna, erinnerst du dich, als du mit Thatha zu dem Marwari-Gentleman gegangen bist?«

»Ja.«

»Nun, derselbe Gentleman ist so freundlich, ein kleines Darlehen auf euren Grundbesitz zu gewähren. Das nennt man eine Hypothek.«

»Aber wir bekommen nichts, bis Ava stirbt.«

»Er ist damit einverstanden, so lange zu warten. Und bis dahin werde ich ihm das Geld selbst zurückgezahlt haben, ihr müßt euch deshalb keine Gedanken machen.«

Das neue Haus

Ein paar Wochen nachdem wir die Vollmachten unterzeichnet hatten, bereitete uns Nayana eine Überraschung. Wir zogen in einen geräumigen Bungalow an der Poonamalle High Road, etwa eine Meile vom Großen Haus entfernt. Es hatte einen größeren Garten und einen Swimmingpool. Am glücklichsten war Kaveri, die endlich ein eigenes Zimmer bekam, während Jagan und ich uns weiter eins teilten. Ein kleiner Raum war für Amber bestimmt, wenn sie uns besuchte. Aber der Umzug schien die Lebensgeister meines Bruders zu wecken, und er spielte sogar wieder Kricket auf der Zufahrt zur Garage. Jeden Abend, bevor er schlafen ging, polierte er Thathas Kricketball.

Es war einige Tage vor Anjalis Hochzeit, als Stiefmutter ein Telegramm erhielt, während wir frühstückten. Es war von Mrs. de la Rue.

Verblüfft las sie es vor: »›Ankomme P and O *S-S Stratheden* 9. Mai. In Liebe, Mutter.‹ Abgeschickt von Bord der *S-S Stratheden*, Port Said … Verdammt! Verdammt! Sie ist schon auf dem Schiff, und Henry hat mir kein Wort geschrieben. Verdammt! Was soll ich bloß tun?«

»Sie kann hier wohnen«, erwiderte Nayana und blickte von seinen Akten auf.

»Ich will sie nicht, ich will sie nicht hier in Indien haben. Wir haben das ganze Geld ausgegeben, um sie nach England zu schicken, und jetzt kommt sie zurück. Es ist Henrys Pflicht, für sie zu sorgen. Ich habe mein Teil getan. Ich wette, sie haben sich das zusammen ausgedacht. Ich kann mir denken, daß er froh war, sie loszuwerden, und gesagt hat: ›Victoria wird für dich sorgen!‹«

Wenn sich Stiefmutter ärgerte, schrie sie so laut, daß die ganze Nachbarschaft es hören konnte.

»Beruhige dich, meine Liebe«, bat Nayana.

»Hör verdammt noch mal auf, mir zu sagen, ich soll mich beruhigen. Sie ist nicht *deine* Mutter. O Gott, ich könnte sie erwürgen!«

Nayanas Gelassenheit brachte sie immer noch mehr in Wut. Sie schrie noch lauter. Wenn sie ihn nicht ansah, machte er uns Zeichen, als wäre es ein Spiel. Ihre Wut wandte sich dann gegen Nayana, machte ihn für ihre mißliche Situation verantwortlich.

»Manchmal macht mich euer Vater wahnsinnig. Er begreift einfach nicht, wie ernst die Situation ist. Nun haben wir Mutter am Hals, bis sie stirbt. Ich habe mein ganzes Leben lang für sie gesorgt. Und euer Vater ist keine Hilfe. Abgesehen davon, daß ihr Kinder geholfen habt, haben wir noch genug Geldsorgen. Zuerst Anjalis Hochzeit und jetzt die Fahrt nach Bombay und zurück, und dann ein weiteres Maul zu stopfen. Euer Vater ist so lässig, was das Geld betrifft. Er denkt, es wächst auf den Bäumen, und das macht mich krank.«

Erbost griff sie nach ihrem Notizbuch, das stets in Reichweite lag. »Seht euch diese Preise an! Kartoffeln drei Annas, Tomaten zwei Annas …«

»Ich weiß, meine Liebe«, fiel Nayana ihr mit sanfter Stimme ins Wort. »Reg dich nicht auf. Deine Mutter wird uns wohl kaum eine Last sein. Wir werden das hinkriegen.« Stiefmutter war peinlich genau mit dem Geld. Sie verbrachte ihre Nachmittage damit, alle Ausgaben in ein Schulheft zu schreiben. Jede Kleinigkeit bis zum letzten Anna und Paisa wurde notiert. Das verschaffte ihr große Befriedigung, aber am Ende jeder Aufrechnung fiel sie in Verzweiflung. Sie träumte in Lakhs, nicht in Annas und Paisas.

Da sie den Dampfer nicht zurückschicken konnte, fuhr sie nach Bombay, um ihre Mutter abzuholen. Aber sie brachte Mrs. de la Rue nicht nach Hause, sondern ins General Hospital gegenüber der Madras Central Station. Als sie allein heimkam, wirkte sie besorgt und ärgerlich.

»Es geht ihr nicht gut. Während der ganzen Reise war sie krank. Am liebsten hätte ich sie schon in Bombay in eine Klinik gebracht. Aber sie wollte unbedingt hierherfahren. Der Arzt meint, sie sei nur erschöpft. Wenn sie eine Woche im Krankenhaus bleibt, wird es ziemlich teuer.«

Das GH war der Stolz unserer Stadt. Dort arbeiteten nur die besten Ärzte, und in den Korridoren herrschte die gleiche ehrfürchtige Stille wie in einer Kathedrale.

Geschwächt und müde lag sie zwischen blütenweißen Laken. Es dauerte eine Weile, bis sie mich zwischen den anderen erkannte, die an ihrem Bett standen.

»Krishna, ich bin nach Hause gekommen.« Ihre verwaschenen grauen Augen erweckten den Eindruck, als hätten sie zuviel gesehen und wollten nun nichts mehr sehen. Ich konnte die Knochen durch ihre Haut sehen und die Adern wie dünne blaue Schlangen »Ich habe es dir gesagt. Gott war so freundlich, mich meine Heimat noch einmal sehen zu lassen. Die ganze Nacht stand ich an Deck und wartete darauf, Indien zu sehen. Wie ein brauner Fleck erhob sich das Land aus dem Meer, wurde immer größer, und dann sah ich die Palmen, die weißen Häuser und den warmen blauen Himmel über allem. In London war es kalt, sehr kalt. Tagelang sprach niemand mit mir, und ich mußte selbst kochen und waschen. Ich konnte es nicht länger ertragen.« Lächelnd schlief sie ein. Wir waren ganz leise, um sie nicht zu wecken.

»Sie ist sehr müde«, sagte der Doktor. »Sie braucht viel Schlaf, um wieder zu Kräften zu kommen.«

Dr. Krishnamachari hatte in Edinburgh studiert und war groß, schlank und zurückhaltend. Er trug eine Brille und einen dünnen melierten Schnurrbart. Obwohl Stiefmutter einen europäischen Arzt bevorzugt hätte, vertraute sie ihm.

Während wir auf Zehenspitzen zur Tür schlichen, wandte er sich fast entschuldigend an Nayana. »Sir, wahrscheinlich erinnern Sie sich nicht an mich.«

»Nein, tut mir leid.«

»Das macht nichts. Ich war Assistenzarzt am Lahore General Hospital, als Sie dort waren. Ihre Frau war krank.«

»Sie ist dort gestorben«, sagte Nayana traurig.

»Ja, ich weiß, und ich wollte Ihnen nur sagen, wie nahe mir ihr Tod ging. Eine Tragödie, Sir.«

»Ich danke Ihnen«, sagte Nayana und scheuchte uns aus dem Zimmer, weil er fürchtete, wir würden Mrs. de la Rue stören.

Die Hochzeit

Würde doch euer Thatha noch leben!« lamentierte Ava unentwegt, obwohl sie die Hochzeit mit dem ganzen Drum und Dran in vollen Zügen genoß. Endlich regierte sie wieder ihr großes, geschäftiges Imperium. Das Fest verlieh ihr erneut die angestammte wichtige Position in der Familie, die sie als Witwe eigentlich nicht einnehmen dürfte. Aber um solche Konventionen kümmerte sie sich nicht. Und da Anjali keine Mutter mehr hatte, übernahm Ava diese Rolle.

»Würde Amah doch noch leben!« klagte Anjali. »Sie wäre so stolz auf meine gute Partie. Und sie würde Bala mögen.«

»Hättest du doch Amahs Hochzeit miterlebt!« Bei dieser Erinnerung strahlten Großtante Lakshmis Augen. »Sie dauerte wochenlang, und über viertausend Gäste nahmen an der Feier teil.«

»Sogar der britische Gouverneur und sein Stellvertreter waren gekommen«, fügte Ava voller Stolz hinzu. »Damals lebte dein Urgroßvater noch. Und die Gentlemen wollten ihm eine Ehre erweisen. Deshalb brachten sie ihre Ehefrauen mit.«

Seit mehreren Tagen wurden hektische Vorbereitungen getroffen. Aus dem Dorf unserer Vorfahren waren die Verwandten angekommen, wohnten im Großen Haus und aßen und schliefen und tratschten. Auch wir drei lebten erneut im Schoß der Familie.

»Auf eine magische Weise gehören wir wieder dazu«, sagte ich zu Kaveri und Jagan.

»Die Gesichter sind mir zwar vertraut, aber sie erscheinen mir fremd.« Kaveri musterte die große Schar. »Wir haben sie drei Jahre lang nicht gesehen, und sie haben ihr eigenes Leben gelebt. Sie sehen anders aus, aber wären wir immer zusammengeblieben, würde ich das nicht so empfinden.«

Meine Kusinen waren zu hübschen Frauen herangewachsen und hielten bereits nach Ehemännern Ausschau. Sogar Valli, die in Jagans Alter war, dachte an Heirat, wenn sie einen jungen Mann erblickte.

»Sieh ihn an, ist er nicht hübsch?«

»So lala.« Kaveri zog ein Gesicht. »Er hat schiefe Zähne.«

»Das macht nichts. Er muß nur zum Doktor gehen. Er ist der Sohn eines Freundes von meinem Vater.«

Einen Moment lang betrachteten sie ihn aufmerksam. Er bemerkte, daß ihn die beiden hübschen Mädchen ansahen und starrte frech zurück. Sie kicherten und versteckten ihre Gesichter hinter ihren Händen.

»Hoffentlich denkst du noch nicht an eine Heirat«, flüsterte ich Kaveri zu.

»Nein, gewiß nicht«, antwortete sie und reckte ihre Nase in die Luft. »Ich werde in Oxford studieren. Später will ich einen Mann heiraten, den ich liebe. Meine Ehe soll nicht arrangiert werden.«

»Was für ein wundervolles Ereignis!« sagte Srinivasin zu mir.

»O ja, Onkel«, sagte ich voller Zuneigung.

Ich wußte, daß er die Kosten ausrechnete. In seine Stirn hatten sich tiefe Sorgenfalten gegraben, sein Haar war ergraut. Trotzdem glaubte Großtante Lakshmi, er würde die Mitgift für die Töchter irgendwie auftreiben.

»Wie kann dein Vater diese aufwendige Hochzeit bezahlen?«

»Das weiß ich nicht, Onkel«, erwiderte ich unschuldig und schaute Kaveri und Jagan an.

Verschwörerisch lächelten sie mir zu. Wir drei finanzierten das Fest. Die Höhe der Summe kannten wir nicht, aber Nayana hatte versprochen, das Geld zurückzuzahlen. Auf seinen Wunsch hin mußten wir Anjali und Ava verheimlichen, daß unser Erbe mit einer Hypothek belastet war, sonst hätte er sich geschämt, weil er sich die Hochzeit ohne unsere Hilfe nicht leisten konnte.

Devarajulu schaute sich um und lächelte überlegen. »Wenn meine Chandran heiratet, werden wir ein viel größeres Fest feiern.« Er machte sich wichtiger denn je, und seine Söhne ahmten ihn in ihrer Sprechweise und ihren Gesten nach.

»Wo ist Kusine Indira?« erkundigte ich mich. »Ich möchte sie gern wiedersehen.«

»Als würdest du sie nicht in der ganzen Stadt sehen!« Chandu schnaufte verächtlich. Sie war wie ein Weihnachtsbaum geschmückt. »Hat sie denn gar kein Schamgefühl? Auf allen Kinoplakaten zeigt sie ihren Bauch und fast den ganzen Busen.«

»Und was in den Zeitungen über sie steht!« spottete eine andere Verwandte. »Mit zahllosen Schauspielern hat sie Affären.«

»Ein Wunder, daß sie überhaupt noch Zeit findet, Filme zu machen«, meinte Chandu. »Wahrscheinlich liegt sie die meiste Zeit auf dem Rücken.«

Sie kicherten wie junge Mädchen, stießen sich an und warnten einander vor meiner Anwesenheit.

»Ich werde mal nach ihr sehen«, sagte ich und rannte zum Haus Vor der Treppe drehte ich mich um und rief: »Ich weiß, daß sie kommen wird!«.

Das Große Haus, das so lange in trauriger Lethargie versunken war, erwachte zu neuem Leben. Die Wände schimmerten in hellem Licht, Türen und Fensterrahmen erweckten den Eindruck, sie wären frisch gestrichen. Was nicht stimmte, denn Ava konnte unmöglich die Kosten tragen. Aber die Räume schienen jeden Gast willkommen zu heißen, voller Sehnsucht nach Lärm und Gelächter. Sogar Zorn und Tränen hätten sie begrüßt. Alles, nur nicht diese unselige, gespenstische Stille …

Auf den fünf Rasenflächen hatte man Pandals errichtet – einen für die Mahlzeiten, einen zum Ausruhen, einen für die Zeremonie, zwei für die Künstler. Sänger, Jongleure, Musiker, Magier und Tänzer würden die Gäste vom Morgengrauen bis zur Abenddämmerung unterhalten. Als die Dunkelheit hereinbrach, funkelten Lichterketten in den Bäumen, und die Vögel beklagten sich über dieses unfreundliche Verhalten.

Als Brüder und Schwester der Braut fühlten sich Jagan, Kaveri und ich sehr wichtig. Wir rannten herum und gaben allen und jedem Befehle, aber keiner hörte auf uns.

Die Küchen, in denen immer gearbeitet wurde, standen unter der Aufsicht von Sethu. Es war seine Abschiedsvorstellung. Nachdem er vierzig Jahre lang für unsere Familie gearbeitet hatte, wollte er seinen Ruhestand genießen und in sein Heimatdorf bei Chidambaram zurückkehren. Wie gewohnt führte er ein eisernes Regiment, schrie laut und kommandierte die Küchenhelfer herum, als wären sie ein Orchester, das seine spezielle Musik zu spielen hatte.

»Was werden wir zum Frühstück haben?« wollte ich wissen.

Sethu seufzte über die Unterbrechung, dann zählte er die Speisen auf. »Es gibt *Masala Dosai*, *Idlies*, *Vadais* und *Uppumau* mit meinem Spezial-*Sambar* und Kokosnuß-Chutney. Wenn ihr eure Nasen in alles reinsteckt, kann ich nicht arbeiten.«

»Und zum Lunch?« wollte Jagan wissen.

»Zitronenreis, Kohl-*Fugard*, Gemüse-Korma, *Inji Rasam*, *Keerai Masial* und *Semiya Payasam.*« Er schob uns zur Tür. »Und jetzt laßt mich allein, sonst werde ich niemals fertig. Dauernd kommen alle herein, eure Ava und eure Tanten, und bestürmen mich mit Fragen.«

Unter einem der Pandals wurden die Mahlzeiten serviert. Die Gäste saßen an langen Tischen, und die Diener trugen in geordneten Reihen große Messinggefäße herein, um Bananenblätter mit all ihren verschiedenen Gerichten zu füllen. In nur einer Viertelstunde wurden hundert Leute bewirtet.

Die Zeremonie

Ich verstehe einfach nicht, warum die Hochzeit mitten im Hochsommer stattfinden muß«, jammerte Stiefmutter. Arme Anjali! Sie wird wie nichts in diesem schweren Seidensari dahinschmelzen.«

»Vom astrologischen Standpunkt aus ist das der richtige Termin«, erklärte Gita Atha mit ihrer metallischen Flüsterstimme.

Während der Hochzeit hatte Stiefmutter wenig zu tun. Sie war nur eine Zuschauerin, da Anjali sie nicht als ›Mutter‹ anerkannte. Die meiste Zeit verbrachte Stiefmutter bei Mrs. de la Rue im Hospital. Obwohl die Ärzte eine Besserung prophezeit hatten, fühlte sich die alte Frau immer noch schwach und erschöpft.

»Warst du vorher noch nie auf einer Hindu-Hochzeit?« fragte ich.

»Wir waren niemals eingeladen«, erwiderte Stiefmutter. Sie betrachtete die Szenerie. »Christliche Hochzeiten sind sehr viel schlichter und dauern nicht so lange. Hier wird viel zuviel Aufhebens um diese Sache gemacht.«

Wir saßen im offiziellen Salon, um Anjalis *Mehendi* beizuwohnen. Man hatte die europäischen Möbel entfernt und den Boden mit Dhurries bedeckt. Außer Jagan, ein paar Vettern und mir waren nur Frauen da. Im Mittelpunkt der Aufmerksamkeit stand Anjali und schwitzte in ihrem Seidensari, während ihre Hände und Füße von einer Muslimin kunstvoll verziert wurden, einer Meisterin ihrer Kunst. Neun Schulfreundinnen saßen um sie herum, die abwechselnd seufzten und kicherten und genauso jung und unschuldig aussahen wie die Braut. Hilflos kreisten die Ventilatoren und konnten die Hitze nicht verscheuchen. In einer Ecke spielten Musiker, die niemand beachtete, weil alle die Zeremonie verfolgten und schwatzten.

Anjali mußte reglos dasitzen, als die Frau mit dem Mehendi-Pinsel über die Handflächen und Füße strich. Es war, als würde man einer Spinne zusehen, die ihr Netz wob, ein zartes Gewebe aus rötlicher Tinte.

»Niemand zollt ihr Aufmerksamkeit«, bemerkte Stiefmutter.«

»Wir sind hier«, entgegnete Gita Atha. »Das ist genug. Wir sind hier bei diesem glücklichen Ereignis.«

Als die Frau schließlich fertig war, saß Anjali still wie eine Statue und wartete, daß das Mehendi trocknete.

Kaveri, Gita Atha und einige andere Frauen ließen ihre Hände ebenfalls in phantasievolle Kunstwerke verwandeln

»Sie sollten Ihre Hände auch bemalen lassen«, meinte Gita Atha.

»Nein, danke«, erwiderte Stiefmutter ein wenig steif und betrachtete ihre weißen Finger.

Am nächsten Tag halfen wir Kinder dem Prohit, den *Agni-Chayana* mit den besonders glänzenden Ziegeln aufzubauen. Gopalan kannte die exakten Maße des Quadrats, in dem das heilige Feuer für die Hochzeitszeremonie brennen würde. Er war glücklich, wieder bei uns zu sein.

»Ich habe das Familienhoroskop noch einmal gelesen«, sagte er, unterbrach seine Arbeit und blickte zum Großen Haus hinüber. Das Haar auf seiner Brust war weiß geworden, aber er hatte seinen federnden Gang nicht eingebüßt. »Was die Position des Jupiters betrifft, ist mir bei der Berechnung ein kleiner Fehler unterlaufen.«

»Mußten wir deshalb das Haus verlassen?« fragte ich.

»Teilweise«, gab er widerstrebend zu. »Ich verstand nicht, warum dieses Unglück über eure Familie hereinbrach, nachdem ich eurer Ava versichert hatte, diese Ausländerin würde keinen Schaden anrichten. Leider hatte ich Jupiter in der falschen Position gesehen. Nach meiner neuen Berechnung war er bereits aus dem Haus gewandert, und so war es unvermeidlich, daß auch ihr Kinder ausziehen mußtet. Ich begreife nicht, wie das geschehen konnte.«

»Haben Sie Anjalis Horoskop gelesen?« fragte Jagan und reichte ihm einen Ziegelstein. Das Quadrat war nun einen Fuß hoch, und Gopalan setzte ihn genau in die Lücke.

»Natürlich. Es wird eine sehr gute Ehe sein. Sie wird vier Söhne haben, keine Töchter, und ihr Mann wird ein sehr gutes Einkommen haben.«

»Das hat er schon jetzt«, sagte ich ein.

»Hab' ich es nicht prophezeit?« entgegnete Gopalan triumphierend. Er setzte sich vor den vollendeten Agni-Chayana, umringt von Tellern voller Mangoblätter, *Kun-kum*, Kampfer, einem *Chombu* mit Ganges-Wasser und Sandelholzstäben. Inzwischen hatten sich einige Zuschauer eingefunden, aber es war nichts weiter zu tun, als bei der Weihe des Platzes für den *Homam* zuzusehen.

Am Nachmittag wehte eine erfrischende Brise vom Meer herüber und vertrieb die Hitze. Wir versammelten uns alle der Veranda für das erste *Nallagu*. In einem seidenen Dhoti und einem Jiba führte Nayana die Frauen des Haushalts auf den langen Weg zum Tor. Auch wir Kinder begleiteten ihn. Die Musiker folgten uns. Auf großen silbernen Tabletts trugen die Frauen die Geschenke für Bala. Wir schenkten ihm eine Rolex-Uhr, eine goldene Kette, einen goldenen Siegelring, teure Kleiderstoffe, Betelnüsse und *Paan*-Blätter.

Als wir das Tor erreichten, waren wir in Schweiß gebadet. Auf der Straße ließ sich niemand blicken. Angelegentlich schaute Nayana auf seine Uhr. Er war ein pünktlicher Mann, und nach den astrologischen Berechnungen sollte auch Bala pünktlich erscheinen. Die Musik verstummte. Außer unserem Vater war niemand besorgt, und ein paar Leute, die vorüberkamen, versammelten sich auf der anderen Straßenseite, um Zeugen der Begrüßungszeremonie zu werden. Ich bemerkte den Unterschied zwischen unseren vornehmen und ihren schäbigen Kleidern. Die Geschenke auf dem Tablett würden sie ein Jahr lang ernähren, aber in ihren ruhigen Gesichtern war kein Zeichen von Neid zu sehen.

»Jetzt hat er sich schon zehn Minuten verspätet«, sagte Nayana.

»Wahrscheinlich ist sein Auto zusammengebrochen«, meinte Kusine Valli. »Unser Auto bricht immer zusammen. Unser Fahrer sagt, der Motor wird bei diesem Wetter überhitzt.«

»Oder er hat verschlafen«, sagte jemand anderer. »Es ist sehr heiß.«

Wir hatten den MG erwartet. Statt dessen fuhr ein stattlicher grauer Humber vor, gefolgt von einem Chevvy, einem Ford und drei gewöhnlichen Hindustans, alle mit Balas Verwandten vollgestopft.

»Kein Wunder, daß er so spät kommt«, murmelte Nayana. »Um diese Fahrt zu organisieren und so viele Leute in die Autos zu verfrachten, muß er den ganzen Tag gebraucht haben.«

Der uniformierte Fahrer sprang aus dem Humber, um den Wagenschlag für Bala zu öffnen, aber ich kam ihm zuvor. Er saß auf dem Beifahrersitz und starrte vor sich hin. Hinter ihm saßen seine drei Schwestern, sehr hübsche Frauen und älter als er. Man hatte mir gesagt, zwei lebten in Bombay, die Jüngste in Delhi. Inzwischen war seine Mutter mit anderen Verwandten aus dem Chevvy gestiegen, und eine Menge Leute rannten herum.

»Bala!« rief ich, und er wandte sich erstaunt um.

Auch er trug einen seidenen Dhoti und einen Jiba, und auf dem Kopf balancierte er einen Turban.

Langsam stieg er aus. Als sich die Frauen mit den Geschenken in Reih und Glied aufstellten, warf er sich zu Boden und berührte ihre Füße. Sein Turban fiel ihm vom Kopf, und Jagan hob ihn auf. Die Mutter half ihm hoch, und ein Onkel setzte ihm den Turban wieder auf.

Die Musiker schlugen ihre *Tablas,* bliesen ihre *Nageswarams* und läuteten ihre Zimbals, als sie uns zum Haus zurück geleiteten. Bala ging sehr vorsichtig. Er winkte mich an seine Seite, und ich war von seiner Aufmerksamkeit geschmeichelt. Aber er brauchte nur jemanden, auf den er sich stützen konnte, und bald schmerzte meine Schulter unter seinem Gewicht. Als wir den Pandal erreichten, half ich ihm, auf dem *Pallaku* vor dem Agni-Chayana Platz zu nehmen, und er gab mir eine silberne Flasche zum Halten. Aber erst senkte er seinen Kopf, schraubte den Verschluß ab und nahm einen großen Schluck. Er schüttelte sich von dem, was er getrunken hatte. Die Flasche hatte die Größe eines kleinen Buches und fühlte sich kühl an.

»Was ist da drin?« fragte ich.

»Oh, nur ein spezielles Wasser.« Er lächelte, aber sein Atem roch nach Schnaps, und seine Augen waren gerötet.

»Hören Sie, ich bin kein Kind mehr«, entgegnete ich ärgerlich. »Das ist Whisky, nicht wahr?«

»Brandy. Willst du mal kosten?«

»Danke, ich trinke nicht«, erwiderte ich tugendhaft.

Gopalan und die *Pujaris* fingen an zu beten, und die Frauen versammelten sich um ihn. Bala sah aus, als wäre er ganz woanders, weit weg und verlassen. Er nahm unsere Geschenke entgegen, die ihm Nayana und Großtante Lakshmi überreichten.

»Ich glaube, er ist betrunken«, flüsterte ich Kaveri zu, die es Stiefmutter weitersagte.

»Sind Männer immer«, meinte Stiefmutter belustigt. »Das ist so üblich. An unserem Hochzeitstag war mein Ex-Mann total betrunken. Er hat mit den anderen Pflanzern Polterabend gefeiert, und sie mußten ihn in die Kirche tragen. Macht euch keine Sorgen.«

»Ist er nicht hübsch?« Sushila seufzte. »So soll mein künftiger Ehemann auch aussehen.«

»Einen solchen Mann kann sich dein Vater nicht leisten«, betonte Chandu boshaft. »Deine Mutter sagt, sie hätte eine gute Partie für dich in Venu gefunden. Also vergiß die hübschen Jungs.«

»Es ist nichts verkehrt an Venu«, zischte Sushila. »Er sieht sehr nett aus«.

Nach Balas Nallagu kam Anjali an die Reihe. Jetzt überreichte die Familie des Bräutigams ihr Geschenke, seidene Saris, goldene Ketten und Reifen und Ohrringe mit Diamanten. Die Frauen bekamen kostbarere Sachen, schien es. Anjali wurden ihre Geschenke während ihres Homams von Balas Tante und Onkel überreicht.

Währenddessen eilte Ava von einem Ende der Menschenmenge zur anderen wie ein unruhiger Geist. Wann immer sie unsere

Blicke auffing, winkte sie uns zu sich, um Gopalan oder Anjali Instruktionen zu erteilen.

»Gopalan müßte jetzt das Feuer entzünden«, wisperte sie in mein Ohr, damit ich es ihm sagte.

Ich tat es, aber er ignorierte ihre Anweisung, so wie alle anderen.

»Sie hätte im Haus bleiben sollen«, murrte Gita Atha. »Als Witwe wird sie Unglück bringen.«

»Seht doch, wie sich Balas Mutter verhält«, murmelte eine Verwandte aus unserem Dorf. »Sie kennt ihren Platz.«

In ihrer traditionellen weißen Kleidung schaute Balas Mutter aus der Ferne zu, sie stand in der letzten Reihe unter dem Pandal. Sie ließ ihren Sohn nicht aus den Augen, und mir fiel ihre melancholische Schönheit auf.

Die Eheschließung zwischen Anjali und Bala fand exakt fünf Uhr achtundfünfzig am nächsten Morgen statt. Wir waren um zwei geweckt worden, hatten gebadet und neue Kleider angezogen. Um vier begann Anjalis *Agya Kadhana*. Ihr langes Haar wurde gebürstet, und dann flochten die Frauen geschickt frische Blumen, Jasmin und Malipu, hinein. Der Zopf begann mit einer Blumenkrone auf dem Kopf und endete in Anjalis Taille. Ihre Freundinnen und Kusinen halfen ihr, den Sari aus roter Seide mit seinen dicken Goldborten anzuziehen, und behängten sie dann mit Schmuck.

»Wie schön du aussiehst«, sagte Kaveri und küßte Anjali zart auf die Wange, um den Puder nicht zu verwischen.

»Das wirst du an deinem Hochzeitstag auch«, sagte Anjali. »Und was ist mit euch, Brüder? Was meint ihr?«

»Ausgesprochen schön«, antworteten Jagan und ich wie aus einem Mund, umarmten sie vorsichtig und atmeten den Duft der Blumen ein.

»Viel Glück«, flüsterte ich. Sie würde nicht länger meine Spielgefährtin sein, meine Freundin.

Um fünf gingen wir alle, um Bala und seine Familie am Gartentor zu empfangen. Schüchtern hängte Anjali Bala zum ersten

Mal die Blumengirlande um, und die Klänge der Tablas zerrissen die Morgenstille als glückbringenden Beginn.

Als die Tablas verstummten, fragte Großtante Lakshmi Bala: »Bist du bereit, die Verbindung einzugehen und die bittersüßen Erfahrungen zu sammeln, die dir die Ehe bietet?«

»Ja«, antwortete er und lächelte Anjali an. Sein Lächeln war voller Humor und Zuneigung und unterbrach die Feierlichkeit des Augenblicks. Wie ein ins Wasser geworfener Stein zog es seine Kreise und ließ uns alle lächeln.

Die Musiker geleiteten Anjali und Bala zum Pandal, wir folgten wie ein durcheinandergeratener Kometenschweif. Anjali ging vorsichtig wie eine aufgezogene Puppe, eingehüllt in die Seide, behängt mit schweren Juwelen. Bala sah entspannt aus, er war einen Kopf größer, und ich dachte daran, daß er mein Schwager war. Diesmal ging ein anderer Junge an seiner Seite, sein Neffe Sunil, ein arroganter Bursche in meinem Alter, aber er schien viel älter und selbstsicherer zu sein als wir. Ich mochte ihn nicht. Weil er in Bombay lebte, hielt er Madras für ein Dorf. Immer wieder reichte er seinem Onkel ein Handtuch, und Bala wischte sich den Schweiß vom Gesicht.

Nachdem sie den Hochzeitspandal erreicht hatten, wusch Nayana Balas Füße als Zeichen seiner Ergebenheit, Anjali seinem künftigen Schwiegersohn anzuvertrauen. Dann wurde Bala wurde zum *Mandap* geführt und setzte sich neben Anjali. Als der ältere Bruder nahm Jagan den Platz an ihrer anderen Seite ein. Er wirkte feierlich und überheblich. Nayana und Großtante Lakshmi saßen auf einer Seite des Feuers, Balas Onkel und seine Tante auf der anderen. Gopalan saß Anjali und Bala gegenüber. Rund um den Mandap waren all die Verwandten und Freunde beider Familien versammelt, die Frauen in ihren schönsten seidenen Saris mit all ihrem Schmuck, die Männer getrennt von ihnen, aber nur ein Teil verfolgte aufmerksam das Geschehen, während die anderen schwatzten und auf ihre Uhren sahen. Für die meisten war es ein Arbeitstag.

Gopalam begann den *Muhurtham* mit einem Opfer für Gott Ganesha, den Beseitiger aller Hindernisse, und bat ihn, Braut und Bräutigam zu segnen. Dann erbat er den Segen für Nayana, Großtante Lakshmi und den Onkel und die Tante und für uns alle. Die Braut und der Bräutigam wurden dann mit dem heiligen Wasser vom Ganges besprenkelt, als symbolisches Opfer an Varuna, den Gott der Meere. Dann wurde den Elementen der Schöpfung, dem Feuer, der Erde, dem Wasser, der Luft und dem Licht, gehuldigt.

»Am diesem Tag übergeben wir dir unsere Tochter …«, langsam stolperte Nayana über die Sanskrit-Worte, »… die ein Symbol Lakshmis ist, in Anwesenheit des heiligen Feuers, der Freunde und Verwandten.«

»Dankbar nehme ich sie entgegen«, antwortete Bala und sprach zögernd die Worte, die ihn mit Anjali verbanden: »Ich bin der Himmel, du bist die Erde, ich bin Musik, du bist Melodie, ich bin der Geist, du bist die Sprache. Laß uns gemeinsam durch die Reise des Lebens gehen, und für immer sollen Frieden und Harmonie zwischen uns sein. Laß uns versprechen, einander nicht nur in dieser Welt zu gehören, sondern auch im Jenseits.«

Er nahm Anjalis Hand und zitierte die *Sloka*: »Ich gebe meinen Atem zu deinem, mein Fleisch zu deinem, meine Haut zu deiner.« Und als sie auf dem Mahlstein stand, fügte er hinzu: »Du wirst so beständig sein wie ein Felsen.«

Danach führten ihn seine männlichen Verwandten durch das Tor hinaus, und Jagan rannte ihm, wie das Ritual es erforderte, nach und überredete ihn, zu bleiben und unsere Schwester zu heiraten. Er wusch Balas Füße in der Silberschüssel und steckte einen schweren goldenen Ring an seinen Finger. Als Gegengabe steckte Bala einen goldenen Ring an Jagans Finger.

»Laß mich mal sehen«, flüsterte ich, während Bala zum Mandap zurückkehrte. Jagan hielt seine Hand hin wie eine Braut, um mir einen funkelnden Diamanten zu zeigen.

»Der ist Tausende wert«, sagte er und eilte an Anjalis Seite. Ich wünschte mir, ich wär der Ältere und hätte diesen Ring bekommen.

»Wenn du heiratest, kriegt er wahrscheinlich noch einen Ring«, sagte ich zu Kaveri.

»Nein, wird er nicht. Ich werde dafür sorgen, daß du derjenige bist, der an meiner Seite sitzt.«

Die Tablas verursachten einen neuerlichen Lärm, als sich Braut und Bräutigam und Gopalan erhoben. Der Prohit verknüpfte einen Zipfel von Anjalis Sari mit Balas Schal, und die beiden gingen mit sieben Schritten um das heilige Feuer herum.

Bei jedem Schritt zitierten sie die Slokas.

»Gemeinsam werden wir die Verantwortung für Heim und Kinder tragen. Gemeinsam werden wir unsere Herzen mit Kraft und Mut füllen, um für alle Bedürfnisse unseres Hauses zu sorgen. Gemeinsam werden wir gedeihen und unsere weltlichen Güter miteinander teilen. Gemeinsam werden wir unsere Herzen mit großer Freude, Frieden, Glück und geistigen Werten bereichern. Gemeinsam werden wir starke, tugendhafte Kinder aufziehen. Gemeinsam werden wir an dieser Ehe festhalten bis zum Ende unseres Lebens. Gemeinsam werden wir einander in Krankheit und Gesundheit, in Glück und Leid beistehen und gemeinsam für das Wohl unserer Familie sorgen.«

Unter den dröhnenden Schlagen der Tablas und dem Blasen der Nagaswarams hängten sie Anjali und Bala drei Blumengirlanden um den Hals. Dann senkte Anjali den Kopf, damit Bala ihr den *Mangalsutra* um den Hals binden konnte. Wir bewarfen sie mit Reis und wünschten ihnen eine glückliche Ehe. Anjali drehte sich um und warf eine Handvoll Reis in die Richtung des Hauses, damit in das Heim ihrer Kindheit wieder Wohlstand und Glück einziehen mögen.

»Wie stolz und selbstsicher sie aussieht«, wisperte Kaveri in Leelas Ohr.

»Kein Wunder, sie erfüllt ihre natürliche Pflicht im Leben. So werden wir auch an unserem Hochzeitstag aussehen.«

»Ja. Genauso wie meine Mutter und Ava und ihre Mutter. Alle haben in diesem Garten geheiratet, in Gegenwart des Hauses«, sagte Kaveri. »Ich werde die nächste sein, dann Jagan, dann Krishna.«

»Wir werden auch alle in diesem Haus heiraten«, sagte Sushila. »Schließlich sind wir hier auch geboren worden. Also wird meine Hochzeit die nächste sein. Dann ist Valli an der Reihe, danach du oder Leela, dann Jagan und schließlich Krishna.«

»Immer bin ich der letzte«, klagte ich.

»Weil du eben das Baby bist«, erwiderte Sushila lachend und rannte zu Anjali und den anderen Frauen.

»Sie ist so sicher, was unsere Zukunft betrifft«, sagte ich. »Du auch?«

»Natürlich«, bestätigte sie und lief ebenfalls weg.

Ungeachtet der tiefen Versunkenheit in unsere Bräuche, fühlte ich mich distanziert und bereits verloren. Der Einfluß Avas war in den vergangenen Jahren verschwunden. Nayana und Stiefmutter erzogen uns nach anderen Richtlinien, um uns auf eine Zukunft fern von Indien vorzubereiten. Jedesmal, wenn Nayana vom »Ausland« sprach, von seinem Traum des winterlichen Kanada, zog er uns ein bißchen weiter aus unserem bisherigen Leben. Die eigentliche Bedeutung dieser Hochzeit war in dem Durcheinander der Welt, in der wir lebten, verlorengegangen, auch wenn wir auf indischem Boden standen. Nayana hatte es geschafft, daß wir nicht länger in der Gegenwart lebten, sondern in einer fremden Zukunft.

Der Filmstar

Der Hochzeitsempfang fand am selben Abend statt. Wir bildeten uns ein, es sei kühl. Vom Meer wehte ein leichter Wind, aber er war warm und schwül.

Besitzergreifend drängten Jagan und ich uns neben Anjali. Sie saß steif neben Bala auf einem Sofa am Eingang zum Unterhaltungs-Pandal. Er sah elegant aus in seinem cremefarbenen Anzug mit der Krawatte. Anjali trug einen malvenfarbenen Seidensari. Sie wurden fast von ihren Rosengirlanden erdrückt. Nayana, ebenso elegant wie Bala, stand neben Balas Onkeln und Schwestern, um die Gäste zu empfangen.

Auf einem langen Tisch voller Rosen reihten sich Töpfe mit Kun-kum und Silberschüsseln mit Sandelholzpaste aneinander. Ein bißchen weiter gab es kleine Jutebeutel, die jeweils eine Kokosnuß, Paan und eine Betelnuß enthielten. Kaveri, Leela und Valli standen bereit, um den Damen Kun-kum und Sandelholzpaste zu reichen, damit sie ihre Stirnen mit einem Tilak schmücken und ihre Hände parfümieren konnten. Ehe die Gäste gingen, erhielten sie Kokosnüsse, Paan- und Betelnüsse.

Nun trafen die ersten Gäste ein, und Anjali und Bala erhoben sich, um sie zu empfangen. Wie Wachtposten standen Jagan und ich hinter den beiden, nahmen die Geschenke für sie entgegen und legten sie zur Seite. Sie waren alle eingepackt, wie Weihnachtsgeschenke, aber es gab mehr Umschläge mit Geld. Onkel Srinavasin war damit betraut, sie entgegenzunehmen und zu zählen.

Alle wichtigen Leute der Stadt kamen: der Gouverneur, der Bürgermeister, Regierungschef Kamaraj, Maharajas und Rajas und Zamindars, Offiziere, Großgrundbesitzer und bekannte Kricketspieler. Die Straße war von den vielen Autos verstopft, und eine Sondereinheit der Polizei schrie sich heiser, um Ordnung in das Chaos zu bringen. Sie hatten Lautsprecher eingesetzt, um die Fahrzeugbesitzer zu ermitteln, und der Krach dauerten den ganzen Abend an.

Nicht einmal M. S. Subalakshmi konnte mit ihrem Gesang die allgemeine Aufmerksamkeit von Kusine Indiras Ankunft ablenken. Wie ein großer Star rauschte sie mit großem Gefolge heran.

»Ich hatte gehofft, sie würde nicht kommen.« Anjali seufzte.

»Warum?« fragte ich.

»Das weißt du verdammt gut.«

»Armer Kumar«, flüsterte Srinivasin vor sich hin.

»Warum?«

Verblüfft und verlegen, weil ich seine Bemerkung gehört hatte, senkte er den Kopf. »Ach, all diese Geschichten über Kusine Indira … Ich bin sicher, sie sind nicht alle wahr », fügte er hastig hinzu.

Kusine Indira hatte ein großes, in blaues Papier gewickeltes Geschenk bei sich. Anjali wurde ganz starr, als sie herankam, aber ihre abweisende Haltung verflog sofort, als Kusine Indira sie herzlich umarmte. »Wie hübsch du aussiehst! Wie eine Maharani, wie Padmini von Chittor. Tut mir leid, daß ich beim Muhurtham nicht hier war. Mein Zug von Bombay blieb irgendwo auf der Strecke stehen, und ich kam einen Tag zu spät.«

»Ich danke dir.« Anjali lachte, nahm das Geschenk entgegen und gab es mir. »Wir haben dich alle vermißt. Mein Mann Bala – meine Kusine Indira.«

»Ich habe zwei Ihrer Filme gesehen«, sagte Bala. »In Wirklichkeit sind Sie noch schöner.«

»Aber nicht so schön wie Ihre Braut«, antwortete Kusine Indira. »Sie ist wirklich ein wunderschönes Mädchen.« Sie wandte sich schnell zu mir. »Und Krishna, du solltest Filmstar werden.«

Sie war nur zwei Jahre älter als Anjali, aber in ihren mandelförmigen Augen lag ein Glanz, den ich bei keiner anderen Frau gesehen hatte. »Verführerisch«, »sinnlich«, »erotisch« – so wurde ihre Ausstrahlung auf der Leinwand beschrieben. Obwohl ich die genaue Bedeutung dieser Wörter nicht kannte, wußte ich, daß die Männer ihre größten Fans waren.

»Solange es im selben Film ist …« Ich errötete vor Stolz und fühlte mich einen Fuß größer.

»Laß uns gehen und uns hinsetzen.« Sie wollte meine Hand nehmen, mußte aber auf dem Weg zu den Sitzplätzen unentwegt Autogramme geben, und das Stimmengewirr übertönte M. S. Subalaskhmis schönen Gesang.

Ihr pfirsichfarbener Seidensari aus Benares mit der Goldborte war so weit, daß er regelrecht über mich floß, als wir uns setzten.

Als wir Platz genommen hatten, rannten Kaveri und Jagan zu uns, und Kusine Indira umarmte sie ebenfalls.

»Warum bist du nicht früher gekommen?« fragte Kaveri.

»Weil ich in einem verdammten Zug festsaß. Aber ich habe schon alles über die Trauung gehört. Was für ein großes Ereignis. Wie geht es eurem Vater und eurer neuen Mutter und eurem neuen Haus?«

»Du scheinst alles zu wissen«, bemerkte ich.

»Natürlich tue ich das, ich habe meine Spione«, erwiderte sie lachend. »Ich erinnere mich noch gut, wie sie zum erstenmal hier war und wie wir über sie redeten. Ich sagte, sie hätte rosa Haare, und alle haben mich ausgelacht. Da wußten wir noch nicht, daß euer Vater sie heiraten würde. Wahrscheinlich hatte er es damals schon geplant.«

»Nayana hätte es uns gesagt«, verteidigte Kaveri ihn.

»Die Männer lassen ihre Absichten nicht immer erkennen«, entgegnete Kusine Indira sanft. »Und manchmal wissen sie selber nicht, was sie wollen.«

»Was für einen Film drehst du gerade?« wollte Jagan wissen.

Seufzend schnitt sie eine Grimasse. »Ich spiele ein Dorfmädchen, das in die Stadt kommt, einen schlechten Jungen kennenlernt und von einem guten Jungen gerettet wird. Habt ihr alle meine Filme gesehen?«

»Nein«, sagte Jagan. »Früher schauten wir uns Tamil- und Telugu-Filme an. Jetzt sehen wir nur noch englische.«

»Oh, das ist sehr schade!« Sie zog ein Gesicht. »Wenn ich vor der Kamera stehe, stelle ich mir immer vor, meine Lieblingsvettern würden mich auf der Leinwand sehen.« Sie stöhnte dramatisch, als wäre eine Kamera auf sie gerichtet, sogar eine Träne schien in ihren leuchtenden Augen zu stehen. »Aber ihr solltet mehr unsere Filme sehen, damit ihr wißt, was los ist.«

»Aber da wird nur gesungen und getanzt«, sagte ich, »und das gefällt mir nicht.«

»Aber zwischen Gesang und Tanz befassen wir uns mit den Problemen der Menschen. Wie ihr wißt, wurde achtzehnhundertsiebenundneunzig in der Victoria Hall von Madras der erste Film gezeigt, und es war einer unserer Leute, ein Telugu namens Raghyupathy Venkaiah, der das erste Kino baute, das ›Gaiety‹ hieß. Und der erste Film, der hier gedreht wurde, entstand nicht mehr als eine halbe Meile von Purusawalkam entfernt. Mr. Nataraja Mudaliar drehte neunzehnhundertsechzehn ›Keechaka Vadham‹, einen Stummfilm. Da er keine Inder vor die Kamera bekommen konnte, engagierte er Anglo-Inder.«

»Wieso weißt du das alles?« fragte ich.

»Weil es mich interessiert, deshalb hab' ich darüber gelesen. Ich weiß noch eine Menge mehr. Ich will nicht nur Schauspielerin sein. In ein paar Jahren wird mich keiner mehr sehen wollen, dann wollen sie jüngere, hübschere Mädchen. Dann möchte ich Filme produzieren. Vielleicht führe ich sogar Regie.«

Eine Serviette wurde ihr zum Signieren gereicht. Sie tat es mit Schwung, lächelte das Mädchen an. Ich sah mich um. Ihre Bewunderer sahen sie an. Kusine Indira war an diese Huldigungen gewöhnt, sie spielte mit den Männern, die sie umschwärmten, und wenn einer versuchte, ihre Hand zu küssen, zog sie ihre Finger zurück und entließ ihn mit einer gnädigen Bewegung ihrer Hand. An ihrem Handgelenk schimmerten vier neue Goldreifen und ein alter, abgenutzter.

»Ist das der, den Thatha dir geschenkt hat?« flüsterte ich.

Sie streichelte ihn liebevoll. »Ja, er ist mein Glücksbringer.«

»Und wie geht es euch Kindern?« Kumar stand plötzlich neben Kusine Indira, aber sie beachtete ihn kaum. »Euer Leben muß sehr verschieden von der Lebensweise im Großen Haus sein.«

Ich sah, wie er Kusine Indira mit seinen teilnahmslosen Augen anschaute, und erkannte plötzlich, daß er von Anfang an über ihre Beziehung zu Thatha Bescheid gewußt hatte. Jeder außer mir hatte es gewußt. Und er hatte keinen Einspruch erhoben.

»Ihnen geht es gut«, sagte sie ungeduldig, und er war entlassen und ging wieder zu den anderen Männern.

Sie runzelte die Stirn und wandte sich wieder zu uns, vergaß ihn. »Wißt ihr, was mir auffällt? Wenn ich was in telugu sage, antwortet ihr auf englisch. Sprecht ihr kein Telugu mehr?«

»Zu Hause sprechen wir nur Englisch«, verteidigte sich Jagan.

»Dann werdet ihr eure Muttersprache verlernen«, protestierte Kusine Indira. »Was ist mit M. S.? Ist ihr Gesang nicht wunderschön? Versteht ihr die Worte«

»Aber du hast ja gar nicht zugehört«, sagte Kaveri scharf.

»O doch. Sie singt, um die Göttin Saraswati zu rühmen. Welche Musik gefällt dir am besten?«

»Elvis«, verkündete Kaveri voller Stolz, und Kusine Indira verdrehte die Augen. »Außerdem Walzer und Foxtrott. Das mag Mutter am liebsten.«

»Ich ziehe Sinatra und Dean Martin vor«, erklärte Jagan, ohne sich um die Meinung unserer Kusine zu kümmern. »Und ich kann auch wie Dean Martin singen.«

»Ja, das kann er«, bestätigte ich. »Alle seine Schulfreunde fordern ihn dauernd auf, ›Volare‹ und ›That is Amore‹ zu singen.«

»Von nun an wirst du Telugu mit mir sprechen, Krishna«, verlangte Kusine Indira. »Erzähl mir alles von der Hochzeit.«

Zu meiner Verblüffung dachte ich in Englisch und übersetzte es in meine Muttersprache. Stockend begann ich mit dem Mehendi-Ritual.

»Deine Zunge ist schon eingerostet«, meinte sie traurig. »Wenn du den Klang deiner Sprache und deiner Musik vergißt, wirst du bald alles andere vergessen. Ich wünschte, euer Vater hätte keine Europäerin geheiratet!«

Wie Nayana und Stiefmutter befanden wir uns mit unseren Gedanken bereits auf der Reise, flogen in dieses »Ausland«, obwohl sich das Hier und Jetzt so hartnäckig an uns klammerten.

»Ich muß gehen.« Kusine Indira stand auf. »Morgen ganz früh habe ich einen Dreh, und dann kommen am Vormittag und am Nachmittag zwei andere Filme.« Sie küßte Kaveri und Jagan, und dann neigte sich zu mir und wisperte: »Wirst du mich besuchen, Krishna?«

»Wann immer ich kann«, sagte ich.

»Laß mich nicht zu lange warten. Ich möchte mit dir über deinen Großvater reden. Und ich verspreche dir, ich werde nur Telugu sprechen, ob du willst oder nicht.«

»Worüber?«

»Wenn du mich besuchen kommst, sage ich es dir.«

Majestätisch rauschte Kusine Indira davon, gefolgt von einer Verehrerschar.

Gita Atha setzte sich zu uns. »Was für eine billige Person«, war das erste, was Gita Atha sagte. Sie sagte es verächtlich und wiederholte damit, was Ava über ihren Mohan gesagt hatte. Ich habe niemals gehört, daß jemand gesagt hätte, ein ›teurer Mann‹ oder ›eine teure Frau‹. Es war immer billig, und ich fragte mich, zu wem ›teuer‹ am besten paßte. Nayana war die einzige Person, die mir einfiel.

»Warum billig?« fragte ich.

»Das kann ich euch Kindern nicht sagen. Was glaubt ihr wohl, warum sie so ein großer Star geworden ist? Sagt es mir.«

Als wir nicht antworteten, fuhr sie fort: »Weil sie mit Männern schläft, so wie damals mit eurem Großvater. Gott weiß, mit wie vielen. Ich weiß nicht, was sie an ihr finden.«

»Sie hat schöne Augen«, sagte ich.

»Als ob du das beurteilen könntest! Worüber hat sie mit euch gesprochen?«

»Über das Kino«, erwiderte Jagan kurz. »Sie hat nichts davon gesagt, daß sie mit Männern schläft.« Dann fragte er in gespielter Unschuld: »Schläfst du auch mit Männern, Gita Atha? Oder bleibst du wach, wenn du mit ihnen zusammen bist?«

»So darfst du nicht mit mir reden. Wo hast du das bloß gelernt? Wahrscheinlich von deiner Stiefmutter. Sie hatte viele Männer in Bombay. Und in Madras auch, wie ich höre.«

»Aber du bist die einzige, die darüber gesprochen hat, Gita Atha«, fuhr Jagan fort.

»Das war nur ein Versehen.« Gita Atha ignorierte Jagan, um das zu sagen, weshalb sie gekommen war. »Übrigens, Mohan war auf dem Standesamt in Bangalore und hat das Heiratsregister eingesehen. Er konnte keine Eintragung darüber finden, daß euer Vater und Victoria Green geheiratet haben.«

»Nayana würde uns niemals belügen.« Erbost sprang Kaveri auf und stolzierte davon.

»Nur gut, daß eure Ava diese Frau nicht sehen will.« Auch Gita Atha verließ uns und setzte sich zu Stiefmutter, als hätte sie kein böses Wort über sie gesagt.

Als Familie blieben wir bis zum Schluß. Wir waren müde, und die Augen fielen uns zu. Endlich war die Hochzeit vorbei. Die Aufregung war vorüber, und wir fühlten uns ausgelaugt. Bala war nach Hause gegangen, und Anjali würde noch drei Tage bei Ava verbringen, ehe sie als seine Frau in Balas Haus zog. Bis zum nächsten Abend würden die Pandals abgebaut und Normalität eingekehrt sein. Und Ava würde noch einsamer sein.

Ein weiterer Todesfall

Wißt ihr, was für eine gemeine Lügnerin eure Tante ist?« fauchte Stiefmutter, während wir im Auto nach Hause fuhren. »Sag es Ihnen doch, Liebling!«

»Ja, Gita flunkert gern«, stimmte Nayana zu. »Und sie hat schon als Kind viel Ärger gemacht.«

»Wie leicht hätte sie sich mit eurem Vater über das Erbe einigen können! Aber nein, sie zwingt ihn, vor Gericht zu gehen.«

»Sobald das geregelt ist, bezahle ich dem Marwari die Hypothek, und ihr bekommt eure Vollmacht zurück«, versprach er.

Wir glaubten ihm, weil wir wußten, daß er uns niemals belügen würde. Auch von uns verlangte er, stets die Wahrheit zu sagen, denn Lug und Trug würden uns verbrennen. Wir wollten so sein wie er, aufrecht und ehrlich, von allen bewundert, die ihn kannten.

»Können wir nicht wieder ins Große Haus ziehen?« fragte ich. »Jetzt ist Ava ganz allein, und jemand muß sich um sie kümmern.«

»Sie hat Vishnu«, erwiderte Nayana. »Wenn sie uns wieder bei sich haben will, kann sie mich fragen.«

Dr. Krishnamachari saß auf unserer Veranda und blätterte lustlos in der *Illustrated Weekly.* Bei unserer Ankunft erhob er sich sofort. »Mrs. Naidu«, sagte er an Stiefmutter gewandt, es tut mir leid, Ihnen sagen zu müssen, Ihre Mutter ist vor ein paar Stunden gestorben.«

»O Gott!«

Stiefmutter brach zusammen. Sie weinte wie ein Kind, und wir versuchten sie zu trösten. Die ganze Nacht hörten wir sie schluchzen. So viele Tränen um ihre tote Mutter, aber als sie am Leben gewesen war, hatte Stiefmutter ihr keine Liebe geschenkt. Statt dessen war sie ihr voller Zorn und Ungeduld begegnet. Nun überraschte uns diese maßlose Verzweiflung.

Am nächsten Morgen fuhr ich mit Nayana zum General Hospital. Mrs. de la Rue war in der Leichenhalle, die beißend nach Formaldehyd roch. Zunächst vermied ich es, die Tote in diesem kalten, kahlen Raum anzuschauen. Aber während mein Vater die Formalitäten erledigte, betrachtete ich das entspannte Gesicht der alten Frau. Sie war allein gestorben, aber wenigstens in ihrer Heimat. Und das mußte ihr ein letzter Tost gewesen sein.

»Einen Augenblick bitte«, bat Nayana die Männer, die Mrs. de la Rues Bahre in den schwarzen Wagen des Bestattungsunternehmens schieben wollten. Wieder einmal zog er seinen Orakelball hervor, um sich zu vergewissern, daß seine Schwiegermutter tatsächlich tot war. Die Kugel rührte sich nicht.

Am Eingang der St. Andrew's Kirk erwarteten uns Stiefmutter, Kaveri und Jagan. Wir waren die einzigen Trauergäste.

»Am liebsten würde ich die Totenmesse verschieben«, verkündete Stiefmutter seufzend. »Amber und Richard sollten dabeisein.«

»Tut mir leid, das geht nicht. Es ist viel zu heiß«, erwiderte Nayana sanft.

Voller Neugier blickte ich der fremdartigen Zeremonie entgegen. Wir folgten dem Sarg, den die Angestellten des Leichenbestatters ins kühle Kirchenschiff trugen. Vor dem Altar stellten sie ihn auf den Marmorboden und traten beiseite. Stiefmutter wies uns an, Blumen auf den Sarg zu legen. Dann nahmen wir unsere Plätze in der ersten Reihe ein.

Mr. Pettigrew, der Priester, hielt einen kurzen, schlichten Gottesdienst ab, sprach von Mrs. de la Rues Güte und Freundlichkeit und erwähnte, letzten Endes sei sie in ihre geliebte Heimat zurückgekehrt. Da er sie nicht gekannt hatte, nahm ich an, daß Stiefmutter ihm einige Informationen gegeben hatte. Wir sangen »Näher mein Gott zu dir«. Und dann brachte der schwarze Wagen den Sarg zum christlichen Friedhof an der San Thome High Road, der sich zwischen dem Meer und der Mündung des Flusses Adyar befand. Der Eingang glich einer kleinen Kathedrale aus rote Ziegeln, Sandwege teilten das Gelände in regelmäßige Quadrate.

»Warum liegt der Friedhof so nahe beim Meer?« flüsterte Jagan, während wir den Sargträgern folgten.

»Das Meer hat sie hergebracht«, wisperte ich zurück. »Und ich glaube, es ist so, damit die Geister der Toten aus unserer Erde ins Meer schlüpfen und tausend Meilen entfernt im kalten englischen Wasser wieder auftauchen können«, wisperte ich zurück.

Angewidert starrte er mich an. »Immer denkst du dir dumme Geschichten aus!«

»Ich finde nicht, daß sie dumm ist«, protestierte ich.

Die Gräber der alten Briten waren in exakten Reihen angeordnet. Manche der Grabsteine waren verwittert, die Inschriften durch Hitze und Regen im Lauf der Jahrhunderte unleserlich geworden.

Das blendende Licht am Meer tat unseren Augen weh, die Luft flimmerte vor Hitze. Am blauen Himmel flogen Papierdrachen und kreischende Krähen durcheinander. Mrs. de la Rues Grab war an der Südmauer unter einem Niembaum ausgehoben worden. Das aufgewühlte Erdreich sah hart und unnachgiebig aus.

»Asche zu Asche, Staub zu Staub«, murmelte Mr. Pettigrew. Der dünne, gebrechliche Mann erweckte den Eindruck, er würde der Toten bald folgen. Während der Sarg in die Grube hinabgelassen wurde, warf der Priester ein paar vertrocknete Klumpen darauf, und wir folgten seinem Beispiel. Wäre Mrs. de la Rue in England gestorben, würde sie in weicher, feuchter Erde liegen.

Nach dem Begräbnis saßen wir mit ernsten Mienen im Wohnzimmer. Einem christlichen Brauch zufolge wurden Tee und Kuchen serviert.

»Wenn der letzte Elternteil gestorben ist, ist man niemandes Kind mehr«, sagte Stiefmutter. Wir saßen feierlich im Wohnzimmer, in dem es, dem christlichen Ritual folgend, Tee und Kuchen gab. »Bis dahin bleibt man stets jemandes Kind. Und dann ist man so erwachsen, wie man es immer wollte. Aber der Tod des zweiten Elternteils erinnert einen daran, daß man als nächster sterben wird.«

Die Firma

Am Anfang der Regenzeit bekamen wir unerwarteten Besuch. Nayana begrüßte Nazir Sait, den Oberinspektor der Polizei, herzlich. »Nehmen Sie doch Platz, trinken Sie eine Tasse Kaffee …«

Während er zusammen mit Nayana bei den Behörden im Hosur District gearbeitet hatte, waren die beiden Freunde geworden. Seither besuchte er uns hin und wieder. Sogar Stiefmutter mochte den hochgewachsenen, schlanken Mann mit dem Habichtsgesicht und dem Schnurrbart, dessen Spitzen zu seinen Ohren wiesen.

»Nein, danke«, erwiderte er und blieb stehen, einen roten Aktenordner unter dem Arm.

»Sie sehen aus, als hätten Sie einen Geist gesehen«, scherzte Nayana, aber Mr. Sait lächelte nicht.

»Es tut mir sehr leid. Können wir irgendwo ungestört sprechen?«

»Wenn Sie nicht einmal Zeit für eine Tasse Kaffee finden, muß es was Ernstes sein«, meinte Nayana und führte ihn in sein Büro.

»Ich befürchte, so ist es, Sir«, bestätigte Mr. Sait und folgte ihm, ohne Kaveri zu beachten, die wie gebannt auf ihrem Stuhl saß und ihn bewundernd anstarrte.

»Worum geht es denn?« fragte Jagan.

»Wahrscheinlich steckt die Regierung in einer Krise«, meinte Stiefmutter ungerührt, »oder ein Aufstand bricht aus.«

Wir warteten, bis die beiden wieder auftauchten. Schweigend begleitete Nayana den Oberinspektor zur Haustür, nicht bis zum Polizeiauto, was er normalerweise tun würde, und schüttelte ihm förmlich die Hand.

»Was ist denn los?« fragte Stiefmutter.

Nayana schaute uns an, als wollte er uns von diesem Gespräch ausschließen. Aber dann besann er sich anders. »Ich wurde vom Dienst suspendiert. Nun muß ich das Ergebnis einer Untersuchung abwarten. Offenbar habe ich für Anjalis Hochzeit eine zu große Summe ausgegeben, die in keinem Verhältnis zu meinem Einkommen steht. Kamaraj, der Regierungschef, hat die Untersuchung persönlich angeordnet.«

Erschrocken starrten wir Nayana einen Moment lang an, als wir begriffen, was das für ihn bedeutete.

»Das sind alles Lügen!« schrie ich, und Kaveri und Jagan protestierten ebenso heftig.

»Wir wissen doch, daß du niemals auch nur einen Paisa von irgend jemandem angenommen hast!« rief Kaveri.

»Wie kann man dich nur der Korruption anklagen?« klagte Jagan. Aufgeregt umarmten wir unseren Vater.

Stiefmutter versuchte uns zu beruhigen.

Sie werden bei dieser Untersuchung nichts finden, oder?« fragte sie.

»Natürlich nicht«, erwiderte Nayana in ruhigem Ton. Dann verkündete er unvermittelt: »Jetzt, wo ich genug Zeit habe, werde ich eine Firma gründen. Eure Mutter und ich glauben, wir müßten mein Einkommen aufbessern, selbst wenn ich wieder in den Regierungsdienst zurückkehren werde. Also werden wir eine Import-Exportfirma eröffnen. Ihr werdet sehen, wir werden eine Menge Geld verdienen.«

Stiefmutter war nicht überrascht.

»Diese Firma werden wir nach unseren Kindern nennen«, fügte Stiefmutter hinzu, sichtlich erfreut über Nayanas Entschluß. »Kajaksha Limited, nach Kaveri, Jagan und Krishna.«

»Und warum brauchen wir die Firma?« fragte ich.

»Weil ich ein Haus bauen möchte, das noch viel größer sein soll als das eures Thathas und eures Urgroßvaters«, erklärte Nayana. »Und es soll in einem riesigen Garten liegen.«

»Aber wir haben doch das Große Haus«, wandte Kaveri ein, »ich meine, wenn Ava stirbt.«

»Ja. Aber es würde nicht *mir* gehören.«

Am nächsten Tag wurde Kajaksha Ltd. gegründet. Nayana und Stiefmutter verschwendeten keine Zeit damit, sich mit einem Steuerberater zu besprechen. Sie waren die Hauptgeschäftsführer, wir fungierten als Teilhaber. Eine weitere Hypothek wurde aufgenommen, die uns der Mawari gerne gab. Nayana sagte uns, er habe ihm »viel Glück« gewünscht.

Nun mußte ein passendes Büro gefunden werden. Nayana sagte, es sollte in einer möglichst vornehmen Gegend liegen. Die besten Geschäfte waren an der Mount Road, und Nayanas Wahl fiel auf die grandiosen indo-sarezenischen Khalili Mansions aus roten Ziegeln, gegenüber von Spencer & Co. Wir waren mächtig stolz auf unsere neue Firma an der schönen Straße, die von der Festung zum St. Thomas Mount führte, mit einem schmalen Park voll hoher Bäume in der Mitte.

»Ich habe mit Mr. Khalili gesprochen, und er ist einverstanden, uns ein Büro im hinteren Teil des Hauses zu vermieten«, sagte Nayana. »Zum Glück war er eng mit eurem Thatha befreundet.«

»Sie sind Perser, nicht wahr?« fragte ich. »Ich glaube, ihre Ahnen ritten mit Nadir Shah, eroberten Delhi und erstachen in zwölf Stunden zehntausend Einwohner der Stadt.«

»Ich wünschte, du würdest aufhören, Geschichten zu erfinden!« stöhnte Kaveri.

»Sie sind jüngere Einwanderer«, sagte Nayana. »Sie brachten der britischen Army Pferde und blieben hier. Jetzt sind sie so große Grundbesitzer, wie euer Thatha einer war.«

Wir kletterten ins Auto und fuhren los, um unser Büro zu inspizieren. Mr. Khalili erwartete uns am Eingang des Gebäudes.

Er war ein alter Mann mit grauen Augen und heller Haut, so wie die von Stiefmutter, aber in seiner Sprechweise und in seinem Verhalten wirkte er sehr indisch.

»Im Andenken an meinen verstorbenen Freund ist es mir eine Ehre, Sie in diesem Haus aufzunehmen«, beteuerte er und führte uns die Treppe hinauf.

Unser Büro lag am Ende eines langen Gangs, mit Ausblick auf die leere Wand des Express Building. Nayana nahm ein Schild aus seiner Aktentasche und befestigte es an der Tür. »Kajaksha Ltd. Import-Export« stand auf der Messingplatte. Stiefmutter protestierte nicht einmal gegen die hohen Kosten für die neuen Möbel – zwei Schreibtische, vier Sessel, einen Aktenschrank und eine gebrauchte Schreibmaschine.

Jeden Morgen um Punkt halb zehn fuhren Nayana und Stiefmutter nun ins Büro. Dort saßen sie einander an einem der Schreibtische gegenüber, schrieben Briefe und Bestellungen, Stornierungen und Versandpapiere. Am anderen Schreibtisch saß Mr. Charles Edward Braithwaite, ein kleiner schlanker Anglo-Inder, der dünne Krawatten nach der neuesten Mode und schmutzige weiße Hemden trug. Er kümmerte sich um die Aktenablage, erledigte diverse Besorgungen und konnte mit zwei Fingern tippen. Immer wieder zupfte er an dem schwarzen Muttermal unter seinem rechten Auge, oder er strich mit beiden Händen durch sein dichtes schwarzes Haar.

»Wartet nur ab, bald ist Kajaksha Ltd. eine Riesenfirma«, prophezeite Stiefmutter Tag für Tag. »Dann werden wir die ganzen Khalili Mansions mieten müssen. Wir werden im Geld schwimmen und werden unser eigenes großes Haus bauen.«

»Bekomme ich dann ein neues Fahrrad, so wie Jagan?« fragte ich. »Ich habe mein altes rostiges Klappergestell satt.«

»Ja, sicher.«

»Wann ist es soweit?« fragten wir alle drei.

»Es dauert nicht mehr lange«, sagten Nayana und Stiefmutter vergnügt. »Und später gehen wir ins Ausland.«

Also war Kajaksha Ltd. nur ein Sprungbrett, das uns durch die Luft katapultieren sollte, in einen neuen Traum aus Eis und Schnee. Mit ihrem Enthusiasmus steckten Nayana und Mutter Mr. Braithwaite ebenso an wie uns, und er glaubte, eines Tages würde er Partner einer gigantischen, erfolgreichen Firma werden.

Buch III

Die Rettungsleine

An meinem vierzehnten Geburtstag starb ich beinahe, so wie es ein Astrologe eine Stunde nach meiner Geburt im Horoskop vorausgesehen und Gopalan später bestätigt hatte.

Während ich dem Tode nahe war und unrettbar in eine andere Welt hinübergehen konnte, beschloß Nayana, einen Astrologen zu konsultieren, wo ein anderer Mann einen Arzt gerufen hätte, der zuerst mein Fieber gemessen und dann meine Hand geöffnet hätte, um mein Schicksal daraus zu lesen. Er zeigte auf den Bruch in meiner Lebenslinie und bezweifelte, daß ich überleben würde. Es war mein Karma.

Nayana beugte sich über mich und hoffte, der Orakelstab würde den Astrologen Lügen strafen. Unglücklicherweise konnte die Elfenbeinkugel nur drei Antworten geben: Ja, Nein und Ich weiß es nicht. Kaveri, die in den ersten Tagen meines Komas auf mich aufpaßte, erzählte mir später, daß die Kugel bei der Frage »Wird Krishna am Leben bleiben?« sich erst im Uhrzeigersinn, dann entgegengesetzt gedreht und schließlich innegehalten habe. Offenbar überstieg die Frage die intuitiven Kräfte des Orakels.

»Was bedeutet das?« hatte Kaveri unseren Vater gefragt.

Zögernd erwiderte er: »Krishna schwebt zwischen Leben und Tod.« Das erschreckte sie zutiefst, und sie weinte bitterlich.

Stiefmutter rettete mich. Sie ignorierte die astrologischen Diagnosen und veranlaßte Nayana, die besten Ärzte zu rufen. Der Orakelkugel vertraute sie nur, wenn sie ihre Fragen wunschgemäß beantwortete. Mit dem Monsunregen waren ihr auch die indischen Mythen in Fleisch und Blut übergegangen, und sie glaubte an die Macht böser Geister, die man abwehren mußte, vor allem, wenn sie braun waren und daherstolzierten und ihre, Stiefmutters, Landsleute erschreckten. Natürlich hielten diese ihr Kreuz hoch und besiegten die Sadhus, Fakire, Rakshashas und andere Gespenster, die indischem Boden entstammten. Ihre Lieblingsgeschichte handelte von einem hübschen, jungen britischen Paar, das nach Lucknow durchbrannte. Die blonde Frau war im zweiten Monat schwanger. Als ihr ein Fakir begegnete, wollte er sie besitzen und bat die *Ayah* um eins ihrer schönen hellen Haare. Aber die Ayah, eine treue Dienerin, schnitt einen gelben Faden von einem Teppich ab und gab ihn dem Fakir. In dieser Nacht schwebte der Teppich aus dem Haus, gefolgt von dem Liebhaber der schönen Frau, der sich mit einem Revolver bewaffnet hatte. Er flog durch finstere Straßen, lockte zahlreiche Neugierige an und erreichte einen geheimnisvollen Dschungel, wo er zu Füßen des nackten Fakirs landete. Der Mann erschoß den Schurken und bewahrte seine Liebste vor weiteren teuflischen Machenschaften.

In meinem komatösen Zustand stand ich im Mittelpunkt der allgemeinen Aufmerksamkeit, spürte aber nichts von der liebevollen Fürsorge. Die Ärzte umringten mich wie Trauernde und verordneten mir alle erdenklichen Medizinen. Als ich eine Woche später erwachte, seufzten sie erleichtert, und jeder beanspruchte das Verdienst meiner Rückkehr ins Bewußtsein. Sie konnten nicht sagen, warum ich ins Koma gefallen, aber auch nicht, weshalb ich wieder zu mir gekommen war.

In der Hoffnung, ich würde das Rätsel lösen, befragten sie mich und schienen zu glauben, ich hätte eine weite Reise unternommen, jenseits der Grenzen von Raum und Zeit. Bedauerlicherweise erinnerte ich mich an gar nichts, nur an ein bleiches, hellblaues Licht, das mich vor völliger Dunkelheit geschützt hatte. Meine Krankheit dauerte noch lange, und mein Fieber stieg auf fast vierzig Grad. Die Ärzte meinten, ich könnte am Gelbfieber oder irgendeiner anderen der exotischen Krankheiten leiden, die in Indien grassierten. Immerhin hatte sich meine Haut während des Komas gelblich verfärbt.

Wie der Graf von Monte Cristo wurde ich eine Zelle verbannt, in das Gästezimmer im hinteren Teil des oberen Stockwerks, weit entfernt von allen Aktivitäten des Haushalts. Dort mußte ich, im Gegensatz zum Grafen, vier Monate bleiben. Das Zimmer war mit einem Feldbett, einem Schrank und einem Waschtisch eingerichtet. Auf einem niedrigen Tischchen standen meine zahlreichen Medikamente. Stiefmutter hängte Bilder an die Wände, die indische Landschaften zeigten, von britischen Künstlern gemalt.

»Heute nachmittag bekommst du Besuch«, verkündete sie eines Morgens. Sie hatte sich große Mühe mit ihrer äußeren Erscheinung gegeben. Durch eine Dauerwelle hatte sie dichte, kleine Löckchen frisiert, ihre Augenbrauen waren zu Bögen gezupft, und sie trug einen neuen Sari. Offenbar wollte sie nicht ins Büro gehen.

»Wer ist es denn?« Ich fühlte mich nicht besonders. Das Fieber kam und ging, und nach jeder Attacke war ich matt und lustlos.

»Meine Kusine Sally. Sie und ihr Mann sind zu Besuch aus Kalkutta. Ich habe sie seit Jahren nicht mehr gesehen. Sie ist Krankenschwester, deshalb bat ich sie, dich einmal anzusehen. Wahrscheinlich weiß sie mehr als diese verdammten Ärzte. Sie und Roger wohnen im Connemara. Er nimmt hier an einer Konferenz teil.«

Wir wußten, daß Stiefmutter den einer oder anderen Verwandten hatte, meist Kusinen, die verstreut in Indien lebten. Sie schrieben sich unregelmäßig hin und wieder, und manchmal erzählte sie uns etwas über diese Fremden, die Teil ihres Lebens gewesen waren. Wie sie zusammen gespielt hatten, zusammen auf den Skihar gegangen waren, was sie gemacht hatten. Sie waren die standhaften Felsen in der steigenden indischen Flut.

Als ich am späten Nachmittag aus meinem Fieber erwachte, beugte sich eine schöne Frau über mich.

»Ich bin Sally«, sagte sie sich freundlich. Sie maß meine Temperatur, betrachtete meine Augen und meine Zunge. Sie hatte ein ovales Gesicht, hohe Wangenknochen und einen sensiblen Mund. Ihre Augen waren braun, und sie sahen mich mitfühlend an. Glücklich über das Wiedersehen mit ihrer Verwandten, blieb Stiefmutter im Hintergrund. »Es könnte Gelbfieber sein, durch eine Gelbsucht kompliziert. Jedenfalls brauchst du viel Ruhe, Krishna. Wie deine Mutter dir erzählt hat, bin ich Krankenschwester. Ich habe während des Kriegs in Burma gearbeitet. Ich werde dich jetzt waschen. Danach wirst du dich sicher besserfühlen.«

»Das können Sie nicht«, protestierte ich. Aber sie knöpfte bereits meinen Paijama auf.

»Sei nicht so schüchtern.« Ihr Lachen klang sehr nett, und so fügte ich mich in mein Schicksal. Während sie mich schnell und sanft überall wusch, tauschten die beiden Kusinen Neuigkeiten aus. Sie sprachen über Verwandte, eine Tante, einen Onkel, der gestorben war. Sie hatten auch gemeinsame Freunde. Stiefmutter sagte, wie sehr sie das Leben mit den bekannten Menschen vermißte, die sprachen, dachten und handelten wie sie.

»Wir denken daran, wegzugehen«, sagte Sally ruhig, Stiefmutters Erinnerungen unterbrechend.

»O nein!« rief Stiefmutter bestürzt. »Ihr seid mit die letzten. Ohne dich und Roger werde ich mich furchtbar einsam fühlen. Ich werde die letzte Europäerin sein«

»Aber du bist mir Bharat verheiratet. Es wird nicht zu schlimm werden.«

»Trotzdem ... Nach der Hochzeit haben wir Parties für all unsere europäischen Freunde gegeben. Jetzt können wir das nicht mehr, es sind so viele gegangen.«

»Ihr solltet auch gehen.«

»Nun, das hängt davon ab, wie unsere Firma läuft. Wenn es nicht so gut geht, wird Bharat weggehen wollen, das weiß ich. Er möchte nach Oxford zurückgehen, aber wir werden warten, bis Amber die Schule abgeschlossen hat.«

»Und die anderen?«

»Mal sehen, ob sie mitkommen wollen oder nicht.« Sie sah mich vorsichtig an. »Was hältst du davon, Krishna? Was möchtest du tun?«

»Wenn Nayana geht, gehe ich auch.«

»Wir werden sehen«, sagte sie und wandte sich wieder Sally zu, die mir einen sauberen Paijama anzog. Ich fühlte mich erfrischt, und mir fielen die Augen zu. Die Müdigkeit war eine ständige Begleiterin. »Was wird du tun, wenn du wieder in England bist?«

»Ich arbeite wieder als Krankenschwester«, antwortete Sally und begann leise zu schluchzen. Also hatte ich nicht Mitleid, sondern Kummer in ihrem Blick gesehen. »Roger wird sich scheiden lassen. Dauernd trifft er diese Frau, und wenn er es auch bestreitet, ich weiß, er wird mich verlassen.«

»Oh, du armes Ding! Komm, trinken wir eine Tasse Tee.«

Ich wünschte, ich hätte etwas mehr über Sallys Scheidung erfahren. Doch das Thema wurde nicht mehr erwähnt. Solange sich Sally in der Stadt aufhielt, besuchte sie mich täglich, wusch meinen Körper, und ich betrachtete ihr trauriges Gesicht. Für ihren Schmerz gab es keine Heilung. Er zehrte an ihrer Schönheit wie die Krankheit an meinen Kräften. Ihren Mann lernte ich nicht kennen. Einmal wurde er zum Dinner eingeladen. Aber er wollte mich nicht sehen, weil er fürchtete, er könnte sich anstecken. Nachdem sie abgereist waren, wirkte Stiefmutter bedrückt und geistesabwesend.

Meistens blieb ich allein, während Kaveri und Jagan in die Schule gingen und Vater und Stiefmutter bei Kajaksha Ltd. im Büro arbeiteten. Ich litt unter meiner Einsamkeit.

Wieder einmal war es Stiefmutter, die mich aus meinem dunklen Abgrund holte und mir eine Rettungsleine in Form eines leeren Notizbuchs zuwarf.

»Du liebst doch Geschichten, Krishna«, sagte sie. »Ich möchte, daß du von heute an jeden Tag eine für mich schreibst, und ich werde sie korrigieren. Erinnerst du dich an Scheherezade? Gut, erzähl deine Geschichten, so wie sie es tat, um ihr Leben zu retten. Mach es ihr nach, aber wiederhole nicht nur die Geschichten eurer Mythologie und deiner Märchenbücher. Schreib einfach, was du alles erlebt hast, und mach das zu Geschichten.«

In meinen Gedanken hatte sie sich schließlich in meine Mutter verwandelt, und ich ließ vor Dankbarkeit das ›Stief‹ vor ›Mutter‹ weg.

Ich erinnerte mich an eine ihrer Erzählungen, die ich in ihrer Wohnung gelesen hatte. Sie handelte von einer europäischen Frau und einem Nawab, und ich fragte mich, ob es eine erfundene oder eine wahre Geschichte war. Ich wollte die Geschichte von mir und Amber erzählen, aber ich wußte, ich war nicht geschickt genug, und wenn sie sie las, würden wir beide Ärger bekommen.

Ich wußte nicht, wie ich meine schriftstellerische Tätigkeit beginnen sollte, und so tastete ich mich, als das Haus verlassen dalag, die kurze Treppe hinunter. Ich kam mir vor wie ein gebrechlicher Geist, der durch das verlassene Haus schwebte, um Kaveris und Jagans Zimmer zu inspizieren. Vielleicht würde ich irgendwelche Geheimnisse entdecken. Kaveris Zimmer war wohltuend unordentlich, ihre Kleider waren im Raum verstreut, ihre Bücher türmten sich auf dem Schreibtisch, Zeichnungen klebten an den Wänden. Ich fand ihre *Almirah,* in der sie ihre Geheimnisse aufbewahrte, ihr Tagebuch und ihr Fotoalbum, aber sie vergaß niemals abzuschließen und trug den Schlüssel an einem schwarzen Band um den Hals. Jagans Zimmer war aufgeräumt wie eine Gefängniszelle, alles war in Kommoden und Almirahs, nichts war verschlossen, da er nichts vor uns zu verbergen hatte.

Ich betrat Vaters und Mutters Zimmer. Sie schliefen in separaten Betten, da Vater sich in seinen Träumen hin und her warf. Außerdem hatten sie beide zwei gleiche Toilettentische mit einem langen Spiegel und zwei Schubladen an jeder Seite. Beide hatten silberne Haarbürsten mit ihren Initialen auf dem Rücken,

V. N. und B. N. Während Nayana nur sein Vaselin-Haaröl und eine kleine runde Schachtel für seine Manschettenknöpfe hatte, standen auf Mutters Tisch all ihre Puderdosen und Parfums und Lippenstifte.

Vor einem Fenster stand ein schmales Pult, an dem sie ihre täglichen Aufstellungen machte. Es war mit Leder überzogen und hatte Schubladen an einer Seite, in denen sie ihre Rechnungsbücher aufbewahrte. Ihre Korrespondenz steckte in Ablagefächern, ein blauer Luftpostumschlag stand heraus. Er war an Mutter gerichtet, aber an Amber adressiert. Drin war eine Ansichtskarte, die einen Dampfer auf dem Mississippi zeigte. *»Danke für Deinen lieben Brief. Denke immer an Dich und die schönen Zeiten. In Liebe, PP.«* Ich wußte nicht, was ich davon halten sollte – ihr amerikanischer Freund –, und steckte sie vorsichtig zurück.

Neugierig nahm ich einen weiteren Umschlag; die Handschrift war mir unbekannt. Der Brief war kurz und schroff: *»Liebe Mutter, danke für Dein Geschenk, aber ich habe mehr als genug für die Reise. Dein Richard.«* Beigefügt war ein in vier Teile zerrissener Scheck. Ich setzte ihn zusammen. Er lautete über fünfundzwanzigtausend Rupien und war von Nayana unterzeichnet. Ich fragte mich, was für eine Reise das war. Ein paar Briefe stammten von Amber, aber in keinem einzigen wurde ich erwähnt, und das kränkte mich.

Der Antrag

Im Lauf der Wochen schrieb ich meine Geschichte in mein geheimes Tagebuch, und als Amber in den Ferien zu uns kam, zeigte ich sie ihr. Eines Tages, nachdem die anderen aus dem Haus gegangen waren, schlüpfte sie in mein Zimmer, setzte sich neben mein Bett und begann zu lesen. Ihre Hand lag auf meiner nackten Brust und drohte mich zu verbrennen.

Unter ihrer dünnen Bluse zeichneten sich ihre Brüste ab, ihre Taille war schmaler. Sie war beinahe eine Frau, und ich fühlte mich immer noch wie ein Kind.

»Willst mich heiraten?« fragte ich.

»Nur wenn du mich verführst.« Lachend hauchte sie einen Kuß auf meine Wange. »Außerdem sind wir Bruder und Schwester.«

»Sind wir nicht. Kaveri ist meine Schwester. Sie kann ich nicht heiraten. Du bist meine Stiefschwester, also kann ich dich heiraten. Willst du?«

»Ich könnte es mir vorstellen«, sagte sie vage. Sie lehnte sich zurück und lächelte in gespielter Unschuld. »Dann müßte ich mich von Peter trennen.«

»Wer ist er?« Ich versuchte mich aufzurichten. Mühelos drückte sie mich ins Kissen zurück.

»Mein Freund.«

»Ich dachte, *ich* wäre es.«

»Aber du bist hier in Madras, und ich brauche jemanden in meiner Nähe, nicht hundert Meilen weit weg. Peter besucht das Jungeninternat. Sein Vater hat einen Dreijahresvertrag bei Larsen und Tubro.«

»Wie hast du ihn kennengelernt?« stieß ich zwischen zusammengebissenen Zähnen hervor, um meine Eifersucht zu unterdrücken.

»Wir haben zusammen in der Schule Theater gespielt. In ›Bunbury‹ von Oscar Wilde. Er war ganz gut, aber ich war viel besser.« Sie sprang auf, drehte eine Pirouette, und der wehende Rock entblößte ihre langen, schlanken Beine. »Ich werde Schauspielerin werden. Ich werde nach London gehen und eine Schauspielschule besuchen. Und was wirst du machen?«

»Wahrscheinlich werde ich sterben«, wisperte ich, unfähig, ihre baldige Abreise, ihre Liaison und meine Hilflosigkeit zu ertragen.

»Sei nicht albern.«

»Solange ich da bin, kannst du keinen anderen Freund haben.«

»Du bist etwas Besonderes für mich, und Peter ist nur ein Freund. Wirklich. Übrigens, ich habe gehört, daß deine Kusine, dieser Filmstar, ganz verrückt nach dir ist. Auf der Hochzeit hat sie dich geküßt. Wie soll ich wissen, ob du nicht mit ihr schläfst und nur mit mir spielst?«

»Kusine Indira?« Amber verwirrte mich mit ihrer Leichtigkeit, den Spieß herumdrehen und mir die Schuld an ihrer Beziehung zu diesem Peter zu geben.

»Immerhin war sie die erste, die dich geküßt hat.«

»Aber sie ist meine Kusine.«

»Armer Krishna!« Sie lief zur Tür und schob den Riegel vor. Dann kam sie zu meinem Bett und beugte sich herab. »Erinnerst du dich an unseren ersten Kuß?«

»Ja«, flüsterte ich.

»Vermutlich werde ich mich bei dir anstecken.«

»Nein, sicher nicht.«

Wir küßten uns, und sie schob ihre süße Zunge in meinen Mund. Ich lutschte daran wie an einem Bonbon, und wenn sie sie zurückzog, folgte meine Zunge dem sinnlichen Geschmack.

»Okay …« Sie richtete sich auf, obwohl meine Sehnsucht nicht gestillt war. »Fühlst du dich jetzt besser?«

»Hast du Peter auch so geküßt?« fragte ich atemlos.

Sie lächelte und ging zu ihrem Stuhl zurück. »Nein, natürlich nicht. Du bist für der einzige.« Sie griff wieder nach meinem Notizbuch und las weiter, als wäre nichts geschehen, während mein eigener Atem hastig und keuchend ging. »Hat das mein Vater wirklich gesagt?«

»Was?«

»Daß Richard und ich verschieden aussehen.«

»Es ist doch nur eine Geschichte.«

»Krishna, hat er es gesagt?«

»So was Ähnliches.«

»Er hat es einmal auch zu mir gesagt.« Ihre Augen verdunkelten sich vor Kummer. Jetzt erinnerte sie mich an einen Vogel, den ich versehentlich mit einem Stein getroffen und der mich im

Sterben genauso angeschaut hatte. »Ich glaube, Mum und Dad hatten Streit, und Mum nahm Richard und fuhr zu Gran, um bei ihr in Lucknow zu leben. Acht Monate nachdem sie aus Lucknow zurückgekehrt war, wurde ich geboren.«

»In Lucknow spielt eine von Mutters Lieblingsgeistergeschichten. Da geht es um ein englisches Liebespaar und einen bösen Fakir.«

»Diese Geschichte hat sie mir auch erzählt.«

»Und was hat sie dir über dein eigenes Geheimnis erzählt?«

»Gar nichts«, fauchte Amber. »Ich weiß nicht, wer mein Vater ist. Vielleicht Dad, und sie wollte ihm nur was anderes weismachen, um sich zu rächen. Nun läßt er seinen Zorn an *mir* aus. Als ob ich an allem schuld wäre! Manchmal hasse ich Mum, weil sie Dad und mir soviel angetan hat.«

»Und was meint Richard dazu?«

»Nichts.« Mit tränenfeuchten Augen starrte sie die Wände an. »Er ist weg, weißt du.«

»Wohin?«

»Nach Hause. Nach England. Letztes Jahr verließ er die Schule und fuhr nach England, erst mit der *MV Venice* nach Genua und dann mit dem Zug nach London. Er schickte mir Ansichtskarten aus Rom und Paris. O Gott, wie ich ihn vermisse …«

»Weiß es Mutter?«

»Ich hab' es ihr geschrieben. Aber sie kam nicht, um ihn vorher zu sehen.«

»Aber warum kam er nicht hierher, um sich von ihr zu verabschieden?«

»Warum sollte er? Als sie damals davonrannte, hat sie sich auch nicht vom ihm verabschiedet.« Sie wischte eine Träne von ihrer Wange und las weiter. »Wieso nennst du mich in deiner Geschichte Monique?«

»Weil dieser schöne Name zu dir paßt.«

»Oh, was für ein nettes Kompliment!« Sie stand auf, küßte mich wieder, und ich öffnete erwartungsvoll die Lippen.

Plötzlich wurde an der Klinke gerüttelt, und jemand hämmerte gegen die Tür. Amber ließ das Buch fallen, das ich hastig unter meiner Matratze versteckte. Dann strich sie ihr Haar aus dem Gesicht, glättete ihren Rock und öffnete die Tür.

Kaveri spähte an ihr vorbei und schaute mich an. Solange Nayana und Mutter nicht in der Nähe waren, nahmen die beiden Stiefschwestern keine Notiz voneinander. Amber schlenderte aus dem Zimmer. Ehe sie aus meinem Blickfeld verschwand, warf sie mir eine Kußhand zu.

»Warum war die Tür versperrt?« fragte Kaveri.

»Ich fror, und deshalb bat ich Amber, die Tür zu schließen. Dabei muß der Riegel irgendwie zur Seite gerutscht sein. Nur ein Versehen.«

»Wie kannst du sie nur ertragen?« Sie seufzte und setzte sich auf den Stuhl. »Du magst sie doch nicht, oder?«

»Natürlich nicht.«

»Wenn du mich liebst, Krishna … Liebst du mich?«

»Klar, du bist meine wunderbare Schwester.«

»Gut.« Sie lächelte zufrieden. »Dann mußt du Amber weiter hassen, nicht wahr?«

»Nun …« Ich zögerte. Nur zu gut wußte ich, was jetzt auf mich zukam, fühlte mich wie eine Maus in der Falle und sah keinen Ausweg.

»Erinnerst du dich an unseren Pakt?«

»Ja.«

»Großartig! Also bist du verpflichtet, sie genauso zu hassen wie ich. Wenn ich was anderes höre, rede ich nie wieder mit dir, solange ich lebe. Das schwöre ich.«

Das Rendezvous

Nayanas Suspendierung endete, wie sie begonnen hatte, mit Mr. Saits Besuch. Nach sechs Monaten kam er wieder in unser Haus. Aber diesmal lächelte er und nahm Vaters Einladung zum Kaffee an. »Alles in bester Ordnung«, verkündete er jovial. »Das habe ich dem Regierungschef, Mr. Kamaraj, von Anfang an versichert. Aber die grandiose Hochzeit Ihrer Tochter machte ihn mißtrauisch. Sie dürfen sich glücklich schätzen, so hilfsbereite Kinder zu haben.«

»Ja, darüber bin ich sehr glücklich.« Nayana strahlte uns an, und wir strahlten zurück.

»Sie waren mehr als großzügig.«

»Oh, wir werden mit den Einnahmen unserer Firma jeden Anna zurückzahlen«, sagte Mutter. »Ich will nicht jahrelang von ihrer Großzügigkeit leben.«

»Erzählen Sie mir bloß nicht zuviel über Ihr neues Unternehmen!« bat Mr. Sait hastig. »Ich will nicht, daß Mr. Kamaraj eine neue Untersuchung anordnet. Nicht daß ich erwarte, daß ein Mann Ihrer Integrität die Firma seiner Frau bevorzugt.«

»Das wird niemals geschehen«, versicherte Nayana Mr. Sait.

»Mr. Kamaraj ist ein guter, ehrenwerter Mann«, sagte Mr. Sait, »aber viele Kongreßabgeordnete machen eine Menge Geld unter der Hand. Seit die Briten abgereist sind, geht das Land vor die Hunde.«

»Ganz meine Meinung«, stimmte Nayana zu. »Was glauben Sie, was in meiner Abteilung los ist? Wie soll ich die Korruption unter meinen kleinen Beamten verhindern, wenn mein Minister, V. Sampath Reddy, fünfundzwanzigtausend Rupien verlangt, bevor er einen Vertrag unterschreibt? Könnten Sie da keine Untersuchung einleiten?«

»Leider nicht«, entgegnete Mr. Sait unbehaglich. »Dazu wäre eine Sondererlaubnis nötig, und die würde ich niemals erhalten.«

»Wenn man unter der britischen Regierung auch nur einen Anna angenommen hat, ist man rausgeflogen.«

Wehmütig unterhielten sie sich über alte Zeiten, voller Respekt vor dem Volk, das uns so lange beherrscht hatte.

Während Nayana widerstrebend ins Ministerium zurückkehrte, arbeiteten Mutter und Mr. Braithwaite allein in der Firma weiter und nährten ihre Träume. Vaters Herz blieb in den Khalili Mansions. Nachts, wenn wir in unseren eigenen Träumen versanken, sahen unsere Eltern die großen, in Leder gebundenen Bücher durch, in die Mutter alle Einnahmen und Ausgaben gewissenhaft eintrug. Trotz aller Mühe warf Kajaksha Ltd. am Ende des zweiten Jahres nur einen geringfügigen Profit ab.

Im Lauf der Jahre blieb die Harmonie zwischen Kaveri und mir ungetrübt, aber Jagan entfernte sich allmählich von uns, obwohl wir nur einander hatten. Unsere Schulkameraden, die sich nicht an unsere britische Mutter gewöhnen konnten, gingen uns aus dem Weg. Wenn wir sie einluden, durften sie in unserem Haus nicht so ungeniert herumlärmen wie daheim. Das duldete Mutter nicht. In meiner neuen Schule fand ich nur wenige Freunde, weil ich den meisten Jungs seltsam vorkam.

Unsere Kusinen sahen wir nur, wenn sie heirateten. Sushila war die erste. Ein Jahr nach Anjalis Hochzeit wurde sie die Frau eines Ingenieurs. Dann heiratete Leela einen Kricketspieler und Valli einen Arzt. Alle Männer stammten aus guten Familien in unserer Gemeinschaft, und bei jeder Hochzeit, die wir besuchten, zog sich eine Sorgenfalte weniger über Srinivasins Stirn. Als Valli heiratete, war seine Stirn glatt wie Glas, und er wirkte größer und aufrechter.

Anjali besuchte all diese Hochzeitsfeiern, aber sie kam allein. Der Zamindar blieb auf seinem Besitz, während Anjali zu jeder Gelegenheit soviel Zeit wie möglich in der Stadt verbrachte.

»Warum begleitet Bala dich nicht?« fragte ich.

»Weil er sehr beschäftigt ist. Immerhin muß er zwölf Dörfer verwalten und sich um die Ernte kümmern.«

»Dann werde ich zu euch kommen«, sagte ich.

»Nein, du mußt in die Schule gehen. Wenn du noch mehr vom Unterricht versäumst, wirst du dumm und ungebildet bleiben. Wegen deiner Krankheit bist du ohnehin schon sechs Monate zurück.« Sie nahm mein Gesicht in beide Hände, und ich sah Tränen in ihren Augen glänzen. »Reiß dich zusammen und lern was, Krishna, damit du kein Nichtstuer wirst.«

Irgendwie gewann ich den Eindruck, sie würde was anderes meinen. »Ist alles in Ordnung?«

»Das ist es.« Lachend eilte sie zu den anderen Frauen.

»Natürlich ist alles mit ihr in Ordnung«, bestätigte Kaveri später, als ich meine Sorge erwähnte. »Bilde dir bloß nichts ein. Seit du diese Geschichten schreibst, ist deine Phantasie noch lebhafter geworden. Sie fühlt sich nur ein bißchen einsam da draußen auf dem Land.« Sie rümpfte ihre hübsche Nase. »So ist das nun mal, wenn man einen Zamindar heiratet.«

»Deine Schwester hat es nicht anders verdient«, erklärte Mutter selbstgefällig und legte eine neue Schallplatte auf. »Sie wollte nichts von mir wissen und unbedingt heiraten. Wie man sich bettet, so liegt man.«

Unter Mutters Aufsicht besuchten wir zweimal wöchentlich eine Tanzschule. Dort lernten wir Foxtrott, Walzer, Tango und Jive. Mutter meinte, solche Fähigkeiten würden wir im Ausland brauchen. Weder Jagan noch ich fanden Gefallen an diesen Tänzen. Aber ich mußte als Kaveris Partner fungieren, und mein Bruder tanzte mit Mutter.

»Also, für den Foxtrott sind deine Schritte langsam, langsam, schnell-schnell, langsam«, erklärte sie, demonstrierte es und legte wieder eine Platte auf. Vic Damone sang »Stranger in Paradise«. Außerdem besaß sie Platten vom Glen Miller, Tommy Dorsey, Bing Crosby und Frank Sinatra, während unsere Schwester Bill Haley, Elvis Presley und die Platters vorzog. Mühelos paßte sich Jagan dem Rhythmus an und führte Mutter durchs Zimmer. »Krishna, du gehst einfach nur. Aber du sollst tanzen. Sieh doch, wie anmutig sich Jagan bewegt.«

»Tanz endlich!« zischte Kaveri. »Und schau nicht dauernd auf deine Füße. Du sollst dich auf den Zehenspitzen drehen und mich rumwirbeln.«

Als ich es versuchte, stolperte ich. Wenigstens war es kein Wiener Walzer. Der Dreivierteltakt machte mich ganz schwindlig.

»Wer von euch Jungs will nächsten Samstag mit Kaveri ins Kino gehen?« fragte Mutter und wechselte einen verschwörerischen Blick mit Kaveri.

»Krishna soll mitkommen«, entschied Kaveri.

»Spielst du am Samstag Kricket, Jagan?«

»Ja, gegen Krishnas Schule.«

»Ich spiele auch mit«, warf ich ein.

»Aber du bist nicht so daran interessiert wie Jagan«, erwiderte sie. »Er liebt Kricket, und ich will ihn nicht entmutigen.« Erfreut lächelte er sie an. »Wenn du nicht so faul wärst, würdest du noch besser spielen, Jagan.«

Sofort erlosch sein Lächeln. Wenn sie uns lobte, fügte sie stets einen kleinen Minuspunkt hinzu, damit wir uns nicht zuviel einbildeten. »Also wird Krishna mit Kaveri ins Kino gehen.«

»Warum ich?« fragte ich und schaute meine Schwester an, die zu einer Schönheit herangewachsen war, mit ausgeprägten Wangenknochen im ovalen Gesicht und dunklen, leuchtenden Augen, die mich an Kusine Indira erinnerten. Auf der Straße starrten ihr die Jungs nach, aber sie tat so, als würde sie nichts bemerken.

»Weil ich es möchte. Das ist ein ganz besonderer Film«, fügte Mutter hinzu und hielt die Eintrittskarten hoch. »›... denn sie wissen nicht, was sie tun‹, mit James Dean. Um halb vier im Casino. Du hast du doch Lust dazu, Krishna?«

»O ja!« rief ich entzückt. Ich wollte so aus aussehen wie James Dean und versuchte mich so zu frisieren wie er, aber mein Haar blieb nie in Form. Wir hatten alles über den Film gelesen, als er im vorigen Jahr in Amerika herausgekommen war.

»Sicher wird euch der Film gefallen. Wenn ich nicht im Büro arbeiten müßte, würde ich auch mitgehen.«

Am Samstag gab sich Kaveri besondere Mühe mit ihrem Aussehen. Sie trug ein neues geblümtes Kleid mit schmaler Taille, weitem Rock und gestärktem Unterrock. Den Stoff hatte Mutter ausgesucht, und die Schneiderin hatte es nach dem neuesten Modeheft genäht. Auch ihre Schuhe waren neu. Kaveri hatte ihre

Lippen bemalt und die Nägel lackiert. Bevor wir aufbrachen, tupfte Mutter ihr teures französisches Parfum hinter die Ohren.

Das Auto setzte uns vor dem neuen Casino-Kino an der Mount Road nahe beim Regierungsgebäude ab. Es hatte geteilte Türen, wie ein Pferdestall, eine obere und eine untere. Während der Vorführung würden die oberen Hälften der beiden Türen geöffnet bleiben, damit uns die Meeresbrise erfrischen konnte.

Statt in den Zuschauerraum zu gehen, blieben wir, hinter einer Säule halb verborgen, im Foyer stehen.

»Worauf warten wir?« Ich zupfte an Kaveris Ärmel.

»Sei nicht so ungeduldig …« Plötzlich lächelte sie schüchtern und winkte jemandem zu.

Ein Junge eilte zu uns, schick gekleidet mit Hemd und Krawatte und fleckenloser weißer Hose, Er hatte eine Rose in der Hand. Ich kannte ihn von Kaveris Schule.

»Warum kommt er zu uns?«

»Weil er mein Freund ist.«

»Was für ein Freund?« Ich geriet in Panik. »Mit dem darfst du dich nicht sehen lassen. Die Leute werden es Nayana und Ava erzählen und in ganz Madras ausposaunen.«

»Aber ich gehe nicht mit ihm ins Kino, sondern mit dir.«

»Also weiß Mutter Bescheid?«

»Natürlich, sie hat es doch vorgeschlagen.«

Kaveris Freund, ein Anglo-Inder namens Michael Goodwin, war sehr groß und der Schulchampion im 100- und 200-Yard-Lauf. Lächelnd blieb er vor uns stehen, überreichte Kaveri die Rose und schüttelte meine Hand.

»Wir geht es dir, Krishna?«

»Danke, sehr gut.«

Obwohl ihn manche Leute hübsch fanden, war ich anderer Meinung. Er hatte hellbraune Haare und Augen, zahllose Pickel im Gesicht und eine breite Nase. Der Versuch eines Schnurrbarts verdunkelte seine Oberlippe.

»Gefällt dir die neue Schule?«

»Sie ist nicht schlecht.«

Einsilbig beantwortete ich seine Fragen, während wir uns mit der Menge in den Zuschauerraum drängten und unsere Plätze suchten. Ich war wütend auf Kaveri und Mutter, weil sie mich in dieses Komplott hineinzogen. Zweifellos hatte Mutter Kaveris »Freund« ermutigt.

Und was mich am allermeisten ärgerte, war, daß sich Kaveri mit dieser Beziehung ihre Chancen auf eine gute Partie verderben konnte. Kein anständiges junges Mädchen ging allein mit einem Jungen, nicht einmal, wenn ihr Bruder dabei war, ins Kino. Außerdem ließen sich meine tiefverwurzelten Vorurteile nicht verdrängen. Michael war Anglo-Inder, und wir gehörten zur Klasse der Hindu-Landeigentümer. Eine Kluft trennte uns, und ich vermochte sie nicht zu überbrücken.

Um neugierigen Klatschmäulern den Wind aus den Segeln zu nehmen, saß ich zwischen den beiden. Und sie saßen um uns herum, Schulfreunde, Verwandte, Freunde von Freunden. Lauter James-Dean-Fans. Kaveri und Michael starrten wie zwei Fremde vor sich hin.

»Wozu brauchst du einen Freund?« flüsterte ich erbost. »Anjali hatte keinen einzigen.«

»Ich bin nicht Anjali. Und wenn Amber sich mit Jungs trifft, kann ich es auch.«

»Aber Amber ist kein Hindu.«

»Das hat nichts damit zu tun. Wir sind alle viel zu verknöchert. Und wenn diese häßliche Amber einen Jungen einfängt, schaffe ich es auch. Wahrscheinlich schläft sie sogar mit ihm.«

»Das würde sie nicht!« protestierte ich entsetzt und stellte mir vor, ›Peter‹ würde ihre süßen Brüste berühren. »Das weiß ich.«

»Als ob du Amber so gut kennen würdest!«

Erst jetzt wurde mir bewußt, daß sie ihrer Stiefschwester nachzueifern suchte. Was immer Amber tat, Kaveri wollte es noch besser machen. Ein Kleid, ein Preis in der Schule, die Größe des Busens, die Frisur – zwischen ihnen bestand ein nicht endender Wettbewerb. Und Michael war nur ein kleiner Teil davon.

»Und warum suchst du dir keinen Hindu-Jungen, einen von uns?«

»Weil Hindu-Jungen niemals mit Mädchen ausgehen, und wenn es einer tut, dann kennen ihn alle unsere Verwandten und Freunde. Es muß jemand sein, den niemand in unserem Kreis kennt. Und Michael ist so nett.« Als die Lichter erloschen, schaute sie mich wütend an. »Wie engstirnig du bist! Du magst ihn bloß nicht, weil er ein Anglo-Inder ist.«

»Ich mag ihn nicht, weil er dein Freund ist«, erwiderte ich, und meine unverhohlene Eifersucht entlockte ihr ein zärtliches Lächeln.

Dann brachte mich der Film auf andere Gedanken. Ich war James Dean, ein Außenseiter, der seine eigene Verwirrung und das Bedürfnis zu rebellieren nicht verstand. In dem Augenblick, als der Film zu Ende war, packte ich Kaveris Hand, zog sie hinter mir her und ließ Michael stehen. Wie nahmen eine Rikscha, und während der ganzen Heimfahrt beschimpfte ich sie.

Sie hörte mir verwundert zu und sagte schließlich: »Ich liebe Sal Mineo.« Ich konnte nicht verstehen, weshalb sie sich nicht in James Dean verliebt hatte, meinen schwermütigen, verletzlichen Seelenverwandten.

Mißgeschicke

Unglücklicherweise genügte Mutters penible Buchführung nicht, um Kajaksha Ltd. zu retten. Die Firma hatte alle möglichen Waren aus England importiert – Spielsachen, elektrische und landwirtschaftliche Geräte – und in ganz Südindien vermarktet. Wie Mutter behauptete, scheffelten wir eine Menge Geld. Dann verbot die Regierung mit einem Federstrich alle Importe, abgesehen von lebenswichtigen Dingen. Aber die importierte Kajaksha Ltd. nicht, und unserem Unternehmen drohte der Ruin.

»Was sollen wir machen?« jammerte Mutter und verfluchte die Regierung, die ihr einen so üblen Streich gespielt hatte.

»Ärgere dich nicht zu sehr«, erwiderte Nayana. »Von jetzt an beschränken wir uns auf das Exportgeschäft. Außerdem wird Kajaksha Ltd. anfangen, Puppen zu produzieren, für den heimischen Markt und fürs Ausland. Damit können wir ein Vermögen machen, denn Spielsachen sind sehr beliebt.«

»Was für eine wundervolle Idee!« stimmte Mutter enthusiastisch zu. »Wir werden sie aus Baumwolle machen und sie mit hundert Prozent Aufschlag verkaufen!«

Bis jetzt hatte ich das ganze Ausmaß von Nayanas Träumen nicht erkannt. Jeden Morgen erwachte er, erfrischt und animiert von jeder neuen Welt, die er in seinen Träumen erfunden hatte. Die Horizonte dieser Träume waren grenzenlos. Darin wimmelte es von Regenbogen, entstanden und endend in Töpfen voller Gold. Sie waren die Königreiche, die er neben Mutter regierte. Sie inspirierte ihn zu seinen Träumen, war aber nicht der Grund dazu. Und am Ziel all seiner Träume stand das Haus, das er bauen wollte, ein viel größeres, als Thatha und Urgroßvater es gebaut hatten, inmitten eines riesigen Parks. Unerschütterlich glaubte er daran, daß seine Visionen sich in Wirklichkeit verwandeln würden.

An der Tür unseres Büros prangte ein neues Schild. »Kajaksha Ltd., Spielwaren – Produktion und Export.«

Aber niemand in der Welt wollte die weichen Baumwollpuppen, die unsere Firma herstellte, nicht einmal die indischen Kinder. Acht Monate später wurde die Produktion eingestellt. Aber nichts konnte Nayanas Entschluß erschüttern. Andere Produkte kamen und gingen. Kajaksha machte Wein, Eiscreme, Damenbinden, Metallstangen. Nach jeder Pleite füllten Nayana und Mutter die Garage und das Haus mit den Resten ihrer Fehlspekulationen.

Inzwischen hatten sie einen Laden an der Commander-in-Chief Road eröffnet, in der Hoffnung mit Spencer & Co Ltd. konkurrieren zu können. Da Nayana ein Regierungsbeamter,

Mutter eine Europäerin und Mr. Braithwaite ein Anglo-Inder war, durften sie sich nicht im Geschäft blicken lassen. Und so engagierten sie einen gewissen Sunderamurthy, einen liebenswürdigen, gutgekleideten jungen Mann, der fließend Englisch sprach. Nachdem er den Laden zwei Monate lang geleitet hatte, verschwand er mit den gesamten Einnahmen und allen Waren. Nayana zeigte ihn an, aber die Polizei vermochte Sunderamurthy nicht aufzuspüren.

»Jetzt reicht es!« schrie Mutter. »Ich kann dieses Volk nicht mehr ertragen! Ich will nach Hause, weg von Indien. Dieses Land geht vor die Hunde!«

»Reg dich nicht auf, Liebling«, versuchte Nayana sie zu beruhigen. »Wir gründen ein neues Unternehmen und …«

»Nein, ich will nichts mehr von deinen verdammten Ideen hören«, schrie sie. »Ein Fehlschlag nach dem anderen! Ich dachte, du wärst reich und erfolgreich. Aber du bist ein miserabler Geschäftsmann. Und du hast versprochen, mich nach Hause zu bringen.«

»Hab noch ein bißchen Geduld. Du wirst sehen, wir werden nach Hause fahren.« Aus dem »Ausland« war also »nach Hause« geworden. Die ganze Zeit hatte sie dort gelebt, nicht hier, und irgendwie hatte Mutter Vater mit ihrem Heimweh angesteckt. In seinen Augen leuchtete die Erinnerung an seine Studentenzeit und an seine dortigen Erfolge. Alle anderen Träume versanken im Nichts. »Ich werde meinen früheren Kommilitonen schreiben. Inzwischen haben es die meisten sehr weit gebracht, in der Politik oder in der Wirtschaft. Ich bin sicher, sie werden einen Job für mich finden«, sagte Nayana, und Kanada war vergessen.

Nach jedem Desaster fuhr Nayana zum Büro des Marwari, wo unsere unschuldigen Unterschriften die Kajaksha-Kasse erneut auffüllten. Vermutlich wußte der Marwari, daß er sich nicht mehr lange gedulden mußte, weil er über Avas Gesundheitszustand besser informiert war als ihre Ärzte.

»Was ist mit Anjali?« fragte ich eines Abends, um diese finanzielle Bürde etwas zu verkleinern. »Müßte sie nicht auch unterschreiben?«

Nayana und Mutter musterten mich lächelnd, dann wechselten sie einen Blick. Sie erwartete, daß er etwas sagen sollte.

»Ja, das hat der Marwari bereits vorgeschlagen. Fahr mit einer Vollmacht zu Anjali und sag ihr, sie muß das Dokument unterschreiben, damit ich ihre Vermögensansprüche regeln kann.«

»Warum ich? Schick Jagan.« Ich wußte, Kaveri wäre einer solchen Aufgabe nicht gewachsen.

»Aber du bist ihr Lieblingsbruder«, betonte Mutter. »Jedesmal, wenn ihr euch seht, küßt sie dich.«

»Und was ist, wenn sie sich weigert? Ihr kennt Anjali. Dann wird sie mich anschreien.«

»Sie wird dich nicht anschreien«, versicherte Mutter. » Vater würde das selber erledigen, aber er ist zu beschäftigt. Außerdem hat sie aus unerfindlichen Gründen etwas gegen ihn.«

Meine Reisegefährten

Genüßlich ließ ich mich in den Schmelztiegel Indiens hineinziehen. Der Hauptbahnhof wimmelte von Menschen aus allen Landesteilen – Sikhs, Gujaratis, Bengalen, Rajputen, Afghanen. Im majestätischen roten Palast des Bahnhofs mit dem Uhrenturm und den Minaretten warteten glänzende schwarze Lokomotiven auf ihre langen, langen Reisen, spuckten Dampf aus und hüllten Nayana und mich in gräßliche Hitze. Über die Geländer gebeugt, atmeten rußgeschwärzte, verschwitzte Männer die kühle Nachtluft ein. Wie fahrende Sänger wanderten Händler die Bahnsteige entlang und priesen ihre Waren an – Bücher, Orangen, Süßigkeiten, Paan.

Chittor lag etwa hundert Meilen nordwestlich von Madras. Von Nayana telegraphisch verständigt, hatte Anjali zurücktelegraphiert, sie würde mich vom Zug abholen. Ich würde immer tiefer in die Sommerhitze hineinfahren, beladen mit einer Segeltuchtasche, in der eine Matratze, ein Kissen und Kleider steckten, alles in einer großen Rolle. Das Dokument, das meine Schwester unterzeichnen sollte, hatte ich in den Kissenbezug geschoben, damit ich es nicht verlieren oder vergessen konnte.

Zu meinen Reisegefährten in dem Erste-Klasse-Abteil gehörte unter Mr. Clubwallah, ein älterer parsischer Gentleman in einem Sommeranzug, der mich an Ali Jinnah, den Moslemführer, erinnerte. Er war genauso ausgemergelt und hatte das gleiche ölige graue Haar, aber sein Gesicht war freundlicher. Nayana kannte ihn. »Ich verspreche Ihnen, ich werde Ihren Sohn bis Chittor im Auge behalten«, versicherte er Nayana mit seiner musikalischen Stimme. Dann wandte er sich zu mir. »Dein Vater ist ein wunderbarer Mann.«

»Ein Gentleman«, versicherte ein stämmiger Juwelier in einem schwarzen Jackett, das zu eng unter den Armen war. Nach der Größe seiner Ringe zu schließen, schwamm er in Geld.

»Und sehr charmant, ein phantastischer Sportler.« Brigadier Sriram, mein dritter Reisegefährte, kannte Vater ebenfalls.

Daß sie alle ihn kannten, überraschte mich nicht, da man in unseren Kreisen immer nur erster Klasse fuhr, und Indien konnte kleiner sein als der Gang zwischen uns. Wir konnten niemals anonym sein.

Als wir den Hauptbahnhof verließen, keuchte und kreischte die Lokomotive und übertönte die Lobeshymne auf Nayana, der mir nachwinkte. Bald blieben die Lichter der Stadt hinter uns zurück, und die Dunkelheit des Landes verschluckte uns.

»In den vergangenen Tagen der britischen Herrschaft durften wir Inder nicht in dieser ersten Klasse reisen, Krishna«, bemerkte Mr. Clubwallah, und die anderen nickten. »Man konnte zwar eine Fahrkarte kaufen, aber wenn ein Brite einstieg, warf er einen raus, mitsamt der Fahrkarte und allem. Ist das nicht ein prächtiger Waggon?«

Die gutgepolsterten Sitze waren aus braunem Leder, die Täfelung aus feinstem polierten Mahagoni, so daß man sich darin spiegeln konnte. Die Lampen waren aus glänzendem Messing mit gebogenem Glas, dazwischen befanden sich ovale Spiegel.

Ein eckiger Tisch mit vier Sesseln vervollständigte die Einrichtung, so daß die Reisenden bequem speisen konnten.

»Und dann mußte man sich unter das üble Gesindel in der zweiten Klasse mischen«, fügte der Juwelier hinzu, dessen kurze Beine ein paar Zoll über dem Boden baumelten.

»Uns warfen sie niemals raus, weil sie großen Respekt vor Vater hatten«, verkündete ich stolz. »Wir fuhren schon erster Klasse, ehe Indien unabhängig wurde, und ...«

»Oh, ich sprach von der Zeit vor dem Krieg«, unterbrach mich Mr. Clubwallah. »Damals warst du noch nicht geboren. Der Krieg veränderte die Briten und uns, wir wußten, daß wir bald unsere Freiheit erlangen würden, und da mußten sie uns natürlich den Zutritt zur ersten Klasse gestatten.«

»Nehru selbst wurde von diesem schurkischen General Dwyer aus der ersten Klasse gewiesen«, sagte Brigadier Sriram. »Mit dem Massaker von Amritsar hat er der ganzen Army Schande bereitet.« Seine gestrafften Schultern, der kerzengerade Rücken, das glattgekämmte schwarze Haar und der sorgsam gestutzte Schnurrbart erinnerten mich an Nayana. Er hatte matte, schrägstehende Augen, als würde er aus den östlichen Bergen Indiens kommen, aber ich glaubte nicht, daß er ein Gurkha oder ein Assami war. Sein Haar und sein Schnurrbart waren tiefschwarz und ordentlich gekämmt.

»Aber was für ein wunderbares Geschenk haben uns die Briten hinterlassen!« sagte Mr. Clubwallah. »Was würden wir ohne unsere Züge anfangen? Der erste Zug fuhr um achtzehnhundertfünfzig, und achtzehnhundertsiebenundfünfzig, zur Zeit unserer Indischen Revolution, hatten sie schon ein paar hundert Meilen Gleise verlegt. Wenn auch nur, um ihre Truppen möglichst schnell zu verlegen zu können.«

Trotz aller schlechten Erfahrungen mit den einstigen Herrschern schwang in dieser Konversation, wie auch bei Vater und Mr. Sait, eine gewisse Zuneigung zu den Engländern mit.

Ich stieg zu meinem Schlafplatz hinauf, breitete mein Bettzeug aus und legte mich hin. Zufrieden lausche ich der pfeifenden Lokomotive, dem Gesang der Schienen, den surrenden Ventilatoren. Als die Männer unter mir glaubten, ich wäre eingeschlafen, sprachen sie etwas offener miteinander.«

»Wurde er nicht wegen Korruption verhaftet?« erkundigte sich der Brigadier. »Ich habe so etwas gehört.«

»Nein, nein«, erwiderte der Juwelier, »nur vom Dienst suspendiert, bis die Untersuchung abgeschlossen war. In dieser Abteilung arbeitet einer meiner Verwandten. Nach der Untersuchung trat Naidu seinen Dienst wieder an. Wahrscheinlich war da irgendwas faul. Aber man konnte ihm nichts nachweisen.«

»Unsinn!« protestierte Mr. Clubwallah. »Er ist ein Oxford-Mann, ein Kricketspieler und IAS-Offizier! Er würde niemals so tief sinken. Glauben Sie mir, das sind nur Gerüchte. Vermutlich wurden sie von neidischen Kollegen verbreitet. Die ganze verdammte Bande ist doch selber korrupt.«

»Er hat eine Britin geheiratet, nicht wahr?« fragte der Juwelier gedehnt. »Sie war mit einem dieser Pflanzer in Ooty verheiratet, dem sie weggelaufen ist. Dann verdrehte sie Naidu den Kopf. Er war völlig von ihr besessen, mußte sie haben, um jeden Preis, und setzte ihr so lange zu, bis sie schließlich ja sagte. Es kümmerte ihn nicht, was die Leute davon hielten. Sie war das große Los, mit ihrer europäischen Haut und ihrem blonden Haar.« Kichernd fügte er hinzu: »Leider kosten solche Ladies sehr viel Geld.«

»Sein Onkel und seine Tante waren nicht einverstanden«, sagte Mr. Clubwallah, »und sie wollten die Kinder bei sich behalten. Aber das ließ Naidu nicht zu. Nun werden die vier das riesige Vermögen erben. Es beträgt jetzt über dreihundert Lakhs.

»Aber warum ist diese Frau nicht wie die anderen Engländer zurückgefahren?« fragte Brigadier Sriram. Er lachte spöttisch. »Warum mußte sie einen Einheimischen heiraten? Vor nicht allzu langer Zeit haben uns diese Memsahibs wie Parias behandelt.«

»Denken Sie doch an seine Position und den Familienbesitz!« entgegnete Mr. Clubwallah. »Nur wenige Briten sind reich, obwohl sie sich hier wie Krösusse aufführten. Ich war mal in

England. Sie wohnen in winzigen Cottages ohne Toiletten, tragen wochenlang dasselbe Hemd und wechseln nur täglich ihren Kragen, damit man den Schmutz nicht sieht.«

»Er hat den Besitz nicht geerbt, wie ich hörte«, sagte der Juwelier. »Er war sehr wütend, als er an die Großmutter überging, die ihn als Treuhandfonds für die Kinder verwaltet.«

»Eine Tochter ist verheiratet, oder?«

»Eine Riesenhochzeit, die größte, die Madras jemals gesehen hat«, sagte der Juwelier. »Sie heiratete den Zamindar von Pullapadi.«

»Ist nicht der alte Zamindar gestorben?«

»Ja, sehr plötzlich. Bäng!« Der Juwelier lachte. »Er rast total betrunken mit seinem Auto in den Abflußgraben. Er und die Frau waren auf der Stelle tot.«

»Was für eine Frau?«

»Irgendeine Frau. Wer weiß schon, welche. Er hatte eine Menge davon.«

Allmählich wurden die Stimmen schläfrig, und als der Brigadier in einem gestreiften Pyjama in das Bett kletterte, das meinem gegenüberlag, war ich hellwach, litt unter der Hitze und wünschte, ich hätte den Klatsch nicht gehört. Ich wußte, die Leute redeten über uns, aber schwiegen immer, wenn wir in Hörweite waren. Bis jetzt. Plötzlich betrachtete ich Nayana mit anderen Augen. Seine Besessenheit von Mutter, die Gier nach dem Geld, mit dem er sein großes Haus bauen wollte, sein »Nach-Hause-Gehen«. Nur das interessierte ihn, wir nicht. Wir kamen erst viel weiter hinten.

Obwohl diese neuen, ketzerischen Gedanken mein Gewissen plagten, konnte ich sie nicht verdrängen. Andererseits durfte der Glaube an ihn nicht zerstört werden, denn wie sollte ich sonst leben? Anjali schaffte es. Aber sie zehrte wie Kaveri von der Erinnerung an Amah. Und Jagan hatte Ava. Ich hatte niemanden. Ich hatte nur den Glauben an Nayana, und ich wollte ihn immer noch mit den Augen eines Kindes sehen. Wenn mein Glaube und meine Liebe ins Wanken gerieten, wäre ich verloren.

Der Zug war stehengeblieben, aber meine Gedanken waren weitergestürmt. Leise stieg ich die Leiter hinunter. Ein halber Mond tauchte das Land in ein mattes silbernes Licht, das mehr verhüllte, als es erkennen ließ. Ich stellte mir Dacoits vor, wie sie aus dem Schatten traten und zum Zug schwärmten. Wir waren verlassen in dieser dunklen, riesigen Welt.

Ich ging zurück, wollte schlafen, lauschte dem Surren der Ventilatoren, dem Schnarchen der Männer. Und im Halbschlaf träumte ich von mir als kleines Kind, das in einer schwankenden Koje lag, neben einer Frau. Ihr Sari bedeckte meinen Körper, eine Hand hielt sie schützend über mich, während mich ihre Wärme durchflutete. Damals hatte mich die Stille im Abteil geweckt. Nayana lag gegenüber. Sie flüsterten ärgerlich miteinander. »Du und Ha … ath«, wisperte die Frau unter Tränen. Dann bedeckte sie mein Gesicht mit einer weichen Hand, damit ich nicht aufwachen sollte, und die andere Hand wiegte mich zurück in den sicheren Schlaf.

Das Ende einer Reise

Der Zug hatte eine Stunde Verspätung. Um sieben Uhr morgens erreichten wir Chittor. Meine Reisegefährten verhandelten mit dem Kuli, der mein Gepäck tragen sollte, schüttelten mir die Hand und stimmten weitere Loblieder auf Nayana an.

»Bemüh dich, deinem Vater nachzueifern«, mahnte Mr. Clubwallah.

»Ich will so werden wie er«, versprach ich. Wie sollte ich sonst werden? Ich hielt mich für folgsam, freundlich, charmant und hübsch, wenn ich auch nicht so gut Kricket spielte. Nur jene Besessenheit, die ich mit Nayana teilte, beunruhigte mich. Auch ich sehnte mich nach einer blonden Europäerin, nach Amber.

Nun war ich im Land meiner Muttersprache eingetroffen. Ringsum sprachen alle Telugu, und ich las erwartungsvolle

Freude in den Gesichtern. Am Vorabend der Unabhängigkeit von den Tamilen fieberte man dem neuen Staat entgegen, den man einem Parlamentsbeschluß verdankte. Hyderabad sollte die Hauptstadt des neuen Staates werden. Ich fragte mich, ob Nayana hierherziehen würde. Wie er hielt ich nicht viel von den Sprachengrenzen. Durch sie würde Indien wieder in viele kleine Teile zerfallen, und wir wären eingesperrt von unseren Sprachen, statt uns frei in einem einzigen Indien zu bewegen. Wir warteten wie die Telugu, fragten uns aber, wann dieses neue zarte Gebäude namens Indien an dieser kommenden Teilung zerbrechen würde. Im Norden zerrten Mahraten und Gujus aneinander, Assamnesen und Bengalen, die Punjabi-Sikhs und die Hindus. Pickel und Beulen warteten nur darauf, überall aufzubrechen, so wie wir unsere Unabhängigkeitsmuskeln angespannt hatten, um den von den Briten arrangierten Hochzeiten zu entfliehen.

Inzwischen hatte sich der Bahnsteig geleert. Nur Bettler und streunende Hunde waren zurückgeblieben, die mich winselnd umzingelten. Ich floh in den gepflegten kleinen Garten vor der Bahnhofspolizeistation und suchte mir einen schattigen Platz, um auf meine Schwester zu warten. Pullapadi war sechzig Meilen entfernt, und die Straße bestand zum größten Teil nur aus einer holprigen Wagenspur. Drei Tage nach der Hochzeit hatten wir Anjali zum Haus ihres Mannes gebracht. Nur Ava hatte uns nicht begleitet.

Eine Stunde später kam Anjali in einem staubigen, weißen Hindustan an. Als sie ausstieg, erwiesen ihr die Leute ringsum mit einem Namaste Respekt, aber sie ignorierte sie. Statt dessen umarmte sie mich liebevoll und küßte mich. »Wie schön, dich wiederzusehen, Krishna! Aber was führt dich hierher? Ist was passiert? Das Telegramm hat mich erschreckt, und ich dachte, Ava wäre gestorben oder so was.«

»Es ist alles in Ordnung. Ich habe Sommerferien, und ich wollte dich besuchen, das ist alles.«

»Wie geht es Ava?«

»Nicht gut. Die Ärzte meinen, es würde an ihrem schwachen Herzen liegen. Aber ich glaube, sie fühlt sich einfach nur einsam in diesem riesigen Haus.«

»Ich bete jeden Tag für sie. Warum sind die zwei anderen nicht mitgekommen?«

»Kaveri nimmt Klavierstunden, sie wird richtig gut. Und Jagan trainiert in Ram Singhs Kricketschule.« Inzwischen verstaute der Kuli meine Tasche im Kofferraum.

»Jetzt gehen beide aufs College, nicht wahr?« Anjali wendete den Wagen

»Jagan besucht das Loyola und Kaveri das Women es Christian College.«

»Ich hätte auf Nayana hören sollen!« Sie seufzte neidisch. »Ich hoffe, du gehst auch aufs College. Sei nicht so dumm wie ich.«

»Nein, sicher nicht.« Es war das zweite Mal, daß sie das sagte, und ich wartete darauf, daß sie fortfuhr, aber sie konzentrierte sich aufs Fahren.

»Wo sind Balas MG und der Humber?«

»In Madras. Auf diesen Straßen würden sie keine Woche durchhalten. Ich frage mich, was wohl aus unserem Hudson Terraplane geworden ist?«

»Was meinst du?«

»Unser Auto. Erinnerst du dich nicht? Es war ein großes amerikanisches Auto, das Thatha gehörte. Ich erinnere mich nicht, daß der den Wagen verkauft hat.«

»Aber er muß es getan haben.«

Sie fuhr schnell durch die kleine Stadt und hupte unentwegt, um die Fußgänger zu verscheuchen. Ich dachte daran, daß der alte Zamindar bei einem Autounfall gestorben war, und Anjali fuhr mit der gleichen unheimlichen Absicht.

Ich hatte ihr alle Neuigkeiten erzählt – von Sushila, Leela, den Kusinen und Verwandten. Ich wußte nicht viel, da ich die Kusinen seit ihren Hochzeiten nicht mehr gesehen hatte. Also redeten wir über Filme, die ich gesehen hatte, und wie Madras gewachsen war. Sie war gierig nach Informationen, und ich merkte, wie isoliert sie sich fühlte.

Zwanzig Meilen außerhalb von Chittor erreichten wir die Abzweigung nach Pullapadi. Hier begann die staubige Straße, die zu den fernen, von Dunst verschleierten Palkonda-Bergen führte. Zu beiden Seiten lagen Reis- und Zuckerrohrfelder, im grellen Licht glitzerten Wasserreservoirs und Bäche. Anjali verringerte das Tempo nicht, und ihre Hand betätigte ständig die Hupe, um Ochsenkarren, Ziegen- und Rinderherden zu verjagen.

»Warum lernt Kaveri Klavierspielen? Ist ihr die Veena nicht mehr gut genug?«

»Mit der kann sie nicht Brahms, Beethoven, Mozart oder Jazz spielen. Außerdem lernt sie tanzen.«

Anjali lachte. »Kaveri! Ich möchte sie gern sehen, wenn sie *Kathakali* …«

»Nein, Foxtrott und alles mögliche. Ich muß da auch mitmachen.«

»Vielleicht kannst du es mir beibringen.«

»Okay. Aber ich bin nicht gut. Spielst du weiter die Veena?«

»Ja, ich spiele jeden Tag.« Es war ein Ton in ihrer Stimme, den ich nicht einordnen konnte. Während des langen Schweigens, das folgte, sah ich die Bewegung in ihrem Gesicht.

»Wie geht es Bala?«

Es dauerte eine Weile, bis sie antwortete. Doch die Tränen hatten sich schon lange vorher hinter ihren Lidern gesammelt. Nun strömten sie über ihre Wangen, den Hals, in den blauen Sari. Ich wußte nicht, weshalb sie weinte, hätte aber am liebsten mitgeweint und wünschte, ich hätte nicht gefragt.

Sie konnte vor lauter Tränen die Fahrbahn nicht mehr sehen, und wir hielten im Schatten eines Banyanbaums. Hilflos tätschelte ich ihre Schulter. Sie wischte sich das Gesicht mit ihrem Sari ab.

»Er ist sehr krank. Wahrscheinlich wird er sterben.«

»O mein Gott! Was ist geschehen? Hatte er einen Unfall oder was?«

»Wie sein Vater?« Sie lächelte verzerrt. »Nein, ich bin nicht so glücklich, daß er einen Unfall gehabt hätte. Er stirbt an seiner Trunksucht. Hast du die Klatschgeschichten nicht gehört? Er ist ein verdammter Säufer. Und ich mußte ihn heiraten! Alle wußten Bescheid. Nur ich nicht.«

»Ich bin sicher, Nayana und Ava hatten keine Ahnung.«

»Doch, natürlich. Aber Balas Mutter redete ihnen ein, wenn er mich heiratet, würde er zu trinken aufhören und ein guter Ehemann werden.« Die Bitterkeit, die ihr schönes Gesicht überschattete, ließ sie ein bißchen wie Ava aussehen.

»Und was wirst du tun?«

»Was kann ich schon tun? Indien ist nicht Amerika oder England, wo ich mich scheiden lassen könnte. Ich muß warten, bis er stirbt, und dann bin ich eine Witwe. Was soll ich dann aus meinem Leben machen? Ich bin erst zwanzig.« Sie fing wieder an zu weinen.

Wie aus dem Nichts tauchten neugierige Dorfbewohner auf, umringten den Wagen und betrachteten uns mit lächelnden Gesichtern. Wenn sie Anjalis Tränen sahen, so hatte das für sie keine Bedeutung. Anjali startete den Motor, und wir fuhren etwas langsamer weiter auf die Berge zu.

»Sein Vater war auch ein Säufer. Wie der Vater so der Sohn.« Sie sagte es mit einer unheilvollen Stimme, und ich war überzeugt, ich würde exakt zu werden wie mein Vater. »Aber sein Vater trank Whisky, und Bala trinkt alles, aber bevorzugt Brandy. Um acht Uhr morgens fängt er an. Ein halbes Wasserglas Brandy und ein Glas Wasser. Und das geht so weiter, bis er gegen sechs Uhr abends umfällt. Er trinkt anderthalb Flaschen Brandy am Tag. Und ich kann ihn nicht einmal dazu bringen, etwas zu essen, und jetzt gibt meine Schwiegermutter *mir* die Schuld an dem ganzen Elend und behauptet, ich würde nicht gut genug für ihn sorgen. Was soll ich denn tun? Ich habe die verdammten Flaschen versteckt, ich habe sie zerschlagen, aber seine Diener schmuggeln immer wieder neue ins Haus. Er ist der Zamindar, und alle gehorchen ihm, auch wenn er sich selbst umbringt. Einmal brachte ich ihn in einen *Ashram* zu Sri Ram Anand. Vielleicht hast du schon von ihm gehört. Man sagte mir, er könnte Wunder wirken. Vor diesem Mann schwor Bala, er würde die Trinkerei aufgeben, aber in dem Moment, als wir wieder zu Hause waren, öffnete er eine Flasche.«

»Seine Mutter …«

»Sie ist ein Miststück. Ich bin an allem schuld. Ich bin nicht hübsch genug, ich bin nicht sexy genug, ich bin nicht gut genug für ihren Sohn!«

Sie hatte abgenommen, und unter ihren Augen lagen dunkle Ringe. Neue Tränen rannen über ihre Wangen. Ich fühlte mich so hilflos wie sie. Wir stoppten bei einem Wasserbecken im Schatten eines Baumes, um zu essen. Sie hatten einen Essenträger mit den Speisen dabei. Wir knieten beim Wasser nieder und wuschen unsere verweinten Gesichter. Das Wasser war wohltuend kühl nach der Hitze. Weiter flußabwärts schrubbten Frauen ihre Kleider auf den flachen Steinen, und Kinder tauchten unter und schwammen, glänzend wie braune Fische. Wehmütig schaute Anjali ihnen zu und wünschte, sie wäre ein Kind geblieben, statt blindlings in diese Tragödie hineinzutaumeln. Vor lauter Kummer brachte sie kaum einen Bissen hinunter. Das Essen war kalt, aber gut, Hühnchen, Dal, Paratas, Thyresadam. Was übrigblieb, verteilte sie an die Kinder, die aufgetaucht waren, um uns zu beobachten.

Es war dunkel, als wir Pullapadi erreichten.

Anjalis Schicksal

Anjali stellte den Motor ab. Schweigend saßen wir nebeneinander. Zuerst hörten wir nur das Knacken der Maschine, die allmählich auskühlte, dann erfüllte das laute, unablässige Zirpen der Grillen die Nacht.

»Ich vermisse Madras so sehr«, seufzte Anjali. »Besonders abends.«

Ihr Zuhause war der Pullapadi-Palast, aber er war nicht größer als unser Großes Haus. Er ragte wie ein Eisberg aus dem Dunkel. Eine lange Treppe über die ganze Breite des Gebäudes führte mit tiefen Stufen, die gemeißelten Wellen glichen, zum Eingang. Der war groß genug, daß ein Riese hindurchgehen konnte. Vier massive Säulen, dreißig Fuß hoch, stützten das Verandadach. Auf einem Stuhl neben der Tür glühte eine einsame Laterne wie die Spitze einer brennenden Zigarette. Hinter der Tür herrschte eine noch schwärzere Finsternis als die der Nacht.

Wir stiegen aus und stapften die lange Flucht der Stufen hinauf wie kleine Bergsteiger. Anjali ergriff die Laterne, und ich folgte ihrem gelben Schein. Die Empfangshalle war groß genug, um eine Armee zu beherbergen, und wir überquerten vorsichtig den weißen Marmorboden, auf dem unsere Schuhe klickten. Ich ging dicht hinter ihr durch lange Korridore und über Treppen, denn ich wollte nicht verlorengehen, als wir immer tiefer in dieses Labyrinth eindrangen. Wir trafen niemanden auf unserem Weg, und kein anderes Licht begrüßte uns.

»Wo sind sie denn alle?« fragte ich.

»Wahrscheinlich im Bett. Die Schwestern und Brüder meines Schwiegervaters und der ältere Bruder meiner Schwiegermutter leben mit ihren Familien hier im Haus.«

»Helfen sie dir denn nicht?«

»Nein«, sagte Anjali schroff. »Die sitzen nur herum und schauen, statt Bala zu stoppen. Nutzlose, grausame Leute. Sie möchten, daß ich versage.«

»Und was machst du, wenn es dunkel wird?«

»Ich spiele die Veena«, flüsterte sie, »ich habe es dir erzählt.«

Endlich öffnete sie eine Tür, hinter der uns das grelle Licht von Druckluftlampen empfing. Die zerbrechlichen weißen Glühbirnen verbreiteten ein strahlendes blaues Licht, und wenn sie anfingen zu verlöschen, mußte man die Lampen wieder vollpumpen. Sie zischten wie Schlangen. Wenigstens befanden wir uns in einem gemütlichen kleinen Wohnzimmer mit drei Diwanen und Kaschmirteppichen. In einer Ecke stand die Veena. Die Regale waren mit Büchern gefüllt. Ein knurrender Kombai sprang von einem der Sofas auf.

»Sei still, Rama!« befahl Anjali. »Krishna ist mein Bruder.«

Glücklicherweise verstand der kräftige Hund, der mir bis zur Hüfte reichte, diese Erklärung und beschnüffelte mich nur. Kombais sind Jagdhunde und für ihre unglaubliche Schnelligkeit berühmt. Mühelos können sie einen wilde Eber und sogar Gazellen zur Strecke bringen. Ein paar Sekunden lang erlaubte mir Rama, sein glattes braunes Fell zu streicheln, ehe er wieder aufs Sofa sprang. Eine Dienerin erschien in der Tür und grüßte mit einem tiefen Namaste. Vermutlich hatte sie Anjalis Stimme gehört. Sie war eine junge Frau, sehr dunkel, aber hübsch mit ihren zarten Wangenknochen und neugierigen Augen. Sie servierte uns das Dinner in Anjalis privatem Speisezimmer, und wir aßen schweigend. In dieser Stille mußten sich die Gedanken unaufhörlich um ein und dasselbe drehen, immer engere Kreise beschreiben und sich schließlich zu einem straffen Knoten aus Einsamkeit und Selbstmitleid verflechten.

»Was kann man hier schon anderes tun, als nachzudenken, bis der Kopf schmerzt?« Anjali erriet, was mich bedrückte, während meine angstvollen Augen einen Ausweg aus der Stille und Dunkelheit suchten. »Morgen wirst du dich besserfühlen. Jetzt gehen wir zu Bett.«

Ihr Schlafzimmer lag neben dem Speiseraum, und Rama folgte uns hinein. Unter dichten Moskitonetzen sah ich die Umrisse eines Himmelbetts, auf dem Nachttisch stand eine Lampe. Ein geschnitzter Toilettentisch von der Größe eines Schranks mit drei Spiegeln und ein niedriger Stuhl vervollständigten die Einrichtung.

»Wo ist mein Zimmer?«

»Du schläfst bei mir«, erwiderte Anjali und kroch unter das Moskitonetz.

»Aber was ist …« Unsicher verstummte ich.

»Bala schläft mit seiner Mutter«, sagte sie bitter. »Mach schon.«

Verwirrt und müde stieg ich auf der anderen Seite ins Bett und rätselte an Anjalis Bemerkung herum. Anjali schniefte hin und wieder, aber sie hatte keine Tränen mehr. Ich streckte meine Hand aus. Wie eine Ertrinkende umklammerte sie meine Finger.

»Was hast du gemeint – er schläft mit ihr?«

»Weißt du denn gar nichts, Krishna?« Sie seufzte und lachte freudlos.

»Wie sollte ich? Niemand sagt mir etwas.«

»Er schläft mir ihr, so wie ein Mann mit seiner Frau.«

»Aber wie können sie das?« Ich konnte das alles nicht verstehen. Die ganze Sexualität war mir ein Rätsel und bereitete mir Kopfschmerzen. »Sie sind Mutter und Sohn. Niemand kann so etwas tun.«

»Beim Sex kannst du alles und jedes tun. Glaub mir. Männer mit Männern, Frauen mit Frauen, Gott weiß, was für andere Dinge. Ich glaube, er hat schon seit Jahren mit ihr geschlafen, bin aber nicht sicher. Sein Vater schlief mit anderen Frauen.« Sie begann wieder zu weinen. »Was für eine verdammte Schweinerei.«

»Aber …«

»Die ersten paar Nächte verbrachte Bala bei mir. Und dann ging er wieder zu seiner Mutter zurück. Ober sollte ich sagen, sie verführte ihn dazu. Sie massierte seine Füße, seinen Rücken und wer weiß was sonst noch alles. Ich war zu unerfahren, um zu wissen, was ich hätte tun sollen, und ich hatte niemanden, der mich anleiten konnte. Die Hexe ist außerdem eifersüchtig auf mich.«

»Aber sie und Bala?« Ich konnte es nicht verstehen.

»Ich denke, alle Männer wollen mit ihren Müttern schlafen.«

»Ich nicht.«

»Weil Amah tot ist und du dich nicht an sie erinnerst.«

Erschöpft schlief sie in meiner Armbeuge ein, und ich blieb noch lange wach, aufgewühlt von diesem neuen Wissen, unfähig, die unfaßbaren Auswüchse der sexuellen Schlangengrube zu verstehen.

Zweisamkeit

Sonnenlicht und Musik weckten mich. Die Musik hätte fröhlich sein sollen, statt dessen füllte sie die Luft mit Melancholie und Verzweiflung, und Dunkelheit klang aus jedem Ton. Ich folgte der Musik durchs Speisezimmer, an der Küche vorbei, in einen fensterlosen kleinen Raum. Anjali saß mit dem Rücken zu mir, der Hals der Veena ruhte auf ihrer linken Schulter, der Körper in ihrem Schoß. Ihre Finger liebkosten die Saiten, und sie starrte unverwandt auf die Götterstatuen, die auf einer niedrigen hölzernen Plattform standen. Sie hatte ihr Morgenpuja bereits verrichtet, die Götter waren mit frischen Blumen geschmückt, der Duft von Weihrauch und Kampfer erfüllte die Luft. Gott Venkesvara von Tirupati stand in der Mitte, an seiner linken Seite Saraswati, die Göttin der Gelehrsamkeit und der Künste, und zu seiner Rechten saß Gott Ganesha, der Beseitiger von Hindernissen, der Gott des Glücks. Ich betete einen Augenblick für die Errettung meiner Schwester, dann schlich ich mich ins Schlafzimmer zurück. Ich wartete, bis sie ihr Morgenkonzert beendet hatte, ehe ich wieder aufstand.

Das Wohnzimmer öffnete sich auf einen großen Balkon. Der Palast war auf einem Hügel erbaut worden, und von ihrem Balkon aus konnte man ein schmales Tal überblicken.

Dort lag eingebettet das Dorf Pullapadi, umgeben von Reisfeldern. Um uns herum erhoben sich niedrige Hügel, die mit einem fahlen purpurnen Gestrüpp bewachsen waren und nicht besonders einladend wirkten. Ich nahm an, daß sie Teil der Ghats waren, die sich zum Karnatischen Plateau hin verjüngten, das sich im Norden bis zu den Vindhya-Bergen erstreckte.

Eine hohe Mauer umschloß den Garten, in dem Mangobäume und Tamarinden wuchsen. Näher zum Haus spendeten zwei Banyan-Bäume mit ihren ausladenden Kronen Schatten. Ein paar lethargische Gärtner kehren und gossen, davon abgesehen konnte ich keine Aktivitäten beobachten. Ich fühlte mich schon so allein wie Anjali.

»Weiß Bala, daß ich hier bin?«

Sie zuckte die Achseln. »Ich bezweifle, daß er etwas weiß. Aber *sie* weiß Bescheid, sie hat das Telegramm geöffnet. Sie wird dich zu sich rufen, wenn es ihr genehm ist.«

Plötzlich erinnerte ich mich an das Dokument. »Wo ist meine Tasche?«

»Immer noch im Auto, vermute ich. Keiner der Diener rührt einen Finger, bevor sie einen Befehl erteilt. Außer meiner Parvati. Ich habe sie aus einem anderen Dorf hierhergeholt. Deshalb fürchtet sie sich nicht vor meiner Schwiegermutter und ist mir treu ergeben.« Seufzend fügte sie hinzu: »Wäre ich eine tapfere Rajputenprinzessin, würde ich *Sati* begehen.«

»Red keinen Quatsch«, sagte ich fest, aber sie machte mir angst.

»Das ist kein Quatsch. Ich habe sehr oft das Bedürfnis, mich umzubringen. Woran sollte ich sonst denken?«

»Aber ich verbiete dir solche Gedanken«, entgegnete ich, grinste gezwungen und umarmte sie. »Sicher wird sich alles zum Guten wenden.«

»Wie denn?«

»Nun, wenn sich die Frauen im Westen scheiden lassen können, warum kannst du es nicht auch?«

»Weil es eine Schande wäre«, sagte sie schockiert.

»Aber wenigstens würdest du am Leben bleiben.« Ich lachte. »Kein Moslem-Eroberer wird dich vergewaltigen. Also ist Sati nicht erforderlich.«

Ich brachte sie zum Lachen und lenkte sie kurzfristig von ihrem Kummer ab. Danach verbrachten wir den Vormittag in kameradschaftlicher Zweisamkeit. Wenn wir schwiegen, wirkte die Stille nicht beklemmend. Wir redeten nicht von der Gegenwart, sondern Anjali erzählte von unserer Vergangenheit im Großen Haus. Allein diese Tage zählten für sie, als sie lachte und spielte. Die Gegenwart war ein Alptraum, die Zukunft nicht vorauszusehen.

»Was ist mit seinen Schwestern?«

»Die sehe ich kaum, vielleicht einmal im Jahr. Sie ziehen es vor, nichts über ihren Bruder und ihre Mutter zu wissen. Natürlich geben sie mir auch die Schuld an Balas Trinkerei.«

Sie arrangierte ein Picknick, und wir nahmen Rama mit auf die Fahrt. Die Straße führte in sanften Zickzack-Kurven in ein flaches Tal. Dort gab es ein paar Meilen entfernt eine Lichtung mit einem kleinen Wasserfall, wo wir schwammen und faul herumlagen, bevor wir einen opulenten Lunch hatten. Nach unserem Mittagsschlaf fuhren wir um das Zamindari herum, das elf andere Dörfer umfaßte und fünfzehn Quadratmeilen maß. In jedem Dorf wurde Anjali mit Ehrerbietung begrüßt, aber die mitleidigen Mienen verrieten, daß sie alles über den Zamindar wußten, nicht nur, daß er sterben würde, sondern auch über seine Beziehung zu seiner Mutter und Anjalis Einsamkeit. Sie waren alle Pächter, schmächtig, mit abgetragenen, fadenscheinigen Kleidern, pflanzten seinen Reis, sein Zuckerrohr und pflegten seine Äcker mit Mangobäumen und umschwebten uns mit angsteinflößendem Respekt.

»Ich wollte eine Schule für Kinder gründen«, erklärte Anjali bedrückt, während wir zum Palast zurückfuhren, »weil Thatha doch immer betonte, wir müßten uns für die Armen einsetzen. Aber das hat meine Schwiegermutter verhindert. Sie sagte, ich sei nur die störende Schwiegertochter.«

Es wurde schnell dunkel, und die Lampen wurden angezündet. Anjali rollte ihre Teppiche zusammen. Sie besaß ein Grammophon zum Aufziehen und ein paar Schallplatten, alles westliche. Sie wählte »Green Eyes« aus und legte sie auf den Plattenteller.

»So, nun zeig mir, wie man Foxtrott tanzt oder was auch immer.«

»Ich bin nicht gerade gut.«

»In Ordnung, aber was sollen wir sonst tun?«

Langsam, langsam, schnell-schnell, langsam bewegten wir uns in exakten Quadraten, wie ich es gelernt hatte. Die fremde Musik füllte den Raum und drang hinaus in die Nacht. Die Grillen schwiegen einen Augenblick, als sie diesen fremden Klang hörten. Es war nicht der Rhythmus ihrer Musik oder dieses Landes, der ein *Raga* sein würde. Und dann begannen sie wieder, wie wir weiter unsere Schritte machten.

Wir genossen unsere gemeinsamen Stunden, aber mein Gewissen plagte mich, weil Nayana mich hierhergeschickt hatte, nicht damit ich Anjali sehe, sondern damit sie die Vollmacht unterzeichnet. Das Papier brannte ein Loch in meine Tasche, und ich konnte es nicht herausnehmen. Ehe ich das Dokument hervorholte, mußte ich einen geeigneten Zeitpunkt abwarten, und dann würde sie wissen, daß ich sie getäuscht hatte und nicht gekommen war, um sie wiederzusehen, und sie würde verletzt sein.

Balas Geheimnis

Zwei Tage später wurde ich nicht zu seiner Mutter beordert, sondern zu Bala selbst bestellt.

»Schau mal, ob er sich erinnert, wer ich bin«, sagte Anjali verbittert.

Ein Diener – sein Bhouy –, ein älterer Mann in weißem Jiba und Dhoti und mit einem grimmigen Gesicht, führte mich durch ein anderes Labyrinth. Er sagte nichts. Die Räume, die wir durchquerten, waren groß und staubig, und wir hinterließen auf den staubigen Marmorböden unsere Fußspuren. Hin und wieder begegneten wir Fremden, vermutlich Verwandten. Keiner von ihnen begrüßte mich, alle schauten durch mich hindurch, als wäre ich Luft. Anjali hatte mir gesagt, wir könnten mit der Familie im großen Speiseraum essen, wenn ich es möchte, aber ich zog ihr Apartment vor. Bala wohnte in einer anderen Ecke des Palasts, möglichst weit von Anjali entfernt, so daß er ihr aus dem Weg gehen konnte. Der lange Weg würde jedermanns Glut abkühlen.

»Komm … komm, Krishna, setz dich zu mir!«

Er klopfte mit einer geschwollenen Hand neben sich auf den Diwan, aber ich setzte mich ihm gegenüber auf einen niedrigen Stuhl. Ein Barbier rasierte ihn mit einem funkelnden scharfen Messer. Eine volle Flasche mit Brandy und eine Wasserflasche standen auf einem Silbertablett, dazu zwei Kristallgläser und zwei Päckchen Charminar-Zigaretten, die billigsten Zigaretten, die es gab. Sein Zimmer führte ebenfalls auf einen Balkon, hatte aber eine andere Aussicht. Tanjore-Gemälde in kräftigen Farben und mit Intarsien aus Halbedelsteinen schmückten die Wände.

Schließlich wischte der Barbier Balas Gesicht mit einem feuchten Tuch ab, verneigte sich und verschwand. Bala war nicht mehr der attraktive Mann, den ich kennengelernt hatte. Unbehaglich musterte ich sein gedunsenes, vom Alkohol gezeichnetes Gesicht. Er starrte mich an, das Weiße in seinen Augen war tiefrot, so wie bei uns vom Weinen vor zwei Tagen. Er steckte eine Zigarette in den Mund, aber er konnte das Feuerzeug nicht bedienen, und sein Bhouy zündete hastig die Zigarette an.

»Ein Drink?« Sein Bhouy öffnete die Flaschen, füllte ein Glas halb mit bernsteinfarbener Flüssigkeit und das andere mit Wasser.

»Ich bin noch zu jung, um zu trinken«, erwiderte ich. »Außerdem ist es zu früh.«

»Hör auf, bevor du anfängst, mich zu belehren. Schnaps ist gut für einen. Er erweitert den Horizont.« Grinsend prostete er mir zu, nahm eine großen Schluck und kniff die Augen zusammen. Erstaunlicherweise verwandelte ihn das Getränk. Als er die Lider wieder hob, wirkte sein Blick klarer. »Das tut gut. Spielst du Schach oder Karten?«

»Karten.«

»Gut, dann will ich dir ein bißchen was abgewinnen.« Er schnippte mit den Fingern, und wenige Sekunden später lagen Spielkarten auf dem niedrigen Elfenbeintisch neben seinem Ellbogen. Bala mischte sie mit überraschend geschickten Fingern. »Es ist schön, dich nach so langer Zeit wiederzusehen. Hier draußen ist es verdammt langweilig. Du bist groß und stark geworden. Hast du schon eine Freundin?«

»Nein.«

»Keine Bange, bald wirst du eine finden.« Er begann zu schwitzen und streckte eine Hand aus. Sein Bhouy reichte ihm ein sauberes Handtuch. Nachdem Bala sein Gesicht abgewischt hatte, schlug er es über eine Schulter. Er trug eine saubere weiße *Kurta* und Paijamas. »Als ich in Madras auf dem College war, hatte ich sie alle. Aber das dürfte ich dir nicht erzählen. Immerhin bist du mit meiner Schwester verheiratet.«

»Nein, du hast meine Schwester geheiratet.« Ich starrte ihn an.

»Das sagte ich doch.«

Schweigend spielten wir Karten, unterbrachen nur, wenn er nach dem Glas griff oder sich eine neue Zigarette anzünden ließ. Sobald das Glas leer war, füllte sein Bhouy es wieder. Bala war ein guter Spieler und gewann meistens. Dann brach er in schallendes, jungenhaftes Gelächter aus, mit dem er mich ansteckte. Ich wünschte, ich könnte ihn immer so sympathisch finden. Aber am späten Nachmittag, als die Brandyflasche fast leer war, begann er zu lallen, schleuderte die Karten zu Boden, und sein Bhouy sammelte sie geduldig wieder ein.

Bala merkte, daß ich seinen Trophäenschrank betrachtete. Er war voller silberner Repliken von Männern auf sich aufbäumenden Pferden, die sich mit ihrem Poloschläger herunterbeugten, um die Ball zu schlagen. Außerdem gab es Silberpokale, große und kleine.

»Ich war ein guter Spieler … verdammt gut … vier Handicaps …«

»Was ist aus deinen Pferden geworden?«

»Ponies – keine Pferde – Ponies … Habe ich verkauft. Oder erschossen. Ich kann mich nicht mehr erinnern.«

»Warum trinkst du?« platzte ich heraus. Nur mühsam bezähmte ich meine Wut. »Du zerstörst das Leben meiner Schwester.«

»Tut mit leid«, beteuerte er, und es klang sogar glaubwürdig. »Was für eine dumme Frage. Ich kann nichts dagegen machen. Ich liebe es zu trinken.« Keuchend sank er in die Polster des Diwans. Seine Lippen zitterten, er war in Schweiß gebadet. Das Zimmer stank nach Zigarettenrauch und Brandy. Das Licht tat seinen Augen weh, die Flügeltüren wurden zugezogen, und der Raum wurde schattig.

»Obwohl du weißt, daß man daran sterben kann?«

»Ich werde daran sterben, ich weiß es.« Er klang müde und resigniert. Ich dachte, er würde weinen, aber er starrte mich, ohne zu blinzeln, an. »Ich möchte nicht sterben. Dafür bin ich zu jung. Aber es ist mein Karma. Anjali, die schöne Anjali hat sich so bemüht. Einmal brachte sie mich in einen Ashram zu einem Sadhu, einem Wunderheiler, und für eine Woche gab ich das Trinken auf. Aber dann fühlte ich tausend rote Ameisen unter meiner Haut, und das einzige, was half, war ein Schluck von meinem Nektar. Und dann noch ein Schluck. Eine ganze Flasche, das ist Balsam. Ich bin schwach … kein starker Charakter … Ich liebe den Schnaps, und er hilft mir zu vergessen. Wenn du irgendwas vergessen willst … Krishna, nicht wahr? … dann probier den Schnaps. Er zerstört die Erinnerung. Und meine Erinnerungen mußten ausradiert werden. Ich liebte meinen Vater, weißt du … und er liebte auch seinen Schnaps. Ich habe nicht getrunken, solange er lebte. Ich respektierte ihn … Und dann wurde er getötet …«

»Bei einem Autounfall, habe ich gehört. Es tut mir leid.«

Er schüttelte den Kopf und schüttelte ihn so sehr, daß ich fürchtete, er würde abfallen. »Nein, es war kein Unfall – kein Unfall ...« Er sank in sich zusammen und schwieg so lange, daß ich glaubte, er wäre eingeschlafen oder in Ohnmacht gefallen. Aber als ich aufstand, um das Zimmer zu verlassen, richtete er sich mit großer Anstrengung auf. »Ich mag dich, Krishna ... Deshalb will ich dir etwas erzählen, aber du mußt mir versprechen, das Geheimnis niemandem zu verraten.«

»Ich verspreche es«, sagte ich dummerweise.

»Kein – Autounfall ... Mutter hat ihn getötet. Schlug ihm auf den Kopf mit einer Statue ... Durga ... eine Marmorstatue, weil er sich zu oft mit anderen Frauen abgab ... setzte ihn in das Wrack eines Autos ... Was sollte ich tun? Das ist die Frage. Ich ... liebe sie ... Und ich liebte ihn ... Jetzt bin ich eingeklemmt wie eine Walnuß zwischen den beiden eisernen Lieben ... Sie erdrücken mich ... Ich weiß nicht, was ich tun soll ... Es ist das beste, alles zu vergessen ...«

Die Mutter des Zamindars

Plötzlich begann er zu lachen, als hätte er einen sehr komischen Witz erzählt. Sein Geheimnis jagte mir panische Angst ein, ich hätte es nicht wissen wollen. Ich rannte aus dem Zimmer, durch Korridore und leere Räume und versuchte, zu Anjali zurückzufinden. Wie ein verschreckter Gepard, der einem Jäger entkommen wollte, stürmte ich hierhin und dorthin, als wollte ich meine Erinnerung zwingen, das Gehörte zu vergessen. Schließlich blieb ich atemlos stehen, schaute mich um und sah einen dünnen Sonnenstrahl durch den Spalt einer Tür fallen. Vielleicht würde es mir helfen, alles zu vergessen, wenn ich die Sonne auf meinem Gesicht spürte.

Ich kam in einen großen Innenhof. Die späte Nachmittagssonne meinte es gut und tauchte den Hof nur zur Hälfte ins Licht. Das schräge Dach, das um das ganze Rechteck herumführte, war von einem verwaschenen Rosa und wurde von wunderschönen geschnitzten Teakholzpfeilern getragen. Unter dem Dach standen Stühle, dort war wohltuender kühler Schatten. Es war ein stiller Ort voller blühender Pflanzen. Sie bildeten an einer Seite einen kleinen, hübschen Garten. Am hinteren Ende, im Schatten, befand sich ein Taubenschlag. Der Hof war erfüllt von dem sanften Gurren der Tauben.

Mein Hemd war schweißnaß, und ich atmete schwer. Erschöpft setzte ich mich für ein paar Minuten auf eine kühle Steinbank, dann, angezogen von den gurrenden Vögeln, ging ich zu ihnen, um sie mir anzusehen. Sie waren hübsch, grau, weiß und hellbraun, mit neugierigen Augen, die mich ohne jede Furcht ansahen. Dann stand ich auf und ging zu den Tauben, um die hübschen grauen, weißen und hellbraunen Vögel zu inspizieren. Furchtlos schauten sie mich an.

»Magst du Tauben?«

Die Mutter des Zamindar saß, teilweise hinter einem blühenden Strauch verborgen, so im Schatten, daß ich nur den weißen Sari und Choli erkennen konnte. Sie saß mit gekreuzten Beinen auf einer Steinbank und hatte eine Taube an ihre Brust gedrückt.

»Das weiß ich nicht, Tantchen. Ich habe niemals welche gehabt.« Ich konnte sie nicht richtig sehen und wollte sie nicht anstarren. Ihr Schönheit erinnerte mich an die der Tauben.« Sie schaute an mir vorbei. Als ich mich umdrehte, sah ich Balas Bhouy in der Tür stehen, durch die ich herausgelaufen war. Er hatte die Arme vor der Brust verschränkt und erschien mir wie die Verkörperung unendlicher Geduld.

»Komm her und nimm diese Taube in die Hand. Sie ist die schönste.« Offenbar spürte sie mein Zaudern, denn sie fügte mit sanfter Stimme hinzu: »Komm nur, Krishna. Trotz allem, was Anjali über mich erzählt, werde ich dich nicht beißen.«

Ich ging zu ihr in den Schatten und nahm die Taube, die sie mir hinhielt. Sie war weich und warm und schmiegte sie sich in meine Hände, als würde sie mich kennen.

»Ich liebe Tauben. Sie führen so ein einfaches Leben. Ich begann sie zu züchten, als ich vor vielen Jahren hierhergezogen war, sie gaben mir etwas zu tun. Einmal besaß ich hundert von ihnen, aber sie erkrankten an Krupp oder so was, und es starben so viele, daß mir fast das Herz brach. Jetzt halte ich nur noch ein Dutzend. Ich glaube, mit ihrem Gurren erzählen sie mir ihre Geheimnisse.« Sie klingelte mit einer kleinen Messingglocke, und eine Dienerin erschien in einer anderen Tür. Sie war eine alte Frau, ebenfalls in Weiß, aber sie trug keinen Choli, sondern der Sari bedeckte ihre welken Brüste. »Bring Nimbupani für Krishna.« Dann wandte sie sich wieder zu mir. »Du bist gerannt? Woher?«

»Ich – ich hatte mich verirrt.«

»In diesem Palast verirrt man sich leicht«, sagte sie. »Sogar wir verlaufen uns manchmal. Wie ich höre, hast du den ganzen Tag mit Bala gespielt.«

»Ja, Tantchen, wir spielten um Kieselsteine, und er gewann mir alle ab.«

»Ja, er ist ein guter Karten- und Schachspieler. Ich brachte ihm Schach bei, und sein Vater lehrte ihn Polospielen. Welchen Eindruck hat er auf dich gemacht?« Behutsam nahm sie mir die Taube aus der Hand und streichelte das zierliche Köpfchen.

»Er war zunächst ganz normal, bis er zu trinken anfing und einschlief.«

»Daran ist Anjali schuld«, sagte sie scharf, bitter.

»Woran?« fragte ich entrüstet. »An seiner Trunksucht? Er hat schon vor der Hochzeit getrunken, aber niemand hat es uns gesagt.«

»Erheb nicht die Stimme gegen mich, Krishna«, sagte sie. »Ich habe deiner Großmutter und deinem Vater erklärt, daß er ein kleines Problem hat. Aber das würde er meistern, wenn er mit einer guten Frau verheiratet sei. Ich dachte, Anjali würde ihm helfen. Leider hat sie keinen guten Einfluß auf ihn, und sie liebt ihn nicht …«

»Anjali ist eine gute Frau«, sagte ich hitzig. Ich hatte nie vorher meine Stimme gegen einen Erwachsenen erhoben, und ich zitterte vor Wut. »Sie hat ihr Bestes versucht, aber er will nicht mit dem Trinken aufhören. Deshalb dürfen Sie ihr nicht die Schuld geben, Tantchen. Sie hätten besser auf ihn aufpassen müssen. Es ist alles Ihre Schuld.«

»Wie kannst du es wagen, mich zu verurteilen?« kreischte sie. »Du bist nur ein … Chokra, wir sind Zamindars … Du bist nichts als ein kleiner Landbesitzer.«

»Und was ist schon ein Zamindar?« schrie ich. »Sie leben in einem Traum. Nehru hat neunzehnhundertzweiundfünfzig ihresgleichen und Ihre Titel abgeschafft, und wir nennen Sie nur aus Höflichkeit so, weil Sie darauf bestehen. Sie sind nichts anderes als wir.«

»Dem Himmel sei Dank, das sind wir nicht!« Sie spuckte die Worte förmlich aus. »Dein verrückter Großvater hat fast sein ganzes Vermögen verloren, weil er sich verspekuliert hatte, und dein Vater hat eine weiße Hure geheiratet. Er hat Schande über deine Familie gebracht.«

»Meine Mutter ist keine Hure.«

»Deine ›Mutter‹? Wie kannst du sie so nennen – du, ein dunkelhäutiger Junge? Und wie kannst du irgend etwas verurteilen, wenn du mit deiner eigenen Schwester schläfst? Du hast sie zu Musik festgehalten wie ein Mann eine Frau.«

»Ich habe nicht …«, war alles, was ich denken konnte. Ich war zu überrascht von der plötzlichen Änderung ihres Angriffs. »Wir teilen nur das Bett. Sie ist meine Schwester. Ich kann niemals so etwas tun.«

»Was meinst du mit ›so etwas‹?«

»Nichts. Sie haben mich dieser … dieser Sache beschuldigt, und ich sagte nur, ich würde so etwas nie tun. Das ist alles.«

Eindringlich starrte sie mich an. »Worüber hat Bala denn mit dir gesprochen?«

»Über gar nichts. Er war zu betrunken.«

»Und davor?« Sie schaute zu der Tür hinüber, wo sein Bhouy stand.

»Über Polo«, sagte ich. »Er hat mir erzählt, wie man Polo spielt.«

Aber es gelang mir nicht, ihre Aufmerksamkeit von Balas Bhouy abzulenken. Ausdrucksvoll bewegte er die Finger, und die geheimnisvolle Gebärdensprache, in der sich die beiden verständigten, beunruhigte mich.

»Der Mann ist taubstumm«, erklärte sie und beobachtete ihn immer noch. »Er kam schon als kleiner Junge zu uns, und jetzt kümmert er sich um Bala. Er ist ein sehr treuer und loyaler Diener.« Sie wandte sich wieder zu mir, nachdem er aufgehört hatte, zu gestikulieren. »Nun, worüber hast du mit Bala geredet? Über mich? Über Anjali?«

»Über Polo«, wiederholte ich beharrlich. Ich wußte, sie durfte niemals erfahren, was Bala mir verraten hatte. Sie würde annehmen, ich würde es Anjali sagen. Und dann müßte Anjali die Rachsucht ihrer Schwiegermutter ertragen. Wenn es wahr wäre, was Bala gesagt hatte, dann könnte sie ihr etwas antun. »Und über Karten und Autos.«

»Das glaube ich dir nicht.«

»Es stimmt aber.« Dann fügte ich gemeinerweise hinzu: »Meistens verstand ich ohnehin nicht, was er sagte, weil er stotterte und eine Menge dummes Zeug schwatzte.«

Ich sah mich nach dem Bhouy um. Er konnte ein anderer Vishnu sein, und wie Vishnu würde er kein Wort Englisch verstanden haben. Und so war ich dankbar für meine mangelnden Kenntnisse in Telugu.

Seufzend lehnte sie sich zurück. Sie wußte, daß der Bhouy nur vermuten konnte, worüber Bala und ich gesprochen hatten. Jetzt schwelte Balas Geheimnis in meinem Innern wie in seiner Seele. Aber wenigstens betraf es niemanden, den ich liebte, ausgenommen Anjali. Und ich mußte mich nicht betrinken, um Vergessen zu finden.

»Wie viele *Chukkas* hat ein Polospiel?« fragte sie unvermittelt.

»Vier, und sie dauern je sieben Minuten.« Ich wiederholte nur, was ich von Nayana gelernt hatte.

Sie stand langsam auf. Ich wich zurück und stand wieder unter freiem Himmel. Er war blau und glatt, keine Wolke störte seine Perfektion. Der ganze Hof lag jetzt im Schatten. Sie hielt die Taube von sich ab und warf sie dann, wie ein Magier, in die Luft. Aber sie verschwand nicht, sondern flog hinauf und über das Dach hinweg aus unserem Blickfeld.

»Wie lange willst du hierbleiben?«

»Ich werde bald reisen.«

Aber sie sagte nicht Aufwiedersehen. Sie ging sehr langsam zu dem alten Bhouy. Er trat zur Seite und ließ sie vorbeigehen, ehe er ihr folgte und die Tür schloß.

Die alte Frau brachte das Nimbupani. Mein Mund und meine Kehle waren trocken vom Lügen und vom Ärger, und ich trank schnell.

Ha … ath

Du solltest nach Hause kommen«, sagte ich zu Anjali.

Seit meinem Streit mit ihrer Schwiegermutter diskutierten wir über die Zukunft. Auch Anjali erkundigte sich nach meinem Gespräch mit Bala und hoffte, meinem Bericht irgendein Zeichen seiner Zuneigung zu entnehmen. Ich log, so gut ich konnte, und gab vor, der Bastard würde Reue empfinden. Doch das tröstete sie nicht.

»Nein, ich kann nicht bei Nayana und dieser Frau leben.«

»Das meine ich nicht. Zieh wieder zu Ava. Was hält dich denn hier, in so einer schlechten Ehe?«

»Mein Stolz.« Mühsam kämpfte sie mit den Tränen. Wir saßen auf einer Bank am Bahnsteig und warteten auf den Postzug, der mich nach Madras zurückbringen sollte. »Wie kann ich meinen Verwandten und Freunden gegenübertreten und zugeben, daß meine Ehe ein Fehler war? Und diese Frau würde es mir unter die Nase reiben. Ich habe geheiratet, um von ihr fortzukommen, und werde nicht zurückkehren

»Aber Anjali …«

»Ich bin noch nicht fertig. Ich weiß, daß du nur an mich denkst.« Sie umarmte mich. »Aber ich muß mein eigenes *Dharma* erfüllen. Es ist meine Aufgabe hierzubleiben. Ich habe Bala geheiratet und muß meine Pflicht erfüllen. Es ist keine glückliche, sondern eine harte, aber es gibt keine Entschuldigung dafür, es nicht zu tun.«

»Ich hoffe, er stirbt bald«, sagte ich bitter.

»Und was soll dann aus mir werden?« fragte sie mit der gleichen Bitterkeit. »Ich wäre eine Witwe ohne Zukunft, hätte niemanden zum Lieben, keine gesellschaftliche Position.«

Ich wußte, es war hoffnungslos, und legte meinen Arm um sie. Wir waren dankbar für den Betrieb auf dem Bahnhof.

Obwohl die Nacht hereinbrach, hatte die Hitze nicht nachgelassen. Die Luft war zum Ersticken, ohne jede Bewegung, und wir schwitzten. Reisende und Kulis, die rote Turbane trugen und am Rand des Bahnsteigs kauerten, schauten unverwandt nach links und warteten auf den Zug. Inzwischen hatte er schon zwanzig Minuten Verspätung, und niemand wußte, wann er eintreffen würde. »Als die Briten hier waren, waren die Züge immer pünktlich«, sagte Anjali.

»Du auch? Warum sagt jeder solche Sachen? Die Briten sind weg, und jeder scheint ihren Weggang zu bedauern. Wir haben sie rausgeworfen, erinnerst du dich?«

»Tut mir leid. Das war gedankenlos. Ich will sie nicht zurückhaben. Aber die Züge kamen pünktlich. Ich habe das Gefühl, als würden wir die Dinge einfach laufenlassen. Es ist so verdammt ärgerlich. Wir sollten es besser machen, nicht schlimmer. Wir schaden niemandem außer uns selbst.«

Nach einer Weile räusperte ich mich und zögerte, dann platzte ich heraus: »Wo hatte der alte Zamindar seinen Autounfall?«

»Vorn an der Straße, wenn man aus dem Tor kommt. Er hat die erste Kurve nicht gekriegt.« Sie versuchte meine Gedanken zu lesen. »Warum fragst du?«

»Nur so ...« Ich hatte meine eigenen alptraumhaften Vorstellungen davon, wie seine Frau seine Leiche ins Auto schleppte, die Handbremse löste und zusah, wie das Auto die Kurve verfehlte und in den Abgrund stürzte. Irgend jemand mußte ihr geholfen haben. »Wer war die Frau in dem Wagen?«

»Da war keine Frau. Die Leute erfinden Geschichten, jedenfalls hat es mir Ihre verdammte Hoheit so erzählt. Du mußt mir etwas versprechen.«

»Und was?«

»Erzähl niemandem, was ich dir über Bala und seine Mutter gesagt habe. Schon gar nicht dieser Frau. Sie würde sich über mein Problem freuen. Erzähl es auch nicht Kaveri oder Jagan, auch nicht Nayana. Versprich es.«

»Ich verspreche es.«

Endlich kam Bewegung in die Menge. Ich konnte in der Dunkelheit nichts erkennen, aber die Kulis, die schärfere Sinne besaßen als wir, erhoben sich auf einen Schlag. Eine Minute später sahen wir das kleine gelbe Licht der Lokomotive, und dann hörten wir das leise Rattern der Räder. Das Licht wurde immer heller, der Lärm lauter, und er machte uns taubstumm, als der Zug den Bahnhof erreichte und einen Schwall Dampf ausstieß. Fahrgäste drängten aus den Waggons, andere hinein, getrieben von der ständigen panischen Angst, zurückgelassen zu werden. Mein Kuli brachte meine Tasche in das Abteil und verschwand, um einen neuen Kunden zu suchen. Ich spähte durch das Gitter; es saß nur ein Mitreisender im Abteil.

Als ich meine Schwester ein letztes Mal umarmte, rief eine Frauenstimme: »Anjali! Krishna!« Aus dem Fenster eines Schlafwagens mit der Aufschrift »Nur für Frauen« winkte eine Hand voller Diamantringe, Goldreifen klirrten. Wir rannten an das Fenster, und Kusine Indira schenkte uns ihr Filmstar-Lächeln. Hinter ihr sahen wir zwei Frauengesichter durch das Gitter. »Was macht ihr hier?«

»Krishna hat mich besucht«, erklärte Anjali, aufgeregt, unsere extravagante Verwandte zu sehen. Es war ein Funkeln in ihren Augen, und die alten Animositäten waren vergessen. »Was machst du in diesem Zug?«

»Ach, ich habe einen Film in der Nähe von Bellary gedreht. Das war furchtbar langweilig. Keine Ahnung, warum diese verdammten Produzenten immer so gräßliche, gottverlassene Drehorte aussuchen. Es war wieder einmal eine Dorfgeschichte ...«

Natürlich wurde unsere Kusine erkannt. Sie war eine von ihren Leuten, eine Telugu, und der Bahnsteig erbebte unter dem Ansturm ihrer Fans. Sie hatte mit Dev Anand und Raj Kapoor, Sivaji Ganesan und M.G. Ramachandran in Hindi und Tamil und Telugu gesungen und getanzt, und die Fans liebten jeden Zentimeter ihres kurvenreichen Körpers.

Lachend traten Anjali und ich zurück.

Wir warteten vor der Waggontür, aber der Zug fuhr nicht ab. Wir beobachteten den Bahnhofsvorsteher, einen jungen Anglo-Inder mit ausgesprochen europäischen Gesichtszügen: rotes Haar unter seiner Mütze, graue Augen, ein rundes Gesicht mit Sommersprossen auf den rosigen Wangen und der Nase. »Das ist Andrew Laird«, sagte ich.

»Tatsächlich«, stimmte Anjali zu.

Er war ein paar Jahre älter als ich und hatte dieselbe Klosterschule besucht wie wir vier. Sein Vater arbeitete, wie die meisten Anglo-Inder, bei der Bahn. Wenn nicht, waren sie bei der Polizei. Nur unser geübtes Auge konnte erkennen, daß er kein Brite war. Und natürlich die Briten selber.

»Seine Schwestern, Patricia und Veronica, sind Kaveris engste Freunde«, sagte ich. »Früher gingen sie alle zusammen in eine Klasse, und jetzt haben sie dieselben Kurse am College belegt.« Ich wartete, bis er näher kam, und sagte: »Hallo, Andrew!«

Er starrte mich, dann Anjali an, wollte nicht zeigen, daß er uns kannte. Aber Patricia und Veronica zuliebe nahm er uns dann doch zur Kenntnis.

»Ah, hallo, Krishna«, sagte er. Mit gerunzelter Stirn schaute er zur Bahnhofsuhr hinauf.

»Warum warten wir?« fragte ich.

»Irgendein verdammter Minister muß diesen Zug erreichen. Wir können nicht ohne ihn fahren, sonst kriegen wir großen Ärger. Bastard!« Er nickte zu einem korpulenten Mann hinüber, der neben der Tür eines Waggons stand. »Das ist sein persönlicher Assistent. Zumindest nennt er sich so. Das ganze Land wird vor die Hunde gehen, wenn wir warten müssen, bis so ein Bastard kommt. Ich habe genug von Indien. Wir werden nach England gehen. Wußtest du das?«

»Ich dachte, nach Australien.«

»Nein, England, mein Onkel lebt dort.«

Erbost marschierte er davon und sprach mit dem Aufsichtsbeamten, der eine grüne Flagge umklammerte.

»Ich sage dir, »flüsterte mir Anjali zu, »mit uns geht es den Berg runter, und weiß Gott, wann der Minister auftauchen wird.« Wie Nayana und viele andere Inder hatte sie in einer Vergangenheit gelebt, in der die Züge pünktlich gewesen und alle Gesetze befolgt worden waren. Dazu kamen noch andere Faktoren, mehr sentimentaler Art, weil die Erinnerung oft die Realität verklärt. Ich habe nicht unter den Briten gelebt und erinnerte mich kaum an ihre Herrschaft.

»Weißt du, ich habe mich an etwas erinnert, als ich mit dem Zug hergekommen bin«, sagte ich. »Ich denke, es war nur ein Traum und nicht wirklich. Ich war sehr klein und lag neben einer Frau. Ich glaube, es war unsere Mutter. Und Nayana lag auf der anderen Seite. Ich wachte auf, weil der Zug gehalten hatte, und ich hörte unsere Amah ärgerlich flüstern. Sie sagte irgendwas, ›du und … Ha … ath‹ zu Nayana. Dann muß ich wieder eingeschlafen sein.«

»Ha … ath?« Anjali lächelte, glücklich über diese Erinnerung. »Das war kein Traum. Du warst drei oder vier und lerntest gerade sprechen. Du hattest eine Nanny mit Namen Hyacinth, ein hübsches anglo-indisches Mädchen. Du konntest nicht ›Hyacinth‹ sagen, und so nanntest du sie ›Haath‹.

»Aber warum war Amah böse?«

»Ich weiß es nicht. Damals stritten unsere Eltern über alles mögliche, und Amah weinte oft.«

»Ich werde Nayana fragen«, sagte ich.

»Aber er wird dir keine Antwort geben«, erwiderte sie erbost. »Er glaubt, er hätte das Recht, unsere Fragen zu ignorieren.«

Wir hörten sie, bevor wir sie sahen. Der Minister und sein Gefolge überschwemmten den Bahnsteig. Ich erkannte ihn. »Das ist V. Sampath Reddy, Nayanas Minister«, erklärte ich Anjali, »der mit einer Unterschrift fünfundzwanzigtausend Rupien verdient. Wenn er an einem Tag vier Verträge unterzeichnet, verdient er ein Lakh, und bei dreihundertfünfundsechzig Tagen nacht das dreihundertfünfundsechzig Lakhs. Glaubst du das?«

»Warum nicht? Der Kongreß wollte die britischen Ausbeuter nur loswerden, damit sie uns selber ausbeuten können. Wenn Reddy dreihundertfünfundsechzig Lakhs im Jahr verdient, was meinst du, was Nehru einnimmt?«

»Nehru? Er wird so etwas niemals tun!«

»Warum nicht!« entgegnete sie und lachte zynisch. Offenbar hatte sie durch ihre persönliche Tragödie jeden Glauben an das Gute im Menschen verloren. In ihrer Vergangenheit hatte sie auf festem Boden gestanden, aber nun trieb sie auf einen Abgrund zu. Auch meine Überzeugungen gerieten ins Wanken. Nehru selbst mochte sich nicht bestechen lassen. Aber er ließ die Korruption seiner Regierungsbeamten zu. Für ihn zählte nicht Geld, sondern Macht, die Erfüllung seines Traums, den er mit allen Mitteln verwirklichen wollte.

Mr. Sampath Reddy, der Minister, war ein schlanker, asketischer Mann mit einer runden Brille und verkniffenen Lippen. Auf seinem Kopf saß ein Nehru-Schiffchen, das Symbol für Loyalität und Ehrlichkeit. Ein starres Lächeln erweckte den Eindruck, als wäre es auf sein Gesicht geklebt worden und könnte nicht mehr entfernt werden. Hinter diesem Lächeln verbarg sich skrupellose Habgier, davon war ich überzeugt. Nayana würde niemals eine solche Geschichte erfinden. Das von seiner Wichtigkeit überzeugte Gefolge des Ministers, ungefähr dreißig Leute, ebenfalls in Weiß und mit einem Nehru-Schiffchen, schob und drängte uns zur Seite und rief: »Zindabad Sampath Reddy.« Es fehlte nur noch, daß die Lokomotive pfiff, als er den Männern aus seinem Waggon zuwinkte und die Fahrt endlich beginnen konnte.

Mein Reisegefährte war ein großer, kultivierter Sardar namens Tejbir Singh, ein Geschäftsmann aus Jalandhar im Punjab, der Murah-Büffel verkaufte.

Da wir uns wenig zu sagen hatten, zog ich das Dokument hervor, das Anjali hätte unterschreiben sollen. *»Ich, E. Anjali, Ehefrau von Balachandra Kumar, Zamindar von Pullapadi, Tochter des E. Bharat Naidu ...«* Nicht einmal auf diesem Schriftstück war sie ein eigenständiger Mensch. Langsam zerriß ich es in winzige Fetzen, warf sie aus dem Fenster, und der Wind wehte sie über dunkle Reisfelder davon.

»Du hättest in meinem Waggon schlafen sollen«, schimpfte Kusine Indira, als wir in Madras ausstiegen. Sie hatte ihren Sari über den Kopf gezogen und eine dunkle Brille aufgesetzt. Ihre Begleiterinnen trugen ihre Handtasche und ihren Kosmetikkoffer, zwei Diener das restliche Gepäck. Auf dem Weg aus dem Hauptbahnhof gesellte sich ihr Chauffeur zu der kleinen Prozession.

»Aber dein Waggon war nur für Frauen bestimmt.«

»Du bist ja noch kein Mann.«

»Bin ich doch«, protestierte ich ärgerlich. »Ich bin fast fünfzehn. Also wär' es nicht richtig gewesen.«

Sie lachte, und mehrere Leute drehten sich um, fasziniert von dem melodischen Klang, der sie in dunklen Kinosälen entzückt hatte. »Krishna, wenn wir immer nur richtig handeln würden, wäre die Welt vollkommen. Nachdem du aber nun fast erwachsen bist, kannst du mich mal an meinem nächsten Drehort besuchen. Ich schicke dir ein Auto, so daß du wohl oder übel kommen mußt. Versprochen?«

»Versprochen«, sagte ich und staunte, wie leicht ich das sagte. »Wie geht es Onkel Kumar?«

»Oh, er ist sehr beschäftigt. Er verwaltet jetzt die Kaffeeplantage in Chickmangalur, die ich gekauft habe. Er liebt Gott sei Dank das ruhige Leben.« Sie stieg in ihr Auto und winkte mir zu.

Gespannt warteten Nayana und Mutter auf meine Neuigkeiten. Ich log und behauptete, Anjali würde die Vollmacht erst unterzeichnen, wenn sie mit ihren Anwälten gesprochen habe. Sie würde es bald tun.

»Das dachte ich mir, Bharat!« fauchte Mutter. »Wenn du sie um etwas bittest, tut sie exakt das Gegenteil.«

»Es geht ihr gut«, bemerkte ich.

»Wem?« erwiderten beide wie aus einem Mund.

»Anjali. Ihr habt nicht danach gefragt, wie es ihr geht, also sage ich euch, daß es ihr gut geht.«

»Und wie geht es Bala?« erkundigte sich Mutter honigsüß. »Säuft er immer noch?«

Ich zögerte. »Nein … Wieso wußtet ihr, daß er getrunken hat?« frage ich ärgerlich. »Wußtet ihr das schon vor der Hochzeit?«

»Was ist das, ein Verhör?« fragte Nayana jovial. »Seine Mutter erwähnte dieses kleine Problem und meinte, Anjali würde einen guten Einfluß auf ihn ausüben. Sie kann sehr bestimmt sein, wenn sie will.«

Meine Lüge beruhigte sie, und ich konnte nicht zur Wahrheit zurückkehren. Ich hatte es Anjali versprochen. Ich mußte allein mit Nayana reden, aber jetzt sprach Mutter mit mir.

»Ich habe niemals bemerkt, daß du ärgerlich auf deinen Vater bist, Krishna«, sagte sie leise mit verletzter Stimme. »Ich glaube, Anjali hat dich gegen ihn aufgehetzt. Es war ein Fehler, dich zu ihr zu schicken. Jagan ist nicht so leicht zu beeinflussen. Wenn du deinen Vater liebst, solltest du dich bei ihm entschuldigen.«

Obwohl er ins Büro fahren mußte, wartete er, nachdem er Mutters Mahnung gehört hatte, auf meine Antwort.

»Es tut mir leid«, flüsterte ich und fühlte mich wie ein Feigling, gefangen von meiner Liebe zu Nayana und den ständigen Forderungen, die an mich gestellt wurden. Ich wünschte, ich wäre tapferer, doch dann müßte ich Nayanas kummervolle Miene sehen. Ich konnte nicht hinter die Fassade gucken, hinter seine äußere Erscheinung, den wunderschönen grauen Anzug, die perfekt gebundene Krawatte, seine polierten Schuhe und die Freundlichkeit, mit der er mich behandelte. Doch jetzt hatte ich den Verdacht, daß dahinter etwas anderes, Entgegengesetztes verborgen war.

»Gut, Krishna. Wie du weißt, wollte ich Anjali im Ausland studieren lassen, aber sie bestand auf diese Heirat. Jetzt ist ihr Mann für sie verantwortlich, und wir können uns nicht in ihr Leben einmischen.«

Als er zum Auto hinausging, begleitete ich ihn, während Mutter drinnen wartete. »Erinnerst du dich an Hyacinth?«

Er faßte sich mit einer vertrauten Geste an die Schläfe. »Hyacinth? Ist sie eine von Kaveris Freundinnen?«

»Nein, sie war meine Nanny, als ich klein war.«

»Natürlich, jetzt entsinne ich mich. Du nanntest sie Haath.« Er stieg in den Wagen und schaute mich mit unergründlicher Miene durchs Fenster an. »Warum fragst du?«

»Oh, ich habe geträumt, du und Amah hättten ihretwegen gestritten.«

»Also war es nur ein Traum. Außerdem, deine Mutter und ich haben nur sehr selten stritten«, fügte er hinzu und seufzte wehmütig. »Wir haben uns geliebt.« Dann winkte er mir zu und fuhr davon.

»Erinnerst du dich an Hyacinth?« fragte ich Kaveri am Abend. Sie lackierte gerade ihre Finger- und Zehennägel.

»Klar, das war deine Nanny. Sie war ein hübsches junges Mädchen mit Grübchen in den Wangen.« Mißtrauisch hob sie den Kopf. »Wieso fragst du?«

»Nun ja, ich habe geträumt, Nayana und Amah hätten sich ihretwegen gezankt.«

Während ich auf eine Antwort wartete, konzentrierte sie sich etwas zu sehr auf ihren großen rechten Zehennagel. Schließlich wisperte sie: »Daran erinnere ich mich nicht.«

»Kaveri, wann hast du jemals was vergessen? Du erinnerst dich an alles.«

»Ich glaube nicht, daß sie sich wegen Hyacinth gestritten haben. Es ging um was anderes. Amah wollte irgendwas, und Nayana war dagegen. Deshalb mußte sie was unternehmen, als wir Lahore erreichten.«

»Was?« Nur meine Schwester konnte mir helfen, das Rätsel zu lösen.

»Wie soll ich das wissen?« rief sie aufgebracht und musterte mich durch gesenkte Wimpern. »Gehst du am Sonntag mit mir zum Lunch bei den Lairds?«

»Nur wenn Michael nicht da ist.«

»Mit dem treffe ich mich nicht mehr. Jetzt bin ich mit Neville befreundet.«

»Wer ist das?« Seit ihrem ersten Rendezvous war ich nicht mehr auf dem laufenden, was die Liste ihrer Freunde betraf. Sie wechselte sie alle paar Monate, und ich habe lange gebraucht, um herauszufinden, daß sie es nur tat, um mit Amber Schritt zu halten. Amber schrieb ihrer Mum regelmäßig aus Yercaud, und sobald sie einen neuen Freund erwähnte, eilte Mutter zu Kaveri und informierte sie boshaft. Dann machte Kaveri sofort mit ihrem jeweiligen Freund Schluß und suchte sich aus der Schar ihrer Bewunderer einen neuen.

»Eines Tages wirst du ihn kennenlernen. Übrigens hätte ich dich nicht gefragt, wenn er da wäre.«

»Du gehst jeden Sonntag zum Lunch. Warum soll ich diesmal mitkommen?«

»Weil ich es möchte, deshalb.« Sie lächelte schüchtern. »Ich glaube, Veronica mag dich. Warum gehst du nicht mal mit ihr aus?«

»Ich wüßte nicht, weshalb. Worüber sollte ich mit ihr reden? Ich holte tief Luft. »Was tust du eigentlich, wenn du deinen Freund triffst? Läßt du dich küssen?«

»Das geht dich nichts an«, sagte sie ärgerlich.

Ich wußte, es klang affektiert und streng, aber ich konnte mir nicht helfen. »Ich bin dein Bruder, und du solltest nicht mit Jungen ausgehen. Ich möchte es nicht, so etwa tun wir Hindus nicht. Laß es die Amerikaner, Briten und Anglo-Inder machen.«

»Du wirst nie erwachsen werden«, sagte Kaveri kopfschüttelnd.

Später radelte ich zu Ava. In stummem Einvernehmen saß sie mit Vishnu auf der Veranda und freute sich über die Abwechslung. Er brachte mir Nimbupani und Pakoras, während ich mit Ava auf der Schaukel saß und versuchte, etwas über ihren Gesundheitszustand zu erfahren. Sie sah dünner aus, war aber lebhafter. Sie hatte eine Menge Klatsch gehört und erzählte ihn mir mit Vergnügen.

Als sie eine Pause machte, sagte ich: »Ich war ein paar Tage bei Anjali.«

Sie strahlte. »Ist sie endlich schwanger? Es sind schon drei Jahre, und ich bete jeden Tag, daß sie Nachwuchs bekommen wird.«

»Nein, ist sie nicht«, erwiderte ich, und sie bemerkte meinen scharfen Tonfall. »Wußtest du, daß Bala ein Säufer war, als sie ihn geheiratet hat?«

»Ja, ich wußte, daß er ein kleines Problem hat, aber wir dachten, Anjali würde ihn unter Kontrolle bringen«, sagte sie und vermied es, mich anzusehen.« Wie geht es ihm?«

»Wenn du das gewußt hast, wieso hast du diese Heirat zugelassen?«

»Weil er aus einer sehr guten Familie stammt«, verteidigte sie sich. »Es ist die Verbindung der Familien, die zählt, nicht die des einzelnen. Es ist eine alte, angesehene Familie aus unserer Gemeinschaft.« Beruhigend tätschelte sie meine Hand. »Glaub mir, Anjali wird ihm die Trinkerei abgewöhnen. Sie ist ein sehr willensstarkes Mädchen. Nun bete ich nur noch, daß sie bald Nachwuchs bekommt. Die Leute fangen schon an zu tuscheln. Jedesmal, wenn ich Chandu sehe, fragt sie: ›Ist Anjali endlich schwanger?‹, und hofft, sie wird es niemals werden. Wie du weißt, hat Chandran die Tochter ihrer Kusine zweiten Grades geheiratet, und die beiden haben schon einen Sohn. Sie haben erst letztes Jahr geheiratet. Es war eine armselige Hochzeit, verglichen mit Anjalis großartigem Fest! Ich möchte noch meinen Urenkel sehen, bevor ich sterbe.«

»Und wenn sie eine Tochter bekommt?«

»Nein, sie wird einen Sohn haben, ich weiß es«, sagte Ava bestimmt. »Ich habe für ihren Sohn gebetet. Hast du Balas Mutter gesehen? Sie ist eine gute Frau. Wie geht es ihr?«

»Es geht ihr …«, antwortete ich zögernd, ohne meinen Streit mit Anjalis Schwiegermutter zu erwähnen. Sonst würde Ava mich tadeln und betonen, ich müßte ältere Menschen respektvoll behandeln, besonders Frauen, » … sehr gut.«

St. Mary's Church

Als ich Kaveri am Sonntag zu den Lairds zum Lunch begleitete, schwatzte sie unentwegt und konnte ihre Aufregung kaum unterdrücken. Zu meiner Verblüffung war auch Mutter eingeladen. Nayana war gerade auf einer Reise nach Coimbatore, und Jagan spielte den ganzen Tag Kricket. Krampfhaft preßte Kaveri einen kleinen Koffer an sich, als enthielte er all ihren Schmuck, und ich spürte, daß meine Schwester und Mutter ein Geheimnis teilten.

Die Lairds wohnten in Perambur, in der Eisenbahnerkolonie. Mr. Laird war Inspektor und ein wichtiger Mann. Sie hatten einen großen Bungalow mit einem hübschen Garten mit Rosen und Cannabüschen und einem schmalen Rasenstreifen ringsum, der mit einem Zaun aus spitzen Eisenstäben eingefaßt war. Auf den Fensterbänken standen Blumenkästen mit Studentenblumen. Doch Indien hörte auf, sobald man das Haus betrat. Es war sehr englisch mit seinen Drucken und Gemälden von englischen Landschaften an den Wänden und dunklen Rosenholzmöbeln. Überall lagen englische Bücher und Magazine herum, Fotos von Königin Elizabeth und Prinz Philip hingen an prominenter Stelle an einer Wand.

»Beeilt euch!« drängte Mr. Laird bei unserer Ankunft und konsultierte eine große silberne Taschenuhr. »Sonst wird es zu spät.« Mr. Laird hatte in seinen jungen Jahren für die Eisenbahn geboxt, und er bewegte sich mit der Gelassenheit eines Athleten. Seine Schultern waren sehr muskulös, und unter seinen grünen Augen hatte er leichte Schwellungen. Sein Haar war so rot wie das seines Sohnes und seiner Töchter.

Kaveri und die Schwestern rannten die Treppe hinauf, und ich blieb bei den Erwachsenen zurück. Mrs. Laird war eine hübsche rundliche Frau mit einer porzellanfarbenen Haut und schnellen, nervösen Bewegungen. Ihr Mund war schmal mit aufgeworfenen Lippen. Aber sie hatte kein rotes Haar, ihres war hellbraun. Während Mutter Tee trank, plauderte sie leicht herablassend mit den Gastgebern. Doch das schien sie nicht zu stören. Sie waren Anglo-Inder, und in Mutters englischen Adern floß kein einziger Tropfen indisches Blut. Trotz unserer Unabhängigkeit blieb die Rangordnung, die jahrhundertelang unser Leben bestimmt hatte, erhalten.

Als Kaveri mit den Schwestern herunterkam, trug sie ein weißes Kleid und weiße Schuhe. Das war die Witwenfarbe und stand ihr nicht, sondern betonte ihre dunkle Haut. Auf ihrem Kopf trug sie einen weißen Hut und hielt mit weiß behandschuhten Fingern ein kleines Buch fest.

»Warum bist du so angezogen?« fragte ich. Ein Gedanke durchzuckte mich plötzlich: Christen heirateten in Weiß. »Du willst doch nicht heiraten?«

»Du wirst es sehen, Krishna«, sagte Mutter.

Kaveri stieg ins Auto der Lairds, einen 1948er Rover, während die beiden Schwestern mit uns fuhren. Weil es Sonntag war, dachte ich, wir würden in die Kirche gehen, aber in Perambur gab es keine. Die Autos fuhren die Perambur Barracks Road entlang und die Ritherdon Road, passierten meine alte Schule, von der ich geflogen war, und dann bogen sie in die Poonamalle High Road ein.

»Warum willst du nicht mit mir ausgehen?« fragte Patricia oder Veronica. Ich konnte die Zwillinge nicht auseinanderhalten. Mit ihren zarten Sommersprossen sahen sie beide sehr hübsch aus, und beide kicherten.

»Ich habe nicht gesagt, daß ich nicht will. Ich weiß nicht, wie man mit Mädchen ausgeht.«

»Dann will ich es dir erklären. Erst geht man ins Kino, dann ißt man Eis und unterhält sich. Dabei darfst du meine Hand halten. Kavs sagt, du bist ein guter Tänzer. Also könnten wir tanzen.«

»Kavs?« In meinen Ohren klang das so ähnlich wie Kalb.

»Kaveri.«

»Das ist ein alberner Name! Und ich bin ich kein guter Tänzer. Ich wünschte, ich wäre es.«

»Mach schon, Krishna!« ermutigte mich Mutter. »Sie wird bald weggehen, und kein Hindu-Mädchen wird sich mit dir treffen.«

Das hörte sich so an, als wäre dies meine letzte und einzige Chance, die Hand eines Mädchens zu halten. Immerhin hatte ich Amber richtig geküßt, und das war viel besser als Händchenhalten. Beinahe hätte ich es triumphierend hinausposaunt, doch dann hätten Amber und ich Schwierigkeiten bekommen. Ich konnte mir nicht vorstellen, daß Mutter wollte, daß Amber von einem indischen Jungen geküßt wurde oder mit einem schlief. Sie hatte für ihre Tochter etwas Besseres vorgesehen, irgendeinen Mann in London, wo ihre richtige Heimat war.

Ich dachte, wir würden in die St. Andrew's Kirk gehen, aber die Autos fuhren weiter die Poonamalle Road entlang. Wir fuhren am Hauptbahnhof und an Thathas Kricket-Club vorbei, wo ein Spiel stattfand. Die Autos bogen rechts ab und tauchten in die Straße ein, die durch das Tor zum Fort St. George führte.

Vor der St. Mary es Church stiegen wir aus. Sie war die älteste anglikanische Kirche Indiens und 1680 errichtet worden, ein kleines rechteckiges Gebäude mit einem schrägen Ziegeldach und einem Turm. Die Lairds hatten die erste Reihe für uns reservieren lassen. Anmutige Bogen trennten den Hauptraum von den Seitenwänden. Vor uns befand sich ein einfacher Altar mit einem Messingkreuz.

Als ich vor vielen Jahren zum ersten Mal hiergewesen war, hatte ich mich davor gefürchtet, die Kirche zu betreten. Ich glaubte, ich würde auf die sterblichen Überreste der Menschen treten, aber ich erfuhr, daß es nur Gedenktafeln für die Briten waren, die während dieser frühen Jahre in Madras gestorben waren. Die älteste Tafel war Elizabeth Baker gewidmet, der Ehefrau von Aaron Baker, dem ersten Präsidenten von Madras, die 1652 auf See gestorben war. Die anderen Tafeln waren ebenso traurig und kurz: kleine Kinder, Frauen, Mutter, gestorben an einer unserer exotischen Krankheiten.

Ich konnte in der engen Reihe nicht neben Kaveri stehen. Mutter und die Lairds waren zwischen uns, und ich mußte mich vorbeugen, um zu sehen, was sie tat. Sie war voller Konzentration und starrte das Kreuz genauso hingebungsvoll an wie Ava ihre Gottheiten im Tempel. Zuerst wurden ein paar Choräle gesungen, dann lauschte die Gemeinde der Predigt. Ich stand auf und setzte mich, wenn die anderen aufstanden und sich setzten, konnte mich auf nichts konzentrieren und war beunruhigt über das, was geschehen würde.

Nach dem Gottesdienst verließen die Gläubigen die Kirche. Wir blieben zurück. Der Priester blieb ebenfalls vor dem Altar stehen. Auf dem Pult für die Bibel stand sein Name: Reverend

H. C. Hand. Er war jung, hatte dunkelblondes Haar, sah sehr sportlich aus und wirkte streng.

Wie in einem Traum beobachtete ich die seltsamen Ereignisse, die ich nicht verhindern konnte. Von den Lairds begleitet, ging Kaveri zum Altar, und alle knieten nieder, die Köpfe gesenkt. Kaveri umklammerte ihr Buch und beantwortete die Fragen des Priesters. Sie hatte sie nicht lernen müssen, sie wußte die Antworten in ihrem Herzen. Dann sprengte er Wasser über sie und machte das Kreuzzeichen über ihrem Kopf.

»Was tut sie?«

»Sie wird eine Christin«, flüsterte Mutter.

»Aber das kann sie nicht. Sie ist Hindu.«

»Sie ist konvertiert«, erklärte Mutter geduldig. »Sie glaubt nicht mehr an den Hinduismus, und sie liebt die Kirche. Das Christentum ist soviel schlichter und geradliniger, und wir haben nicht diese Tausende von Göttern. Darüber solltest auch du nachdenken, Krishna, es würde dir in deinem leben helfen. Jesus würde dir Liebe geben, was geben dir denn deine Götter außer das Durcheinander von Illusionen und Reinkarnationen und all diesen Hokuspokus? Du gehst doch Weihnachten gern in die Kirche, nicht wahr?«

»Nein«, sagte ich. »Weiß es Nayana?«

»Noch nicht. Ich werde es ihm sagen, wenn er von seiner Reise zurückkommt. Ich glaube nicht, daß er etwas dagegen hat. Er glaubt ohnehin nicht an organisierte Religion. Wie du weißt, ist er ein Agnostiker.«

Als Kaveri zu mir kam, hatte sie ein Strahlen im Gesicht, als wäre vor dem Altar ein Wunder geschehen. Die Lairds umarmten und küßten sie, dann folgte Mutter, und Kaveri sah sie so strahlend an, daß mir klar wurde, Kaveri war nur konvertiert, um ihr eine Freude zu machen.

»Warum sagst du nichts?« fragte mich Kaveri.

»Du bist jeden Sonntag in die Kirche gegangen. Warum?«

»Weil ich an Gott glaube«, erklärte sie, »an Jesus Christus. Wenn ich abends bete, denke ich an ihn, nicht an die Hindu-Götter. Und ich wollte eine Christin werden, weil Jesus alle Menschen liebt – auch mich.«

»Das ist ein blöder Grund!« erwiderte ich, obwohl ich ihre Motive verstand. Ihre Liebe war unerschütterlich, nicht so unsicher wie Nayanas oder meine oder Avas Liebe, sondern mystisch und felsenfest.

Erbost packte Mutter meinen Arm. »Du wirst dich sofort bei uns allen entschuldigen, Krishna!« Ich riß mich aus ihrem eisernen Griff, ließ sie im Gang stehen und ging in das grelle Sonnenlicht hinaus. Ich haßte, was Kaveri getan hatte, nicht, weil ich das Christentum oder irgendeine andere Religion haßte, sondern weil sie sich in einen anderen Menschen verwandelt hatte. Sie verließ Indien, sie verließ mich. Ich konnte ihr nicht folgen.

»Wenn es das ist, was sie will, laß sie doch«, sagte Nayana zu mir, als ich meinem Zorn nach seiner Rückkehr aus Coimbatore Luft machte. »Natürlich hätte sie es sagen müssen, aber an Gott zu glauben, ist nicht schlecht.«

Kaveris Schicksal und ihre radikale Abkehr vom Hinduismus schienen ihn nicht zu berühren. Das überraschte mich nicht. Er selbst glaubte nicht an diesen oder jenen Gott, sondern bevorzugte seine Astrologen und Wahrsager und Sadhus und sein Orakel. Sie waren seine spirituellen Leitsterne. Außerdem begeisterte er sich gerade wieder einmal für eine neue geschäftliche Idee.

Jagan war phlegmatisch, hatte keine Meinung über Kaveris Konversion. Ich fand ihn so undurchschaubar wie Nayana. Aber wir lebten uns schon seit einiger Zeit auseinander. Er hielt mich für ein Ärgernis und ging mir meistens aus dem Weg.

Die glänzende Maschine

»Nun, wie gehen die Geschäfte des Geschäftsmannes und seiner Geschäftsfrau?« fragte Ava.

Bei unseren monatlichen Besuchen im Großen Haus stellte Ava jedesmal höhnische Fragen nach Nayanas und Mutters Aktivitäten. Damit bereitete sie uns stets Unbehagen, weil sie die Fragen so stellte, als würde sie die Antworten bereits kennen, und wir erzählten irgendwelche Geschichten, um sie zu verwirren.

Wir saßen zu viert in der Bibliothek und spielten Whist. So hieß der Raum immer noch, obwohl alle Bücher aus den schönen Rosenholzregalen verschwunden waren. Ava hatte sie Thathas College gespendet. Auch seine Chemikalien, die Reagenzgläser und all die anderen mysteriösen Dinge standen nicht mehr in seinem Zimmer. Ava hatte sie einem Trödler auf dem Moore Market verkauft. Offenbar wollte sie alle Spuren seiner Existenz auslöschen. Ich dachte, sie würde ihm alles verzeihen, was er ihr angetan hatte. Aber ich irrte mich, sie war keine Frau, die schnell vergab.

Jetzt schlief sie in der Bibliothek, weil sie die Marmortreppe nicht mehr hinaufsteigen konnte. Die Kartenpartie nach dem Lunch gehörte zur monatlichen Routine. Manchmal spielten wir Einundzwanzig oder Canasta. Ava liebte das Spiel, und wir machten sie glücklich, wenn wir unser Taschengeld verloren.

»Sie gehen gut«, erwiderte Kaveri und zog eine Karte.

»Und was für Geschäfte sind das?« Ava legte eine Karte ab, die ich nahm.

»Einfach nur Geschäfte«, antwortete Kaveri ausweichend und konzentrierte sich auf ihre Karten.

»Wie ich höre, züchten sie jetzt Hühner im Garten, um die ganze Stadt zu ernähren«, bemerke Ava boshaft. »Woher nehmen sie das Geld dafür?«

»Mrs. de la Rue hat Mutter etwas Geld hinterlassen«, sagte Kaveri. Diese Erklärung war uns eingetrichtert worden.

»Aber so viel? Ich hatte nicht den Eindruck, daß sie reich war. Aber mir soll es recht sein, solange ihr euer Erbe nicht Nayana und dieser Frau überschreibt. Doch das wüßte ich, weil Mr. Menon mich sofort informieren würde.«

»Wieso läßt du uns nicht hier wohnen?« fragte ich, um das Thema zu wechseln.

»Ihr drei könnt jederzeit zurückkommen, ihr und Nayana, wann immer ihr wollt. Aber nicht diese Frau. Ich will sie hier nicht haben, so lange ich lebe« Kichernd fügte sie hinzu: »Und die Hühner auch nicht.«

Wenn Mutter von ihr sprach, sagte sie ebenfalls »diese Frau«, genauso unversöhnlich wie Ava.

Wir sorgten uns um Ava. Bedrückt musterten wir ihre eingefallenen Wangen, das dünne weiße Haar, das auf ihre Schultern fiel. In den Rosenholzregalen standen mehrere Medizinflaschen. Die Ärzte wußten nicht so recht, was ihr fehlte, und experimentierten mit verschiedenen Medikamenten herum. In letzter Zeit schlief sie schlecht, aß kaum etwas und haßte ihre Krankheit.

Der ganze Garten war ein einziger Dschungel geworden, die Einfahrt wurde einmal in der Woche von Kulis saubergemacht, die Abfälle aufsammelten und Laub fegten. Venketesan war in sein Dorf zurückgekehrt. Die Pfauen waren jetzt wild und kamen nicht mehr, wenn wir sie riefen, sondern schrien sich gegenseitig Warnungen zu, wenn wir uns ihnen näherten. Ihre Rufe warnten die Affen, die in die höchsten Äste der Bäume hinaufkletterten, als wären wir Tiger, die sie verfolgten. Die Hunde waren gestorben, einer nach dem anderen, und ich fühlte mich schuldig, weil ich ihr Verschwinden nicht bemerkt hatte, aber das Erwachsenwerden hatte uns gefühllos gemacht. Die Vergangenheit hatte sich schon lange unserem Zugriff entzogen, und unserer Erinnerung.

Ava war auf unseren Besuch stets vorbereitet. Seit Sethu in sein Heimatdorf zurückgekehrt war, kochte sie unsere Lieblingsspeisen selbst. Sie hatte nur noch Vishnu als Küchenhelfer und ständigen Gefährten. Er hatte sich einen Bart wachsen lassen, weiß und kraus wie Schafwolle, während er gleichzeitig kahl geworden war. Nun wohnte er allein im Dienstbotendorf neben den geschlossenen Garagen, Elefanten- und Pferdeställen. Ava verbrachte ihre freie Zeit mit dem Fertigen von Blumengirlanden oder mit Patiencen.

»Ich wünschte, ihr drei könntet wieder bei mir leben!« sagte sie. »Aber das erlaubt euer Nayana nicht. Ihr seid seine Kinder. Aber ich sehe, wie ihr euch verändert. Krishna spricht jetzt nur noch Englisch statt seiner Muttersprache. Kaveri trägt immer Kleider, und Jagan liebt es, wie die Leute auf den Schallplatten zu singen, die wir auf Radio Ceylon hören. Wenigstens seid ihr alle immer noch Hindus.« Sie starrte uns mit schmalen Augen an. »Oder?«

Ich wich Kaveris warnendem Blick aus und konzentrierte mich auf meine Karten.

»Natürlich sind wir das«, versicherte Jagan. »Sie nimmt uns nur zu Weihnachten in eine Kirche mit.«

»Also geht ihr an anderen Tagen in den Tempel?« fragte Ava.

»Nein«, gab er zu. »Nayana hält nichts von Religion.«

Am Anfang unserer allmonatlichen Besuche hatte Ava uns in ihren Gebetsraum auf der Rückseite des Hauses mitgenommen, in der Nähe der Küchen. Der Raum war eine ehemalige Speisekammer. Sie hatte kleine Statuen von Gott Parthasathy und Gott Ganesha aufgestellt und Fotos von meiner Amah und Thatha aufgehängt. Der Tempel war geschlossen und versperrt. Gopalan lebte jetzt bei seiner Familie nahe dem Mylapore-Tempel, und seitdem gab es dort keinen Pujari, der die Pujas vornahm, so daß unser Tempel nicht mehr benutzt werden konnte. Ohne Pujari konnte unsere Großmutter ihren eigenen Tempel nicht benutzen. Doch sie hatte bei den kleinen Ritualen in ihrem Gebetsraum unser Widerstreben bemerkt und hatte aufgehört, uns dazu anzuhalten. Nur an Amahs und Thathas Todestagen verbrachten wir mit ihr den Morgen noch dort.

»Als die Älteste solltest du mit deinen Geschwistern in den Tempel gehen, Kaveri. Es wird Zeit, daß dein Nayana dich verheiratet«, meinte Ava bekümmert. »Wie alt bist du?«

»Fast achtzehn.«

»Achtzehn!« Erschrocken ließ Ava ihre Karten fallen. »Anjali war mit sechzehn verheiratet. Und ich bereits mit zwölf.«

»Aber unsere Amah hat erst geheiratet, als sie zwanzig war.«

»Das war, weil sie auf euren Nayana gewartet hat. Und worauf wartest du?«

»Daß ich mich verliebe.«

»Wie kannst du so etwa Dummes sagen!« schrie Ava. »Wer bringt dich auf so dumme Gedanken? Ich wette, es ist diese Frau. Liebe! Das gibt es nur im Kino oder in Geschichten. Du brauchst nur einen guten Mann zu heiraten, aus einer guten Familie unserer Gemeinschaft, dann wird die Liebe kommen. Übrigens«, fügte sie hoffnungsvoll hinzu, »Hari sucht eine Braut.« Sie ging häufig in eine kleine Leihbücherei, und ihre bevorzugte Lektüren waren »Wahre Liebe«-Romane. Das waren dünne Paperbacks, und sie verschlang sie auf einen Sitz. Sie und Mutter teilten ihre Vorliebe für Georgette Heyer, eine englische Historikerin, die aber auch Liebesromane schrieb.

»Ich heirate, wenn ich mich verliebe«, beharrte Kaveri.

Wenn Ava erfahren hätte, daß Kaveri mit einem Jungen ausging, dann hätte sie einen Herzanfall bekommen. Aber vorher hätte sie Kaveri verprügelt.

»Sie wünscht sich einen Ritter in schimmernder Rüstung«, erklärte ich.

»Wer ist das?« fragte Ava.

»Solche Figuren kommen in englischen Romanen vor.«

»Dann will ich nichts davon hören. Erinnerst du dich nicht mehr an die Tenalirama-Geschichten?«

»Die habe ich vergessen. Ich kenne nur noch englische Geschichten, weil Mutter uns keine anderen erzählt.«

»Also ist sie inzwischen auch deine ›Mutter‹ geworden«, sagte Ava verletzt, »und du hast vergessen, wer deine richtige Mutter ist.«

»Ich habe mich niemals an sie erinnert«, entgegnete ich ärgerlich. »Und wie kann ich sie nach all den Jahren anders als ›meine Mutter‹ bezeichnen.«

»Außerdem gehe ich ins Ausland, so daß ich gar nicht heiraten kann, bis ich mit dem Studium fertig bin«, unterbrach uns Kaveri mit ihrer Neuigkeit.

»Wann?« fragte Ava bestürzt und traurig.

»Nächsten Monat.« Sie sah Avas Schmerz. »Weil ich nicht sicher war, daß es klappt, konnte ich es dir nicht früher sagen.«

»Nach Oxford?«

»Nein«, murmelte Kaveri mürrisch.

Sie hatte sich um die Aufnahme am Balliol beworben, Nayanas altem College, und war angenommen worden. Aber Mutter wollte sie nicht lassen. »Es ist zu teuer«, hatte sie gesagt.

»Der Marwari würde mir einen Kredit geben«, hatte Kaveri argumentiert.

»Wir stecken ohnehin schon bei ihm bis zum Hals in Schulden«, hatte Mutter gesagt. »Und dies würde der Nagel zum Sarg sein. Es sind Pfund, Shilling und Pence, über die wir reden, nicht nur Rupien.«

»Außerdem würde die Regierung dazu ihre Genehmigung nicht geben. Die Reserve Bank läßt den Geldumtausch nur für Universitätsstudien zu, und dann nur für den technischen und wissenschaftlichen Bereich. Sie würden dir nichts geben.«

Wir saßen an dem langen Eßtisch, und Nayana streckte die Hand aus, um Kaveris Hand zu tätscheln, aber sie zog die ihre zurück, als er sie berührte. »Du weißt, wie gern ich möchte, daß du gehst.«

»Irgendeine Möglichkeit müßte es doch geben ...«, meinte Kaveri und kämpfte mit den Tränen.

»Es wäre reine Geldverschwendung, da du ohnehin heiraten wirst, und das Geld können wir besser für die Jungen verwenden.«

Kaveri hatte eine Woche lang geweint, aber Mutter ließ sich nicht umstimmen. Und Nayana gab ihr wie immer recht. Aber Kaveris Entschluß stand fest. Sie wollte ins Ausland gehen, und nichts konnte sie davon abbringen.

»Ich werde mit den Lairds gehen. Patricia und Veronica Laird wurden von einer Schule in Henley-on-Thames als auszubildende Lehrerinnen eingestellt, und um so einen Job habe ich mich auch beworben«, erklärte sie unserer Ava.

»Warum ist Indien nicht mehr gut genug für euch Kinder?« Ava begann zu schluchzen. »Wieso laßt ihr mich allein?«

»Jagan und Krishna bleiben bei dir«, sagte Kaveri und tat ihr Bestes, um sie zu trösten.

Als wir das Geräusch eines Motorrades hörten, das die Zufahrt heraufgeknattert kam, versiegten Avas Tränen abrupt. Offenbar hatte sie auf dieses Geräusch gewartet. Nun wandte sie sich freudestrahlend zu Jagan.

»Lauf hinaus und sieh es dir an. Ich habe versprochen, dir was zu schenken, wenn du aufs College gehst.«

Er spähte durchs Fenster, dann grinste er breit und rannte aus dem Haus. Wir halfen Ava auf die Beine und führten sie langsam zur Veranda.

Voller Stolz saß Jagan auf einem brandneuen Royal En-field-Motorrad, einer glänzenden, schwarzsilbernen Maschine, in die ich mich sofort verliebte. Der Verkäufer zeigte meinem Bruder den Kickstarter und erklärte, wie man in die Gänge schalten mußte. Während wir auf den Stufen saßen und zuschauten, seufzte ich vor Neid. Jagan startete es und brauste die Zufahrt hinunter und wieder zurück, ließ den Motor aufheulen, und wir hielten uns die Ohren zu.

»Danke, Ava!« schrie er und genoß die vibrierende Kraft zwischen seinen Beinen. »Jetzt fahre ich nach Hause!«

»Sei vorsichtig!« rief Ava. Er winkte uns zu, raste die Zufahrt hinab und auf die Straße, und wir lauschten dem dröhnenden Lärm, bis er in der Ferne verhallte.

»Warum kriegt immer nur er diese wunderbaren Geschenke?« fragte ich Kaveri, als wir in einer Rikscha zurückfuhren.

»Weil er Avas Liebling ist. Das wußtest du doch die ganze Zeit. Und du warst Amahs Liebling. Für mich hat sich niemand interessiert.«

»Du bist meiner », beteuerte ich und nahm sie in die Arme. Zu meiner Überraschung weinte sie nicht und schaute mich nur traurig an. »Ich wünschte, du würdest nicht fortgehen.«

»Aber das muß ich. Wir wurden dazu erzogen, ins Ausland zu gehen. Und ich kann nicht länger hierbleiben. Ich wollte immer weg. Außerdem möchte ich gehen, bevor Amber geht.«

Eine Abreise und ...

Ich schrieb Anjali und berichtete ihr von Kaveris bevorstehender Abreise. Aber der Tag rückte allmählich näher, und wir hörten nichts von unserer großen Schwester. Entweder hatte Balas Mutter den Brief abgefangen, oder Anjali machte sich keine Gedanken darüber. Ich verstand nicht, was mit uns geschehen war. Statt immer enger zusammenzuwachsen wie die Wurzeln desselben Baums, entfernten wir uns immer weiter voneinander. In Gedanken hatte Kaveri uns bereits verlassen, wanderte über den Piccadilly, tauchte ihre Hand in die Brunnen auf dem Trafalgar Square und stand vor dem Tor des Buckingham Palace, um einen Blick auf Königin Elizabeth und den schneidigen Prinz Philip zu erhaschen.

»Bald wirst du auch kommen«, sagte sie jedesmal, wenn ich ihr das Fortgehen auszureden versuchte. »Nächstes Jahr sehen wir uns wieder, und wir werden immer Freunde bleiben.«

»Und was soll ich hier machen?«

»Irgendwie mußt du dein Leben planen. Jagan will Ingenieur werden. Vielleicht wäre das auch etwas für dich.«

»Obwohl ich mich so mühsam mit Arithmetik, Trigonometrie und Algebra herumschlage? Ich weiß nicht, was ich tun möchte.«

Während die Laird-Schwestern bei Verwandten in Sevenoaks einquartieren würden, sollte Kaveri bei einem Studienfreund Nayanas wohnen. Sir Edward Hobart besaß ein großes Haus in

Sussex. Dort konnte sie bleiben, so lange sie wollte. Er und Lady Hobart hatten jede Menge Platz.

Sie verbrachte die Woche vor ihrer Abreise damit, alle Verwandten zu besuchen, die mit uns im Großen Haus gelebt hatten, und fuhr allein nach Bangalore, weil Nayana und Mutter nicht mehr mit Gita Atha redeten. Sie kehrte mit der Neuigkeit zurück, die Tante hätte vor, ein Kind zu adoptieren, was Mutter sehr amüsant fand.

»Offensichtlich ist sie unfruchtbar«, bemerkte sie mit Genugtuung. »So, wie sie sich benimmt, muß ihr Inneres ja ganz vergiftet sein.«

Aber Nayana hatte andere Probleme. Er mußte entscheiden, ob er in den neuen Staat Andhra übersiedeln sollte. Für Andhra war ein großes Stück unseres alten Staates abgetrennt worden. Die Grenzlinien verliefen siebzig Meilen nördlich von Madras, Hunderte von Meilen die Küste entlang und tief ins Innere hinein. Andhra hatte eine neue Regierung, einen neuen Ministerpräsidenten, neue Minister, und sie alle hielten nach Beamten Ausschau, die telugu sprachen. Nayana könnte nach Andhra gehen und würde Staatssekretär werden. Er glaubte, für einen Telugu würde sich die Situation in einem Tamilenstaat verschlechtern, aber er mochte nicht in Hyderabad leben.

Der Traum von einem einigen Indien war zusammengebrochen wie ein Kartenhaus, zerstört von einem mutwilligen linguistischen Wind. Kaveris bevorstehende Abreise allein machte Nayana und Mutter ruhelos.

Nur die florierende Hühnerfarm hielt sie noch in Indien, fünfzig fette Vögel – Rhode Island Reds, Leghorn, Golden Aurioles und andere ausländische Sorten. In unserer Garage standen jetzt Brutkästen, und Mr. Braithwaite kümmerte sich liebevoll um die Küken. Sobald die Vögel herangewachsen waren, wurden sie verkauft. Sie vermehrten sich so schnell wie die indische Bevölkerung. Bald würden wir eine größere Garage und einen größeren Garten brauchen: Die Hühner würden uns überschwemmen.

Am Abend vor Kaveris Abreise befragte Nayana den Orakelstab über ihr Schicksal, die Hühner und den neuen Staat Andhra. Wir saßen feierlich im Wohnzimmer, wie beim letzten Abendmahl. Meine Schwester hatte ihren riesigen Koffer schon gepackt und mit dicken Pullovern, Mänteln, Schals und Handschuhen vollgestopft, um der englischen Kälte zu trotzen.

»Ich muß mich konzentrieren«, verkündete Nayana und legte eine Landkarte von Großbritannien vor Kaveri auf den Tisch.

Er schloß die Augen. Von den Schwingungen der Kugel hing unsere Zukunft ab. Er öffnete die Augen wieder und zeigte mit einem Finger auf Kaveri. Die Kugel drehte sich entgegen dem Uhrzeigersinn, weil sie eine Frau war. Als er auf mich zeigte, ging sie rechts herum. Von Kaveri zeigte er auf die Karte, und sie hielt den Atem an, obwohl es zu spät war, um ihre Abfahrt zu verhindern. In ein paar Stunden würde der Zug abfahren, sie würde die Lairds am Bahnhof treffen, das Schiff würde im Hafen von Bombay ankern. Erleichtert beobachtete Kaveri, wie sich die Kugel im Uhrzeigersinn drehte und sie zum Verlassen des Landes ermunterte. »Das Orakel zeigt, daß du in England dein Glück machen wirst«, sagte Nayana. »Du und England passen zusammen.«

Die Elfenbeinkugel hatte entschieden, Anjali und Bala würden zueinander passen, und eine Tragödie heraufbeschworen. Damals hatten wir alle an das Orakel geglaubt, und jetzt erkannte ich die verführerische Macht der Hoffnung. Von unseren Träumen und Wünschen genötigt, drehte sich die Kugel so, wie wir es wollten. Nayana wollte, daß Kaveri glaubte, sie würde in ihrem neuen Leben glücklich sein.

»Soll ich als Staatssekretär nach Andhra gehen?« fragte er die Elfenbeinkugel als nächstes.

Es dauerte eine Weile, bis sich die Kugel im Uhrzeigersinn bewegte, aber nicht so heftig wie zuvor. Offenbar hegte sie gewisse Bedenken, was Nayana natürlich berücksichtigen würde.

»Und wird die Kajaksha-Hühnerfarm auch weiterhin gut gehen?«

Lebhaft kreiste die kleine Kugel im positiven Sinn. Nayana und Mutter lachten entzückt. Die Hühner versprachen ihnen Glück, sie würden eine große Farm außerhalb der Stadt kaufen.

Ava hatte darauf bestanden, Kaveri zum Zug zu begleiten, und ich holte sie zusammen mit Jagan ab. Auch Vishnu schloß sich an. Ava hatte einen ihrer schönsten Seidensaris an, der eng anlag, aber ihr Choli war viel zu weit geworden. Auf unsere Arme gestützt, ging sie langsam durch die Menge, die sich im Bahnhof drängte, und schaute sich überrascht und unsicher um. Nach der Einsamkeit des Großen Hauses mußten sie der Lärm und das Getümmel des Bahnhofs erschrecken.

Sie lehnte leicht gegen meinen Arm, wie Luft, und reichte mir nur noch bis an die Schulter. Sie begann zu weinen, und ich dachte, es war, weil sie Kaveris Fortgehen bedauerte. Wir mußten stehenbleiben, weil sie ihre Wangen abwischen wollte.

»Vor zwölf Jahren war ich das letzte Mal auf diesem Bahnhof. Ich bin niemals gerne gereist, ich war lieber in meinem Garten. Werdet ihr beiden auch weggehen?«

»Nein«, sagten Jagan und ich, und wir wußten, daß wir logen.

Wehmütig musterte sie Kaveri, die neben einem Waggon erster Klasse stand. »Wie jung und schön sie aussieht …« Mutter würde sie nach Bombay zum Schiff begleiten, auch wenn die Lairds dabei waren. Sie wollte sicher sein, daß Kaveri unbeschädigt an Bord kam. Bei Avas Anblick war sie ins Abteil gestiegen.

»Ich werde nur ein paar Jahre weg sein«, sagte Kaveri und umarmte ihre Großmutter. »Ich werde dich bald wiedersehen.«

»Ja, das wirst du.« Avas Stimme klang nicht sonderlich überzeugt. »Ich hätte es vorgezogen, du hättest geheiratet und wärst dann ins Ausland gegangen. Du bist so hübsch und noch ein Kind, und diese Leute werden dich verschlingen. Du darfst nicht mit Jungen ausgehen, nicht trinken und nicht rauchen, und du mußt wiederkommen und einen braven Jungen aus unseren Kreisen heiraten.«

»Ja, das werde ich, Ava«, versicherte Kaveri und lachte. Sie sah sich ungeduldig um und wartete auf das Abfahrtssignal für den Zug.

Als der schrille Pfiff erklang, kniff Ava sie in die Wange und küßte ihre eigenen Finger, eine traditionelle liebevolle Geste. Dann öffnete sie einen Knoten in einer Ecke ihres Saris und drückte einen Sovereign in Kaveris Hand.

»Hier, es ist einer von deinem Thatha«, sagte sie. Kaveri ergriff ihn.

»Du mußt bald kommen, Krishna«, wisperte Kaveri mir zu. »Wir dürfen nicht so lange getrennt sein. Dich werde ich am meisten vermissen. Versprich es.«

»Ja, ich verspreche es«, antwortete ich unglücklich. Ich wußte, in England würde sie sich noch mehr verändern und andere Menschen in ihr Herz schließen.

Dann umarmte sie Jagan, aber ihre längste Umarmung galt Nayana. Sie klammerte sich an ihn und weinte. Plötzlich fürchtete sie die große weite Welt, die da draußen wartete. Seine Arme boten ihr zum letztenmal den Schutz, den sie während der Kindheit genossen hatte. »Ich liebe dich, Nayana.«

»Das weiß ich, Kaveri.« Er tätschelte ihre Schulter, und ich wünschte, er würde erwidern, daß er sie genauso liebte. Doch er schwieg – wie immer. So etwas sagte er niemals zu uns.

»Ich liebe dich«, beteuerte ich, als sie sich von ihm losriß, aber meine Liebe war zweitrangig. Ganz egal, was er sagte oder nicht, sie würde ihn immer lieben. Und die Trennung würde diese Liebe noch vertiefen, sie würde in ihrem neuen Leben ihr einziger Anker sein.

Ruckartig setzte sich der Zug in Bewegung, die Türen wurden zugeschlagen. Kaveri preßte ihr Gesicht gegen das Eisengitter, wollte noch einen letzten Blick auf ihn und uns erhaschen. Ihre Hand winkte und winkte und winkte noch immer, als der Zug um eine Kurve in der Nacht verschwand.

»Du hättest es ihr sagen müssen«, warf ich Nayana vor.

»Was?«

»Daß du sie liebst.«

»Aber das habe ich doch getan.«

Er wandte sich von mir ab. »Nicht wahr, Liebling?« Sekundenlang hatte er Mutters Abreise vergessen.

»Du hast es niemals gesagt.«

»Sie weiß es«, sagte er kurz. Seine Kinnmuskeln spannten sich an. »Bringt ihr Ava nach Hause?«

»Ja.«

»Ich gehe mit Nayana«, erklärte Jagan, »weil ich morgen einen Aufsatz abgeben muß.«

... eine Ankunft

Jetzt muß ich mich setzen«, sagte Ava.

Ich führte sie zu einer Bank. Vishnu stand geduldig neben uns. Allzulange blieb der Bahnsteig nicht leer und verlassen. Reisende trafen ein, um auf den nächsten Zug zu warten.

Nur weil sie schniefte, bemerkte ich, daß Ava wieder weinte. Sie betupfte ihre Augen mit einem Zipfel ihres Saris, aber die Seide saugte die Tränen nicht auf.

»Weine nicht. Kaveri wird bald wiederkommen«, versuchte ich sie zu trösten, »und dann arrangierst du ihre Hochzeit.«

»Ich weine nicht um Kaveri«, sagte Ava. »Sie ist weggegangen, und nur Gott weiß, wann ich sie wiedersehen werde. Nein, ich weine um Rani. Auf diesem Bahnhof sah ich sie zum letztenmal. Sie fuhr mit Nayana, Kaveri und dir für ein paar Monate nach Lahore, und ich brachte euch mit Thatha zum Zug. Hätte ich gewußt, daß sie wegging, um zu sterben, hätte ich sie niemals von mir gelassen.« Ava stand auf, und ich stützte sie. »Das war vor zwölf Jahren. Ich wollte nie wieder hierherkommen.«

In melancholischem Schweigen fuhren wir zum Großen Haus. Sie trauerte immer noch um Rani. Das konnte ich nicht, nicht mit der gleichen Intensität wie Ava. Meine Gedanken und mein Herz reisten mit Kaveri in die Ferne.

»Wo sind die Straßenbahnen?« fragte meine Großmutter plötzlich und spähte ins Dunkel.

»Verschwunden.« Es war, als hätte die Erde sie verschluckt, und nur die Schienen in der Mitte der Straße erinnerten an sie.

»Du meinst, sie sind im Tram-Bahnhof?«

»Nein, die Regierung hat sie aus dem Verkehr gezogen.«

»Diese verdammten Narren! Es hat soviel Spaß mit ihnen gemacht. Wie gern bin ich damit gefahren! Vom First Line Beach bis Egmore hat es nur einen Anna gekostet. Wie kommen die Leute jetzt wohin?«

»Es gibt mehr Busse. Angeblich haben die Trams zuviel Platz auf der Straße beansprucht.« Bald würde man auch die Schienen entfernen, und nichts würde mehr an die Straßenbahnen erinnern.

Wir bogen in die Zufahrt des großen Hauses ein, und als wir uns der Veranda näherten, sahen wir im Licht der Scheinwerfer ein Auto, das dort stand.

»Was sind das für Leute?« fragte Ava irritiert. Seit sie allein lebte, mochte sie so spät am Abend keine Besucher mehr.

Ich stieg zuerst aus. Im schwachen Schein des Verandalichts sah ich zwei Gestalten auf der Schaukel schwingen.

»Anjali und Rama«, sagte ich ärgerlich. »Sie hätten früher kommen und sich von Kaveri verabschieden sollen.« Anjali saß mit gekreuzten Beinen heiter wie Buddha auf der Schaukel, und Rama hatte wie ein Liebhaber seinen Kopf in ihren Schoß gelegt. Sie sprang auf und umarmte Ava und mich, staubig und schmutzig, aber guter Dinge.

»Du hast die Abreise Kaveris verpaßt«, sagte ich, noch immer ärgerlich, »obwohl ich dir früh genug das exakte Datum geschrieben habe.«

»Tut mir leid, ich hab' es versucht. Ich mußte den ganzen Tag fahren und bin erst vor zehn Minuten angekommen. Bei Ranipet ist ein Reifen geplatzt.« Sie seufzte. »Trotz unserer Streitereien wird sie mir fehlen.«

»Vishnu, geh und bereite ein Bad für Anjali vor«, sagte Ava, während wir ihr die Stufen hinaufhalfen.

Anjali wartete, bis Ava sich gesetzt hatte. »Außerdem konnte ich nicht früher kommen«, sagte sie ruhig. »Bala ist gestorben.«

»O Gott!« Ava begann wieder zu weinen.

»An …?« Ich vollendete die Frage nicht. Erleichtert atmete ich auf. Nun war Anjali von ihrer schrecklichen Ehe erlöst.

»Er stürzte die Treppe hinab und brach sich den Hals«, erklärte sie. »Natürlich war er …« Auch dieser Satz blieb unvollendet. Anjalis Augen waren hell und klar, ein schwaches Lächeln umspielte ihre Lippen. »Ich bin für immer zurückgekehrt.«

Brüder und Schwestern

Ja, ich vermisse Kaveri sehr. Vor sechs Wochen ist sie abgereist, und die Lücke, die sie hinterließ, wird immer größer. Wir schreiben uns jede Woche, immer zur selben Zeit am Samstag. Ich tue es drei Uhr nachmittags, sie schreibt um halb zehn am Morgen, so sind wir in Gedanken vereint. Sie schreibt mir von ihrer Ausbildung, von neuen Freunden und den Jungs, die mit ihr ausgehen. Sie sagt, daß sie sich trotzdem oft einsam fühlt. Ich denke, für ein Mädchen aus unserer Familie muß es schwierig sein, ganz allein in der Fremde zu leben und zu arbeiten. Mutter meint, die Selbständigkeit würde ihr guttun, sie würde ihr Rückgrat geben. Was mich betrifft, so möchte ich meine Familie um mich haben und nicht in einer Welt mit Fremden leben.«

»Und ich dachte, du wärst eine Abenteurernatur«, sagte Amber, »aber du bist ein kleiner Feigling. Hast du denn gar keine Ambitionen?«

»Ich nehme an, ich werde nach Oxford gehen, aber das hat Vater beschlossen, weil ich in seine Fußstapfen treten soll. Ich habe keine Ahnung, was ich dort machen werde.«

»Trinken und den Mädchen nachstellen, vermute ich. Ich will auf die RADA gehen, die Royal Academy of Dramatic Art. Von da kommen die besten Schauspielerinnen. Ich muß dort zum Vorsprechen und habe die Portia aus dem ›Kaufmann von Venedig‹ gewählt.«

»Sei froh, daß du weißt, was du in den nächsten hundert Jahren tun wirst. Das hat Jagan auch schon längst beschlossen. Er möchte Brücken bauen, sagte er, große Brücken, die ganze Meere überspannen.«

Inzwischen hatte er das Loyola verlassen und absolvierte sein erstes Studienjahr am Guindy Engineering College. Ich war dabei, ihm zu folgen, nicht aufs College, aber aufs Loyola. Doch vorerst hing Oxford wie ein verschleierter Mond über einem fernen Horizont.

Auch Amber hatte die Schule beendet und lebte jetzt bei uns. Den Großteil ihrer Zeit verbrachte sie mit ihren neuen Freunden von der Madras Dramatic Society und trat in englischen Salonkomödien auf, um ihre Fähigkeiten zu erproben. Dabei zeigte sich ihr Sinn für feineren Humor. Mutter hatte ihr Kaveris Zimmer gegeben und neu eingerichtet. Es war nun sehr englisch, mit Rüschenvorhängen und einer Bettdecke aus Spitze. Von Kaveri war nichts übriggeblieben. Mutter hatte alle Spielsachen und Bücher an die Second hand Shops auf dem Moore Market verkauft und die Kleider der Wohlfahrt gespendet.

»Was für ein langweiliger Beruf«, meinte Amber. »Aber der paßt zu Jagan. Er lächelt nie und macht mir niemals so nette Komplimente wie du. Ich glaube nicht, daß er mich mag.«

»Ich bin sicher, er tut es. Ich denke, ich bin derjenige, den er nicht leiden kann. Er behandelt mich von oben herab, und ich wünschte, ich würde ihn besser kennen, so wie Kaveri und Anjali. Aber er kann er seine Gefühle nicht leicht zeigen, im Gegensatz zu mir. Ich bin ganz verrückt nach dir.«

»Weil du meinen Körper begehrst.«

Sie trug einen gewagten schwarzen Bikini, wie die verführerischen Stars in amerikanischen Filmen. Unter dem BH zeichneten sich ihre Brustwarzen ab, das Höschen ließ den Nabel frei. Der Bikini war naß und auf ihrer Haut wie schwarzer Samt. Goldener Flaum schimmerte an ihren Armen und Beinen, und auf ihrer Haut perlte das Wasser wie Morgentau. Das nasse Haar klebte an ihrem Kopf und ihren Schultern. Ich liebkoste einen Tropfen. Sie schien es nicht zu bemerken, aber meine Fingerspitze brannte.

Ich hatte eine schwarze Badehose an. Wir lagen in Korbsesseln im Schatten am Swimmingpool des Bangalore Clubs. Er war an zwei Seiten von einer Hecke begrenzt, an einer weiteren befanden sich die jetzt geschlossenen Türen zum Ballsaal. Hinter den Sprungbrettern ging es zu den Umkleidekabinen der Herren. Es war Nachmittag, die Luft war warm und einschläfernd, der Club war verlassen. Und nachdem die Diener verschwunden waren, hatten wir den Pool für uns allein. Erst nach Schulschluß so gegen vier würde es voll werden.

Um das friedliche Ende des Gerichtsprozesses zu feiern, waren Mutter, Amber und ich zu Gita Atha nach Bangalore gefahren. Zunächst war der Fall vor dem Mietkontrollgericht verhandelt worden, dann vor dem Berufungsgericht, und vielleicht wäre er sogar beim Obersten Gerichtshof gelandet, aber letzten Endes hatte meine Tante kapituliert und Mohan als Friedensstifter zu Nayana geschickt. Sie würden sich das Grundstück ihrer Mutter in der Stadt teilen. Es sollte für einige Lakhs verkauft werden, und mein Vater wollte mit seinem Erlös eine große Hühnerfarm erwerben. Außerdem wollte er vorzeitig in den Ruhestand treten und seinen Dienst bei der Regierung quittieren, statt nach Hyderabad zu ziehen. Wie ihm die Elfenbeinkugel versichert hatte, war das die beste Entscheidung, die er treffen konnte.

Während Nayana und Mutter die erforderlichen Dokumente für den Verkauf unterzeichneten, war ich mit Amber im Club geblieben, wo wir wohnten. Der Brigadier, immer noch ehrenamtlicher Leiter, beobachtete mit immer mehr Mißbilligung, wie sich Amber mit mir abgab. Er lehnte ein solches Verhalten zwischen jungen Leuten ab, besonders zwischen europäischen Mädchen und eingeborenen Jungs.

»Hast du was von Richard gehört?« fragte ich.

»Er schreibt nur selten. Einmal alle sechs Monate. Jetzt dient er bei der Royal Navy in Portsmouth.«

»Ist er ein Oberleutnant?«

»Natürlich nicht.« Amber lachte. »Er ist nur Matrose. Da müßte er erst mal Prüfungen ablegen, um Offizier zu werden, dazu ist er viel zu faul. Er fragte in seinem letzten Brief, wie es dir geht.«

»Ich mochte ihn, er war lustig.«

»Alles nur Schau«, erwiderte Amber tonlos. »In der Tiefe seines Herzens ist er verzweifelt. Es muß schrecklich sein, die Mutter zu verlieren.«

»Aber sie ist nicht tot.«

»Er hat sie auf andere Weise als du verloren. Für ihn wäre es besser, Mum wäre gestorben. Gewiß, es war grausam von ihr, ihn zu verlassen. Aber was sollte sie tun? Zwei Kinder konnte sie nicht ernähren, und sie dachte, bei Dad wäre er besser aufgehoben. Natürlich vertrugen sie sich nicht, wegen Dads Sauferei und …«

»Was?«

»Nichts«, erwiderte Amber mit gepreßter Stimme.

»Eigentlich müßten sich die beiden lieben. Wenn ein Elternteil stirbt, konzentriert man sich auf den anderen. So war es bei unserem Vater.«

»Aber sie ist nicht gestorben. Richard wurde nur im Stich gelassen.« Sie biß sich auf die Lippe. »Ich denke, er haßt sie wirklich. Sie schreibt ihm einmal im Monat, aber er antwortet nie. In seinem letzten Brief bat er mich, ihr zu sagen, sie soll damit aufhören. Sonst würde er mir auch nicht mehr schreiben. Aber ich weiß, sie wird nie aufhören. Und er wird ihr nie antworten.«

»Das ist traurig …«

»Ich habe dir vorhin gesagt, im Leben heißt es immer nur: Wie du mir so ich dir: Wie können wir die Menschen, die wir lieben, bestrafen, wenn sie uns verletzt haben?«

Sie rollte sich aus dem Sessel und sprang in den Pool. Anmutig wie eine Nixe schwamm sie durchs silbrige Wasser. Ich folgte ihr ungeschickt, ungeübt in diesem Element. Lachend tauchte sie und zog meine Badehose bis zu den Knien hinunter. Hastig zerrte ich sie wieder hoch und griff nach Amber, doch sie entglitt mir mühelos und floh ins tiefe Wasser.

»Ich werde dir das Bikinioberteil ausziehen«, sagte ich, »aber das kann ich da drüben im Tiefen nicht.«

»Deshalb bleibe ich ja hier, so kannst du besser schwimmen lernen.«

Ich war eingeschnappt und sah ihr zu, wie sie außerhalb meiner Reichweite hin und her schwamm. Außerdem fand ich ihr Verhalten ausgesprochen ärgerlich und hätte sie gern bei den Haaren gepackt und ihr die Bikinihose heruntergerissen, wie sie es bei mir gemacht hatte.

»Ich gehe mich umziehen.«

Ich kletterte aus dem Pool und lief erbost zu den Umkleidekabinen der Herren. Sie waren groß und luftig, eine zum Umziehen, die andere zum Duschen und mit Toiletten. Ich zog mich aus und setzte mich mürrisch auf die Holzbank. Mein mißlungener Versuch, Amber zu verführen, deprimierte mich. Ich kam mir vor wie das Frankenstein-Monster, das schwerfällig einen steinigen Weg entlangstolperte, während sie leichtfüßig wie ein Reh davoneilte. Mein Leben bestand nur aus Trümmern, und ich konnte den Stürmen nicht standhalten, die durch meinen Körper tobten.

Die kalte Dusche dämpfte die Hitze meines Körpers und meinen Zorn. Amber zog den Duschvorhang zur Seite, huschte in die Kabine, und zog ihn wieder vor.

»Spielverderber! Du solltest mir doch nachschwimmen.«

»Du darfst hier nicht rein«, sagte ich.

»Aber es macht Spaß, Dinge zu tun, die man nicht darf.«

Blitzschnell zog sie sich aus, kickte den Bikini in eine Ecke und kam zu mir unter den Wasserstrahl. Sie nahm die Seife und gab sie mir. »Damit du aufhörst zu schmollen, bist du zuerst dran«, sagte sie. »Erlaub dir bloß nicht zuviel!«

Während ihre Haut zuvor wie Seide gewesen war, fühlte sie sich mit meinen seifigen Händen wie Glas an. Sie wandte mir zuerst ihre Rückseite zu, ihre Schultern waren stark und gerade, ihr Körper war rund und fest. Ich seifte die Rückseite ihrer Beine ein, bevor sie sich umdrehte, und ich setzte meinen Weg fort über ihr blondes Schamhaar. Sie preßte die Schenkel zusammen, und ich machte mit dem Bauch weiter und umkreiste ihre Brüste. Ihre Augen waren in träumerischem Entzücken halb geschlossen, sie schien sich meiner Macht auszuliefern und atmete kurz und stoßweise.

»Jetzt ich.« Sie nahm mir die Seife aus der Hand und schrubbte zuerst meinen Rücken und meine Beine. Nach einer Weile drehte sie mich herum; ihre Hände umfaßten meinen Penis, seifig und neugierig, aber das Feuer war unerträglich. Ich war kraftlos, atemlos in ihren Händen. Ihre Neugier hatte sie fasziniert, aber ich konnte den Schmerz nicht mehr länger ertragen und ejakulierte zum erstenmal in meinem Leben. Wir waren beide überrascht.

»Nun, wie war es?« fragte sie beiläufig.

Es dauerte eine Weile, bis ich aus dem betäubenden Nebel meiner Erregung auftauchte. »Phantastisch. Eine Sensation. So etwas habe ich nie zuvor empfunden. Es ist tausendmal besser als alles, was ich je gespürt habe. Es ist köstlicher Schmerz und köstliches Vergnügen, alles auf einmal.«

»Das behauptet Mum auch, aber ich habe ihr nicht geglaubt.« Sie seifte ihre Hände ein, hielt sie unter den Wasserstrahl. Ich fühlte mich müde und schwach und wünschte dennoch, sie würde es noch einmal machen. In jenem Augenblick war ich zu einem Riesen geworden, voller unermeßlicher Kraft und Selbstvertrauen. Wie Tarzan hätte ich mir am liebsten auf die Brust geschlagen und geschrien.

»Sie hat mit dir darüber gesprochen?«

»Natürlich. Wenn du sie fragst, dann wird sie es dir auch sagen. Wir Frauen müssen das alles wissen, weil wir diejenigen sind, die die Babies bekommen. Und sie sagte auch, wenn wir unseren Orgasmus haben – so nennt man das –, dann dauert er länger. Nicht so wie bei den Männern, die immer gleich fertig sind.«

»Jetzt will ich sehen, wie *du* es machst.«

»Unter der Dusche? Nein, danke.«

»War ich der erste für dich?« Ich mußte es wissen. Sie sah amüsiert aus, als hätte sie die Frage erwartet. »Hast du das mit einem deiner anderen Freunde gemacht?«

»Vielleicht, vielleicht auch nicht«, war ihre ganze Antwort.

Wir spülten den Seifenschaum ab und küßten uns. Ich war schon wieder soweit, aber sie schob mich weg. »An diesen Moment werden wir uns für den Rest unseres Lebens erinnern«, wisperte sie.«

»Wir könnten uns bis zum Tod daran erinnern, wenn wir es zusammen machen. Ich könnte sehen, wie lange dein Orgasmus dauert.«

»Nein. Ich will jetzt keine so lange Erinnerung.«

»Und wann werden wir es miteinander tun?«

»Ich werde es erst tun, wenn ich verheiratet bin«, sagte sie. Aber sie sagte nicht, wenn ›wir‹ verheiratet sind. »Hol meine Sachen. Die liegen draußen.«

Als ich ihr Sommerkleid, ihren BH und ihr Höschen ergriff, kam ein kleiner Junge in den Umkleideraum gelaufen.

»Hau ab!« sagte ich.

»Aber ich muß Pipi.«

»Dann geh in den Pool. Verschwinde, sonst leg' dich übers Knie.«

Er rannte schluchzend davon und ließ mich im Vollgefühl meiner männlichen Kraft zurück.

Der heimliche Liebhaber

Wir saßen unschuldig auf dem unbequemen Sofa in Gita Athas Salon nebeneinander. Sie hatte seit dem Tod ihrer Mutter nichts verändert. Die Möbel wirkten jetzt noch schäbiger, der Raum noch düsterer. Weil sie das Sonnenlicht und Dacoits fürchtete, blieben die Fensterläden stets geschlossen. Auch Mohan sah schäbig aus, und die Kleidung hing viel lockerer als früher an seinem Körper.

Die Rennbahn war freundlich zu Mohan, er und Gita Atha setzten auf sichere Gewinner mit guten Aussichten und räumten zweimal in der Woche ab, mittwochs und sonntags. In den Sommermonaten, wenn es zu heiß wurde, fuhren sie nach Ooty. Sie waren gerade zurückgekommen, zufrieden mit ihren Gewinnen und Ooty-Kühle auf ihrer Haut.

»Ich verstehe nicht, wie Sie aus den Bergen nach Madras ziehen konnten.« Gita Atha seufzte und erschauerte dramatisch. »Von der Kälte in die schwüle Hitze.«

»Ich habe mich daran gewöhnt«, entgegnete Mutter kurz.

Besitzergreifend legte ich mit voller Absicht meine Hand auf Ambers Arm. Sie riß sich nicht los. Mutter bemerkte die Geste und schien instinktiv zu wissen, daß zwischen uns etwas passiert war. Sie entspannte sich erst, als ich meine Hand zurückzog. Amber lächelte leicht.

Während sich Mutter und Mohan eine Packung Gold Flake-Zigaretten teilten, füllten sie die schale Luft mit stickigem Rauch. Nayana sah immer wieder nach der Aktentasche an seiner Seite, um sich zu vergewissern, daß sie noch da war. Sie enthielt zwei Lakhs, zweihunderttausend Rupien in Hundert-Rupien-Bündeln.

Wie bei allen Landverkäufen wurde ein Teil des Geldes mit Scheck bezahlt, das Schwarzgeld in bar.

Zwischen uns, auf dem Boden, krabbelte ein kleines Mädchen herum. Ihre Augen waren mit Khol umrandet, und sie trug einen *Botu* und eine goldene Halskette. Ruku, so hieß die Kleine, wurde von einer jungen Dienerin beaufsichtigt. Gita Atha betrachtete das Kind weniger mit Zuneigung als mit Mißvergnügen, als es sich von Knie zu Knie vorwärtshangelte.

»Wieso durften Sie ein Kind adoptieren?« fragte Mutter. »Ich wußte nicht, daß sie Babies an Ehepaare über fünfzig geben.«

»Wir haben eine Sondergenehmigung erhalten«, erwiderte Gita Atha. »Mohan hat an einigen Fäden gezogen, und sie haben sie uns gegeben.«

»Wer ist ›sie‹?«

»Das Waisenhaus. Ich habe den Namen vergessen«, fügte Gita abrupt hinzu, um weitere Fragen zu unterbinden.

Mutter ließ nicht locker. »Oder haben Sie das Baby einer armen Frau abgekauft?«

»Ich habe es nicht nötig, so etwas zu tun«, sagte Gita Atha knapp. Dann lächelte sie und fragte Mutter honigsüß. »Immer noch kein Nachwuchs?«

»Nein«, sagte Mutter kurz. »Ich habe bereits zwei eigene Kinder.«

Als Ruku zu weinen anfing, befahl Gita der Dienerin, die Kleine in den Garten zurückzubringen. Sie schaffte sie wie ein Spielzeug hinaus, und Gita Atha sah erleichtert aus.

»Wo ist Siva?« fragte ich. Ich wußte, daß irgend etwas im Haus fehlte.

»Tot«, sagte sie. »Eines Morgens gab es keinen Kaffee, und als ich in sein Zimmer ging, sah ich, daß er im Schlaf gestorben war.«

Ich beneidete ihn um seinen fehlenden Ehrgeiz, seine Einfachheit. Von seiner inneren Stimme geleitet, hatte er sein Leben in der Sklaverei verbracht und sein Dharma treu und klaglos erfüllt. Er hatte nichts erwartet und war dafür mit einem friedlichen Tod belohnt worden. Er mußte meine Tante und ihre Mutter geliebt haben, die ihn in der Sklaverei gehalten hatten, aber sie hatten seine Gefühle nicht erwidert. Ich fragte mich, wie er überlebt hatte. Vielleicht brauchten manche Menschen keine

Gegenliebe, und es genügte ihnen, für andere dazusein. In gewissen Fällen jedoch beschwor verschmähte Liebe wilde Rachsucht herauf.

»Tut mir leid«, sagte ich.

Sie zuckte mit den Schultern und wandte ihre Aufmerksamkeit Nayana zu. Mir mißfiel ihre Gleichgültigkeit.

»Was ist mit dem Ackerland?« fragte Nayana.

»Das gehört mir«, erwiderte sie schrill. »Das war alles Mutters Eigentum, und rechtmäßig erbe ich alles, was ihr gehörte.«

»Dann hätte ich alles andere erben müssen, weil es in Vaters Besitz war«, meinte Nayana ärgerlich. »Ich hätte nicht mit dir teilen müssen.«

»Deshalb sind wir ja vor Gericht gegangen, »erwiderte Gita Atha verschlagen. »Du hättest mich zur Räumung des Hauses zwingen können.«

»Ich habe dir gesagt, wir hätten das Ackerland in den Prozeß einbeziehen sollen«, sagte Mutter mit ihrer Ich-habe-es-dir-gesagt-aber-du-wolltest-nicht-hören-Stimme.

»Ich dachte, sie würde fair handeln.«

»Nun weißt du, daß deine Schwester nie daran gedacht hat, in irgendeiner Weise fair zu sein. Das ist nicht ihre Art.«

»Also gehen wir wieder vor Gericht«, seufzte Nayana.

»Einverstanden«, stimmte Gita Atha fröhlich zu. Sie liebte Gerichtsverhandlungen genauso wie Pferderennen. Vor kurzem hatte sie einen Prozeß gegen ihr College angestrengt, weil sie bei einer Beförderung übergangen worden war.

Nayana und Mutter standen auf. Bis zur weiteren Klärung des Falls würden sie keinen Fuß mehr in dieses Haus setzen. Als Amber und ich den beiden folgten, wurden wir von Gita Atha und Mohan begleitet.

»Ich habe in Ooty einen Europäer namens Wells kennen gelernt«, sagte Gita Atha und erzielte die gewünschte Wirkung. Abrupt blieben Mutter und Amber stehen. »Ein großer, kräftiger Mann mit einem kantigen Gesicht.«

»Er war bei den Rennen«, fügte Mohan hinzu.

»Und er trank sehr viel.« Gita Atha sagte es mit Genugtuung. »Er verlor ungefähr tausend Rupien, was ihn nicht zu stören schien. Am Anfang haben wir natürlich gar nicht realisiert, daß er Ihr Mann ist.«

»Bharat ist mein Mann«, entgegnete Mutter kühl. »Mr. Wells ist mein Ex-Ehemann. Und es ist nichts Neues, daß er ein Trinker ist und Geld verliert.«

»Er hatte eine Frau bei sich«, sagte Gita Atha. »Sie war eine …«, sie zögerte, als wollte sie Diskretion üben, »… eine Frau aus dem Dorf. Sie war Pflückerin auf seiner Teeplantage und ist bei ihm eingezogen. Offenbar bevorzugt er ebenso wie Sie dunkelhäutige Menschen. Aber sie war eine niedrigstehende Person. Er hat gesagt, er sei mit ihr verheiratet.«

»Was er mit seinem Leben macht, ist seine eigene Sache«, sagte Mutter ausdruckslos, aber sie sah Amber an. Amber sah nicht überrascht aus, sie hatte es schon lange gewußt. Wie ein beharrliches Gespenst folgte uns Gita zum Gartentor.

»Selbstverständlich erzählten wir ihm, daß wir Sie kennen«, fuhr sie gesprächig fort, »und daß Sie mit meinem Bruder verheiratet sind. Da bat er mich, Ihnen auszurichten, seine Sita würde ihn viel besser behandeln, als Sie es getan haben. So heißt sie. Sita. Sie ist hübsch, aber sehr dunkel …«

Zu meiner Erleichterung blieb Gita Atha am Gartentor stehen. Mutters Gesicht war zornrot. Hätte Gita Atha noch ein einziges Wort gesagt, würde Mutter sie geschlagen haben. Nayana nahm neben dem Fahrer auf dem Beifahrersitz Platz und umklammerte mit verkrampften Fingern die Aktentasche. Wir saßen hinten, Amber zwischen Mutter und mir. Das grelle Licht des Nachmittags schmerzte in den Augen, und es war sehr heiß. Nayana sprach mit dem Fahrer und sagte ihm, welche Route er nehmen sollte und daß er es eilig hätte. Er wollte Madras vor Einbruch der Dunkelheit erreichen.

»Hast du es gewußt?« zischte Mutter.

»Ja«, antwortete Amber und zuckte vor Mutters Wut zurück.

»Du hättest es mir sagen müssen, damit ich es nicht von dieser Hexe erfahren muß. Wie lange ging das schon?«

»Etwa ein Jahr oder länger. Davor lebte er mit einer anderen Pflückerin.«

»Ja, dein Vater war schon immer furchtbar gewöhnlich«, sagte Mutter bitter. »Das war ein anderer Grund, warum ich ihn verlassen habe. Aber ich hatte immer gehofft, er wäre wenigstens diskret, statt sich mit dieser Frau auf der Rennbahn zu zeigen.«

»Ist er mein Vater?« fragte Amber unvermittelt, und ich spürte, wie sie den Atem anhielt. Sie hatte diese Frage oft gestellt, sie war nie beantwortet worden, aber diesmal fühlte Amber, daß sie eine Antwort erhalten würde. Es dauerte lange.

»Nein«, wisperte Mutter.

»Wer ist es?«

»Er fiel im Krieg. Er war Lieutenant. Mehr weiß ich nicht über ihn. Es war Krieg, und wir haben uns alle nicht gut benommen. Jedenfalls war er ein liebenswerter Mann.«

»Wie hieß er?«

Plötzlich erinnerte sich Mutter an meine stille Gegenwart. »Das sage ich dir später. Aber viel mehr gibt es nicht zu sagen.«

Die Traumfarm

Die Bündel mit je hundert Hundert-Rupien-Scheinen waren ein Inch dick. Zwanzig von ihnen lagen in vier ordentlichen Reihen in Nayanas Aktentasche. Der Scheck lautete über zwölf Lakhs. Er und Mutter sahen alles bewundernd an, bevor es im Stahlschrank eingeschlossen wurde.

»Können wir jetzt unser Geld bekommen?« fragte ich.

»Was für Geld?« fragte Mutter, amüsiert über meine Kühnheit. »Das gehört eurem Vater.«

»Ich meine die Rückzahlung unserer Hypothek.«

»Das regeln wir später«, erwiderte Nayana schroff. »Wenn wir erst einmal die Farm haben, werde ich mit der Rückzahlung beginnen. Hab keine Angst, Krishna, deine Hypotheken werden in kürzester Zeit erledigt sein.« Als er meine Skepsis spürte, wandte er sich an Jagan. »Ist das so in Ordnung?«

»Ich glaube schon.« Aber er war ebenfalls voller Zweifel.

»Wieviel schuldest du uns?« wollte ich wissen.

»Wir werden die Konten auf den letzten Stand bringen«, sagte Mutter. »Du vertraust doch deinem Vater?«

Sie hatte reagiert, wie ich vermutet hatte. Um ihren Mann zu verteidigen, drehte sie bei jeder Attacke den Spieß um und warf mir vor, ich würde Nayana nicht genug lieben.

»Nun, ich würde gern die Konten sehen«, sagte ich, um ihrer Frage und Nayanas verwirrtem, gekränktem Blick auszuweichen.

»Hat Anjali dir das eingeredet?« fauchte Mutter.

»Ich habe Anjali seit Wochen nicht mehr gesehen. Außerdem, warum sollte irgend etwas an meiner Frage mit Anjali zu tun haben? Sie weiß nicht, was wir getan haben.«

»Ihr habe nichts Schlimmes getan«, sagte Nayana freundlich. »Wir sind eine Familie, so wie damals, als wir noch im Großen Haus wohnten. Und ihr Kinder seid Teilhaber der Firma. Dieses Geld ist euer Investment in die Farm.«

»Und was ist mit Kaveris Anteil?«

»Sie hat mir vor ihrer Abreise eine neue Vollmacht gegeben«, sagte Nayana. »Sie weiß, daß ich ihre Angelegenheiten sehr sorgfältig regeln werde.«

»Da siehst du es, Krishna!« warf Mutter ein. »Kaveri hat nicht an allem herumgenörgelt, so wie du.«

»Ich weiß nicht, weshalb er sich so benimmt«, sagte Nayana entschuldigend zu Mutter, als hätte ich sie beleidigt und das Zimmer verlassen.

»Vermutlich liegt es an der Pubertät. Alle Jungs werden da ein bißchen seltsam.« Belustigt schaute sie mich an. »Besonders wenn sie verliebt sind.«

»Wer ist verliebt?« murmelte ich verlegen.

»Halt mich bloß nicht zum Narren! Ich weiß, wie verrückt du nach Amber bist. Und das kann ich dir nicht verübeln. Sie ist ein bildhübsches Mädchen. Aber sie wird nicht mehr lange hier sein, wie du weißt.«

Sie tänzelte um mich herum, als wäre sie Amber. Stoisch nahm ich meine Niederlage hin. Zum erstenmal wünschte ich mir, ich besäße Anjalis Willenskraft und den Mut, mit Nayana zu streiten.

»Was sollen wir tun?« fragte ich Jagan an diesem Abend.

»Was meinst du?« fragte er gleichmütig. Er interessierte sich nur für sein Studium und sein Motorrad, das er jeden Morgen eifrig polierte. Sobald jemand einen Fingerabdruck darauf hinterließ, wischte er ihn ärgerlich weg. Ich hatte sein Fahrrad geerbt und war ihm dankbar, daß er so sorgsam damit umgegangen war. Ich sah ihn nur, wenn er zum Schlafen nach Hause kam. Falls er Freunde hatte, ließen sie sich bei uns nicht blicken. Aber er besuchte Ava immer noch regelmäßig.

»Wovon redest du?« fragte er.

»Es ist unser Besitz, und Vater hat Hypotheken darauf aufgenommen. Ich möchte einfach nur wissen, wo wir stehen, das ist alles.«

»Damit will ich nichts zu tun haben«, erwiderte er, verschwand in seinem Zimmer und schloß die Tür.

Mit Amber konnte ich nicht reden, weil sie sich auf die Seite ihrer Mutter stellen würde. Wenn ich die Angelegenheit Anjali oder Ava gegenüber erwähnen würde, würde ich einen ziemlichen Krach heraufbeschwören. Und so beschloß ich, alles zu vergessen und mein Karma zu akzeptieren, so wie der alte Siva.

Nayana und Mutter kauften ein Grundstück an der Küstenstraße nach Mahabalipuram. Die hundert Morgen kosteten nicht viel und gehörten zum Dorf Neelangari, etwa zehn Meilen außerhalb der Stadt.

Dieses Land hatten sie auf einer Fahrt nach Mahabalipuram entdeckt, der alten Hafenstadt aus der Zeit der Pallava-Dynastie.

Die Briten hatten die Stadt Seven Pagodas genannt, weil sie einmal sieben Tempel gehabt hatte, die in einer Reihe gebaut waren, gerade wie ein Pfeil. Fünf waren vom Meer verschluckt worden, der sechste lag beinahe unter Wasser, nur die Spitze des Gopurams ragte noch heraus. Der siebente stand höher, sicher und trocken, aber ich fragte mich, wie lange noch. Abgesehen von einem Vishnu-Tempel, der als einziger übriggeblieben war, gab es dort ein riesiges Felsrelief mit Elefanten und Szenen aus dem Mahabharata, die dort in Granit gehauen waren.

Die Regierung hatte ein einsames Gästehaus gebaut, aber es hatte nur wenige Gäste. Es gab tagelange Picknick-Ausflüge für uns, als wir Kinder waren. Die Strände waren sauber und weiß und leer. Die Leute aus dem Dorf waren Bauern, keine Fischer. Wir konnten auf die Felsen klettern, auf denen der alte Leuchtturm stand, und von diesem Aussichtspunkt aus konnte man die schmucklosen Reisfelder sehen und die Kokospalmenhaine bis zu den fernen Bergen und das ruhige Meer. Nayana und Mutter hatten sich angewöhnt, einmal im Monat ein Wochenende in dem Gästehaus zu verbringen, und kamen erholt durch die Stille und Einsamkeit wie Jungverliebte zurück.

Sie legten größten Wert darauf, mich darüber zu informieren, wie sie jede einzelne Rupie anlegen würden. Ein Gehege für die Hühner, ein Farmhaus, Futter, ein Swimmingpool, Bäume, Arbeiter. Und mit der Zauberei bei ihren Berechnungen würde das nur wenig kosten. Sie hatten vor, mit tausend Hühnern anzufangen, und bald würden sie zehntausend haben und den ständig größer werdenden Bauch der Stadt mit Hühner-Biryanis, Hühner-Kormas und Tandoori-Hühnern füttern. Nayanas großer Plan sah vor, Milchkühe zu kaufen und ganz Madras mit Milch versorgen.

»Aber du verstehst doch nichts von der Landwirtschaft«, protestierte ich.

»Es ist alles Verwaltungssache », meinte er leichthin. »Nachdem ich ein riesiges Gebiet für die Regierung verwaltet habe, wird es mir nicht schwerfallen, eine Farm zu leiten.«

Mr. Braithwaite war mit ihnen älter und dünner geworden und hatte bei jeder Pleite einen Teil seiner kindlichen Begeisterung verloren. Unbemerkt von uns hatte er seine Jugendliebe geheiratet, und ich war überrascht, daß er zwei Kinder hatte. Gemeinsam mit Nandagopal, einem Mann aus dem Dorf, einem Experten für Hühnerzucht, leitete er die Farm. Nayana und Mutter fuhren einmal pro Woche hinaus, die restlichen Tage verbrachten sie in den Khalili Mansions, kümmerten sich um den Verkauf und die Werbung und füllten ihren Aktenschrank, der einen unersättlichen Appetit hatte.

Der Kredit

Ambers Ticket nach England war gekauft. Ich hatte gewußt, meine Liebe würde davonsegeln, so wie es auch bei Kaveri geschehen war.

Amber hatte von der RADA, der Royal Academy of Dramatic Art, eine Antwort erhalten, und man hatte ihr lediglich ein Vorsprechen in Aussicht gestellt. Ob man sie aufnahm, würde von dem Ergebnis abhängen, aber Amber hatte keine Angst davor, daß es nicht klappte. Sie wollte eine andere Marilyn Monroe, eine andere Lana Turner, eine andere Audrey Hepburn werden. Ihre Träume basierten auf Hollywoodfilmen, nicht auf englischer Bühnenkunst. Nayana hatte keinen Zweifel daran, daß sie erfolgreich sein würde. Er hatte nach dem Brief das Orakel befragt, und die Elfenbeinkugel hatte sich ohne Zögern im Uhrzeigersinn gedreht. Wie Kaveri hatte sie uns bereits verlassen, bevor sie den Zug nach Bombay bestiegen hatte.

Ich sehnte mich nach ihr, aber seit unserem Erlebnis in der Duschkabine wahrte sie kühle Distanz. Am Abend versperrte sie ihre Schlafzimmertür. Ich wußte es, weil ich es ein paarmal versucht hatte.

Am Nachmittag ihres Abreisetages rief Mutter mich ins Arbeitszimmer. Sie saß an Nayanas Schreibtisch und studierte zwei Schriftstücke. »Krishna, ich weiß, daß du Amber liebst, oder?«

Ich zögerte. Ich konnte nicht sagen, ob es Liebe war, es war eher Besessenheit. Sie beherrschte mich in fiebrigen Träumen, die mich ausgelaugt und erschöpft am Morgen erwachen ließen. Sie beherrschte mich auch jede Stunde des Tages. Ich konnte ihren Duft erkennen, wenn sie ein Zimmer verlassen hatte, hörte ihr Singen, fühlte die qualvolle Nähe ihres Körpers, wenn wir am Eßtisch saßen..

»Ich glaube, sie fühlt dasselbe wie du«, sagte Mutter, um mich zu ermutigen.

»Sie hat es mir nie gesagt«, platzte ich heraus und klammerte mich an diesen Hoffnungsschimmer.

»Nun, Mädchen geben so etwas niemals zu. Aber ich weiß, daß sie es tut, doch sie will nun einmal die Schauspielschule besuchen. Wenn sie damit fertig ist, wird sie zurückkommen, da bin ich mir sicher.«

»Meinst du …?«

»O ja«, sagte sie bestimmt. Sie sah auf die Papiere. »Ich weiß, wie sehr du dir das wünschst, und wie gern du ihr helfen möchtest. Und so haben dein Vater und ich veranlaßt, daß du ihr fünftausend Pfund leihst. Sie wird dir das Geld zurückzahlen. Sieh her, sie hat den Schuldschein schon unterschrieben.«

»Aber ich habe nicht soviel Geld.«

»Natürlich hast du das. Es ist eine Anleihe auf dein Vermögen. Dein Vater war sicher, du würdest es nicht ablehnen, weil du Amber liebst.« Sie schob die Papiere über den Tisch. »Du mußt den Schuldschein sehr sorgfältig aufbewahren. In dem Moment, wenn Amber anfängt zu verdienen, wird sie dir den Betrag in Raten zurückzaheln. Das andere Papier mußt du selbst unterzeichnen.«

Der Schuldschein war kurz:

»Ich, Amber Greene, bestätige hiermit, daß Krishna Naidu mir einen Kredit über fünftausend Pfund gewährt, den ich in monatlichen Raten zurückzahlen werde, sobald ich ein Einkommen habe.«

Sie hatte ihren Namen quer über die rosa Steuermarke geschrieben. Das andere Papier war von mir und genauso kurz:

»Ich, Krishna Naidu, habe heute Amber Greene Rupien 1 Lakh geliehen, die sie zu gegebener Zeit zurückzahlen wird.«

»Ihr hättet mich vorher fragen sollen«, sagte ich, nicht ärgerlich, sondern verstimmt darüber, daß mein Einverständnis vorausgesetzt worden war.

»Wir wußten, daß wir mit deiner Zustimmung rechnen konnten, und außerdem wollte der Hawala-Dealer das Geld möglichst schnell haben.« Die Hawalas betrieben illegalen Devisenhandel. »Wir gaben ihnen Rupien, und sie tauschten sie in Sterling dreißig Prozent über dem Wechselkurs.«

»Und warum durfte dann Kaveri ihr Geld nicht nach England mitnehmen?«

»Weil sie als auszubildende Lehrerin ein Gehalt bezieht. Amber geht auf die Schule, also braucht sie Geld, um die Gebühren und ihr Zimmer und ihren Lebensunterhalt zu bezahlen. Sie wird für den ersten Monat oder so bei meinem Halbbruder, ihrem Onkel Henry, wohnen.« Sie hielt mir den Federhalter hin. »Komm schon, unterschreib schon.«

»Aber …«

»Unterschreib, Krishna«, sagte sie kurz und fügte listig hinzu: »Dein Vater erwartet es.« Ich unterschrieb und schob das Dokument zurück. Sie betrachtete es aufmerksam, um sicher zu sein, daß es mein Name war, dann legte sie es sorgfältig in ihre Akte.

»Du bist doch nicht in sie eingedrungen?« fragte sie wie beiläufig.

»Eingedrungen?« wiederholte ich verwirrt. »Was bedeutet das?«

Sie begann zu lachen, und zuerst dachte ich, ich hätte einen Witz gemacht, aber dann wurde mir bewußt, daß sie über mich lachte.

»O Krishna, was für ein Glück, daß du so naiv und ahnungslos bist!« Sie versuchte ihr Lachen unter Kontrolle zu bringen. »Eindringen bedeutet Sex mit einer Frau. Wenn dein Penis hart ist, schiebst du ihn in die Vagina einer Frau und bewegst ihn hinein und hinaus, bis du einen Orgasmus hat. Auf diese Weise werden Babies gemacht.«

Sie sagte es so, daß es häßlich klang und sie das Geheimnis seiner Schönheit beraubte.

»Nein, das haben wir nicht getan«, sagte ich und fühlte mich dumm, daß ich so dicht vor diesem himmlischen Erlebnis gewesen war und geglaubt hatte, es wäre mehr als das Zusammenfinden der Körper.

»Da bin ich sehr erleichtert«, erwiderte sie und seufzte sehnsüchtig. »Mir macht das Lieben Spaß, es ist so erotisch. Und man kann es auf viele verschiedene Arten tun, das hängt von deiner Phantasie ab. Deiner Mutter gefiel es nur, wenn ihr Mann oben lag.«

»Hat Nayana dir das erzählt?« fragte ich überflüssigerweise. Wer sonst hätte das getan haben können? Ich erinnerte mich, wie wütend Anjali über seine Enthüllungen gewesen war. Wieder einmal machte mir Mutter bewußt, welche Macht sie auf ihn ausübte. Uns vertraute er nur wenig an, aber im Bann seiner sexuellen Leidenschaft verriet er ihr alle Geheimnisse unserer Amah.

»Nein, ein kleines Vögelchen«, entgegnete sie belustigt.

»Er hätte es nicht tun dürfen.«

»Krishna, eines Tages wirst auch du der Frau, mit der du gerade im Bett bist, von ihren Vorgängerinnen erzählen. Dein Vater weiß alles über meine früheren Liebhaber.«

Angesichts ihrer Lebensweisheit fühlte ich mich klein und unreif. Ich konnte nicht sagen, was ich einmal tun würde, aber was ich soeben erfahren hatte, ärgerte mich maßlos.

Ich nahm den Schuldschein mit in mein Zimmer, setzte mich aufs Bett und starrte ihn an. Ich konnte nicht ausschließen, daß Amber mich getäuscht hatte, daß all unsere Intimitäten vorher geplant worden waren.

Amber küßte mich sanft auf den Mund. Wir standen etwas abseits von den anderen am Bahnsteig, eingehüllt in den warmen Kokon des lebhaften Getriebes.

»Ich danke dir so sehr, Krishna. Glaub mir, ich werde dir alles zurückzahlen. Bald wirst du mich im Film sehen, wie deine Kusine Indira. Aber ich werde keine dummen Lieder singen und nicht tanzen, ich werde von Rock Hudson und Tony Curtis und Paul Newman geküßt werden.« Sie sah nicht den verlorenen Ausdruck auf meinem Gesicht, sie sah nur diese Stars, die sie umwarben.

»Aber ich liebe dich.«

»Das weiß ich, Krishna«, erwiderte sie ungeduldig. »Aber ich bin noch zu jung, um mich zu verlieben. Ich möchte so viele Dinge tun, und vielleicht heirate ich irgendwann einen Schauspieler. Es ist am besten, mit jemandem aus dem gleichen Beruf zusammenzusein.«

»Aber Mutter sagte, du würdest zu mir zurückkommen.«

»Auch das wäre möglich«, meinte sie lachend.

»Du liebst mich doch? Oder hast du dich nur mit mir eingelassen, weil ich dir helfen sollte?«

»Krishna, erinnerst du dich an unseren ersten Kuß und unsere gemeinsame Dusche?« fragte sie sanft. »Diese Erinnerungen werden immer bei dir sein. Genauso wie bei mir. Ich habe schon immer eine besondere Zuneigung zu dir gehabt.«

Trotz der Trennung war ich glücklich. Sie ließ sich auf den Mund küssen und ignorierte die neugierigen Blicke der Leute. Aber es war kein richtiger Kuß, nur ein Abschiedskuß ohne große Leidenschaft.

»Ich wünschte, du hättest deine Tür nicht verschlossen«, flüsterte ich.

»Wenn du gekommen wärst, hätte ich mich dir sofort hingegeben. Deshalb mußte ich die Tür verschließen, zu meiner eigenen Sicherheit.« Sie küßte mich schnell noch einmal und ging zu den anderen.

Sie umarmte Nayana und Jagan fest, dann stieg sie mit ihrer Mutter in den Zug, die in Bombay englische Freunde besuchen wollte, die noch nicht in ihre Heimat gefahren waren, und eine Woche später zurückkommen. Jedesmal, wenn jemand abreist, wurde Mutter ruheloser. Das Meer und die großen Schiffe lockten sie, und sie lockte Nayana.

Die Tragödie

Es war der 23. September, und ich war gerade aus dem College zurückgekehrt. Wie ein Geist wanderte ich durch leere Räume. Jagan verbrachte jeden Tag im College und kam immer erst spät am Abend zum Schlafen nach Hause, als wäre es ein Hotel. Amber war vor fünf Monaten weg, und mit jedem Tag wuchs meine Verzweiflung, weil sie immer nur ihrer Mutter schrieb und mir bestenfalls Grüße ausrichten ließ. Ich mußte sie vergessen, sie war für immer gegangen. Kaveri und ich schrieben uns weiter regelmäßig Briefe.

Ich kam und ging und beobachtete Nayana, der uns mit seinen Träumen, die er sich mit den Erlösen aus der Farm erfüllen wollte, zerstörte. Mutter hatte ihre Kontobücher als Zeichen ihrer Erfolge.

Ich hatte an diesem Tag einen Anruf von Anjali erhalten und sie durch das Telefon schluchzen gehört.

»Komm schnell, Ava liegt im Sterben. Sie hatte einen Anfall, und ich habe die Ärztin verständigt. Beeil dich, Krishna.«

Dann war die Leitung tot. Die Panik in Anjalis Stimme erschreckte und lähmte mich. Ich legte den Hörer auf, rannte zur Tür, rannte zurück. Ich wollte durch die Stadt zu meiner sterbenden Ava fliegen, aber ich war in meiner Angst gefangen. Ich nahm den Hörer ab um meine Ava anzurufen, mit ihr zu sprechen, ihre Stimme zu hören, sie zu trösten. Aber sie lag im Sterben und konnte nicht mit mir sprechen. Statt dessen rief ich Nayana im Büro an. »Ava stirbt … Was soll ich machen? Wirst du kommen?«

»Reiß dich zusammen, Krishna«, sagte er gefaßt. »Ruf Jagan an, bevor du hinfährst. Ich werde in zwanzig Minuten da sein.«

Ich wählte die Nummer von Jagans College, und nachdem ich eine halbe Ewigkeit gewartet hatte, kam er endlich ans Telefon. »Was ist?« fragte er ärgerlich. »Ich bin mitten in einem Versuch ...«

»Ava stirbt. Ich fahre jetzt ...«

»O Gott ...« Er begann zu weinen, und seine Verzweiflung zerrte an meinen Nerven. Ich hatte ihn niemals weinen gehört, und es war, als wenn sich alle seine aufgestauten Gefühle nun durch das Telefon auf mich entluden.

»Beruhige dich, bevor du kommst, Jagan. Du ...«

Aber er legte auf, und als ich noch einmal anrief, sagte mir irgend jemand, mein Bruder sei aus dem Büro gestürmt.

Verschwitzt und atemlos vom Radfahren erreichte ich das Große Haus. Ich stellte das Rad unter die Veranda und rannte hinein. Vor dem Haus stand das Auto der Ärztin. Eine Tür war offen, offenbar war auch sie in Panik geraten. Ava lag reglos im Bett. Wie Mondstrahlen umgaben die weißen Haare ihr schmales, bleiches Gesicht. Anjali hatte die Arme um sich geschlungen und schluchzte laut. Vishnu kauerte an ihrer Seite und umklammerte weinend eine schlaffe Hand. Die Ärztin saß ruhig am Tisch und machte sich Notizen.

»Was ist passiert?«

Ohne Abschied war meine Ava von mir gegangen. Ich kniete neben dem Bett nieder, streichelte ihre warme trockene Wange und küßte ihre Stirn. Für mich war sie mehr die Mutter gewesen, die versucht hatte, mir die Liebe ihrer Tochter zu ersetzen. Ich wünschte, es wäre ihr gelungen, aber ich war nicht so unvernünftig gewesen, um mich für sie zu entscheiden. Ich hatte mich dazu verleiten lassen, mit Nayana wegzugehen.

»Wir haben Karten gespielt«, antwortet Anjali mit tränenerstickter Stimme. »Plötzlich klagte sie über starke Schmerzen in der Brust. Sie konnte sich kaum bewegen. Und so rief ich die

Ärztin an. Und als Dr. Kumari hier eintraf, hat sie uns verlassen.«

»Ein Herzinfarkt«, sagte Dr. Kumari ruhig. Sie war eine nette, gütige Frau Ende der Vierziger, und übergab mir ein Dokument, auf dem die Todesursache vermerkt war.

Sie überließ uns unserer Trauer und damit wir uns um die Verbrennung kümmern konnten. Unser Weinen füllte den Raum.

»Ich werde mich schrecklich einsam fühlen«, wisperte Anjali unter Tränen. Sie weinte um sich selbst. Als junge Witwe war sie in dieses Haus zurückgekehrt und hatte nun ihre alte Gefährtin verloren. Sie hatte niemanden, der ihr in den vor ihr liegenden einsamen Jahren beistehen konnte.

Wir hörten Nayanas Auto. Mit langen Schritten eilte er herein, stand am fußende des Bettes und betrachtete seine Schwiegermutter schweigend. Ich war mir nicht sicher, was er empfand. Er weinte nicht.

»Wir müssen alle informieren«, bemerkte er schroff und übernahm das Kommando. »Krishna, du steigst aufs Fahrrad und verständigst Großtante Lakshmi, Devarajulu und alle, die in der Nähe wohnen. Inzwischen schicke ich Telegramme an Kaveri und unsere Verwandten. Vishnu, geh ins Krematorium und kümmere dich um die Einäscherung.« Er machte eine Pause und überlegte, welche Vorkehrungen noch zu treffen waren. »Anjali, wenn die Verwandten eintreffen, sieh zu, daß die Frauen Ava baden und ankleiden. Besorg Girlanden und Blumen. Krishna, hast du Jagan im College angerufen?«

»Ja«, antwortete ich und kehrte ins Sonnenlicht zurück.

Meine Tränen verschleierten das grelle Licht. Trotz meiner Liebe zu Ava hatte ich sie enttäuscht, weil ich viel zu selten bei ihr gewesen war. Ein paar Stunden im Monat waren wenig für all die Tage meiner frühen Jugend.

Während ich sehr langsam die Zufahrt hinunterradelte, trocknete ich meine Augen. Ich blieb stehen und sah auf das Große Haus zurück. Die tiefe Stille ringsum bedrückte mich, sogar der Garten schien zu trauern. Nur ein paar Krähen kreischten.

Unwillkürlich dachte ich, daß alles jetzt uns gehörte. Anjali, Kaveri, Jagan und ich würden es bewahren, so wie Ava es für uns bewahrt hatte. Hier würden wir unsere Häuser bauen, wie Thatha es für uns geplant hatte, und wie Freunde zusammenleben, wenn Kaveri zurückkam.

Als ich eine Stunde später zurückkehrte, stand die Zufahrt voller Autos, Verwandte, Nachbarn und Freunde drängten sich in den Räumen. Die Onkel Devarajulu und Srinivasin empfingen die männlichen Gäste auf der Veranda, während Anjali zusammen mit Großtante Lakshmi und ihren drei Töchtern die Frauen im offiziellen Salon um sich scharte. Nachdem ihr erster Kummer verflogen war, schöpfte sie Kraft aus der Position, die sie übernommen hatte. Jetzt war sie die neue Herrin im Großen Haus und mußte ihre Pflicht erfüllen. Geschäftig eilte sie zwischen den Küchen und den Besuchern hin und her, um Erfrischungen zu servieren, und die Kusinen halfen ihr. Im Garten, in diskreter Entfernung, fertigten die Männer eine Bahre aus Palmblättern und Bambuspfählen.

Ava war gewaschen, frisiert und in einen neuen Sari gehüllt worden. Unzählige Rosengirlanden überdeckten den Geruch der Verwesung, die in der Hitze bereits eingesetzt hatte. Ein letztes Mal streichelte ich ihr Gesicht und fühlte den gleichen Schauer wie damals bei Thatha.

Ich saß mit den Männern auf den Dhurries, die den Boden der Veranda bedeckten. Die meisten schwiegen, nur wenige flüsterten miteinander. C. Rajagopalachari kam, um uns sein Beileid auszusprechen. Er war aus der Kongreßpartei ausgeschieden und war, wie er sagte, dabei, eine neue Partei zu gründen, die Swatantra Party. Er würde für eine saubere Verwaltung sorgen, die Prohibition einführen und etwas gegen die Armut tun. Er blieb nicht lange und zauste unentwegt mein Haar, als er ging. Mr. Menon, der Familienanwalt, den ich jahrelang nicht gesehen hatte, nahm an meiner Seite Platz und sprach mir sein Beileid aus. Weil er direkt aus dem Gericht kam, trug er ein weißes Hemd, und die weiße Krawatte seines Berufsstandes guckte aus seiner Tasche.

»Wir müssen die erforderlichen Formalitäten erledigen«, flüsterte er nach einer Weile. »Das gesamte Vermögen wird zwischen euch Kindern in vier gleiche Teile geteilt. Ich hoffe, ihr werdet den Besitz zusammenhalten und in Frieden miteinander leben.«

»Das werden wir«, antwortete ich zuversichtlich. Dann zögerte ich, was sein geübtes juristisches Auge sofort bemerkte.

»Stimmt was nicht?«

»Ich werde Sie morgen besuchen und es Ihnen sagen.« Im Augenblick fühlte ich mich außerstande, ihn über die Hypotheken zu informieren, die unser Erbe belasteten. Ich wußte, das würde Ärger geben.

»Nun, das hat keine Eile. Es gibt viel zu tun, und von Jahr zu Jahr mahlen die Mühlen unseres Gerichtssystems langsamer und langsamer.«

Nayana hatte alles erledigt und kam zurück. Er trug jetzt ein seidenes Jiba und einen passenden Dhoti.

Ich war erleichtert, daß er Mutter nicht mitgebracht hatte. Er nahm Mr. Menons Beileid entgegen, bevor er zu den anderen ging. Ich bemerkte, daß er sich sein perfektes Äußeres erhalten hatte, während die anderen dicker und schlaff geworden waren. »Wo ist Jagan?« fragte er mich.

Ich sah mich erstaunt um. »Vielleicht im Haus.«

»Such ihn.«

Ich eilte hinein, drängte mich zwischen den Frauen hindurch und sah in alle Räume. Das hektische Treiben erinnerte mich an die Tage von Anjalis Hochzeit, allerdings flüsterten alle nur, weinten und hatten ihr Haar bedeckt. Dann rannte ich die Treppe hinauf, um in die anderen Zimmer hineinzuschauen, einschließlich der Schlafzimmer. Er war nirgends zu finden. Als ich wieder hinunterlief, betrat Kusine Indira die Halle. Sie hatte ihr Haar bedeckt und trug einen schlichten Sari, kein Make-up, nur ein paar goldene Reifen.

»O Krishna, es tut mit so leid.« Mitfühlend ergriff sie meine Hände. »Ich mochte deine Ava. Erst später, nachdem ich das getan hatte, wurden wir erbitterte Feindinnen. Mein Besuch wird Anjali doch nicht stören?«

»Nein. Danke, daß du gekommen bist.« Sie hielt meine Hände fest, und so standen wir uns gegenüber.

»Du bist groß geworden. Du bist ein sehr gutaussehender Mann.«

Ihre Augen waren durchdringend und geheimnisvoll, und ich war verwirrt von ihrem Blick, so daß ich stammelte: »Was für einen Film machst du gerade?«

»Es ist diesmal eine Geschichte von mir«, erklärte sie eifrig. »Sie handelt von zwei Brüdern, die sich ein Königreich teilen, wo einer den anderen verrät und ein Sohn Rache übt. Du wirst diese Geschichte wiedererkennen, und ich würde sie dir gern in allen Einzelheiten erzählen. Diesmal mußt du unbedingt zum Drehort kommen. Nächste Woche schicke ich dir ein Auto.«

»Das hast du schon so oft gesagt«, erwiderte ich, und sie lächelte.

»Diesmal tue ich es«, sagte sie und fragte wie alle unsere Verwandten: »Wie geht es Kaveri?«

»Es geht ihr gut. Sie hat ihre Ausbildung abgeschlossen und ist nun Lehrerin in Nottingham, das ist da, wo Robin Hood lebte.«

»Noch kein Ehemann?«

»Noch nicht, aber bald, denke ich.« Ich sagte es etwas beunruhigt. Sie hatte sich auf ihrer Suche nach Liebe mit einer beängstigenden Menge von Jungs getroffen. »Sie schrieb mir, sie hätte einen wunderbaren Mann kennengelernt, auch ein Lehrer, und sie hätten vor, bald zu heiraten.«

»Wird es eine christliche Hochzeit?«

»Ich vermute«, antwortete ich vorsichtig. Niemand außerhalb unseres engen Familienkreises wußte, daß Kaveri zum protestantischen Glauben übergetreten war.

»Fährst du hin?«

»Ich weiß es nicht. Ich würde sie gern wiedersehen.«

»Und deine Amber?« Als ich verlegen errötete, lachte sie. »Da staunst du, was? Ich weiß alles über dich.«

Sie umarmte mich lange genug, daß ich den Duft der Blumen in ihrem Haar wahrnehmen konnte, das Parfum auf ihrer nackten Schulter. Dann ging sie zu Anjali, um ihr Beileid zu bekunden.

Der ewige Kreislauf des Todes ...

Ich kann ihn nicht finden«, sagte ich zu Nayana und versuchte wegen Kusine Indiras Flirterei nicht zu verwirrt zu sein.

Unwillig runzelte er die Stirn. »Er hat seine Ava sehr geliebt. Wie hat er auf deinen Anruf reagiert?«

»Er begann zu weinen.«

»Ruf ihn noch einmal im College an. Vielleicht ist er noch dort.«

Nach dem Telefonat kehrte ich zu meinem Vater zurück. »Sie haben ihn nicht gesehen.«

»Nun, dann müssen wir eben warten. Ohne ihn können wir mit den Zeremonien nicht beginnen.«

Obwohl wir geflüstert hatten, verbreitete sich unsere Unruhe unter den Trauergästen. In dieser Hitze konnte die Leiche nicht länger als ein paar Stunden aufbewahrt werden. Anjali kam herausgeeilt und betupfte ihre Augen.

»Wo ist Jagan?« fragte sie. »Krishna, du kennst doch seine Freunde. Ruf sie an.«

»Nein, die kenne ich nicht. Er hat sie nie mal mit nach Hause gebracht, und ich bin niemals mit ihm irgendwohin gegangen. Er führt sein ganz privates Leben. Vielleicht ist das Motorrad zusammengebrochen. Das würde er nirgendwo stehenlassen, und vermutlich schiebt er es hierher.«

Unsere Unruhe wuchs. Die Trauergäste wisperten miteinander. Ich wußte, was sie sagten: Er wird nicht kommen, meinten die einen. Er ist davongelaufen, mutmaßten die anderen.

Um halb vier kam ein Polizei-Jeep langsam die Zufahrt herauf. Der Polizeichef von Madras, Mr. De Silva, stieg aus, glättete seine Uniform und sah zu Nayana und mir herüber. Er war ein Bekannter von Nayana, und ich nahm an, er wollte Ava die letzte Ehre erweisen. Sein Gesicht war ernst wie das der anderen Trauernden, als er langsam die Treppe heraufstieg. Zwei Stufen unter uns blieb er stehen. »Es tut mir sehr leid, Mr. Naidu.«

»Danke. Treten Sie ein. Sie liegt ...«

»Nein«, sagte er entschuldigend. »Es betrifft Ihren Sohn Jagan. Er ist an der Teynampet-Kreuzung gegen einen Lastwagen geprallt. Er ist fünfzig Stundenmeilen gefahren. Meine Männer haben ihn sofort ins General Hospital gebracht, aber leider war er schon tot, bevor sie dort ankamen. Sie haben mich angerufen, weil Sie ein prominenter Mann sind, und ich fühlte mich verpflichtet, Sie persönlich zu informieren. Wir fuhren zu Ihrem Haus, und Ihre Frau schickte uns hierher. Es tut mir sehr leid für Sie, eine Tragödie nach der anderen.«

Ich mußte mich hinsetzen, so hatte mich die Mitteilung getroffen, und konnte kaum atmen. Ich hatte geglaubt, der Vorrat meiner Tränen wäre erschöpft, aber nun begannen sie wieder zu fließen. Nayana war wie erstarrt, und Mr. da Silva schaute ihn beunruhigt an. Er war ein korpulenter Mann mit einem rötlichen Gesicht, der großen Wert auf seine militärische Haltung legte. Endlich brach mein Vater das lange Schweigen. »Sind Sie sicher?« fragte er heiser, über meinen Kopf hinweg.

»Ja, Sir, so sehr ich es auch bedaure. Wir haben seine Fahrzeugpapiere überprüft, und er trug seinen Studentenausweis bei sich ...«

»Wo ist er jetzt?«

»In der Leichenhalle des GH.«

»Würden Sie ihn möglichst schnell hierher bringen?« fragte Nayana, als würde Jagan noch leben.

»Gewiß, Sir. Ich werde die ... ihn hierher bringen lassen. Sie können ihn hier identifizieren und die erforderlichen Formulare unterzeichnen.« Er drehte sich um, stieg die Stufen hinab und kletterte in seinen Jeep. Noch bevor das Vehikel gestartet wurde, nahm er das Mikrophon seines drahtlosen Funkgeräts und erteilte seine Anweisungen.

Nayana setzte sich zu mir. Er schlang die Arme um mich und zog mich an sich, so daß ich mich bei ihm anlehnen konnte.

»Tut mir leid, Krishna«, sagte er. Er sah betrübt aus, aber wie ein Brite kontrollierte er seine Emotionen. Nur seine Lider bebten. »Wir werden sie gemeinsam einäschern. Jagan würde es gewollt haben, nicht wahr?«

»Ja.«

Aus dem Haus hörte ich Anjalis schrillen Entsetzensschrei. Man hatte es ihr gerade gesagt.

Wir erhoben uns, und ich merkte zum erstenmal, daß ich größer war als Nayana. Ich konnte über ihn hinwegsehen. In letzter Zeit hatte ich zu selten neben ihm gestanden, als daß ich es hätte bemerken können. Er hatte ein paar Falten unter dem Kinn, während sein Haar noch tiefschwarz war, abgesehen von seinen Schläfen und den grauen Stellen in seinem Schnurrbart.

»Bist du in Ordnung?«

»Ja«, sagte ich.

Wir bahnten uns einen Weg zwischen den schweigenden, mitfühlenden Trauergästen zum Salon, wo sich die Frauen versammelt hatten, und ihre Klagen gellten uns in den Ohren. Von wildem Schluchzen geschüttelt, kauerte Anjali, von unseren Kusinen gestützt, am Boden. Ich kniete vor Anjali nieder, nahm ihre Hand, sie rutschte langsam näher und klammerte sich an mich. Die Frauen sahen mich an, die Gesichter gezeichnet von Entsetzen und Kummer.

»Ram, Ram, wir sind wahrhaft verflucht!« schrie sie. Ich streichelte ihr Haar, wiegte sie wie ein Kind hin und her.

Doch ich hatte keine Worte, keinen Trost, sondern hielt sie nur fest. Unsere Kusinen schlangen die Arme um uns beide, als wollten sie uns vor neuem Unheil schützen.

Ich konnte dieses stumme Mitleid nicht länger ertragen und floh hinaus zum Brunnen, wo wir als Kinder vor so langer Zeit gespielt hatten. Der Marmor des Beckens war farblos geworden, heiß von der Sonne und voller welker Blätter. Ich konnte nicht begreifen, daß Jagan tot war. Es war zu plötzlich geschehen. Ich setzte mich und starrte blicklos zu den Bäumen hinüber. Es wurde etwas kühler, als die Meeresbrise herüberwehte und die Schatten länger wurden.

Der Schatten des Hauses fiel quer über die Wiese zu meiner Linken, über den Weg zum Kricketplatz, wo ich mit ihm an tausend Abenden gespielt hatte. Ich konnte seine Kinderstimme hören, die meine Aufmerksamkeit forderte. Er hatte davon geträumt, ein berühmter Kricketspieler zu werden, aber der Traum war allmählich verblaßt und schließlich verschwunden. So wie seine Liebe zu mir. Vielleicht war in seinem letzten Traum etwas geschehen, das seine Abneigung gegen mich bewirkt hatte. Ich wußte nicht, was es hätte sein können. Ich konnte nur vermuten, daß die Erinnerung eines Zweijährigen wiedererwacht war, dem ich die Liebe meiner Mutter gestohlen hatte. Wieder traf ich auf dieses ›Wie du mir, so ich dir‹. Ich wünschte, Liebe wäre nicht so ein Tauschgeschäft.

Er war kein Trost in meiner Einsamkeit und Isolation gewesen, niemals. Immer schweigend und unergründlich, hatte ich nie gewußt, was er dachte. Manchmal vermutete ich, daß er sich nach Amahs Tod in seinem Seelengrab verkrochen hatte, wie die urzeitlichen Mastodonten in ihren Eisbergen. Mag sein, daß wir alle durch den Verlust der Mutter gleichsam verschüttet worden waren, aber drei von uns hatten einen Weg nach draußen gefunden, während er in seiner emotionalen Erstarrung geblieben war.

Mühsam suchte sich die Ambulanz einen Weg zwischen den geparkten Autos, und Nayana ging ihr mit einer anderen Bahre entgegen. Er spähte hinein und schaute rasch wieder weg. Nachdem die Männer meinen toten Bruder auf die Bahre gelegt und mit einem Tuch bedeckt hatten, trugen sie ihn ins Haus, um ihn für die Einäscherung vorzubereiten.

Sein Kopf war verbunden und ließ nur die Augen, den Mund und die Nase frei, der Körper war mit einem Leichentuch verhüllt. Er sah heiter aus, als er so neben Ava lag. Nayana, Anjali und ich legten Girlanden auf seinen Körper und küßten seine bandagierte Stirn und die Wangen. Der Geruch seines Blutes wurde von dem Duft der Rosen überdeckt.

Als die Dämmerung hereinbrach, wurden die Leichen Seite an Seite auf der Veranda aufgebahrt, die Gesichter zum Haus gewandt. Nayana nahm als Schwiegersohn und Vater für beide, vom *Vadia* instruiert, die Pujas vor. Am Geländer waren zwei Kühe festgebunden als symbolische Führerinnen, die Ava und Jagan durch den Fluß der Unterwelt geleiten sollten. Der Vadia, ein junger Brahmane, entzündete die Lampe und sprach die Garuda Puranas-Verse, die vom Leben nach dem Tod handeln. Dann bestrich er die Stirnen der Leichen mit Sandelholzpaste und Kun-kum, und wir Trauernden taten dasselbe und umkreisten die toten Körper. Schließlich führte Nayana das *Arthi* durch.

Nach der Zeremonie wurden beide Bahren die Zufahrt hinabgetragen, angeführt von den *Pandarams,* die in die Muscheln bliesen, mit ihren Zimbeln rasselten, die Tablas schlugen, mit Glocken läuteten. Ich haßte die Muscheln, sie klangen so einsam und traurig. Nayana und die älteren Männer folgten ihnen. Während wir anderen Männer in einer langen Schlange der Prozession folgten, blieben die Frauen auf der Veranda zurück. Wir begleiteten die Toten nach Choolai zum Krematorium, drei Meilen entfernt. Mir kamen sie vor wie zehn, die Erde klebte an meinen Füßen, als wollte sie mich nicht gehen lassen. Wir ließen Berge von Rosen und Ringelblumen auf dem Weg zurück.

Ich stellte mir vor, Thathas Geist würde über uns schweben und beobachten, wie seine Frau und sein Enkel ihre letzte Reise antraten. Als wir das öde, mit spärlichen Grasbüscheln bewachsene Gelände des Krematoriums erreichten, war die Nacht hereingebrochen. Die Silhouetten von Kokospalmen waren zu erkennen, die den Platz begrenzten und zwischen denen sich ein kleiner Bach wand. Die *Vetiyans* erwarteten uns, Laternen in den Händen. Etwas abseits standen Srinivasin und Vishnu, die vorausgeeilt waren, um die nötigen Vorbereitungen zu treffen.

Die Vetiyans überwachten die letzten Riten und legten die Leichen auf die niedrigen Scheiterhaufen. Ein schwerer Stein wurde jeweils auf ihre Brust gelegt, und sie wurden mit Holzscheiten bedeckt. Wie man mir erklärte, sollten die Steine verhindern, daß die Körper von der Hitze emporgehoben wurden. In der ganzen Anordnung herrschte exakte Symmetrie.

Dann sprachen die Vetiyans ihre letzten Gebete und übergossen den Scheiterhaufen mit Kerosin und Ghee. Eine Fackel wurde angezündet und Nayana gereicht, der dreimal die Scheiterhaufen umrundete und sie jedesmal an einer andren Stelle in Brand setzte.

Es dauerte lange, bis sich das Feuer ausbreitete. Manchmal schien es ganz schwach zu flackern und wieder zu erlöschen, aber letzten Endes züngelte es hoch empor und tanzte in der Finsternis. Von rötlichem Widerschein übergossen, bewegten wir uns rhythmisch hin und her. Die Luft war rauchig und roch nach dem süßen Duft des Sandelholzes und dem bitteren des Ghee. Ich wünschte, wir hätten ein anderes Ritual, das uns eine greifbare Erinnerung hinterlassen würde, ein Grabmal oder eine Pyramide, Ein Grab würde uns die Vorstellung von Unsterblichkeit geben. Doch die Flammen verzehrten alle Illusionen und verwandelten uns in Asche, die in heiligen Flüssen versinken würde. Die Hitze wurde unerträglich und vertrieb die anderen, aber ich blieb stehen, beobachtete das Feuer, wollte versengt werden und die Narbe einer Brandwunde davontragen, um mich dieser Nacht für immer zu entsinnen.

Ich fühlte einen Arm um meine Schulter, sanft, aber fest wurde ich fortgezogen.

Nayana sagte: »Komm, Krishna. Die Verbrennung ist kein Ende, nur ein weiterer Markstein im endlosen Kreislauf von Tod und Geburt.«

... und des Lebens

Ich finde das barbarisch«, bemerkte Mutter beim Frühstück.

Als wir letzte Nacht heimgekommen waren, hatte sie bereits geschlafen. Emotional völlig erschöpft, hatte ich mich unruhig hin und her geworfen. Aus dem Dunkel meiner Träume hörte ich das Tosen der Flammen, die auch mich verschlingen wollten. Ich erwachte lange vor der Dämmerung und weinte um Ava und meinen Bruder und stieß Verwünschungen gegen Gott aus, der so grausam gewesen war, mir beide auf einmal zu nehmen. Ich hoffte nur, er hätte sie gehört. Meine Augen waren rot und geschwollen.

»Was ist?« fragte Nayana mild.

Wir saßen auf unseren alten Plätzen am Tisch, Nayana an der Stirnseite, Mutter ihm gegenüber, ich in der Mitte. Jagan hatte immer neben Nayana gesessen, Kaveri oder Amber neben Mutter, die eine feste Sitzordnung liebte. Die leeren Stühle ließen mein Herz schmerzen.

Nayana wirkte ausgeruht, seine Augen waren klar, sein Gesicht glänzte von der Rasur. Dhoti und Jiba des vergangenen Tages hatten zum Ritual gehört, heute trug er wieder Anzug und Krawatte, und ein blaues Seidentuch lugte aus der Brusttasche. An seinem linken Ärmel trug er einen schwarzen Trauerflor. Auch seinen Appetit hatte er nicht verloren. Er aß seine Rühreier mit Speck, dann strich er Butter und Marmelade auf eine Scheibe Toast. Ich fühlte mich viel zu elend, um auch nur einen Bissen hinunterzukriegen, und handelte mir Vallis Mißbilligung ein. Sie war mit uns alt geworden, aber ihre mürrische Art hatte sie behalten.

»Heute sollten wir kein Fleisch essen«, sagte ich mißbilligend.

»Das ist alles Unsinn!« sagte Mutter. Seit ihrer Rückkehr aus Bombay wirkte sie erstaunlich heiter und selbstzufrieden. »Die Toten zu verbrennen ist barbarisch. Vor allem, wo du auch noch gezwungen wurdest, den Scheiterhaufen anzuzünden, Bharat ...« Sie erschauerte. »Armer Jagan, warum mußte er in Flammen aufgehen? Ich finde es viel zivilisierter, die Toten zu begraben, wie es die Muslims machen, und wir auch. Aber das Verbrennen ist nicht das schlimmste. Wenn du, liebster, stirbst, müßte Krishna den Scheiterhaufen für dich anzünden. Das will ich nicht. Du sollst neben mir bestattet werden.«

»Bist du nicht traurig, daß Jagan gestorben ist?« fragte ich.

»Doch, natürlich bin ich das«, sagte sie freundlich. »Aber ich zeige nicht solche dramatischen Gefühle. Ich bin Engländerin, wir weinen und jammern nicht stundenlang, und wir machen nicht so ein großes Getue wie ihr. Es erschreckt mich. Aber du warst nicht hier, als die Polizei kam und mir von Jagans Tod berichtete und ich in Tränen ausbrach. Welch eine traurige Ironie. Sie schenkte ihm das Motorrad, das ihn am selben Tag tötete, an dem sie starb. Es sieht aus wie Vorbestimmung, nicht daß ich daran glaube. Wir bestimmen unser Schicksal selbst.«

»Das glaube ich nicht. Was mit uns geschieht, entzieht sich unserer Kontrolle. Die Launen uns nahestehender Personen können unser Leben beeinflussen, aber was geschieht, ist uns vorbestimmt.«

»Das ist zu fatalistisch, Krishna«, sagte Mutter belehrend. »So spricht der Hindu in dir. Du mußte daran glauben, daß du über dein Leben bestimmen kannst. Du mußt nur an dich selbst denken, wenn Leute, wie du es nennst, dich beeinflussen wollen. Du mußt nicht das tun, was sie wollen. Ich dachte, ich hätte dich zur Selbständigkeit erzogen.«

»Gestern sah ich dich mit Mr. Menon sprechen.« Nayana unterbrach uns. »Worum ging es?«

»Um die Gerichte, die Korruption, wie er von all dem die Nase voll hat«, log ich.

»Sonst nichts?« Sie sahen mich beide aufmerksam an, und ich fühlte mich von ihren Blicken gefangen. Ich hatte keinen Bruder und keine Schwestern mehr, die ihre Aufmerksamkeit von mir abgelenkt hätten.

»Er sagte, nach Avas Tod müßten einige Formalitäten erledigt werden. Aber das hätte Zeit.«

»Hoffentlich hast du ihm nichts von den Hypotheken erzählt«, fauchte Mutter.

»Nein.«

»Gut.« Sie seufzte erleichtert auf. »Es wird sehr bald mit dem Marwari alles geregelt werden. Wir haben vor, die Farm zu verkaufen, und haben bereits einen Interessenten gefunden. So braucht Mr. Menon nichts davon zu erfahren. Versprich mir das.«

»Aber warum?« Ich war von den Neuigkeiten verwirrt. Nichts davon war vorher jemals erwähnt worden. »Ich dachte, das Geschäft läuft gut und ...«

»Ich denke, du solltest es ihm sagen«, meinte Mutter. Sie und Nayana lächelten sich glücklich an, und hätten sie näher beieinander gesessen, hätten sie sich bei der Hand gehalten.

»Krishna«, begann Nayana und lehnte sich zurück, »deine Mutter erwartet ein Baby – ein Mädchen, wie mir die Elfenbeinkugel verraten hat.«

Ich stand auf. Ich wollte keine kleine Schwester oder sonst was. Nicht zu dieser Zeit, nicht am Tag nach Jagans Tod. Ich fand, sie hätten noch eine Zeitlang damit warten können, bevor sie es mir sagten. Nayana und Mutter lebten in einer Welt, in der ich keinen Platz mehr hatte. Das Kind würde sie vereinnahmen, es würde uns alle verdrängen.

»Unser Kind soll in England geboren werden«, fuhr Mutter träumerisch, mit sanfter Stimme fort. »Ich möchte, daß es die britische Staatsbürgerschaft erhält, und dein Vater ist einverstanden.« Voller Genugtuung fügte sie hinzu: »Er hat es bereits Tante Gita geschrieben.«

»Ich werde in den vorzeitigen Ruhestand treten«, verkündete Nayana stolz. »Ich habe unserem Regierungschef, Mr. Bhaktavasalam, geschrieben, und ich habe auch Delhi entsprechend informiert. Ich bin sicher, man ist damit einverstanden. In einem Jahr würde meine Dienstzeit ohnehin zu Ende gehen.«

Inzwischen hatte der kleine, rundliche Bhaktavasalam die zweite allgemeine Wahl unangefochten gewonnen und die Position Kamarajs übernommen, der eine politische Karriere in Delhi anstrebte. Die Kongreßpartei hatte noch immer keine einflußreiche Opposition. Nach Lust und Laune schlossen sich die Leute zu kleinen Fraktionen zusammen und trennten sich wieder. Eine Ausnahme war die Dravida Mumetra Keazagam Party. Es waren tamilische Regionalisten, die darauf bedacht waren, ihre Identität in einem neuen Indien zu sichern, und uns dabei in eine Ecke manövrierten. Angeführt wurden sie von dem Drehbuchautor C. Annadurai. Diese Ereignisse schienen Mutters Traum vom »Nach-Hause-Gehen« zu beschleunigen.

»Du wirst natürlich mit uns kommen, Krishna«, sagte Nayana ernst. »Es ist das, was du immer wolltest. Und wir werden Kaveri und Amber bei uns haben …« Er hielt kurz inne, als hätte er etwas vergessen. »Sicher wäre Jagan auch mit uns gekommen.« Dann erhob er sich ebenfalls, nahm die Serviette und betupfte sorgsam eine Lippe, dann faltete er sie zusammen und schob sie in den Serviettenring mit seinen Initialen. »Wir sollten aufbrechen.«

»Ich will nicht, daß ihr diese Asche hierherbringt!« rief Mutter uns mit schriller Stimme nach. »Das alles ist so makaber.« Sie stand auf und hielt mich zurück. »Ich bin ehrlich traurig.« Sie umarmte mich und hielt mich lange genug, daß ich meine Arme um sie legen konnte. Ich fühlte mich getröstet. »Versprich, daß du nichts Mr. Menon erzählen wirst«, wisperte sie und brach den Bann.

»Ich verspreche es«, antwortete ich und riß mich los, meiner Versprechen müde.

»Ihr hättet damit warten können, es mir zu sagen«, sagte ich im Auto zu Nayana.

»Deine Mutter weiß seit einem Monat, daß sie schwanger ist«, sagte er sanft. »Wir hatte es vor, es euch sagen, dir und Jagan.«

»Ihr hättet warten können«, wiederholte ich mürrisch. »Armer Jagan.«

»Krishna, sein Tod bedrückt mich genauso wie dich«, sagte Nayana. »Aber es ist geschehen, und wir müssen weitermachen.« Nach einer kurzen Pause sagte er mit Stolz in der Stimme: »Immerhin bin ich schon über fünfzig.«

Der Ganges

Während der restlichen Fahrt zum Krematorium schwiegen wir. Im Sonnenlicht wirkte das Gelände noch häßlicher. Wie schwarze Wunden durchbrachen die Brandstellen das spärlich bewachsene Erdreich. Dazwischen rannten streunende Hunde und die halbnackten Kinder der Vetiyans umher, die an den Tod gewöhnt waren. Später würden auch sie die Leichen verbrennen, so wie es das Schicksal ihrer Kaste seit Jahrhunderten vorsah. Ich fragte mich, wie sie jemals diesem Kreislauf entkommen konnten, dieser teuflischen Vorherbestimmung, die sie zu einer solchen Zukunft verdammte. Die Männer hatten die Asche in Tongefäße gesammelt. Die Öffnungen waren mit safranfarbenen Tüchern umwickelt und verschlossen. Sie wurden erst herausgegeben, nachdem Nayana die Männer großzügig für ihre gräßliche Arbeit entlohnt hatte. Ehrfürchtig nahmen wir Avas und Jagans sterbliche Überreste entgegen.

»Ich habe darüber nachgedacht«, sagte mein Vater auf der kurzen Fahrt zum Großen Haus. »Wie du weißt, Krishna, bedeuten mir diese Rituale nichts. Mein Leben lang war ich Agnostiker, und es wäre heuchlerisch, wenn ich die Zeremonien für Ava und Jagan durchführen würde. Ich denke, du bist alt genug, um diese Pflichten zu übernehmen. Außerdem habe ich mit dem Verkauf der Farm alle Hände voll zu tun, und ich muß mich um unserer Flüge kümmern. Es ist eine Menge zu erledigen, und ich habe keine Zeit für die vierzehn Tage dauernden Zeremonien.«

»Wann fahren wir?«

»Sehr bald. Heute morgen habe ich mit Kaveri gesprochen und …«

»Du hast mit Kaveri gesprochen?« unterbrach ich ihn aufgeregt. »Wie geht es ihr? Warum hast du mir nichts gesagt? Ich hätte auch gern mit ihr geredet.«

»Solche Ferngespräche sind sehr teuer. Wir haben ihr von Jagan erzählt. Sie war sehr entsetzt und fing an zu weinen. Ich konnte sie ein wenig trösten, indem ich ihr unsere Neuigkeiten mitteilte. Sie wird uns am Flughafen erwarten, und wahrscheinlich bleiben wir ein paar Tage bei ihr, bevor wir nach Oxford fahren.«

»Warum dorthin?«

»Mein alter Professor Johnstone hat mir eine Stelle als Tutor verschafft.« Nayanas Augen begannen zu strahlen, und er lachte voller Vorfreude. »Dir wird Oxford gefallen. Ich kann es gar nicht erwarten, nach Hause zurückzukehren. Wir werden alle wieder zusammensein, als eine richtige Familie.«

»Aber ohne Anjali.«

»Nun, Anjali hat niemals zu uns gehört.«

»Ist Kaveri immer noch entschlossen, diesen Mann zu heiraten?«

»Stephen. Ja. Aber sie wird auf uns warten, so daß ich sie zum Altar führen kann.«

Unsere männlichen Verwandten warteten auf Nayana. Statt dessen kam ich mit den Tongefäßen, aber sie waren nicht sehr überrascht. Es mußten vierzehn Tage lang Zeremonien durchgeführt werden, und ich begann sie am selben Tag im Hof des nahen Pursa-walkam-Tempels. Ich badete im Tempelsee und trug den neuen Dhoti, den Srinivasin für Nayana gekauft hatte. Dann nahm ein Priester das Homam für die Asche vor, und alle männlichen Verwandten saßen neben mir, als ich nach seinen Anweisungen Ghee ausgoß, Reis streute und Holz ins Feuer legte. Der Priester leierte eintönig vor sich hin, die Sonne brannte auf uns herunter, und der Boden war hart. Ich verstand kein einziges Wort der Zeremonie. Ich erinnerte mich, wie schlicht und schnell Mrs. de la Rue bestattet worden war.

Am Abend des vierzehnten Tages brachten Srinivasin, Vishnu und ich die Tongefäße mit der Howrah Mail-Bahn nach Kalkutta. Von dort fuhren wir nach Benares, um die Asche in Mutter Ganga zu versenken. Die beiden waren angenehme Reisegefährten und stellten keine Forderungen an mich, während ich Dörfer, Felder und Wälder, die Straßen und Dschungel, das wechselnde Kaleidoskop der Menschen am Fenster vorbeigleiten sah. Ich fühlte mich, als würde ich mich immer weiter von der Zukunft, weg von Oxford und Mutter, weg von Nayanas Träumen entfernen und in meine Vergangenheit zurückkehren. Aber ich wußte, ich konnte nie wieder ein vollständiger Teil von ihr werden, wie ich es vor lange Zeit gewesen war. Zuviel hatte sich verändert, zuviel war für immer verloren.

Wehmütig sprachen Srinivasin und Vishnu von Ava. Srinivasin hatte sie erst kennengelernt, als er Großtante Lakshmi geheiratet hatte, aber Vishnu kannte sie seit dem Tag, als sie im Großen Haus angekommen war. Wie ein liebevoller Bruder berichtete er von jenem Ereignis. Damals war sie zwölf Jahre alt gewesen, scheu und hübsch, als sie und ihr Vater in einem schönen Wagen, der von einem weißen Pferd mit rotem Federschmuck gezogen wurde, vorgefahren waren. Der Kutscher hatte eine graue Livree mit Messingknöpfen getragen, und die zwei Diener, die hinter ihnen ritten, waren gleich gekleidet. Als sie sich im Haus und im Garten umgesehen hatte, hatte sie es mit dem Stolz einer Prinzessin getan.

Auch ich erzählte von meiner ersten Erinnerung an meinen Bruder. Nayana, Kaveri und ich waren aus Lahore zurückgekehrt, und Ava und Thatha hatten uns im Hauptbahnhof erwartet. Sie hatten uns umarmt und über uns Halbwaisen geweint. Jagan war mit seinem grünen Tretauto bis auf den Bahnsteig gefahren, hatte mich hochgehoben, hatte mich in sein geliebtes Auto gesetzt und mich den Weg bis zum wartenden Auto geschoben. Es war eine liebevolle Geste gewesen. Nun plagte mich mein Gewissen, weil ich seine Liebe so leichtfertig verloren hatte.

Die Menschenmenge in Benares verschluckte, umklammerte mich. Ich war nicht mehr von den anderen Gläubigen, die diese heilige Pilgerfahrt unternahmen, zu unterscheiden. Es waren der Lärm, das Durcheinander, das Chaos und die Gläubigkeit, in die ich eintauchte. Wir verrichteten unser Opfer in einem Tempel, begleitet von den Schleppern, die darauf spezialisiert waren, die Pilger um ihr Geld zu erleichtern. Srinivasin und Vishnu waren in Ekstase, da sie nun beide glücklich sterben konnten, nachdem sie durch ihre Reise in die heilige Stadt ihre *Moksha* erlangt hatten. Ich bestand darauf, beide Urnen zu tragen. Wir gingen die Stufen hinunter und wateten in die Ganga, bis wir bis zur Taille im Wasser standen.

Wir entfernten die Tücher. Ich hielt die Urnen schräg in die Wellen, bis sie die ganze Asche und kleine Knochenreste herausgespült hatten. Dabei wandte ich das Gesicht ab und wünschte erneut, sie befänden sich in einem Sarg, und ich müßte nicht sehen, wie wenig von ihnen geblieben war. Srinivasin und Vishnu tauchten ganz im Fluß unter, doch ich konnte mich nicht dazu durchringen, in den schlammigen, mit sterblichen Überresten gefüllten Tiefen zu versinken. Wir wateten zurück und setzten uns auf die Stufen. Die Abendsonne verwandelte das Wasser in goldene und silberne Bänder, die sich auf ihrem Weg in die Ewigkeit miteinander verflochten.

Kaveri hatte ein Foto geschickt, das sie mit vier englischen Freundinnen auf den Stufen der National Gallery zeigte. Es war ein imposantes Gebäude. Sie stand in der Mitte, und sie lachte. Kaveri sah glücklich aus und schien sich bei ihnen wohl zu fühlen, dieses braune Mädchen, geachtet von seinen Freundinnen. Sie war nicht mehr einsam. Mutter und Nayana hatten sie gut darauf vorbereitet, sich in diesem ›Ausland‹ wohl zu fühlen.

Bald würde auch ich im Kreis englischer Jungs in eine Kamera lachen. Es würde mir nicht schwerfallen, mich in England einzugewöhnen, das wußte ich. Es würde keine Überraschungen für mich geben, und ich konnte ungezwungen mit ihnen über ihr Land und ihre Bräuche sprechen. Ich sah zurück. Tausende fluteten ohne Unterbrechung über diese Stufen hinab zur Ganga, und hinter ihnen wuchsen unzählige Tempel in den Horizont. Der Rauch von den Verbrennungsstätten triftete wie ein Schleier zwischen die Gopurams. Ich war zufrieden, daß ich hier war, zwischen meinem Volk. Aber ein anderer Teil von mir wünschte sich, ›dort‹ zu sein, in jener Welt, auf die ich in all den Jahren vorbereitet worden war und die meine dramatische Ankunft erwartete.

Nach Hause

Ich werde von allen verlassen.« Anjali schluchzte, von Selbstmitleid erfaßt. Seit dem Tod von Ava und Jagan weinte sie leicht, Tränen liefen über ihr Gesicht. »Ich habe niemanden, der sich um mich kümmert. Du mußt hierbleiben, Krishna. Ein Viertel – nein, ein Drittel dieses Anwesens gehört dir. Warum willst du weggehen? Du kannst dein Haus bauen, und wenn Kaveri zurückkommt, baut sie ihres, und dann leben wir wieder zusammen.«

»Nayana und Mutter haben beschlossen, nach England zu übersiedeln, und ich muß mit ihnen gehen. Was soll ich denn sonst tun?«

»Bleib, laß sie gehen. Willst du den Rest deines Lebens mit dieser Frau verbringen?«

»Sie erwartet ein Baby.«

»O mein Gott, das hat uns gerade noch gefehlt! Ein Halbbruder oder eine Halbschwester! Warum um alles in der Welt wollen sie in ihrem Alter ein Kind?«

»Jemand muß für sie sorgen«, sagte ich, ihrer Frage ausweichend.

»Kaveri und Amber und ihre Familie und Freunde sind da. Nayana wird mit ihnen glücklich sein, sie sind Briten.« Anklagend starrte sie mich im nächtlichen Dunkel an. Sie schwang mit Rama auf der Verandaschaukel hin und her, ich saß in einem Sessel, Vishnu auf dem Boden, an einen Pfeiler gelehnt, halb eingeschlafen.

Den ganzen Tag hatten wir die Armen verköstigt. Es waren an die achthundert gewesen, und wir hatten sie bedient. Mein Rücken schmerzte, nachdem ich mit einem Schöpflöffel das Essen in ihre Bananenblätter gefüllt hatte. Aus dem Haus hörten wir das Gemurmel unserer Verwandten, die hiergeblieben waren, um an weiteren Zeremonien zu Ehren der Toten teilzunehmen. Pujas wurden im Tempel und im Haus zelebriert.

Ich war vorübergehend in mein altes Zimmer gezogen und hatte alle Gegenstände, die mich an Jagan erinnerten, weggeschlossen. Es war tröstlich, nach dem jahrelangen emotionalen Exil heimzukehren.

Auch Anjali bewohnte wieder ihr früheres Zimmer. Sie und Ava waren in der ganzen Stadt als lustige Witwen bekannt gewesen. Zusammen hatten sie Hochzeiten, Namensgebungen, religiöse Feiern und, während des Kultur-Festivals im Winter, Tanzfeste und musikalische Veranstaltungen besucht. Anjali hatte selbst ein oder zwei Konzerte gegeben. Der Musikkritiker von *The Hindu* hatte ihr Spiel als »Faszinierend« bezeichnet. Die Veena hatte sie beruhigt und geheilt. Bala war ein Alptraum gewesen, und sie hatte ihr geholfen, die bösen Erinnerungen zu vergessen.

»Daheim herrscht das Chaos«, erzählte ich. »Alle Zimmer sind leergeräumt, Nayana läßt die Möbel versteigern. Die meisten unserer Kleider hat Mutter an wohltätige Vereine geschickt, die ganzen Papiere wurden im Garten verbrannt. Mutter hat drei Schrankkoffer mit Wintersachen gepackt. Wir nehmen nur die Vorhangstangen aus Messing und ein paar antike Statuen mit. Die Umzugsleute haben sie zum Verschiffen weggebracht. Mutter und Nayana freuen sich jeden Tag mehr auf die Abreise. Sie ist sehr aufgeregt, weil sie endlich in das Land zurückkehren wird, das ihre Urgroßeltern vor einem Jahrhundert verlassen haben. Sie summt vor sich hin und tanzt durch die leeren Räume. Sie wird vorausfliegen und vorerst bei Kaveri wohnen.«

»Warum nicht bei ihrer eigenen Tochter?«

»Amber lebt bei Mutters Halbbruder, und Mutter will ihm in seinem kleinen Haus nicht auch noch zur Last fallen, während sie eine Wohnung suchen wird. So etwas können Frauen besser, sagt sie. Nayana und ich folgen ihr dann eine Woche später.«

»Was wird du dort machen?«

»Studieren, vermute ich.«

»Das kannst du genausogut hier.«

»Aber es sollte Oxford sein«, meine ich vage.

»Dann wirst du wie Nayana werden. Er ist nie wirklich nach Hause gekommen. Du bist in so vielen Dingen wie er. Willst du, daß das geschieht?«

Ich konnte nicht antworten. Irgendwann hatte ich diese Ambition aufgeben, aber ich konnte mich nicht erinnern, wann oder wo es geschehen war. Es war zu spät. Nayana war in meinem Geist und in meinem Herzen. Ich hatte seine Manieriertheit und sein Auftreten, seine Sprache und seine Haltung, seine Integrität als Ehrenmann und seine Rechtschaffenheit, obwohl ein anderer Teil meines Ichs zurückkommen würde, um auf den Stufen in Benares zu sitzen und daran zu denken, was ich hätte sein können. Ich konnte mir nicht vorstellen, daß Nayana das tun würde. Ich sah ihn immer nur elegant und bequem in England mit seinen Freunden an einem hohen Tisch sitzen.

»Wann fliegt sie ab?«

»Übermorgen.«

»Warum konnte sie nicht schon vor Jahren gehen, als alle gingen, statt uns zu verderben … Und wann geht ihr?«

»Wie gesagt, eine Woche später.«

Das löste einen neuen Tränenstrom aus. »Vorher müssen wir zu Mr. Menon gehen und Avas Nachlaß regeln. Ich hoffe, er weiß, in welchem Banksafe sie ihre Juwelen verwahrt hat. Ich konnte hier im Haus nichts davon finden, auch keine Papiere.«

»Hat sie dir bei deiner Hochzeit keinen Schmuck gegeben?«

»Natürlich nicht. Ich bekam die eine Hälfte von Amahs Schmuck, Kaveri die andere. Ava behielt ihren eigenen. Den werden wir zwischen uns aufteilen. Er müßte drei oder vier Lakhs wert sein.«

Ich wollte nicht mit Anjali zu Mr. Menon gehen, ehe die Hypothek getilgt war. Ich rief ihn an, und wir vereinbarten einen Termin.

Am nächsten Morgen radelte ich zu unserem fast leeren Bungalow, um ein paar Kleidungsstücke zu holen. Mutter saß zufrieden auf der Veranda in einem der drei restlichen Korbsessel, trank Tee und sah ihre geliebten Rechnungsbücher durch.

»Setz dich zu mir, Krishna.« Sie goß mir eine Tasse Tee ein. Dann lehnte sie sich zurück, legte die Füße auf einen Stuhl und eine Hand auf ihren leicht gewölbten Bauch. »Noch kann ich nichts spüren, aber im fünften oder sechsten Monat wird es anfangen, sich zu bewegen. Amber war schon im fünften sehr aktiv und hat bis zu ihrer Geburt nicht aufgehört, mich zu treten.« Versonnen starrte sie zum grellblauen Himmel hinauf. »Ich bin gespannt, wie es aussehen wird.«

Das fragte ich mich auch. Würde es wie Amber oder wie Kaveri sein? Wie Richard oder ich oder Jagan? Letzteres wäre mir am liebsten, dann hätte ich eine lebendige Erinnerung an meinen Bruder.

»Meine Großmutter erzählte mir, ein Kind der Liebe würde besonders lebhaft im Mutterleib strampeln, weil es von Glück und Freude erfüllt ist.«

»War Amber deshalb so aktiv?«

Sie schaute mich mit einem leichten Lächeln an. »Ich weiß, du hast unser Gespräch belauscht, und Wells hat auch davon gesprochen. Amber hat es mir erzählt.« Eine Weile schwieg sie in Erinnerung an den Augenblick der Empfängnis, als sie glücklich gewesen war. »Ich vermute es. Aber das macht jetzt keinen Unterschied. Er war ein Lieutenant, und ich liebte seine blauen Augen, sie waren ein Stück vom Himmel, sein wunderbares tiefes Lachen. Er kam vom Land, sein Vater war Gutsbesitzer in Surrey. Eines Tages möchte ich sein Elternhaus sehen. Trotz der Kriegszeiten hatten wir viel Spaß miteinander. Wir tanzten und flirteten und liebten uns, so als wäre jeder Tag unser letzter. Er fiel er in Burma. Ich versuche, nicht an ihn zu denken, aber Amber erinnert mich ständig an ihn.« Sie nippte an ihrem Tee, den kleinen Finger immer noch abgespreizt und leicht angewinkelt, wie einen zweiten Henkel. »Ich weiß nicht, warum ich dir das erzähle. Vielleicht, weil ich für immer fortgehe und diese Erinnerungen in Indien zurücklassen möchte. Es wäre nicht gut, sie nach England mitzunehmen. Wir werden dort ein neues Leben beginnen, und all die anderen Dinge spielen keine Rolle mehr. Natürlich errate ich, was du jetzt denkst, Krishna. Dein Gesicht gleicht einem offenen Buch. Nun fragst du dich, ob ich es deinem Vater erzählt habe. Hätte ich das nicht getan, würdest du sofort zu ihm laufen und es ihm sagen. Ich habe es getan. Ich habe keinen Zweifel daran, daß du es Anjali sagen wirst. Es kümmert mich nicht, was sie von mir denkt. Von Anfang an waren wir uns unsympathisch. Und du bist auch kein einfacher Junge. Bei unserer ersten Begegnung glaubte dein Vater, du wärst am leichtesten zu erobern, weil du ihn so innig liebst. Aber du warst besonders problematisch. In dir steckt ein hartnäckiger Zorn, der dir gar nicht bewußt ist, und der richtet sich nicht gegen deinen Vater, sondern gegen mich. Ich bin für unsere Ehe nicht verantwortlich. Es war der Wunsch deines Vaters.«

»Ich weiß.«

»Warum gibst du mir trotzdem die Schuld? Wahrscheinlich kenne ich die Antwort. Du kannst nicht aufhören, deinen Vater zu lieben; es ist niemals leicht, eine Liebe zu beenden. Statt dessen lehnst du *mich* ab. Nun, ich bin stark genug, um das zu ertragen, und es beeinflußt meine Beziehung zu deinem Vater in keiner Weise. Ich hoffe, du nimmst deinen Zorn nicht mit nach England. Laß ihn hier zurück, denn dort werde ich ihn nicht mehr dulden. Hast du das verstanden?«

»Ja«, sagte ich und fragte: »Warum bist du bis jetzt in Indien geblieben?«

»Weil dein Vater ein sehr verführerischer Mann ist, charmant und intelligent und ein guter Liebhaber. Für mich ist das sehr wichtig. Ich sage dir das deshalb, weil du beinahe ein Mann bist und lernen solltest, wie man eine Frau glücklich macht. Das weiß dein Vater sehr gut. Zweifellos hat er all die Tricks in Oxford gelernt, von Bernice Latour.«

»Wer ist sie?« fragte ich erstaunt.

»Ich weiß, er hat sie vor euch Kindern nie erwähnt.« Sie war erfreut, das Geheimnis auszuplaudern. »Sie war die Tochter eines Schriftstellers, ein künstlerisch veranlagtes Mädchen, glaube ich. Er wollte sie heiraten. Aber weil deine Mutter ihm so verzweifelte Briefe schrieb, beschloß er, seine Pflicht zu erfüllen, nach Indien zurückzukehren und sie zu heiraten.«

»Aber er liebte meine Mutter«, sagte ich.

»Das nehme ich an. Auch ich habe Wells eine Zeitlang geliebt. Manchmal erlischt eine Liebe, und man vergißt, warum man sie jemals empfunden hat.« Sanft fügte sie hinzu: »Mach dir deshalb keine Sorgen, Krishna, das alles gehört der Vergangenheit an. Ich bin die Gegenwart deines Vaters, und ich bin mit ihm verheiratet.«

»Wegen der zweihundertzweiunddreißig Lakhs?«

Verwirrt runzelte sie die Stirn. Dann erwiderte sie ärgerlich: »Oh, du meinst den Wert eures kostbaren Familienvermögens. Glaubst du, deshalb bin ich geblieben? Mein lieber Junge, so ein Typ bin ich nicht. Ich wollte mit Amber gehen, als meine Mutter damals fuhr. Ich hätte dort überlebt, wie ich es immer getan habe und tun werde. Aber dein Vater flehte mich an, zu bleiben. Er glaubte, ihr Kinder würdet jemanden wie mich brauchen, nicht wie eure Großmutter. Und ich tat mein Bestes, Krishna, obwohl es nicht einfach war. Zugegeben, ich war enttäuscht, daß euer Vater den Besitz nicht erbte, aber nur, weil er so schmerzlich darunter litt. Nun, das ist Schnee von gestern. Ich hoffe, du wirst dein kostbares Erbe nicht verschleudern.«

»Bestimmt nicht. Eines Tages werden Kaveri und ich auf dem Anwesen unsere Häuser bauen.«

»Eines Tages – das ist ein Traum«, sie lächelte geheimnisvoll. »Warten wir es ab. Hätte dein Vater das Erbe erhalten, würde auch mein Baby einen Anteil bekommen. Aber ich vermute, du und Anjali werdet nichts davon abgeben.«

»Und Kaveri ebensowenig.«

»Da bin ich mir nicht so sicher. Sie ist ein sehr großzügiges Mädchen. Nicht, daß ich an einem Anteil interessiert wäre. Das Kind wird in England aufwachsen. Was nützt ihm da ein Besitz in Indien? Es wird ein wunderschönes Kind, das weiß ich, weil ich seine Schönheit in meinem Innern spüre.« Nachdenklich fuhr sie fort: »Vor ein paar Jahren wäre das alles unmöglich gewesen. Keine Engländerin hätte jemals einen Inder geheiratet. Als ich ein junges Mädchen war und in Kalkutta aufwuchs, stellte ich mir das nicht einmal in meinen kühnsten Träumen vor. Wir kannten gar keine Inder, wir kamen nie mit ihnen in Berührung. Ich meine anständige Leute, keine Diener. Hast du von der englischen Dichterin namens Laurence Hope gehört?«

»Nein.«

»Vor fünfzig Jahren lebte sie in Madras, nicht weit von hier, in Murray es Gate. Sie war mit General Malcolm Nicholson verheiratet und schrieb ihre Gedichte unter einem Männernamen. In Wirklichkeit hieß sie Adela Florence. Bei unseren Teeparties trugen wir ihre leidenschaftlichen Gedichte vor. Den Gerüchten nach hat sie Selbstmord begangen, weil sie einen Inder liebte und nicht mit ihm zusammenleben konnte. Ich kann sie verstehen. Wäre sie ihrem Mann wegen eines Einheimischen davongelaufen, hätte sie dem General und uns allen Schande bereitet. Nach der Unabhängigkeit wurden die Barrieren weniger hoch, trotzdem hätte ich nie vermutet, daß ich mich in einen Inder verlieben würde – bis ich deinen Vater kennenlernte. Auch du glaubst an die Liebe, nicht wahr, Krishna? Du liebst deinen Vater, du liebst Amber, Kaveri und Anjali. Nur Jagan hast du nicht geliebt, weil er deine Gefühle nicht erwidert hätte. Deshalb mußtest du sie unterdrücken. Du bist in der Liebe genauso berechnend wie wir alle.«

»Hat Amber meine Gefühle erwidert?«

»Jedenfalls mochte sie dich.«

»Und weil dir das mißfiel, hast du sie weggeschickt.«

»England ist ihre Heimat. Ich wollte, daß sie sie kennenlernt. Außerdem seid ihr beide zu jung für solche Sachen.«

»Wird sie die Familie ihres richtigen Vaters besuchen?«

»Sie kennt nicht einmal seinen Namen«, erwiderte Mutter lächelnd, »und Surrey ist ziemlich groß.« Sie stand auf, und ich sah ihren gewölbten Bauch deutlicher. »Ich bin froh, daß wir dieses Gespräch hatten. Ich möchte, daß du dich um deinen Vater kümmerst, während wir getrennt sind. Auch in England wird er deine Hilfe brauchen. Es kann sein, daß du arbeiten mußt, bevor du aufs College gehst, weil wir nicht so viel Geld haben.« Sie preßte ihre Hand ins Kreuz und starrte auf mich herab. »Oder du kannst, wenn du das vorziehst, erst einmal hierbleiben und deine Studien beenden, ehe du zu uns kommst.«

Sorgsam sammelte sie ihre Rechnungsbücher ein und ging ins Haus. Ich saß noch lange auf der Veranda und versuchte zu begreifen, worüber sie gesprochen hatte. Das fiel mir schwer, weil ich ihr mißtraute, und manche Geschichten verwandeln sich nur deshalb in Wahrheit, weil sie auf raffinierte Weise erzählt werden. Aber das Kind in ihrem Bauch war eindeutig real.

Die alte Valli weinte und weinte und umklammerte Mutters Beine, als wären es Felsen. Mutter befreite sich mit sanfter Gewalt und gab ihr tausend Rupien als Abschiedsgeschenk. Dann erschien Mr. Braithwaite, um sich zu verabschieden. Er trug immer noch eine schmale Krawatte, aber sein Hemd war fadenscheinig und die Hose ungebügelt. Er hatte einen Großteil seines Lebens Nayanas und Mutters Träumen gewidmet, und nun blieb er mit leeren Händen zurück. Wenigstens hatte mein Vater ihm eine Stellung bei Spencer & Co besorgt, und das würde ihm und seiner Familie den Lebensunterhalt sichern. Mutter gab ihm zweitausend Rupien.

Sonst kam niemand, um ihr Lebewohl zu sagen. Alle ihre englischen Freunde waren längst ›heimgekehrt‹, und mir wurde klar, wie isoliert wir seit ihrem Erscheinen gelebt hatten. Die Frauen waren das Beständige in unseren Heimen, unseren Traditionen, unseren Geschichten. Sie webten uns zusammen, sie waren die starken Verbindungsfäden von der Vergangenheit durch die Gegenwart in die Zukunft. Sie trafen und verbanden sich bei jeder unserer Zeremonien in jedem unserer Heime, aber Mutter hatte sich nie um sie gekümmert. Sie wußte nicht, wer wir waren, und umgekehrt hatten wir es auch vergessen. Aber es war nicht ihre Schuld. Mein Nayana hatte sie in unser Haus gebracht. Er war derjenige, der uns ins Exil getrieben, uns von Ava, Anjali, unseren Verwandten getrennt hat durch seine Besessenheit von ihr. Er wollte, daß wir andere Menschen würden. Wir hatten auf ihrer Insel gelebt und waren dabei, sie für eine andere, weit entfernte, zu verlassen.

»Auf Wiedersehen, Krishna«, sagte sie und umarmte mich kurz im Gedränge der Abflughalle. »Bitte, kümmere dich um deinen Vater.«

»Bis bald, Darling.« Diesmal dauerte die Umarmung länger. Sie berührte Nayanas Gesicht, strich mit einem Finger über eine Wange.

Sie wandte sich ab und verließ uns. London würde nicht auf sie warten, es würde verschwinden, wenn sie sich nicht beeilte. Sie hatte die unmittelbare Zukunft in allen Einzelheiten geplant. Sobald Nayana in England eintraf, würde er seinen alten Oxford-Professor besuchen, um sich die Stelle eines Tutors zu sichern. Danach würden sie ein hübsches strohgedecktes Cottage außerhalb von Oxford kaufen. Es mußte neben einem Bach auf einer grünen Wiese stehen. Dort würden sie mit ihrem Baby leben, einem typisch britischen Kind, das Ponies reiten, gepflegtes Englisch sprechen, Kricket spielen und später in Oxford studieren würde. Obwohl das Orakel ein Mädchen prophezeit hatte, wünschten sie sich einen Jungen.

Wir stiegen aufs Dach des Flughafengebäudes und sahen sie an Bord gehen. Mit ihrem hellblonden Haar war sie zwischen all den schwarzhaarigen Passagieren leicht zu erkennen. Sie drehte sich kein einziges Mal um, winkte uns nicht, sondern eilte die Gangway hinauf, wie ein Flüchtling, der endlich ein verwüstetes Kriegsgebiet verlassen konnte.

Als erstes Mitglied unserer Familie betrat sie ein Flugzeug, obwohl ich wünschte, sie hätte ein Schiff genommen. Ich würde gern an Bord gehen und die Geschichte jener ersten Schiffe spüren, die damals die Briten hierhergebracht hatten, an der Reling stehen, westwärts schauen und mir die Segelschiffe vor der indischen Küste vorstellen. Aber Mutter wollte England so schnell wie möglich erreichen. Sie wollte keine langen Wochen auf See verbringen und darauf warten, daß die weißen Klippen von Dover in Sicht kamen. Das Flugzeug würde sie schnell von einer Vergangenheit zu einer anderen bringen, die ihre Zukunft war.

Ich dachte, sie würde sich umdrehen, einen letzten Blick auf ihr Heimatland werfen, in den dunstigen, indischen Himmel, auf die Palmen, die an der Rollbahn standen, auf die braunen Menschen, die ihr vom Dach aus zuwinkten. Aber sie verschwand aus unserem Blickfeld in das Flugzeug.

Wir warteten bis zum Start. In Gedanken sah ich sie über die Meere und Wüsten fliegen, zuletzt ihre Heimat erreichen und für immer zwischen ihren eigenen Leuten verschwinden. Wir würden sie nicht wiederfinden, weil sie alle blond waren, graue Augen und weiße Haut hatten.

»Wir werden sie bald wiedersehen«, sagte Nayana und brach das Schweigen. Er starrte träumerisch der Maschine nach, wie einem Nordstern, der ihm den Weg in die Zukunft wies.

Auch ich beobachtete das Flugzeug. Gemischte Gefühle bewegten mich. Im Lauf der Jahre hatte ich mich an Mutter gewöhnt, sie hatte mich während meiner schweren Krankheit gepflegt, hatte unser Leben verändert und, als ich jünger war, Geschichten erzählt. Aber wir waren niemals liebevoll behandelt worden. Amber möglicherweise, Richard niemals. Vielleicht würde das Kind, das sie jetzt unter dem Herzen trug, glücklicher aufwachsen.

Vorsichtig steuerte Nayana das Auto nach Hause, mit dieser niederen Tätigkeit nicht vertraut. Seiner Bitte um vorzeitigen Ruhestand war entsprochen worden, und von diesem Tag an stand ihm sein Chauffeur mehr zur Verfügung, und er verlor auch alle anderen Privilegien eines Regierungsbeamten. Sogar einen der Telefonapparate hatte man aus dem Bungalow geholt. Die Leute, die ihn täglich besucht hatten, um ihm zu schmeicheln und Vergünstigungen zu erlangen, erschienen nicht mehr. Ohne seine Macht war er nicht länger wichtig. Das verblüffte ihn zunächst, doch dann fiel ihm wieder ein, warum er den Dienst quittiert hatte, und er stürzte sich in die Vorbereitungen für unsere Abreise.

The Hindu hatte einen Bericht über sein Ausscheiden und sein Foto veröffentlicht, auf dem er überlegen und aristokratisch wirkte, so wie ein höherer Regierungsbeamter aussehen mußte. In dem Artikel wurden sein Studium in Oxford, seine Karriere und seine Leistungen auf dem Kricketplatz gewürdigt. Die kurzfristige Suspendierung erwähnte man nicht, ebensowenig die mangelnden Beförderungen. Kamaraj war nach Delhi gegangen, um Präsident der Kongreßpartei zu werden, aber das hatte keinen Einfluß auf seine Aussichten unter Bhaktavasalam gehabt. Nur ein Wechsel nach Andhra hätte das ändern können. Aber das wollte er nicht. Am Schluß des Berichts erfuhr der Leser, Mr. Naidu würde »ins Ausland« übersiedeln.

»Ich möchte die letzen Tage mit Anjali verbringen.«

»Wie du willst, Krishna«, stimmte er fröhlich zu. »Aber hör nicht auf den Unsinn, den sie über Mutter und mich erzählt. Ich fahre nach Bangalore, um meine Schwester zu besuchen und ein paar geschäftliche Dinge zu regeln.«

Ein Abgrund

Es war Jahre her, als ich zum letztenmal in der Armenian Street gewesen war, damals zusammen mit Thatha, an jenem verhängnisvollen Tag. Jetzt drängten sich in Georgetown mehr Hand- und Ochsenkarren, Autos und Fahrräder, Rikschas und Händler auf der Straße. Die Leprakranken saßen vor der Kirche, warteten auf ihr Mittagessen und rasselten mit ihren Schüsseln. Da ich ihr Gebrechen für ansteckend hielt, warf ich ihnen meine Münzen aus einiger Entfernung zu. Ich wußte, in London würden die Straßen sauber sein, nicht so voller Menschen, angenehm ruhig, nicht verstopft von schmutzigen Bettlern.

Ich stieg die Stufen des Catholic Centre hinauf und ging an Mr. Chettys ehemaligem Büro vorbei. Damals hatte er meinen Großvater vor den riskanten Spekulationen gewarnt. Aber Thatha war ein Spieler gewesen, und er hatte sich nicht mehr ändern können. Nun gehörte das Büro einer Schiffahrtsgesellschaft. Ich folgte dem Korridor bis zu Mr. Menons Räumen. Im Vorzimmer tippten einige Sekretäre auf Remingstons, Juniorpartner saßen beisammen, schwatzten und tranken Tee. Juristische Bücher und Akten stapelten sich in den Regalen an der Wand. Einige waren heruntergefallen und lagen auf dem Boden. Mr. Menons Büro sah nicht viel ordentlicher aus, auch sein Schreibtisch war mit Büchern und Dokumenten übersät. Den Rücken zum Fenster gewandt, las er Will Durants »Our Oriental Heritage«. Als ich eintrat, markierte er die Seite mit einem Lesezeichen, legte das Buch beiseite und zündete sich eine Zigarette an.

»Ist deine Stiefmutter gut in England angekommen?« fragte er.

»Ja, sie hat gestern angerufen. Kaveri hat sie vom Flughafen abgeholt.«

»Ich hatte die Chance, im Ausland zu studieren, als ich meinen Baccalaureus gemacht hatte«, meinte er wehmütig. »Die Duke University in Amerika bot mir ein Stipendium an. Aber mein Vater wollte mich nicht weglassen. Also absolvierte ich mein Jurastudium hier und betreute ihn.«

»Sie hätten weggehen sollen«, sagte ich.

»Nein, es war meine Pflicht, ihm zu gehorchen.« Aber er runzelte noch immer betrübt die Stirn. »Nun, Krishna, weshalb war dieses Treffen zu eilig? Wie ich bereits sagte, es wird eine Weile dauern, bis alle Formalitäten erledigt sind. Nun müssen wir auch noch Jagans Sterbeurkunde einreichen. Sein Tod geht mir sehr nahe. So ein netter junger Mann ...« Er machte eine Pause und wühlte in den Papieren auf seinem Schreibtisch. Zu meiner Überraschung fand er, was er suchte: einen Luftpostbrief. »Und Kaveris wegen tut es mir auch leid.«

»Aber es geht ihr gut.«

»Das meine ich nicht.« Er sah mich aufmerksam an. »Offensichtlich weißt du nichts von ihrem Entschluß. Ob es mir gefällt oder nicht, ich muß ihre Anweisungen befolgen.«

»Was für ein Entschluß?«

»Vor ein paar Tagen hat dein Vater mir das da gebracht.« Er nahm den Umschlag hoch und zog vorsichtig einen Brief heraus. Ich erkannte Kaveris Handschrift. »Ich hatte wirklich gehofft, ihr würdet einmal freundschaftlich zusammenleben.«

»Das haben wir auch vor, zumindest Anjali und ich.«

»Leider spielen eure Wünsche keine Rolle mehr. Kaveri hat mich beauftragt, ihren Anteil des Besitzes zu verkaufen.«

Verwirrt starrte ich ihn an. In ihrem letzten Brief hatte sie nichts dergleichen erwähnt, nur wortreich Avas und Jagans Tod beklagt. Lediglich die letzten Zeilen, die von unserer baldigen Ankunft und ihrer Hochzeit handelten, wirkten etwas fröhlicher. Ihr Bräutigam stammte aus Dorset, und sie würden in einer mittelalterlichen Kirche heiraten, in einem malerischen Dorf, das sie schwärmerisch beschrieb. Allzu erfreut waren ihre zukünftigen Schwiegereltern nicht über die Absicht ihres Sohnes, eine Inderin vor den Traualtar zu führen. Aber Kaveri glaubte felsenfest, die Liebe würde alle Probleme lösen.

»Aber das kann sie nicht tun. Ich meine, wie kann sie ihren Anteil verkaufen, wo sie doch ihr Haus im Garten auf ihrer Wiese bauen soll, so wie Thatha es geplant hat? Und ...«

»Moment mal!« Mr. Menon hob eine Hand. »Sie will ihr Haus nicht hier bauen, sondern in England. Deshalb muß ich ihr einen Teil des Geldes überweisen – schwarzes Geld, mit der Hilfe eines Hawalas. Wie du weißt, hat sie eurem Vater eine Vollmacht gegeben.«

»Aber – sie kann doch unmöglich …« Entsetzt stellte ich mir das drohende Auseinanderfallen unseres Familiensitzes vor.

»Darüber hat sie mit deinem Vater und der Stiefmutter gesprochen, und beide rieten ihr zum Verkauf, weil sie davon profitieren würde. Euer Vater hat sogar schon einen Interessenten.«

»Nein, das lasse ich nicht zu …« Plötzlich hatte ich eine Idee. »Anjali und ich werden Kaveris Anteil kaufen.«

»Womit?« fragte er leise.

Diese einfache Frage nahm mir fast den Atem, und ich fand keine Antwort.

»Bevor Sie irgendwas unternehmen, möchte ich mit ihr reden. Auf mich wird sie hören. Vor einigen Jahren haben wir eine Vollmacht für Nayana unterschrieben, damit er sich Geld für seine Firma leihen konnte. Jetzt hat er alles zurückgezahlt und …«

»Welche Vollmacht?« fragte er überrascht. »Ich habe keine aufgesetzt.«

»Das hat ein anderer Anwalt erledigt, Mr. Pattabirao, ein Freund meines Vaters …«

»Ja, diesen aufgeblasenen Clown kenne ich.« Er beugte sich vor und blinzelte in den Qualm. »Laß uns der Reihe nach vorgehen. Also ihrKinder habt …«

»Anjali nicht.«

Ungeduldig winkte er ab. »… ein Dokument unterschrieben, damit Bharat euer Erbe mit einer Hypothek belasten konnte. Ist das richtig?«

»Ja. Eigentlich dürfte ich es Ihnen gar nicht sagen. Das habe ich Mutter versprochen. Vater lieh sich das Geld von dem Marwari Srichand, der damals auch Thatha Geld geliehen hatte und dann dessen ganzes Vermögen bekam. Nun hat Nayana die Farm verkauft und alles zurückgezahlt, was er geliehen hat«, schloß ich lahm, es tat mir leid, diese Details verraten zu haben.

Mr. Menon begann zu lachen, bis Tränen über sein Gesicht rannen, und schlug mit der Faust auf den Schreibtisch.

»Krishna«, japste er, »es ist absolut unmöglich, daß euer Vater das getan hat. Das Eigentum Minderjähriger ist gesetzlich seit 1955 geschützt. Wart ihr mit eurem Vater bei einem Gericht?«

»Nein«, erwiderte ich verblüfft.

»Nun, dein Vater hätte zum Gericht gehen und einen Richter davon überzeugen müssen, daß das, was er mit dem Geld vorhatte, das Vermögen vermehren und euch Kindern zugute kommen würde. Ohne einen Gerichtsbeschluß würde ihm niemand, nicht einmal der durchtriebene alte Marwari, auch nur einen Anna leihen. Hätte er es so gemacht, hättest du es nicht nötig, zum Gericht zu gehen, um die Schulden zu tilgen. Das würde automatisch geschehen. Dein Vater kann das, was du mir erzählt hast, nicht getan haben.«

»Ich kann das nicht glauben«, sagte ich bestimmt. »Er hat es getan, ich weiß es mit Sicherheit.«

»Nun, das läßt sich klären. Gehen wir zu Mr. Srichand. Sein Büro ist ganz in der Nähe.«

Unterwegs erklärte er mir die Einzelheiten jenes Gesetzes, aber ich blieb bei meiner Behauptung, Nayana habe mit Hilfe unser Vollmacht Geld vom Marwari bekommen, das, wiederholte ich, zurückgezahlt worden sei, so daß wir keinerlei Verpflichtungen hätten.

Im Lauf der Jahre hatte sich Srichand kaum verändert. Ich hatte gedacht, er wäre vielleicht an seinen Heimatort zurückgekehrt, aber er saß auf demselben Diwan wie damals und lehnte sich an die Polster. Ihm zur Seite saß sein etwa zwanzigjähriger Sohn, der Hemd und Hosen trug und keine Kopfbedeckung. Respektvoll begrüßten Mr. Menon und ich die beiden und nahmen ihnen gegenüber Platz.

»Erinnern Sie sich an Krishna, Mr. Ranjit Naidus Enkel?« fragte Mr. Menon.

Srichand starrte mich mit seinen steinharten Augen an. Sein Schnurrbart war weiß geworden, aber sein gelber Turban verdeckte sein Haar. Kleine Fältchen lagen um seine Augen, und sein Mund war hart geworden.

»Vor langer Zeit kam Mr. Naidu mit einem kleinen Jungen hierher. Er ist ziemlich gewachsen. Sagen Sie mir, was ich für Sie tun kann.«

»Hat Mr. Bharat Naidu Sie gebeten, ihm Geld zu leihen und das Anwesen der Familie, also das treuhänderisch verwaltete Erbe der Kinder, mit einer Hypothek zu belasten?«

»Nein.« Srichand lächelte amüsiert. »Wenn ein Vermögen treuhänderisch verwaltet wird, wie kann er es mir da verpfänden? Ich bin kein Dummkopf, es ist gegen das Gesetz.«

»Dann muß es ein anderer Geldverleiher gewesen sein«, sagte ich.

»Niemand würde den Besitz Minderjähriger mit einer Hypothek belasten«, versicherte der Marwari, und ich wußte, er sagte die Wahrheit.

»Und woher hatte mein Vater dann das Geld?« frage ich Mr. Menon.

Srichand verzog die Lippen, und die Belustigung verwandelte sich in Zynismus. Da war kein Mitleid, kein Bedauern. Er hatte die Antwort auf meine Frage vorausgesehen, so wie er Großvaters Spiel gespielt hatte, unbeteiligt, solange der Verlust nicht der seine war. Es war alles Geschäft, und wie es einer machte, spielte keine Rolle.

»Tut mir leid«, seufzte Mr. Menon und ergriff teilnahmsvoll meine Hand. Ich merkte es nicht, mein Körper war wie taub. Ich war der Verlierer, und ein schrecklicher Abgrund hatte sich vor mir aufgetan.

»Sie wußten es?« würgte ich hervor.

»Nur Gerüchte«, antwortete er ausweichend.

Ich dachte an die Lakhs, die in Kajaksha Ltd. gesteckt worden waren, die Lakhs, die Anjalis Hochzeit gekostet hatte, das andere Geld, das sie bei ihren Geschäften verloren hatten, mein Kredit an Amber, ihr Fahrgeld und das für Mrs. de la Rue. Mutter und ihre Kontobücher waren nun in England.

»Ihr Vater war ein hoher Regierungsbeamter«, betonte Srichand mit diesem irritierenden Lächeln um den Mund. Für ihn war es die einzig mögliche Erklärung.

»Krishna«, sagte Mr. Menon sanft, »es ist üblich geworden, auf diese Weise zu Geld zu kommen. Wir sind alle korrupt. Ich bin sicher, dein Vater hatte seine Gründe. Er ist mit einer Europäerin verheiratet, er mußte Anjalis Hochzeit und eure Ausbildung bezahlen, und er mußte einen gewissen Lebensstandard aufrechterhalten. Er hat sein Geld investiert, aber nicht klug.«

»Aber nicht er«, sagte ich wie betäubt, weil ich es immer noch nicht glauben konnte. »Wir haben die Vollmacht unterschrieben ...«

»Das war ein Weg, um neugierigen Leuten zu zeigen, woher er das Geld hatte.«

»Es hat Untersuchungen gegeben, und er wurde rehabilitiert, ich weiß es«, sagte ich mit Nachdruck.

»Korruption ist immer schwer nachzuweisen, vor allem dann, wenn das Vermögen der Kinder dazu dienen kann, die Herkunft des Geldes zu erklären.«

»Wußte es Stiefmutter auch?«

»Wer weiß?« meinte Mr. Menon. »Alle tun es, vom kleinsten Peon bis zum Minister. Wenn man eine Lizenz oder eine Unterschrift braucht, muß man dafür zahlen. Ein Mann kann nur eine Zeitlang ehrlich bleiben, dann merkt er, daß er der einzige Narr ist. Er gerät unter wachsenden Druck. Leute bieten ihm immer wieder Geld für diesen oder jenen Gefallen an, und er ist in einer Position, ihnen diesen Gefallen zu tun. Diesen Zustand haben unsere Politiker heraufbeschworen. Die Kongreßpartei ist die Hure, die unser Land korrumpiert, und das wird uns eines Tages vernichten, das wirst du sehen.«

»Aber er kann es nicht getan haben«, sagte ich wieder. »Er war in Oxford, er hat Kricket gespielt ...«

»Deshalb geht er nach England? Und deshalb glaubst du, die Engländer waren nicht korrupt? Was ist mit Clive, Hastings, Harding und Yale und all den Tausenden, die sich auf unsere

Kosten bereichert haben? Ich will dir eine Geschichte erzählen. Zu Beginn dieses Jahrhunderts hatten wir einen ehrenwerten – natürlich britischen – Gouverneur. Um die Hochzeit seiner Tochter in England zu bezahlen, brauchte er Geld. Da sie einen Aristokraten heiratete, mußte es ein großes Fest werden. Aber er hatte kein Geld und vertraute sich in seiner Not seinem treuen Assistenten an, einem Brahmanen. ›Sir‹, erwiderte der Mann, ›gerade haben wir eine Dürre hinter uns, so daß Sie im nächsten Budget einen Kostenvoranschlag für eine große Bewässerungsanlage im Madurai District vorlegen sollten. Wenn Sie das Geld bekommen, nehmen Sie es für die Hochzeit Ihrer Tochter.‹ Genau das tat der Gouverneur, und die Hochzeit wurde ein großes Ereignis. Als seine zweite Tochter heiratete, stand er vor dem gleichen Problem, und sein Berater erklärte: ›Sir, vor einigen Jahren bauten wir ein Reservoir für die Trockenzeit. Jetzt haben wir keine Dürre, und Sie sollten Zuschüsse beantragen, um das Reservoir mit Erde zuschütten zu können, damit es von den Bauern bewirtschaftet werden kann.‹ Der Gouverneur folgte dem Rat, und es gab eine zweite große Hochzeit.«

Ich brachte es nicht fertig, in Mr. Menons und Srichands schallendes Gelächter einzustimmen.

»Sag mir nicht, nachdem dein Vater ein glühender Bewunderer der Briten ist, er würde sich in dieser Hinsicht *kein* Beispiel an ihnen nehmen.«

»Aber das kann es für ihn nicht richtig machen.«

»Natürlich nicht. Und es beweist, daß er sich nicht von den anderen in unserer Regierung unterscheidet.«

»Ein korrupter Mann …«, stammelte ich mit brüchiger Stimme. Entschlossen stand ich auf. »Ich muß mit ihm reden. Ich will, daß er es mir sagt.«

»Es wäre am besten, nichts davon zu wissen« sagte der Anwalt. »Er würde alles abstreiten, und du kannst nichts beweisen. Laß es dabei bewenden. Er ist dein Vater, und du bist verpflichtet, ihn zu respektieren. Wie Rama mußt du akzeptieren, was immer er tut. Du bist ein Hindu-Sohn, er ist dein Vater. Das läßt sich nicht ändern.«

»Aber wie kann ich mit dem, was er getan hat, leben?«

»Sei dankbar, daß es seine Taten waren, nicht deine. Das wäre noch schwerer. Du bist noch jung, und du wirst noch lernen, deine eigenen Fehler und Schwächen zu akzeptieren. Das ist der größte Makel an unserem menschlichen Dasein: Wir lernen mit den schlechten Dingen in uns zu leben. Sie bringen uns nicht um, aber sie schmerzen uns bis in den Tod.«

»Krishna Sahib«, rief Srichand mir nach, bevor ich die Tür erreichte, »was ist mit Mrs. Uma Naidus Schulden?«

Bestürzt drehte ich mich um. »Was für Schulden?«

Er nahm einen Aktenordner aus einer Schublade, der dicker war als die, die Mutter hatte. Sein Sohn, so fett und kalt wie sein Vater, blätterte darin. Dann reichte er seinem Vater ein Papier.

»Sie hat ihren Schmuck verpfändet, für etwa zweieinhalb Lakhs. Wollen Sie ihn auslösen?«

Ich wandte mich zu Mr. Menon, der nicht überrascht wirkte. »Was willst du tun, Krishna? Sie ist auch die Grundsteuer schuldig geblieben, ich habe die Forderungen. Ungefähr eineinhalb Lakhs. Die hat sie jahrelang nicht bezahlt. Ich konnte der alten Dame nie begreiflich machen, warum sie solche Steuern bezahlen mußte, und hielt die Behörden immer wieder hin.«

»Aber die Mieten …«

»Sie war eine große Dame. Das Geld reichte nicht. Der kleine Haushalt, das Auto, das Motorrad, das sie für Jagan gekauft hatte. Über die Jahre wurde das Geld weniger. Sie verpfändete ihren Schmuck für ihren Unterhalt.«

Ich ging zur Tür, und er rief mir hinterher: »Gib mir Bescheid, wenn du einen Entschluß gefaßt hast, Krishna.«

Alte Freunde

Ich saß allein, ein Verrückter, im glühendheißen Sand. Die Hitze war mörderisch, das Meer spiegelte die grelle Sonnen wider.

Es kam und ging, bestahl tückisch den Strand, Sandkorn um Sandkorn, skrupellos, unbarmherzig. Auch ich fühlte mich bestohlen. Ich hatte meinen Nayana respektiert, geliebt und geachtet. Nun empfand ich dumpfe Verzweiflung. Was war meine Pflicht? Konnte ich wie Rama sein, der seinem Vater blind gehorchte, der von den Ambitionen und der Habgier der Stiefmutter manipuliert worden war? Er glaubte, es sei seine Pflicht, das Unrecht, das sein Vater getan hatte, zu akzeptieren. Er war ins Exil getrieben worden, ich wurde mitgenommen. Aber wie konnte ich meinen Vater weiterhin mit anbetenden Augen ansehen?

Schließlich ging ich nach Hause, die Esplanade und den Flower Bazaar hinab, durch den China Bazaar, den Evening Bazaar, den Rattan Bazaar, durch die schmalen Straßen der Altstadt. Vor langer Zeit hatten wir hierhergehört. Dann waren wir ins Große Haus gezogen, in ein besseres Leben. Mußten wir jetzt zu unseren bescheidenen Anfängen zurückkehren, in das Dorf unserer Vorfahren? Aber von jener Vergangenheit hatten wir uns längst entfernt. Dort gab es keinen Platz für uns.

Kurz vor der Dämmerung ging ich unsere lange Zufahrt hinauf. Der Wind vom Meer hatte schon eingesetzt und kühlte meinen Schweiß. Hinter mir verhallte das Gemurmel der City, als ich die schläfrige Stille des Gartens durchquerte. Offenbar wollten die Grillen noch eine Weile warten, bevor sie ihr nächtliches Konzert begannen. Ich setzte mich auf die Verandaschaukel und fragte mich, wie lange wir das Haus noch behalten konnten. Ich verstand einfach nicht, warum Kaveri ihren Anteil verkaufen wollte, obwohl sie dieses Haus und den Garten genauso liebte wie Anjali und ich. Ich entschied, daß ich mit ihr reden mußte, ihr alles erklären. Ich war ihr Liebling, sie würde sicher auf mich hören.

Ich ging ins Haus und meldete ein Ferngespräch für den nächsten Tag an, um zwei Uhr dreißig nach unserer Zeit. Dann würde sie mir ihren wöchentlichen Brief schreiben, an mich denken und in ihrer Liebe zu mir verletzlich sein.

Anjali kam aus dem Haus und setzte sich zu mir auf die Schaukel, während der Hund durch den Garten rannte. Wir saßen schweigend nebeneinander. Ich wollte ihr die schlimmen Neuigkeiten noch nicht erzählen. Ich war zu aufgewühlt, und wenn sie zu weinen begann, würde ich nicht die Kraft finden, sie zu trösten.

»Erinnerst du dich an Shyam?« fragte sie leise.

»Nein. Wer ist er?«

»Du mußt dich erinnern. Als Ava einen Bräutigam für mich suchte, habe ich dir von Shyam erzählt. Er war Dichter.«

»Ja, natürlich. Was ist mit ihm?«

Sie zögerte. Ich wartete darauf, daß sie fortfuhr, und fühlte, daß sie mich ansah.

»Er kam zu einem meiner Konzerte und sagte, daß ich schön spiele.« Nach einer kleinen Pause fügte sie hinzu: »Er ist immer noch unverheiratet.«

»Dichter verdienen nicht viel Geld«, warnte ich sie.

»Jetzt arbeitet er in der Firma seines Vaters. Sie ist noch klein, und sie produzieren Kolben für Autos. Natürlich sind sie keine Großgrundbesitzer, so wie wir. Und ich bin Witwe … das könnte Probleme geben.«

»Warum erzählst du mir das?«

»Wem soll ich es sonst erzählen? Mit Nayana kann ich nicht reden. Du bist der einzige, den ich noch habe. Wenn du weg bist, habe ich niemanden mehr. Ich möchte, daß du dich vor deiner Abreise mit ihm triffst.« Bitter fügte sie hinzu: »Gott sei Dank rührt er keinen Alkohol an.«

Rama begann zu bellen. Zunächst ignorierten wir ihn und glaubten, er hätte einen Schakal oder Affen aufgestöbert. Aber dann bemerkte Anjali einen gewissen Unterton in seinem Gebell und trat ans Geländer.

»Da kommt jemand.«

Als ich ihr folgte, sah ich eine schmale, helle Gestalt, die sich dem Haus näherte. Zu meiner Verblüffung schien sie den großen Hund nicht zu fürchten. Das schien auch ihn zu beeindrucken, denn er verstummte und begleitete sie.

Wenig später trat eine Frau in den Lichtkreis der Verandalampen, die Anjali eingeschaltet hatte, und ich sah glänzendes, langes schwarzes Haar, eine Tasche, deren Henkel über eine Schulter geschlungen war, und einen Sari aus hellgelber Baumwolle.

»Ich bin Sharmila«, sagte sie leise, als sie die Stufen heraufgestiegen war und vor uns stand.

»Hallo«, antworteten wir und warteten.

»Sharmila Bannerji«, wiederholte sie und bestätigte damit für uns, daß sie eine Bengalin war. Sie hatte ein glattes, sehr feines Gesicht und einen sensiblen Mund. Unsicher schaute sie uns an. »Seid ihr Anjali und Krishna?«

»Ja.«

»Ihr wißt nicht, wer ich bin, nicht wahr?« Tränen standen in ihren Augen, rannen über ihre hohen Wangenknochen, und sie wischte sie mit einem kleinen Taschentuch weg, während wir verwirrt und verlegen dastanden.

»Nehmen Sie doch Platz«, sagte Anjali und führte sie zu einem Sessel. Wir setzten uns wieder auf die Schaukel.

»Ich bin … ich war …«, sagte sie zögernd, »… eine Freundin von Jagan. Ich bin gekommen, um Ihnen mein Beileid auszusprechen. Es ging mir nicht gut, nachdem ich von diesem … Unfall gehört hatte.«

»Wir wissen nicht viel über seine Freunde«, erwiderte Anjali sanft. »Wo haben Sie ihn kennengelernt?«

»Ich war mit ihm auf dem College. Ich studiere Elektrotechnik, und er wollte Bauingenieur werden. Im ersten Jahr besuchten wir dieselben Vorlesungen und wurden Freunde. Wir alle hörten ihn so gern singen und lachen, und er war ein so lieber, guter Junge. Als ich von dem Unfall erfuhr, brach mir das Herz. Nicht, daß wir irgend etwas geplant hätten, Sie verstehen schon. Wir standen uns einfach nur nahe. Manchmal gingen wir zusammen ins Kino oder aßen mit unseren anderen Freunden. Nach seinem Tod wäre ich am liebsten gestorben.« Ihre schmalen Finger zerknüllten das tränennasse Taschentuch. »Tagelang machten sich meine Eltern große Sorgen um mich. Mein Vater ist Major bei der Luftwaffe und hier stationiert. Er hat mir geholfen, es zu überstehen. Dann fand ich, ich sollte herkommen und Sie kennenlernen. Ich dachte, er könnte Ihnen von mir erzählt haben.«

»Er hat uns sehr wenig erzählt«, sagte ich traurig, »er war sehr verschlossen.«

»Er war ein schüchterner Mensch und sehr liebenswürdig.« Sie schaute sich um. »Er hat mir von diesem Haus erzählt und von dem Garten. Hier wollte er sich in den nächsten Jahren sein eigenes Haus bauen. Es sollte ein hübsches kleines Haus werden. Es machte ihn glücklich, wenn er daran dachte, daß er hier so nahe bei Ihnen leben würde.«

Lautlos begann Anjali zu weinen. Auch ich war unglücklich und wünschte, ich hätte jene Seite seines Wesens gekannt, die er einer Fremden gezeigt hatte. Er war von ihr geliebt worden, ich wußte es, und diese Liebe war viel größer gewesen als die von Anjali und mir. Sie war einfach zu ihm gekommen durch dieses Mädchen. »Hat er noch von anderen Dingen gesprochen?« fragte ich.

Sie sah mich verwirrt an. »Er hat eine Menge erzählt. Was meinen Sie?«

»Seinen Vater … seine Mutter.«

»Er erzählte mir, sein Vater sei ein bekannter Kricketspieler gewesen, aber es war sein Großvater gewesen, der ihm Kricket beibrachte.« Nachdenklich biß sie in ihre Lippen. »Seine Mutter starb, als er noch ein Kind war, sagte er. Und Sie wohnten alle in diesem Haus, bei Ihrer Großmutter.«

»Hat er …?« Ich fing einen Blick meiner Schwester auf und verstummte. Offensichtlich hatte Jagan sein Leben wohlüberlegt in einzelne Abschnitte unterteilt, vor allem, seit er aufs College gegangen war, wo niemand seine Vergangenheit kannte. Und dieses Mädchen, die Tochter eines herumzigeunernden Luftwaffenmannes, wußte nichts von unserer Familie.

»Bleiben Sie doch zum Essen«, schlug Anjali vor.

»Das kann ich nicht. Ich wollte Sie nur kennenlernen.« Sie zögerte. »Ich hätte gern irgend etwas, das mich an ihn erinnert. Jetzt wohnt er noch in meinem Herzen, aber ich weiß, mit der Zeit wird sein Bild verblassen. Ich kann ihn nicht für immer festhalten, es würde mein Leben zerstören. Ich meine das nicht schlecht, doch man kann nicht für immer einen Toten lieben. Aber wenn ich etwas hätte, das ich ansehen, das ich berühren könnte und das mich an ihn erinnern würde, wenn ich alt bin …«

Ich ging in das leere Zimmer hinauf, wo ich seine Sachen weggeschlossen hatte. Es stammte fast alles aus seiner Kindheit, zusammengetragen in den Tagen, als wir hier gelebt hatten. Ich wühlte in den Schachteln herum und fand schließlich zwei Erinnerungsstücke für Sharmila. Sie sprach leise mit Anjali. Sie nippte an einem Glas Wasser und knabberte an einem Biscuit, die Vishnu inzwischen aus der Küche gebracht hatte.

Sie nahm das Foto und hielt es ins Licht. Darauf war er noch ein kleiner Junge und saß neben Amah, aber Sharmila erkannte ihn mühelos. Lächelnd drückte sie das Bild an ihre Brust. Dann ergriff sie den Kricketball, der jahrelang unter seinem Kopfkissen gelegen hatte. Er sah aus wie neu, die goldenen Buchstaben waren klar zu erkennen.

»Ich muß jetzt gehen«, sagte sie, stand auf, gab uns die Hand. Sie betrachtete uns aufmerksam, um sich unsere Gesichter einzuprägen.

»Ich werde Sie nach Hause fahren«, sagte Anjali.

»Nein, danke. Ich nehme mir ein Taxi. Wir wohnen in Tambaram, auf dem Luftwaffenstützpunkt, und das ist weit entfernt.«

Sie bestand darauf, allein nach Hause zu gehen, und wir schauten ihr nach, als sie die Zufahrt hinunterging und im Dunkeln verschwand.

»Wie traurig, eine Liebe gefunden zu haben und dann so plötzlich für immer zu verlieren«, flüsterte Anjali.

Der Kompromiß

In dieser Nacht träumte ich von Jagan und Sharmila. Sie sangen und tanzten und liefen durch unseren Garten. Auf allen Blättern glitzerten Tautropfen wie Diamanten. Sie waren glücklich miteinander, und das war ansteckend. Als ich erwachte, fühlte ich mich froh und unbeschwert und nahm es als Omen. Ich wußte, ich würde Kaveri dazu bringen, nicht zu verkaufen, so daß wir so glücklich wie in meinem Traum zusammenleben konnten.

Ungeduldig wartete ich auf das Telefonat und malte mir aus, wie Kaveri aufstehen, baden, ihre Zähne putzen, frühstücken und ihren wöchentlichen Brief an mich beginnen würde. Seit Mutter von hier weggegangen war, hatte ich nichts mehr von Kaveri gehört. Wahrscheinlich war sie vor lauter Aufregung nicht dazu gekommen, mir zu schreiben. Ich setzte mich an den Tisch, und meine Feder flog über das Papier, um zu wiederholen, was ihr sagen wollte. Ich dankte ihr, weil sie auf mich hörte, nicht auf Mutter und Nayana, und erklärte, wir würden Anjali bevollmächtigen, unsere Vermögensanteile bis zu unserer Heimkehr zu verwalten. Und dann würden wir unsere Häuser auf den Wiesen bauen. Als ich die zweite Seite des Briefs beendete, läutete das Telefon. »Kaveri!« rief ich glücklich. »Wie geht es dir? Hier ist Krishna. Ich muß mit dir reden.«

»Ja«, war alles, was sie sagte. Ihre Stimme war schwach und freudlos und irgendwie schroff.

»Hier ist Krishna in Madras. Schreibst du mir gerade? Mein Brief ist fast fertig, aber ich wollte mit dir sprechen ...«

»Worüber?«

Ihre kühle Stimme verwirrte mich. »Über unser Erbe. Mr. Menon sagte, du hättest ihn beauftragt, deinen Anteil zu verkaufen, und ich möchte, daß du dein Vorhaben aufgibst. Wir können unsere Häuser auf der Wiese bauen. Wenn du verkaufst, wird irgendein Fremder sie kaufen und ...«

»Ich habe meine Anweisungen gegeben«, schrie sie zornig über Tausende von Meilen. »Und ich will kein verdammtes Haus dort bauen. Und ich will auch nicht, daß du mir noch einmal schreibst, und ruf mich nie wieder an! Wenn du hierherkommst, will ich dich nicht sehen. Du bist ein gemeiner Lügner!«

»Wovon redest du?« fragte ich verblüfft. »Ich bin es, Krishna. Was ist denn in dich gefahren? Bist du okay?«

»Mir geht es gut, danke. Mum hat mir alles über dich und Amber erzählt. Die ganze Zeit hast du mir erzählt, du würdest sie hassen, und du hast mir versprochen, es zu tun, und die ganze Zeit hattest du eine Affäre mit ihr. Du hast mich belogen und die ganze Zeit über mich gelacht. Du wußtest, daß ich Amber hasse, aber trotzdem hast du mit ihr eine Affäre begonnen. Mutter hat mir gesagt, du wolltest sie sogar heiraten. Du hast sie darum gebeten, aber Mum war dagegen. Und der einzige Grund, weshalb du nach England kommst, ist der, um diese Affäre mit Amber fortzusetzen ...«

»Um Himmels willen, Kaveri, ich habe sie nur geküßt«, log ich, um ihr Geschrei zu unterbrechen. Jenes kindische Versprechen hatte ich ebenso vergessen wie Kaveris hervorragendes Gedächtnis, und ich ärgerte mich über Mutters Indiskretion. »Das hätte sie dir nicht erzählen dürfen«, schrie ich.

»Warum nicht?« kreischte Kaveri. »Ich fragte Mum, wie es meinem Lieblingsbruder gegangen sei, und sie meinte, ich sollte wissen, was zu Hause passiert sei. Nayana hat mir auch alles über dich und Amber erzählt, als er mich angerufen hat.«

»Das hat er nicht getan! Das hast du dir ausgedacht.«

»Frag ihn doch!«

»Ja, das werde ich tun«, sagte ich, gekränkt über diesen weiteren Verrat. »Aber Amber ist nicht wichtig. Wichtig ist, daß du deinen Anteil an dem Erbe nicht verkaufst. Wir müssen zusammenhalten ...«

»Ich habe dir gesagt, ich werde nie mehr nach Indien zurückkehren«, schrie sie wieder. »Früher hätte ich vielleicht auf dich gehört. Jetzt will ich nicht mehr mit Anjali und dir auf hundert Meilen zusammenleben. Stephen möchte, daß wir hierbleiben, und ich brauche das Geld, um für uns ein Haus zu kaufen.«

Ihre Stimme nahm einen weinerlichen Klang an. »O Krishna, ich kann nicht verstehen, wie du mich so hintergehen konntest. Ausgerechnet mit Amber, wo du doch wußtest, wie sehr ich sie hasse. Ich glaube, du hast es nur getan, weil du mich auch haßt. Ich kann dir niemals mehr vertrauen, nachdem du mir das angetan hast. Ich habe Mum schon gesagt, ich würde mich weigern, mit dir unter einem Dach zu wohnen. Sie wird etwas anderes für dich suchen. Schreib mir nie wieder! Und ruf mich nicht mehr an! Ich hasse dich!«

Dann war die Leitung tot.

Wie ein verwundetes Tier schleppte ich mich auf die Schaukel. Der Garten war heiß, ausgedörrt, die Schatten waren schwarz und scharf wie Rasierklingen. Drei Affen saßen auf der Zufahrt und fraßen Guajaven. Ich konnte nicht glauben, daß Kaveri meine Beziehung zu Amber so wichtig nahm. Von einem Tag auf den anderen hatte sich ihre Liebe in Haß verwandelt, als wären wir ein Liebespaar gewesen, und ich hätte sie betrogen. Amber und ich waren Kinder gewesen, Fremde, durch eine Heirat zusammengeführt, die eine neue sinnliche Welt erforscht hatten, ohne ihre Unschuld zu verlieren.

Trotzdem fühlte ich mich schuldig, weil ich mein Versprechen Kaveri gegenüber, Amber zu hassen, nicht gehalten hatte. Ich war mir sicher gewesen, Kaveri hätte ihr kindliches besitzergreifendes Verhalten überwunden. Aber die Gefühle der Kindheit begleiten uns bis zum Tod. Nun hatte ich Kaveri ebenso endgültig verloren wie Jagan. Niemals würde die Flamme ihrer Eifersucht erlöschen.

Widerstrebend wichen die Affen Anjalis Auto aus. Nachdem es vorbeigerollt war, hockten sie sich wieder auf die Zufahrt. Rama sprang aus dem Wagen, um sie zu verjagen, doch dann merkte er, daß sie ihn nur herausfordern wollten, und besann sich anders.

Meine Schwester kam zu mir, fächelte sich Kühlung zu und klagte über die Hitze.

»Warum machst du denn so ein langes Gesicht?«

»Weil ich schlechte Neuigkeiten habe.«

»O mein Gott!« Sie stöhnte. »Was ist denn jetzt schon wieder los? Wer ist gestorben?«

»Niemand«, erwiderte ich, holte tief Atem und erzählte ihr alles. »Ich habe gestern Mr. Menon getroffen, und er hat mir erzählt, Kaveri wollte so schnell wie möglich ihren Anteil an dem Grundstück verkaufen. Dann gingen wir zu Sichrand, dem Marwari, und es kam heraus, daß ihm Ava ihren Schmuck verpfändet hat. Sie schuldet ihm ungefähr drei Lakhs. Dazu kommen etwa eineinhalb Lakhs Grundsteuer. Sie hat sie einige Jahre nicht bezahlt.«

Entsetzt starrte sie in den Garten, ihre Augen schienen jedes Detail zu sehen.

»Warum zum Teufel will Kaveri ihren Anteil verkaufen? Du mußt gleich mit ihr reden und ...«

»Das habe ich schon getan«, fiel ich ihr müde ins Wort. »Ihr Entschluß steht fest, sie will ihr Geld, so schnell es geht. Sie will nicht auf mich hören.«

»Blöde Hexe!« zischte Anjali. »Sie hat sich immer gegen mich gestellt. Vielleicht sollte ich mit ihr sprechen.« Sie dachte darüber nach. »Nein, wenn sie nicht einmal auf dich hört, kann ich sie wohl kaum umstimmen. Warum will sie verkaufen?«

»Sie will heiraten ...«

»Das wußte ich gar nicht. Wen?«

»Einen gewissen Stephen. Und sie will das Geld verwenden, um ein Haus dort drüben zu kaufen.«

»Aber sie kann das Geld nicht ausführen.«

»Sie macht es schwarz. Mr. Menon wird das über einen Hawala-Händler arrangieren.«

»Kann sie mit diesem Stephen nicht hier leben?«

»Sie will nie wieder nach Indien zurückkehren, sagt sie.« Mir fehlte die Kraft, ihr zu erklären, was zum Zerbrechen unserer Liebe geführt hatte.

»Also ist sie eine Britin geworden und liebt England genauso wie Nayana.« Sie seufzte traurig, dann erhellte sich ihre Miene. »Jetzt weiß ich, wie wir das Problem lösen können: Wir kaufen ihren Anteil.«

»Womit?« wiederholte ich Mr. Menons bedrückende Frage. »Wahrscheinlich müssen wir auch was verkaufen, um Avas Schulden zu bezahlen.«

»Nun, einen Teil dieser Schulden muß auch Kaveri übernehmen. Was für ein verdammtes Chaos!« Entschlossen wandte sie sich zu mir. »Das Haus muß zu meinem Anteil gehören.«

»Aber ich will es auch haben.«

»Warum? Du gehst weg, und ich brauche einen Platz zum Leben. Ich muß dieses Haus haben, was immer passiert. Es ist mir egal, was für dich oder Kaveri übrigbleibt. Ich will dieses Haus.«

»Am besten gehen wir zu Mr. Menon«, sagte ich wütend und sprang auf.

Seite an Seite rannten wir zum Auto, hielten uns aber auf Distanz. Auf der Fahrt zur Armenian Street wechselten wir kein einziges Wort, auch nicht, als wir ins Büro des Anwalts stürmten.

Er hob beschwichtigend eine Hand. »Setzt euch und trinkt erst mal Kaffee.«

Wenig später brachte ein Peon zwei kleine Tassen mit Kaffee, machte zwischen den Papieren ein bißchen Platz und stellte sie auf den Schreibtisch. »Trinkt. Dann werden wir reden.«

Es dauerte nur einen Augenblick, die süße, braune Flüssigkeit hinunterzuschlucken.

»Bevor ihr etwas sagt, denkt gründlich nach. Ich lese den Zorn in euren Gesichtern. Ich habe ihn in diesem Büro in Hunderten von Gesichtern gesehen, und ich weiß genau, weshalb ihr zornig seid. Es hat mit Besitz zu tun, immer. Er kann so klein sein wie eine Briefmarke oder so groß wie ein Königreich. Sobald es um die Aufteilung eines Vermögens geht, werden Menschen, die sich einmal innig geliebt haben, zu erbitterten Feinden. Und diese Feindschaft zerstört den Rest ihres Lebens. Denkt nicht an einen Prozeß, damit werdet ihr das Problem nicht lösen. Unser Rechtssystem gleicht dem Eingang zur Hölle. Über den Toren aller Gerichte müßte ein Zitat von Dante stehen: ›Laßt ihr, die ihr eingeht, alle Hoffnung schwinden.‹ Ein solcher Prozeß würde sich jahrelang hinziehen. Versucht lieber einen Kompromiß zu finden. Als ich für meinen alten Freund, euren Großvater, die Treuhandpapiere aufsetzte, empfahl ich ihm, genauer festzulegen, was jedes einzelne seiner Enkelkinder bekommen sollte. Aber er glaubte an eure Fairneß und dachte, ihr würdet das alles freundschaftlich regeln. Wollt ihr euren Großvater enttäuschen?«

»Ich will das Haus bei meinem Anteil des Grundstücks«, sagte Anjali stur, aber Mr. Menons Lektion hatte ihren Zorn etwas gedämpft.

»Und ich vermute, du willst dasselbe, Krishna?«

»Ja«, sagte ich.

Seufzend zündete er sich eine Zigarette an und blies den Rauch zur Decke hinauf.

»Nächste Woche geht Krishna weg, weiß Gott, für wie lange«, wiederholte sich Anjali. »Vielleicht für immer, so wie Kaveri. Er wird sich genauso wie sein Vater in England verlieben und wie er ein Engländer werden. Wo soll ich denn leben, wenn er das Haus bekommt oder Kaveri? Mir bedeutet es viel mehr als den beiden, und ich habe länger darin gewohnt und wohne auch jetzt dort.«

Aus den Augenwinkeln heraus konnte ich die Tränen in den ihren sehen. Was sie sagte, war zum Teil richtig. Es wäre selbstsüchtig, das Haus leer stehen und verfallen zu lassen, während Anjali es liebevoll pflegen würde, obwohl es zu groß für sie war.

»Sie kann es haben«, sagte ich ruhig und wurde mit einem Lächeln von Mr. Menon belohnt und einem schluchzenden Lachen von Anjali. Sie lehnte sich zu mir und umarmte mich.

»Ich wünschte, alle Leute wären so einsichtig«, sagte der Anwalt erleichtert. »Leider bestehen die meisten auf einen Prozeß. Ich werde die Teilung vornehmen. Wenn ihr damit einverstanden seid, geht das zentrale Drittel des Anwesens, auf dem sich das Haus befindet, an Anjali. Krishna und Kaveri erhalten die Teile zu beiden Seiten.«

»Kaveri hat nicht gesagt, welchen Teil sie will?« fragte Anjali mißtrauisch

»Sie hat nichts erwähnt.

»Erzähl ihr bloß nicht, daß ich das Haus bekomme, sonst will sie es ebenfalls.«

»Dafür ist es zu spät«, erklärte Mr. Menon. »Der Käufer interessiert sich nur für das unbebaute Land, auf dem keine Gebäude sind. Dort will er Häuser für seine fünf Kinder bauen.«

»Wer ist es?«

»Sampath Reddy.«

»Vaters Minister?«

»Derselbe. Es sind nur die Politiker, die es sich leisten können, solch ein großes Grundstück zu kaufen. Irgendwo müssen sie ihr Schwarzgeld anlegen. Hast du mit deinem Vater über diese andere Sache gesprochen, Krishna?«

»Welche Sache?« fragte Anjali.

»Nur eine geschäftliche Angelegenheit, die Krishna mit seinem Vater besprechen wollte.« Der Anwalt wandte sich wieder zu mir. »Ich hoffe, du wirst an meinen Rat denken.«

Die Pflicht eines Sohnes

In den nächsten Tagen fand ich genug Zeit, um über den Rat des Anwalts nachzudenken. Zu spät erkannte ich, daß ich Nayanas Antworten auf meine Fragen stets akzeptiert hatte. Liebe hatte alle Zweifel überdeckt, mich für all seine Fehler und das, was er uns Kindern angetan hatte, blind gemacht. Er hatte sein Leben für seine Zufriedenheit, für seine Bedürfnisse geführt, wir Kinder standen als lästige Anhängsel im Hintergrund und waren es gewöhnt, uns seinen Wünschen zu fügen. Nur Anjali hatte sich in ihrem verborgenen Zorn gegen ihn aufgelehnt. Jetzt brauchte auch ich diese Wut, um seiner Distanziertheit zu begegnen, doch ich konnte sie nicht aufbringen. Statt dessen fühlte ich mich durch seine Bestechlichkeit verletzt und konnte ihm nicht vergeben. Es war meine eigene Schuld. Ich hatte daran geglaubt, daß er vollkommen war, und diese schreckliche Unvollkommenheit schmerzte mich.

Also ging ich zu Großtante Lakshmi, Srinivasin und meinen Kusinen, dann besuchte ich Onkel Devarajulu, Chandu, meine Vettern und die anderen Verwandten. Ich hatte nur ein paar Freunde und glaubte nicht, daß sie mich vermissen würden. Zu meiner Enttäuschung drehte, wie mir einer ihrer Diener sagte, Kusine Indira gerade einen Film in Bombay. Als ich ihr Haus verließ, sah ich eine vertraute weißhaarige Gestalt mit einer anderen Dienerin im Schatten eines Baumes sitzen.

»Was tust du hier?« fragte ich Valli. Sie stand nicht auf, sondern starrte mich mißmutig an.

»Ich kann hier sein, wann ich will«, sagte sie mit ihrer brummigen Stimme. »Ich arbeite nicht mehr für Sie.« Ich wandte mich ab, und sie fuhr, versöhnlicher, fort: »Die Schwester meines Mannes arbeitet hier.«

Da wußte ich, warum Kusine Indira stets über alles informiert war: Dienstbotengeschwätz …

Unser Haus machte einen verlassenen Eindruck. Die Zimmer waren kühl, leer, Staub lag auf dem Steinboden, übersät von Abdrücken nackter und beschuhter Füße. Ich hörte Stimmen aus Nayanas Arbeitszimmer, straffte die Schultern und ging hinein. In gewisser Weise fühlte ich mich erleichtert, weil er nicht allein war. Ich verfluchte meine Feigheit und war unsicher, wie ich ihm begegnen sollte.

Er hatte seine Krawatte gelockert, sein Jackett lag zusammengefaltet auf dem Schreibtisch, und Mr. Braithwaite sortierte, von Gita Atha aufmerksam beobachtet, einige Papiere. Ruku, ein hübsches kleines Mädchen mit alten Augen, spielte unter der Aufsicht einer Dienerin am Boden.

»Warum bist du nicht nach Bangalore gekommen, Krishna?« klagte meine Tante. »Nun mußte ich eigens hierherfahren, um mich von dir zu verabschieden.«

»Ich mußte mich um die Zeremonien für die Toten kümmern«, sagte ich und fragte: »Warum bist du nicht zu einer gekommen?«

»Wie hätte ich das machen sollen? Ich hatte zu tun, es ist Examenszeit. Außerdem konnte ich das Haus nicht leerstehen lassen, weil Mohan nach Hyderabad gefahren war.« Sie schwang in einem Drehsessel hin und her. »Ich bin sehr traurig über Jagans Tod. Armer Jagan, hätte Ava ihm nicht das Motorrad geschenkt, wäre das nie passiert. Er würde noch leben. Ich habe deinem Vater gesagt, er hätte das niemals erlauben dürfen.«

»Und was ist mit Ava?«

»Ich habe deinem Vater gesagt, daß es mir leid tut«, sagte sie mit erhobener Stimme, ihn als Zeugen aufrufend.

Er warf einen flüchtigen Blick auf ein Bündel Papiere und zerriß sie mit denselben ausdrucksvollen Händen, wie Thatha sie hatte, schlanke, starke Finger, dafür gemacht, einen Ball zu umfassen und Geld zu zählen. Falls er es gehört hatte, ließ er es sich nicht anmerken, sondern stöberte weiter in den Schubladen und brachte nur mehr Papiere ans Tageslicht. Er sah entspannt aus, erleichtert, daß alles erledigt war. Ich wünschte, die anderen würden gehen und er würde bleiben, so daß ich allein mit ihm war.

»Hast du schon gepackt?« fragte er.

»Ich nehme nicht viel mit, nur meine Kleider.«

»Denk an deine Schul- und Collegezeugnisse. In solchen Dingen sind die Engländer sehr penibel. Wenn du erst einmal weg bist, wird es unmöglich, Kopien zu bekommen.

»Ich weiß«, mischte sich Gita Atha ein. »Als er nach Oxford ging, hatte er die meisten seiner Dokumente vergessen, und ich mußte überall herumlaufen und beglaubigte Kopien beschaffen.« Sie stand auf und winkte das kleine Mädchen zu sich. »Ruku, erinnerst du dich an deinen Onkel Krishna? Sag hallo!« Aber Ruku musterte mich mißtrauisch und preßte das Gesicht an Gita Athas Beine. »Nun, ich muß jetzt gehen. Kommst du mit mir zum Auto?«

»Jetzt schon? Ich dachte, du kommst mit zum Flughafen«, sagte Nayana.

»Ich habe dir gesagt, daß ich nur gekommen bin, um Krishna Aufwiedersehen zu sagen«, sagte sie und ging zu ihrem Bruder. Sie tätschelte seinen Arm. »Ich hoffe, es geht dir im Ausland gut. Bitte schreib, wenn du kannst.«

»Das werde ich tun«, sagte er, zögerte einen Augenblick, dann tätschelte er ihre Schulter. Keiner von ihnen umarmte oder küßte den anderen, sie waren sehr distanziert zueinander. Ich fragte mich, ob das schon in ihrer Kindheit so gewesen war oder erst später, als sie erwachsen wurden und getrennt aufwuchsen und ihre kindliche Zuneigung vergessen hatten.

»Ich verstehe nicht, warum er dieser Frau in diesem Land nachjagt«, sagte sie, als wir aus dem Haus gingen.

»Hat er es dir nicht erzählt?«

»Er erzählt mir nicht viel. Er hat mich immer überrascht. Ich hatte nie damit gerechnet, daß er von Oxford nach Indien zurückkehren würde. Und dann, als er es tat, dachte ich, er würde bleiben, aber als deine Mutter starb, muß er in Gedanken zurückgekehrt sein. England hat ihn sehr verändert. Er war einer von uns, als er wegging, sehr indisch. Dann wurde er sehr eingebildet und sehr sicher, wie jeder Engländer. Ich vermute, deshalb jagt er hinter ihr her. Er will dort sein.« Sie erhob ihre Stimme und fuhr fort: »Und dann ging er für drei Jahre in den Krieg. Er hätte nicht gehen müssen. Wir fürchteten, er würde im Irak fallen. Als er dich zum erstenmal sah, warst du schon zwei Jahre alt. Wußtest du das?«

»Nein.«

»Du bist tage- und wochenlang nicht zu ihm gegangen, und wir alle dachten schon, du würdest dich niemals von ihm anfassen lassen.« Mit einem vielsagenden Lächeln fügte sie hinzu: »Damals dachte ich, deine Mutter würde dich absichtlich von ihm fernhalten.«

»Warum sollte sie das getan haben?«

»Wie soll ich das wissen?« Wie immer versuchte sie, die Saat des Zweifels zu säen. Aber ich ignorierte es, weil ich sie zu gut kannte.

»Hast du dir nie gewünscht, ins Ausland zu gehen?«

»Nein. Auf der anderen Seite hätte ich es nicht gekonnt. Irgend jemand mußte sich um Mutter kümmern, und deshalb hätte mir das gesamte Erbe zugestanden. Nur aus reiner Großzügigkeit überließ ich ihm die Hälfte.«

»Aber erst nach dem Prozeß«, erinnerte ich sie.

»So? Ich hätte diesen Prozeß jahrelang hinauszögern können.«

»Sie bekommt ein Baby.«

»In diesem Alter?« schnaufte Gita Atha verächtlich.

»Obwohl du noch älter bist, hast du Ruku.«

»Das ist was anderes«, erwiderte sie, ohne es zu erklären.

Wir blieben bei ihrem Auto stehen, und der Fahrer öffnete die Tür für Ruku und die Dienerin, die hinten einstiegen. Gita Atha ging nach vorn.

»Vermutlich werde ich dich nicht wiedersehen«, sagte sie mit einem kleinen Bedauern. Ich werde alt.« Sie tätschelte meinen Arm zum Abschied, so wie sie es vorhin bei Nayana gemacht hatte. Ich wollte sie aus dieser Reserviertheit locken und neigte meinen Kopf, um sie auf die Wange zu küssen. Sie zuckte überrascht zusammen, und ich dachte, sie würde protestieren. Statt dessen lächelte sie. »Du siehst genauso aus wie er, als er in deinem Alter war. Und du benimmst dich auch so.«

Mein Herz wurde schwer. »Ich hoffe, ich werde nicht genauso wie er.«

»Warum nicht? Er wird von allen bewundert.« Sie stieg ein, und ich schloß die Tür.

»Wie geht es Anjali? Armes Ding, in so jungen Jahren schon Witwe. Das ist ein Unglück.«

»Besuch sie doch, sie wohnt wieder im Großen Haus.«

»Dafür habe ich überhaupt keine Zeit«, sagte sie, zeigte aber keine Eile. »Dein Vater hat mir erzählt, Kaveri will ihren Anteil verkaufen. Ich wußte, daß so etwas geschehen würde, seit wir damals ausziehen mußten.«

»Warum mußtet ihr ausziehen?«

»Weil dein Großvater uns dazu zwang. Er beschuldigte meinen Vater, irgend etwas getan zu haben, aber Onkel Ranjit hat alles nur erfunden. Ich erinnere mich ständig daran, wie schwer es für uns war. Ich werde Onkel Ranjit niemals verzeihen, was er uns angetan hat.«

»Er muß seine Gründe gehabt haben.«

»Wer weiß? Jedenfalls sind deshalb all die schlimmen Dinge passiert. Das ist das Karma des Besitzes.«

»Glaubst du, ein Stück Land hätte ein Karma?« fragte ich belustigt.

»Natürlich hat es das«, sagte sie scharf. »Mehr noch als die Menschen. Das Land bringt einem Glück oder Unglück, es kann reich oder arm machen. Indiens Karma war es, immer wieder erobert zu werden, und weil wir in Indien leben, betrifft dieses Karma uns alle. Das Karma unseres Landes hat immer unsere Familie betroffen. Es ist das Karma der Trennung. Es begann damit, daß man uns zwang, zu gehen, dann betraf es dich, und nun wird Kaveri den Besitz für immer auseinanderreißen.«

»Aber es sind wir, die solche Entscheidungen treffen, nicht das Land.«

»Es ist das Land«, wiederholte sie stur. »Was war zuerst da, das Land oder der Mensch? Das Land war es. Deshalb ist sein Karma stärker als unseres, es kontrolliert uns, wir sind seine Kinder. Wir können einen Baum fällen, aber keinen Samen herstellen, aus dem ein anderer wächst. Und wir können einen Tiger töten, aber keinen ins Leben rufen. Wir können die Erde aufgraben, aber keine neue Welt erschaffen.«

Mit dieser beklemmenden Logik ließ sie mich allein. Ich konnte ihre Behauptungen nicht widerlegen. Für das, was geschehen war, konnte ich nicht das Land verantwortlich machen, die Menschen hatten es selbst geteilt, so wie es auch in unserer Vergangenheit gewesen war. Wir waren ein mühelos zu teilendes Volk, und jeder Eroberer spürte das.

Nayana rollte seine Hemdsärmel herunter und schloß die Manschettenknöpfe. Seine Krawatte war geradegerückt, der Knoten perfekt. Mr. Braithwaite trug einen Karton Papiere an mir vorbei und eilte zu dem Feuer, das im hinteren Garten brannte.

»Ist sie weg?« fragte Nayana.

»Ja.« Ich sank in einen Sessel. »Wo sind die Enzyklopädien?«

»Mr. Kastuti wollte sie, und ich habe sie ihm gegeben. Er hat drei Kinder.« Bedauernd strich er über seinen Rosenholzschreibtisch, der immer in seinem privaten Büro gestanden hatte.

»Mr. Radhakrishnan möchte ihn kaufen«, sagte er mit Bedauern in der Stimme. »Er wird irgendwo hinkommen.«

»Warum lassen wir ihn nicht ins Große Haus bringen? Ich bin sicher, Anjali kann ihn gebrauchen.«

Zunächst zögerte er, als würde er Anjali sein geliebtes Eigentum nicht gönnen. Aber dann stimmte er zu. »Mr. Braithwaite soll ihn mit einem Lieferwagen hinschicken. Ich hoffe, sie beschädigt ihn nicht irgendwie.«

»Ich bin sicher, das wird sie nicht.«

Er nahm ein eingewickeltes Paket. »Was glaubst du, was das ist?«

»Ich weiß nicht.«

»Die Thalis, die ihr als Kinder hattet. Ich glaube, alle drei Sets sind hier. Kaveri hat vermutlich ihres vergessen.« Er schüttelte das Paket und stellte es wieder hin. »Du wird sie in England nicht brauchen. Sie essen dort von Tellern.«

»Ich werde sie bei Anjali lassen.«

Er griff nach seinem Jackett und schaute sich um. »Nun, dann wäre alles geregelt, und wir können jederzeit fahren. Die Zeit vergeht sehr schnell.«

»Wir haben nur noch einen Tag.«

»Wo wirst du diese Nacht verbringen?«

»Im Connemara. Das kannst du auch, wenn du willst.«

»Nein, ich schlafe lieber bei Anjali.« Jetzt ließ sich die Konfrontation nicht länger hinauszögern, und ich holte tief Luft, wie ein Schwimmer, ehe er ins Wasser springt. »Mr. Menon sagte, Sampath Reddy würde Kaveris Anteil kaufen.«

»Ja. Als ich unter ihm arbeitete, hatte er erwähnt, daß er ein ziemlich großes Grundstück sucht. Und als Kaveri sagte, daß sie verkaufen möchte, sagte ich es ihm, und er machte mir ein gutes Angebot. Natürlich haben heutzutage nur Leute wie er, Politiker, das Geld dazu.«

»Konntest du Kaveri nicht von ihrem Entschluß abbringen?«

»Sie bestand darauf, und sie braucht das Geld für ihr neues Leben. Wie du weißt, will sie für immer in England bleiben. Mr. Menon wird sich um die Einzelheiten kümmern und die Summe unter der Hand auf mein Londoner Coutts-Konto überweisen.«

»Ich …« Ich konnte nicht fortfahren und fühlte mich miserabel, weil ich so feige war. Ich fragte mich, ob Rama auch so ein Feigling gewesen war und deshalb nicht den Zorn seines Vaters herausgefordert hatte. Oder war es blinder Gehorsam, die Pflicht, seinem Vater blind zu gehorchen? Vierzehn Jahre im Exil waren eine gewaltige Ungerechtigkeit. Es kam mir so vor, als gäbe es nur eine feine Linie zwischen der Feigheit gegenüber seinem Vater und der Pflicht eines Sohnes.

»Was ist los?«

»Ich habe Mr. Menon von unserer Vollmacht erzählt.«

»Das solltest du nicht tun, Krishna«, sagte er schroff. »Warum gehorchst du uns niemals?«

»Es ist mir rausgerutscht«, verteidigte ich mich und sprach tapfer weiter. »Er sagte, es sei unmöglich, unser Erbe mit Hypotheken zu belasten, weil es in einem Treuhandfonds wäre und wir minderjährig waren …«

»Was für ein Unsinn!« rief er lachend. »Ich hab' es doch getan.«

»Dann besuchten wir Mr. Srichand. Er versicherte, er hätte dir kein Geld gegeben.«

»Ich wäre niemals zu diesem Schurken gegangen, der Onkel um sein Vermögen gebracht hat«, versicherte er mir mit einem Lächeln. »Freunde haben mir die Kredite gegeben, und jetzt ist alles zurückgezahlt.«

»Welche Freunde?«

»Krishna, ich bin ein einflußreicher Mann und habe viele Freunde. Ich werde dir keine Liste von ihnen geben. Ich mußte das Geld leihen wegen der hohen Kosten für unsere Familie, wegen Anjalis Hochzeit und der Investitionen in unser Geschäft. Deine Mutter hat die Konten geführt. Meine Freunde haben mir vertraut, und ich habe ihr Vertrauen gerechtfertigt. Wie sonst hätte ich an das Geld kommen sollen?«

Er wartete auf eine Antwort, aber sie blieb mir im Hals stekken. Seine Erklärung war einfach, auch logisch. Er hatte viele Freunde, zahllose Bewunderer.

»Ich dachte dabei an die Leute, die dich besucht haben, um dich um einen Gefallen zu bitten.«

»Mich bestechen, meinst du«, sagte er mit eisiger Stimme. »Glaubst du wirklich, ich würde so etwas tun, Krishna? So ein Mann bin ich nicht. Wer hat dir solche Ideen in den Kopf gesetzt?«

Ich antwortete nicht, ich konnte nichts von Srichands zynischem Lächeln und Mr. Menons Bestätigung sagen. Das war es, was sie gegen ihn sagten.

»Wenn deine Freunde dir das Geld geliehen haben, warum mußten wir dann die Vollmacht unterzeichnen?«

Er musterte mich mit seinen unergründlichen Augen, und ich konnte seinem Blick nicht standhalten. Statt dessen beobachtete ich den Staub, der im Sonnenlicht tanzte. Ich schwieg, er wußte, daß ich auf seine Antwort wartete.

»Weil ihr Kinder im Fall meines Todes die Schulden übernommen hättet.« Er sprach mit leiser, trauriger Stimme. »Ich wußte, Kaveri würde ihren Teil dazu beitragen. Meine Freunde brauchten eine kleine Sicherheit für den Fall, daß ich starb oder den Kredit nicht zurückzahlen konnte. Ich wußte, daß meine Kinder stolz darauf wären, diese Verbindlichkeiten zu begleichen. Vermutlich habe ich dich falsch eingeschätzt, Krishna. Ich weiß, Anjali würde mir niemals helfen, aber dieses Verhalten hätte ich nie von dir erwartet. Kaveri wird immer loyal sein, solange sie lebt. Aber wie ich sagte, die Kredite sind zurückgezahlt. Außerdem wurde ich überprüft und, wie du weißt, von jeder Korruption freigesprochen.«

»Aber wie konnten sie dazu überredet werden? Sie müssen doch gewußt haben, daß wir als Minderjährige nicht für unsere Handlungen verantwortlich gemacht werden konnten.«

»Es gab eine klare Abmachung«, sagte er stur. »Ich kann dir versichern, sie haben es sorgfältig geprüft und haben akzeptiert, daß ihr Kinder voll für mich eintreten und meine Verbindlichkeiten übernehmen würdet. Gott sei Dank habe ich das Geld zurückgezahlt, weil ich nicht weiß, ob du dein Versprechen gehalten hättest, wenn du dein Vermögen bekommst.«

»Das habe ich nicht gesagt.«

»Aber es klingt so. Du zweifelst an meinem Wort.« Er legte eine Hand auf meine Schulter. »Krishna, Krishna, wie leicht du zu beeinflussen bist! Du glaubst, was immer ein Fremder dir sagt, aber du willst deinem eigenen Vater und deiner Mutter nicht glauben. Vermutlich hat dich Mr. Menon auf diese dummen Gedanken gebracht. Du darfst dich glücklich schätzen, Krishna. Ohne irgend etwas dafür zu tun, erbst du einen großen Grundbesitz und wirst niemals wissen, was es heißt, arm zu sein. Als mein Vater starb, war ich erst zehn, und wir machten schwere Zeiten durch. Er hatte seinem Vetter vertraut, bestimmte ihn zu unserem Vormund. Aber der Mann betrog uns auch noch um das kleinste Stück Besitz in Eyruli. Wir hatten nichts, aber zum Glück besaß meine Mutter ein bißchen Land, damit hielten wir uns mühsam über Wasser. Hätte dein Thatha mich nicht nach England geschickt, hätte ich in einem Büro arbeiten müssen, um meiner Mutter und meiner Schwester zu helfen. In Oxford übernahm ich Teilzeitjobs und schickte regelmäßig Geld nach Hause. Es war ein großes Glück für mich, in London einen Job zu bekommen, nachdem ich meinen Abschluß hatte. Mein Kricket half mir, denn im Team fand ich viele Freunde aus Familien, die Banken oder Farmen besaßen. Ich hatte vor, dort seßhaft zu werden, dann kamen aber die verzweifelten Briefe deiner Mutter, daß man sie verheiraten wollte, und ich kehrte schnell zurück. Wie du weißt, gehört dein Besitz von Rechts wegen mir, ich war sein *Illatom*, und mir war der Besitz versprochen worden. Aber er ließ mich schmählich im Stich.«

»Aber warum?«

»Ich weiß es nicht.« Fatalistisch zuckte er mit den Schultern. »Jetzt ist es zu spät, seine Beweggründe zu erforschen.«

»Wenn«, ich zögerte, fuhr dann aber schnell fort, »er dir nicht versprochen hätte, dich zu seinem Illatom zu machen, hättest du meine Amah dann trotzdem geheiratet?«

»Was willst du damit andeuten?« flüsterte er.

Ich wich seinem starren Blick immer noch aus und schwitzte in der Hitze, erschrocken über meinen eigenen Mut. Herausfordernd verletzte ich die Pflichten eines respektvollen Sohnes. Meine Kehle war staubtrocken.

»Natürlich liebte ich sie. Sonst wäre ich nicht nach Indien zurückgekommen. Ich war glücklich in England, viel glücklicher, als ich es hier jemals war.« Er hatte wieder diesen träumerischen Blick, als er sich an die kalten Winter mit einer anderen Frau, anderen Freunden erinnerte.

»Und mit Amah warst du nicht glücklich?«

Er überhörte meine Frage absichtlich, ich wußte es. Seine Zeit in Indien, sein Dienst bei der Regierung, war eine Wartezeit gewesen, ein Gefängnis, aus dem er schon so lange hatte entkommen wollen, und jetzt war es soweit, daß er fliegen konnte, frei war. Meine Amah war sein Kerkermeister gewesen, die Kette, die ihn an der Flucht gehindert hatte. Wir waren die Glieder der Kette.

Um die Diskussion zu beenden, schlüpfte er in sein elegantes Jackett und knöpfte es zu, als wollte er jede weitere Einmischung in seine Privatsphäre verhindern.

»Warum hast du Mutter geheiratet?«

Sorgsam zupfte er das blaue Seidentüchlein zurecht, das in seiner Brusttasche steckte. »Welche Mutter?«

»Tantchen Victoria.«

»Das habe ich bereits gesagt: weil ich dachte, ihr Kinder würdet jemanden brauchen, der euch betreut.«

»Aber das war, während sie unsere Gouvernante war.«

»Als wir heirateten, waren wir uns darin einig, daß das die beste Form einer festen Beziehung war. Außerdem mußte ich euer Erbe schützen. Hätte ich eine Inderin geheiratet und würde ein Kind mit ihr bekommen, müßtet ihr euer Vermögen mit diesem Kind teilen.«

»Aber es war ein Treuhandvermögen ...«

»Aber das erfuhr ich erst, als euer Großvater starb«, sagte er trimphierend. »Ich wußte es nicht, als ich Victoria heiratete, oder? Ich tat das nur, um euch Kinder zu schützen.«

»Hättest du uns nicht immer beschützt? Ganz egal, wen du geheiratet hättest?«

»Natürlich«, sagte er beiläufig.

»Dann hättest du nie erlauben dürfen, daß sich Ava und Victoria so streiten, daß wir unser Heim verlassen mußten«, erwiderte ich bitter. »Und dann habt ihr dauernd schlecht über Ava und Anjali gesprochen. Ich habe übrigens Anjali die Vollmacht gezeigt, ich habe sie zerrissen.«

»Gut, dann hättet eben ihr drei, du, Kaveri und Jagan, die Schuldenlast allein tragen müssen, wenn mir etwas zugestoßen wäre«, sagte er, erneut ärgerlich. »Aber du warst schon immer ungehorsam. Anjali hätte unterschreiben müssen, bei all dem Geld, das ich für ihre Hochzeit ausgegeben habe. Sie hat Bala verdient«, meinte er höhnisch. »Und wenn ich daran denke, daß du mit mir nach Oxford kommen wirst! Du bist nicht gescheit genug. Du bist nur so durch die Examen gerutscht, und wenn ich nicht meinen Einfluß geltend gemacht hätte, wärst du gar nicht auf dem College.«

»Ich will nicht nach Oxford gehen«, sagte ich erbost.

»Gut, dann wirst du mit einem drittklassige indischen Diplom enden.«

»Das ist alles, was du über Indien denkst: ein drittklassiger Platz! Und du hast uns mit deiner Abneigung angesteckt, so daß wir alle fortgehen wollten. Wir waren Fremde in unserem eigenen Heimatland.«

»Ich habe dich nur darauf vorbereitet, in einer anderen Sphäre, als dieses Land sie zu bieten hat, Erfolg zu haben. Aber offensichtlich wirst du, im Gegensatz zu Kaveri, gar nicht in der Lage sein, dich in England einzuleben. Sie ist sehr glücklich dort, aber nur, weil wir sie darauf vorbereitet haben. Tut mir leid, daß ihr gestritten habt.«

»Wann hast du mit ihr telefoniert?«

»Gestern.«

»Du hättest ihr damals nichts über Amber erzählen dürfen.«

»Warum nicht? Ihr beide mochtet euch, und das habe ich nebenbei erwähnt. Da behauptete Kaveri, du hättest ihr etwas versprochen und nicht gehalten. Stimmt das?«

»Ja«, gab ich widerwillig zu. »Aber das war vor vielen Jahren, als ich krank war.«

»Darauf kommt es nicht an«, sagte er streng. »Wann immer man sein Wort gibt, muß man es halten. Nun ist Kaveri sehr böse auf dich. Sie ist ein sehr loyales Mädchen und erwartet auch Loyalität von dir.« Er schaute auf seine Uhr. »Ich fahre jetzt ins Hotel. Soll ich wirklich kein Zimmer für dich buchen?«

»Ich bleibe bei Anjali.«

»Gut.« Ich war entlassen, und als ob unser Streit nie stattgefunden hätte, fuhr er fort: »Ich habe veranlaßt, daß ich morgen um elf von einem Auto abgeholt werde. Kurz danach fahre ich am Haus vorbei. Ich möchte den Flug nicht verpassen.«

»Willst du immer noch, daß ich mitkomme?«

»Diese Entscheidung liegt bei dir, Krishna. Du bist mein Sohn, und ich muß für dich sorgen, so gut ich es kann, trotz unserer Differenzen.«

»Wußte Mutter von diesem Geld?«

Er drehte sich um. »Natürlich wußte sie das. Sie war mir immer eine große Hilfe. Im Gegensatz zu dir. Du bist wirklich eine sehr große Enttäuschung für mich, Krishna.«

Als sei es ihm gerade eingefallen, zog er einen Brief aus der Innentasche seines Jacketts, winkte mir damit zu und legte ihn aufs Fensterbrett.

Ich konnte nicht aufstehen und fröstelte, als würde ich Fieber bekommen. Ich war wie erstarrt. Ich hatte gegen ihn gekämpft und keinen Fußbreit gewonnen, aber das Letzte von meiner Liebe verloren. Ich wünschte, ich hätte für immer das bewundernde, unschuldige Kind bleiben können, das ihn bedingungslos liebte. Ich sehnte mich danach, alles rückgängig machen zu können, nicht mit ihm zu streiten, sondern alles, was er tat, zu akzeptieren, wie es meine Pflicht als Sohn war. Er würde überleben, unversehrt. Er hatte Victoria, Oxford, die Liebe seines neuen Kindes, die darauf wartete, den Platz der fadenscheinig gewordenen Liebe der älteren Kinder einzunehmen. Ich hatte nichts.

Mr. Braithwaite kam herein und versuchte, meine Tränen zu ignorieren. Unbeholfen suchte er nach Worten.

»Ich hörte euren Streit. Das hättest du nicht tun dürfen. Ein Sohn muß alles akzeptieren, was sein Vater tut.«

»Glauben Sie das, obwohl Sie ein Christ sind?«

»Auch im Christentum hat ein Sohn gewisse Pflichten.« Nach einer kleinen Pause sagte er: »Ich wünschte, ich könnte dieses Land verlassen. Ich möchte nach Australien gehen. Ich habe einen Vetter dort, der mir eine Stellung besorgen würde. Aber wie soll ich das Geld für die Reise aufbringen?«

»Tut mir leid«, sagte ich. »Würden Sie diesen Schreibtisch ins alte Haus bringen lassen?«

»Ich werde mich drum kümmern.« Er schüttelte meine Hand. »Alles Gute.«

»Haben Sie etwas von diesem Geld gewußt?«

Er zog seine Hand weg und sah unbehaglich auf seine schäbigen Schuhe. »Erst … danach. Zuerst glaubten deine Stiefmutter und ich, er würde sich das Geld mit Hilfe eurer Vollmacht beschaffen. Erst später erfuhr sie es, aber es war ihr alles recht. Sie tat immer nur, was dein Vater wollte.« Er schüttelte noch einmal meine Hand. »Es war ein großes Privileg, für deinen Vater zu arbeiten. Er ist ein so charmanter Mann.«

Er ließ mich in dem leeren Haus allein.

Ich ging hinauf in mein Zimmer. Ein einsamer Koffer stand auf dem staubigen Boden. Er enthielt nur wenige Kleider, auf dem Fensterbrett lag noch immer der Umschlag mit meinen Schulzeugnissen. Ich legte sie hinein und schloß den Koffer. Ich ging mit meinem Gepäck die Treppe hinunter, holte das Paket mit den Thalis und den Brief, der auf dem Fensterbrett lag Er war von Amber. Der Stempel war eine Woche alt. Ich steckte ihn in die Tasche und ging.

Die letzte Mahlzeit

Zum letztenmal kochte Vishnu mein Lieblingsessen, Haifisch-Puttu. Anjali und ich standen neben ihm, als er es vorbereitete, weil ich mir das Rezept einprägen wollte. In England würde mich jeder Bissen an Ava erinnern, an meine Heimat.

»Erst schneidet man den Haifisch in fingergroße Stücke, dann gibt man sie ins kochende Wasser, zusammen mit *Kungumappu*, *Uppu* und *Vattral milagai.*« Vishnu unterbrach sich und wandte sich zu mir. »Kannst du im Ausland Haifisch kaufen, Krishna?«

»Sicher«, antwortete ich, nicht sonderlich überzeugt.

»Aber keine indischen Haifische«, sagte Anjali. »Sicher schmecken die englischen anders, wegen des kalten Wassers.«

»Aber was ist mit den Zutaten? Kannst du sie bekommen?«

»Die Briten werden auch kein Chilipulver und keinen Safran haben«, meinte Anjali überzeugt. Ich war der Meinung, daß sie es hatten. Zweihundert Jahre mußten ihren Gaumen beeinflußt haben.

»Jetzt kochst du den Hai, bis sich die Haut löst«, fuhr Vishnu fort. »Du ziehst sie ab und brätst in einer anderen Pfanne *Vengayam*, *Poondu*, *Inji* und *Karivepilai.*« Gewissenhaft schrieb ich die benötigten Mengen der Zutaten in mein Notizbuch: zwei Zwiebeln, eine ganze Knoblauchknolle, ein Stück Ingwer, etwa einen Inch dick, und fünf Curryblätter. »Wenn die Zwiebeln braun sind, gibst du den Hai und *Kothamalli* dazu, soviel wie es dir schmeckt. Dann brätst du den Hai ganz sanft, bis er braun wird und der typische Puttu-Duft aus der Pfanne steigt.«

»Wie soll denn das Puttu riechen?«

»Du wirst es wissen, wenn es so riecht, wie es deine Großmutter gemacht hat.« Bald nahm ich den subtilen Duft von Fisch und Koriander wahr. »Wenn du im Ausland bist, erklär deinem Diener, wie man so was kocht.«

»Welchem Diener?« fragte ich lachend. »Ich werde mein eigener Diener sein.«

Er hatte Ghee-Reis, Kohl-*Poriyal*, Dal-*Kootu*, *Araitha-Sambar* und *Rasam* gemacht, wie üblich.

Wir aßen in einem kleinen Raum neben der Küche, in dem ein Tisch mit einer Marmorplatte stand und an dem Vishnu für vier gedeckt hatte. Im schwachen Lampenlicht schimmerten unsere Thalis. ›Jagan‹ stand auf einer Seite meines Thalis, und ich tauschte es gegen ›Krishna‹ aus.

»Stell das weg«, befahl Anjali Vishnu.

»Nein, laß es stehen«, sagte ich, aber wir beide sahen traurig auf die zwei leeren Plätze.

Zuerst bediente Vishnu Anjali und mich, dann stellte er auch auf Kaveris und Jagans Thalis eine Handvoll Reis. Wir aßen in melancholischem Schweigen.

Nach dem Essen setzten wir uns auf die Veranda. Ich wollte nicht reden und möglichst viel von dieser letzten indischen Nacht in mir aufnehmen. Ich verstand nun, was Mrs. de la Rue gemeint hatte. Auch ich wollte etwas mitnehmen und in meinem Gedächtnis und meinem Koffer verschließen.

Ich fragte mich, ob die englischen Gärten auch so süß duften und die Grillen genauso laut singen würden? Würden Jasmin und Mallipu dort wachsen? Würden die Geckos über die Mauern flitzen, um Fliegen zu verfolgen? Würde ein Mungo wie ein Tintenfleck durch einen Mondstrahl huschen? Würde das Meer denselben warmen Geruch haben? Nayana und Mutter hatten uns so viel über das Land erzählt, aber ich wußte nichts.

»Telefon«, meldete Vishnu, als es zu läuten begonnen hatte.

Ich lief ins Haus und nahm den Hörer ab in der Erwartung, es sei Nayana. Es war Kusine Indira.

»Ich bin gerade zurückgekommen«, sagte sie atemlos. »Und du fährst schon morgen. Ich werde dich schrecklich vermissen.«

»Du bist viel zu beschäftigt dafür«, entgegnete ich lachend.

»Trotzdem wirst du mir fehlen. Wann geht dein Flug?«

»Um ein Uhr mittags.«

»Ich bringe dich zum Flughafen.«

»Nayana holt mich hier ab …«

»Sag ihm, ich bringe dich hin«, sagte sie und legte auf. Ich rief ihn im Hotel an und sagte es ihm. Er klang überrascht, daß ich noch immer Verbindung zu Indira hatte und weil sie sich so um mich bemühte.

»Natürlich kommen wir auch mit«, entschied Anjali, als ich ihr von Indira erzählte. »Ich habe noch nie ein Flugzeug starten sehen.«

Wortlos wie immer, wenn er Aufwiedersehen sagte, legte Vishnu eine Hand leicht auf meine Schulter, ehe er durch den mondhellen Garten zum Dienstbotendorf wanderte. Im silbrigen Licht war seine weißgekleidete Gestalt fast unsichtbar.

»Erinnerst du dich, daß du uns vor langer Zeit die Geschichte von Rani erzählt hast? Du hast sie nie zu Ende erzählt.«

»Das war ein Märchen, Krishna, und in allen Märchen leben die Menschen glücklich und zufrieden weiter. Im wirklichen Leben sterben sie, so wie Rani starb, die ihre Kinder als Halbwaisen einer Fremden überließ. Wir erfinden Märchen, um uns vor der Realität zu schützen.« Seufzend drückte sie meine Hand. »Ich werde dich sehr vermissen. Jetzt gehe ich lieber ins Bett, bevor ich wieder zu weinen anfange. Ich bin der Tränen müde.« Sie küßte mich leicht auf die Wange, und ich blieb allein auf der

Veranda zurück. Ich war nicht schläfrig. Mir war, als würde ich alles nur träumen und erst erwachen, wenn ich in dem anderen Land war. Ich ging den marmornen Fußweg entlang zum Brunnen. Er war halbvoll mit Laub, und zwei der Marmorlaternen waren herabgefallen und lagen halb begraben in der Erde. Ich ging über den Kricketplatz und stellte mir die Häuser vor, die Sampath Reddy hier für seine Kinder bauen wollte. Langsam ging ich weiter zum unbenutzten Tempel. Seit Jahren war das schwere Vorhängeschloß nicht geöffnet worden, in den Mauerritzen wuchsen Pflanzen, sprossen aus dem stumpfen Gopuram. Ich tastete über den staubigen Sockel, bis ich den Schlüssel fand. Die Tür öffnete sich knarrend. Es roch nach Rattenmist. Gott Partharasathy trug einen zerschlissenen Dhoti und lächelte noch immer gütig und streng, obwohl wir ihn jahrelang vernachlässigt hatten. Auch er war ein Märchen. Wir hatten ihn als Schutz vor der unermeßlichen Schwärze jenseits der Sterne erfunden. Aber ich hoffte noch immer, als ich mich hinkniete, er würde mir einen Rat geben, so wie der andere Krishna Arjuna einen Rat gegeben hatte. Aber ich hörte nur meine eigenen geflüsterten Gebete.

Ich kehrte ins Haus zurück und schob den schweren Riegel vor. Seit Avas Tod schloß Anjali die Tür. Im Haus war es still. Ich ging durch die Räume, durch jeden einzelnen, von der Bibliothek in den Salon, die Küchen, dann über die Treppen hinauf, wo das Mondlicht durch die bunten Fenster der Kuppel hereinschien. Wie ein Tier wollte ich überall meine Spuren hinterlassen, damit sich diese Mauern an mich erinnern würden, falls ich jemals wiederkommen sollte.

Ich ging hinauf aufs Dach. Der Garten wirkte öde im Mondlicht, wie auf einer alten Photographie. Ich schritt wie ein Soldat auf Wache das Dach ab, lauerte und wartete. Als ich müde wurde, setzte ich mich und sah wie ein Buddha geduldig nach Osten. Erst als ein Stück der Sonne wie ein goldenes Thali am Horizont stand, gab ich meine Nachtwache auf und ging in mein Zimmer.

Mein liebster Krishna, schrieb Amber, *es tat mir leid, vom Tod Jagans und Deiner Großmutter zu hören. Der Jagans war ein Schock. Ich habe Deine Großmutter nicht gut genug gekannt, aber ich glaube, sie war eine freundliche und vornehme Frau, trotz allem, was Mum über sie sagt. Ich bin wirklich eine miserable Briefschreiberin. Ich habe seit Monaten über den Brief nachgedacht, und nun, wo ich ihn schreibe, habe ich all die wunderbaren Dinge vergessen. Ich liebe England. Es ist kalt und frisch, der Regen wäscht mein Gesicht jeden Tag, und alles ist grün, grün, grün. Mein Vorsprechen an der RADA habe ich vermasselt, dafür wurde ich an der London Academy for Music and Dramatic Art aufgenommen, LAMDA genannt. Ich liebe jede Minute dort. Es war wirklich nett von Deinem Vater, mir das Geld zu geben. Inzwischen habe ich viele Freunde gefunden, aber ich vermisse dich mehr, als ich gedacht hatte, und ich freue mich, dich hier bald wiederzusehen. Dann gehen wir in all die wundervollen Theater und sehen Olivier und Gielgud und Rutherford und Coward und all die anderen wunderbaren Schauspieler. Dann trinken wir Tee im Lyons Corner House im Piccadilly und gehen am Embankment spazieren. Ich würde Dich gern am Flughafen abholen, aber wenn Kaveri da ist, gehe ich nicht hin. Und vice versa. Alles Liebe, A.*

P.S. In diesem Land gibt es keine Duschen, nur riesige Badewannen.

Mein kurzer Schlaf war traumlos.

Wir warteten auf der Veranda auf Indira. Wie üblich kam sie zu spät, und ich warf unruhig einen Blick auf meine Uhr. Anjali und ich hatten uns bereits verabschiedet und schwiegen trübsinnig.

Endlich raste ein Auto die Zufahrt herauf, und als es hielt, schenkte uns Indira ihr schönstes Lächeln mit einer winzigen Spur von Schuldbewußtsein.

»Tut mir leid, ich bin zu spät. Ich war so müde, nachdem ich den ganzen Tag gefahren war. Ich weiß nicht, warum ihr so traurig aussieht. Krishna fährt nicht zu einem Begräbnis, sondern nur zum Flughafen.

Du kommst doch bald wieder, oder?«

»Ja«, sagte ich, während der Chauffeur mein Gepäck im Kofferraum verstaute. Indira, Anjali, Rama und ich stiegen in den Fond, und Vishnu setzte sich auf den Beifahrersitz.

»Schade, daß du mein Drehbuch nicht gelesen hast«, sagte sie. »Ich habe alles selbst geschrieben. Es ist eine wunderbare Geschichte. Nun mußt du warten, bis der Film fertig ist. Das meiste Geld habe ich hineingesteckt ...« Die ganze Fahrt über unterhielt sie uns mit Klatsch, und wir lächelten, als wir ausstiegen.

Nayana sah erleichtert aus, als er mich sah. Seine Freunde waren gekommen, um ihn zu verabschieden. Viele waren Spieler aus seinem früheren Kricketteam, ehemalige Kollegen und Kameraden aus seiner früheren Einheit. Auch Mr. Menon und Mr. Pattabirao, die möglichst weit voneinander entfernt standen, hatten es sich nicht nehmen lassen. Sogar Anatharaman war gekommen, um feierlich eine duftende Rosengirlande um den Hals meines Vaters zu hängen. Er war gealtert, sein Haar war weiß geworden und hing ihm bis auf die Schultern, aber sein Kastenzeichen war so sorgfältig wie eh und je auf seine Stirn gemalt.

»Hier ist dein Ticket«, sagte Nayana. »Du solltest besser einchecken. Ich habe es schon getan.«

Ich hielt das glänzende Ticket in der Hand. ›Madras-Bombay-London‹ stand in erschreckend endgültigen Buchstaben darauf. Ich trug meinen ersten Anzug. Er war von einem indischen Schneider genäht worden, saß schlecht und war aus gemustertem braunen Wollstoff, made in England, und er hing an mir wie ein faltiger Sack. Ich beneidete Nayana um seine britische Eleganz.

»Ich werde nicht gehen«, hörte ich mich selber sagen. »Zuerst werde ich das College fertig machen, und dann ...«

»Bist du sicher?« fragte er bestürzt. Er zog mich zur Seite. »Ich weiß, wir hatten einen Streit, Krishna, aber das nehme ich dir nicht übel. Ich hoffe, das ist nicht der Grund?«

»Nein, darum geht es nicht. Ich möchte einfach nicht weg. Vielleicht später.«

Er zuckte mit den Schultern und wirkte erleichtert. »Also denk darüber nach und komm ein paar Tage später nach, wenn wir uns eingerichtet haben.«

»Das werde ich«, sagte ich, um ihn zu beschwichtigen.

Er nahm meine Hand und schüttelte sie, sein Griff war leicht und trocken, und dann, wie aus einem plötzlichen Einfall heraus, umarmte er mich steif. Ich wollte ihm sagen, daß ich ihn liebe, doch ich konnte diese Worte nicht aussprechen.

»Tut mir leid«, murmelte ich statt dessen.

»Auf Wiedersehen«, antwortete er.

Seine Freunde schüttelten seine Hand forsch, herzlich, als er an ihnen vorbeiging, und bestätigten sich gegenseitig, was sie von ihm dachten.

»Was für ein charmanter Mann ...«

»Ein ausgezeichneter Mann ...«

»Ein großartiger Sportler ...«

»Ein ehrlicher Beamter ...«

»So humorvoll ...«

»Wir werden ihn vermissen ...«

Er erreichte Anjali, die neben Indira wartete. Sie senkte den Kopf, legte die Hände zusammen, um ihn zu grüßen und ihrem Nayana Aufwiedersehen zu sagen. Er zögerte. Ich denke, er wollte sie umarmen, aber ihre Förmlichkeit hinderte ihn daran, und so erwiderte er nur ihr Namaste. Indira machte es genauso.

Wir gingen hinauf aufs Dach. Er ging wie ein Soldat, aufrecht, mit geraden Schultern, und sah weder nach rechts noch nach links. Aber als er die Tür erreichte, drehte er sich um, hob den Arm und winkte uns, bevor er in der Maschine verschwand.

»Nun kehrt er in seine Heimat zurück«, sagte Anjali. »Und sie erwartet ihn mit ihrem ungeborenen Baby. Dort wird er glücklich sein. Hier war er es niemals. Alle seine alten Freunde warten dort auf ihn. Ob wir ihn wiedersehen?«

»Da du uns nicht verlassen hast«, sagte Indira vergnügt, »wirst du jetzt mit mir nach Hause fahren und mein Drehbuch lesen. Vorher werde ich Anjali und Vishnu nach Hause bringen.«

Wir warteten, bis das Flugzeug in den Himmel raste. Ich wünschte plötzlich, ich wäre mit ihm gegangen. Ich war so sehr ein Teil von ihm, daß ich mir nicht vorstellen konnte, von ihm getrennt zu sein. Aber ich konnte nicht länger mit ihm leben. Der Streit würde weitergehen, noch und noch, Verbitterung würde dazukommen, und es war sicher besser, wenn wir getrennt blieben.

Anjali sah meine Tränen und spürte mein Bedauern. »Ich war überrascht, als du sagtest, du würdest nicht gehen. Du warst immer sein Liebling, du hast ihn von uns allen am meisten geliebt.«

»Und wenn schon …«, sagte ich leise und wußte, ich würde trotz der bitteren Enttäuschung, trotz des Betrugs, trotz meiner unerwiderten Gefühle der Fessel meiner Liebe niemals entrinnen.

Der Vulkan

Schüchtern folgte ich Indiras parfümierter Spur. Sie bewohnte einen komfortablen Bungalow, nach allen Seiten hin offen, um die Luft hereinzulassen. Er war nach Lust und Laune eingerichtet. Seidenteppiche hier, ein antiker Tisch dort, Sofas und Sitzpolster an den Wänden. Bücher und Magazine lagen auf den Sofas, schnell durchgeblättert, nie richtig gelesen. Filmplakate hingen an den Wänden, INDIRA in Tamil, Telugu, Hindi. In einer Ecke stand ein geschnitzter Toilettentisch, der als Bar fungierte. Während sie in die Küche eilte, um Befehle zu erteilen, inspizierte ich die Flaschen – Scotch, Gin, Bier, Rum, Sherry, Chartreuse. Sie kam zurück, als ich eine Flasche zurückstellte.

»Das ist für meine Freunde, die Tag und Nacht hier auftauchen«, sagte sie. »Schauspieler, Regisseure, Drehbuchautoren, Produzenten, alle brauchen hin und wieder einen Schluck am Abend. Einige brauchen auch mehr. Ich selber rühre das Zeug nicht an. Ich habe es einmal versucht, und danach brummte mir drei Tage lang der Kopf.«

»Sind sie alle deine Liebhaber?«

»Klar«, erwiderte sie lachend. »Angeblich habe ich Affären mit Dev und Raj und Sivaji. Die Reporter erfinden diese Geschichten und machen meine Fans glücklich damit. Sie stellen sich gern vor, ich würde ein ausschweifendes Leben führen. Wenn ich alle diese Männer gehabt hätte, hätte ich überhaupt keine Zeit gehabt, Filme zu machen.«

»Und Onkel Kumar ...«

Lässig winkte sie mit einer juwelengeschmückten Hand ab. »Der ist auf meiner Plantage. Wie du weißt, wurde ich gezwungen, ihn zu heiraten.«

»Ja.«

»Jetzt kommt es mir so vor, als hätte das arme kleine Dorfmädchen, das keiner wollte, vor tausend Jahren gelebt. Wenn es deinen Großvater nicht gegeben hätte, weiß ich nicht, was aus mir geworden wäre. Wahrscheinlich würde ich für meinen Ehemann kochen und waschen und wie ein Sklave schuften. Dein Großvater war der einzige Mann, der mir Mut machte und mich respektierte. Ich liebte ihn.«

»Das weiß ich.«

Sie lächelte traurig. »Wieso weißt du das, du neunmalkluger Krishna?«

»Ich war im Zimmer, als du dich von Großvater verabschiedet hast, als er gestorben war. Du hast so was geflüstert wie ›Warum hast du mich nicht gefragt?‹. Dann hast du seine Wange gestreichelt und bist gegangen.«

»Ich wollte ihm so gerne helfen, aber er war ein sehr stolzer Mann. Weißt du, daß du ihm ein bißchen ähnlich siehst?«

»Alle sagen, ich sähe aus wie mein Vater.«

»Das hängt vom Licht ab«, sagte sie und lachte. »Als Schauspielerin weiß ich, wie wichtig das ist. Wenn man richtig ausgeleuchtet wird, ist man wunderschön, wenn nicht, sieht man wie eine alte Hexe aus.« Sie legte einen Finger unter mein Kinn und drehte mein Gesicht zu sich. Sobald mein Schatten auf sie fiel, veränderten sich ihre Züge. »Jetzt erinnerst du mich an ihn. Dein Kinn, deine Nase …« Sie drehte mich wieder weg. »Und so siehst du aus wie dein Vater. Die erste Erinnerung ist mir lieber.«

Sie trat zurück und sah auf mich herunter, und ich merkte, wie das Licht sie veränderte. Ihre Augen wurden größer, geheimnisvoll, strahlten, die Jahre fielen von ihr ab, und sie war wieder so jung wie damals, als ich sie in einem heißen kleinen Vorratsraum bei unseren Küchen getroffen hatte. Sie war nicht mehr der Filmstar, sondern das verletzliche Mädchen. Die reife Frau war nur die Tarnung, hinter der sie es versteckte.

»Woran denkst du?« flüsterte sie.

»Daß du die erste Frau warst, die mich küßte.«

Sie lachte leise. »Und Amber war die zweite. Wer wird wohl die dritte sein?«

»Wieder du«, sagte ich. Behutsam nahm ich ihr Gesicht in meine Hände und küßte vorsichtig ihren Mund. Sie seufzte, und ich atmete ihren Seufzer ein, fühlte seine Wärme und seinen Duft. Sie erwiderte meinen Kuß, und dann küßten wir uns wieder. Sie lehnte sich an mich, als hätte sie lange auf diesen Moment gewartet.

»Ich muß dir eine Geschichte erzählen, bevor …«

»Ich kann sie lesen, nachdem …«

»Kannst du Telugu lesen?«

»Ich konnte es mal.«

»Jetzt nicht mehr?« Sie runzelte die Stirn. »Du hast es tatsächlich vergessen?«

»Vater und Stiefmutter dachten, Französisch wäre nützlicher, und so lernte ich das als zweite Sprache.«

»Dann werde ich es dir erzählen, bevor …«

Wir setzten uns auf den Diwan, und sie ergriff meine Hand. »Das ist die Geschichte zweier Brüder. Stell sie dir als Film vor, denn alle Geschichten werden eines Tages verfilmt. Der Film beginnt um die Mitte der zwanziger Jahre, als die Briten uns regierten. Um die richtige Atmosphäre heraufzubeschwören, zeigen wir Fahrzeuge und britische Soldaten, untermalt von der Musik aus jener Zeit. Und dann sehen wir Perumal, einen klugen, erfolgreichen Mann. Zum Lohn für seine Dienste schenkten ihm die Briten ein großes Stück Land am Stadtrand von Madras. Er begann ein großes Haus auf diesem Land zu bauen. Er hatte zwei Söhne, Ranjit war der ältere, Ravi der jüngere Sohn. Sie waren wohlerzogene junge Männer, gute Freunde, obwohl Ranjit härter arbeitete, er war ein guter Student, während Ravi – nun, so ähnlich war wie du, ein bißchen faul.«

»Nein, ich bin nicht faul«, protestierte ich wie ein Kind, das nicht mit der falschen Figur in einer Geschichte identifiziert werden will.

»Doch, das bist du. Dauernd hast du die Schule geschwänzt. Daran erinnere ich mich sehr gut. Dein Großvater meinte, du wärst der klügste und müßtest Geschäftsmann werden. Aber er sagte, du würdest zu wenig aus dir machen. Und nun hör auf, mich zu unterbrechen. Wo bin ich stehengeblieben?«

»Ravi war faul.«

»Ach ja. Als der Vater starb, erbte Ranjit, der Ältere, das ganze Anwesen. Ravi hatte gehofft, den gleichen Anteil zu bekommen, doch sein Vater hatte geglaubt, Ranjit wäre verantwortungsbewußter, und ihn beauftragt, für seinen jüngeren Bruder zu sorgen. Darüber war Ravi sehr unglücklich, und er beneidete seinen Bruder um das Erbe. Nach dem Tod seines Vaters vollendete Ranjit den Bau des Hauses, sorgte für die große Familie, die darin lebte. Ravi und seine Familie erhielten von Ranjit alles, was er ihnen geben konnte, und er stellte Ravi auch in seiner Firma ein, in der er mit Grundbesitz und Waren spekulierte. Aber Freundlichkeiten dieser Art können Groll erzeugen, und Ravi fand, er wäre zu sehr von seinem Bruder abhängig und könnte ohne ihn sehr gut sein eigenes leben meistern.

Ranjit, ein überzeugter Patriot und leidenschaftlicher Freiheitskämpfer, wollte die Briten aus Indien vertreiben. Ravi dagegen glaubte, die Engländer hätten Stabilität ins Land gebracht, ihre Reformen hätten die mittelalterliche Gesellschaft verändert, ihre Wissenschaft und Technologie hätten die Spinnweben des Aberglaubens und der Ignoranz zerrissen. Er glaubte so leidenschaftlich daran, daß er wollte, daß seine Kinder Englisch lernen und im Ausland studieren sollten. Natürlich stritten Ranjit und Ravi oft über ihre unterschiedlichen Ansichten.

Ranjit war das Reden leid. Er wollte handeln und kaufte heimlich eine kleine Druckerpresse in Georgetown. Ohne irgend jemanden über seine Pläne zu informieren, schrieb er Pamphlete gegen die Briten, druckte sie auf seiner Presse, und die Chokras verteilten sie in der ganzen Stadt. In den Augen der Engländer war das ein schweres Verbrechen. Sie nannten es Aufruhr, und wenn sie jemanden faßten, der so etwas tat, dann steckten sie ihn für mehrere Jahre ins Gefängnis. Eine Zeitlang suchte die Polizei vergeblich nach dem Verfasser und Drucker der Pamphlete, aber sie konnten es nicht herausbekommen.

Schließlich wurde eine Belohnung auf seine Festnahme ausgesetzt. Eines Tages, während Ranjit mit seiner Familie und Freunden auf der Veranda saß, marschierte eine große Polizeitruppe die Zufahrt herauf, angeführt von Oberinspektor William Youngman.«

Indira ließ meine Hand los, formte mit Daumen und Zeigefinger ein Viereck und hielt es vor die Augen.

»Stell dir diese dramatische Szene vor! Der britische Beamte auf seinem tänzelnden Pferd, gefolgt von seinen Männern. Licht fällt durch die Bäume.« Sie ließ ihre Hände sinken und ergriff wieder meine Hand. »Mr. Youngman sagte, sie hätten die Druckerpresse gefunden, und er habe einen Durchsuchungsbefehl für das Haus. Natürlich bestritt Ranjit den Besitz der Presse und glaubte, niemand würde seine gut versteckten Notizbücher finden. Die Polizei durchsuchte das Haus von oben bis unten und fand nichts. Auch das Kleine Haus und der Tempel wurden zum Entsetzen der Familie durchstöbert, da die Briten unrein waren. Die Atmosphäre war zum Zerreißen gespannt, die Polizei trampelte durchs Haus, Ranjit, Ravi und die ganze Familie hielten die Luft an. Schließlich wandte die Polizei ihre Aufmerksamkeit dem Brunnen zu. Plötzlich hatte Ranjit das Gefühl, sie hätten die ganze Zeit gewußt, wo sie nachsehen müßten.«

»Warum?« wisperte ich.

»Dein Großvater erzählte mir, es sei der hinterhältige Ausdruck in Mr. Youngmans Gesicht gewesen. Er hätte enttäuscht sein müssen, weil er im Haus nichts gefunden hatte. Aber die Durchsuchung des Hauses war nur ein Ablenkungsmanöver gewesen. Mr. Youngman ging zu der einen marmornen Brunnenlaterne, dann zu der anderen. Er griff hinein und zog Ranjits Notizbücher heraus und hielt sie ihm hin. Ranjit gab zu, daß sie ihm gehörten. Dann beschuldigte Mr. Youngman Ranjit des Aufruhrs. Sie legten ihm Handschellen an und befestigten sie an einem Seil, das Mr. Youngman hielt. Er bestieg sein Pferd, und Ranjit wurde, von Polizisten umringt, auf die Zufahrt und dann auf die Straße gezerrt. Die Familie und alle Diener folgten ihm. Sie wären ihm bis ins Gefängnis gefolgt, aber Ranjit befahl ihnen, nach Hause zurückzukehren. Er mußte in einer solch demütigenden Weise in der Hitze den ganzen Weg zum Zentralgefängnis laufen.

Er wurde Richter P. K. Faulks vorgeführt und zu fünf Jahren Gefängnis verurteilt. Er hatte gehofft, im Zentralgefängnis zu bleiben, wo ihn die Familie hätte besuchen können, aber man brachte ihn zusammen mit anderen Patrioten auf die Andaman Islands. Das war ein schrecklicher Ort, wo die Sträflinge furchtbar schlecht behandelt wurden. Weil er so weit weg war, wußte niemand, wie es hier zuging. Aber Ranjit überstand alle Qualen, und seine Gespräche mit den Mitgefangenen bestärkten ihn in seinem Entschluß, Indien von den Briten zu befreien.

Nach fünf Jahren kehrte er ins Große Haus zurück, ein Schatten seiner selbst. Seine einst blühende Firma war ebenfalls nur ein Schatten ihrer selbst. Ravi hatte die Grundstücke zu billig verkauft und schlecht mit Waren spekuliert und das Geld für sich selbst verbraucht. Das Haus und der große Garten waren vernachlässigt worden, die Familie litt unter Ravis Regiment. Ranjit umarmte seine Frau und seine einzige Tochter, dann die anderen Mitglieder der Familie. Jeder von ihnen bemerkte, daß er seinen Bruder nicht umarmte.

Nachdem er gebadet und saubere Kleidung angezogen hatte, bat er seinen Bruder, ihn in den Garten zu begleiten, so daß niemand ihren Wortwechsel hören konnte. Es war Abend, allmählich wurden die Schatten länger, im Garten war es ruhig geworden.«

»Du mußt nicht weitersprechen«, flüsterte ich. Die Geschichte lag wie ein schwerer Stein auf meiner Brust.

»Doch, das muß ich tun«, sagte Indira. »Ich kann den Film nicht mittendrin beenden. Das Drama muß ein Ende haben. Stell dir die beiden Brüder vor, die im sterbenden Tageslicht erbittert stritten. Ranjit wußte, daß Ravi ihn an die Briten verraten hatte. Von jenem fernen Gefängnis aus hatte er Nachforschungen angestellt, und der Besitzer des Hauses, in dem die Druckerpresse versteckt war, hatte gesagt, ein Mann, auf den Ravis Beschreibung passe, habe die Polizei zu dem Gebäude geführt. Und nur Ravi konnte das Versteck der Notizen kennen. Ravi bestritt die Beschuldigungen nicht. In der festen Überzeugung, Ranjit würde die Familie und deren gesamtes Vermögen gefährden, hatte er ihn an die Briten verraten. Die Briten hatten ihren Vater belohnt, der stolz darauf gewesen war, für sie zu arbeiten, und nun hatte sich einer seiner Söhne gegen sie gestellt und versucht, die Leute aufzuwiegeln. Ranjit fand diesen Verrat unverzeihlich. Er hatte fünf Jahre seines Lebens verloren. Und so befahl er Ravi, das Haus zu verlassen. Ravi weigerte sich, das Grundstück gehöre auch ihm, wenn auch nicht offiziell. Ihr Vater habe verfügt, sie sollten es teilen, und deshalb könne er, Ranjit, ihn nicht rauswerfen. Da erwiderte Ranjit, er würde ihm den Anteil auszahlen, obwohl er nicht dazu verpflichtet sei. Damit war Ravi einverstanden, denn auch er konnte nicht mehr mit seinem Bruder zusammenleben, er konnte dessen Anblick nicht ertragen. Ranjit trieb das Geld auf, eine Menge Lakhs, und gab es Ravi. Ravi nahm seine Frau und seine zwei Kinder und verließ das Große Haus für immer.

Ganz deutlich sehe ich den Film vor mir: Ravi Thatha führt Savriti Ava und die Kinder Bharat und Gita Atha den langen Weg hinunter, der ganze Haushalt schaut ihnen schweigend nach. Ich sehe die Tränen in den Augen deines Nayana, als er sich umdreht und sich fragt, was mit ihm geschieht. Er ist ängstlich, verwirrt, verlassen, von seinem Vater aus dem Garten auf die schmutzigen Straßen getrieben. Am Tor bleibt er stehen und wirft einen letzten Blick auf das Haus und den Garten, wo er als Kind gespielt hat, und gelobt sich, eines Tages zurückzukehren, um seinen Anteil am Besitz zu verlangen. Hat er dir das erzählt?«

»Nein. Er sprach kaum über seine Vergangenheit. Manchmal erzählte er etwas über seine Zeit in England, ein- oder zweimal vom Krieg. Ansonsten stand eine Barriere zwischen ihm und uns. Wahrscheinlich weiß meine Stiefmutter mehr über ihn als wir.«

Sie sah auf ihr Drehbuch. Ich streichelte ihren Kopf. Der *Kondai* war hinderlich, und ich löste den Knoten. Ihr Haar fiel auf ihren Rücken, es war kühl und floß durch meine Finger. Diese natürliche Vertrautheit gab mir Sicherheit. Sie war nicht wie Amber, die ihre Macht über mich erprobt hatte.

»Die ganze Geschichte muß ich dir nicht erzählen«, sagte sie. »Ranjit war kein rachsüchtiger Mann, und er hieß Ravis Kinder im Großen Haus willkommen. Später bereute er seine Großzügigkeit, als er merkte, daß Rani in Bharats Bann geriet und sich leidenschaftlich in ihn verliebte.«

»So einfach ist es nicht, die Liebe eines Mädchens zu gewinnen.«

»Viel leichter, als du denkst. Wir Frauen wollen geliebt werden, und ein kluger Mann weiß, wie man ein weibliches Herz erobert.«

»Wie stirbt Rani in deinem Film?«

»An Typhus, Malaria, Pocken – ein natürlicher Tod. Das ist nicht so wichtig.«

»Und bringt er eine Europäerin mit?«

»Daran habe ich gedacht, aber diese Rolle wäre schwer zu besetzen. In Indien gibt es keine europäischen Schauspielerinnen«, sie kicherte. »Also habe ich mich für eine Anglo-Inderin aus einer anderen Gemeinschaft entschieden, die keine Ahnung hat, wie wir leben.«

Nach einer kurzen Pause fuhr Indira fort: »Eines Tages las Ranjit eine hochinteressante Akte und glaubte, wenn er sein Geld in Baumwolle investiert, könnte er ein ungeheures Vermögen machen. Manchmal hielt er sich für viel zu schlau. Er hatte sich angewöhnt, die Papiere seines Neffen zu durchstöbern, um vertrauliche Regierungsmitteilungen zu lesen.«

»Ja, daran erinnere ich mich«, sagte ich traurig.

»Und das war sein Ruin. Er glaubte, sein Neffe hätte ihm falsche Informationen zugespielt, um ihn zu ruinieren und sich für das zu rächen, was er seinem Vater angetan hatte. Die Unterlagen waren total falsch.«

»Das hätte mein Vater niemals getan«, sagte ich.

»Wie willst du wissen, was in der Seele deines Vaters vorgeht?« fragte sie spöttisch. »Er brachte die Engländerin ins Haus, er spaltete die Familie ...«

»Aber wir sind seine Kinder.«

»Und wieviel Liebe oder Zuwendung hat er seinen Kindern geschenkt? Keine. Das weiß ich. Eure Mutter hat euch geboren, weil sie ihn liebte, und sie war diejenigen, die euch alle liebte. Als sie starb, starb auch die Liebe. Er hatte andere Interessen. Ravis Haß hatte sich auf seinen Sohn vererbt.«

Abrupt stand ich auf und wäre beinahe auf ihre Hand getreten. Ich konnte diese Geschichte nicht länger ertragen, sondern floh auf die breite Veranda hinaus. Die Wut der Nachmittagssonne war noch nicht verflogen. Wie Splitter eines zerbrochenen Spiegels glitzerte ihr grelles Licht zwischen den Bäumen.

Indira war mir gefolgt und legte schützend ihre Arme um mich.

»Tut mir leid«, flüsterte sie. »Aber du mußtest erfahren, was dein Großvater mir vor langer Zeit erzählt hat. Was du jetzt empfindest, weiß ich nur zu gut. Auch ich liebte meine Eltern, bis sie mich Kumar übergaben, als sei ich ein Gegenstand, ein Stück Spielzeug. Die Bitterkeit darüber läßt nie nach.«

»Wo sind deine Eltern jetzt?«

»In unserem Heimatdorf. Sie wollten hierherkommen und bei mir leben, aber das habe ich abgelehnt. Ich schicke ihnen genug Geld zum Leben. Das ist meine Pflicht. Aber ich tue es nicht aus Liebe.«

»Hast du mir noch mehr zu erzählen?«

»Möchtest du es denn?« Sie zog mich zum Diwan zurück und griff nach ihrem Drehbuch.

»Ranjit ist ruiniert, seine Schulden sind ins Unermeßliche gewachsen. Er ist verzweifelt. Der einzige Teil seines Vermögens, den er retten muß, ist das Haus seines Vaters. Er läßt es treuhänderisch verwalten, für seine Enkelkinder, damit es nicht in die Hände der Gläubiger oder seines Neffen fallen kann. Aber die Gläubiger drängen ihn, den Treuhandfonds aufzulösen und das Grundstück zu verkaufen. In seiner Not wendet er sich an seine einzigen Freundin, eine Frau, die ihn liebt. Er kommt am Abend, erschöpft und niedergeschlagen. Sie bietet ihm das ganze Geld an, das sie hat. Aber es ist nur ein Tropfen auf den heißen Stein. Sie schlägt ihm vor, zu all ihren Freunden zu gehen und sie um Geld zu bitten. Aber Ranjit will es nicht, das würde noch mehr Gläubiger bedeuten. Er verbringt den Abend bei ihr und spricht von seiner Tochter Rani, die so jung gestorben ist. Er hätte vor ihr sterben müssen, sagt er, doch es war nicht sein Karma. Am nächsten Tag ist der Todestag seiner Tochter. Seine Freundin tröstet ihn, wie es nur eine Frau kann, und als er sie verläßt, lächelt er. Er küßt sie und sagt: ›Leb wohl, meine Liebste.‹ In ihrem Herzen weiß sie, daß sie ihn zum letztenmal lebend sieht. Aber sie kann nicht verhindern, das zu tun, was er sich vorgenommen hat. Die ganze Nacht und fast den ganzen nächsten Tag wartet sie, und dann erfährt sie von seinem Tod. Jetzt sieht man eine Rückblende auf der Leinwand. Ranjit badet und bereitet sich auf seine täglichen Yoga-Übungen vor. Als geübter Yogi besitzt er die Macht, seine Herzschläge zu kontrollieren, seine Willenskraft kämpft gegen den Überlebenswillen seines Körpers. So weit ist er nie zuvor gegangen.« Indira hielt inne. Dramatisch senkte sie ihre Stimme zu einem Flüstern. »Er verlangsamt seine Herzschläge. Dann bietet er seine ganze geistige Disziplin auf, um sie für immer zu beenden.«

Es dauerte lange, bis ich das Schweigen brach. »Als ich ein Kind war, habe ich ihn einmal berührt, als er in Trance war. Konnte er wirklich sein Herz anhalten?«

Indira lächelte zynisch. »Im Film wird sich das gut machen. Aber ich glaube, er hatte einige Hilfsmittel. Wie du weißt, experimentierte er ständig mit irgendwelchen Chemikalien. Er besaß einige Pulver aus Südamerika. Er sagte, eine winzige Prise davon könnte sein Herz zum Stillstand bringen.«

Die letzte Seite des Drehbuchs flatterte auf den Boden, und sie wandte sich zu mir. Ihre Augen glänzten.

»Bist du sicher?« flüsterte ich.

»Ganz sicher. Bei seinem Abschied wußte ich es. Nachdem es sein schlimmes Karma war, viele Jahre nach seiner Tochter zu sterben, konnte er so wenigstens symbolisch einen Tag vor ihrem Todestag aus dem Leben scheiden.«

Schweigend saßen wir da, versunken in Erinnerungen. Er hatte es getan, um uns Kinder zu schützen, aber wir konnten uns selbst nicht retten. Ein Diener brachte Tee und etwas zu essen. Mechanisch aßen wir, ohne etwas zu schmecken.

Indira lehnte sich zu mir, küßte mich und zog mich hoch. Sie führte mich die Treppe hinauf zu ihrem Schlafzimmer, einer Orgie aus Rüschen und Spitzen. Teddybären und Puppen saßen überall. Es war das Zimmer eines jungen Mädchens, abgesehen vom Toilettentisch, der von den Zaubermitteln einer verführerischen Frau überquoll.

Ich zog sie auf die Bettkante und wickelte sie langsam aus ihrem Sari. Er fiel in seidenen Falten auf ihre Füße Sie lachte die ganze Zeit und öffnete ihr Choli und ihre Padava. Sie zog mich aus, und wir sanken aufs Bett. Ihre Haut war glatt und kühl wie Metall, ihre Brüste waren rund, fest, und zeigten die einladenden Knospen einer liebenden Mutter.

An diesem Nachmittag wurden wir ein Liebespaar, und ich entdeckte den exquisiten Vulkan, der zwischen den Schenkeln einer Frau liegt. Glänzend vor Schweiß lagen wir uns ermattet in den Armen, beobachtet von der sinkenden Sonne.

»Warum bist du nicht mit deinem Vater nach England gegangen?«

Ich erzählte von unserem Streit, meiner Enttäuschung und Verzweiflung. Sie hörte mir schweigend zu. »Letzte Nacht stieg ich aufs Dach und betrachtete den Garten. Mit seinen Träumen und Wünschen hat Nayana mich allem entfremdet, was ich hätte sein sollte. Ich wußte, wenn ich mit ihm gehen würde, würde ich mich noch mehr verändern und könnte nie wieder zurückkehren. Mein Vater und meine Stiefmutter haben mich zutiefst verletzt, und mir war klar, die einzige Hoffnung auf Genesung war das Haus. Es war das einzige, was mich gesund machen konnte. Hätte ich diese Chance nicht ergriffen, würde ich mein ganzes Leben durch die Welt wandern, in der er immer in seinen Gedanken und seinem Herzen war. Eines Tages werde auch ich ins Ausland reisen.«

»Aber vorerst nicht?«

»Nein.«

Sie lachte und begann mich zu liebkosen. »Gut, dann haben wir noch eine Menge Zeit.«

Buch IV

Die letzte Geschichte

Ich bin Krishna, der Geschichtenerzähler, und ich will diese Geschichte zu Ende erzählen …

Der Brief kam unerwartet.

Ich hatte gerade meine wöchentliche Zeitungskolumne geschrieben und begann mit der Rezension eines Buches, die langweiligen Arbeiten eines Schriftstellers, um sein Leben zu fristen. Ich hatte meine Karriere bei der *Madras Mail* begonnen, und als sie vor einigen Jahren ihr Erscheinen einstellte, begann ich mein einsames Leben als freier Schriftsteller und produzierte Artikel für jeden, der dafür bezahlte. Ich genieße einen gewissen Ruhm in der Stadt und arbeite an Nayanas Schreibtisch auf einer alten Reiseschreibmaschine.

Anjali warf den Brief auf die Maschine. Die Schrift meiner Stiefmutter war wie immer fest, aber die Bogen und Übergänge waren etwas zittrig vom Alter. Ich fragte mich, warum sie nach fünfunddreißigjährigem Schweigen schrieb.

»Ich dachte, sie ist tot.«

»Ich denke, nicht«, sagte ich.

»Vielleicht schreibt sie uns, daß Nayana tot ist.« Anjali erschauerte, und ich wollte den Brief nicht öffnen und so etwas erfahren. Schließlich hatten wir regelmäßig von ihm gehört, wenn auch nur jedes Jahr durch Weihnachtskarten. Wir hatten seine Gewohnheit aufgegriffen und Karten zurückgeschickt, immer an die gleiche Adresse. Wir nahmen an, daß er in seinem Land Erfolg gehabt hatte. Er war Tutor in Oxford gewesen und war vor Jahren in den Ruhestand getreten. Es schien der ideale Lebensweg zu sein, nach dem er sich gesehnt hatte.

Wir trugen den Brief hinaus ins Sonnenlicht und setzten uns auf die Stufen. Es gab keine Veranda und keine Schaukel, und nur ein Drittel des Großen Hauses war stehengeblieben. Die Seitenflügel waren abgerissen worden. Ein kleiner Garten war geblieben, unser letzter Schutzwall gegen die Armee von Häusern und Wohnungen, die uns einkreisten.

Die Jahre hatten ihren Tribut gefordert. Ausgelöst durch den Verkauf von Kaveris Anteil, kam der Augenblick, an dem der Besitz nicht mehr zusammengehalten werden konnte. Immer wieder hatten Anjali und ich Teile des Anwesens verkaufen müssen, vier Grundstücke hier, drei dort, um unseren Lebensunterhalt über die Jahre hin zu bestreiten.

Und dann, in einem großen Aufwasch, als das Urban Land Ceiling Law 1966 erlassen wurde, verkauften wir das meiste unseres Erbes. Nach diesem Gesetz durften Einzelpersonen nur in begrenztem Ausmaß unbebautes Land besitzen, das andere wurde von der Regierung konfisziert. Wir verkauften billig, das war immerhin besser als Enteignung. Das war unser Ende als Grundbesitzer.

Nun dröhnt unentwegt Rockmusik von der einen Seite auf uns ein, auf der anderen wird lautstark gestritten, und hinter uns ragen häßliche Wolkenkratzer in die Luft.

Es war das Karma des Landes, das Karma von uns Kindern, daß wir das Ganze nicht erhalten konnten. Von meinem Erbe war nur ein winziger Teil am Westrand des alten Gartens übriggeblieben. Ironischerweise ist es das Dienstbotendorf, das man nicht konfisziert hatte, weil immer noch Ruinen auf dem Gelände stehen. Aber das wird nicht mehr lange so sein, denn die aus den Nähten platzende Stadt braucht Häuser, und ich will den Grund verkaufen.

Indira klammert sich an den Landsitz, den sie, zu unserer Überraschung, von Verwandten geerbt hat. Sie verfällt zusehends. Wir fürchten, es ist nur noch eine Frage der Zeit, wann sie sterben wird. In diesem Jahr, im nächsten? Wir haben Nehrus Tod überlebt, die Ermordung seiner Tochter und seines Enkels, Massenmorde, Aufstände, die Zerstörung von Moscheen, das Krebsgeschwür der Korruption. Ist das alles, was wir uns mit der Befreiung von den Engländern eingehandelt haben? Wir dachten, daß Freiheit das einzige Ziel war, und wandten unsere Aufmerksamkeit unseren eigenen selbstsüchtigen Geschäften zu und distanzierten uns von der schmutzigen Politik. Meine Generation machte so weiter und hielt sich fern von jeder politischen Verantwortung. Wir haben den Preis dafür bezahlt, sind unwichtig geworden, an den Rand gedrängt. Dacoits regieren uns, von den Massen gewählt, die keine Alternative hatten. Wir haben unsere Pflicht ihnen gegenüber nicht erfüllt.

Die letzten dreiunddreißig Jahre verbrachten Anjali und ich gemeinsam. Sie hatte nie mehr geheiratet. Shyam, ihre heimliche Liebe, brachte den Mut nicht auf, sich gegen seine Eltern zu stellen. Sie verboten ihm, diese Witwe zu heiraten, und er fügte sich ihren Wünschen und brach Anjalis Herz. Wieder einmal fand sie Trost in der Musik. Ihre Veena wurde zu einem Zauberteppich, mit dem sie ein dutzendmal um die Welt flog. Sie gab ausgewählte Konzerte an Universitäten und in kleinen Konzerthallen in Amerika, verzauberte in indische Exilgemeinden, verführte Europäer in ihren eigenen Städten. Aber sie ist niemals in England aufgetreten. Ich denke mir, sie meint, wenn sie Nayana und diese Frau trifft, würde sie von ihnen gekidnapped und dort gefangengehalten werden. Ich hätte mit ihr fahren können, aber dann wäre ich nur ein Anhängsel ihres Ruhms gewesen, ein Kofferschlepper. Sie und ihr kleines Begleitorchester spielen wie immer während der Winterfestspiele vor unserem heimischen Publikum.

Ich war auch im Ausland. Ich war in New York, London, Paris, Rio. Ich habe die Pampas durchquert und die großen amerikanischen Plains, ich war in den Tiefen der Meere, erlebte den Krieg der Sterne und traf Außerirdische, ohne mein Indien jemals zu verlassen. Das Ausland kommt zu mir. Es betritt mein Wohnzimmer, um mich und Millionen andere zu unterhalten. Jeden Augenblick erdrosselt das Fernsehen gnadenlos unsere Phantasie, verändert unsere Vorstellungen von der Welt und uns selbst.

Ich träume oft von Indira. Meine Affäre mit dem Filmstar dauerte vier Jahre und fünfundneunzig Tage, es waren wunderbare Tage. Ihr Liebhaber zu sein brachte Glanz in mein Leben. Die Schönheit und der Ruhm Indiras machten auch aus mir etwas Besonderes, als sei auch ich ein Star. Männer beneideten mich, und die Frauen warfen mir begehrliche Blicke zu. Aber ich war ein treuer Liebhaber.

Wir arbeiteten hart während dieser Zeit, um den Film zu machen, aber Frauen durften nicht Regie führen, sie durften nur spielen. Indira wollte nicht, daß ein anderer unseren Film machte, und ich wollte es auch nicht. Und so wurde der Plan fallengelassen.

Ein dutzendmal machte ich ihr einen Heiratsantrag, den sie jedesmal liebevoll und mit Humor ablehnte. Sie hatte ihre eigenen Ansichten über die Treue. Solange Kumar lebte, war sie seine Frau, und eine Scheidung kam nicht in Frage. Ehebruch dagegen war akzeptabel. Als die Filmbranche ihrer müde wurde, zog sie auf ihre Kaffeeplantage in Chickmangalur. Als Kumar vor acht Jahren gestorben war, besuchte ich sie, um ihr mein Beileid auszusprechen. Sie empfing mich in ihrem Bungalow. Das Sonnenlicht fiel sanft auf ihr ergrauendes Haar. Sie war heiter und gefaßt, und im ganzen Haus gab es keine Filmplakate mehr. Nun waren wir, wie sie sagte, gute Freunde, doch unsere vergnüglichen erotischen Erfahrungen miteinander geistern immer noch durch meine Phantasie. Ich habe niemals geheiratet. Nach glücklichen Liebesaffären konnte man in einer festen Bindung nur unglücklich werden.

Hin und wieder hören Anjali und ich etwas über Kaveri. Sie hat Wort gehalten. Seit sie damals den Telefonhörer auf die Gabel knallte, haben wir nie wieder etwas von ihr direkt gehört. Die Gerüchte kamen von Freunden und entfernten Verwandten, den Weinstöcken Indiens, was den Klatsch betrifft. Sie ließ sich von Stephen scheiden, heiratete einen anderen, wurde erneut geschieden. So wie früher als Teenager war sie ständig auf der Suche nach einer neuen Liebe, vermutlich, um mit Amber zu wetteifern. Wie wir vom Freund eines Freundes hörten, lebt sie nun mit einem neuen Ehemann und zwei von ihren Kindern in St. Petersburg, Florida. Er ist Börsenmakler oder Banker oder Immobilienhändler, wir wissen es nicht genau. Wir wissen, daß er Amerikaner ist, ein weißer.

»Willst du den Brief nicht öffnen?« fragte Anjali schließlich. Ich hatte ihn vorsichtig in der Hand gehalten, hatte Angst vor dem Inhalt.

»Was, wenn er tot ist?«

»Dann werden wir in den Tempel gehen und bringen ein Puja für ihn.« Sie hielt sich streng an unsere traditionellen Rituale. Jedes Jahr führten wir Zeremonien für Amah, Ava, Thatha und Jagan durch. Durch Anjali glänzten sie wie Goldstücke in unserer Erinnerung.

Schließlich schlitzte ich den Umschlag auf und nahm ein einzelnes Blatt heraus. Der Brief hatte eine Woche gebraucht, um zu uns zu kommen.

»Lieber Krishna«, las ich vor, *»wie Du weißt, verschwende ich keine Zeit mit überflüssigen Worten. Wir standen uns nie besonders nahe, und ich schreibe Dir nur, um Dir mitzuteilen, daß Dein Vater bald sterben wird. Er hat Krebs und nur noch kurze Zeit zu leben.«*

»Ram, Ram, armer Mann«, wisperte Anjali. »Wenn ich jemals Krebs kriege, mußt du mich erschießen.«

»Ich hoffe, er muß nicht leiden«, sagte ich. Ich erinnerte mich daran, wie er ausgesehen hatte, als er uns verließ. Und nun war er krank, lag im Sterben.

»Wie alt wird er sein?«

»Neunzig«, sagte ich. Darüber mußte ich nicht nachdenken, weil er genau vierzig Jahre älter war als ich. *»Die Ärzte geben ihm noch eine Woche, höchstens einen Monat«*, las ich weiter. *»Er will zu Hause sterben, in Indien. Ich habe ihn angefleht, bei mir zu bleiben. Aber er besteht stur auf diese Reise, und da es* *sein letzter Wunsch ist, kann ich nichts anderes tun, als einverstanden zu sein. Ich glaube nicht, daß die indischen Ärzte so gut sind, die britischen sind exzellent, er ist im Charing Cross Hospital. Ich würde ihn gern begleiten, doch ich fühle mich nicht stark genug, um die Last meiner Verzweiflung in diesen fernen Kontinent zu schleppen. Deshalb werde mich hier von ihm verabschieden und ihn allein schicken. Er wird am Fünfzehnten mit British Airways ankommen, also holt ihn bitte ab und sorgt dafür, daß er schnell ins Krankenhaus kommt. Wahrscheinlich wäre General Hospital am besten.«*

Wir starrten uns verwirrt an, bestürzt über die Last, die da unerwartet auf uns zukam.

»Warum will er hierherkommen?« fragte Anjali das Sonnenlicht, als ich nichts sagte. »Zu Hause war für ihn immer dort, nie hat er gesagt, es sei hier.«

Was sollten wir mit unserem sterbenden Nayana machen?

»Heute ist schon der Dreizehnte.« In wachsender Panik stand ich auf. »In welches Krankenhaus sollen wir ihn bringen? Das GH können wir ihm nicht zumuten, das ist gräßlich«

»Damals, während sie hier lebte, war es das beste, daran hat sie sich erinnert. Wie alt ist sie?«

»Fünfundsiebzig oder sechsundsiebzig. Ich wußte es nie genau, aber ich glaube, sie erwähnte einmal, sie sei fünfzehn Jahre jünger als Nayana.«

»Die Ehe hat länger gehalten, als ich gedacht habe«, sagte Anjali erstaunt. Das überraschte auch mich, denn ich hatte erwartet, Victoria würde im kalten englischen Nebel verschwinden.

»Was ist mit dem Apollo?«

»Da kennen wir niemanden. Laß ihn uns ins Mathur bringen. Das ist in der Nähe und soll sehr gut sein. Du solltest hingehen und sie informieren. Wir brauchen auch eine Ambulanz, die ihn vom Flughafen abholt. Was für ein Durcheinander! Warum müssen wir ihn sterben sehen?«

»Er ist unser Vater«, sagte ich voller Furcht. »Ich muß seinen Scheiterhaufen anzünden.«

»Plötzlich legt er Wert auf Tradition, nachdem er sich sein Leben lang lustig darüber gemacht hat. Was schreibt sie sonst noch?«

»Ich sollte Euch sagen, daß sein Gedächtnis nachläßt. Jetzt erinnert er sich nur noch an seine Jugend. Ich bin sicher, Du freust Dich, ihn nach all den Jahren wiederzusehen, und ich hoffe, Du hast Deine kindische Animosität ihm gegenüber überwunden. Nur ganz kurz, weil es Dich interessieren wird: Amber ist eine berühmte Schauspielerin geworden, der Star einer täglichen Seifenoper mit dem Titel ›Sisters‹ im Granada TV, und sie erhält haufenweise Fanpost. Sie hat Jonathan Pierce geheiratet, einen Stahlmagnaten, und wohnt in einem Herrschaftshaus in Kent. Ich bin sehr stolz auf sie. Violette, deine Halbschwester, hat Informatik studiert und einen exzellenten Job bei IBM. Ich bin sicher, Du hast davon gehört. Auch sie ist verheiratet und hat drei Kinder. Ihr Mann ist Naturwissenschaftler. Nun will ich schließen. Bitte, kümmere Dich um Deinen Vater in den letzten Tagen seines Lebens und telegraphiere mir, wenn er gestorben ist. Da Kaveri nicht den Wunsch hat, irgend etwas von Dir zu hören, werde ich ihr die traurige Nachricht übermitteln.«

»Also steht sie mit dieser Frau in Verbindung, nicht mir uns.«

»Sie glaubte immer, daß Victoria sie lieben würde. Ich bin sicher, sie hat ihnen ihr ganzes Geld gegeben, das wir ihr nach England überwiesen haben, um sie beide zu unterstützen. So war sie immer, um geliebt zu werden, tat sie alles, auch wenn sie sich diese Liebe nur einbildete.«

Ich las die letzten Zeilen vor. *»Mich schaudert immer noch, wenn ich an Eure schrecklichen Zeremonien denke, die Ihr für Eure Toten habt. Ich hätte wirklich gewünscht, ihn hier begraben zu können, damit ich eines Tages neben ihm liegen könnte. Aber er hat darauf bestanden, mich zu verlassen. Victoria.«*

»Violette!« Anjali brach des Schweigen. »Unsere Halbschwester. Sie hätten ihr einen indischen Namen geben sollen. Wie sie wohl aussieht?«

»Vielleicht hat Nayana ein Foto von ihr.«

»Wir werden sehen«, sagte Anjali schroff und stand auf. »Wir sollten die Sache mit dem Krankenhaus regeln. Und wir sollten Gita Atha verständigen.«

Ich blieb noch eine Weile sitzen, den Brief in der Hand. Ich hatte weder etwas von Ambers Ruhm noch von ›Sisters‹ etwas gehört. Zweifellos würde die Serie irgendwann auch über unsere Bildschirme flimmern. Ich fragte mich, wie sie jetzt aussah, und ob sie sich nach all den Jahren noch an unsere Spiele unter der Dusche erinnerte. Hatte sie ihrem Mann davon erzählt? Hatte er sie entjungfert oder ein anderer? Das würde ich wohl nie erfahren.

Ich las den Brief noch einmal langsam. Richard wurde nicht erwähnt, offenbar verdiente er Victorias Aufmerksamkeit nicht. Oder sie hatte vergessen, daß ich ihm einmal begegnet war. Ich erinnerte mich immer noch an den kühlen Ausdruck seiner Augen.

Die letzten Riten

Der Jet, der Nayana damals fortgebracht hatte, war wie ein Spielzeug gewesen, verglichen mit der monströsen 747, die in der Hitze des Nachmittags landete. Wir begleiteten die Ambulanz zur Gangway und warteten in der feuchten Hitze darauf, daß das Flugzeug seine Passagiere ausspuckte, meist Inder, ein paar Europäer. Und dann endlich stand er dort im Anzug und mit Hut, an beiden Seiten von Stewardessen gestützt. Er schaute über das Rollfeld zu den fernen Bäumen hinüber, zu der harten, ausgedörrten Erde und schließlich hinauf in unseren klaren indischen Himmel. Er stand aufrecht, lehnte sich an die hübschen Frauen, die professionell mit ihm lachten und scherzten, als sie ihn vorsichtig die steilen Stufen herabführten.

Die Krankheit hatte ihn gezeichnet, der Anzug war ein Dutzend Nummern zu groß, und sein Hemdkragen schlotterte um seinen Hals. Anjali und ich wandten uns ab, unfähig, diesen Anblick zu ertragen. Diesen Moment hatten wir gefürchtet. Wir wünschten, er wäre fern von uns gestorben und nicht als diese zerbrechliche, geisterhafte Person zurückgekommen, die unsere Erinnerungen an den großen, vitalen, kraftvollen Mann verdrängen würde. Behutsam nahm ich seinen Arm, er war klein und dünn wie der eines Kindes.

»Sind Sie Mr. Krishna Naidu, sein Sohn?« fragte eine der Stewardessen, bevor sie ihn losließ und Anjali sein Handgepäck übergab. »Hier drin befinden sich seine Medikamente und die Krankenblätter.«

»Ja«, sagte ich. » Hallo, Nayana.«

»Sie können stolz auf ihn sein«, sagte sie. »Er ist so tapfer, und so charmant, trotz ...« Sie brachte es nicht übers Herz, seine Krankheit zu erwähnen, sondern erinnerte sich nur an seine Gabe, geschätzt und bewundert zu werden. Es war seine Oberfläche, sie bewahrte ihn vor einer gründlichen Begutachtung.

»Ja«, sagte ich. Ich konnte ihn nicht mehr hassen. »Hallo, Nayana, wie geht es dir?« Es war dumm, so etwas zu fragen, wo ich es doch selbst sehen konnte. Ich fragte mich, ob er mich umarmen würde. Er ignorierte meine Anwesenheit. Er sah auch Anjali nicht an, sondern staunte über all die Aktivitäten ringsum. Ein Angestellter des Flughafens eilte mit Nayanas britischem Paß davon, um für ihn die Formalitäten beim Zoll und bei der Einwanderungsbehörde zu erledigen, ein Entgegenkommen für einen sterbenden Mann.

»Du bist in Indien, Nayana«, sagte ich zu ihm.

Er sah mich an. »O ja. Ich will nach Hause. Ich will meine Mutter sehen.«

»Lebt sie noch?« fragte eine der Stewardessen erstaunt.

»Nein.«

»Er scheint Sie nicht zu erkennen.« Verlegen biß sie sich in die Lippe. »Sie sind doch Krishna Naidu, sein Sohn?«

»Ja«, wiederholte ich. »Und das ist meine Schwester Anjali.«

»Ich will nach Hause!« forderte er mit schriller Stimme und versetzte uns alle in Panik. Die Sanitäter halfen ihm, sich auf der

Bahre auszustrecken. Müde schloß er die Augen. Der Hut fiel herunter, sein kahler Schädel, von der Chemotherapie vernarbt, glänzte in der Sonne. Hastig setzte ich ihm den Hut wieder auf.

Dann warteten wir in der Ambulanz, bis die Formalitäten erledigt waren. Anjali weinte lautlos und ergriff Nayanas Hand, vorsichtig, als wäre sie eine Blume, und hielt sie zwischen den ihren. Er schien es nicht zu bemerken. Nach einer Weile begann er leise zu schnarchen. Stiller Friede erfüllte sein Gesicht, wie sanfter Mondschein hinter den Wolken.

Er schlief den ganzen Weg bis in sein Krankenhausbett. Er hatte ein Erste-Klasse-Zimmer mit Klimaanlage und Rundum-Betreuung. Wir saßen an seinem Bett und warteten auf den Chefarzt. Endlich trat er ein, von Assistenzärzten gefolgt. Er war ein großer, dünner, weißhaariger Mann mit einem weißen Schnurrbart und müden Augen hinter schimmernden Brillengläsern. Schweigend las er die Krankenberichte, fühlte unserem Vater den Puls und überflog noch einmal die Notizen.

»Er ist hierhergekommen, um zu sterben«, sagte er. »Viel können wir nicht für ihn tun.« Er sah traurig auf ihn hinunter. »Er war ein wunderbarer Mann. Ich erinnere mich an ihn aus Lahore. Dann sah ich ihn wieder im GH von Madras, als die alte europäische Dame starb. Wie hieß sie doch gleich?«

»Mrs. de la Rue«, sagte ich zu Dr. Krishnamachari.

»Ja. Ihre Tochter war Ihre Stiefmutter, nicht wahr?«

»Ja.«

»Lebt sie noch?«

»Ja. Sie lebt in England.«

Er setzte sich auf den Bettrand und betrachtete meinen schlafenden Nayana. »Seltsam, wie sich unsere Lebenswege nach Jahren wieder kreuzen. Mrs. de la Rue – und jetzt ist er es. Aber Ihre Mutter war die erste, die ich betreute, damals in Lahore. Traurig. Sie war eine schöne Frau, aber sie wurde zu spät zu uns gebracht. Sie starb an einem massiven Blutverlust.«

»Sie starb an einem schwachen Herzen«, sagte ich schnell.

»An ihrem Blutverlust«, wiederholte er beharrlich. Er sah zu Anjali und dann in mein erstauntes Gesicht. »Hat Ihr Vater das nicht gesagt?«

»Er sagte nur, sie hätte ein schwaches Herz gehabt.«

»Das hatte sie auch, aber damit hätte sie leben können.« Er zögerte und fuhr dann fort: »Sie hat es mir gesagt. Sie war schwanger und wollte kein weiteres Kind. Törichterweise hat Ihr Vater nicht erlaubt, einen Schwangerschaftsabbruch im Krankenhaus durchführen zu lassen. Deshalb ging sie zu irgend so einem Pfuscher. Jedenfalls haben sie es vermasselt, und als sie anfing, innerlich zu verbluten, war es zu spät. Sie hatte schon zuviel Blut verloren, dazu kam noch eine Infektion. Ihre zwei Kinder waren bei ihr, ein kleiner Junge und ein Mädchen. Sie hielt sie bis zuletzt fest.«

Ich war traurig, wie betäubt, unfähig, dieses tragische Geschehen aufzunehmen. Ich war mit seiner Geschichte von einem schwachen Herzen aufgewachsen, nun wußte ich auch das andere. Es war so lange her, aber es schmerzte mich so, daß ich kaum atmen konnte. Der alte Zorn gegen Nayana stieg erneut in mir auf.

Zu meiner Verblüffung hatte Anjali einen triumphierenden Glanz in ihren Augen. Die Enthüllungen bestätigten nur, was sie längst gewußt hatte.

»Tut mir leid«, beteuerte Dr. Krishnamachari, als er mein Gesicht sah. »Ich dachte, Sie hätten das alles gewußt. Ich hätte nicht darüber sprechen dürfen. Bitte vergessen Sie, was ich gesagt habe. Sind Sie der Junge und das Mädchen?«

»Ich bin der Junge, das Mädchen war meine andere Schwester.« Ich wandte mich Anjali. »Was hast du gewußt?«

»Ich wußte, daß Amah schwanger war und das Baby nicht wollte. Das erzählte sie mir kurz vor ihrer Abreise nach Lahore. Und dann, als sie starb, dacht ich, sie wäre im Kindbett gestorben oder so. Aber insgeheim glaubte ich, Nayana hätte irgend etwas mit ihrem Tod zu tun. Aber ich war mir nicht sicher, und so habe ich Ava nichts gesagt, es wäre auch nicht gut gewesen.«

»Hast du damals aufgehört, ihn zu lieben?«

»Ja.«

»Ich hätte nichts sagen sollen«, murmelte der Doktor. »Wir können die Vergangenheit nicht ändern. Und wir können nicht ändern, wie wir waren. Und er ist immer noch Ihr Vater.«

»Hat sie gesagt, warum sie das Kind nicht wollte?«

»Nein, sie war die meiste Zeit nicht ansprechbar. Sie sagte nur immer wieder, sie hätte es nicht gewollt. Ich wünschte, ich könnte Ihnen den Grund dafür sagen. Sie verbrannte fast an dem hohen Fieber. Der Arzt, der sie betreute, war Dr. Ian MacKenzie, ein Brite. Er war sehr gut und tat sein Bestes, um sie zu retten.«

Plötzlich öffnete Nayana die Augen. Er starrte zur Zimmerdecke hinauf. Dann sah er uns der Reihe nach an.

»Das ist nicht zu Hause«, sagte er.

»Das ist das Krankenhaus, Sir«, erwiderte der Doktor und ergriff seine Hand.

»Ich sagte, ich will nach Hause. Ins Große Haus. Ich will nicht in einem Krankenhaus sterben, da hätte ich genausogut in England bleiben können. Bringt mich nach Hause!«

»Wie ist Amah gestorben?« fragte ich zornig.

»An einem schwachen Herzen, das habe ich dir schon hundertmal gesagt. Und jetzt bringt mich nach Hause, verdammt!«

»Das ist der Arzt, der Amah betreut hat«, rief ich ihm zu.

»Das war ein Schotte, kein Inder.« Er schloß die Augen, um uns nicht zu sehen.

»Sie müssen tun, was er will«, sagte der Doktor. »Das ist Ihre Pflicht, den letzten Wunsch Ihres Vaters zu erfüllen. Sie können sich dem nicht entziehen, Sie können sich nicht der Pflicht entziehen, den Scheiterhaufen anzuzünden. Ich werde veranlassen, daß ihn eine Krankenschwester rund um die Uhr betreuen wird. Und ich werde persönlich täglich nach ihm sehen.«

Nur widerstrebend brachten wir Nayana zurück in das alte Haus, wo er geboren worden war und seine frühe Kindheit verbracht hatte, bis sein Vater seinen eigenen Bruder verriet.

Als die Bahre aus der Ambulanz gehoben wurde, schaute er sich in dem kleinen Garten um.

»Ich sagte nach Hause, das ist nicht hier«, sagte er zornig.

»Es ist das alte Haus«, sagte ich leise.

»Das ist es nicht. Der Garten war … fünf Quadratmeilen groß.«

»Nur eine«, sagte Anjali. »Wir haben wegen des Urban Land Ceiling Law einen Großteil des Anwesens verkaufen müssen. Weil das Haus zu groß für uns beide war, habe ich einen Teil davon abreißen lassen. Sonst ist es dasselbe.«

»Nein, ist es nicht«, betonte er. »Ihr habt mich in ein anderes Haus gebracht!«

»Es gibt nur einen Weg, es ihm zu beweisen«, sagte ich und hob ihn vorsichtig von der Bahre. Er war leicht wie ein Kind. Ich konnte spüren, wie er zitterte, als ich ihn ins Haus und die Marmortreppe hinauftrug. Wir gingen an unseren strengen Ahnen vorbei, die an der Wand hingen, und stiegen die Treppe hinauf. Unter der hohen Kuppel blieb ich stehen. Durch staubige bunte Fenster fiel Sonnenlicht herein, und der Lüster hing immer noch an seiner massiven Messingkette. »Siehst du, es ist das Haus.«

Jetzt erkannte er seine Umgebung wieder und lächelte schwach. »Hier wurde ich geboren, so wie meine Frau. Sie war ein sehr schönes Mädchen.«

»Warum wollte sie das Kind nicht?« fragte ich.

»Ich will meine Mutter sehen. Bitte sag ihr, es geht mir nicht gut.«

Der einzig passende Raum für einen sterbenden Mann war das alte Büro, das einmal auf den Kricketplatz hinausgesehen hatte. Wir hatten ein bequemes Bett, einen Tisch für die Medikamente und ein Feldbett für die Krankenschwester hineingestellt. Anjali und ich saßen abwechselnd bei ihm, zusammen mit den Krankenschwestern.

»Warum wollte sie das Kind nicht?« fragte ich von Zeit zu Zeit.

»Ich will meine Mutter sehen«, wiederholte er jedesmal. »Bitte sag ihr, es geht mir nicht gut.«

Ich glaubte, einen bösartigen Glanz in seinen Augen zu sehen, wenn er mich ansah, als würde er mir die Schuld an seiner schrecklichen Krankheit geben. Das einzige, was er sagte, war die Frage nach seiner Mutter. Offensichtlich wollte er den Tod beschleunigen, denn er weigerte sich zu essen und spuckte den Schwestern alle Getränke ins Gesicht. Anjali versuchte ihn mit ihrer Musik zu besänftigen, doch es gelang ihr nicht.

Gita Atha kam mit Ruku. Wie immer kam sie mit ihrem Auto angerast. Sie hatte weder ihre Gewohnheiten geändert, noch war ihre Stimme irgendwie melodischer geworden, sie klang im Gegenteil noch blecherner. Ruku war verheiratet und hatte ihre kleine Tochter dabei. Vor fünfzehn Jahren war Mohan gestorben, ebenfalls an Krebs, und Gita Atha wandte sich erschrocken ab, als sie ihren todkranken Bruder sah. Wir erörterten beklommen, wie lange er noch leben würde, eine Woche, einen Monat, Tage, Stunden. Sie war sieben Jahre jünger als Nayana. Ich dachte, er würde sie schließlich erkennen, aber seine Augen blieben ausdruckslos.

»Er fragt dauernd nach eurer Mutter«, sagte ich ihr.

»Sie standen sich sehr nahe«, sagte sie und fügte mit einer Spur von Gehässigkeit hinzu: »Ich war diejenige, die mit ihr gelebt und für sie gesorgt hat, aber er war immer ihr Liebling.«

»Ich werde ein Zimmer für euch drei vorbereiten«, erbot sich Anjali.

»Ich kann nicht bleiben«, sagte Gita Atha in ihrer eiligen Art. »Niemand kümmert sich um unser Haus.«

»Was ist mit Vijay?« Ich meinte Rukus Ehemann.

»Er ist unterwegs«, erwiderte Ruku. Sie war eine hübsche Frau geworden, die ihrer Adoptivmutter treu ergeben war.

»Ruft mich an, wenn es ihm schlechter geht«, sagte Gita Atha, als sie wieder ins Auto stieg.

Eine Woche später, um vier Uhr morgens, weckte mich die Nachtschwester. »Bitte, kommen Sie, er stirbt.«

Hastig holte ich Anjali aus ihrem Zimmer, und wir eilten zu Nayana. Er rang mühsam nach Luft und kämpfte gegen den Tod. Ich dachte an Thatha, der mit seiner Willenskraft aus dem Leben geschieden war, und wie sich sein Körper ebenso hartnäckig gewehrt haben mußte.

»Holen Sie den Arzt!« herrschte ich die Schwester an.

»Laß ihn in Ruhe sterben«, sagte Anjali leise. »Er ist sehr müde.«

Wir ergriffen jeder eine Hand und versuchten, ihm etwas von unserer Kraft zu geben. Langsam öffnete er die Augen.

»Anjali, Krishna, wo wart ihr? Ich habe euch beide vermißt. Sagt meiner Mutter ...«, waren seine letzten Worte.

Er nahm seine Geheimnisse mit in den Tod, wie alle Eltern. Sie sind die ersten Menschen, die wir lieben, blindlings, oft unheilvoll. Unsere Herzen können bestimmen, wen wir später lieben, Ehefrauen, Kinder und Freunde, sogar die Leidenschaften können vergessen werden. Aber diese erste Liebe prägt uns für den Rest des Lebens, im guten oder schlechten Sinn, läutert oder entweiht uns, was immer ihr Karma ist.

Wir überdeckten den Geruch der Krankheit und des Todes mit frischen Rosengirlanden. Dann saßen wir an seiner Seite und erwarteten die Trauergäste. Sushila, Valli und Leela kamen, ältere Frauen mit grauen Haaren, Großmütter. Für mich sahen sie immer gleich aus. Sie wurden von ihren Ehemännern begleitetet, scheue, stille Männer. Großtante Lakshmi war vor einem Jahr gestorben, Srinivasin schon einige Zeit zuvor. Auch Onkel Devarajulu und Chandu lebten nicht mehr, ihre Söhne sahen wir nie wieder. Vishnu hatte uns auch verlassen. Ich rief Gita Atha an. Sie nahm seinen Tod ruhig auf und versprach, sofort nach Madras zu kommen.

Wir ließen den Vadia kommen, um mit den Zeremonien anzufangen, ließen den Mann kommen, der die Bahre anfertigen sollte, auf der Nayana seine letzte Reise antreten würde. Ich fand eine Photographie von ihm und setzte sie, wie es üblich war, zusammen mit einer Todesanzeige in *The Hindu*, damit sie am nächsten Tag erscheinen konnte. Sonst kam niemand. Wir warteten bis zur Dämmerung auf Gita Atha, und dann brachte der Leichenwagen, ein umgebauter Ambassador, mich und die Ehemänner meiner Kusinen zum Krematorium in Choolai.

Die Vetiyans erwarteten uns, zweifellos die Kinder jener Männer, die Thatha und Ava und Jagan verbrannt hatten. Nach den genau vorgeschriebenen Mustern schichteten sie wie ihre Väter das Holz auf und gaben mir die gleiche brennende Fackel. Ich umrundete Nayanas Scheiterhaufen dreimal und entzündete das Holz an den magischen Stellen, die sie mir zeigten. Nach einigen Minuten loderten die Flammen, wurden höher und drohten mich wieder zu versengen. Tod ist nur Übergang. Er würde wiedergeboren werden.

Mitten in der Nacht trafen Gita Atha und Ruku ein, und Gita Atha beklagte sich bitter, weil wir nicht auf sie gewartet hatten, damit sie sich von ihrem Bruder verabschieden konnte. Ich dachte, meine Tante würde weinen, doch sie vergoß keine einzige Träne und beschwerte sich nur über uns, ihr Auto und den Fahrer. Natürlich wollte sie nicht im Haus wohnen. Vielleicht hatte sie ihrer Mutter versprochen, nie wieder unter diesem Dach zu schlafen, und so fuhr sie eine Stunde später nach Bangalore zurück.

Ich saß mit dem Tonkrug, der seine Asche enthielt, am brüllend heißen Strand. Das Meer war metallisch grau, leckte am Sand. Ich erinnerte mich, wie ich hier als Junge gesessen hatte, als ich von seiner Korrumpierbarkeit erfahren hatte. Damals war meine Liebe zu ihm erloschen, aber nicht meine Pflicht. Liebe war veränderlich, sie konnte schnell vergehen. Die Pflicht war das Metall, das uns jetzt aneinander fesselte in diesem letzten Ritual.

Langsam watete ich ins Meer. Die Wellen waren warm, schlugen mir sanft entgegen. Ich hatte das Meer gewählt, um ihn zu versenken, es würde seine Asche mitnehmen, zurücktragen zu jenem Land, das er zweiunddreißig Jahre lang seine Heimat genannt hatte. Das Meer war Ausland, es war Heimat. Da er kein religiöser Mann war, wollte ich seine Asche nicht nach Benares bringen, um sie im heiligen Fluß zu versenken. Als ich bis zu den Hüften im Wasser stand, leerte ich die Urne ins Meer und beobachtete, wie die Wellen Nayanas sterbliche Überreste mitnahmen in seine unendliche Weite.

Das Paradies

Mr. Prasad war ein schlaksiger Mann mit einem schläfrigen Gesicht und dichtem, krausen Haar. Er trug zerknitterte Jeans und Turnschuhe. Wir standen vor dem verschlossenen Tor und spähten durch die Bäume und hohen Büsche zu den Ruinen hinüber.

»Was war das?« fragte er.

»Das Dienstbotendorf und unsere Garagen«, erklärte ich wehmütig.

»Ein Dienstbotendorf?« Verwirrt musterte er die hohen Wohnblöcke zu beiden Seiten und konnte sich in dieser Umgebung kein Dorf vorstellen, ebenso wenig den riesigen Garten, der es einst vom Großen Haus getrennt hatte. In ihm war kein Platz für Sentimentalitäten. Er war Bauunternehmer, und das hier war ein wertvolles Grundstück. Es würde ihn zum reichen Mann machen, und mich hoffentlich auch. »Morgen früh schicke ich meine Landvermesser hierher. Dann lasse ich die Ruinen abreißen und das Terrain planieren.« Er rüttelte am Tor. Das Schloß und die Kette hielten. »Haben Sie den Schlüssel?«

»Der ist längst verlorengegangen. Wir können rüberklettern.«

»Da gibt es sicher Schlangen.« Er warf einen Blick auf seine Turnschuhe. »Ich werde morgen wiederkommen.« Er stieg in seinen Maruthi und fuhr davon. Ich fürchtete mich nicht vor Schlangen. Ich stieg über das Tor, ein älterer Mann, der auf der anderen Seite beinahe hinuntergefallen wäre. Ich kämpfte mich durch das Gestrüpp, das in der Mitte des Dorfes wuchs. Es standen nur noch wenige Mauern. Im Lauf der Jahre hatten die Monsunstürme die Strohdächer weggerissen. Das Dorf war rechteckig angelegt worden, wie das Dorf unserer Vorfahren. Ich erinnerte mich daran, wie es mir meine Ava beschrieben hatte. Eine Hauptstraße führte von Ost nach West, eine schmalere von Nord nach Süd. Ringsherum führte der Mangalavithi, der Weg des Glücks. Der Fußweg war schon seit langer Zeit vom

Unkraut überwuchert. Im Zentrum wuchs der Bodhi-Baum, unter dem sich unsere Diener versammelt hatten, um zu schwatzen. Da stand auch die Ruine eines kleinen Tempels.

Am anderen Ende befanden sich die Garagen und Ställe. Auch sie waren nur noch Ruinen ohne Dach. Aber zwei der Garagentore waren verschlossen. Als ich an dem einen zerrte, gab das morsche Holz sofort nach. Vorsichtig öffnete ich das Tor und hoffte, ein Auto zu finden. Es gab auch eins, bedeckt mit Unmengen Staub, zwischen zerbrochenen Kisten und rostigem Werkzeug. Ich strich mit einem Finger durch die Staubschicht des Tretautos. Es war mattgrün und hatte Jagan gehört. Mit ihm hatte er mich vor so vielen Jahren vom Bahnhof abgeholt.

In der zweiten Garage fand ich das Wrack einer Kutsche. Ratten hatten die Lederpolsterung zerfressen, das Geschirr hing zerfetzt in der Messinghalterung. Ich stellte mir vor, wie stolz Balram auf dem Kutschbock gesessen und einen Rappen gelenkt hatte. Der modernde hölzerne Griff seiner Peitsche steckt immer noch in der Halterung.

Ich stöberte weiter herum, bahnte mir einen Weg zwischen Spinnweben. Der aufgewirbelte Staub ließ mich niesen. Ich fand nichts weiter, aber als ich mich umdrehte, stieß mein Fuß gegen irgend etwas Hartes. Es war in Sackleinen gewickelt, das sich unter meinen Fingern in Pulver auflöste.

Drinnen befanden sich drei ungleiche, zerbrochene Stücke Marmor. Ich drehte sie um. Das Gold der Buchstaben hatte sich in winzige glitzernde Splitter verwandelt. Ich wischte den Staub weg und las nacheinander DIES RA PA. Ich setzte die Marmorstücke so zusammen, daß die abgebrochenen Ränder perfekt ineinanderpaßten, und endlich kannte ich den Namen meines alten Hauses.

PARADIES.

Glossar

Agni-Chayana	Feuerstelle für das heilige Feuer
Agya Kadhana	Ankleiden und Schmücken der Braut für die Hochzeit
Almirah	indischer Kleiderschrank
Amah	Mutter
Angrezi	Engländer, das Westliche
Arjuna	Kriegsheld aus dem Mahabharata
Ashram	Einsiedelei, Schule
Ava	Großmutter
Ayah	einheimisches Kindermädchen
Bhagavadgita	»Gesang des Erhabenen«, religionswissenschaftliches Gedicht, Teil des Mahabrarata
Bhouy	persönlicher Diener
Biryani	Reis mit Fleisch oder Gemüse und Gewürzen
Bodhi-Baum	heiliger Feigenbaum, Erleuchtungsbaum Buddhas
Botu	Stirnschmuck
Brahmane	Angehöriger der obersten Hindu-Kaste, Priesterkaste
Chapati	Fladenbrot
Chinnawuidu	Nebengebäude, Haus außerhalb des eigenen Besitzes
Chital	Hirschart
Chokia	kleidähnliches Gewand für Mädchen und Frauen
Chokra, Chokri	Gassenjunge, -mädchen
Choli	indische Bluse, Mieder, unter dem Sari getragen
Chombu	Gefäß
Chowkidar	Wächter
Chukka	Spielabschnitte beim Polo
Collector	während der englischen Herrschaft in Indien höherer Regierungsbeamter, der nicht nur Steuereinnehmer war, sondern auch als Richter fungierte
Dacoit	Bandi

Dal	Hülsenfrüchte
Dekshis	Töpfe
Devadasi	Tempeltänzer/in; spezielle Kaste
Dharma	Grundlage für Ethik und Moral; Lebensziel, Pflicht eines Hindu
Dhoti	Lendentuch, Kleidungsstück aus Baumwolle, das zwischen den Beinen durchgezogen und um die Taille gebunden wird.
Dhourrie	Baumwollteppich
Dubash	Übersetzer
Durga	indische Muttergottheit, Gemahlin Shivas
Ganesha	indischer Gott (mit Elefantenkopf), Sohn von Shiva und Parvati; gilt als Beseitiger von Hindernissen
Garuda	mythisches Tier, halb Mensch, halb Vogel; Reittier Vishnus
Ghee	geklärte Butter
Gopuram	Torturm mit Skulpturen über einem Hindu-Tempel
Gurkha	hinduistisches Volk; nepalesische Soldaten in der britischen und indischen Armee
Hanuman	General der Affen, wird als Gott verehrt
Havildar	Sergeant in der indischen Armee unter britischem Kommando
Homam	heiliges Feuer
Illatom	Nachfolger, Erbe
Indra	Gott des Firmaments, der höchste der Götter
Jagir	Überlassung von Mogul-Land
Jati	Stamm, Abkunft
Jiba	weites Hemd
Jutka	Ponywagen mit Verdeck
Kali	die »Schwarze«; indische Göttin der Rache und Zerstörung
Karma	Schicksal; individuelles Handeln, dessen Konsequenzen später auf den Handelnden zurückfallen
Karta	Familienoberhaupt
Kauravas	Volksstamm, vertrieben die Pandavas aus ihrem Reich, wurden aber später in einer großen Schlacht besiegt (*Mahabharata).*
Kinum	Becher
Korma	Geschmortes
Kun-kum	rotes Pulver, das auf die Stirn aufgetragen wird

Lakh	indische Mengenangabe, hunderttausend
Lal Bagh	Botanischer Garten
Mahabharata	indisches Heldenepos
Mali	Gärtner
Mandap	Sitz für Braut und Bräutigam während der Trauung
Mehendi	kunstvoll gemalte Verzierung der Hände
Memsahib	Herrin, Anrede für Europäerinnen und Höhergestellte
Mithi-Lassi	süßes Joghurt-Getränk
Moksha	endgültige Befreiung und Erlösung von allen weltlichen Bindungen, das höchste Ziel des menschlichen Lebens
Muhurtham	Hochzeitszeremonie
Mulligatawny	südindische Spezialität
Nagaswaram	trompetenähnliche Blasinstrumente
Nallagu	Empfang des Bräutigams mit Überreichung von Geschenken
Namaskar	respektvoller Gruß
Namaste	Aneinanderlegen der Handflächen und Verneigung zum Gruß; Grußformel
Nimbupani	frisches Zitronengetränk
Paan	Betelblatt
Padava	lange Hose für Mädchen und Frauen
Paijama	weite indische Hose
Paise	kleinste Währungseinheit
Pakoras	fritierte Teigbällchen aus Kichererbsenmehl mit Gemüse und Gewürzen
Palaka	Sitzmöbel
Pallaku	erhöhter Ehrenplatz
Pandal	Empfangszelt, Baldachin
Pandavas	die fünf Pandava-Prinzen führten den großen Krieg gegen die Kauravas (*Mahabharata*)
Paratha	gebratenes, manchmal gefülltes Brot
Patchadi	Okragemüse
Peon	Laufbursche, Bürodiener
Prohit	Hauspriester der Hindus
Puja	hinduistische Gottesverehrungszeremonie; Opfer
Punkah	handbetriebener großer Fächer an der Zimmerdecke
Puranas	heilige Hindu-Schriften, Ergänzungen zu den Veden
Raga	Improvisations- und Kompositionsrahmen in der indischen Musik, musikalisches Thema

Raja	Titel indischer Hindufürsten
Rakshashas	Dämonen
Ram	Anrufung Ramas
Rama	Held des *Ramajana*; Inkarnation Vishnus
Ramajana	altindisches Epos
Rasam	Tomatensaft
Ravana	Dämonenkönig (*Ramajana*)
Sadhu	heiliger Mann, Asket
Sahib	Herr, Anrede für Europäer und Höhergestellte
Sambar	Linsengericht
Sati	Witwenverbrennung zusammen mit der Leiche des Ehemannes, auch Selbstverbrennung der Frauen, um Vergewaltigungen durch Eroberer zu entgehen
Shikar	Jagd
Sloka	Versdichtung
Sunnyasi	Wanderheiliger; Jünger
Tabla	aus zwei Trommeln bestehendes Schlaginstrument
Tandoor	traditioneller, mit Holzkohle geheizter indischer Lehmofen
Thali	(Tamil.) Goldkette verheirateter Hindu-Frauen; rundes Tablett aus Silber, Messing oder Edelstahl, auf dem kleine Schüsseln mit verschiedenen Speisen für eine Mahlzeit stehen
Thatha	Großvater
Tiffin	anglo-indischer Lunch
Tilak	Stirnzeichen
Topi	Hut, Tropenhelm
Vadai	Linsenkrapfen mit schwarzem Pfeffer
Vakil	Advokat, einheimischer Rechtskundiger
Veena	indisches Saiteninstrument, Laute
Vysya	Kaste der Bauern, Handwerker und Kaufleute
Zamindar	Land-, Großgrundbesitzer